中国现代诗学丛书

本书为国家社科基金项目“中外抒情诗比较研究”（03BWW007）的结项成果

诗神的三足鼎

——三种基本文化视野下的抒情诗比较

陈本益 ◎著

人民出版社

上有庙堂之高，下有江湖之远

——《中国现代诗学丛书》总序

吕　进

中国现代诗学与中国新诗几乎是同时发生的。

初期的现代诗学致力于爆破。现在回顾，这种爆破带有历史的必然性与合理性，没有爆破就难以拓出新路。然而这种爆破又是简单与粗放的，连同我们民族的传统诗学精华也成了爆破对象。这就给现代诗学留下了“先天不足”“漂移不定”“名不正言不顺”的缺陷。

百年来，现代诗学在艰难摸索中也有所建树，朱光潜和艾青的《诗论》至今为人关注，闻一多的一些见解至今也具有影响。在20世纪的新时期，出现了专业的诗评家队伍，他们成为力求建立属于新诗的诗学话语体系的主力军。由于没有在现代性地处理与传统诗学的承接、本土性地处理与西方诗学的借鉴上取得突破，现代诗学迄今仍缺乏严谨的学理性与体系性，这就使得新诗迄今仍缺乏诗美标准和文体规范。

进入21世纪以来，新诗走向“私语化”，大多数诗评家随之失语，诗人自己的随感式言说和圈子内自道部分地替代了学术话语。

已经有百年历史的中国新诗至今依然立足未稳，新诗文体的合法性依然饱受质疑。有些知名诗人和学者公开表示，新诗是一场失败的艺术实验。有些知名政治家说，给他一百大洋，他也不看新诗。更多的知名新诗人，到了晚年都“勒马回缰写旧诗”去了。

近年写作旧体诗成为热潮，新诗进一步处于尴尬境地。新文学中的小说、散文、戏剧文学在现代中国都有了自己的地盘，唯独新诗的读者却几乎与新诗的写作者复合，新诗成为游离于时代、游离于社会生活、游离于学校和家庭教育之外的“无人赏，自鼓掌”的边缘文体。

新诗是中国诗歌的现代形态，也必然应该是现代诗坛的主体。王国维在《宋元戏曲史序》里讲得对："凡一代有一代之文学：楚之骚，汉之赋，六代之骈语，唐之诗，宋之词，元之曲，皆所谓一代之文学，而后世莫能继焉者也。"旧体诗迄今依然有其生命力，以后也不会失去生命力，但是作为古汉语的诗歌，旧体诗用于抒写现代人的情愫在形式上会受到诸多局限：现代汉语的双音词、多音词难以入诗；旧体诗的许多形式规范也只是古汉语的结晶。我们读外国人翻译的中国古诗词就可以发现，译者其实是放弃了古诗词的种种形式要素，将中国古诗词译成了中国新诗。

但是古诗所创造的中国诗歌传统，新诗却是必须继承的，它是中国诗歌的"身份证"。当然，这种继承是经过现代化过滤之后的继承，必须回避"不识庐山真面目，只缘身在此山中"的状况，力求"旁观见审"，有所"健忘"。钱钟书在《中国诗与中国画》中讲过："除旧布新也促进了人类的集体健忘，一种健康的健忘，千头万绪简化为二三大事，留存在记忆里，省却了不少心力。"

绝对不能赋予诗的"现代形态"以超出诗的边界的权利。既然是诗，就得拥有诗的基本审美规范；既然是中国诗，就得遗传中国诗的审美密码。只有在变革中延续中国诗歌传统的新诗，才有可能受到中国读者的接纳和欢迎。

近年来，诗坛上有的"理论家"频频宣传新诗就是"自由"的文体，宣传忽略甚至放弃诗之为诗的文体要素，宣传忽视甚至放弃诗的文体可能，进一步将新诗推向困惑和无序的境地。什么"新诗就新在自由""凡大众欢迎的就不是诗"，这类腔调实在应该偃旗息鼓了。

新诗需要生根，新诗需要发展，新诗需要繁荣，新诗需要像唐诗那样得到全民族的认可和喜爱。我们急需现代诗学，急需民族、现代、学理的现代诗学。加强现代诗学对传统诗学的现代性承传，加强现代诗学对西方诗学的本土性借鉴，构建中国现代诗学的完整体系，是新诗的中国梦。

西南师范大学中国新诗研究所成立于1986年6月，迄今已经30年。这是中国文学史上第一家专业的新诗研究所。"桃李春风一杯酒，江湖夜雨十年灯"，30年来，研究所在诗学界独树一帜，出思想、出成果、出人才、出影响，是国内外人所共知的现代诗学圣地。新诗研究所同仁在现代诗学本体论、中外诗歌比较研究、新诗发展史、歌词研究和新诗评论诸方面多向度地展开研究工作，取得人所共知的成绩。

作为重庆市首批人文社会科学重点研究基地，由笔者担任主任的西南大学中国诗学研究中心成立于2001年9月，迄今也已15年。中心下设中国新诗研究所（吕进、蒋登科、熊辉先后担任所长）、中国古诗研究所（所长刘明华）、比较诗学研究所（所长陈本益）和中国现代诗学典藏中心（主任李怡），而中国新诗研究所一直是诗学研究中心的基础和旗舰。

诚然，由于地域的原因，新诗研究所在全国的话语权在一定程度上受到了限制。人们习惯性地更注意北京这种“中心地带”的声音，重庆一些文学新作的研讨会也要特地搬到北京举办，这种费时费力而又无效的做法就是“崇北”心理的典型反映。但是学术思想最终并不会以地域来划分正误，也不会以地域来衡评分量，这一点，以后将会由现代诗学的历史来证明，对此我们抱有充分的信心。我想起苏联时期的塔尔图大学（University of Tartu），这所大学地处爱沙尼亚，原来是一所偏僻地区的无名大学。后来那里出了新审美学派，出了新审美学派的主要学术带头人斯托洛维奇，塔尔图大学由此成为苏联在美学研究领域一所举足轻重的学府。

《中国现代诗学丛书》的创意出自中国新诗研究所熊辉所长、向天渊副所长和所务委员会团队，这是中国新诗研究所成立30周年的一项纪念活动。丛书得以顺利问世，西南大学和人民出版社的全力支持也是必要前提，谨在此致谢。

“不学诗，无以言”，中国是一个诗歌古国，也是一个诗歌大国。这个古国和大国的诗歌传统，如果在新诗这里中断，我们将愧对后人。宋代范仲淹的《岳阳楼记》里有句名言：“居庙堂之高，则忧其民；处江湖之远，则忧其君。”我借用一下：不管世事怎么变幻，上有庙堂之高，下有江湖之远，已届而立之年的中国新诗研究所任重而道远，我愿意最衷心地献上我最美好的祝福。

目　录

引　言

本书比较论述了世界上三种基本文化的优秀抒情诗，即中国古代抒情诗、西方抒情诗和西亚南亚古代抒情诗。三者成鼎足之势，故而书名为“诗神的三足鼎”。

中国古代抒情诗主要属于道德文化，西方抒情诗主要属于科学文化和宗教（主要是基督教）文化，西亚南亚抒情诗主要属于宗教文化。① 西亚南亚抒情诗主要有古代希伯来抒情诗、古代阿拉伯抒情诗和波斯抒情诗、古代印度抒情诗，其中古代希伯来抒情诗属于犹太教文化，古代阿拉伯抒情诗和波斯抒情诗属于伊斯兰教文化，古代印度抒情诗属于以婆罗门教、佛教和印度教为主体的宗教文化。

在上述道德文化、科学文化和宗教文化三种基本文化比较的框架内，本书从情感特性、思想题材、审美意象和创作手法四个方面对三种基本文化的抒情诗进行比较研究。

中国现代抒情诗所从属的文化已经不是道德文化，而是正在形成中的科学文化，但它不是世界科学文化的现代抒情诗的代表。不过，由于中国现代抒情诗是在革新中国古代抒情诗和借鉴西方抒情诗的情况下产生的，其产生与西亚南亚现代抒情诗的产生有很大的类似性，加之中外抒情诗比较研究的一个重要目的就是更好地探讨中国现代抒情诗，所以本书特地把中国现代抒

---

① 西方文化主要是科学文化和宗教文化，古代西亚南亚文化主要是宗教文化，这是无疑的。古代中国文化主要是道德文化，这其实也是学术共识，其中钱穆的说法很有代表性：“上面说过，中国文化，是以道德精神为其最高领导的一种文化。由道德精神具体落实到政治。这一种政治，亦该是道德性的政治。再由政治控制领导着经济。这一种经济，亦该是道德性的经济。至于文学艺术，莫不皆然，其最高领导者，还是道德精神。”（钱穆：《文化学大义》，台湾正中书局1986年版，第71页）

情诗也作为一个单独的维度参与比较。① 西亚南亚现代抒情诗所从属的文化已经主要不是宗教文化，而也是正在形成中的科学文化。它们也不是科学文化的现代抒情诗的代表，所以本书只是简要论述它们是古代抒情诗进行现代转型的结果，并以此作为研究中国现代抒情诗的参照。科学文化的现代抒情诗的代表是西方现代抒情诗（它与西方古代抒情诗具有相同的文化性质，是上述西方抒情诗的一个部分），它主导着世界现代抒情诗的潮流，对中国现代抒情诗和西亚南亚现代抒情诗的产生和发展都有重大影响。

进行如此广泛的比较研究是前所未有的。本书这样做的目的在于：在三种基本文化比较的框架内，探索通过其他框架难以发现的三种抒情诗的共同规律和不同特点，并由此对已经衰亡的抒情诗作出较为准确的历史评价，揭示仍然活着和正在兴起的抒情诗的现代必然性。这样的目的如果达到，就可以改正某些错误见解，解释某些疑难问题，弭除某些学术争端。

这样的比较研究除了具有文化的广度外，还具有哲学和美学的深度。文化的核心是哲学，哲学通过美学与诗歌艺术关联，所以这种研究的广度和深度是统一的。这种研究对于作者的智力是一次探测和考验。希望它也能够有益于读者。

① “诗神的三足鼎”代表世界三种基本文化的优秀抒情诗。中国现代抒情诗就其国别而言与中国古代抒情诗是一个整体，就其文化性质而言则与西方抒情诗类似，加之它在总体上不是世界优秀抒情诗代表，所以，尽管本书对它也像其他三种抒情诗那样作专门论述，它却只能在诗神的“三足鼎”之外作为一个特殊的存在。

第一章　情感特性比较

学界对中外抒情诗情感特性的比较研究有所忽略，这却是本书研究的重点，因为抒情诗的特性就在于情感。

研究抒情诗的情感特性，固然应当着重于抒情诗本身，不过，由于诗的情感特性是抽象的，难于把捉，我们在学理上不妨先从抒情诗所从属的文化的特性着手，因为抒情诗是它所从属的文化的一部分，其情感特性与它所从属的文化的特性是一致的，而世界三种基本文化的特性是已经明确了的。

任何民族或地区的文化作为一个整体，都是丰富多样的。其中，必定有一种主导性的基本文化成分，此外还有若干与之不同的异质文化成分。基本文化成分与异质文化成分既对立又互补，并且两者之间的关系在历史上发生着变化。相应地，任何民族或地区的抒情诗作为一个整体，其情感的成分也是丰富多样的。其中，既有与基本文化成分统一的情感——体现该抒情诗情感基本特性的情感，也有与之不同的异质情感。基本情感与异质情感之间的关系也是既对立又互补，并且这种关系在历史上也发生着变化。

第一节　中国古代抒情诗的情感特性

一、文化的道德特性

就其性质而言，世界上的基本文化有三种，即宗教文化、道德文化和科学文化。宗教文化发生最早、历时最长，它先前是原始的，后来升华成为文明的。道德文化和科学文化都是文明文化，都是从还带有原始性的半文明宗教文化转化而来的。

从不同层面看，文化分为器物的、制度的和思想的。思想文化包含前两者的意义而又超越它们。学界所论说的文化一般指思想文化，本书亦如此。原始思想文化的出现比原始器物文化和原始制度文化晚得多，不过是数万年前的事情。[①] 从思想文化的观点看，原始文化主要是宗教文化，万物有灵、自然崇拜以及神话、巫术等构成原始宗教文化的基本内容。

原始宗教文化是极其落后、极其漫长的，这一时期的原始人仍然处于蒙昧和野蛮状态。公元前5000年左右，人类逐渐进入文明状态。“城市是文明的表征”[②]，此外，金属工具的使用和文字的发明也是重要标志。这种逐渐进入文明的过程持续了相当长的时期。至公元前1000年左右，人类文化出现了一个更大的飞跃，那就是某些文化进入成熟文明时期。上述人类文化逐渐进入文明的过程可以看作一个过渡时期。这种过渡时期的文化的性质仍然主要是宗教的，不过它逐渐脱离原始性[③]而具备文明性，所以它可以称作半文明宗教文化。

世界上许多地区和民族都先后不等地进入这种半文明宗教文化，都长短不等地经历过这种半文明宗教文化。其中，最早进入并且成就最辉煌的是古代美索不达米亚文化和埃及文化；此外，印度河流域文化、中国从黄帝时代至夏商两代的文化、爱琴海文化、美洲玛雅文化等，也有显著成就。在这些地区的半文明宗教文化中，有的被入侵的外来民族势力中断后才升华成为文明的宗教文化（如古代印度等），或者才转型成为新的文明文化——科学文化（如古代希腊）。古代中国的这种半文明宗教文化，却是被中华民族自己转型成为新的文明文化——道德文化。

（一）半文明宗教文化向道德文化转型

古代中国的半文明宗教文化，如果范围放宽一些，其时间的跨度可以从黄帝时代以降至夏商两代，其间又分成前后两个时期：前一时期从黄帝至夏代以前，为原始宗教文化向半文明宗教文化过渡的时期；后一时期即夏商两

---

① 数万年前，原始人开始有了对超自然力的信仰（如用某些东西陪葬死者），并创造了洞穴艺术，这些可以视为原始思想文化的肇始。详见［美］菲利普·李·拉尔夫等：《世界文明史》（上卷），赵丰等译，商务印书馆2001年版，第37页。

② 同上书，第38页。

③ 之所以说这种宗教文化“逐渐脱离原始性”，是因为它还保留着某些原始性。例如，它还只是人格化的自然神崇拜，而不是完全的人格神崇拜；有些地区还保留着用活人祭祀和殉葬等野蛮的仪式和习俗。

代，为半文明宗教文化向新的道德文化过渡的时期。前一时期即传说中的“五帝”（通常指黄帝、颛顼、帝喾、唐尧、虞舜）时代，大约从公元前30世纪初至公元前20世纪初。这段历史还有待考证，所以我们只能依据古人的有关说法去推论其文化的过渡性。

黄帝时代被看作中华文明的开端，传说黄帝时代有许多利于民生的发明创造，黄帝等五帝被后世奉为德才兼备的圣王。例如，《史记·五帝本纪》说黄帝“生而神灵”，后来“修德振兵，治五气，艺五种，抚万民，度四方”；说颛顼“有圣德焉”；说帝喾“修身而天下服”；说唐尧“其仁如天”；说虞舜“天下明德皆自虞帝始”。又如，《尚书·尧典》说尧“克明俊德，以亲九族”；《尚书·舜典》说舜“浚咨文明，温恭允塞”。五帝之后的大禹建立了夏朝。《尚书·大禹谟》说大禹王主张“德惟善政，政在养民”，主张“正德、利用、厚生”。这些传闻和记载都看重圣王们的功德，由此透露出此时期的文化后来向道德文化转化的必然性。

半文明宗教文化的后一时期，是从夏朝建立的约公元前2070年至周灭商的公元前1046年。这一时期是中国半文明宗教文化的确切时期。这一时期特别是其中的商代，比起前一时期来，其文明程度高得多，向道德文化的过渡性也最明显。不过，直到商代后期（殷），其文化仍然主要是宗教性的。那时的人听命于鬼神，祭祀隆重，巫术盛行。《礼记·表记》曰：“殷人尊神，率民以事神。”可知“商人尊神重巫，体现出强烈的神本文化的特色”①。不过，此时期宗教的文明程度大大提高了，最突出的表现是在自然崇拜和祖先崇拜的基础上，升华出了具有一定人格性的“帝”神或称“上帝”神这样的信仰对象。②

历史上虽然夏商周统称“三代”，但周代对前两代进行了重大革新，实际上是一次文化转型，所以周代与夏商两代在文化史上应分属不同的时期。《诗经·大雅·文王》曰：“周虽旧邦，其命维新。”周初的“维新”，就是指这次文化转型或者说文化大变革。王国维就说：“中国政治与文化之变革，莫剧于殷周之际。……殷周间之大变革，自其表言之，不过一姓一家之

---

①　张岱年、方克立：《中国文化概论》，北京师范大学出版社1994年版，第80页。

②　《礼记·郊特牲》曰：“万物本乎天，人本乎祖，此所以配上帝也。郊之祭也，大报本反始也。”这说明上帝崇拜中包含着自然崇拜和祖先崇拜的因素。

兴亡与都邑之移转；自其里言之，则旧制度废而新制度兴，旧文化废而新文化兴。"① 这种文化转型，就其社会、政治层面看，是将神权政治制度转变为宗法制度和分封制度，并制定相应的礼乐规范；就其思想层面看，是将商代主要具有神性的"帝"或"上帝"这种宗教文化的本体观念，转变为主要具有道德性的"天""天德"这种道德文化的本体观念。这样的转变，用顾颉刚的话说，就是将商代的"鬼治主义"转变为"德治主义"。②

殷商时代的"上帝"已经具有了一定的人格性，但是其人格性不具体，其创世功能不明确，所以不像其他文明宗教的唯一神，如犹太教、基督教的上帝和伊斯兰教的真主那样的神。不过，这种人格性在一定程度上为把主要具有宗教神性的"上帝"观念转变为主要具有道德性的"天""天德"等观念准备了条件。

商代已有"天命"观念，它指上帝的意旨。周人继承了这一观念，不过强调的却是天命意旨中的道德性。《诗经·大雅·文王》中所说的"其命维新"中的天命（命），其意旨就主要是道德性的了，即已经是所谓"天命靡常""惟德是辅"的天命了。"天的观念是在西周才出现的"③，大约当时的农耕经济使人们日益重视和敬畏自然界的天的作用，于是"天"概念除继承了此前的"上帝"和"天命"等概念中的某些宗教神圣性以外，更突出了自身的自然性（某些自然现象和自然法则④）。正是"天"的这种自然性，逐渐成为人世间新的道德的神圣依据⑤，或者径直就被当作神圣的天所具有的道德性，即所谓"天德"。有学者就明确指出"周之'天'是道德之天"⑥。"'德'字在殷商卜辞及《尚书·盘庚》中虽多见，但作为一个主要观念和中心思想，是在姬周。周初再三强调'敬德''明德'，金文中多有

① 王国维：《殷周制度论》，干春松、孟彦弘编：《王国维学术经典集》（下卷），江西人民出版社 1997 年版，第 128—129 页。

② 转引自朱自清：《〈尚书〉第三》，《经典常谈》，复旦大学出版社 2004 年版，第 31 页。

③ 韦政通：《中国文化概论》，岳麓书社 2003 年版，第 71 页。

④ 这些自然现象和自然法则（实际上未必都是客观的法则）如所谓"天尊地卑""天生万物""生生不息"等。

⑤ 中国古代道德文化具有自然根性，后面将专门论述。

⑥ 刘国强：《从儒家哲学说 21 世纪中国人安身立命之道》，方克立等主编：《中华文化与 21 世纪》（上卷），中国社会科学出版社 2000 年版，第 326 页。

‘德’字。‘帝’（殷周）在意识形态中的地位在周初已被结合天意与人事的‘德’所取代。”① “天德”二字大约也出现于西周。《尚书·吕刑》曰：“惟克天德，自作元命，配享在下。”意指秉承上天的大德，自己创造好命运，才配在世上享有禄位。这里就有人德配天德的意思，即所谓“以德配天”。后代思想家也用“天德”概念，但意思有所变化。② “天”“天德”在春秋战国时代有了更为抽象、更为本体性的名称，那就是“道”或“天道”，后来宋明理学称之为“理”或“天理”。这些新名称中自然有新的含义，但其中基本的道德含义与“天”“天德”是大体相同的。正是这种相同的基本道德含义，保证了中国古代正统文化贯彻始终的道德性质。

这种由宗教神性文化转型而来的道德文化的“道德”，其具体含义是什么呢？一言以蔽之，它是一种上下尊卑的等级秩序和亲疏关系。③ 道德一般指人与人之间的关系及行为规范，这当然是指“人德”。中国古代道德文化的道德含义，既包括现实的人德，又包括作为人德先验依据的“天德”。根据保存下来的祖先崇拜中的父权制血缘关系而确立的宗法制度、分封制度以及使它们得以巩固与和谐的礼乐规范，还有后来的“三纲五常”的政治、伦理等，就是上述“天德”及后来的“天道”在人世间的体现。它们虽然是人德、人道，却因为是天德、天道的体现而具有了似乎是天经地义的合法性和神圣性。

那么，是什么东西或者说什么条件，促成了中国古代文化的这样一种道德性转型呢？直接的契机是周的兴起和商的覆亡。商朝重鬼神，喜巫术，然而由于无德，终于被周朝取而代之。周公总结历史教训说，夏商两朝之所以亡国，就是因为“惟不敬厥德，乃早坠厥命”（《尚书·召诰》），故而他提出“皇天无亲，惟德是辅”（《尚书·蔡仲之命》）的新观念，要求统治者“敬德保民”“以德配天”。于是，周人的观念发生了从重鬼神到重道德的根本变化。相应地，周朝所推行的种种制度，如宗法制、分封制和礼制，“其

---

① 李泽厚：《孙老韩合说》，《中国古代思想史论》，安徽文艺出版社 1994 年版，第 89 页。

② 例如，《庄子·天地》曰“玄古之君天下，无为也，天德而已矣”；《荀子·不苟》曰“变化代兴，谓之天德”；张载《正蒙·干称第十七》曰“乃知道者所谓诚也，天德也”。

③ 参考历史学家的论断：“实则严整的封建等级化及其礼仪，在西周中叶以后已渐渐发展成形。”〔许倬云：《西周史》（增补本），生活·读书·新知三联书店 2001 年版，第 167 页〕

旨则在纳上下于道德，而合天子、诸侯、卿、大夫、士、庶民以成一道德之团体”①。

至于何以转型成为上述那种尊卑有序和亲疏有别的道德而非其他道德，则有深层的经济和社会的原因。一方面，中国的自然地理环境适宜农耕，远古先民也日益重视农耕，他们靠天吃饭，便产生了敬天、畏天的信仰和情绪。于是，“天”对于先民来说就不但具有自然性，而且具有主宰命运、奖罚善恶的神性，更有泽被天下、生养万物的德性。根据这样的信念以及与此相关的自然现象，就产生出天尊地卑等观念，并据此来规定其他事物的等级秩序。另一方面，与文明伊始就从事和发展农业经济相应，人们仍然聚族而居，原地耕作，从而保留下原始父权制氏族社会的血缘关系（这与古代希腊由于海洋性商贸经济的发展而突破氏族血缘关系很不相同）。这种血缘关系，在上述天尊地卑之类的等级秩序观念的配合和引导下，就发展出以父子血缘为核心而向四周散射的亲疏关系和等级名分，并以此来结构家庭和宗族，进而又依照类似的关系和等级来组成社会，建立国家。于是家国同构，并最终形成“三纲五常”的伦理政治以及“天地君亲师”一体化的社会等级秩序。

这里有两个相关的问题需要说明。一个问题是，这种道德文化从宗教文化转型而来，它与宗教文化却不是完全对立的，而是它本身就包含了一定的宗教成分。其原因在于：作为道德本体观念的“天”“天道”就部分地来源于作为宗教本体观念的“帝”“上帝”乃至更早的原始自然崇拜和祖先崇拜，于是“天”“天道”中就保留了一定的宗教神性。上文指出过，“天”“天道”具有三重含义，其中道德的含义是基本的，也是主导性的，此外还有自然法则的含义和宗教神性的含义。另一个问题是，中国古代这种讲究等级秩序和亲疏关系的道德文化主要是关于人事的，而不再像宗教文化那样主要是关于鬼神的。然而，从上文的论述已可以大致看出，这种道德文化的最深根基，却不是人不同于自然物（包括作为自然物的自然人）的人性（如自主、平等、自由等），而是某些类似于自然物的自然性。这即是说，这种道德文化根植于自然界的某些现象和法则（这是道德文化的外在自然根性），以及属于自然现象的人类血缘关系（这是道德文化的内在自然根性）。

① 王国维：《殷周制度论》，干春松、孟彦弘编：《王国维学术经典集》（下卷），第129页。

这个问题本书第二章第一节中有专论。

思想文化的转型有两个关键，其一是文化的本体观念发生变化，其二是文化的心理机能发生变化。以上论说的是古代中国文化转型中本体观念的变化，即从主要是宗教本体观念的“帝”“上帝”转变为主要是道德本体观念的“天”“天道”。以下论说这种文化转型中相应的心理机能的变化，即从主要是宗教信仰转变为主要是道德意志。这即是说，文化心理机制中的道德意志取代了宗教信仰的主导地位，因而前者反过来制约后者。

文化，特别是思想文化，是人类心理机能的创造。有三种心理机能能够创造独立的文化，它们是信仰①、意志和理智。以信仰为主导机能所创造的文化是宗教文化，以意志（道德意志）为主导机能所创造的文化是道德文化，以理智为主导机能所创造的文化是科学文化。心理中的情感，是理智特别是意志和信仰活动的伴生物，以它作为主导机能的创造是艺术创造。这种创造不能构成独立的文化，而只能依附于前三种文化。

在原始思想文化中，信仰是主导的心理机能，因而原始思想文化主要是宗教文化。不过，理智、意志和情感等心理机能也在活动，所以原始宗教文化中包含着科学、道德、政治（道德和政治都是意志的产物：前者是道德意志的产物，后者是政治意志的产物）和艺术等多种文化因素。只是理智、意志和情感等心理机能受制于宗教信仰，没有独立性，所以原始宗教文化中的科学、道德、政治、艺术等文化因素没有独立性，只能从属于宗教文化，为其服务。

在中国，黄帝时代以来的半文明宗教文化中，意志，尤其是道德意志（常常结合着政治意志）的因素逐渐突出。这一时期中传说的和后来被证实了的众多先王圣君，他们既是政治领袖，也是道德圣贤。

至西周这一“维新”时期，道德意志就突破了宗教信仰的制约，并取代了后者的主导地位。这即是说，道德意志不再像在殷商宗教文化中那样受制于宗教信仰，而是取得了独立自主的地位，并成为主导的心理机能，从而

---

① 信仰是一种复杂的、综合性的心理机能，包括想象、情感、意志作为其活动的条件。信仰分为宗教的和科学的。宗教信仰的核心是非理智地竭诚相信某种虚幻和荒谬的东西。古罗马基督教神学家德尔图良的著名说法“因为它荒谬，所以我信仰”，是对宗教信仰的一种很好的说明。科学信仰则是理智地相信某种东西，并要求最终能够被实证，它从属于理智活动。宗教信仰与理智或者说理性是对立的：理智不能达到的地方，正是宗教信仰的地盘。

创造出一种新的文化，即道德文化。[①] 从思想观念看，殷商时期的“上帝”主要是信仰的对象，人们敬畏它，祈求它消灾降福，于是宗教和巫术兴盛。而西周时期的“天”“天德”则主要是道德意志的对象了，它引导人们去实现自己的道德目的。后来，代表这种主流思想的儒家总结出“格物、致知、诚意、正心、修身、齐家、治国、平天下”的道德修养和报效家国之路，以“圣人”为理想人格。道家则走“绝圣去智”“虚静无为”的道德修养之路，追求“真人”“神人”的理想人格。两者方式不同，却正好“入世”与“出世”互补。所有这些，都是道德意志作为主要动力的创造。在道德文化中，道德意志与政治意志是紧密关联的。两者的基本关系是“为政以德”（《论语·为政》）、政德合一，要求统治者、政治家“内圣外王”，实行“德治”，施行“王道”。以前的夏商两代则主要是为政以教、政教合一，宗教观念支配政治观念和政治行为。

在道德文化中，既然道德意志转而成了主导的心理机能，它就会反过来制约宗教信仰。上文已指出，在道德文化的本体观念“天德”“天道”之中，还保留着一定的神灵性、神圣性，因而道德文化本身就包含着宗教成分。例如，仍然有祭天拜祖的仪式，有些巫术、迷信仍然流行。为什么仍然有这些宗教活动？从根本上说，是因为促成文化转型的农耕经济和相应的宗法社会使原始的自然崇拜和祖先崇拜中对自然的“天”和血缘的“祖”的信仰和崇拜得以保留，并被整合到殷商时期的“上帝”之中，继而在一定程度上又保留在从“上帝”演变而来的“天德”“天道”之中。不过，文化的性质究竟发生了从宗教性向道德性的转化，所以道德意志以及相应的政治意志必然会反过来制约宗教信仰。自西周起，就开始了为政以德、政德合一，道德成为根本，政治成为主导，宗教则处于从属的地位。以后两千多年的中国社会基本如此，普遍受到尊重的是道德的圣贤和政治的明君贤臣，而不是宗教人士。这些是中国古代社会与其他国家古代社会很不同的地方。

上述文化转型标志出一个新的时代，它使中华文化从原始的和半文明的宗教文化转型成为文明的道德文化。这种文化转型，可以说是中华民族人性

---

① 参考历史学家的说法，西周发展出“一套天命靡常惟德是亲的历史观及政治观。这一套新哲学，安定了当时的政治秩序，引导了有周一代的政治行为，也开启了中国人道精神及道德主义的政治传统。”〔许倬云：《西周史》（增补本），第 112 页〕

的第一次大觉醒。此前的世界鬼神横行，人性被遮蔽。这一转型却是从神转向人，从神性转向德性。虽然这种转换首先是以上天的神性转变为上天的德性这种形式进行的，但“天德”是“人德”的投射，其实质是人们将自己所创立的道德原理和规范加以神圣化、天意化。不过，我们也应当看到，这种道德人性是很有局限的，因为它把人性限定在特定的尊卑贵贱的等级秩序和亲疏关系之中。随着历史的发展，这种道德秩序必定会被打破。

我们还要说，这种人性的觉醒是一种理性的觉醒。[①] 理性的基础和核心是理智，狭义的理性就指理智理性，或称理论理性。基于理智并受其制约的意志，则属于广义的理性，名曰实用理性（意志如果受制于宗教信仰，则属于以宗教信仰为核心的非理性）。道德意志是一种实用理性，文化从宗教性向道德性的转变，就是从非理性的宗教信仰向道德意志这种实用理性的转变，所以说是人的理性的一种觉醒。不过，同样应当看到，这种理性的觉醒也是很有局限的。因为这种道德意志自从被确立为主导的心理机能之后，它不但制约非理性的宗教信仰，而且更是着力压制作为理性核心的理智理性，以免理智理性产生对它不利的认识和批判，结果导致道德文化停滞不前和走向衰落。显然，中华民族还需要一次理性的觉醒，而这一次应该是作为理性核心的理智理性的觉醒：让理智理性真正独立自主地活动，从而带动包括道德意志、政治意志和其他实用意志（如经济意志）以及艺术情感在内的整个理性领域的不断的自我批判、自我更新。这样创造的文化却又是一种新的文化了，那就是科学文化。看来，中华民族确实应该再进行一次文化转型，即从道德文化向科学文化的转型（事实上，这种转型自 19 世纪中叶以来就一直曲折地进行着）。这样，中华文化就依次包含了三个阶段的文化，即宗教文化（包括原始的和半文明的）、道德文化和科学文化。从创造文化的心理看，这才是一个民族的文化心理的健全活动和健康发展。

（二）儒道佛三家思想的道德特性

儒家思想主要是道德思想。儒家的“天”“天命”“道”“天道”等观念从西周继承和发展而来。如上所述，它们主要是道德本体观念。它们中虽然包含关于世界本原的哲学思想，但是不具体、不系统，所以儒家

---

① 参考历史学家的两个论断：其一，“殷商的神，始终不脱宗族神、部落神的性格”〔许倬云：《西周史》（增补本），第 321 页〕；其二，“华夏文化在西周形成时，先就有超越部族的天命观念以及随着道德性天命而衍生的理性主义”（同上书，第 323 页）。

（先秦儒家）没有明确的哲学本体论，其哲学认识论也不明确。儒家的道德修养中有“格物致知”的主张，那主要指从事物感悟“道”，启示道德意义，而不是指从观察、分析和推理中获得科学的真知。所以，儒家思想主要不是哲学思想。儒家思想也主要不是宗教思想。虽然儒家的“天”“道”观念中包含着宗教信仰成分，但那不是主要的成分。从殷周延续下来的祭天和祭祖（它们源于原始宗教的自然崇拜和祖先崇拜），加上后来兴起的祭祀圣人（主要是文圣人孔子和武圣人关公），可以看作儒家所继承和发展的宗教，姑且称之为儒教（不同于某些人称整个儒家思想为儒教）。三祭中祭天和祭祖是主要的，祭天是帝王的事情，祭祖是全民的活动，在这种意义上，儒教在中国不但是根源最深远的宗教，而且是范围最广大的宗教。但是它的原始性和迷信色彩很浓，世俗功利性很强，缺乏宗教的超越性。

儒家思想为孔子所创立，孔子承袭了西周周公等人的思想。不同的是，在周公那时是“维新”的思想，在孔子则成了他极力维护的传统思想。就儒家道德思想的形而上来源看，是从“天德”推出“人德”，从“天道”推出“人道”。孔子就说“天生德于予”（《论语·述而》）。宋代理学提出的“理一分殊”，也是从“天理”推出尊卑贵贱的社会等级和忠孝仁义的道德心性，正所谓“得天理之正，极人伦之至”（《程氏文集》卷一）。由此可知，儒家道德是一种先验的既定意志的产物，神圣不可改变。这种道德继承了西周确立的关于尊卑贵贱的等级秩序和亲疏关系的礼制，儒家的纲常伦理就是这种道德性的体现。孔子强调“君君、臣臣、父父、子子”（《论语·颜渊》），孟子主张“父子有亲，君臣有义，夫妇有别，长幼有序，朋友有信”（《孟子·滕文公上》），又提出“仁、义、礼、智”四德①，这些已经为后来董仲舒提出的“三纲五常”奠定了基础。自汉武帝时代起，“三纲五常”就成为古代社会不可动摇的伦理、政治骨干。朱熹就强调“纲常千万年，磨灭不得”（《朱子语类》卷二十四《论语六》）；文天祥在《正气歌》中也高唱“三纲实系命，道义为之根”。“三纲五常”将道德与政治合为一体，其中政治成为最高的道德。从此，儒家思想与君主专制就不可分割

---

① 这四德中前三者显然是道德性的。“智”这一德如何呢？它并不是科学理智之智，而是道德之智，指对仁义这核心道德原则的觉悟和遵守。孟子的解释就是这样的：“仁之实，事亲是也；义之实，从兄是也；智之实，知斯二者弗去是也。”（《孟子·离娄上》）

地捆绑在一起而相互依存、相互为用了。

儒家道德思想的核心观念是“仁”和“礼”。自周公“制礼作乐”以来，“礼”就成为正统的道德规范。春秋战国时代“礼崩乐坏”，孔子为了恢复礼制，提出“仁”。孔子的仁学内容丰富，其中最重要的应当是“克己复礼为仁”（《论语·颜渊》）。《颜渊》篇首章可谓孔子仁学的纲领。其曰：“颜渊问仁。子曰：‘克己复礼为仁。一日克己复礼，天下归仁焉。为仁由己，而由人乎哉?’颜渊曰：‘请问其目。’子曰：‘非礼勿视，非礼勿听，非礼勿言，非礼勿动。’”孔子的贡献，是把仁作为对于礼的一种内在自觉性，故而可以说仁就是内在的礼。孔子的仁学把仁礼义化了。仁的本义是爱人，所以当“樊迟问仁，子曰‘爱人’”（《论语·颜渊》）。但由于仁被礼义化了，仁这种爱就是在礼的等级秩序之内的爱，因而是有条件和层次的爱：条件是这种爱要以血缘的孝悌为基础，层次是这种爱要依据血缘关系而加以分别。所以，《论语·学而》曰：“孝悌也者，其为仁之本与。”《孟子·尽心上》说得更明确、具体，其曰：“亲亲，仁也；敬长，义也。”又曰：“亲亲而仁民，仁民而爱物。”《中庸·第二十章》亦曰：“仁者人也，亲亲为大。”这些都说明，仁首先是爱亲人，爱他人、他物是由爱亲人推广出去的。由此便可知，孔孟的“仁爱”与墨子的“兼爱”、西方的“博爱”（西方的基督教和人文主义都持博爱观）是有根本不同之处的。[①] 仁爱有亲疏和等级的分别，这正是礼的关键，所以仁与礼是统一的，而统一的基础是礼——它贯通于从西周至晚清的整个正统道德文化。孔子之后，孟子在孔子“仁”的基础上提出“性善”观念，后经宋明理学发展成“心性”论。这样，外在体制的“礼”与内在心性的“仁”就结合成为一体两面的儒家思想的总体——儒家的纲常伦理中就贯通着这二者。儒家的礼与仁这两个观念，对于稳定古代中国社会、塑造古代中国人的性格和精神，起着最根本、最广泛的作用。

儒家思想是由君主专制的力量扶持为正统意识形态的。它与君主专制的关系，一位外国学者分析得很透彻：“就儒学而言，它始终都需要君主制，并

① 《孟子·滕文公》上篇批驳墨家的“爱无差等”论，下篇更是对墨家严厉责骂：“杨氏为我，是无君也；墨氏兼爱，是无父也。无父无君，是禽兽也。”可见孔孟的仁爱与墨家的兼爱是何等对立！

始终都接受其存在，但这种接受也始终暗含有对君主制内在任意性的限制。”① 只有秦始皇那样的专制君主排斥和仇视儒家，因为他需要的是无限制的专制权力。不过，那样的君主专制很危险，会短命。正因为儒家思想与君主专制是相互依存、相互为用的，所以满清王朝覆亡以后，儒家思想便决定性地衰落下去，只能作为一种文化遗产而存在了。

道家思想比儒家思想较富于哲学性。不过，就其哲学性而言，它也主要是道德哲学。道家为老子所创立，其体系的本体是“道”。道的本性是自然而然，即所谓“道法自然”（《老子·二十五章》）。道生万物，是世界的本原，所以道家思想的哲学本体论是明确的。这个哲学本体的“道”很独特，它与古希腊哲学家赫拉克利特提出的“逻各斯”（曾意译为“道”）有所不同。逻各斯指隐藏在现象后面的普遍规律，需要抽象的思维去发现，逻辑的语言去表述，所以必然引导出理性的哲学认识论（逻各斯本有语言、理性等意思，亦是逻辑的来源）。而道家的道是“无名”，对它只能“无言”，即所谓“道不可言”“道不当名”（《庄子·知北游》）。这种道并不是可认识的普遍规律，它“自然”“无为”的本性意在指导形而下的自然无为的道德、政治等。所以，道家的哲学本体论并没有开出明确的哲学认识论来。在这种意义上，道家的道本体主要是道德本体，道家思想的重点正是在这种道德本体所开出的道德论上。“我们当可知道他（按：指老子）的形而上学只是为了应合人生与政治的要求而建立的。”② 庄子的论说更集中在“德”上。道家思想显然也主要不是宗教思想，因为道家的道论基本上是无神论。道家与后来的道教虽然在思想上有关联，但两者的性质不同。

道家思想是不是美学思想呢？道家思想主要是道德思想。这种道德思想中包含着一种独特的美学思想，那就是庄子所肯定的“大美”“至美”“天乐”等思想。不过，“大美”等其实只是一种名之曰“美”的道德精神，而并无现实的审美性。因此，这种美学思想并不是审美意义上的美学思想。有学者将庄子哲学等同于审美意义上的美学，其症结就在于将庄子的“心斋”

---

① ［美］列文森：《儒教中国及其现代命运》，郑大华、任菁译，中国社会科学出版社 2000 年版，第 176 页。

② 陈鼓应：《老庄新论》，上海古籍出版社 1992 年版，第 3 页。

“坐忘”那样的道德修养等简单化地等同于审美体验[①]，而两者实际上并不等同[②]。

道家思想体系的本体是“道”（道不但是社会、人生的本体，而且是整个世界、宇宙的本体），其重心则是“德”。人与道的关系就是德与道的关系。那是一种怎样的关系呢？是人通过体道、悟道而“得道为德”的关系。老子说：“孔德之容，惟道是从。”（《老子·二十一章》）这话就有得道为德的意思。庄子说得更明确：“泰初有无……物得以生，谓之德。”（《庄子·天地》）[③] 得道为德是人与道的总体关系，所以这德是广义的，它不但包括狭义的为人处世之德，也包括政治和美。由于道德、政治和美都是自然无为的道的体现，三者就具有共同的自然无为性质。在这种意义上，可以说政治是德，美也是德。尽管如此，德（包括广义的和狭义的）、政、美三者的逻辑先后和重轻次序是不容颠倒的。有学者却将这种次序颠倒了。他设定道为最高的艺术精神，这种“艺术精神发而为美地观照”[④]，于是，“道是美，天地是美，德也是美”[⑤]。这样，美，而不是德，成了统摄老庄哲学的东西。而实际上，无论是老子还是庄子，就道落实于人生看，道德都是主要的，政治次之，美更次之。这即是说，道家的政治学和美学都是在其道德哲学范围之内的。所以，将道家在人生方面的道等同于艺术精神，将道家哲学等同于美学，都是欠妥当的。艺术精神只是一种道德精神，而且不是最重要的道德精神；美学只是道家道德哲学的一部分，而且不是最重要的部分；尽管那艺术精神和美学在后世影响巨大。实际上，将道等同于艺术精神，将道家哲学等同于美学，不但缩小了道家哲学的范围，也缩减了道家哲学的

---

① 徐复观的《中国艺术精神》说：“达到心斋与坐忘的历程，如下所述，实际是美地观照的历程。”（春风文艺出版社 1987 年版，第 62 页，此书在台湾初版于 20 世纪 60 年代。本书引文中的着重号皆为原文所有）20 世纪 80 年代出版的李泽厚、刘纲纪主编的《中国美学史》第一卷说：“庄子的美学同他的哲学是浑然一体的东西，他的美学即是他的哲学，他的哲学也即是他的美学。”（中国社会科学出版社 1984 年版，第 227 页）又说：“对于‘坐忘’，历来有不少神秘的解释。其实它不是别的，主要是一种以审美感知为其特征的心理状态。”（第 268—269 页）。

② 详见陈本益、饶建华：《庄子美学辨正》，《陕西师范大学学报》2014 年第 5 期。

③ 儒家也持“得道为德”的观点，如朱熹说：“德者，得也，得其道于心而不失之谓也。”（《论语集注·述而》）

④ 徐复观：《中国艺术精神》，第 86 页。

⑤ 同上书，第 51 页。

意义。

后世受道家思想影响的文艺家创作出许多美的作品，受道家思想影响的文艺理论家也从道家思想中转化出不少美学（审美意义上的美学）的范畴和命题。例如，“游心”① 这样的道德主体转化为后世“感物”之类的审美主体；“无处不在”的道这样的道德对象转化为后世“山水是道”之类的审美对象；“心斋”“坐忘”这样的道德修养转化为后世“澄怀味象”之类的审美观照；“物化”“丧我”这样的道德境界转化为后世“情景交融”“无我之境”之类的审美境界；等等。由此产生了具有审美意义的、因而能够独立于道德哲学的道家美学。在此转化过程中，综合儒道（但主要还是出自道家）的魏晋玄学和魏晋六朝文艺思想起了关键作用。

佛教从印度传入中国后，在很大程度上被道德化了。这种转化，并非全赖中国本土道德文化的强固势力，佛教本身突出的道德性是先行条件。原始佛教没有对于创世神的信仰，它本身是反对婆罗门教的梵天（神）创世论的。佛教出现众多的神灵和彼岸的极乐世界，是后来的事情。佛教的信仰很大程度上集中在它的教义和戒律上，它的“戒、定、慧”修持，就是约束性很强的宗教道德规范，强调身心的修养。这些大约是它传入中国后容易被接受并且被道德化的原因之一。

传入中国的佛教经历了与本土文化相互冲突、吸收和融合的过程。结果是，儒道两家文化得到充实和新的发展，佛教本身则被道德化、中国化，成了中国文化的一部分。佛教在中国的发展，隋唐时期臻于鼎盛，形成许多派别，其中禅宗的势力最大，是中国化佛教的代表。

佛教的中国化集中体现在佛性问题上。印度大乘佛教就已经认为众生有成佛的可能。佛教传入中国后，大约受儒家“人性善”和“人皆可以为尧舜”（《孟子·告子下》）等观念的影响，各教派大多肯定“一切众生悉有佛性”。禅宗则把这一观点推向极端，提出“自性清净”“见性成佛”的观点：“不悟即佛是众生，一念悟时众生是佛，故知万法尽在自心，何不从自心中顿见真如本性?”（《六祖坛经·般若品第二》）“佛向性中作，莫向身外求。自性迷即是众生，自性觉即是佛。”（《六祖坛经·疑问品第三》）肯

① “游心”与下文的道“无处不在”“心斋”“坐忘”“物化”“丧我”等术语都出自《庄子》。

定“众生悉有佛性”已经是一种变革，而禅宗的变革就更大。禅宗的这种变革，就其实质而言，在很大程度上就是将佛教的宗教性转变成道德性。佛性本来存在于超越的涅槃境界，是信仰的对象，而中国化佛教却坚信众生有佛性，人人可以成佛，这就把超越性的信仰下降到现实的人性之中。这里，坚信众生有佛性的“信”已经不是关键（因为有佛性不等于就能成佛），而人人可以成佛的“成”则成了关键。这即是说，宗教信仰（它是宗教的基础和核心）的地位和作用减弱了，而道德意志——可以成佛的“成”的意志——的地位和作用则增强了。这与儒家肯定人人有圣贤性，因而可以成圣成贤的道德理想类似了。这从学理上说，就是当人的思想行为不受制于外在超自然的东西，而受制于自己的内心时，这种内心的自主性和自律性与其说是一种宗教性，毋宁说是一种道德性。①

在如何成佛的问题上，如果说禅宗（指作为正统的南宗）以外的其他教派，都主张“渐悟”“渐修”，并在一定程度上还保留着印度佛教苦修和出世修的精神和某些宗教仪式，禅宗却认为佛性即“自性”，因而“不假外修”，主张内心“顿悟”成佛，并认为完全可以在世俗中修行。“师言：善知识，若欲修行，在家亦得，不由在寺。在家能行，如东方人心善。在寺不修，如西方人心恶。但心清净，即是自性西方。”（《六祖坛经·疑问品第三》）这样，禅宗中真正属于印度佛教的东西就几乎没有了。有学者就指出：“特别是禅宗的出现，它破坏了佛教作为一种宗教某些方面的特性，不仅不必念经拜佛，而且可以呵佛骂祖。禅宗认为，在日常生活中也可以实现成佛的理想，‘挑水砍柴，无非妙道’。”② 又有学者指出：“自从十世纪禅彻底中国化以后，印度禅一扫而光。我们一千年来所一直传播的就是中国禅法。”③ 所谓“禅彻底中国化”，就是说它道德化了，虽然它还保留着宗教的形式。

禅宗走顿悟成佛的捷径，是其中国化的最独特之处。“一念悟时众生是

---

① 参考如下见解：“《坛经》（按：即《六祖坛经》，它是禅宗的基础）实现由外向内转变的枢纽，是将宗教信仰道德化，将世俗道德宗教信仰化，它总结的是一种标准的道德化佛教。”（杜继文、魏道儒：《中国禅宗通史》，江苏古籍出版社 1993 年版，第 188—189 页）

② 汤一介：《从印度佛教的传入中国看当今中国文化发展的若干问题》，中国文化书院讲演录编委会编：《中外文化比较研究》（中国文化书院讲演录第二集），生活·读书·新知三联书店 1988 年版，第 48 页。

③ 冉云华：《印度禅与中国禅》，同上书，第 210 页。

佛”，或者说“自性悟即是佛”，认为成佛仅仅是自家一念的工夫。比起儒家修养成贤人、圣人的艰难沉重，比起道家修养成真人、神人的清苦难耐，禅宗的这种顿悟成佛的修行实在是太容易太廉价了，难怪如此多的古代知识分子钟情于它。

禅宗“顿悟”论的产生，道家的智慧可能给予过启示，中国自来就有的直觉思维的传统（儒道两家都有此传统）所起的作用可能更大。其实，顿悟就是一种感悟性的直觉思维。顿悟论的提出，可以看作中国传统的直觉思维方式在理论上找到了一个突破口。大约正因为如此，顿悟论才能够如此流行，并且能够反过来对中国哲学、诗学产生重大影响。

佛教在中国下层社会也在发展，至宋代已经在民间广为流行。其本原的生死轮回、因果报应等信念与中国民间的道德观念结合，又受到儒教祭天拜祖和道教神仙方术的影响，演变成求神拜佛的中国化民间佛教，带上了许多原本没有的实用性和迷信色彩。

上述儒道佛三家思想的道德特性决定了中国古代文化的道德特性。在中国古代文化中，儒家文化是主流的正统文化，道家文化和佛家文化与之互补。与西方科学文化与基督教文化的异质互补不同，这种互补是同质性的。所谓“同质”，就是共同具有道德的性质。这共同的道德性质是什么呢？是修身养性。儒家不但修身（内圣），而且还要为政（外王）。不过，“修身为本”（《礼记·大学》），“为政以德”。可见修身对儒家来说是根本性的，宋明理学这种新儒家就最强调内在心性的修养。道家中老学尚有较多的修身以为政的动机，庄学就较少了，大多是修身养性了。佛家几乎纯粹是修身养性。这三家道德文化的修身养性有一个共同趋向，那就是修养主体的自我性最终趋于消亡，或消亡于社会（儒家的“群”），或消亡于自然（道家的“无”），或消亡于自身内心（佛家的“空”① ）。这样的道德文化在世界上独树一帜。

二、诗歌情感的道德特性

从文化性质看，属于道德文化的诗歌（本书中的“诗歌”一般指抒情

---

① 佛教主张“空”或称“性空”。小乘佛教和大乘佛教都主张“我空”，意指我自性空幻。大乘佛教还主张“法空”，意指客观万象也自性空幻，于是合起来便是“法我两空”。对此的较详细论述见本书第二章第一节第三小节。

诗）情感是道德情感，属于科学文化的诗歌情感是自我情感，属于宗教文化的诗歌情感是宗教情感。前后两种情况都易于理解，因为诗歌是其所从属的文化的一部分，其情感的性质与那文化的性质是一致的。其实，诗歌的自我情感与科学文化的性质也是一致的，只是这个问题事实上明确而道理上却需要论说一下（见下节）。

诗歌情感还可以根据自身的特性来划分。情感是人的一种心理反应，它伴随感觉、理智、意志等心理机能的活动而产生。单纯伴随感觉而产生的情感是低级情感，伴随其他心理机能而产生的情感则是高级情感。诗歌情感是高级情感。不过，由于诗人常常因感知外界而创作，他所表现的情感中往往混合着伴随感觉而产生的情感。有时，从表面看诗人似乎只是因感觉而产生情感，其实在这种情况中，意志目的和理智认识也潜在地起着作用，因而那情感并不纯粹是感觉性的。

诗歌中普遍表现的情感，是或显或隐地伴随意志目的而产生的情感。人的意志目的往往是功利性的，所以具有明显意志目的的诗歌情感是功利情感。功利具有善（或者恶）的价值，所以诗歌的功利情感是关于善的情感。明显的意志目的往往基于明确的理智认识，而理智认识具有真（或者假）的价值，所以诗歌的功利情感也是关于真的情感。真以思想概念的形态存在，善以功利目的的形态存在，所以诗歌的功利情感中包含着较明确的思想概念和功利目的。反之，如果诗歌情感中的意志目的不明显，或者说与意志目的的关系不明确，这种诗歌情感就表现为不是功利的而是审美的。诗歌情感既然与意志目的的关系不明确，它与包含在意志目的中的理智认识的关系就更不明确，这样它就既没有明确的功利目的（善），也没有明确的思想概念（真），因而呈现一种相对纯粹的状态。这种相对纯粹状态的情感就是审美情感。不过，由于诗歌情感终究是由意志目的引起的，而意志目的中总是或多或少具有理智认识这个基础，所以诗歌的审美情感中就总是潜存着意志目的和理智认识，只是意志目的和理智认识已经消融在审美情感中而失去了它们自身的形态，即功利目的的形态和思想概念的形态。这样，诗歌的审美情感就呈现出无概念（实际上是无确定的概念）和无目的（实际上是无目的的合目的）的特征。

从上述可知，诗歌的功利情感与审美情感是相互关联的，两者的分别只是相对的。其实，人对功利目的的感受往往更敏锐、更强烈，他的身心通常沉浸在功利目的之中，进行审美超越的时候是较少的。阅读诗歌、欣赏艺术是人的主要的审美超越，然而就是在这种时候，他也常常自觉或不自觉地让相关的功利目的来纠缠。人只有对自然界的审美是较为纯粹的。

（一）功利性道德情感

中国古代诗歌的功利性道德情感，是道德性意志目的比较明确的情感。屈原《九章·惜诵》曰：

> 思君其莫我忠兮，忽忘身之贱贫。事君而不贰兮，迷不知宠之门。忠何罪以遇罚兮，亦非余心之所志。

诗人对国君忠贞不贰，却不被宠信，反遭惩罚，这是他不曾预料的。诗句的功利目的很明确，所表现的情感很强烈，这样的情感就是功利性道德情感。这样的诗句，这样的情感，在屈原的《九章》中很多，在《离骚》中也不少。屈原在《离骚》中还发出“长叹息以掩涕兮，哀民生之多艰”的深情喟叹。屈原这种忧国忧民的情愫和怀才不遇的悲愤，引起后代诗人的强烈共鸣，所以他们也写出许多类似的诗篇，这些诗篇的功利性道德情感容易见出，无须多论。但须指出的是，如果我们持美善不分的观点，这类诗歌的功利性道德情感也会被当作审美性道德情感。

就儒道佛三家看，儒家齐家治国、济世救民和仕途功名等观念的道德功利性最强，所以表现儒家思想的诗歌情感的功利性也最为显豁。道家和佛家的道德思想具有超功利性，所以表现两者的诗歌情感常常趋向于审美性道德情感。不过，表现儒家思想的诗歌功利性如果较为隐蔽，这种诗歌的情感也可以显出是审美性的，杜甫的《初月》和《旅夜抒怀》就如此。而宣扬道家和佛家的道德思想的诗歌，尽管那道德思想本身是超功利的，其自身的目的性或者相关的目的性如果过于明确，相应的情感也可以看作一种功利性情感。如苏轼《临江仙》下片：

> 长恨此身非我有，何时忘却营营？夜阑风静縠纹平，小舟从此逝，江海寄余生。

词的上片叙事写景，这下片则发议论，抒胸臆。其实，诗人的这种表白并非他的真心实意，不过是借谈佛论道来化解政治上的失意和苦闷，求得暂时的解脱。[①] 读者若与这样的诗词发生共鸣，那共鸣的情感就不只是审美的，而

---

① 此词作于诗人谪居黄州期间。

是也有明确的人生态度和心性修养等功利目的。

中国古代诗论史上关于道德功利的论说很多，有的涉及诗歌情感的道德功利问题。这些论说主要是儒家的。以下择要考察。

《尚书·舜典》曰："诗言志。"《毛诗序》对"诗言志"如此阐发："诗者，志之所之也，在心为志，发言为诗。情动于中而形于言……"这说明诗歌的"志"与"情"是结合着的。朱自清说，"古代所谓'言志'和现在所谓'抒情'并不一样；那'志'总是关联着政治或教化的"[①]。这又说明古代诗歌的情感是政教性的，亦即道德性的。"诗言志"的内涵丰富，表述笼统，从它不但发展出具有明确道德思想情感的功利性诗论——古代的正统诗论，而且也发展出具有道德意蕴的审美性诗论。它是这两路诗论的"开山纲领"。

汉代《毛诗序》中"发乎情，止乎礼义"这句话，把孔子所说的"乐而不淫，哀而不伤"和"诗无邪"中的"不淫""不伤"和"无邪"的情感要求明确规范到"礼义"上。这种"礼义"就是《毛诗序》所说的"经夫妇，成孝敬，厚人伦，美教化，移风俗"。学界通常认为"发乎情，止乎礼义"这句话表达了古代"以理节情""情理中和"的艺术原则。这确实是一种情理中和，不过，我们应当明白这个"理"不是理智理性的理，而是中国古代特定的道德礼义的理，即前文说过的属于道德意志的"实用理性"的理。《毛诗序》的观点，反映了汉代"独尊儒术"的道统和"政德合一"的专制确立以后，统治者把诗歌当作政治附庸的明确要求。

南朝刘勰的《文心雕龙》在这一路正统诗论上作出了两个理论贡献，其一是"情采"论，其二是"感物"论。由于这两个理论贡献，刘勰完成了这一路诗论的建设，为古代的正统诗歌标明了艺术的本质特征和创作原则。

此前这一路诗论也谈到"情"，但都没有从本体上立论，诗的本体始终是"志"，情志合一是合在"志"上，特别是汉儒的诗论，更是强调伦理政教的道德意志。西晋陆机却提出"诗缘情"论，强调诗歌因情感而产生，于是情感成了诗歌的本体，这是一个大转换。这个转换包孕丰富，其中也包括儒家正统诗论从道德意志的"志"向道德情感的"情"的本体性转

① 朱自清：《〈诗经〉第四》，《经典常谈》，第37页。

换——这正是刘勰所承接的情本体的转换。“诗缘情”论的更有意义的情本体转换，还体现在“韵味”“兴趣”“神韵”等审美性道德情感一路诗论的开创上，对此，后文将予以论说。

刘勰是怎样在儒家道德原理之下，借用陆机的“情”本体说来实现从“志”本体向“情”本体转换的呢？他做了两方面的工作。一方面，他首先肯定传统的“诗言志”基本原理。刘勰的论说，是在“原道”“征圣”“宗经”这样的道德原则之下进行的（《原道》《征圣》《宗经》是《文心雕龙》前三篇的名称，乃全书的理论基础），可见他把诗文的道德性看得高于一切。刘勰还在《明诗》篇中举例说大禹有功德，便有《九歌》来歌颂他；太康无道，便有《五子歌》来讥刺他。刘勰以此说明诗歌“顺美匡恶，其来久矣”，充分肯定诗文的道德、政治功能。另一方面，刘勰提出“情采”概念，用“情采”论替代传统的“文质”论，用明确表示诗文本质特征的“情”替代有时与“志”的含义相近的“质”①，从而实现从志本体向情本体的转换。《情采》篇曰：“故情者文之经，辞者理之纬；经正而后纬成，理定而后辞畅。此立文之本源也。”这就说明了“情”是创作的根本。大约接受了曹丕“诗赋欲丽”和陆机“诗缘情而绮靡”的影响，刘勰在《情采》篇中也肯定和重视文采的作用，在《诠赋》篇中也说过“物以情观，故词必巧丽”的话。不过在刘勰那里，作为文采的艺术形式是不可能获得独立自主性的。我们看到的是，在“情”与“采”的关系上，刘勰明确肯定“情”是本，“采”是末；“情”是体，“采”是用。刘勰因此主张“为情而造文”，反对“为文而造情”。刘勰论述情感不遗余力，上述观点就是其情感论的核心。

儒家文化强调伦理、政教，但这种文化又是富于情感的，其诗文更是如此。相应地，儒家诗文理论强调“言志”“载道”，但也突出文艺的本质特征——情感。本来，陆机的“诗缘情”论已是很好的表述，不过它是对诗歌本质的一般表述，没有表明儒家的道德本原，而从它那一般性的表述中，还引导出了与儒家道德本原不同的甚至异质的东西（如明清时期的“性灵”论、“尊情”论等，详后）。刘勰的《文心雕龙》则不同，它把诗文的道德

① “文质”本指文采与质朴这两种语言表达上的风格。后来“质”也指作品的思想情感，这就与“志”的含义相近了。“质”的这样两种含义在《文心雕龙》中都存在。

本原与诗文自身的情感特征结合起来论述，实现了很好的统一。所以我们说刘勰完成了儒家正统诗文理论的建设——一种符合艺术规律的建设。

这种建设还未全部完成，还存在进一步的问题，即这个“情”从何而来？如何表达？这就涉及诗文艺术的另一个基本特征——形象。就刘勰的理论来说，就是“感物”论或称“物感”论。“感物”论也不是刘勰的原创，《礼记·乐记》就说到音乐的根本在于“人心之感于物”。陆机《文赋》中的“遵四时以叹逝，瞻万物而思纷。悲落叶于劲秋，喜柔条于芳春”，也是说因感物而生情思。不过，刘勰《文心雕龙》中的“感物”论比前人具体、深入得多。此论分为两个相关的层次：一个是“感（睹）物兴情”，一个是“感物吟志”。《诠赋》篇曰：“原夫登高之旨，盖睹物兴情。”《物色》篇曰：“情以物迁，辞以情发。”这种“感物”论中包含了传统的“起兴”论（所以“感物兴情”也可以说是“感物起兴”）。这里，我们要特别注意“物—情—辞”的先后顺序。它说明诗人的创作不是从自我出发，不是随意表现自己的主观情感，而是表现由外物引发的情感。这是由中国古代特定的道德文化决定的，它造成了古代诗歌创作的基本的民族特点，与外国诗歌的创作很不相同，本书第四章第一节将予以详论。与上述紧密关联的是“感物吟志”论。《明诗》篇曰：“人禀七情，应物斯感，感物吟志，莫非自然。”既是“感物兴情”，又是“感物吟志”，说明由外物所引发的“情”中融合着“志”，即情和志是统一的。这不难理解。难以理解的是，从外物出发（而不是从自我出发）如何能关联内在的志？或者说外在物象本身如何能表现诗人的内在情思？依据中国古代儒家道德文化的逻辑，其答案如此：天道恢恢，天生万物与人①，万物与人得道为德，于是万物与人相通于德。这样，哲学家“格物致知”，即通过理性直觉而获致物我相通的道德意义；诗人则“感物吟志”，即通过感性直觉而获致物我相通的道德意义。诗人的感性直觉，就是情感和形象的直觉；诗中的物我相通的道德意义，就既是物的道德意义，也是我（诗人）的道德意义（情思），即所谓“志”。那“感物兴情”“感物吟志”的方法，就是古代诗歌基本的创作方法，亦即后来所谓“借景抒情”“托物言志”的方法。运用这种方法的古代诗歌之所以

① 中国古代文化认为万物为天所生，人也为天所生。后一观点如《诗经·大雅·烝民》曰“天生烝民”。道家也持类似的观点，如《庄子·天地》曰“天生万民”。

能够做到情景交融、物我同一，就是因为能够交融和同一于共同的道德意义。这正是中国古代诗歌、艺术追求“天人合德”“天人合一”境界的秘密。外国诗歌却无从做到这一点。

从上述可知，中国古代正统诗歌如此看重其道德本原，如此强调教化作用，然而，它同时又如此乐于抒情而厌弃议论，并且如此乐于形象化抒情而厌弃直抒胸臆。它所依托的文化未必完美，也未必能够永久，但它本身却成就超绝，魅力无穷。

刘勰的《文心雕龙》中已含有文以载道的意思。他的《原道》《征圣》《宗经》三篇就是论述文原于道、文体现德的，其要旨正如他在《原道》开篇所浩叹的那样：“文之为德也大矣！”唐代韩愈复兴古文的思想中更有载道的观点，他说“学古道则欲兼通其辞；通其辞者，本志乎古道者也”（《题欧阳生哀辞后》）。宋代理学家从理学（亦称道学）的立场出发，明确提出“文以载道”论，如周敦颐说“文，所以载道也”（《通书·文辞》）。如果说韩愈等唐宋古文家主张文以载道的目的还在于建设文本身，理学家们则把诗文看作道德教化的工具，甚至看成有害的东西。后一种情况即所谓“作文害道”，于是竟反对作诗为文。朱熹就说：“今言诗不必作，且道恐分了为学工夫，然到极处，当自知作诗果无益。”（《朱子语类》卷一四〇）又说：“小词，前辈亦有为之者，顾其词义如何，若出于正，似无甚害，然不作更好也。”（《晦庵集》卷六三《答孙敬甫书》）“文以载道”论在宋代就见出影响。钱钟书说：“宋诗还有个缺陷，爱讲道理，发议论；道理往往粗浅，议论往往陈旧，也煞费笔墨去发挥申说。这种风气，韩愈、白居易以来的唐诗里已有，宋代理学或道学的兴盛使它普遍流播。”① “文以载道”论在明清两代的有害影响更大。

“文以载道”论与开初的“诗言志”论的主旨是一致的，所以，可以说这一路正统诗论回到源头而首尾相接了。但是，“文以载道”论抛弃了“诗言志”论中的志情合一的思想，抛弃了从“诗言志”论以来发展出的若干有益的文艺特征论如情感论、形象论等，致使自身变得极端道德化和政治化，走进了死胡同。不过，从另一方面看，“文以载道”论的这种情况，正好给了审美性道德情感一路的诗论以发展的机会；此外，还从反面激发了后

① 钱钟书：《宋诗选注·序》，人民文学出版社 1982 年版，第 9 页。

来明清两代的“性灵”论、“尊情”论和“自我”论等异质性诗论的兴起。后者虽是旁支细流，却代表着古代诗论走向现代的希望。

（二）审美性道德情感

古代表现审美性道德情感的诗歌，唐代山水诗最典型。如王维的《鹿柴》：

空山不见人，但闻人语响。返景入深林，复照青苔上。

诗篇所呈现的是鹿柴深林中傍晚时分寂静、清幽的景致，没有明显的功利目的，也没有确定的思想意义，所表现的是很抽象很普遍的审美情感，不过其中有佛家的“空寂”和道家的“虚静”这样的文化底蕴。① 所以，这审美情感是审美性道德情感。

具有儒家文化底蕴的诗歌也能够表现审美性道德情感。如杜甫的《初月》：

光细弦欲上，影斜轮未安。微升古塞外，已隐暮云端。河汉不改色，关山空自寒。庭前有白露，暗满菊花团。

诗篇描写新月初生时的情景，没有明确的思想，只有一种让人略略感到悲凉的情绪意趣，这情绪意趣就是审美情感。不过我们说过，审美情感中潜存着功利目的和相应的思想意义。这首诗即如此，我们总感觉诗人心事浩茫，大有深意。此诗作于诗人避难秦州时，诗中悲凉的情绪和沉郁的风格与诗人写于同时期的《秦州杂诗》（20 首）大体一致。在后者的某些篇章中，诗人就把感时伤乱和悲叹身世的情怀明确表露出来，例如，“满目悲生事，因人作远游”（其一）、“烟尘独长望，衰飒正摧颜”（其七）、“俯仰悲身世，溪风为飒然”（其十二），等等。《初月》一诗却没有这样的表露，不过其中“影斜轮未安”“已隐暮云端”“关山空自寒”等诗句，似乎也有意无意地暗示着当时的战乱时局。结尾“庭前有白露，暗满菊花团”两句，不禁使人联想起诗人晚年寓居夔州时所写《秋兴八首》（其一）中“玉露凋伤枫树林”和“丛菊两开他日泪”两句。或许，此时的诗人正感觉白露如泪，菊花也在为国难家愁暗自悲泣。这样看来，此诗所表现的审美情感终究还是道

① 就其中佛家（禅宗）的文化底蕴而言，清代诗论家王士祯就认为“王、裴辋川绝句，字字入禅”（王士祯：《带经堂诗话》卷三《蚕尾续文》）。《鹿柴》乃王维辋川绝句之一。

德性的。

古代诗歌多数情况下同时存在着功利性道德情感和审美性道德情感，不过两者一般是同质的、统一的，即审美性道德情感就来自功利性道德情感，是对后者的一种澄清或者说抽象，一种普遍化或者说超越。这种诗歌中既然有明确的功利性道德情感，如果读者能够与它发生共鸣，就增加了诗歌的感染力。所以，比起单纯表现审美性道德情感的诗歌，这种诗歌的感染力往往更丰富、更强烈。如杜甫的《旅夜书怀》：

> 细草微风岸，危樯独夜舟。星垂平野阔，月涌大江流。名岂文章著，官应老病休。飘飘何所似？天地一沙鸥。

诗的上半写景，下半抒怀。诗人所抒发的“名岂文章著，官应老病休”的情感，是很具体很功利的。由它引发的漂泊无依的情感（诗人功名不就和老病缠身是因，漂泊无依是果），照理也应是很具体很功利的。然而，诗人的这种漂泊无依的情感，通过在天地间飘零的沙鸥这一形象表现出来，通过诗人在广阔的平野之旁、浩荡的大江之上独自漂流等景象表现出来，却变成了审美情感。这种审美情感就具有了普遍性和超越性：它超越诗人个人生活的功利性而具有了普遍的审美性。之所以能够如此，是由于表现这种情感的星月、大江、沙鸥等诸多形象，必然使这种情感超越诗人具体的生活事实，而具有同时也适合于这些形象表现的普遍性。这样的审美情感能够引起广大读者的共鸣，其中，那些曾经漂泊无依的读者，那些壮志未酬却老病缠身的读者，其感受和共鸣会更强烈。

古代关于诗歌情感的审美性的论说也不少。这些论说的一个特点，是儒道佛三家思想杂糅一起，其中道家和佛家的成分更多一些。它们所论说的诗歌审美情感，在根本上仍然是道德性的，只是那道德性较为隐蔽而已。

西晋陆机提出“诗缘情而绮靡”，这一观点被称为“缘情”论，其中的“绮靡”被忽略了。其实，那“缘情”后面的“绮靡”也很重要。学界评价“缘情”论时，往往把它与“言志”论对比，说它是对后者的“挑战”和“根本变革”。其实，“缘情”论不单有对“言志”论变革（变革为审美性道德情感的诗论）的一面，也有对“言志”论传承（传承其功利性道德情感的诗论）的一面，此外，还对后来的异质性诗论（与道德情感异质的自我情感的诗论）也有启示性。在此意义上，“缘情”论分流出了三种不同路向的诗论。

“缘情”论传承了自“言志”论以来的正统诗论，即我们所说的儒家功利性道德情感的诗论。“言志”论以“志”为本体——诗因志而产生，“缘情”论以“情”为本体——诗因情而产生。诗歌本体从道德意志转移至道德情感，这符合诗歌艺术的本质规律。如果说“言志”论中的志与情是相通的，那么，“缘情”论中的情与志也有相通的一面。就这相通的一面而言，“缘情”论与“言志”论的诗歌本质观是共同的，即都是儒家的道德意识的体现，只是“言志”论重在从道德教化立论，而“缘情”论重在从道德情感立论。不过，这种重心的转移却意义重大，那就是诗歌中不必有直接的道德教化（道德教化消融在诗歌情感之中）。比较先秦和两汉的诗歌，魏晋及其以后的诗歌确实有这种趋势。

我们之所以说“缘情”论中的情与儒家之志也有相通的一面，是因为从“缘情”论的先驱曹丕那里就可以窥见这一点。曹丕《典论·论文》曰：“夫文本同而末异，盖奏议宜雅……诗赋欲丽。”“诗赋欲丽”是对诗文审美特性的自觉，与“诗缘情而绮靡”相通。然而，这种审美特性在曹丕看来却是一种“末”，前提条件是“本同”，而那本同的“本”，结合曹丕在《典论·论文》中所说的文章乃“经国之大业，不朽之盛事”看，应当是儒家的道德原理。提出“诗缘情而绮靡”的陆机，也是儒家信徒，颇热心仕途，渴望功名，尽管其思想也受到道家的影响。如上文所述，刘勰正是继承了“缘情”论的情感本体观点，并在情与志统一的原则下，较为系统、深入地论述了诗文创作中情感及相关的形象问题，从而使自“言志”论以来的儒家正统诗论得以完善和成熟。

“缘情”论的价值，主要还体现在它所开创的审美性道德情感一路的诗论上。审美性包括两方面，一方面是审美情感，一方面是审美形式。“缘情”论中的“情”，只表明是笼统的情感，还没有被自觉地净化为审美情感。后来的“韵味”论、“兴趣”论、“神韵”论和“意境”论等，才作了这样的净化。这是下文要着重论述的。

“缘情”论（在这里应是完整的“诗缘情而绮靡”论）的另一个贡献，是它强调了诗歌的审美形式——“绮靡”。绮靡指形式的精美华丽，所以“绮靡”论是对诗文审美形式的自觉和强调。南朝的山水诗、“永明体”诗和“宫体诗”就注重形式美。“俪采百字之偶，争价一句之奇；情必极貌以写物，辞必穷力而追新”（《文心雕龙·明诗》），就是这类诗歌的追求。沈约的“形似”论，则是理论上的响应。不过，在中国古代以道德和政教为本的文化中，追求形式美的诗文注定不可能持久，也不可能取得巨大成就；主张形式美的理论，也注定会遭受谴责而很快消失。这是与西方诗歌界和西亚南亚诗歌界所不相同的，后两者有不少追求形式美的创作，有不少主张诗歌审美独立性、自足性的理论。可见，“缘情”论只是提出了审美形式（绮靡）问题，这审美形式论在后代没有得到应有的发展。不过，“缘情”论所隐含的审美情感论，由于其底蕴可以是道德性的，后来却得到发展，虽然有时也受到儒家正统诗论的责难。

“缘情”论主张诗人因内在情感的发动而创作，这就可能越出儒家的道德规范，甚至突破道家和佛家的道德要求，从而唤醒诗人的自我情感和其他自我意识。“发乎情而不必止乎礼义，自陆平原‘缘情’一语引入歧途。”（纪昀《云林诗钞序》）卫道士对“缘情”论的这种指责颇能说明上述情况。有理由认为，明清时期出现的“性灵”论、“尊情”论等异质性自我情感的诗论，其源头就可以追溯到“缘情”论。这些异质情感的诗论，不但不同于上述功利性道德情感的诗论，而且与审美性道德情感的诗论也不同。就诗歌情感而言，这些诗论所论说的已经主要不是道德情感，而是与之异质的自我情感。这一点，下一小节“异质文化与异质情感”将进一步论述。

在中国古代诗论史上，南朝钟嵘的“滋味”论首次专论诗歌的艺术性和美感，而隐去道德功利和政治说教。钟嵘在《诗品序》中说，比较四言和骚体，“五言居文词之要，是众作之有滋味者也”。他认为五言诗之所以有滋味，在于诗人酌情运用兴比赋三种方法来“指事造形，穷情写物”，而“兴”是“文已尽而意有余”。钟嵘的“滋味”论很笼统，它所指的不只是诗歌的美感，而是包括美感在内的诗歌艺术性。五言诗形式固然优越于四言诗和骚体诗，但并非具有五言形式的诗就有美感，运用兴比赋手法来“指事造形，穷情写物”的诗歌也不一定都有美感。不过，这些确实是造成诗歌美感的基本条件。钟嵘所谓“文已尽而意有余”的“兴”，则是直接关于诗歌美感的。这是因为，诗歌中语言不能完全表达的意义，往往是蕴含在情感中的意味，这种蕴含意味的情感就是审美情感。诗歌的审美情感是诗歌的审美本质。正是由于“滋味”论说到了诗歌的这种审美本质，它对后世才有那么久远的影响。后世的“韵味”论、“兴趣”论、“神韵”论等都与它关联，与它具有类似的基本含义。

钟嵘的“滋味”论很朴素，它以感官味觉来类比诗歌的美感，还没有与表述审美特征的术语连接起来。后来的“韵味”论、“兴趣”论和“神韵”论是对它的改进。与此相关的是，“滋味”论在美感论上也是笼统的：滋味实际上包括了诗的审美情感和审美快感，从字面看，它还偏重于是审美快感，而审美情感和审美快感在学理上是应当加以分别的。康德在其《判断力批判》中就对两者的分别作了论述。[①]“滋味”论之后的“韵味”论、“兴趣”论、“神韵”论等所论说的，就主要是诗歌的审美情感了，尽管由于传统的整体性直觉思维的习惯，审美情感和审美快感在它们的论说中仍然不同程度地含混着。

晚唐司空图在《与李生论诗书》中提出好诗须有“韵外之致”“味外之旨”，人们将其简化为“韵味”论。“韵味”论也是关于诗歌审美情感的。李泽厚在论说司空图的“韵外之致”“味外之旨”等观点时，就说那是一种“可意会而不可言传、难以形容却动人心魄的情感、意趣、心绪和韵味”[②]。这种不可言传却动人心魄的情感，就是审美情感。我们这样理解的“韵味”论的含义，实则并不是司空图原话中“韵”和“味”的意思（他原话中的“韵”指诗歌声韵等语言形式，“味”指对诗歌的直接感受），而是接近于他原话中的“致”和“旨”的意思。不过，由于“韵”和“味”早在南北朝时期就已经具有神情、意趣等审美性含义了，用“韵味”论来概括司空图上述观点的精神实质也无妨。宋人往往就这样理解韵和味的含义。“在宋代美学中，‘韵’这个范畴占有非常突出的地位”，“有关‘韵’的论述是非常多的”[③]。范温就明确规定“有余意之谓韵”[④]。相应地，对“味”的论说也不少，其含义与韵差不多，都指意味无穷的审美情感。在这种意义上，可以说“韵味”论在司空图那里奠定基础，在宋人那里完成。

司空图“韵味”论所说的审美情感主要是关于佛道两家的，一个直接

---

① 康德认为审美判断在先，审美快感在后，前者是后者产生的根据。而审美判断主要就是情感（审美情感）的判断。可见审美情感是有所不同于审美快感的。（详见康德：《判断力批判》，邓晓芒译，人民出版社 2002 年版，第 52—53 页、第 149—150 页。）

② 李泽厚：《美的历程》，文物出版社 1981 年版，第 59 页。

③ 叶朗：《中国美学史大纲》，上海人民出版社 1985 年版，第 307 页。

④ 转引自上书，第 309 页。

的证明，是他在《与李生论诗书》中赞赏“王右丞、韦苏州澄澹精致”，是韵味的标准；① 另一个证明是他的“韵外之致”“味外之旨”和相关的“象外之象”“景外之景”的说法，以及在其《二十四诗品》中的“超以象外，得其环中”“不着一字，尽得风流”等说法，都有以禅论诗的色彩。此外，司空图本人曾隐居山中研习佛学，并写过不少有关佛理禅趣的诗，可算是旁证。后世的“韵味”论，则渐渐增多了对儒家诗歌审美情感的论说。

从古代审美性诗论的发展看，司空图的“韵味”论有两个特点。第一是他吸收了传统文艺理论中的“韵”概念。比起钟嵘的“滋味”论来，这是一个进步，尽管他用“咸”“酸”这样的味觉来类比论述，仍然保留了感官性的“味”概念。在他之后的重要诗论如“兴趣”论、“神韵”论中，连味概念也不见了，取代味概念的是更直接地关联诗歌艺术性的也是更理性化的术语。第二是他在《与极浦书》中提出了与“韵外之致”“味外之旨”这种审美情感相对应的审美形式，即“象外之象”“景外之景”。我们知道，古代诗论中综合审美情感与审美形式的最高范畴是意境，所以司空图的“韵味”论和象外之象论是意境理论发展中的一个重要阶段，本书后面将涉及这一问题。

南宋严羽在《沧浪诗话·诗辨》中提出“兴趣”论。“兴”概念在先秦已流行，多表示兴发感动的意思。“兴”作为感动的情感，不一定就是审美情感。上文曾指出，钟嵘把“兴”解释为“文已尽而意有余”，这种狭义的“兴”却是审美情感。钟嵘的这种释义想必影响了严羽。在南朝以来的文学批评中，“趣”字有“趣味”“情趣”“意趣”等意思，其宽泛的含义也可以用来表示审美情感的特性。严羽将“兴”与“趣”合称“兴趣”，所表示的应是诗的审美情感。他说“诗有别趣……不涉理路、不落言筌”，说“盛唐诗人惟在兴趣，羚羊挂角，无迹可求。故其妙处莹彻玲珑，不可凑泊，如空中之音，相中之色，水中之月，镜中之象，言有尽而意无穷”。透过其以禅喻诗的神秘性，我们可以认定，严羽所说的这种不能用概念性语言表达的、意味无穷的“兴趣”，就是审美情感。这种审美情感的意蕴也是

---

① 清人许印芳《与李生论诗书跋》曰：“表圣论诗，味在酸咸之外，因举右丞、苏州，以示准的。”

道德性的，它容易与道家的特别是佛家的道德观念联系起来。但它其实不止如此，而是也包括儒家的道德意识。严羽是就整个盛唐诗歌立论的。他盛赞“盛唐气象”，极力推崇李、杜，也欣赏“雄浑悲壮”的风格，这说明他所倡导的“兴趣”不可能只限于王孟诗派。他还说：“唐人好诗，多是征戍、迁谪、行旅、离别之作，往往能感动激发人意。”（《沧浪诗话·诗评》）这样的诗歌就很富于儒家思想意识，而它们既然是“唐人好诗”，“能感动激发人意”，就应当是他所说的“盛唐诗人”的作品，就应当具有审美的“兴趣”。

比较其他的诗歌审美情感论，严羽的“兴趣”论有两个颇有价值的特点。第一是论说了兴趣这种审美情感是如何产生的，那就是通过“妙悟”而产生。严羽说：“大抵禅道惟在妙悟，诗道亦在妙悟……谢灵运至盛唐诸公，透彻之悟也。”（《沧浪诗话·诗辨》）妙悟的实质是一种审美直觉。严羽把禅宗修行的“顿悟”方法运用于诗论，提倡诗歌创作的妙悟。顿悟和妙悟的实质都是直觉感悟，所不同的是，前者所直觉感悟的是真如佛性，后者所直觉的是审美情感，所感悟的是其中的美感意蕴。早先的诗论还没有如此强调过审美直觉。妙悟论中还潜存着一个审美形式的问题。妙悟这种诗的审美直觉一般是感性形式的直觉，那感性形式作为审美对象就是物象，作为审美结果就是诗的意象或意境。可惜严羽没有就此生发下去。“兴趣”论的第二个特点是指明并强调了兴趣这种审美情感的理性基础，这也是前所未有的事情。严羽在《诗辨》中说：“夫学诗者以识为主。”又说：“夫诗有别材，非关书也；诗有别趣，非关理也。而古人未尝不读书、不穷理。所谓不涉理路、不落言筌者，上也。”他又在《诗评》中说：“诗有词理意兴……唐人尚意兴而理在其中。”一方面倡导诗要具有不涉理路、不落言筌者的兴趣，另一方面又强调要读书、穷理，其间的奥妙就在最后那句话“尚意兴而理在其中”。用现代美学的话语来说，就是理性融在审美情感之中。理性存在着，但它自身的形式，即知识和教化的形式（即严羽所说的“理路”）在审美情感中却消失了。

严羽显然深受司空图的影响。清代学者许印芳就说：“自表圣首揭味外之旨，逮宋沧浪严氏，专主其说，衍为诗话，传教后进。”（《与李生论诗书跋》）

清代王士祯在《池北偶谈》中借孔文谷的话说：“诗以达性，然须清远为尚。……总其妙在神韵矣。”又说：“神韵二字，予向论诗，首为学人拈出，不知先见于此。”在其他评论中，他还说过“神韵天然”“神到不可凑泊”之类的话。王士祯的这种“神韵”论与上述“韵味”论和“兴趣”论是一脉相承的，王士祯反复引证司空图和严羽的有关说法就是证明。至于怎样才能写出富于神韵的诗，王士祯提出“兴会神到”“伫兴而就”的方法，这也明显见出严羽妙悟论的影子。

正像王士祯的诗歌创作风格多样一样，其诗论中所谓的“神韵”其实也并非仅仅指清远冲淡一格，而是指多种风格。王士祯的论述之所以推崇清远冲淡的诗歌，有诸多原因，而最一般的原因（也是上述“韵味”论和“兴趣”论之所以同样偏重这种诗歌的最一般的原因），还在诗歌本身的审美性上：唐以后的论诗者，无论是推重李杜一路的还是喜好王孟一路的，抑或是两者兼爱的，当他们论说诗歌的审美性时，往往特别关注王孟一路诗歌，因为这些诗歌最突出地体现了佛道两家精神，而佛道精神的超语言概念性和超社会功利性的特点，容易使这种文化精神融化于审美情感之中，因而显出较纯粹的审美性。不过，蕴含佛道精神的这种诗歌情感只是一种审美情感，蕴含儒家精神的诗歌情感只要经过时间的澄清和心灵的净化而具有一定程度的非概念性和非功利性，也能成为一种审美情感。在这种意义上，上述滋味、韵味、兴趣、神韵等概念，便是古代诗歌审美情感的共名。这即是说，古代的许多优秀诗歌，无论其道德性是道佛两家的还是儒家的，都具有这样的审美情感。

审美性道德情感的诗论发展到“神韵”论就结束了。古代诗论非常重视诗歌的思想情感即所谓“意”，而对于“象”或“形”则有所轻视。单纯地关于意的诗论就有三路，即上述功利性道德情感的诗论和审美性道德情感的诗论，此外还有下文即将论说的异质性自我情感的诗论。关于思想情感与艺术形式统一的诗论，即“意”与“象”统一的诗论，则只有一路，即从“意象”论到“意境”论的诗论。而单纯地关于“象”这种感性形式的诗论，即“绮靡”论和“形似”论，并没有发展起来。①“意象”论特别是“意境”论中的“意”，与审美性道德情感的诗论有关，因为那“意”一般

① 除形象之外的其他有关诗歌艺术形式的论说，如声律、用典、炼字炼句等，在中国古代诗论中却是很丰富的。

就是审美性道德情感。在这种意义上，上述审美性道德情感的诗论从“滋味”论到“韵味”论到“兴趣”论到“神韵”论的几个发展变化阶段，也就是“意境”论中的“意”的发展变化阶段。本书第三章第一节将专论意象和意境。

三、异质文化与异质情感

（一）异质文化——科学文化

一种民族文化的成分是多样的，其中必定有一个基本的成分，其他成分或者与它同质，或者与它异质。中国古代文化中基本的成分是道德文化，其中儒家文化是主流，道家文化和佛家文化与它同质互补。中国古代文化中还有若干与道德文化异质的文化，其中主要的是科学文化。[①]

异质文化呈现两种形态，一种是文化因素形态，一种是文化体系形态。西方文化中主要的异质文化（宗教文化）是体系形态，中国古代文化和西亚南亚文化中主要的异质文化（科学文化）则是因素形态。所以，下文所论说的异质性科学文化一般指异质性科学文化因素。

科学文化因素在原始宗教文化中就存在着。这种文化因素在古代希腊发生文化转型时被发扬光大，形成了科学文化。中国殷周时期的文化转型，却主要是道德文化因素发挥了作用，因此形成了道德文化。当然，道德文化中也一直存在着科学文化因素。科学文化的核心机能是理智，理智自身创造的成果是科学知识，包括自然科学知识和人文科学知识。在理智认识基础上的意志是自由意志，自由意志的活动造成经济上的自利和竞争，形成道德自律和政治民主。伴随自由意志而发生的情感是自我情感，自我情感创造独特的文学艺术。

上述理智、意志、情感三方面的科学文化因素，在中国古代文化中都有表现。

---

① 与古代道德文化异质的文化，除了科学文化之外，在诗歌中有较明显反映的是半文明宗教文化。道德文化由半文明宗教文化转型而来。之后，半文明宗教文化中的某些东西遗留下来，其中有的被道德文化改造、吸收，如祭祀上帝神和祖先神的仪式被改造、吸收进儒家宗教祭天拜祖的仪式之中，又如积累着远古占卜经验的《易》被道德化和哲学化而成为儒家经典；有的则不能被道德文化改造、吸收，因而成为一种异质文化，如先秦时期尚残存的活人殉葬的宗教习俗（如《诗经·秦风·黄鸟》写秦穆公死后用活人殉葬）和某些巫术（如《楚辞》中所描写的某些巫术），这些东西存在一段时间后终于被淘汰。

较纯粹的科学理智因素，是先秦名家的名辨，墨家和荀子以及宋代叶适等人的逻辑思想①，汉代王充的无神论思想以及相应的求实态度体现了科学理性精神。荀子的“天人之分”和“制天命”的观点，唐代刘禹锡“天人交相胜”的观点，是哲学上显出的科学文化因素。先秦墨家和法家的实用技术和经济功利观，后世四大发明等更发达的实用科技，也是科学文化的明显因素，尽管总的说来它们受制于和服务于道德文化。此外，清代乾嘉朴学的偏于纯学术的态度和实证方法也与科学文化相通。

意志、情感两方面的科学文化因素，主要是关于自我、自由、平等、民主、个性等人文性科学文化因素，它们在中国古代历史上有三个时期较为活跃。

第一个时期是先秦。当时墨子的“兼爱”思想、杨朱的“贵己”和“为我”思想，是突出的代表。

第二个时期是魏晋南北朝。其时道家通过玄学而中兴，形成与儒家互补的局面——这是古代道德文化内部的互补。不过，在“越名教而任自然”（嵇康：《释私论》）、“非汤武而薄周孔”（嵇康：《与山巨源绝交书》）的思潮中，在儒道互补而丰富了古代道德文化的同时，也碰撞、摩擦出某些异质于这两家道德思想情感的东西来。例如，在不拘礼法和纵酒享乐的风尚中，就有对自我个性的实质性肯定。这种个性人格既不同于儒家的社会人格，与先秦道家的自然人格也有所不同。又如，某些表现至性真情的宫体诗和追求形式美的山水诗，也有突破儒道两家的道德规范而与后来的异质性诗歌相通的地方。

第三个时期是晚明和清初。晚明李贽的“童心”论、汤显祖的“情真”论和公安三袁的“性灵”论，形成了一股个性解放思潮，它体现人性在真心、真情、自我、自利、平等、民主等方面的觉醒，是历史上异质的人文性科学文化精神最耀眼的闪现。其中最难能可贵的，当是李贽提出的“咸以孔子之是非为是非，故未尝有是非耳”（《藏书·世纪列传总目前论》）这种怀疑精神。科学文化精神可以说就是一种怀疑精神，因为理智活动就起于对事物的惊奇和怀疑。中国古代道德文化最缺少的就是怀疑精神，因为它那既

① 荀子是战国时期儒家思想的代表人物之一。一种正统思想的代表人物也具有某些异质思想，是可以理解的；而异质思想的代表人物具有正统思想更是普遍的现象。

定的道德观念本应当被怀疑却不允许被怀疑。清初黄宗羲、唐甄的民主、平等、自利的观念，王夫之的历史进化观念，顾炎武的经世致用观念等，虽然实质上是古代道德文化内部的一种革新和调整①，但与科学文化精神有相通之处。它们与晚明思想一起，对后来晚清迅速兴起的科学文化起着有形无形的推动作用。

晚清鸦片战争以后兴起并持续发展的科学文化，对于传统的道德文化来说就不仅仅是异质文化，而更是与之抗衡并最终取而代之的文化——这就是早期中国现代新文化。由此可见，古代异质性科学文化的意义，不但在于它丰富了古代文化的成分，更重要的还在于它是中国现代文化的内在根源。这种内在根源，主要不是体现在上述显性的科学文化成果上，而是体现在创造这些文化成果的隐性的文化心理上：这种隐性的文化心理被传承下来，在清代晚期，在外来科学文化的强有力的激发和诱导之下，便开始了对科学文化的规模越来越大的创造。

中国古代文化中这种一直存在着的异质性的科学文化心理，才是创造中国现代文化的真正秘密。因此，我们可以说中国现代文化根源于古代文化，不过它不是根源于其中正统的道德文化，而是其中与道德文化异质的科学文化。我们可以说中国现代文化由古代文化转型而来，但不是指其中正统的道德文化转变成了现代文化，而是指其中异质的科学文化发展、壮大并取代了正统的道德文化的主导地位。此后，科学文化就不再是异质性的了，而残存的道德文化在现代文化中倒成了异质文化。这正如前文说道德文化由上古半文明宗教文化转型而来，并不是指那宗教文化本身转变成了道德文化，而是指其中的道德文化因素发展、壮大并取代了宗教文化的主导地位。此后，道德文化就不再是异质性的了，而残存的宗教文化在道德文化中倒成了异质文化。在上述意义上，中华文化经历了两次转型（严格说，后一个转型还在进行之中）。

（二）异质情感——自我情感

与道德文化异质的文化主要是科学文化，相应地，与诗歌的道德情感异

---

① 清初思想家站在正统儒学的立场上在传统文化内部提出革新思想。他们也正是站在这种立场上来反对晚明李贽等所谓王学末流。李贽思想有王阳明心学的根基，它的特点是借助庄禅来反对正统儒学，由此发挥出不少不同于儒学和庄禅的新文化思想。

质的情感主要是自我情感。① 自我情感是科学文化心理的产物。②

中国古代诗歌中的自我情感主要表现在民间爱情诗和文人爱情诗中。《诗经》中的某些爱情诗是民间爱情诗的代表。例如：

窈窕淑女，寤寐求之。求之不得，寤寐思服。悠哉悠哉，辗转反侧。

——《周南·关雎》

这是毫不掩饰的大胆表白和热烈相思。又如：

子惠思我，褰裳涉溱。子不我思，岂无他人？狂童之狂也且！

——《郑风·褰裳》

这大约只是戏言而不是真正的警告，很有挑逗性。还有如《鄘风·柏舟》描写女子呼天叫娘，誓死要嫁意中人，等等。这类诗篇，没有“发乎情，止乎礼义”的礼教束缚，所有的是两性关系上自我情感的真实表现。后世汉乐府、南朝民歌、明清民歌中的爱情诗，也表现出类似的自我情感。

文人诗歌在婚恋题材上表现的自我情感，往往混杂在道德情感之中，大多不突出。较为突出的当推李商隐的爱情诗。如他的《无题四首》（其一）：

来是空言去绝踪，月斜楼上五更钟。梦为远别啼难唤，书被催成墨未浓。蜡照半笼金翡翠，麝熏微度绣芙蓉。刘郎已恨蓬山远，更隔蓬山一万重！

别后杳无踪影，重逢已是“空言”。彻夜相思，终于梦里相会，无奈仍然只能以远别和悲泣告终。梦醒后，痴情的诗人竟然急忙修书致意，仿佛要接续那梦中的一声声呼唤。然而，所爱者远在神山仙境之外，其间阻隔重重，鱼雁如何能抵达？显然，梦醒后留给诗人的，只是幻灭的痛苦和绝望的相思。这样的诗显然有违“诗无邪”的诗教，难怪后世的卫道者将诗人归属于

---

① 与古代诗歌的道德情感异质的情感，除了自我情感之外，较明显的是半文明宗教情感。它主要在《诗经·商颂》中的上帝信仰（《商颂》中多次出现“帝”或“上帝”，而《周颂》中出现更多的是“德”）以及相应的盛大祭祀场面中表现出来，在《楚辞》中的迎神、送神的宗教和巫术仪式中表现出来。此后的古代诗歌中很少有这样的表现。

② 从文化心理看，自我情感的产生简略说来大致是：自主理智决定自由意志，伴随自由意志而产生的情感就是自我情感。这个问题在下节“西方抒情诗的情感特性”中有进一步的论说。

“乃邪思之尤者”之列（张戒《岁寒堂诗话·卷上》）。的确，此诗不像那些在礼教的约束中透露一点相思之情的文人爱情诗，它整个表现的就是诗人的爱情伤痛。

受晚明公安三袁“独抒性灵”思想的影响，清代诗人袁枚作诗也提倡“性灵”，表现真情。他的《古意》（之一）也是写梦中思念的，却更大胆、开放：

> 妾自梦香闺，忘郎在远道。不惯别离情，回身向空抱。

文人爱情诗写得最真切、最热烈的，还是“别是一家”的词和曲。如五代词人韦庄的《思帝乡》：

> 春日游，杏花吹满头。陌上谁家年少，足风流。妾拟将身嫁与，一生休。纵被无情弃，不能羞。

这是一见钟情的爱，无怨无悔的爱，颇有现代人爱情至上的意味，所表达的纯粹是爱的冲动和自我真情。又如宋代词人柳永的《中吕调·燕归梁》上阕：

> 轻蹑罗鞋掩绛绡。传音耗、苦相招。语声犹颤不成娇。乍得见、两魂消。

把男女幽会时的激动和欢乐写得惟妙惟肖，若用现代汉语译出，颇像现代的爱情诗。写这种艳词的远不止柳永一人。从晚唐至两宋，上至皇帝、大臣，下至落魄文人都写，说明这是人性的一种内在欲求，只是这种欲求以往被封建礼教压制着，而此时却可以利用这种非正统的新诗歌样式来表现了。

元曲描写爱情往往更热烈、更直露。如关汉卿《仙吕·一半儿·题情》：

> 碧纱窗外静无人，跪在床前忙要亲。骂了个负心回转身。虽是我话儿嗔，一半儿推辞一半儿肯。

古代诗歌的自我情感主要表现在爱情诗上，是不足为怪的，因为爱情是人与人的关系中最本真、最自我的情感。这种与传统道德情感异质的自我情感，是相应的异质文化心理的产物，这种异质文化心理贯通古今。由此可知，中国现代诗歌、现代文学和整个现代生活中的爱情表现，从根本上说就是这种异质文化心理被激活、被解放后的结果，而不可能是由西方的诗歌和文化“东渐”而来的。

爱情之外，思索宇宙人生、感喟生命短暂、提倡及时行乐等，也是古代诗歌中有所异质于道德情感的东西。且看《古诗十九首》中的《驱车上东门》：

> 驱车上东门，遥望郭北墓。白杨何萧萧，松柏夹广路。下有陈死人，杳杳即长暮；潜寐黄泉下，千载永不寤。浩浩阴阳移，年命如朝露。人生忽如寄，寿无金石固。万岁更相送，圣贤莫能度。服食求神仙，多为药所误。不如饮美酒，被服纨与素。

从死者的墓茔联想到死亡的黑暗和虚无，从人生如寄醒悟到不如珍惜感性生命，享受现实快乐。这是古代知识分子在生命短促和仕途多艰双重焦虑下的一种无奈表现，在一定程度上却也是一种自我觉醒。这种思想情感的表现也是对儒道思想的超越：诗中对儒家追求圣贤不朽和道家希冀长生不老就有所嘲讽。这样的异质思想情感在《古诗十九首》的其他诗篇中也常有表现，在后世不少诗人的作品中也时有流露。

关于异质性自我情感的诗论，袁宏道的“性灵”论和龚自珍的“尊情”论是代表。

晚明袁宏道提出“独抒性灵，不拘格套，非从自己胸臆流出，不肯下笔”（《序小修诗》）。他又说，“要以出自性灵者为真诗尔。夫性灵窍于心，寓于境。……以心摄境，以腕运心，则性灵无不毕达，是之谓真诗”（江盈科《蔽箧集序》引袁宏道语，《袁宏道集笺校》附录三）。可知“性灵”论的要旨，是从自我出发去抒真情，写真诗。“性灵”论直接受李贽“童心”论的影响。李贽说：“夫童心者，真心也；……绝假纯真，最初一念之本心也。”（《焚书》卷三《童心说》）李贽所说的“童心”“真心”“本心”，在诗歌创作理论上就成了袁宏道的抒“性灵”、写“真诗”的主张，两者一脉相承，都是以个体为本位的论说。这种理论与此前的“言志”论、“载道”论等功利性道德情感的诗论是很不同的，与“韵味”论、“兴趣”论、“神韵”论等审美性道德情感的诗论也很不同，因为那些诗论所论说的诗歌情感的底蕴，都是群体本位的道德性，而不是个体本位的自我性。

清中叶的袁枚也持“性灵”论，例如，他说徐坛长“诗不求工，而间有性灵流露处”（《随园诗话》补遗卷二）。袁枚继承了袁宏道“性灵”论的自我真情要义，并强调男女之情。他说：“诗者，人之性情也。近取诸身而足矣。”（《随园诗话》补遗卷一）又说：“夫诗者由情生者也，有必不可解之情，而后有必不可朽之诗。情所最先，莫如男女。”（《小仓山房文集》卷三十《答蕺园论诗书》）

晚清的龚自珍是新旧文化交界处的人物。他的诗论，对于古代诗论来说最具有异质性，而对于现代诗论来说已是初露的曙光。龚自珍的诗论既可以说是“尊情”论，也可以说是“自我”论，因为那所尊之情就是自我之情。他说：“情之为物也，亦尝有意乎锄之矣；锄之不能，而反宥之；宥之不已，而反尊之。”（《长短言自序》）这种“尊情”观点与传统诗论“发乎情，止乎礼义”的观点相左，与宋代道学家认为情感有害，惊呼“情之溺人也胜于水”（邵雍《伊川击壤集序》）的观点更不相容。龚自珍为什么要尊情？因为这情是“自我”之情，而自我是本体。他说：“天地，人所造，众人自造，非圣人所造。圣人也者，与众人对立，与众人为无尽。众人之宰，非道非极，自名曰我。我光造日月，我力造山川……”（《壬癸之际胎观第一》）这里，龚自珍明确否定了传统文化的本体——“道”，而强调自我主体才是世界的本体。自我既然是本体，自我情感就是本体性的，自然应当得到尊重。龚自珍的“尊情”论和“自我”论，是对晚明“童心”论、“性灵”论的继承和发展（龚自珍也经常使用“童心”二字），前者超越后两者的一个地方，是对“自我”的突出和强调。① 龚自珍的这种诗论已接近现代诗论了，因为现代诗歌的基本情感就是自我情感。晚清黄遵宪的诗论就是直接从龚自珍的诗论起步的。我们把黄遵宪的诗论视为现代诗论的开端（龚自珍的诗论则作为由旧到新的过渡），除开那时的异质文化已经发展成为能够抗衡古代道德文化并开始取而代之的现代科学文化这个决定性的大背景之外，就诗论本身来看，他的诗论不但强调表现自我情感，而且提出了表现这种情感的新诗体，从而开始了现代诗论在诗歌的内容和形式两方面的论述（尽管在形式方面的论述还很有限）。

---

① 尽管龚自珍提出的自我（“我”）还是众人之自我，但它是基于个体之自我的（从龚自珍的诗词创作看，他所尊之情，就是诗人自我觉醒后在国事民瘼上所表现的忧愤、悲怨之情，在两性爱恋上所表现的哀婉、温柔之情）。在古代思想史上，龚自珍的自我论明确标示了自我意识、主体意识的觉醒。

四、道德情感与自我情感的历史变化

先秦时期，道德文化与异质的科学文化并存，其中道德文化占主导地位。相应地，诗歌中道德情感与异质的自我情感并存，其中道德情感占主导地位。

《诗经》所表现的已主要是道德情感，这反映在以下几个方面：其一是敬德尊天。这主要表现在《周颂》和《大雅》中，是通过祭祀诗来表现的，其中对西周开国先王文王的功绩和美德的歌颂特别突出。其二是国事民瘼。这在《诗经》中占很大篇幅，内容非常广泛。《诗经》由此开创了忧患国事民瘼的传统。这个传统在世界诗歌史上很独特——没有哪个民族的诗歌如此深广地反映国事民瘼。其三是孝悌亲情。这在《大雅》和《小雅》中较多，例如，《小雅·蓼莪》悲叹父母恩深却不能报答，《小雅·棠棣》表现兄弟间的亲情和友爱。其四是婚姻恋爱。《诗经》的某些爱情诗表现与道德情感异质的自我情感，上文已述。但《诗经》在婚恋上也表现封建礼教的观念和情感，如父母之命和男尊女卑的观念及相应的情感。

《楚辞》的代表作品是屈原的《离骚》。比起《诗经》来，《离骚》更集中地表现了道德情感，即爱国忠君和关心民生疾苦的情感。特别是在表现爱国忠君上，它为后世的文人诗歌确立了传统。这个传统在世界诗歌史上也很独特——没有哪个民族的诗歌如此强烈如此执着地表现爱国忠君。

《离骚》也表现强烈的自我情感。不过，总的说来这种自我情感与道德情感不是异质的，而是同质的，因而两者是统一的：自我情感统一于道德情感，前者是后者的个体性体现、诗意性体现。诗人的这种自我如同一条通道，共同性的道德情感因为从它流过而染上诗人的自我个性色彩。这种情感的自我性显然是片面的，因为它仅仅是被既定的道德所认同的自我性，诗人其余的更丰富的自我性（它们对于既定的道德来说可能是异质的）则往往不能或不便表现出来。对于中国古代诗歌中的这种自我表现（不包括前述异质性自我情感的表现），一位西方学者评论得中肯："中国艺术是以表现'道'的普遍原则来加以评价的，艺术家的自我表现仅仅在这样一个范围内才得到承认，即他能使自己与普遍的'道'相融洽，以至于可以通过他本性的表现来作为一种'道'的媒介手段而起作用。"①《离骚》及后世李白、

① ［英］H. 奥斯本：《论灵感》，杨匡汉、刘福春编：《西方现代诗论》，花城出版社1988年版，第618页。

杜甫等人诗歌中的自我表现，总体上都应作如是观。

秦汉时期开始了中央集权的专制政治。秦代历时很短，加之“焚书坑儒”和极端的文化专制，所以仅出现少量歌功颂德的御用诗篇。汉代“罢黜百家，独尊儒术”，实行政德合一，于是道德文化得到加强，异质的科学文化则趋于消隐。相应地，此时期诗歌的道德情感也得到加强，但异质的自我情感仍有显现。

汉代诗歌与汉代诗论强调伦理政教相呼应，也较多地表现道德情感。汉初歌功颂德的四言体诗和楚辞体诗在这方面很显著。即便是后来的文人五言诗，其主旋律也是有关伦理政教的。其中，汉末《古诗十九首》在表现渴望建功立业等道德情感的同时，也因为思索生命、感叹人生而引发了某些异质性自我情感的流露。更为突出的，还是汉乐府民歌在描写男女两性关系上所表现的真挚、热烈而又复杂多变的自我真情。

魏晋南朝时期，道德文化扩展，异质文化再现。所谓道德文化扩展，指道家中兴，佛学传入，道家和佛家最终成为中国古代道德文化的组成部分而与儒家互补。所谓异质文化再现，是指此时期上述三种文化尚未完全合流，尚有对立和冲突，于是不免摩擦出某些异质于这三家的东西来。以兼综儒道的玄学看，它所提倡的自然人格论和越名任心论等，就引发了某些超越儒道两家思想的表现，如讲究人格独立、个性自由和享受感性生命等。相应地，此时期诗歌的道德情感得以扩展和丰富，异质的自我情感也在增多。

建安诗歌尚富于儒家精神，如代表诗人曹植渴望建功立业的情感非常强烈。正始诗歌一方面继承建安诗歌“慷慨悲歌”的传统，一方面增加道家精神的表现。兼容儒道的代表诗人是陶潜，他不乏儒家的忧愤情怀，但其饮酒诗、隐逸诗所表现的避世态度和田园风情更具魅力，影响深远。南朝表现闲情逸性的山水诗，其底蕴多为道佛两家精神。异质于上述道德精神的自我情感，在魏晋之际阮籍的某些咏怀诗中较明显：它们表现孤独、悲苦、恐惧、迷惘、无奈等生命意识，而真切的生命意识即是一种自我意识。自我情感也表现在南朝的某些宫体诗中：它们耽于声色，疏于美刺，在道德家看来属于“亡国之音”，但从异质文化的观点看，却是一种人性的欲求，是超越既定的群体性道德意识之外的一种自我意识的表现。

隋唐五代时期，儒道佛三家共存互补，道德文化臻于成熟，呈现进退出处的广阔空间。而异质的科学文化在蛰伏一个时期之后，在晚唐和五代又显现出来。比较魏晋南朝时期的科学文化，此时期的科学文化有很多不同之处：它不是如前者那样借助玄学的自然人格论而产生，而是在中晚唐开始出现的城市经济和市民生活的世俗化基础上产生的，因而显示出一种历史必然性：这样显现出来的异质性科学文化从此就不绝如缕地存在下去，并最终发展成为中国现代新文化。

相应地，隋唐五代时期诗歌的道德情感也臻于成熟，这种成熟的代表是盛唐诗歌，其成熟的标志有三：第一是共存，即儒道佛三家情感共存，并形成各自的诗人群体和代表。杜甫是儒家诗人的代表，被尊为“诗圣”。他之所以在后世最受推崇，与其所代表的儒家正统思想情感有关。李白人称“诗仙”，其襟抱其实主要是儒家的，不过若要列举道家诗人的代表，也非他莫属。王维被称为“诗佛”，其诗歌的内涵也很丰富，不过其特色和成就主要存在于表现佛理禅趣的山水诗中。第二是融合，即儒道佛三家情感的融合。这种融合大至在一个诗人身上，小至在一首诗中。第三是模式化，指形成写景抒情的模式①，并造成情景交融的意境——意境是只为中国古代道德文化的诗歌所特有的一种艺术境界（详见第三章第一节第二小节）。这三点，在唐以前的道德情感的诗歌中没有那么鲜明，而在异质的自我情感的诗歌中，特别是在晚唐及以后表现自我情感的词曲中，情况更是不同：它们并不着意表现儒道佛三家情感，而是着意表现自我情感；它们也不着意追求情景交融、物我同一的意境，而是显出主客相分、物为我用。

异质性自我情感，在晚唐李商隐的爱情诗中有显露，在晚唐和五代兴起的被称为“艳科”的词中表现更多，更直接。这些词的精细刻画和性爱表现，与南朝宫体诗相通，所不同的是它带上了城市经济和市民生活的世俗文化色彩。这即是说，表现自我情感的词，不但像此前表现自我情感的诗歌那样具有人的自然本性的基础，而且开始具有一种新的社会基础了。词在内容上的这一特点，加上它形式上象征自由的长短句特点（它的长短句本身并不是自由的，而是固定的），使它代表了一种新文化性质的诗歌——现代诗歌——的萌芽。

宋元明清时期，道德文化僵化并走向衰落，异质的科学文化则曲折发展，两者的分别与对立日渐明朗。宋明理学是儒家思想发展的最后阶段，由

---

① 一般是先写景后抒情，这在律诗中最明显。胡应麟《诗薮》内编卷四曰：“作诗不过情景二端。如五言律体，前起后结，中四句，二言景，二言情，此通例也。”此种通例就成型于唐代。

于它具有融儒道佛三家为一体的特点，使三家相互补足和相互制约的作用减小；由于它特别强调纲常伦理，加之政治上八股取士的制度，它与专制政治相互依存、相互配合的关系空前紧密，从而加紧了对人的思想和行为的钳制，最终必然与专制政治一道退出历史舞台。

晚唐和五代产生的科学文化，在宋元明清时期一直或显或隐地存在和发展着。它体现在逐渐兴旺的城市商业经济和市民生活中，体现在词曲特别是小说、戏剧中，也体现在某些思想家的异端思想中。晚明以李贽为代表的个性解放思想，是这一发展过程的高潮。这种思想在继承以往自然人性论的基础上，从主体自主性的角度来肯定自然人性（如肯定私欲的合法性等），并提出平等、自由和个性独立等要求。李贽说："夫天生一人，自有一人之用，不待取给于孔子而后足也。"（《焚书》卷一《答耿中丞》）受李贽影响的袁宏道说："善学者，师心不师道。"（《序竹林集》）这些思想都以个体的主观自我为本位，而不是以既定的权威思想和道德群体为本位，所以是人的觉醒的一种表现。个体本位及其自由意志是人文现代性的核心，所以李贽等人的思想与现代思想是相通的。但是，由于没有提出保障这种个性解放的政治措施和社会理想，又无强有力的自然科学的呼应和支持，这一个性解放的思潮未能继续发展下去。清初王夫之的历史进化观，黄宗羲的反君权思想和民主、平等的观念，顾炎武的经世致用主张，都包含有异质的科学文化因素。不过，前文已指出，这些思想是他们站在正统儒学立场上提出的革新思想，这种不彻底的异质文化性，似乎成了后来现代文化的一个保守性资源：政治上反对封建专制而思想上却要保存和弘扬儒学，这一直是现代文化进程中的一个顽强的矛盾诉求。

宋诗受理学的影响，看重道统，喜好议论。宋以后表现道德情感的诗歌，虽然有宗唐宗宋的变化，但总体上都紧靠政教伦理，显得更加正统，从而与包含较多自我情感的词曲和诗歌日益显出分别，并最终被从后者发展出来的现代新诗所取代。就表现异质情感而言，宋词分为两路。一路以柳永为代表，继续像晚唐五代词那样在艳情和离愁中表现世俗性自我真情。这一路发展至元曲，不但世俗性达到极致，而且形式上也因多用衬字而接近日常话语，从而成为现代新诗形式的直接来源。另一路以苏轼、辛弃疾为代表，将词雅化、诗化和散文化，从而让更丰富的道德情感传递进来。不过，在苏轼的某些思索宇宙、人生的词中，也表现某种超越既定道德情感的自我情感。与词曲相比，作为正统文学样式的诗歌在这一时期的异质性不大明显，只有在晚明公安三袁的“独抒性灵”“任性而发”的诗中，在清中叶袁枚的自写“性灵”、反对崇古和模仿的诗中，流露出某些异质的自我情感。直到在晚清龚自珍那里，其诗歌和诗论才具有明显的个性解放和自我情感的异质性和变革性。他的诗歌就与同时期仍然表现道德情感的宋诗派拉开了距离。此后，这种科学文化性质的诗歌就可以称为现代新文化的诗歌了。在现代新文化全面而快速发展的背景下，在西方诗歌有力的激发和诱导下，这种现代新文化性质的诗歌不但继续着上述自我情感的变革，而且在语言形式上也开始了相应的变革。这种从思想情感到语言形式的变革从维新派诗人开始，最后在五四新诗人那里取得成功。在这同一时期里，仍然主要表现传统道德思想情感的“同光体”诗人和汉魏六朝派诗人的创作，只能算是正统古代诗歌的苟延残喘了。

第二节　西方抒情诗的情感特性

一、文化的科学特性

（一）半文明宗教文化向科学文化转型

古代希腊的半文明宗教文化分成两个不同阶段的和两个不同人种的。较早阶段的半文明宗教文化是本土希腊人（克里特岛人亦称米诺斯人）的“米诺斯文化”，公元前2000年左右至公元前1500年左右是其鼎盛期。米诺斯人建造了城市、宫殿，发明了文字，还创造了精致、优美的绘画等艺术品。① 米诺斯人的宗教是多神崇拜和独特的女神崇拜：这种宗教的主神是女神，而不是男神。米诺斯文化大约在公元前1400年被毁灭。② 较晚阶段的半文明宗教文化是“迈锡尼文化”。这种文化是从北方入侵的雅利安人（即后来的希腊人）所建立的。“希腊因素与米诺斯因素的交融产生了一个被称为‘迈锡尼文明’的文明”③。公元前1500年左右，迈锡尼文化成为爱琴海文化的主导力量。“后世希腊人保留了一些迈锡尼的男女神祇，如宙斯、赫

① 所有这些，还有宗教等，都受到更古老、更发达的古代埃及文化的影响。（参见［法］J. 阿尔德伯特等：《欧洲史》，蔡鸿滨、桂裕芳译，海南出版社2000年版，第52—53页）

② 其原因尚不明确，或者为自然灾害所毁灭，或者为日益强大的迈锡尼人所毁灭。〔参见菲利普·李·拉尔夫等：《世界文明史》（上卷），第138页〕

③ 菲利普·李·拉尔夫等：《世界文明史》（上卷），第137页。

拉、赫尔墨斯和波塞冬，但完全改变了他们在宗教万神殿中的地位。”① 从总体上看，迈锡尼文化比米诺斯文化粗鄙，这与入侵的雅利安人本来较为粗野、落后有关。大约公元前1200年至公元前1100年，另一支同属于雅利安人种的北希腊人征服了迈锡尼的希腊人，这些还未完全开化的征服者“开始了希腊历史的一个黑暗时代，它一直持续到公元前800年”②。公元前800年左右，希腊开始向新的科学文化转型，用历史学家的话说就是：“公元前8世纪，希腊的中世纪（按：指上述‘黑暗时代’）结束。进步的时期从此开始，并延续了400年，使希腊成为经济强国和文化中心。许多影响到欧洲的政治制度和文化传统建立起来。”③ 从上述资料可知，古代希腊的新文化并不是原有的本土希腊人建立的，而是外来入侵者在既破坏本土文化同时又融合本土文化的某些因素的基础上建立起来的。它不像古代中国的半文明宗教文化转型成为新的道德文化那样，是同一个民族文化的历史变革。

希腊“黑暗时代”（公元前1100—前800年）的有关资料主要保存在《荷马史诗》中。从《荷马史诗》中可以看出，那个时代的希腊人认为一切现象都是神的意志的体现，神主宰人的命运。他们信仰多神，其目的主要是为了求得好运、技艺和丰产等，并无灵魂皈依这样的终极关怀。他们的宗教也没有教义和戒律，所以是半文明的、不成熟的。从政治上看，此前的米诺斯文化和迈锡尼文化都是王权政治，而此“黑暗时代”则倒退到更落后的部落首领制，与转型成为科学文化之后所建立的民主政体根本不同。④

不过，此时期既然是文化转型的前夜，它必然表现出某些新的文化因素，或者说表现出转型成为科学文化的某种必然性。确实，《荷马史诗》中就包含了不少科学理性因素。“我们所了解的希腊的一切都出自荷马的著作。在《伊利亚特》与《奥德赛》中，希腊人已经大大地超越了原始礼拜中的种种动物野兽的行为，抛弃了那些可怕的、使人蒙受耻辱的礼拜仪式。……这说明他们在精神方面——同时也在文化知识方面——所取得的巨

---

① 菲利普·李·拉尔夫等：《世界文明史》（上卷），第144页。

② 同上书，第138—139页。

③ J. 阿尔德伯特等：《欧洲史》，第59页。

④ 在部落首领制与后来的民主政体之间，古希腊还依次经历过王权统治和贵族政权。伯里克利时期（公元前461—前429年）的政体是民主政体的顶峰。（参见J. 阿尔德伯特等：《欧洲史》，第81页。）

大进步，简直使我们难以想象。”① “在希腊，宇宙是合乎理性的，一位早期的希腊哲学家写道，‘一切事物都处在极乱状态之中，理性把它们安排得条理井然。’这就是希腊，而荷马便是我们所知道的第一个倡导理性的人。”② “坚信天上的神与地上的人相似，人能够像神明一样崇高尊贵；宣扬英雄们的大无畏气概，勇敢地对付来自人或神的对抗力量，甚至在命运面前也毫不畏缩；赞美理性与明智的气氛。”③ 从科学的观点看，“荷马笔下的英雄们所属的种族在医学和外科方面具有理性精神的健全传统”④。此外，《荷马史诗》还描写希腊人理智地面对大海和其他自然事物，英勇、机智地与自然界作斗争。它所描写的神和英雄人物的自我个性、个人主义和乐观精神等很突出，与后来新兴的科学文化的人文主义精神有相通之处。总之，转型前的古代希腊半文明宗教文化中已经有较多的科学理性及其人文精神因素，正如转型前的中国古代半文明宗教文化（夏商文化）中已经有较多的道德意识及其人文精神因素一样。这两种情况都说明，文化转型不是突然发生的偶然事件。

通常所说的希腊文明的兴起，就是指希腊从半文明宗教文化向科学文化的转型。这种转型的关键，从文化心理看，是科学理智逐渐凸现并最终取代宗教信仰的主导地位；相应地，作为科学理智的实在对象取代了作为宗教信仰的虚幻对象（神灵）的主导地位。前一种情况纯然是心理的，不易察觉；后一种情况则易于看到，所以先谈这种情况。

作为科学理智对象的实在或称实存，指被认为是实际存在的东西，包括自然界及其本原，也包括以人为中心的社会。理智最初对自然实在的认识构成了哲学和自然科学。公元前 8 世纪至公元前 6 世纪，希腊形成了许多城邦，“其中最出色的当属米利都，那里，辉煌的哲学和科学之花早在公元前 6 世纪就已经吐蕊了”⑤。米利都学派的开创者是泰勒斯。“他是一个商人、政治家、工程师、数学家兼天文学家。这个米利都学派的重要性在于，它第

---

① ［美］伊迪丝·汉密尔顿：《希腊方式——通向西方文明的源流》，徐齐平译，浙江人民出版社 1988 年版，第 250 页。

② 同上书，第 251 页。

③ 同上书，第 252 页。

④ ［英］W. C. 丹皮尔：《科学史及其与哲学和宗教的关系》（上册），李珩译，商务印书馆 1997 年版，第 62—63 页。

⑤ 菲利普·李·拉尔夫等：《世界文明史》（上卷），第 219 页。

一个假定整个宇宙是自然的，从可能性上来说，是普通知识和理性的探讨所可以解释的。这样，神话所形成的超自然的鬼神就真的消灭了。”①

米利都学派明确地摆脱了宗教神话的传统，开始了对世界的哲学和科学的认识。泰勒斯认为世界的本原是“水”，其后的阿拉克西曼德则认为是“不生不灭”的“无限”，后者显示了走向抽象思维的进步。公元前5世纪中期，继承这一路哲学思想的留基波和德谟克利特提出世界的本原是“原子”。原子论代表这一路哲学本体论的最高成就。罗素说：“事实上，原子论者的理论要比古代所曾提出过的任何其他理论，都更近于近代科学的理论。”② 这一路哲学思想是唯物主义的。希腊哲学，甚至可以说整个希腊的科学文化，从唯物主义开端③是有其必然性和合理性的：以理智认识为基础的科学文化是主客二分文化，在这种文化中，主体首先偏重于对现实客体的认识是必然的。这在哲学上就表现为首先偏重于追溯世界本原的本体论，其中又必然首先是唯物主义的本体论；这在科学上就表现为首先偏重于探讨自然规律的自然科学，其中又必然首先是理论科学。

米利都学派之后，哲学本体论开始向纯粹形而上学方向发展。首先是公元前6世纪中后期的毕达哥拉斯提出世界的本原是抽象的“数”，其后巴门尼德提出世界的本原是“存在”，最后在柏拉图那里演变为著名的“理念”（又译“理式”）。世界的本原从客观物质转变为客观精神，这即是从唯物主义本体论转向客观唯心主义本体论。这对于人的理性思维来说，是一个大进步；对哲学本体论来说，是一种丰富和深化。这种本体论的合理性主要在于对现象和本质的区分，以及在此基础上对现象后面的抽象本质（客观精神）的探索。至近代，西方哲学的重心转向认识论，高扬主体性，其本体论和认识论往往染上主观自我的色彩，形成主观唯心主义。主观唯心主义可以是非科学性的，不过它的作用实际上还有另一面，即加强了从主体的必然性（先验性）和主观能动性来认识事物，因而在很大程度上深化了认识的科学性。从上述可知，西方关于世界本体的思考是不断变化、不断深入的，这些

---

① W. C. 丹皮尔：《科学史及其与哲学和宗教的关系》（上册），第48页。

② ［英］伯兰特·罗素：《西方哲学史》（上卷），何兆武、李约瑟译，商务印书馆1981年版，第99页。

③ 参考亚里士多德的论断：“初期哲学家大都认为万物唯一的原理就在物质本性。”（亚里士多德：《形而上学》，吴寿彭译，商务印书馆1981年版，第7页）

本体并不都与道德、政治等发生必然的联系。它们不像中国古代道德文化的“天道”本体那样，永恒不变并统摄一切。

对形而下实体的探讨构成自然科学。古希腊的“哲学与科学原是不分的，因此它们是一起诞生于公元前第六世纪的初期”①。所以，那时的哲学家就是科学家。古希腊除建立起物理学、天文学、数学、生物学、心理学等理论科学外，实用的医学也建立起来。不过，自然科学理论的大发展，还在亚历山大大帝东征以后开始的希腊化时期（公元前 4 世纪至公元 1 世纪）。那时，哲学与自然科学开始分离。由于广泛吸收美索不达米亚和埃及等地区的科学成果，加之当时许多统治者的资助，数学、物理学、化学、地理学、生物学、解剖医学等都有长足的进步，其中欧几里德几何学和阿基米德物理学等都达到了相当高的程度。“在公元 17 世纪之前，科学史上最光辉的时代就是希腊化文明时期。”②

古希腊早期的哲学和科学所关注的都主要是客观世界。至苏格拉底时代（公元前 5 世纪），哲学家和思想家开始用科学理性精神探讨人和社会，使“科学变成了社会力量，变成了政治生活中的决定因素，如伯里克利的情况就是如此”③。这就形成了古希腊的民主制度和人文主义精神，产生了有关的人文科学。“昂扬的精神与强劲的活力使希腊人挺起身来反对暴君的统治，反抗宗教势力的控制，不允许任何人的独裁，他们不要主人，没有主人，自由地进行思考。世界上第一次有了思想自由。”④“希腊是世界上第一个公民能参与国事的国家。这样的民主政治以自由和平等为条件，言论自由使批评和涌现新思想成为可能。”⑤ 确实，民主政治和自由思想是古希腊人文主义最耀眼的光彩。伯里克利时代是民主政治的全盛时代，也是思想最自由的时代。⑥ 古希腊人建立的人文科学有伦理学、政治学、修辞学等，此外

---

① 参考亚里士多德的论断：“初期哲学家大都认为万物唯一的原理就在物质本性。”（亚里士多德：《形而上学》，吴寿彭译，第 24—25 页）

② 菲利普·李·拉尔夫等：《世界文明史》（上卷），第 303 页。

③ ［德］威廉·文德尔班：《哲学史教程》（上卷），罗达仁译，商务印书馆 1996 年版，第 96 页。

④ 伊迪丝·汉密尔顿：《希腊方式——通向西方文明的源流》，第 25 页。

⑤ J. 阿尔德伯特等：《欧洲史》，第 91 页。

⑥ 民主对自由的基本作用：“民主的意义在于它能使自由成为可能。”（［英］约翰·邓恩：《第十二章　结论》，约翰·邓恩编：《民主的历程》，林猛等译，吉林人民出版社 1999 年版，第 241 页）

还有关于人的思维的科学——逻辑学。亚里士多德是古希腊时期（不包括希腊化时期）学术思想的集大成者，他的学说除了哲学和自然科学著作外，也包括上述人文科学著作。

现在考察古希腊文化转型中科学理智取代宗教信仰的主导作用的问题。这个问题有两方面：一方面是科学理智在新的文化心理中确立自己的基础地位和发挥主导作用，另一方面是科学理智对原有旧文化心理中居于基础地位和发挥主导作用的宗教信仰加以批判和改造。前一方面是科学理智的"立"，后一方面是它的"破"。上述哲学、自然科学和人文科学及其精神的建立，就是它"立"的结果。这里看古希腊思想家们是如何看重理智的作用，并用它来对宗教进行怀疑、否定或者批判、改造的。

公元前5世纪的古希腊历史学家希罗多德说："神都是从什么地方来的？他们是不是一直存在着？他们是什么模样？可以说，这些问题一直到昨天都是不解之谜。荷马和赫百奥德生活在四百年前，他们为希腊人创造了神，赋予神以不同的形态和名字。"① 希罗多德的话表明，此前的某些希腊人一直在理性地怀疑和思考神；他的话还指明了神是荷马等人创造的。前面曾指出，在成书于希腊黑暗时代晚期（公元前8世纪）的《荷马史诗》中，就已经显露了不少理性因素。可是，转型时期的希腊思想家们为了确立和凸显自己的科学理性精神和新文化思想，他们还是要批判荷马，说他违背了理性。"品达——德尔斐的最主要的发言人——谴责荷马，指责他所说的关于神明的言论，纯属虚假。他抗议道，讲述毫无教育意义的神明的故事，是同理性背道而驰的，是一种恶劣的行为。……这一类的批评，来自各个方面，荷马的理性精神反过来却成了反对他自己的武器。"② 西方现代学者也认为："在希腊人的全部成就中，最最重要的贡献是他们正面地考察了这个可怕的巫术，对它进行了理性的分析。他们把理性的光芒投射在它的上面，应用聪明和才智摒弃了它。"③ 有的西方学者则说："希腊人在文学艺术上的成就是大家熟知的，但是他们在纯粹知识的领域上所作出的贡献还要更加不平凡。"④ 这两位学者的说法是统一的：两者所肯定和强调的，都是理智在建

① 转引自伊迪丝·汉密尔顿：《希腊方式——通向西方文明的源流》，第142页。
② 同上书，第253页。
③ 同上书，第24页。
④ 伯兰特·罗素：《西方哲学史》（上卷），第24页。

设新的科学文化中的关键作用，所不同的是，前者就理智对宗教的“破”而言，后者就理智对科学的“立”而言。总的说来，“希腊人的文化是第一个以知识第一——自由探究精神至上为基础的文化。……理智高于信仰，逻辑和科学高于迷信”①。

从半文明宗教文化转型而来的科学文化，必然带上某些旧文化的痕迹。古希腊初期的哲学和科学中就常常保留着神的观念，在某些哲学家身上还颇为突出。例如，毕达哥拉斯一身兼具哲学家、数学家和宗教神秘论者多种身份。又如，在柏拉图的著作中也汇聚着理性与神性、科学性与反科学性的复杂性。② 不过，在多数哲学家和科学家的观念中，神的观念已发生了重大的乃至根本的变化。例如，在阿拉克西曼德的“正义”观念中，“有一种必然性或者自然律”在起平衡作用。“这种正义的观念——即不能逾越永恒固定的界限的观念——是一种最深刻的希腊信仰。神祇正像人一样，也要服从正义。”③ 又如，“亚里士多德的科学态度，使他首先将神想象为第一推动力。亚里士多德的神不过是原始推动力，是包容在形式之内的有目的运动的最初来源。他绝不是人格神，因为他的本质是理智的，没有一切感情、意志或愿望”④。阿拉克西曼德和亚里士多德两人都用科学理性来看待神灵，后者还把神灵当作从理性思辨的极限和困境中得以解脱的一种手段。

尽管如此，古希腊在新的科学文化产生以后，原有的半文明宗教仍然保留下来并继续发展。人类生存的基本问题，要靠走科学文化之路才能较好地解决，所以科学文化终究会兴起并成为主导文化。但是，科学文化不能解决人生的意义和灵魂的皈依等问题，所以宗教文化也会长期以不同方式存在。这样，科学文化与宗教文化就会异质互补。这种情况在古希腊科学文化产生时就存在。

以上论述的是古希腊文化转型的内在根源，即创造文化的心理机能及其对象发生了变化。这个问题还可以追问下去：为什么会发生那样的变化？具体地说，为什么是理智机能，而不是其他心理机能，凸显并取代了宗教信仰的主导作用，从而转型成了科学文化？这就涉及古希腊文化转型的外在根源

① 菲利普·李·拉尔夫等：《世界文明史》（上卷），第263页。

② 详见W. C. 丹皮尔：《科学史及其与哲学和宗教的关系》（上册），第66—68页。

③ 伯兰特·罗素：《西方哲学史》（上卷），第53页。

④ 菲利普·李·拉尔夫等：《世界文明史》（上卷），第241页。

或者说外在条件了。这种外在条件简单说来就是，古希腊多山，土地贫瘠，不利于发展农业生产，而其环海且多岛屿的地理环境却促使它发展出征服海洋、从事商贸的经济。商贸经济便是早期科学文化中的器物文化。商贸经济不但培育人的冒险精神、自然科学精神以及独立、平等的意识，而且也促进了社会结构的根本变化：原有的以血缘关系为纽带的氏族公社制度被打破，最终建立起以财产资格和个人能力为基础的民主政治制度。民主政治便是科学文化中的制度文化。民主政治直接促进个人意识和自由精神的发展。在上述过程中，理智机能与商贸经济、民主政治之间存在着双向互动的关系：一方面，理智机能从宗教信仰的制约中独立出来之后，不断认识客观世界和人类自身，并及时调整基于它之上的意志（包括道德意志、政治意志和经济意志），从而促进商贸经济和民主政治的发生和发展；另一方面，商贸经济和民主政治的发生和发展，又促进理智机能和它制约之下的其他心理机能更加成熟，从而建构出上述哲学、自然科学、人文科学和文学艺术以及相应的自然科学精神和人文主义精神——这些就是古希腊科学文化中的思想文化。关于古希腊科学文化赖以产生的自然地理和经济、社会条件，中外学界的论述颇多，无须赘言。

（二）科学文化的心理机能——理智及其他

“理性是新的力量，是希腊的特征。”① 这理性主要指理智理性。就文化心理功能而言，希腊的科学文化就是以理智理性这种心理机能为基础而创造的。

理智及其所制约的意志、想象和情感等机能构成理性系统。其中，狭义的理性是理智理性，广义的理性还包括受理智制约的意志、想象和情感等。理性系统创造科学文化。科学文化中除理智直接创造的哲学和科学（自然科学和人文科学）这种文化成分外，还包括主要在意志主导下所创造的道德、政治和经济诸文化成分，以及主要由情感所创造的艺术文化成分。

人类的心理结构中除了具有以科学理智为基础和制导力量的理性系统以外，还有以宗教信仰为基础和制导力量的非理性系统（这个系统中包含着为宗教信仰所制约的意志、想象和情感等）。宗教信仰大约是在理智萌生的过程中，由于理智当时不能解决许多问题（其中的某些问题理智永远也不

① 伊迪丝·汉密尔顿：《希腊方式——通向西方文明的源流》，第7页。

能解决，如灵魂的来去和人生的意义等问题）而产生的一种相信和敬畏超自然力量（神灵）的心理机能。理智和信仰各自从事着对方不能解决的问题，在此意义上理智与信仰是对立的。从理智与信仰的对立性，我们看见了古希腊文化转型的革命性。其实，在古希腊从半文明宗教文化转型成为科学文化的同时，也存在着从半文明宗教文化升华成为文明宗教文化的可能性。约翰·伯奈特在《早期希腊哲学》中说，科学与宗教的冲突产生于“公元前六世纪席卷了全希腊的宗教复兴”。“看起来，希腊宗教似乎是正将进入东方宗教所已达到的同样阶段；而且若不是由于科学的兴起，我们很难看出有什么东西能够阻止这种趋势。通常都说由于希腊人没有祭司阶级，所以使他们得免于东方式的宗教；然而这是倒果为因的说法。……挽救了希腊的并不是由于没有一个祭司阶级，而是由于有科学的学派存在。”① 我们的世界应当感激古希腊：如果它走上宗教文化之路，给世界增添一种文明宗教，其意义不会很大；而它选择了科学文化之路，其意义的重大则无论怎样估价都不会过高。

以理智为基础所创造的科学文化具有诸多特性，其中有两个值得特别指出。

第一个特性是创新性。理智的本性就是不断认识事物，不断发现真理。这种在基础理论上的创新，又会导致意志机能在道德、政治和经济领域里的不断创新，导致情感在艺术上的不断创新。西方自然科学领域的不断创新自不必说，西方人文科学思想也是不断创新的。大而化之地看，西方人文科学思想从古典主义到理性主义到启蒙主义到浪漫主义再到现代主义和后现代主义，观念在不断变化，不像宗教文化和道德文化那样有一种不变的权威教义或者道德观念贯穿始终。如果科学文化中的某个民族由于某种机缘而最充分地运用理智机能，这个民族的科学发现就会最多，创新就会最大，它就会成为科学文化的中心。所以，西方科学文化的中心是不断转移的，从希腊到罗马到意大利到英国到美国，没有哪个中心不可动摇。

第二个特性是自调性。这也是由科学理智决定的。这首先表现在理智不断地进行认识和发现，从而也不断地否定或修正自身先前的理论成果，使科学理论日趋正确和完善。其次表现在基于理智的意志和情感也会相应地否定

① 转引自伯兰特·罗素：《西方哲学史》（上卷），第48页。

或修正自己的创造物，不断创新。最后表现在科学文化中学派林立，主义繁多，它们之间的相互批判和竞争所产生的合力，在整体上能够保障和推动科学文化健康、快速地发展。我们看到，古希腊进入科学文化后数百年间所取得的成就，当时的其他文化无法与之比肩。文艺复兴之后科学文化的快速发展更是惊人。相反，错误的观念和有害的实践在科学文化中往往能得到较快的纠正。西方有些错误的或有害的东西曾在中世纪持续千年之久，而中世纪的文化恰恰主要不是科学文化，而是宗教（基督教）文化。当然，西方科学文化除了自我调节之外，也借鉴和吸收外来文化来发展自己，调节自己。例如，古希腊的科学文化曾经大量吸收美索不达米亚和埃及的半文明宗教文化中的科学成果。

在文化心理结构中，理性虽然可以分为狭义的和广义的两种，但在性质上只有一种。而非理性在性质上却有三种，有必要指出。其一是人的本原的非理性，即人的无意识。它在理论上的代表是弗洛伊德的精神分析学说。这种本原的非理性是上述理性系统的一种生理基础。其二是宗教的非理性，它是与理性最为对立的非理性。其三是在以理智为基础的理性系统中所出现的非理性，即当本应受理智制约的意志和情感在一段时期内摆脱理智的制约并反过来制约理智时，就出现了这种非理性。这种非理性在理性心理系统中始终或多或少地存在着。就意志的这种非理性而言，它在西方的极端表现就是政治意志反过来制约乃至压制理智，使之沉默无声或者沦为它的奴婢，这就造成了异质于科学文化的政治文化（政治文化的有关情况见后文）。学术上也有关于这种意志的非理性理论，如尼采的唯意志论。尼采和弗洛伊德的学说中都有反宗教的思想，这就说明他们的非理性是不同于宗教非理性的。情感的非理性在任何文化的艺术创造中都不同程度地存在着（有必要地存在着）。它在科学文化的后现代主义艺术中表现得最突出（可以说表现得有些过度）。（详见后文）

末了，谈谈与上述有关的科学文化的“现代性”问题。西方学者说古希腊的科学文化具有现代性，如说欧几里德几何学的观点“在本质上都是现代的”①，阿基米德的工作“具有把数学与实验研究结合起来的真正现代

① W. C. 丹皮尔：《科学史及其与哲学和宗教的关系》（上册），第84页。

精神"①，甚至说"西方精神、现代精神是希腊人的发现，希腊人是属于现代世界的"②。这些说法是有道理的，因为西方现代文化的起点就是对古希腊科学文化精神的复兴。这样看来，文化现代性这个概念具有两种含义。一种是时间意义上的现代性，指无论什么性质的文化，对于过去来说它都是现代文化。一种是性质意义上的现代性，它只是关于科学文化的。后一种含义的现代性就其文化心理而言是：凡是理智自主、意志自由和情感自我的文化，就具有现代性；相应地，这种文化必然讲究科学、追求真理，实行道德自律、政治民主、经济自利，提倡艺术创造的自由、自我。当然，文化现代性的性质意义可以与时间意义结合起来说，如西方学者把中世纪以后文艺复兴以来（14 世纪至今）的文化称为现代文化（modern culture）。在这种意义上，对于世界上非科学文化的民族和地区来说，如果它们走向科学文化，那么，无论其开始于何时——上世纪或者上上世纪——那文化都是现代文化。这就是因为古希腊所开创的科学文化在世界上具有普遍的现代性质，或者更确切地说，它在现代世界有普适性。③

二、诗歌情感的自我特性

黑格尔说："所以抒情诗采取主体自我表现作为它的唯一的形式和终极的目的。"④ 西方抒情诗确实如此，它的特性就是自我性，自我表现是目的。

"自我"是西方思想文化术语。它是主体独特的统一性。西方多数哲学家认为自我这种统一性是先验的。从笛卡儿的"我思"（"我思故我在"）到康德的"先验统觉"（亦称"自我的统一意识"），到费希特的"自我"（"自我建立非我"），再到胡塞尔的"先验自我"，虽然名称有别，内涵也有所不同，但都大致说到了一个共同的东西，即自我是一种先验的同一性和统一性。西方某些经验主义哲学家和心理学家则认为自我是经验的统一性原理，"是靠感觉、知觉和其他心理活动的作用而形成的复合的第二性结

① W. C. 丹皮尔：《科学史及其与哲学和宗教的关系》（上册），第 86 页。

② 伊迪丝 · 汉密尔顿：《希腊方式——通向西方文明的源流》，第 4 页。

③ 如上所述，科学文化基于理智理性。理智是人类不同于动物的基本心理机能，所以科学文化对于人类来说具有普适性。

④ ［德］黑格尔：《美学》（第三卷下册），朱光潜译，商务印书馆 1981 年版，第 99—100 页。

构”①。总之，无论从先验的观点看还是从经验的观点看，自我都是主体的一种统一性。

自我统一性是科学文化心理的最高原理，因为心理诸机能的活动就统一于自我。在理性系统内，对于理智、意志和情感这三种有独立性创造价值的心理机能来说，正是由于有这种自我的统一性原理，我们才说理智的认识是自主的，意志的创造是自由的，情感的反应是自我的；并且自主理智的认识决定自由意志的创造，自由意志的创造引起自我情感的反应。

个体性自我情感是西方科学文化中最基本的情感。群体性社会情感不过是对自我情感的某些共同性的抽象。在这种意义上，西方的社会情感实质上一般是自我的，并且首先是自我的。反之，自我情感却并不都是社会的，它可以是纯粹个人的，如爱情和伴随某些形而上玄思而产生的情感，还有其他某些独特的心理、生理感觉所引起的情感。不过，这类情感一旦进入诗歌，往往就被升华成为审美情感，而审美情感总是潜在地具有一定的社会普遍性和非个人性。

（一）功利性自我情感

功利性自我情感主要表现在有教育意义的诗歌中。这种教育意义包括知识的、政治的和道德的，其中后者是主要的。所以，功利性自我情感主要是道德性自我情感。

古希腊诗歌就注重道德教训，有不少这方面的作品。例如，公元前 7 世纪早期无名氏的《看人心肠》：

> 但愿能够看看每个人的心肠，
> 打开他的胸口，向里面观察
> 他的思想，然后重新关上，
> 认清他真是朋友，不致上当。（水建馥译，下同）

诗人通过奇思妙想，教导人看清本质，辨别真假朋友，以免上当。这样的思想情感既是道德的，又是自我的。

又如无名氏的《不知足》：

> 母猪得着这颗橡实还想得到那颗，

---

① W. C. 丹皮尔：《科学史及其与哲学和宗教的关系》（下册），第 627 页。

我得到这个美丽少女还想得到那个。

这是诗人对自己自私本性的大胆暴露。用母猪的贪吃比喻人在性爱上的贪婪，虽不雅观，却很生动。在古代中国道德文化的礼教氛围里，如果出现这样的诗，这样的比喻，是不可思议的。

古罗马也有不少道德教训的诗歌，那种诗歌的情感也是道德性自我情感。例如，贺拉斯（公元前65—公元前8年）的《请牢记：如遇到坎坷崎岖》，劝告朋友用平和的心态面对人生中的坎坷，并指出生命短暂，应该及时行乐。

古希腊诗歌所表现的政治思想情感也富于自我个性。例如，公元前7世纪初诗人提尔泰奥斯在《劝诫诗》中说，"英勇杀敌为祖国而战/死于最前线最美好"，因为"男子看见赞叹，女子看见怜爱，/生前美，战死也美"。诗篇既表现爱国主义，也表现个人英雄主义，将爱国与自我表现、与爱美人联系在一起。

又如，公元前7世纪中叶的诗人阿尔基洛科斯在《我的心，你要沉着》中写道："我的心，你心慌束手无策时，/要顶住！挺起胸去抵抗……"诗人在《诗人之盾》中，还坦率地承认自己曾经丢弃盾牌当逃兵。那诗篇的结尾两句很有意思："我总算没落到丧命下场。那个盾/由它去！我再弄个一样好的。"这样的政治诗篇充分表现了自我个性和真情。

西方浪漫主义时期的某些诗歌既明确表现政治功利，又充分表现自我情感。当时，西欧社会由封建制转入民主制，自由、民主、解放成为时代潮流。华兹华斯、拜伦、雪莱、雨果、普希金等诗人都有表现这种时代潮流的优秀诗篇。这些诗篇虽然富于时代精神，但那时代精神是从诗人的政治态度和政治情感中表现出来的，因而能够显出鲜明的自我独特性。

第二次世界大战期间，本属于超现实主义的法国诗人阿拉贡和艾吕雅转而写反法西斯的政治诗歌，很有力量，其中阿拉贡的《比眼泪更美丽》和艾吕雅的《自由》等诗篇曾经广为流传。英国诗人奥顿关于第二次世界大战的诗歌也是成功的。这些政治诗歌的写作之所以成功，在于诗人对政治事件有独特的感受、独立的判断和深刻的反思，并往往能够超越具体的政治功利性而深入普遍人性。因此，这些政治诗歌既具有独特性，包括思想情感的自我独特性，又具有普遍性，包括审美普遍性。它们与后面论说的许多中国现代政治诗歌很不相同。

最关注诗歌的道德教训的是古希腊的柏拉图。他要求立法者说服甚至强迫诗人“用他那优美而高贵的语言，去把善良、勇敢而又在各方面都很好的人，表现在他的诗歌的韵律和曲调当中”①。古罗马诗人贺拉斯的《诗艺》一方面继承古希腊诗歌重视道德教训的传统，另一方面提出诗歌也应该娱乐读者，这就是“寓教于乐”论。他说：“诗人的愿望应该是给人益处和乐趣，他写的东西应该给人以快感，同时对生活有帮助。……寓教于乐，既劝谕读者，又使他喜爱，才能符合众望。”② 贺拉斯提出诗歌要有娱乐功能，大约与古罗马社会当时普遍的享乐风尚有关。不过，贺拉斯作为古典主义的代表，在“教”与“乐”两者中他更看重“教”。他认为，“乐”虽然也是诗歌的目的，但应是适度的——他的《诗艺》的基本精神就是讲究合理、适度和完美。贺拉斯还强调书写爱国题材和颂扬英雄业绩，这是他所提倡的“教”之中所包含的政治功利性的东西。这与罗马当时已经从共和制转变为独裁的帝制有关：奥古斯都皇帝加强了对文艺的控制，要求诗人为其政权服务。文艺复兴时期，诗歌情感的自我性虽然逐渐加强，诗歌的道德功能却并未因此减弱。那时突出地肯定诗歌道德性的是英国批评家锡德尼（1554—1585 年），他认为诗歌的“目的在于教育和怡情悦性”③，而最重要的教育是关于德行的教育，因为“一切人间学问的目的之目的就是德行”④。诗歌是最能启发德行的，因此诗人有权利居于其他人之上：“我们的诗人是君王”⑤，他给人指引道路。锡德尼把诗歌的道德功能看得高于一切，把诗人也抬到至高无上的地位。诗歌功能的“道德”论发展到顶点了，也过头了。浪漫主义时期的诗歌情感最富于自我性，不过其内涵也常常具有道德教训，如华兹华斯和雪莱都把道德意义当作诗歌的一个价值标准。

西方诗歌的上述道德功利论与中国古代诗歌的道德功利论有三点不同。第一，西方道德功利论中的“道德”是广义的。诗歌所表现的常常是诸多道德观念都认可的一些属于普遍人性的东西，如忠诚、正直、勇敢等。而中

---

① ［希腊］柏拉图：《法律篇》，伍蠡甫主编：《西方文论选》（上卷），上海译文出版社 1979 年版，第 47 页。

② ［罗马］贺拉斯：《诗艺》，杨周翰译，人民文学出版社 1982 年版，第 155 页。

③ ［英］锡德尼：《为诗一辩》，伍蠡甫主编：《西方文论选》（上卷），第 231 页。

④ 同上书，第 233 页。

⑤ 同上书，第 240 页。

国古代道德功利论中的“道德”是既定不变的道德，它要求诗歌表现的是既定的道德规范（主要是儒家礼教)。第二，西方道德功利论中道德教育和政治教育虽然有时混在一起论说，但两者是相互独立的。中国古代道德功利论中却是德政合一的。第三，西方道德功利论伴随有娱乐功利论的一面，这在贺拉斯那里就很明确了，以后文艺复兴、新古典主义和浪漫主义的道德功利论都没有丢弃这娱乐一面。中国古代道德功利论却很少说到娱乐。

西方诗歌的政治热情一般出现在历史上的特定时期，所以，诗人和批评家并没有把诗歌的基本功能定位在表现政治功利上。西方诗学也没有像中国古代诗学特别是中国现代诗学那样，形成很明确的政治功利论。

西方关于诗歌功能的理论，归纳起来主要有两种。一种是从古希腊到新古典主义甚至到浪漫主义都盛行的教育功能论，其中以道德教育功能论为主；另一种是在浪漫主义以后很快盛行起来的审美功能论。此外还出现过为人生的诗论，例如，俄国诗人涅克拉索夫（1821—1878 年）强调社会责任，咏叹“人民的痛苦”；英国诗人马修·阿诺德（1822—1888 年）认为诗歌是“人生的批评”。这种为人生的理论可以看作对诗歌教育功能论的扩展，即从诗歌对人的道德教育扩展到对整个人生的完善。此外，还有认为诗歌的功能主要就是娱乐的理论。例如，意大利文学批评家卡斯特尔维屈罗(1505—1571 年）认为诗起源于娱乐和消遣，其目的就在于娱乐和消遣。他说：“诗人的功能在于对人们从命运得来的遭遇，作出逼真的描绘，并且通过这种逼真的描绘，使读者得到娱乐。”① 之后，“从德莱顿直到 18 世纪，越来越多的诗学论著把愉悦读者作为诗歌的明确目的，而把道德教训和情感陶冶置于从属地位”②。这种理论偏重于对传统“寓教于乐”论中“乐”一面的追求。娱乐功能论可以看作从道德功能论向审美功能论的过渡，因为诗歌的娱乐性不但包含着一定的审美快感，而且往往也包含着一定的审美意味。在这种意义上，诗歌的娱乐功能论可以包含在审美功能论之中。

诗歌创作和理论的重心逐渐从教育功能转向审美功能，这是历史的进步。诗歌可以也应该具有知识、道德和政治等教育功能，但这些功能不是它

---

① ［意］卡斯特尔维屈罗：《亚理士多德〈诗学〉的诠释》，《西方文论选》（上卷），第 193 页。

② Alex Preminger, ed., *Princeton Encyclopedia of Poetry and Poetics*, Enlarged edition, Princeton: Princeton University Press, 1974, p.642.

的本质功能。诗歌独特的也是本质的功能是审美。康德哲学对知性认识、理性实践和情感审美三者的划分①，是诗歌和艺术能够走向审美独立自足性的哲学基础。黑格尔也明确指出：“诗的艺术作品却只有一个目的：创造美和欣赏美；在诗里，目的和目的的实现都直接在于独立自足的完成的作品本身，艺术活动不是为着达到艺术范围以外的某种结果的手段，而是一种随作品完成而马上就达到实现的目的。”② 浪漫主义诗人如歌德、济慈等很早就意识到诗歌审美性的重要性，此后各种不同形式的诗歌审美功能论陆续出现，成为西方现代诗歌功能论的主流。

（二）审美性自我情感

诗歌审美的内在本质在情感上。就西方诗歌而言，审美的情感本来是自我的，但由于审美特性的缘故，那本来是自我的情感却显现出普遍性和非个人性。诗歌的这种普遍的、非个人的情感就是审美性自我情感。

西方诗歌中最显豁的审美性自我情感是纯粹的爱情。如俄国诗人费特（1820—1892 年）的爱情小诗《悄声细雨，羞涩的呼吸》：

悄声细雨，羞涩的呼吸，
夜莺的啼鸣，
朦朦胧胧的小溪
波光粼粼，
夜的光，夜的阴影
无穷无尽，
神奇地变幻不定的
可爱的面影，
云烟弥漫，玫瑰红艳艳，
琥珀的光华，
又是热吻，又是泪痕，
晨曦，啊，晨曦！（徐稚芳译）

恋人在夜间会面，情意缠绵，黎明时也难舍难分。其间，除了燃烧的爱情之外，

① 体现这三者划分的是他的三大批判，即《纯粹理性批判》、《实践理性批判》和《判断力批判》。

② 黑格尔：《美学》（第三卷下册），第 46 页。

似乎什么也没有。这种纯粹的爱情，这种为爱而爱的爱情，从夜莺的啼鸣、小溪的粼粼波光和夜的无限温馨中表现出来，从因为沾染了爱情而放射美丽光华的红玫瑰中表现出来，从印着热吻和泪痕的晨光中表现出来，因而被这些感性的东西普遍化和非个人化了，就成了诗歌的审美情感。它超越功利目的，也超越这对恋人而抵达读者的心灵，让读者产生审美感受。纯粹的爱情当然是一种自我情感，所以这是一首表现审美性自我情感的诗，一首唯美的诗。

西方哲理抒情诗的情感常常也是审美性自我情感。① 如法国诗人瓦莱里(1871—1945 年）的《石榴》：

坚硬而绽开的石榴
经不起结子太多，
我想起丰硕的成果
爆开了权威的额头！
开裂的石榴啊，阳光
灼烤就你们的傲骨，
使出苦练的功夫
打通了珠宝的隔墙，
干皮层灼灼的赤金，
和一种力量相应，
迸发出红玉的香醪，
这一道辉煌的裂口，
使我的旧梦萦绕
内心的隐秘结构。(卞之琳译)

瓦莱里喜好沉思，对诗歌的形象思维和哲学的抽象思维都擅长，因而其诗歌富于哲理性。这种由诗人的独特沉思所产生的哲理抒情诗，其情感往往是审美性自我情感。《石榴》就是这样一首十四行体哲理抒情诗。此诗运用了比喻和象征。诗人用爆开的额头比喻绽开的石榴②，那绽开的石榴意象不但鲜

① 纯粹的哲学思考所引发的情感没有社会功利性，所以哲理抒情诗中的情感常常是审美性自我情感。

② 比喻表示一种类似关系，其特点在于有类似点。只有具体事物之间才有类似点，所以比喻一般是用具体事物比喻具体事物。这里爆开的额头与绽开的石榴之间的类似关系是比喻。

明多彩，而且因为那比喻而具有了大脑的生命力，具有了智力的能动性，如苦练功夫、打通隔墙、迸发香醪等。这是前所未有的新奇而可爱的石榴意象，它给人以美感。不过，这种感性形象的美还不是此诗的精彩所在。真正精彩的，是诗人进而用绽开的石榴象征大脑的智力结构[①]：我们仿佛看见了大脑那深不可测的“隐秘结构”，看见了心灵的辛勤劳作和累累成果。这个巧妙的象征，这种通过象征形象对智力活动进行的反思，本身就是一次成功的运思，就是智力的一个胜利。我们会由此产生惊奇和喜悦之情——这主要是一种理智的情感。由于不掺杂实用功利，这种理智的情感也是一种审美情感，很抽象，而引发这种情感的、仿佛隐约可见的智力结构（仿佛类似绽开的石榴）也是一种美，一种抽象的理智之美。

有无理智的情感和理智的美？英国美学家科林伍德（1889—1943 年）说：“如果我们随意选出几乎任何一部艺术作品加以检查，考察一下它表现了什么情感，我们将会发现其中包含了某些并非最不重要的理智情感；这些情感只能由有理智的人才能感受到，而事实上之所以能感受到，是因为这样的人以某种方式运用了他的理智。”[②] 他又说，“诗人并没有被禁止表现理智的情感，恰好相反，这些都是他正常表现的东西”[③]。科林伍德的话说明，理智情感（intellectual emotion）在艺术中是普遍存在的。从本书的观点看，情感是感觉、想象、意志和理智等心理机能的伴随状态（心理反应），其中伴随意志目的而产生的情感是最多的，往往也是最具体、最强烈的。伴随理智活动的成功（或失败）也会产生喜悦（或懊恼）等情感，这种理智情感往往很抽象。这种抽象的理智情感如果用恰当的形式（这种形式往往也较抽象，这在现代派艺术中很明显）表现出来，就是理智的美。表现理智美的诗歌在中国古代也有，如苏轼的《题西林壁》，其美就主要不在对庐山的描绘上，而在对哲理的发现上。

瓦莱里是“纯诗”论的代表（详见下文），以上所分析的他的《石榴》

---

① 象征也是一种类似，但不是明确的类似（没有类似点），而是暗示性的类似。象征通常是用具体的事物象征抽象的情绪和观念。所以，绽开的石榴与抽象的智力结构（“内心的隐秘结构”）之间的类似关系是象征。

② ［英］罗宾·乔治·科林伍德：《艺术原理》，王至元、陈华中译，中国社会科学出版社 1985 年版，第 300 页。

③ 同上书，第 303 页。

就是一首典型的纯诗。

西方的审美性诗论是对世界诗美学的一个很有价值的贡献。西方自近代以来，审美性诗论频频出现。这里考察与审美性自我情感有关的几种，它们是济慈的“否定能力”论、艾略特的“非个人”论和瓦莱里等的“纯诗”论。

济慈说：“一种消极能力，也就是能够处于含糊不定、神秘疑问之中，而没有必要追寻事实和道理的急躁心情。……对一位大诗人来说，美感是压倒其他一切的考虑的，或进一步说，取消一切的考虑。”① “消极能力”的原文“negative capability”还有多种翻译，如“否定能力”“反面能力”“反面感受力”“客体感受力”等。关于这个概念的含义更是众说纷纭。本书对这个概念做两点阐发。

第一，“含糊不定、神秘疑问”的心理状态是“否定能力”的表现，“而没有必要追寻事实和道理的急躁心情”则是造成否定能力的原因。从心理中的理智、意志、情感三种机能看，否定能力就是由于否定了，或者更准确地说抑止了理智认识的活动以及相应的意志目的的活动（济慈所说的“没有必要追寻事实和道理”，大约就同时包括了对于理智认识和意志目的的抑制），从而让心理中的情感获得独立活动的权利，这时的心理状态就是审美情感的状态，即没有理智认识的确定概念和意志目的的具体功利的情感状态。我们适宜把济慈所说的“含糊不定、神秘疑问”的心理看成创作中诗人的审美心态与反审美心态的较量：诗人即便处于审美情感状态之中，那被抑止的理智和意志仍然在潜在地活动，并且不时地力求明确地介入到审美心理中来追问道理和表达愿望，从而使审美情感的心理出现“含糊不定、神秘疑问”状态。我们面对一花一木时的审美心理尚且容易如此，诗歌创作那样复杂的审美心理活动就更难免如此。在上述意义上，我们认为“negative capability”译为“否定能力”较为确切，其含义就是否定明确的理智认识和意志目的的活动，从而间接地肯定情感审美的活动。

第二，济慈后一句话中的“美感是压倒其他一切的考虑的，或进一步说，取消一切的考虑”的说法，是他前面的话的必然结论。“美感是压倒其他一切的考虑的”，具体说来就是压倒理智认识和意志目的的，这说明在济

---

① ［英］济慈：《书信》，伍蠡甫主编：《西方文论选》（下卷），第61—62页。

慈心中美是高于一切、重于一切的。济慈以“美感是压倒其他一切的考虑的”说法，明确袒露他的唯美思想。他应当是唯美主义者的先驱，虽然他的诗篇并不就是唯美的。其实，济慈具有唯美思想不是缺陷，而是贡献。西方从古希腊到浪漫主义时代，诗学的主流是主张传播真理知识特别是宣传道德教训。浪漫主义诗歌由于其主体性和抒情性的原因，取得了伟大的成就，产生了许多优美诗篇，不过，其中仍然存在说理和说教过多的弊端，而济慈却意识到了诗歌艺术中美的自主性和绝对重要性。济慈用什么与现代接通？主要就是用其唯美思想。后来的唯美主义者如艾伦·坡和波德莱尔等，就是现代主义诗歌的先驱和开创者。

济慈所说的“否定能力”既然是否定理智认识和意志目的的能力，它必然也是否定生活情感而产生审美情感的能力，因为生活情感是伴随理智认识特别是意志目的而产生的。在这个意义上，否定能力具有“非个人”的性质。济慈就说过诗人的性格“不是它自己——它没有自性——它是一切，它又什么都不是”①。他甚至说：“我所说过的东西，都不可以假定为从我真正本性中产生出来的见解——因为我根本没有本性。”② 这就是在非个人、非个性，或者说否定个人、否定个性。不过我们从上述可知，这种“非”和“否定”的目的是为了创造诗的美，为了产生“压倒其他一切的”美感。济慈也说过这样的话：“我从来没有写过一行具有一点公共意识影子的诗！”③ 可见，济慈的非个人化绝不是为了大众化或者社会化，它的根基仍然是个人，只是在审美的当下表现出一定的非个人化而已。所以，济慈所说的“我根本没有本性”同后来艾略特所说的诗人“消灭个性”一样，其实质都是说诗歌创作要超越自我性、个人性而追求审美的普遍性。

“非个人”论之所以产生在西方，从根本上说是由于西方诗歌的基本情感是个人性的自我情感。在追求诗歌情感的审美化过程中，必然会产生这种非个人化的理论，因为审美活动虽然是个人性的，但审美情感却超越个人性而具有与他人共有的普遍性。非个人论产生的直接契机，则是对浪漫主义张

---

① 济慈：《书信》，《西方文论选》（下卷），第65页。

② 同上。

③ John Keats, “Letter to Reynolds, 9 April 1818”, in Hyder Edward Rollins, ed., *The Letters of John Keats*, vol. 1, Cambridge, MA.: Harvard University Press, 1958, p.267.

扬自我性的一种反拨。上文已指出，作为浪漫主义代表诗人之一的济慈其实已经意识到了非个人性问题。

“非个人”概念是艾略特（1888—1965）在其论文《传统与个人才能》(1917) 中提出的。这篇论文从两个方面论说诗的非个人化。一方面从诗与传统的关系看，认为一首诗并不是诗人个人的独创，其中“不仅最好的部分，就是最个人的部分也就是他前辈诗人最足以使他们永垂不朽的地方”①。因此，诗人必须继承并发展传统，必须具有历史意识。另一方面从诗与诗人的关系看，认为成熟诗人的心灵只是一个媒介，一种工具，它把感觉、词句、意象等东西组合成一首诗而并不粘带诗人的个人性，就像催化剂使两种物质化合而在生成物中却没有催化剂的成分一样。从这两方面看，诗都是非个人的，于是论文得出这样的结论：“一个艺术家的前进是不断的牺牲自己，不断的消灭自己的个性”②；“诗不是放纵感情，而是逃避感情，不是表现个性，而是逃避个性”③。“非个人”论的原文是“impersonal theory”，一般译为“非个性”论。从上述看，译为“非个人”论较好，因为“非个人”的含义大于“非个性”，能够概括上述两个方面的意思。

艾略特的非个人论来自济慈，尽管艾略特的文章没有说明这点。济慈说过，诗人的性格“不是它自己——它没有自性”，又说他自己“根本没有本性”。艾略特的“逃避个性”“消灭个性”等说法与之相似。济慈的“否定能力”论对艾略特的“非个人”论显然也有启发作用。艾略特对济慈很信服，他在《诗歌的功能与批评的功能》一书中引述了济慈关于天才人物没有个人性、没有确定的性格的说法之后说，“济慈关于诗歌的观点几乎没有不被发现是真理的”④。艾略特的非个人论来自济慈的具有唯美性质的否定能力论，这应该是非个人论除了具有时代的流派（象征派）意义之外，还具有超时代的美学意义的一个原因。

艾略特的诗学很丰富，其中最富于创新性的可称之为客观化理论。这个

---

① ［英］艾略特：《传统与个人才能》，杨匡汉、刘福春编：《西方现代诗论》，第73页。

② 同上书，第76页。

③ 同上书，第80页。

④ T. S. Eliot, *The Use of Poetry and the Use of Criticism*, Cambridge: Harvard University Press, 1933, p.93.

理论包括“非个人”论、“客观对应物”（又译“客观关联物”）论[①]和形式论[②]，其中非个人论是核心。非个人论与其余两种理论的内在关系大致是，非个人化的感觉、经验、情绪等应该用客观对应物表现出来，由此所显示的技巧等艺术形式便是诗歌的价值之所在。这种客观化理论是象征主义诗歌的创作思想和创作方法的理论总结，因而在一定程度上也是现代主义诗歌的创作思想和创作方法的理论总结，因为象征主义诗歌是现代主义诗歌的主流。艾略特也正是以这种客观化理论来反拨以华兹华斯为代表的英国浪漫主义主观化诗学以及当时流行的乔治派后浪漫主义诗歌观念的。就其影响而言，这种客观化理论直接促进了后来美国新批评派的以文本为中心的诗学批评。

艾略特的非个人论还具有诗歌美学的价值，因而它能够与济慈的否定能力论、唯美主义者的唯美论和法国象征主义者的纯诗论联通起来，具有超越时代和超越流派的美学意义。

这种美学意义在于：诗歌通过一定程度的非个人化创造，能够使日常情感变成艺术情感，使个人的生活情感变成具有普遍意义的审美情感。艾略特在提出非个人论的《传统与个人才能》一文中说，诗人“生活中特殊事件所激发的感情”“尽可以是单纯的，粗疏的，或是平板的。他诗里的感情却必须是一种极复杂的东西”[③]。又说，“只有有个性和感情的人才会知道要逃避这种东西是什么意义”[④]；“有意义重大的感情的表现，这种感情的生命是在诗中，不是在诗人的历史中。艺术的感情是非个人的”[⑤]。原来，诗歌要逃避的情感只是诗人具体的生活情感，它是“单纯的，粗疏的，或是平板的”。诗歌还是要表现情感的，那情感则应是复杂的、精致的、有变化的，这即是所谓“意义重大的感情”“艺术的感情”。那么，这种情感从何而来？当然只能来自诗人生活中单纯、粗疏的情感。艾略特所说的“只有有个性

---

① 艾略特在《哈姆雷特》（1919）一文中说：“用艺术形式表现情感的唯一方法是寻找一个‘客观对应物’；换句话说，是用一系列实物、场景，一连串事件来表现某种特定的情感；要做到最终形式必然是感觉经验的外部事实一旦出现，便能立刻唤起那种情感。”（王恩衷编译：《艾略特诗学文集》，国际文化出版公司 1989 年版，第 13 页）

② 关于艾略特的形式论，见本书第三章第二节第三小节的论述。

③ 艾略特：《传统与个人才能》，杨匡汉、刘福春编：《西方现代诗论》，第 79 页。

④ 同上书，第 80 页。

⑤ 同上书，第 81 页。

和感情的人才会知道要逃避这种东西是什么意义”这句话，就可以做这样的理解：诗人是有个性有情感的，不过诗人的个性在诗歌中应寓于某种共性之中，诗人的个人情感在诗歌中应变成普遍情感。这就是对情感的非个人化。用我们的话说，就是将个人具体的、粗糙的生活情感加以澄清、净化，使之成为普遍性的审美情感。审美情感由于超越了特殊的事件和个人的生活，其含义必然较为复杂、深广，以至于不可能完全言说。也正因为如此，我们说审美情感是一种有普遍意义的情感。

艾略特在文中所说的“意义重大的感情”这一概念，实际上是很有审美意义的。它的原文是“significant emotion”，译为“有意味的情感”更好。这使我们联想起与艾略特同时代的英国艺术批评家克莱夫·贝尔在其《艺术》一书中提出的“有意味的形式”这一著名概念（“significant form”）①。两个概念可以说都是对美的本质的一种表述。贝尔的概念着眼于现代艺术的审美形式，并同时谈到了审美内容（“意味”），加之他对这个概念做了专门论述，所以容易接受，在现代艺术界和美学界广为流行；而艾略特的概念只着眼于美感内容的“意味”，没有包括审美形式，加之只是顺带提出，所以没有什么影响。不过，艾略特的这个审美本质性概念的意义是不容忽视的。如果说贝尔的“有意味的形式”概念更适用于现代造型艺术的话，艾略特的“有意味的情感”概念则特别适用于现代诗歌。艾略特似乎也感觉到了“有意味的情感”这一概念的重要性，他将“有意味的”（上引译文为“意义重大的”）这个词语打上了着重号。艾略特在文章末尾所说的“这种感情的生命是在诗中，不是在诗人的历史中”的话，再次提示我们：诗人生活经历中的个人情感不是诗歌情感，它要经过非个人化以后才能存在于诗中，才能成为诗歌情感、艺术情感，亦即有意味的审美情感。这也印证了我们从美学角度论说艾略特的非个人论的基本观点，即非个人化使诗人个人的生活情感变成了有普遍意义的审美情感。

“纯诗”论既复杂，又不大明确，却有顽强的生命力。纯诗论所说的“纯粹”究竟指什么？综合几种主要的纯诗论看，它包含三个相互关联的成分，即纯粹情感、纯粹观念和纯粹语言。其中，纯粹情感是基本的，它其实

---

① 贝尔的“有意味的形式”概念是1913年提出的，艾略特的“有意味的情感”概念是1917年提出的。艾略特是否从前者得到过启发不得而知。

就是诗的审美情感。当然，这些纯粹成分都只是相对的，即相对地纯粹于一般的情感、观念和语言。

纯诗论导源于唯美论。唯美论的代表之一是美国诗人爱伦·坡（1809—1849年），其唯美论思想主要体现在“为诗而诗”论上，下文将专门论述。唯美论的代表还有法国诗人戈蒂耶（1811—1872年）和英国文艺批评家沃尔特·佩特（1839—1894年）等人。戈蒂耶提出“为艺术而艺术”[①]的口号，否认艺术的认识和教育功能，提倡追求艺术的纯美。佩特系统地发展了唯美论，其特点是强调美的无功利性和形式性，强调对美的感官享受（这一点显然与英国经验主义美学的传统有关）。唯美论对纯诗论的影响，主要是艺术的非功利和纯美的观点，而不是对美的感官享受的观点。

纯诗论直接来自爱伦·坡的为诗而诗论。坡说：“天下没有、也不可能有比这样一首诗——这一首诗本身——更加是彻底尊贵的、极端高尚的作品，这一首诗就是一首诗，此外再没有什么别的了——这一首诗完全是为诗而写的。”[②]坡的这种为诗而诗论是自觉地建立在柏拉图等哲学家关于智、意、情的划分以及相应的真、善、美的分别上的[③]。坡说：“如果把精神世界分成最为一目了然的、三种不同的东西，我们就有纯粹智力、趣味和道德感。……智力本身与真理有关，趣味使我们知道美，道德感则重视道义。”[④]诗歌特有的目的在于美，坡称这种美为“神圣美”。坡说，“我把美作为诗的领域”，道义和真理也能进入诗中并具有益处，“但是，真正的艺术家要

① 西方近现代出现的“为艺术而艺术”论、“唯美”论、“纯诗”论等思潮，总体说来并非形式主义的浅薄表现，而是西方科学文化爱智慧、求自由而不唯实用这种特性在文艺上的反映。这种特性在更基础的科学理性层面上表现为“为知识而知识”“为学术而学术”。后两者是自古希腊以来就具有的传统。亚里士多德就宣称“求知是人类的本性”，并认为这种出于本性的求知是可以不求实用的（参见亚里士多德：《形而上学》，商务印书馆1981年版，第1页）；他指出古希腊哲学家“为求知而从事学术，并无任何实用的目的”，因为“人本自由”，可以在学术上自由地深入探索（同上书，第5页）。

② ［美］爱伦·坡：《诗的原理》，伍蠡甫主编：《西方文论选》（下卷），第498页。

③ 柏拉图对人的心理机能作了理智、意志和情感的划分；康德进一步分别出知性的科学认识、理性的道德实践和情感的审美判断（他的三大批判就基于这样的分别），这就分别了真、善、美，显示了它们各自的独立性。这样，属于情感领域的美和艺术就获得了自身的独立性。这是西方以后的唯美论和许多艺术形式主义的哲学基础，也是纯诗论的哲学基础。

④ 爱伦·坡：《诗的原理》，伍蠡甫主编：《西方文论选》（下卷），第499页。

经常设法冲淡它们，使它们适当地服从于诗的气氛和诗的真正要素——美”。[①] 坡还“毫不犹豫地坚持”诗的音乐性，因为“也许正是在音乐中，诗的感情才被激动，从而使灵魂的斗争最最逼近那个巨大目标——神圣美的创造”。[②]

爱伦·坡的为诗而诗论的基本精神是强调“诗本身”，特别是“诗的真正要素——美”，这与以后几乎所有纯诗论的基本精神是一致的（正是在这种意义上，我们说坡的为诗而诗论就是一种纯诗论）。与此相关，坡的为诗而诗论认为诗歌语言的音乐性表现审美情感，是一种美的创造，这也是为后来多数纯诗论所认同的。此外，“当提到纯诗能达到‘神圣美’时，坡暗示语言的音乐性可以产生形而上学的或神秘的意义”[③]，这一点对后来马拉美和瓦莱里两人所论述的纯诗的超验性和神秘性也是有影响的。

作为爱伦·坡的忠实信徒的法国诗人波德莱尔（1821—1867 年）明确主张写作纯诗。“纯诗”一词就出现在他的《再论埃德加·艾伦·坡》一文中。波德莱尔也有为诗而诗以及美作为诗的最高目标的思想。他不满于当时大多数人仍然认为诗的目的在于教育，而认为诗的“目的就是它本身”，因此宣称“诗除了自身外并无其他目的，它不可能有其他目的，除了纯粹为写诗的快乐而写的诗之外，没有任何诗是伟大、高贵、真正无愧于诗这个名称的”[④]。并且他指出这种思想的依据就在于如下分别：“纯粹的智力对准的是真实，趣味向我们指出美，道德感教我们知道责任。”[⑤] 他的这种说法与上述爱伦·坡的说法相似，也基于康德哲学关于真善美的划分。

波德莱尔的可贵之处，在于他肯定诗歌的本质是对“最高的美”的追求，并对诗歌的审美情感的本质有一种洞见。他说：“因此，诗的本质不过是，也仅仅是人类对一种最高的美的向往。这种本质表现在热情之中，表现在对灵魂的占据之中，这种热情是完全独立于激情的，是一种心灵的迷醉，也是完全独立于真实的，是理性的材料。因为激情是一种自然之物，甚至过

---

① 爱伦·坡：《诗的原理》，伍蠡甫主编：《西方文论选》（下卷），第 501—502 页。

② 同上书，第 501 页。

③ Alex Preminger, ed., *Princeton Encyclopedia of Poetry and Poetics*, p.682.

④ ［法］波德莱尔：《再论埃德加·艾伦·坡》，《波德莱尔美学论文选》，郭宏安译，人民文学出版社 1987 年版，第 205 页。

⑤ 同上。

于自然，不能不给纯粹美的领域带来一种刺人的、不谐和的色调；它也太亲切，太猛烈，不能不败坏居住在诗的超自然领域中的纯粹的愿望、动人的忧郁和高贵的绝望。"① 波德莱尔这种关于诗的审美情感不同于自然的生活激情的见解，是对纯诗论的一个贡献。他实际上指出了诗的审美情感既是对生活中的自然情感的超越，也是对科学真实和道德功利的超越，这就是纯诗的最基本的特征。美的情趣意味及其感性形式可以千差万别，但在超越自然情感、科学真实和道德功利上却是共同的。纯诗作为一种美也必然如此。

上述波德莱尔的某些思想，对后来马拉美的纯诗论有重要影响。波德莱尔是象征主义诗歌的开拓者，就象征主义的发展看，"魏尔伦和兰波在感情和感觉方面发展了波德莱尔，马拉美却在诗的完美和纯粹方面延续了他"②。

马拉美（1842—1898 年）"象征着诗歌领域最纯粹的信念"③。他的诗歌理论主要就是纯诗论，虽然他没有说到"纯诗"概念。他的纯诗论的基本观点可以概括为：试图用纯粹语言来表现纯粹观念。所谓纯粹观念，指事物的纯净状态，即清除了世俗意义的一种超然的、自足的观念世界。结合马拉美的作品对现实功利的极端排斥这种情况看，他的这种纯粹观念的世界就是一种理想的审美境界。马拉美的目的是对诗歌的纯粹美的追求。聆听过其教导的瓦莱里说："他最根本的追求一定是为了定义和制造最精妙和最完善的美。"④ 这便一语破的地说出了马拉美纯诗论的实质。马拉美的这种追求，在根本上与前述爱伦·坡的所谓"神圣美"、波德莱尔的所谓"最高的美"的追求是一致的。马拉美认为，对诗歌的那种颇为神秘的纯粹观念世界的表现，要运用暗示和象征。他说："诗写出来原就是叫人一点一点去猜想，这就是暗示，即梦幻。这就是这种神秘性的完美的运用，象征就是由这种神秘性构成的：一点一点地把对象暗示出来，用以表现一种心灵状态。"⑤ 所以"诗应当永远是个谜"⑥。

---

① ［法］波德莱尔：《再论埃德加·艾伦·坡》，《波德莱尔美学论文选》，郭宏安译，人民文学出版社 1987 年版，第 206 页。

② ［法］瓦莱里：《波德莱尔的地位》，《文艺杂谈》，段映虹译，百花文艺出版社 2002 年版，第 183 页。

③ 瓦莱里：《斯蒂凡·马拉美》，《文艺杂谈》，第 192 页。

④ 同上书，第 192—193 页。

⑤ ［法］马拉美：《关于文学的发展》，伍蠡甫主编：《西方文论选》（下卷），第 262 页。

⑥ 同上书，第 263 页。

马拉美一生最用力的，还是试图创造一种纯粹语言来表现那纯粹观念。“马拉美是一个真正的圣人：他给自己提出了一个几乎不可能达到的目标，而且他追求起来毫不妥协和旁骛。他的一生奉献给了前人从未进行过的诗的语言的创新。”① 那究竟是一种怎样的语言创新呢？我们从马拉美的一段话中可以见出端倪：“从一些词语中，诗歌创造出一个完全属于它自身而与一般语言不同的新词——一种咒语。所渴望的语言孤立由此产生，而偶然性（偶然性仍可能制约这些要素，尽管后者通过意义与声音获得了巧妙而交替的变化）会因此即刻被彻底地抹去。随后我们吃惊地意识到，我们以前从未真正听到过这样或者那样的普通诗歌片段；同时，我们由此而被唤起的对象沉浸在一种全新的气氛中……”② 马拉美是在追求诗歌语言的一种新的表现力，而这样的诗歌语言似乎是一种完全不同于日常语言的独立自足的存在。马拉美曾表达过这样的希求：“隐去诗人的措辞，将创造性让给词语本身。”③ 他的绝笔之作《骰子一掷绝不会破坏偶然性》（1897 年）大约能体现这种诗歌语言的特征：该诗的字体大小不同，排列如乐谱，诗行之间留下许多空白，用以暗示某种感觉和观念，十分晦涩难解。对诗歌音乐性的探索，是马拉美探索诗歌纯粹语言的一个部分：他试图用那种纯粹语言所特有的音乐性，来暗示或象征诗歌的纯粹观念。

马拉美的探索没有成功，但也没有完全失败。法国学者让·贝罗尔说：“对两种对立语言的认识，曾促使马拉美将诗的写作语言确定为：‘与日常生活中的消息性语言截然不同的生成性语言’。”④ 确实，马拉美这种探索的实质就是分别诗歌语言与日常语言，不过他将这种分别绝对化了。马拉美对诗歌语言的这种史无前例的探索极具启示性，之后，西方诗歌界对语言的探索长盛不衰。

就纯诗论的发展看，马拉美的纯诗论看重智力而轻视情感，所以我们总

---

① ［美］埃德蒙·威尔逊：《象征主义》，杨匡汉、刘福春编：《西方现代诗论》，第 304 页。

② Stephane Mallarme, “Crisis in Poetry” (1895), in A. E. Dyson, ed., *Poetry Criticism and Practice: Developments since the Symbolism*, Hampshire and London: Macmillan Education, 1986, p.135.

③ 转引自［法］让·贝罗尔：《论诗》，杨匡汉、刘福春编：《西方现代诗论》，第 683 页。

④ 同上书，第 679 页。

感觉他的探索显得有点空泛。所幸的是，这个缺陷为瓦莱里的纯诗论及时填补。

瓦莱里（1871—1945 年）是纯诗论的代表，他的纯诗论也最全面。他曾撰文专门论述纯诗。瓦莱里说诗歌这个词有两个意思：第一个意思“指的是某一类情绪，一种特别的情感状态”①；第二个意思是“一门艺术，一种奇怪的技巧，其目的就在于重新建立该词的第一种意思所指称的那种情绪”②。可见，情感是瓦莱里诗歌观念的核心。瓦莱里论纯诗就是从情感入手的。他把文学作品的“一些独特的方面或独特的成分”“称之为诗情”③（粗体为原译文所有，下同）。纯诗就是用“没有实体感的言词”来表达“诗情”的作品，是“完全排除非诗情成分的作品。……一行最美的诗是纯诗的一个因子”④。由此可知，纯诗的“诗情”是一种纯粹情感，即排除了功利性乃至现实性的审美情感；纯诗所追求的就是诗的“最美”——一种纯粹的美。瓦莱里关于纯诗本质的这种看法，与作为他前辈的爱伦·坡、波德莱尔和马拉美的看法是大致相同的，但比后三者更明确。

纯诗的这种“诗情”是一种什么样的纯粹情感？它能够激发或者说蕴含什么样的纯粹观念？表达这种纯粹情感和纯粹观念的是一种什么样的纯粹语言？这些问题便是瓦莱里在《纯诗》等论文里接着论说的。

瓦莱里说：“至于谈到纯诗情的感受，应当着重指出，它与人的其他情感不同，具有一种特殊的性质，一种令人惊奇的特征：这种感受总是力图激起我们的某种幻觉或者对某种世界的幻想……从这点上来说，诗情的世界显得同梦境或者至少同有时候的梦境极其相似。”⑤ 他还在《论诗》一文中指出：“这一类情感与所有其他人类情感都不相同。……对于我们来说，重要的是尽可能清楚地将诗意的情感与普通情感区别开来。进行这种区分是很棘手的，因为它在事实上从来没有实现过。人们总是发现在主要的诗意兴奋中混杂着柔情或忧伤，愤怒、畏惧和希望；个人特有的兴趣和情感总是与这种

---

① 瓦莱里：《论诗》，《文艺杂谈》，第 325 页。
② 同上书，第 326 页。
③ 瓦莱里：《纯诗》，杨匡汉、刘福春编：《西方现代诗论》，第 215 页。
④ 同上书，第 216 页。
⑤ 同上书，第 218 页。

作为诗歌特征的普遍情感结合在一起。”① 瓦莱里强调纯粹的诗情与其他情感不同，这与波德莱尔的类似观点相呼应。所不同的是，波德莱尔是单纯就这种审美情感而言的，并且说得笼统；瓦莱里则深入说明了这种审美情感的普遍性，更重要的是，他把这种纯粹情感与表现它的类似梦境的超验境界联系起来。后面一点，明显见出瓦莱里受了马拉美的影响。

那么，这种超验的纯诗境界能蕴含什么样的观念呢？瓦莱里在《纯诗》一文中没有说，但在其他地方有说明。他说，“诗人自有其抽象思维，或者说，其哲学；并且我还说过，它在诗人的行为本身中起作用”②。这种抽象思维或说哲学，除了在诗歌构思中起组织、安排和选词、造句等作用外，对于纯诗来说还有更为重要的作用，那就是“排除非诗情的成分”。瓦莱里说，“诚然，诗的本质是一种以其引起的本能表现力为特征的情感。但诗人的任务不能限于承受这种情感。那些从激动中喷发出来的表达方式只在偶然情况下才是纯粹的，它们挟带着很多渣滓，包含着大量缺点”③。这就要求诗人对这种“挟带着很多渣滓，包含着大量缺点”的情感加以“过滤”“澄清”，亦即抽象、扬弃，使之成为一种纯粹的、审美的情感，即瓦莱里所说的“作为诗歌特征的普遍情感”，亦即他所谓的纯诗的“诗情”。在此过程中，往往就需要智性的和形而上的哲学沉思，并由此产生深刻的、超越性的哲理观念。瓦莱里的诗歌中智性因素就较多，哲理成分就较重。他的作为纯诗代表作的《海滨墓园》所表现的，大约就是他所说的“普遍情感”和“抽象思维”，或者说哲学沉思（关于生存、死亡和不朽的沉思）。从纯诗的观点看，就是表现一种弃绝功利、超越现实的纯粹情感和纯粹观念。

表现纯诗的诗情及其观念的是诗的纯粹语言。瓦莱里认为，日常语言“是纯粹供实践之用的工具。诗人的任务就需要在这种实践的工具中找到某些手段，去创造一种没有实践意义的现实”④。这即是说，诗人要从实用的日常语言中创造出一种非实用的亦即纯粹的语言来，这种语言就是他在前面说过的“没有实体感的言词”。与以前的纯诗论者一样，瓦莱里也很看重诗

---

① 瓦莱里：《论诗》，《文艺杂谈》，第 326—327 页。

② 瓦莱里：《诗与抽象思维》，《文艺杂谈》，第 301 页。

③ 同上书，第 342 页。

④ 瓦莱里：《纯诗》，杨匡汉、刘福春编：《西方现代诗论》，第 219 页。

歌语言的音乐性。他把音乐看成纯艺术的典型。[①] 他曾说："由此可知，音乐拥有一个绝对自我的领域。音乐艺术的世界，是音乐的世界，它与杂音的世界泾渭分明。"[②] 他认为，上述由诗情所激起的梦幻般的纯诗境界，就类似于音乐世界，"好像都配上了音乐"[③]。而诗歌要具有这样的纯粹音乐性，并最终表现某种纯粹观念，就要从日常语言或者说普通语言中提炼出一种是"完美的声音"的纯粹语言。他说，诗歌所"借助的是普通语言这一本质上是实用性的工具，这一处于不断变化之中，不断遭到污染，为所有人所使用的工具，我们的任务是从中提取出一个纯粹、完美的声音，它悦耳动听，无损瞬间的诗的世界，它能够举重若轻地传达远远高于自我的某个自我的概念"[④]。瓦莱里的纯诗语言观与马拉美大同小异，都是试图创造一种纯粹语言，其实质也是对诗歌语言与日常语言加以严格区分。

瓦莱里对纯诗的论说小心翼翼，因为他深知在诗歌的纯与不纯之间不可能有截然划分的界线。所以他承认纯诗"这个目标是达不到的"，它只是一种企图接近的"纯理想境界"[⑤]。不过，他却很有信心地肯定纯诗概念的价值："关于这种理想的或者想象情况的概念，对于评价任何实际存在的诗歌是非常重要的，这一点也是非常明显的。"[⑥] 让瓦莱里感到欣慰的是，纯诗概念的重要价值已被许多人认同，其持久的生命力和在世界诗歌界的广远传播，大概是他始料不及的。

上述四人的纯诗论中，波德莱尔很接近爱伦·坡，两人可为一组；瓦莱里很接近马拉美，可为另一组。就我们所分析的纯诗论的纯粹情感、纯粹观念和纯粹语言三种成分看，前一组的特点在于纯粹情感亦即审美情感。所以，这种纯诗论的本质也可以说是追求诗的纯美。正是在这一点上，这种纯

---

① 在这个问题上，瓦莱里和其他法国纯诗论者受到瓦格纳音乐思想的影响。参考以下说法："理查德·瓦格纳（1813—1883）所提出的音乐是所有艺术语言中最纯粹的审美成分的观点，以及一切艺术形式通过审美的象征体系而熔化成一种表现思想的音乐的观点，深刻地影响了法国象征主义诗学。"（Alex Preminger, ed., *Princeton Encyclopedia of Poetry and Poetics*, p. 510）

② 瓦莱里：《论诗》，《文艺杂谈》，第 331 页。

③ 瓦莱里：《纯诗》，杨匡汉、刘福春编：《西方现代诗论》，第 218 页。

④ 瓦莱里：《诗与抽象思维》，《文艺杂谈》，第 303—304 页。

⑤ 瓦莱里：《纯诗》，杨匡汉、刘福春编：《西方现代诗论》，第 216 页。

⑥ 同上书，第 222 页。

诗论与以前的唯美论相通（爱伦·坡和波德莱尔都被认为也是唯美论者）；也正是在这一点上，这种纯诗论为以后的纯诗论奠定了审美的基础——没有这个基础，一切纯诗论都不可能成立。马拉美和瓦莱里的纯诗论则在继承前者的纯粹情感特点的基础上，突出了纯粹观念和纯粹语言两个特点（这两个特点在前两者中已有所显露）。纯粹观念使所论述的纯诗表现出不同于现实观念的超验性和神秘性；纯粹语言使纯诗表现出不同于日常语言的创新性和音乐性。前一组纯诗论是广义的；后一组纯诗论是狭义的，可视为纯诗论的代表。

除上述四人的纯诗论外，法国、英国、美国和意大利的某些诗人和诗论家也谈论过纯诗，中国现代诗人中也有谈论纯诗的（详见第一章第四节第二小节）。他们的纯诗概念的含义往往更宽泛，所侧重的纯粹方面也各不相同，但在追求诗的纯美这个基本点上是大致相同的。所以，他们的纯诗论多属于广义的纯诗论。

三、异质文化与异质情感

（一）异质文化——宗教文化

在西方，与科学文化异质的文化主要是宗教文化。[①] 这样的宗教文化先后有两种，一种是存在于古希腊和古罗马的本土宗教文化，另一种是来自东方后来却普遍存在于西方的基督教文化。

我们曾经论述过古希腊文化转型以前的半文明宗教文化。古希腊文化转型之后，这种宗教文化继续存在，只是不再占据主导地位。由于新兴的科学文化的作用，这种宗教文化的理性成分增多了，文明程度也提高了。

文化转型之后的古希腊宗教仍然没有统一的名称和形式。从人们的信仰对象和崇拜仪式看，那时的古希腊宗教有以下几种。一种是公元前 6 世纪开始盛行的对日神阿波罗的崇拜和祭祀。在古希腊宗教中，阿波罗信仰

---

① 与西方科学文化异质的文化，除宗教文化之外，还有政治文化。当政治意志被理智制约和主导时，这种政治意志所创造的政治文化（民主政治文化）成分是科学文化的一部分。反之，当政治意志反过来制约和主导理智以及其他心理机能时，系统的政治文化（专制政治文化）就产生了。这种政治文化是异质于科学文化的。西方历史上产生过大大小小的政治文化，它们一般历时很短，其中最重要的也是历时最长的是罗马帝国的政治文化（罗马共和国时期的文化基本上是科学文化），其次是苏联的政治文化。前者最终被基督教文化取代，后者最终演变成了科学文化。

富于理性精神，代表合理、秩序和公正，在希腊人的生活和艺术中起着重要作用，它最能显出与以前的半文明宗教的不同。另一种宗教也在公元前6世纪开始盛行，它是对酒神狄奥尼索斯的崇拜。这种宗教富于激情、狂喜和神秘性，代表了酒、生殖等感性生活的一方面。狄奥尼索斯崇拜既是对阿波罗崇拜的一种反动，也是一种补充，这两种宗教崇拜后来走向一定程度的融合。公元前5世纪和公元前4世纪还盛行对音乐之神俄耳甫斯的神秘崇拜。这种宗教确信人的灵魂不死，宣传来世得救。此外，公元前5世纪曾经出现更为神秘的厄留西斯宗教（厄留西斯是雅典附近的一个小城），这种宗教的信徒死守其神秘仪式的秘密，以至于后世对它几乎一无所知。

从上述可知，进入文明之后古希腊宗教仍然是多神崇拜，没有统一的教义和仪式，也没有圣人和先知。人们所信仰的神灵的功能主要在于惩恶扬善，而不是灵魂皈依这样的终极关怀。所以，古希腊宗教不是完全成熟的宗教。

宗教文化与科学文化两者之间的异质性，包括异质对立和异质互补两个方面。古希腊宗教文化与科学文化之间的异质对立是不言而喻的。即便是富于理性精神的阿波罗崇拜，也具有体现宗教本质的对神的信仰。例如，在供奉阿波罗神像的德尔菲神殿上刻有许多神谕，据说人们违背了这些神谕就要遭受神的惩罚（像古希腊戏剧所描述的那样）；又如，在狄奥尼索斯崇拜的节日里，人们举行盛大的仪式，祈求神祇保佑来年的好收成；还有如厄留西斯教的秘不示人的神秘仪式和俄耳甫斯教的灵魂转世信仰等。所有这些，都是与古希腊的科学文化精神对立的。

古希腊宗教文化与科学文化之间的异质互补主要表现在道德和文艺上。

道德是主体意志的最普遍的体现，文艺是主体情感的最突出的体现。前文曾指出，古希腊科学文化还未充分重视主体性（高扬主体性是西方近代以来的文化特征），既然如此，宗教在体现主体意识的道德和文艺这两个领域就会乘虚而入，或者说这两个领域就有赖于宗教的参与和辅助。事实确实如此。上述阿波罗信仰中所包含的合理、秩序和公正的精神，实际上就是普遍的道德原则。这些道德原则可以说是古希腊科学理性与宗教信仰的一种结合或者说平衡。这样，理性的道德规范便被赋予了神的名义：人们要尊敬神祇，服从命运，尊重理性，遵循中道①，否则会遭受神的惩罚，有不幸降临。这里，服从神意与尊重理性、遵守道德规范是统一的。阿波罗神殿上同时写着“服从神意”与“认识你自己”“凡事勿过度”等神谕，其中纯粹宗教信仰的神谕与理性化的神谕并行不悖。

文艺的情况也类似。尽管古希腊文艺的自由创造性和自我主体性在世界古代文化中无与伦比，但就古希腊的科学文化自身而言，它的主体性还未充分展开，主体的内在心灵还未充分独立自足地成为文艺的领域，因而文艺仍然在较大程度上依赖着宗教（虽然与荷马史诗主要讲述神祇和与之有关的英雄故事已经很不同了）。我们看到，作为希腊文艺代表的戏剧就直接起源于狄奥尼索斯崇拜，但它也充满阿波罗精神，可以说是这两种宗教精神的融合。希腊戏剧与后世莎士比亚戏剧的最大不同，就在于希腊戏剧中的人物在一定程度上是类型化的，而莎剧中的人物则是充分个性化的。前者所以如此，一个重要原因就在于其人性的内容还离不开神，因此不免带上神意决定人物命运等模式化特征。古希腊诗歌这种最富于自我个性的文艺在一定程度上也如此，它也多与神话或神意牵连，即便像萨福那样纯粹抒写个人情思的诗篇，往往也要借用神的名义。

在上述意义上，从科学文化的观点看，可以说古希腊科学文化的道德和文艺还带着较强的宗教性；从宗教文化的观点看，则可以说古希腊宗教在很大程度上就是道德性宗教、文艺性宗教。西方近代以来的道德和文艺则不同了，自由意志的道德与自我情感、自我个性的文艺成为主导。如果说西方近代的道德和文艺中宗教（基督教）的印记和作用仍然较多，至现代和后现代就越来越少了，直至“上帝死了”，人要主宰一切。这时，宗教似乎又退缩过度了，即退出了它应有的一些地盘。

古罗马早期的宗教纯然是本土的，神祇众多，迷信严重，还处于半文明状态，没有多少道德精神和文学意义。后来城市兴起，国家形成，祭祀主神朱庇特成为主要的宗教仪式。公元前146年罗马征服希腊，希腊文化却对罗马文化产生了决定性影响。希腊的神祇被引进来，与罗马的神祇相互融合，如主神朱庇特身上就有希腊主神宙斯的成分。那时的罗马共和政治有较大的

① “中道”又译“中庸”，是古希腊的传统精神，指平衡、适中和有节制。德菲尔神庙中的神谕“凡事勿过度”就是对中道精神的一种概括。关于古希腊“中道”与中国古代“中庸”的异同，见第三章第二节第三小节的论述。

民主性，人们信教是自由的，所以除罗马国教外还容忍其他宗教存在。罗马此时期的宗教也颇富于道德精神，成为稳定罗马社会的重要因素。后来，随着罗马的对外征服，罗马帝国形成了，民主共和政治随之变成军事独裁和皇帝专制，罗马文化也逐渐变成以军事和政治为中心的文化。相应地，罗马人随着日益富有也变得生活奢侈，道德沦丧，宗教热情减退，宗教精神所剩无几。而有的罗马皇帝死后被追认为神，有的生前就自封为神，于是对神的崇拜变成了对皇帝的崇拜。所以，古罗马宗教比古希腊宗教有更多的政治色彩。后来基督教在罗马帝国内兴起①，并最终成为罗马帝国的国教，但它仍然从属于帝国的政治，为之服务。公元476年西罗马帝国灭亡后，继续存在的东罗马帝国也如此："'一个国家，一种宗教'，这便是他们（按：指公元6世纪东罗马帝国的查士丁尼皇帝和他的后继者们）的理论。教会开始为政权服务，在一个国家里规定推行一种教义。"②

基督教来自犹太教的一个派别，它得名于该教派的领袖耶稣被认为是受膏的救世主——基督。基督教创立于公元1世纪，曾遭受罗马帝国政权的残酷迫害。耶稣受难后，其主张通过使徒保罗等人的阐发，确立为基督教的基本教义，这就是基督教自己的经典《圣经·新约》（犹太教的教义则称《圣经·旧约》，它也是基督教的经典）。这种教义与犹太教已有很大的不同。主要的不同有耶稣基督的三位一体观念、原罪和赎罪的观念、博爱和宽容的观念、来世和天国的观念等。基督教于公元4世纪取代罗马本土宗教而成为罗马帝国的国教。

基督教从古代希伯来犹太教的一个派别发展、变化而来，而犹太教早在希腊化时期就受到希腊思想的影响，可以说基督教还在娘胎里时就受到希腊科学文化的影响。初期的基督教就依靠吸收希腊思想来建立神学体系。例如，《新约》说"太初有道"，认为上帝之子耶稣就是"道"（所谓"道成肉身"，所以既有神性又有人性），而"道"概念就来自古希腊哲学中的"逻各斯"概念。随后，神学家圣奥古斯丁用新柏拉图主义来解释和论证基督教的创世论、原罪论、救赎论、三位一体的上帝观和教会制度等。总之，

---

① 基督教从犹太教的一个派别发展变化出来。犹太教所在的犹太王国于公元1世纪被罗马帝国灭亡。

② J. 阿尔德伯特等：《欧洲史》，第151页。

“早期基督教是在希腊和希伯来思想的融合上建立起来的”①。

基督教思想是中世纪欧洲的正统思想。它在结束欧洲的无知和混乱、适应欧洲封建社会的发展等方面起过重要作用。中世纪基督教思想通过经院哲学而增多了理性因素。经院哲学的代表托马斯·阿奎那用亚里士多德学说来论证基督教神学，并提出通过理智而认识理性的真理与通过启示而获得信仰的真理，试图以此调和基督教神学与古希腊科学理性之间的对抗。中世纪基督教比早期基督教有更加人性化的地方，那就是增加了崇拜圣母玛利亚的新观念（日耳曼人尊重妇女这种本土传统是形成此观念的一个原因）。中世纪骑士诗歌对女性大献殷勤的现象，与这种新观念有关。但是，中世纪强化了教皇和教会的权威，在这种意义上，“中世纪的基督教变成了一种消极宗教，它着重惩罚不服从教皇和祭司法令的人”②。

中世纪后期，资本主义的兴起和民族国家的形成是引发宗教改革运动的背景，教会的腐败则是宗教改革运动的直接诱因。宗教改革思想在 14 世纪的英国就出现了，16 世纪德国的路德和法国的加尔文的改革掀起高潮。宗教改革的核心思想是路德提出的“因信称义”，即认为一个人只要信仰上帝就是义人，就能得救。这就强调了教徒与上帝的直接交流，而无需教会和神父作为中介。其他的改革还有如精简繁琐的宗教仪式，建立民族的教会等。改革的结果是削弱了教皇的权威和教会的作用，出现了新的教派。这些新教派总体上适应以科学文化为主体的新社会的发展。加尔文教派提倡勤劳和节俭，认为成功的商人是“上帝选民”的杰出成员，这对资本主义经济有直接的促进作用。

近代以来，随着科学文化的迅速发展，基督教的势力迅速减退，在思想文化领域失去了主导地位。神学上新出现的自然神论发生了重大变异。依据这种理论，上帝只是创造世界的理性力量，而不再是万能的人格神。因此，崇拜上帝就要研究自然，就要强调理性在生活中的作用，就不接受基督教中的非理性和神秘主义。洛克、伏尔泰、卢梭等都赞同自然神论。现代基督教是非体制性、非宗派性的。它在道德和社会问题上与科学文化的自由、民

---

① ［美］罗德·W. 霍尔顿、文森特·F. 霍普尔：《欧洲文学的背景》，王光林译，重庆出版社 1991 年版，第 222 页。

② 同上书，第 182 页。

主、平等等人文思想进一步融合，因而与现实的关系更密切，呈现出愈益世俗化和个人化的特征。19 世纪上半叶出现的基督教社会主义，以基督教的平等、博爱、慈善等原则为基础，发起同情工人和为工人利益而斗争的社会主义运动。19 世纪中叶和 20 世纪上半叶出现的基督教存在主义，强调个人信仰的主观性，认为上帝只是一种非理性的内心体验和个人意识。基督教社会主义和基督教存在主义是基督教世俗化和个人化的明显表现。

基督教文化与科学文化之间的异质对立主要表现在以下几点上。

其一表现在上帝信仰上。科学文化不可能有上帝信仰，所以它对基督教的怀疑、批判必然直接或间接地涉及这个问题。文艺复兴时期哥白尼的日心说动摇了基督教的“地球中心”“人类中心”的教义，从而动摇了对上帝创世的基本信仰。① 启蒙时期的自然神论虽然保留了上帝信仰，但如上所述，那个上帝已是理性的上帝，与传统的上帝不同，所以自然神论对传统的基督教信仰实际上也是一种动摇。启蒙思想家中的法国“百科全书”派人物霍尔巴赫等否定上帝的存在，宣扬无神论，要求消灭宗教（所以他们也反对当时的自然神论）。现代的某些非理性（理性系统内部的非理性）的人文主义思想，由于强调人的某种非理性的绝对作用，也否定上帝和宗教。如主张唯意志论的尼采是无神论者，他宣称“上帝死亡”。

其二表现在基督教的神秘主义上。基督教教义宣称上帝创世创人，无限完满却又不可言说，从科学的观点看这就是一个不可理解的神秘。更具体的神秘主义还体现在基督教的创始者耶稣身上：圣母玛利亚通过圣灵感孕而生下圣子（上帝之子）耶稣；耶稣受难却又复活、升天，并显现一系列神迹，将来还要施行最后的审判。这些神秘主义的东西，就连保持上帝信仰的自然神论者（他们大多同时也是人文主义者或自然科学家）也认为荒诞无稽而加以摒弃。中世纪基督教还存在两种神秘主义神学思想：一种是以波那文图拉等神学家为代表的神秘主义，认为通过直觉或者启示能够进入人神合一的境界，从而直接认识上帝；另一种是以爱克哈特等神学家为代表的泛神论神秘主义，认为上帝创造了人和万物，上帝也就在人和万物之中，因此每个人的灵魂都分有上帝的本性，可以与上帝直接相通。这种泛神论神秘主义，与伊斯兰教苏非派的泛神论神秘主义和印度宗教中“梵我同一”泛神论神秘

① 上帝创世论以地球和人类为中心。

主义有一定的类似性。

其三表现在对待异端的态度上。基督教正统教派贬称一切异己的教派和思想为异端。中世纪以教皇为首的天主教教会曾经设立“异端裁判所”，大规模地迫害异教徒和有异端思想的人，对他们处以悔罪、监禁、没收财产甚至死刑的判决。例如，上述神秘主义神学家爱克哈特就因其泛神论异端思想而死于狱中。支持和宣扬哥白尼“日心说”的布鲁诺被判处火刑，伽利略被判处终身监禁，这是正统基督教思想与新兴的科学思想的直接对抗。对待异端的极端态度往往与宗教狂热有关。基督教徒集体狂热的最突出表现，是数次十字军东征和欧洲本土上近半个世纪的宗教战争。宗教狂热与科学理性毫不相容。还应补充说明的是，在中世纪初期，尽管基督教中融合着某些古典主义思想，它对许多古典主义遗产仍然加以排斥和破坏，如打碎古希腊的雕像，焚毁萨福的诗歌①等，这明显表现了基督教与古希腊科学文化之间的异质对立性。

基督教文化与科学文化又是怎样异质互补的呢？

在罗马帝国时期和中世纪，两者的互补主要以基督教吸收和融合古希腊理性主义来建构自己的神学和哲学为主要方式。这样的吸收和融合主要有两次：一次是罗马帝国时期以圣奥古斯丁为代表对柏拉图理性主义的吸收和融合，从而建立起早期基督教思想体系。另一次是中世纪以托马斯·阿奎那为代表对亚里士多德理性主义的吸收和融合，“他把基督教义同亚里士多德的哲学和科学融合成一个完整的理性知识体系”②。结果是基督教思想体系中的理性增多了，人文精神丰富了。正是基督教内部的这种理性的人文精神，成了后来路德等人进行宗教改革的内在动力。同时，也正是由于有这样的吸收和融合，希腊和罗马的科学文化的许多东西才得以保存和发展：欧洲最早的大学都是由天主教教会创立的，最初的著名自然科学家都是天主教教士，这两点便是明证。

文艺复兴之后，科学文化逐渐发展并壮大为主流文化，基督教文化则退缩为次要文化。不过，由于科学文化的容他性，基督教文化仍然能够以独立

---

① 萨福流传至中世纪的诗篇中只有部分被保存下来。“萨福的其他许多诗，均于一〇七三年在罗马和君士坦丁堡被公开焚毁，罪名是这些诗过于伤风败俗。”（［英］吉尔伯特·默雷：《古希腊文学史》，孙席珍等译，上海译文出版社 1988 年版，第 96—97 页）

② W. C. 丹皮尔：《科学史及其与哲学和宗教的关系》（上册），第 12 页。

文化的身份与科学文化异质互补，共同构成西方近现代文化。在人们的日常生活中，这两种文化就异质互补地存在着：人们可以“使自己处于如下境地：每周的前五天持一种世界观，而在神圣的那一天持另一种世界观”①。科学文化与宗教文化的共同存在和发展，是人类文化的一种完整形态。古希腊就开始了这种文化的完整形态，不过那时的科学文化特别是宗教文化还不成熟。如像古希腊一样，这种相互并存的形态也是西方近代以来科学文化与宗教文化异质互补的基本形式。此外，相互吸收、借鉴和帮助，也是重要的互补形式。基督教文化对近现代科学文化的吸收、借鉴，一方面体现在基督教日益个人化、世俗化和理性化的发展趋势上；另一方面体现在基督教的宗教本质变得更加纯粹，即把对上帝的信仰仅仅限于科学不可能涉足的超验领域。科学文化也从基督教文化获得启示和支持，这在哲学和道德上多有体现。例如，近代以来所凸显的主客二分观点和人高于自然、利用自然的思想，就与《圣经》的创世论相通。《旧约·创世记》说：“神就照着自己的形象造人……又对他们说：‘要生养众多，遍满地面，治理这地；也要管理海里的鱼、空中的鸟，和地上各样行动的活物。’”（1：27—28）② 原来，人是上帝照着自己的样子造出来的，人当然要比其他东西高贵，并有权利管理它们，利用它们。这与中国传统文化的“民胞物与”“天人合一”等思想很不相同。此外，基督教的平等观念和博爱观念，对于科学文化的自由、平等、博爱的人文精神也是极大的支持。再如，基督教的原罪观和赎罪观，从科学文化的观点看，它们可以说是对人的自然欲望的一种认可——一种宗教神学形式的认可；但更是一种警觉，因而能够制约人的自由意志，促使人既敢于生活和享受，又敢于对自己进行解剖和批判。

（二）异质情感——宗教情感

在西方诗歌中，与自我情感异质的情感主要是宗教情感。③

---

① ［美］斯特伦：《人与神：宗教生活的理解》，金泽、何其敏译，上海人民出版社 1991 年版，第 269 页。

② 本书所引用的《圣经》（《新旧约全书》）系中国基督教协会 1989 年版本。引文后括号中的阿拉伯数字分别表示章节和句子的编号，如这里的数字表示《旧约》中《创世记》的第 1 章第 27—28 句。

③ 除宗教情感之外，较明显的异质情感是政治情感（政治情感可以是自我性的，也可以是异质于自我性的）。罗马帝国时期诗歌的异质性政治情感主要表现在某些爱国诗篇特别是歌颂皇帝的诗篇中，如贺拉斯的《歌集》第 4 卷中就多为这种歌功颂德之作。苏联诗歌中的异质性政治情感也多表现在歌颂社会主义和革命领袖的诗篇中。

古希腊诗歌中表现异质性宗教情感的作品如阿尔基洛科斯（大约生活于公元前 7 世纪中叶）的《神的奖罚》：

宙斯，宙斯，天地是你主宰，
你洞察人类的行为，
或邪恶或正直；哪怕兽类
残暴驯良也由你奖罚。（水建馥译，下同）

诗篇所表现的是从荷马直至后来的希腊宗教都具有的基本精神，即神特别是主神宙斯决定人类和一切事物的命运这种宗教宿命论。这种以神为本位的思想情感是与以个人为本位的自我思想情感对立的。

由于人性化和理性化的特点，古希腊宗教与科学文化特别是其中的人文精神的对立一面不突出，而两者的融合和互补一面却突出。相应地，在诗歌中表现为宗教情感与自我情感的对立一面不突出，而两者的融合和互补一面却突出。当然，由于古希腊诗歌的主导情感是自我情感，这种融合和互补往往是以自我情感为主导的，或者说是统一在自我情感之中的。最常见的情况是，用宗教的题材，以神的名义，来表现诗人自我的感受和思想。为什么要以神的名义？这是因为古希腊宗教的一个传统信念认为神主宰人的命运。所以，即便诗人表现主体意识和自我情感，也往往把由此引起的行为和结果归结于神的安排或神的旨意。古希腊从公元前 7 世纪至前 6 世纪是抒情诗时代，其间出现了两位杰出的抒情诗人——萨福和品达，他们的诗篇就有这种情况。

女诗人萨福（公元前 630 或前 612—前 592 或前 560 年）虽然出身贵族，却热爱自由，具有民主精神。她的诗篇就常常在神的名义下抒写个人感受，表现爱情和友情。例如，她的《无题》明明是写少女自己思念意中人，心神不定，却借少女之口说是爱神阿佛罗狄忒使之然。她的《致阿佛罗狄忒》写诗人渴望爱情，祈求爱神再次满足她的心愿。以下是首二节：

坐华丽宝座的永生不朽的爱神，
宙斯的多巧计的女儿，我求你，
我的主啊，别用痛苦和烦恼
折磨我这颗心。
你快来吧，仍像从前从远处

一听到我恳求就细心倾听，
立即离开你父亲的宫殿
起身向我前来。

诗人恳求爱神赐予爱情，口气亲切、随便。爱神对诗人说话时也态度平等、友好，例如，诗中爱神向诗人问道："你要我说服谁？/要我带你走进谁的心坎？/萨福，谁辜负了你？"这样的诗篇只能出现在古希腊非常人性化的宗教文化中，或者说出现在古希腊科学文化与宗教文化相互融合的氛围中。前文曾指出，在宗教文化与科学文化相互融合和补足的意义上，古希腊的宗教可以说是文艺性的宗教，其文艺可以说是宗教性的文艺。古希腊的戏剧最能体现这一点，像萨福这样的诗篇也能体现这一点。

品达（公元前518—前438年）才华横溢，他现存的诗篇几乎都是为运动会的优胜者所写的颂歌。这些颂歌虽然是应人之邀写的，"不过这一切对他来说都并不重要，重要的是他总是根据自己的喜好，而且也能够根据自己的喜好进行创作"①。这说明他的创作是由他自己独立自主的思想意识主导着的。"品达笃信宗教，在感情上他是个伟大的宗教诗人"②。他出身贵族，思想倾向于保守。所以，在他的颂歌中"优胜者是贵族的高贵代表，体现了人类的真正理想，是一位具有宗教色彩的人物。比赛是以天神的名义举行的，比赛中的冠军通过他的体魄和意志的最大努力为天神增添了光辉"③。

结合前述可知，在古希腊，服从神意与遵守理性的道德规范是统一的，两者往往统一于后者；诗歌中表现宗教情感与表现自我情感也是统一的，两者也往往统一于后者。这后一种统一，在萨福和品达的诗歌中都不同程度地存在着。

古希腊宗教与科学理性和人文精神究竟有异质对立的一面，这在哲学和科学领域里最突出，所以古希腊的哲学家和科学家对宗教的质疑和批判颇多（没有这样的质疑和批判，科学文化不可能诞生）。有些戏剧家也有这种质疑和批判，例如，"埃斯库罗斯漠视当时的宗教，欧里庇得斯更进一步，直

① 伊迪丝·汉密尔顿：《希腊方式——通向西方文明的源流》，第75页。
② 吉尔伯特·默雷：《古希腊文学史》，第117页。
③ 同上书，第74页。

接攻击宗教"①。诗歌中也出现了这样的批判，如哲学家兼诗人的塞诺法涅斯（公元前570—前479年）的《造神》：

假如马和牛或狮子都有手，
和人类般能画能创作作品，
他们就会把神的形体描绘成
和他们各自的形体一式一样，
马的和马一样，牛的和牛一样。

诗篇明确宣示神是人造的，人决定神的一切，而不是相反。这是对传统宗教神话思想的批判，体现的是无神论思想和以人为本的精神。

古罗马诗歌的宗教情感主要是关于本土宗教的情感。公元4世纪末基督教成为正统宗教以后，那些具有明显传统宗教精神的诗歌对基督教来说就成了异教诗歌。与古希腊诗歌有些类似，古罗马诗歌中的宗教情感与自我情感的对立并不明显，而相互的补充和融合却突出。这种互补和融合也往往以自我情感为主导，其实质也往往是借用宗教题材和以神的名义来表现诗人的自我情感和主观意愿。

古罗马诗歌的普遍主题是爱情，这爱情却常常被描写成是神祇赐予人们的。爱神维纳斯是受罗马人普遍崇拜的神。无名氏的《对维纳斯的夜祷》一诗，既赞颂爱神，也歌唱新春和人们的美好爱情。古罗马的某些颂神诗，不像古代希伯来犹太教和中世纪基督教的颂神诗（赞美诗）那样充满敬畏和虔诚的情感，而是富于世俗性，具有亲切感。例如，图卡卢斯（约公元前84—前54年）的《我们忠于狄安娜》赞颂为新生儿带来光明的繁殖女神，其中有"产妇在阵痛中呼唤你，/称你为带来光明的女神"这样生动感人的描写。

古罗马诗人贺拉斯的作品题材广泛，情感丰富。例如，在他的《罗马人啊，尽管不是你的罪》（飞白译）一诗中，有对罗马人放荡、堕落的暴露："趁丈夫宴饮，她马上就找到/年轻的情人，把非法的欢乐/不加选择地轻率赠人，/迫不及待地熄灭了灯火"；有诗人自觉的反思和批判："无情的岁月啊，能毁掉一切！/父代比祖代已相形见绌；/再生出我们这不肖的一代；/下一代注定要更加堕落"；此外，还有对回归神灵信仰的虔诚呼唤：

① 吉尔伯特·默雷：《古希腊文学史》，第243页。

"罗马人啊，尽管不是你的罪，/你也要赎还你祖先的罪愆，/直到你重塑烟熏的神像，/直到你重修崩塌的神殿"。这样的诗歌所表现的，就既有自我情感，也有宗教情感，后者往往融合于前者之中。

基督教文化是西方中世纪的正统文化，它所显示的宗教性很强烈，所以对于科学文化来说其异质性很显著。相应地，中世纪的许多诗歌所表现的宗教情感很强烈，所以对于自我情感来说其异质性也很显著。

在中世纪，表现最单纯、最强烈的宗教情感的诗歌是赞美诗。广义的赞美诗就是颂神的诗歌，可唱可诵，世界各种宗教诗歌中都有。古代希伯来人赞美上帝的诗篇，是基督教赞美诗模仿的样本，前者中的有些作品（存在于《旧约》的《诗篇》中）就径直成了基督教的赞美诗。中世纪更多的赞美诗还是当时的诗人写的。以下是大约写于公元 7 世纪的一首英国赞美诗《开德蒙之歌》①：

> 让我们赞美天堂的保护者，
> 赞美主的威力和他的神意，
> 赞美这位荣耀的父的工作，因为
> 一切奇迹都由永生的统治者创造。
> 神圣的创造者首先为人类的子孙
> 创造一个天空盖在头顶；然后
> 这位人类的保护者，万能的主，
> 缔造了天地万物，并建起
> 这片土地供人类生息。（陈才宇译）

西方学者指出："中世纪宗教诗歌所强调的……不是个人的宗教感情和体验。它们表达的感情是共同的和没有个性的：赞颂、感恩、悲哀、博爱。"② 又指出："赞美诗并不是用来表达歌唱者个人的境遇和个人热忱的，正相反，它是表达被全体教徒奉为共同理想的基督教感情和情操。"③ 这即

---

① 据此诗的译者介绍，英国中世纪早期的宗教诗歌（包括叙事诗和抒情诗）都是佚名的。开德蒙据说是此诗的作者，但历史上未必真有其人。〔详见飞白主编：《世界诗库》（第 2 卷），花城出版社 1994 年版，第 33 页〕

② ［英］海伦·加德纳：《宗教与文学》，沈弘、江先春译，四川人民出版社 1989 年版，第 160 页。

③ 同上书，第 173 页。

是说，赞美诗这种宗教诗歌所表现的是群体性宗教情感，而不是自我情感。即便那宗教情感是个体教徒的真实体验，因而也可以说是个体教徒的自我情感，那样的自我情感也只是群体性的宗教情感在个体教徒身上的反映；并且，那样的自我情感也只是个体教徒的自我情感中的一个有限的部分，即与其他教徒共有的部分，或者说为其他教徒所认同的部分，而个体教徒的其他更丰富的自我情感却被遮蔽和压制着。这里，我们就明显看到了宗教情感与自我情感的异质性。宗教诗歌中群体性宗教情感与自我情感的关系，正像前文所述的中国古代诗歌中群体性道德情感与自我情感的关系，即便那道德情感是诗人的真实体验，因而也可以说是诗人的自我情感，那样的自我情感也只是群体性的道德情感在诗人身上的一种反映；并且，那样的自我情感也只是诗人自我情感中的一个有限的部分，即为社会所认同的部分，而诗人的其他更丰富的自我情感，却被遮蔽和压制着。

西方学者还认为，宗教情感“即便是在基督教的欧洲，它也并未被证明是诗歌的最肥沃的土壤”①。塞缪尔·约翰逊指出，“诗歌的精髓是‘创新’，而新奇在宗教中是不合时宜的”②。在大卫·塞梭看来，“宗教诗歌只能在极少的情况下获得成功，因为它缺乏独创性，诗人所表述的是他作为基督徒所应该感受的东西，而并不是他作为个人，自身所感受到的东西”③。对于把自我情感作为基础、把创新作为基本审美特性的西方诗歌来说，这些说法是有道理的。所以，中世纪这种单纯的宗教诗歌所具有的艺术魅力是很有限的。

中世纪的某些基督教诗歌采用世俗形式，结合某些非基督教的题材，其宗教思想情感就不那么单纯了，而是显出与某些异教思想情感相互融合的复杂情况，并具有较高的艺术性。在中世纪的英国，基督曾被看作英勇的武士或者荣耀的君主，能够把人类从魔鬼和苦难中解救出来。这种看法在后来的诗歌中也有反映，例如，15 世纪初的一首诗就把复活后的基督描写成打败魔鬼、解救人类的勇士。以下是其中一节（全诗共 5 节）：

同黑龙的战斗已经结束，
我们的勇士基督挫败了敌人；

① 海伦·加德纳：《宗教与文学》，第 137 页。
② 转引自上书，第 133 页。
③ 转引自上书，第 140 页。

地狱的大门怦然打开，
十字架的胜利象征升起在眼前，
魔鬼恶毒的声音在嗦嗦发颤，
被解救的灵魂能获得极乐，
基督用血为我们偿清了赎金：
Surrexit do minus de supelchro
（主在坟墓里得到了新生）。[①]

为人类受难和赎罪的基督，同时也是打败魔鬼、解救人类的勇士，这显然是基督教精神与英国本土英雄传奇的结合。诗篇还吸收了英国本土宗教（异教）的神怪形象。在这首诗中，我们能见出欧洲中世纪基督教文化与本土异教文化融合的一面。

文艺复兴以来，科学文化逐渐成为主要文化，宗教文化则逐渐变为次要文化。相应地，诗歌中的自我情感逐渐成为主导情感，宗教情感则逐渐退而成为次要情感。15、16 世纪的文艺复兴时期，是自我情感的人文主义诗歌的一次高潮时期。至 17 世纪，由于理性主义思潮盛行，人文主义诗歌冷落下来，宗教诗歌则相对兴盛。“但在 17 世纪……绝大多数宗教诗歌的中心是人，表现人在祈祷、冥思或抵抗诱惑。……他们令人注目地表现了真实的感情。”[②] 这即是说，此时期的宗教诗歌已经不像中世纪的宗教诗歌那样主要表现共同性的宗教意识，而是主要表现诗人的自我感受。在这种自我感受中，宗教情感与自我情感融合一起。例如，约翰·多恩（1572—1631）是 17 世纪英国诗人中写宗教诗歌的出类拔萃者，他的《神圣十四行诗》虽然论辩较多，但情感炽热，思想敏锐，自我性突出。以下是其中一首：

是你把我创造，你的作品也会衰败？
现在修复我吧，因为我的末日匆匆而来，
我奔向死神，死神也飞快将我迎接，
像昨天一般逝去了，我的全部愉悦；

---

① 转引自［英］海伦·加德纳：《宗教与文学》，沈弘、江先春译，四川人民出版社 1989 年版，第 166 页。

② 同上书，第 208 页。

我不敢移动我黯淡的眼睛，
后面是绝望，前头是死亡，它们抛扔
如此的恐怖，我虚弱的肉体
在罪孽中消耗，罪孽把肉体压向地狱；
唯有你高高在上，当我受你允许
能够朝你仰望，我便重新奋起；
但是，我们阴险的宿敌如此将我诱引，
使我一刻也难以支撑自身；
你的恩典可以支持我抵抗他的伎俩，
你像坚硬的磁石吸引我铁一般的心房。(吴笛译)

就诗篇所表现的上帝从罪孽和死亡中拯救人这种思想而言，伴随这样的思想而产生的情感应是共同的宗教情感。但是，就诗人向上帝倾吐自己临近死亡时的独特体验而言，这种独特体验的情感却是自我情感与宗教情感的融合，也可以说是宗教情感的充分自我个性化。这是与中世纪宗教诗歌的情感不同的。

18 世纪后期和 19 世纪是浪漫主义时代，诗歌的自我情感最为高涨，甚至有泛滥之势。此时期诗歌的宗教题材和宗教情感虽然仍然普遍，但与前两个世纪的宗教诗歌又不同了。如果说 17、18 世纪的宗教诗歌一般还是从宗教题材出发，诗人只是对它们加以自我个性化的表现，那么，19 世纪的宗教诗歌则往往从自我出发来表现宗教题材，或者说借用宗教题材来进行自我表现，所以愈益见出自我情感对宗教情感的主导作用。19 世纪下半叶和 20 世纪，具有宗教题材和宗教情感的诗歌越来越少了。进化论等自然科学思想的大普及是造成这种状况的基本原因，对文艺创作产生重大影响的一些现代思想如实证主义、马克思主义、尼采的意志主义和萨特的存在主义等，它们不同程度的反宗教性则直接促成了这种状况的出现。

“自我意识的增长并不局限于宗教诗人，甚或一般诗人。它是自浪漫主义时期以来整个知识界的特征。它在宗教诗人身上表现特别突出，并且对他们也特别有害，因为它与否定自我这种最基本的宗教努力相互冲突。”① 19

① ［英］海伦·加德纳：《宗教与文学》，沈弘、江先春译，四川人民出版社 1989 年版，第 150 页。

世纪英国女诗人克里斯蒂娜·罗塞蒂（1830—1894）用诗歌说明了这种无奈的冲突："上帝给我力量撑起自我，/这世上最沉重的负担，/这推卸不掉的忧虑烦恼。"这实际上是说，自我是天生的，是应该以上帝的名义去面对的。然而，诗人却又说自我是"最沉重的负担""最讨厌的东西"，是妨碍诗人接近上帝的"敌人""累赘"。于是"上帝使我决心反对自我"，其意思是说只有信仰上帝才能战胜自我，因为只有上帝能够约束自我，使我获得心灵的自由。诗人说："但有一个人①能约束自我，/能解除令我窒息的重负，/摆脱枷锁，使我得到自由。"② 罗塞蒂的宗教信仰十分虔诚。从本书的观点看，这些诗句显示了诗人的宗教情感与自我情感之间的严重的冲突和较量，而诗人所期望的是前者能够制服后者。

在现代科技和经济高速发展的情况下，许多人自我膨胀、物欲横流，或者精神空虚、焦虑。宗教信仰却可以约束人的思想行为（例如，上帝至上观念对个人至上的约束，原罪、赎罪观念对人类自大、狂妄的约束，禁欲观念对享乐和纵欲的约束），可以成为人类灵魂的寄托和归宿。叶芝和艾略特的宗教性诗篇就是这种情况的反映。（详见第二章第二节第三小节。）

四、自我情感与宗教情感的历史变化

古希腊和古罗马时期，科学文化与宗教文化并存，但科学文化占主导地位。相应地，诗歌中自我情感与宗教情感并存，但自我情感占主导地位。

公元前7世纪和前6世纪是古希腊的抒情诗时代，这个时代正是科学文化兴起的时代。这个时代的抒情诗"反映了一个变化的世界，其间，传统价值受到怀疑，个人主义得到鼓励"③。具体地说，就是传统宗教神话的价值受到怀疑，人的价值得到重视。从诗歌情感看，就是宗教情感减少，自我情感得到了更多的表现。公元前7世纪的萨福是这个时代的杰出代表，她把诗歌从主要描写神转变为主要描写人，从主要抒发宗教情感转变为主要抒发自我情感。上文曾指出，在她的自我情感与宗教情感混合存在的诗中，往往是自我情感占主导地位。她的有些诗更纯粹是自我情感的表现，如写对爱情的强烈感受的《在我看来那人有如天神》一诗：

---

① 原文为大写的"One"，指上帝。——译者

② 罗塞蒂的诗句转引自海伦·加德纳：《宗教与文学》，第184—185页。

③ Alex Preminger, ed., *Princeton Encyclopedia of Poetry and Poetics*, p.326.

你迷人的笑声，我一听到，
心就在胸中怦怦跳动。
我只要看你一眼，
就说不出一句话，
我的舌头像断了，一股热火
立即在我周身流窜，……（水建馥译）

萨福是世界诗歌史上最早进行自我抒情的大诗人，她为西方诗歌确立了自我抒情的传统。只有在以个体为本位的文化中才能出现萨福这样如此富于自我情感的诗人，在以群体为本位的中国古代道德文化和西亚南亚古代宗教文化中都不可能。上文还指出，公元前6世纪的大诗人品达应邀写了许多关于运动会优胜者的颂歌，那些颂歌具有宗教精神，不过它们是“按他自己的意愿来写”的。“这样，品达在他的诗里并不是替那位锦标手传播声誉，而是要让人倾听他这位诗人自己。”① 所以，品达的诗歌也富于自我情感。

古罗马的爱情诗很多。爱情诗中的自我情感往往最强烈，即使在结合着宗教神话题材的爱情诗中，往往也是自我情感占主导地位，而在纯粹表现爱情的诗中，自我情感自然更为显明。著名的爱情诗人卡图卢斯继承和发扬古希腊诗人萨福的自我抒情传统，他在《你问我要吻你多少个吻》中把自己狂热的爱情直露出来：“你问我要吻你多少个吻/才会满足吗，蕾丝比亚?”“只消看偷窥人间私情的星星/在静静夜空里睁着多少只眼？/对于我——狂热的卡图卢斯——/要吻你这么多吻才能满足。”（飞白译，下同）

有些诗人还用直接抒情和议论的方式来表达自我思想情感，如贺拉斯的《我建成一座纪念碑》：

我建成一座纪念碑，比青铜耐久，
比帝王的金字塔更崇高巍峨。
贪婪的雨、粗野的北风都不能
把它摧毁，时间的飞流、无穷的
岁月的纪年对它也无可奈何。
我不会完全死去，我的大部分

① 黑格尔：《美学》（第三卷下册），第208页。

将避过死神：我的名声会发展，
新的荣光与日俱增。只要大祭司
和守圣火的贞女还登神庙山，
出身低微的我将永受颂赞，在这
奥菲都斯涛声轰响，而道努斯
统治过农民的干旱的国土上，
人们将传颂我首先把埃奥利亚
韵律引入了意大利诗篇。这是你——
墨尔波墨涅的殊荣，请高兴地
在我鬈发上戴上日神的桂冠。

贺拉斯之后，大诗人奥德维（公元前43—公元17年）在其《变形记》的结尾也这样宣称："但我的精华部分将升到星空之上而/不朽，我的名字将永世长存；不论何处，/只要罗马的威势扩展于征服的土地，/我都将受人传诵，只要吟游诗人的/预言不虚，我就将永生而名扬一切世纪。"诗人如此自负，如此自我，从根本上说，这种情况只有在以个体为本位的科学文化传统里才可能出现。从具体条件看，当时正值罗马帝国的黄金时代，尚有较大的创作自由，诗人除了歌颂国家和皇帝以外，还歌颂神祇，乃至颂扬自己。

"中世纪的欧洲文明建立在三个基本因素基础上，这就是罗马帝国、基督教和日耳曼特点。"① 这即是说，欧洲中世纪文化包括古典文化（即古希腊文化和罗马文化，后者是对前者的继承和发展）、基督教文化和本土日耳曼文化三种成分，其中基督教文化是主导性文化。古典文化具有科学文化的性质，它对基督教文化来说是异质的；日耳曼文化是欧洲本土文化，还属于半文明宗教性质，它对基督教文化来说是一种异教文化，但不是异质文化。古典文化和日耳曼文化都被基督教文化排斥、压制，同时前两者中的某些东西又被后者吸收、改造和融合。

与上述中世纪的文化关系相对应，中世纪诗歌中的宗教情感高涨，而自我情感则受到排斥和压制，但后者同时也得到一定程度的保留和丰富。中世纪后期，诗歌的自我情感逐渐高涨，这为近代诗歌中自我情感的复苏并取代宗教情感的主导地位做了准备。

---

① J. 阿尔德伯特等：《欧洲史》，第199页。

在中世纪，人们的情感被宗教主导着，诗歌也如此。中世纪大量的赞美诗最集中最直接地表现宗教情感，其他类型的诗歌对宗教情感也有不同程度的表现。由于宗教情感从属于统一的宗教信仰，对宗教情感的表现也出于宗教信仰的需要，诗歌就失去了艺术的独立自主性，诗人也就不可能倾心于独创，专注于技巧。所以，中世纪的宗教诗歌不但思想情感单调，艺术性也缺乏。在中世纪约一千年的漫长时期里，基督教事业辉煌，科学和哲学却大大衰退，文学和诗歌也暗淡无光。只是在中世纪后期的两三百年里，由于人文主义思想渐渐兴起，诗歌领域里除了宗教诗歌外，还产生了较多的爱情诗和讽刺诗，并开始用俗语写诗，打破了拉丁语宗教诗歌一统天下的局面，于是出现了抒情诗的一个相对繁荣的局面。此时期的某些抒情诗虽然仍然沐浴着神的光辉，却因为已经冲破基督教神学对人性的桎梏而被看作文艺复兴的先声，如但丁的抒情诗。

处于主导地位的基督教情感，必然对诗歌的自我情感进行排斥和压制，最明显的事例是古希腊诗人萨福的自我情感性很强的诗篇被视为异端而遭到焚毁。基督教情感主导性的另一个表现，是依据基督教的原则来吸收古典诗歌（主要是与之较为亲近的古罗马诗歌）。最早的基督教赞美诗是在罗马帝国后期用拉丁语写的，如当时的神学家奥古斯丁就写过赞美诗。中世纪的赞美诗就是在罗马帝国时期的赞美诗的基础上的继续和发展（它的源泉和最早的样本是希伯来圣经诗歌中对上帝的颂歌），它很可能自觉或不自觉地还借鉴过罗马帝国早期贺拉斯等人的政治与宗教结合的颂歌（那时所歌颂的神祇还是古罗马本土的神祇）。对于欧洲日耳曼民族的本土宗教诗歌，基督教也是根据自己的需要来加以选择、改造或摒弃，所以，保留下来的这种诗歌中大多掺杂了基督教的故事或形象，被不同程度地赋予了基督教的思想情感。

尽管如此，中世纪的诗歌中仍然存在着自我情感。因为“基督教在穷苦人的庇护者、独一的上帝面前，提高了人的身价，而不论其地位、财产如何，这样便在基督教徒集体内树立了平等的概念”①，这无疑会潜在地影响诗歌自我情感的表现。此外，《旧约》中某些希伯来诗歌（圣经诗歌）的自我情感相当强烈（详见后文），它们也对欧洲中世纪诗歌产生了影响。在这

---

① J. 阿尔德伯特等：《欧洲史》，第 17—18 页。

种意义上，我们看到，基督教对诗歌自我情感既有排斥、压制的一面，同时也多少有增强和丰富的一面。

中世纪的某些诗人继承古希腊特别是古罗马的诗歌传统以及日耳曼民族本土的诗歌传统，这也是使诗歌的自我情感能够存在乃至得以丰富的重要原因。例如，12、13 世纪活跃在英、法、德三国的某些行吟的学者诗人被称为“哥利亚诗人”（“哥利亚”这个名称的来源至今不明），他们的诗歌颇富表现力，其代表作品大多讽刺教会和教皇，还描写酒色等世俗享乐。这种诗歌曾受到罗马帝国黄金时代的诗歌描写享乐风尚的影响，同时与当时正在萌芽的人文主义思想也有关。这种诗歌表现的思想情感就具有自我性，而对于基督教来说，则具有亵渎教规的异质性。

继承日耳曼本土诗歌传统的中世纪诗歌，主要是骑士诗歌。写这种诗歌的既是行吟诗人，又是骑士，所以其作品叫骑士诗歌。如果说骑士精神在整体上倾向于基督教精神①，骑士诗歌则更多地体现日耳曼的传统精神，即个性独立和对女性的尊重、崇拜等。骑士诗歌一般描写骑士与贵妇人（大多为已婚贵妇人）的爱情，已显露自由恋爱的观念，而自由恋爱的情感当然是一种自我情感。这样的骑士诗歌违背基督教伦理和中世纪盛行的禁欲主义，对于基督教文化来说具有一定的异质性。法国的骑士诗歌最发达，其中最著名的是《破晓歌》，它描述骑士与贵妇人在破晓时分别的情景。德国骑士诗人瓦尔特（1170—1227）突破了一般骑士诗歌的模式，也描写民间男女爱情。《菩提树下》是这种诗歌中的著名篇章，它丝毫没有宗教气味，所具有的是纯真的爱恋和舒心的快乐。姑且录其首尾两节如下：

在草原里，
菩提树下，
那里是我俩的卧床，
你可以看见
采的草和花，

① 骑士精神是基督教文化改造、融合本土日耳曼文化的一个重要成果。骑士们最初表现的只是日耳曼人（特别是其中的哥特人）的强悍、活力和荣誉感。他们往往使用暴力，制造混乱。后来在基督教精神的影响下，“骑士的规章中还包括必须保护教会和弱者”（J. 阿尔德伯特等:《欧洲史》，第 217 页），“到 12 世纪末，骑士不再代表暴力，而成为一种道德和宗教的理想”（同上），“十字军东征使骑士的形象更具有基督教精神”（同上书，第 240 页）。

在那里铺得多漂亮。
森林外的幽谷里，
汤达拉达，
夜莺唱得多甜蜜。
……
如果有人看清
我身边躺着他，
(这可不行!) 真叫我羞答答。
但愿没有任何人
会知道我俩
所干的事情，除了我和他
以及一只小鸟，
汤达拉达，
小鸟不会说给人知道。(钱春绮译)

全面促进诗歌自我情感复苏和深刻表现的，还是中世纪后期城市工商业的兴起和市民阶级的形成。由此产生的诗歌是世俗的城市文学的一个重要部分。法国诗人维庸（1431—1463 年）是城市诗歌的代表。他远离宗教的神圣而描写生活的真实，包括青春、爱情、梦想和生命的衰败、死亡等，其彻底的世俗性和对内心世界的细腻剖析已具有一定的现代性。且看其名作《美丽的制盔女》中的一节：

哪儿去了？双肩雅致纤细，
美丽的手，修长的臂膀，
还有娇小的双乳耸起，
挺拔的腰股丰满、修长，
正适合做爱的竞技场；
而在宽广的腰股之间，
有神秘而迷人的力量，
隐藏在这座微小的花园？(飞白译)

抛开了宗教神性的外衣，对人体的美做逼真的、富于质感的描绘。这首诗中还有对复杂心理甚至卑劣心理的大胆暴露。这类世俗性诗歌的出现，宣告了中世纪神圣的基督教文化一统天下的结束。

维庸的《绞刑犯谣曲》也很有名。他的这类诗歌情感阴郁，色调黯淡，是告别旧世界的挽歌。意大利诗人但丁也是中世纪末期辞旧迎新的诗人，他的诗歌，特别是伟大的《神曲》，通过批判教会的腐朽和现实的黑暗来展示基督教的最高精神和人类新生的道路，具有更多的理想光辉和理性色彩，所以更偏向于是迎接新世界的钟声。但丁和维庸两人却相隔了近两个世纪，因为意大利的文艺复兴运动发轫于14世纪初，而波及法国时已是15世纪末16世纪初了。所以，当维庸送别中世纪黄昏的歌声还在回荡的时候，但丁报道新时代黎明的钟声已早早敲响。

从文艺复兴至今的西方文化是广义的现代文化（包括通常所说的近代文化）。在此期间，科学文化与异质的基督教文化的总体关系大致是：科学文化全面复兴，并很快发展壮大，成为主要文化；基督教文化经过改革后则逐步退缩，并在科学文化的影响下不断被个人化和世俗化，亦即现代化。相应地，从文艺复兴至今的诗歌是广义的现代诗歌（包括通常所说的近代诗歌）①。这种诗歌的自我情感与异质的宗教情感的总体关系大致是：自我情感全面复苏，进而成为主要情感，并产生不同形式的变化；宗教情感则逐渐减退，并在自我情感的主导下不断被个人化和世俗化。

上述广义的现代文化，又因不同时期的不同特征而分为不同阶段。其间自然科学方面的发展历程也有不同的阶段性，我们不论。人文科学精神方面的发展历程则可以分为近代和狭义的现代，后者还可以分为更狭义的现代和后现代。在这些不同阶段中，科学文化与宗教文化的不同关系和各自的不同特征，在很大程度上决定了相应阶段诗歌的自我情感与宗教情感的不同关系和各自的不同特征。

西方近代文化大致经历15世纪至19世纪中叶这段时期。其间，科学文化与宗教文化两者关系的基本特点，是科学文化的理性推动基督教的变化，其结果是政教分离，教会的势力大大削弱。此时期，自我情感逐渐成为近代诗歌的主要情感。相应地，这种自我情感具有理性化的特点，此外还具有主观化的特点（因而自我性一度相当突出），而与后来现代诗歌的自我情感的

---

① 西方诗论家就认为，对从文艺复兴以来的抒情诗作出不同时期和不同流派的划分并不能充分反映抒情诗的真正本质，“更为准确的命名是将1600年以来的抒情诗都称为‘现代’（modern）诗歌”。（Alex Preminger，ed.，*Princeton Encyclopedia of Poetry and Poetics*，p.468.）

非理性化特点和客观化特点不同。宗教情感在近代诗歌中仍然很普遍，不过由于理性精神的作用而越来越个人化和世俗化，因而也越来越具有自我性和世俗性，从而失去了中世纪那样的群体性和宗教纯粹性。

在古希腊从半文明宗教文化转向科学文化的过程中，诗歌实现了从写神到写人的转变，萨福就是最早写人的杰出诗人。文艺复兴时期的诗歌再一次从写神转向主要写人。在这种意义上，文艺复兴时期的诗歌恢复了萨福的传统。文艺复兴的实质是科学理性的复兴，正如文德尔班所说，“纯粹理论精神的复活是科学的‘文艺复兴’的真正涵义”①。不过，文艺却应当是理性与感性的结合，并且应当是寓理性内涵于感性形式之中。文艺复兴运动早期的主角是文艺，其感性的特征使文艺复兴精神在很大程度上体现为突破宗教禁欲而恢复人的世俗生活和感性享受。在诗歌方面，爱情诗在这一点上大放异彩，因为爱情不但是很自我的，而且是很世俗、很感性的。彼特拉克是文艺复兴的前驱，他的爱情诗集《歌集》就比但丁的爱情诗集《新生》有更浓的世俗色彩、更多的感性描写和更细的心理刻画。

17 世纪新古典主义的基础是理性主义。理性主义违背诗歌的抒情性，所以那时的抒情诗成就不高。18 世纪启蒙运动的基础仍然是理性主义，所以与新古典主义具有共同性，那就是都反对宗教神学，提倡人的理性。两者都是文艺复兴以来的人文主义思想的继续和发展，两者的差别是：新古典主义主要是文学思潮，它依附于中央集权的王权政治，借以反对教会的神权，同时也反对封建主的割据。启蒙运动则主要是思想运动，它反对中央集权的王权政治，提倡资产阶级的民主政治；它同时也反对宗教神权和世俗蒙昧。所以，启蒙运动的任务是双重的。

启蒙思想家都是理性主义者，唯有卢梭提倡情感，热爱自然，所以他是从启蒙运动转向浪漫主义的关键，被公认为“浪漫主义运动之父”。浪漫主义诗歌还受康德、谢林等德国古典哲学的主体性思想的影响。所以，19 世纪上半叶臻于鼎盛的浪漫主义诗歌不但自我情感强烈，自我主观性也很强烈，以至于批评家认为“强烈是浪漫主义诗歌价值的一个基本标准”②。看雨果（1802—1885 年）的《当一切入睡》一诗多么典型：

---

① 威廉·文德尔班：《哲学史教程》（下卷），第 471 页。

② Alex Preminger, ed., *Princeton Encyclopedia of Poetry and Poetics*, p.398.

我总相信，在沉睡的世界中，
只有我的心为这千万颗太阳激动，
命运注定，只有我能对它们理解；
我，这个空幻、幽暗、无言的影像，
在夜的盛典中充当神秘之王，
天空专为我一人而张灯结彩！（飞 白译）

浪漫主义强调情感，这符合诗歌艺术的基本规律，由此可以创作出很优秀的诗篇。所以，此时期欧洲诗坛上空群星灿烂。美国浪漫主义诗人惠特曼（1819—1892年）的《草叶集》也表现强烈的自我情感，其中的长诗《自我之歌》是最重要的诗篇。该诗开首一行“我赞美我自己，歌唱我自己”，可算是诗人的宣言，全诗对自我的全面肯定和大力赞颂前无古人。惠特曼所肯定和赞颂的自我有两个特点：其一，那自我不仅是灵魂的自我（灵魂的自我是传统的自我），而且也是肉体的自我。正像诗人在第二十一章中所说的那样：“我是肉体的诗人，也是灵魂的诗人”；“我最崇拜的就是我自己的横陈的身体，或它的任何一部分”。其二，那自我不是孤独的，而是和爱人、亲友以至整个民族融为一体的，“他是第一个用自我的历史来归纳民族历史的美国诗人”①；诗人还将自我扩张到自然、宇宙，最终直至与上帝等同，乃至超越之。对于这后一点，诗人在第四十八章中如是说：“对于一个人来说，没有什么东西——包括上帝在内——比他自己更重大”；“在男人和女人的脸上，在镜子里面的我自己的脸上，我看见上帝”。这里，“我”等同于上帝了，或者说我的上帝就是我自己。其实，上帝不过是融入“我”之中的一个部分，因此我比上帝“更重大”。

有必要指出，浪漫主义诗歌尽管偏向自我情感这感性一端，并且包含着某些非理性因素，但它并不排斥理性，并且从根本上说是建立在理性基础上的，这个理性基础就是包括德国古典哲学在内的启蒙主义。这一点是它与后来的现代主义和后现代主义诗歌的重要区别。浪漫主义之前有18世纪上半叶英国的感伤主义和下半叶德国的狂飙突进运动作为前驱，之后有法国巴那斯派为代表的唯美主义的过渡。唯美主义诗歌转向客观，并作精细刻画，它

① ［美］丹尼尔·霍夫曼：《诗歌：派别外离心分子》，赵毅衡译，丹尼尔·霍夫曼主编：《美国当代文学》（下卷），中国文联出版公司1984年版，第885页。

因此兼有古典主义传统和现实主义特征，不过它的根本目的却在于审美，这一点是对浪漫主义中的唯美因素（如英国诗人布莱克、柯勒律治尤其是济慈的诗歌中都有这种唯美因素）的继承和发扬。由于这后一特点，唯美主义诗歌又是指向现代的：从它萌生的“为艺术而艺术”的思想浸透了作为现代主义诗歌主潮的前后期象征主义诗歌。

近代表现宗教情感的诗歌的发展历程，也可以大致分为文艺复兴、新古典主义和浪漫主义三个时期。能够这样划分，正说明这种宗教诗歌的发展变化在根本上是受科学理性牵引的，因为文艺复兴、新古典主义和浪漫主义在根本上是由科学理性推动的人文主义运动。宗教诗歌在这三个阶段的发展呈现马鞍形，即它在文艺复兴时期处于低潮，在新古典主义时期则形成高潮，在浪漫主义时期又跌落下来。这一发展模式，正好与近代表现自我情感的主流诗歌的潮起潮落相反。

文艺复兴时期是近代自我情感诗歌的初次高潮。最先是 14 世纪意大利的彼特拉克等为代表，后来的代表则是 16 世纪法国龙沙等人组成的七星诗派，两者都以抒写最富于自我情感的爱情诗为主。17 世纪和 18 世纪的新古典主义和启蒙运动，都高扬主体的理性，所以这个时代不可能是充分自我抒情的时代。此时期的宗教诗歌却掀起一个小小的高潮，这个宗教诗歌的高潮，一方面可以看作 16 世纪宗教改革的结果，因为改革后的新的宗教精神也要求在诗歌中表现出来；另一方面又可以看作理性主义盛行带来的一个结果，因为理性主义制约了自我情感的诗歌的发展，从而给了宗教诗歌一个发展的机遇。新古典主义时期的宗教诗歌数量不少，体式也多样。不过，这些宗教诗歌大多与中世纪的宗教诗歌不同了：“17 世纪宗教诗歌所强调的东西与中世纪强调的教条、奥秘和信仰事实极不相同。它或者强调个人心灵掌握和领悟奥秘的尝试，或者在主题更为笼统以致诗歌不能表达个人信仰时，就强调教义的重要性和微妙性，而不是其简明性。”① 这即是说，此时期的宗教诗歌的中心不再是神灵和宗教教义本身，而是进行宗教体验的人。从诗歌情感的角度看，就是不再主要表现单纯的、群体性的宗教情感，而是主要表现个人性的复杂宗教情感。此时期宗教诗歌的代表是英国的邓恩和赫伯特。

浪漫主义诗歌是一个更大的表现自我情感的诗歌高潮，它早先在英、

---

① 海伦·加德纳：《宗教与文学》，第 199 页。

德、法等国兴起，后来波及俄、美等国，各国都有杰出的代表诗人。浪漫主义诗歌虽然主要表现自我情感，但是涉及宗教情感的作品也很普遍。不过，浪漫主义时期的宗教诗歌与新古典主义时期的宗教诗歌又有所不同了。这一时期的“宗教诗歌变成了表达个人信仰、个人发现和个人怀疑的诗歌”①。可以这样看待两者的基本差别：新古典主义时期的宗教诗歌一般从既定的宗教信仰出发，往往集中运用宗教题材，主要表现宗教情感，不过由于诗人个人化的创作而带上了较多的自我色彩；浪漫主义时期的宗教诗歌则一般从诗人的自我出发，往往是借用宗教的东西来表现自我情感，所以它与完全表现世俗性自我情感的诗歌没有本质的不同，即它们都是诗人的自我情感的表现。

德国浪漫主义诗人海涅在其《论德国》中的一段话，可以说是对从文艺复兴到浪漫主义的整个近代文学（包括宗教文学）发展的一种本质性的说明：“近代文学的一般特征在于现在占优势的个性和怀疑。权威都被打垮了；现在只有理性是人类唯一的明灯，在这人生阴暗的迷途中人的良心便是他唯一的手杖。人现在单独地面对着他的造物主，并向他唱出自己的歌。所以这种文学便以宗教的歌曲开始了。不过后来，当近代文学世俗化了以后，那种内心深处的自我意识，那种人格的感觉却在这种文学里占了统治地位。现代诗已不再是客观的、叙事的和朴素的，而是主观的、抒情的和反省的了。”② 就西方近代文学中的诗歌而言，促使它发展变化的根本力量是理性，尽管这种理性主要以消融于情感和感性形象的方式出现。正因为如此，我们说近代表现自我情感的主流诗歌的基本特征是主观化和理性化。同时，理性也是推动此时期宗教诗歌的根本力量：理性使宗教诗歌中的上帝信仰更加自由和自我，从而更加个人化和世俗化。它由此显出与中世纪的宗教诗歌不同而与此时期的自我情感的诗歌接近。它甚至可以说就是自我情感的诗歌中的一个部分，即表现宗教性自我情感的部分。

西方现代诗歌的情感仍然主要是自我情感。丹尼尔·贝尔说：“现代文化是一种典型的‘唯我独尊’的文化，其中的核心是‘我’。”③ 现代诗歌

---

① 海伦·加德纳：《宗教与文学》，第 180 页。

② ［德］亨利希·海涅：《论德国》，薛华、海安译，商务印书馆 1980 年版，第 246 页。

③ ［美］丹尼尔·贝尔：《资本主义文化矛盾》，赵一凡等译，生活·读书·新知三联书店 1992 年版，第 182 页。

作为现代文化的一部分，不可能避免这种自我性。现代诗歌中最富于现代特征的是现代派诗歌或称现代主义诗歌。相对于近代浪漫主义诗歌自我情感的主观化和理性化的特点而言，现代主义诗歌的自我情感具有客观化和非理性化的特点。客观化的特点主要是对浪漫主义诗歌的一种反叛，当然也表现为一种创新，它是西方诗歌不断求新求变这个总体规律的一种体现；非理性化的特点既是一种反叛，更是一种创新，它则主要是西方现代哲学思潮影响的结果。非理性化特点的创新性更大，更有普遍意义，我们先论说它。

德国古典哲学发展到集大成者黑格尔那里，其理性观念成了一种绝对的和封闭的东西。19 世纪中叶出现了三种突破和反叛黑格尔的思想，从而开启了现代思想的大门。其一是以孔德为代表的实证主义，后来在其基础上发展出的第二代和第三代实证主义成了英美的主流哲学。其二是叔本华和尼采开启的非理性主义，后来成为欧洲大陆的主要哲学。其三是马克思主义，它的影响更是全球性的，不过后来的重心却在东欧和亚洲。叔本华、尼采一路的非理性主义哲学，包括后来柏格森的生命哲学、弗洛伊德的精神分析学说、克罗齐的直觉主义以及海德格尔和萨特的存在主义等，构成西方最有特色的人文主义哲学，它们对西方现代诗歌和文艺产生了重大影响，使之带上非理性的色彩。

西方现代主义诗歌是现代诗歌的主流，其中象征主义诗歌又是主要的，此外还有意象主义、超现实主义等众多流派。象征主义等现代主义诗歌就具有非理性的特点，不过，它的非理性主要是作品表层的非理性，而作品的深层却是理性的。具体说来，非理性主要表现在直觉、梦幻、暗示、无意识、瞬间感觉等艺术手法以及相应的非连续性和碎片化等特征上，而作品的深层却常常是深广的理性内容。后面这一点，是现代主义诗歌与后现代主义诗歌的非理性的主要不同之处。

总的来看，前期（19 世纪后期）象征主义诗歌的非理性更突出。法国诗人波德莱尔以对梦的体验和神秘的通感论开启了象征主义；兰波提出象征主义诗人是“通灵人”的观点。① 后期（20 世纪前期）象征主义诗歌则在

---

① “通灵人”本来指宗教中受神灵启示而具有超自然力和能够预卜未来的人。在兰波之前，雨果、戈蒂耶就论述过诗人的通灵性，即诗人似乎与神灵相通，能够通过隐秘的直觉或灵魂的眼睛发现别人看不见的东西。（详见郑克鲁：《法国诗歌史》，上海外语教育出版社 1996 年版，第 213—215 页）

追求理性深度上更突出。代表诗人瓦莱里、里尔克和艾略特等人的诗中都寓有深刻的哲学沉思，并表现出不同程度的“智性化”倾向。[①] 即便是现代主义诗歌中非理性色彩最浓的超现实主义诗歌，其深层的意蕴也往往与关心人类和批判社会的理性思想关联着。超现实主义的先驱阿波利奈尔在论述“新思想”时说道：“健全的理智是它的领路人，这个领路人把新思想带进即使不是新的，但却是未经考察过的领域。”[②] 又说，“我们把新思想建立在健全的理智和经验的牢固基础上。”[③] 超现实主义的创立者和理论家布勒东所重申的超现实主义的三重目标是，“改造世界，改变生活，彻底恢复人类的理解力。”[④] 可见，超现实主义诗歌也是具有社会目的和理性根基的。不过，由于它崇尚梦幻和无意识，强调创作的“纯粹的精神自动性”（布勒东语），手法和形式上的非理性不免浸透到内容中，从而使作品实质性地具有一定的非理性。

现代主义诗歌的自我情感客观化特点，是西方诗歌自身发展规律的体现。浪漫主义诗歌的后期，其主观自我性有所跌落，表现出若干现实主义的客观性特征，紧接着的巴那斯派的唯美主义诗歌更具有客观现实性。象征主义诗歌对前两者既有反拨又有吸纳：它实际上也具有主观性，不过这种主观性不像浪漫主义那样向外张扬，而是转向内心的隐秘；它也具有客观形式性，不过不像唯美主义那样停留在感性层面，而是转向理性的深刻。“因此，象征主义表现了一种极端的主观主义，一种对潜意识中最黑暗部分的关注；然而，象征主义又具有一种极端的审美客观性的特征。”[⑤] 这是怎么一回事呢？原来，象征主义诗歌实质上是主观自我的，但是它把这种主观自我性客观化成象征形象，即用客观的感性形象来暗示主观的思想情感。所以，所谓客观化就是把主观的思想情感客观化为作品的感性形式，主要是作品的

---

① 艾略特就强调诗歌的智性，他在《玄学派诗人》一文中说：“诗人可能有的兴趣是无限的；智性越强就越好，智性越强他越可能有多方面的兴趣：我们的唯一条件就是他把它们转化为诗，而不仅仅是诗意盎然地对它们进行思考。”（王恩衷编译：《艾略特诗学文集》，第 32 页）

② ［法］吉约姆·阿波利奈尔：《新思想和诗人们》，杨匡汉、刘福春编：《西方现代诗论》，第 103 页。

③ 同上书，第 105 页。

④ 转引自袁可嘉：《欧美现代派文学概论》，广西师范大学出版社 2003 年版，第 304 页。

⑤ Alex Preminger, ed., *Princeton Encyclopedia of Poetry and Poetics*, p.512.

形象形式，其次是作品语言的音乐形式。这种客观形象化在后期象征主义那里更明显，艾略特的“寻找客观对应物”和“思想知觉化”的观点是对它的理论概括。奥地利诗人里尔克（1875—1926 年）的咏物诗《豹——在巴黎动物园》则很能从创作实践上说明它：

它的目光被那走不完的铁栏
缠得这么疲倦，什么也不能收留。
它好像只有千条的铁栏杆，
千条的铁栏后便没有世界。
强韧的脚步迈着柔软的步容，
步容在这极小的圈中旋转，
仿佛力之舞围绕着一个中心，
在中心一个伟大的意志昏眩。
只有时眼帘无声地撩起。——
于是有一幅画像侵入，
通过四肢紧张的寂静——
在心中化为乌有。（冯至译）

这“是诗人在表现他所体会的豹子的心情，甚至还可以说是他借豹子的处境表现自己当时的心情”①。因为“豹子即使当作人来比喻也不可能有这样复杂的感情，显然是里尔克深入发掘自我的结果”②。不过，从字面看这首诗确实只是描写关在铁笼中的豹子的客观形象，而没有写诗人自己，但它实际上是把诗人的主观自我的情思客观化了。

现代主义诗歌的另一个重要流派——意象主义——也有客观化的特点。意象主义的代表人物艾兹拉·庞德在给哈莉特·芒罗的信中就强调：“客观性，再一次客观性。”③ 不过，庞德说过，“一个意象是在一刹那时间里呈现理智和情感的复合物的东西”④，这说明客观的意象不过是主观自我意识的

① 袁可嘉：《欧美现代派文学概论》，第 16—17 页。

② 同上书，第 17 页。

③ ［美］艾兹拉·庞德：《关于意象主义的通信》，［英］彼德·琼斯编选：《意象派诗选·附录》，裘小龙译，漓江出版社 1986 年版，第 167 页。

④ 艾兹拉·庞德：《意象主义的几“不”》，彼德·琼斯编选：《意象派诗选·附录》，第 152 页。

一种客观化，所以那自我性并没有真正消失。泰戈尔用东方诗人的眼光，一语中的地说出了贯通西方近代诗歌和现代诗歌的自我思想情感性。他说："十九世纪的诗歌也罢，二十世纪的诗歌也罢，都是描写自我的内容。"①

客观化并不是现代主义诗歌的普遍特点，超现实主义诗歌、表现主义诗歌和未来主义诗歌等都具有很强的主观性。所以有的学者说："现代派文学的主观性、内向性是它的一个重要标志。"②

西方现代主义诗歌与后现代主义诗歌在时间上的分别，一般以第二次世界大战为界线。后现代主义诗歌既是对现代主义诗歌的反叛，也是对它的延续：从其延续见出两者的共同性，从其反叛见出两者的不同性。美国后现代主义诗歌的声势最大，它就延续了 20 世纪 20 年代庞德和威廉斯等人的现代主义诗歌的某些特征，并加以变化，用以反叛占主导地位的艾略特的现代主义诗歌及追随他的新批评派。③

后现代主义诗歌的情感仍然主要是自我情感。西方学者就认为："后现代是重新发现自我的时代。在此之前，人的个人中心的秘密与超越受到来自现代的自我客观化理论的威胁而濒于丧失。"④ 后现代主义诗歌的自我情感也具有非理性化和客观化的特点，但是与现代主义诗歌自我情感的非理性化和客观化的特点有所不同。

后现代主义诗歌的非理性化，在很大程度上是对超现实主义非理性的继承和发挥，所以影响超现实主义的意识流学说和精神分析学说等也是后现代主义诗歌的精神资源；此外，尼采的"重估一切价值"的口号，特别是存在主义把抽象的人性回归到具体的生命体验的思想，对后现代主义诗歌的非理性化产生了重大影响。

---

① ［印度］泰戈尔：《现代诗歌》，倪培根等译：《泰戈尔论文学》，上海译文出版社 1988 年版，第 243 页。

② 袁可嘉：《欧美现代派文学概论》，第 13 页。

③ 参考以下观点："当美国诗人反叛新批评派的时候，他们并没有与 20 世纪 20 年代全盛时期的现代主义决裂，而是实际上向它回归，特别是向庞德、威廉斯和史蒂文斯回归，以便找到创新的突破口。美国诗人摒弃了新批评诗学，却从惠特曼的预言、威廉斯·卡洛斯·威廉斯的风格和流行音乐、超现实主义、达达派以及自白、拼贴等方法吸取了很多东西。"（David Perkins，*A History of Modern Poetry*：*Modernism and After*，Cambridge，Massachusetts：Belknap Press of Harvard University Press，1987，p.334.）

④ ［德］彼得·科斯洛夫斯基：《后现代文化——技术发展的社会文化后果》，毛怡红译，中央编译出版社 1999 年版，第 61 页。

后现代主义诗歌的非理性化有两种情况。一种是生命体验的非理性化，它指不再像现代主义诗歌那样把非理性的东西作为追求深度理性的手段，而是当作人的生命本质，从而成为诗歌的实质性内容。这样的诗歌就是所谓体现生命本真的诗歌。曼·弗兰克说："在后现代哲学家眼里，真正的主体，即本我（Id）或本能的欲望冲动或无意识，是戴着荆冠的受苦受难的基督，但同时，它又是真正意义上的叛逆者，在本质上是桀骜不驯的、颠覆的、反秩序的。"① 这即是说，本能和无意识等成了真正的自我主体。这反映在诗歌中就是，对本能和无意识等非理性的生命本真的表现，也就是自我的表现，只是这种自我是非理性的，因而对理性的秩序具有反叛性和颠覆性。美国的"垮掉一代"派、自白派、黑山派、纽约派以及新超现实主义等的诗歌，就在不同程度上具有这种非理性。如"垮掉一代"派代表金斯伯格（1926—1997年）在《美国》一诗中这样写道：

我一有机会就吸大麻叶
我一连几天在屋里静坐，瞧着壁橱中的玫瑰
当我去唐人街时我喝得大醉，但从不去睡觉
……
我拒绝祈祷
我有神秘的幻觉和宇宙的震波（郑敏译，下同）

后现代主义诗歌的另一种非理性化是消解理性深度的非理性化。在传统意义上，诗歌总是力求具有比日常生活的意义更为深刻的思想意义，这种思想意义被认为是诗歌应该具有的理性深度。而后现代主义诗歌反对这种理性深度，尤其反对艾略特诗歌那样的智性和深度理性。这种非理性化的"非"其实是指"不具有"，即不具有诗歌通常具有的理性深度，甚至根本不具有通常的"诗意"，所以这样的作品常常不大像诗。例如，纽约派诗人弗兰克·奥哈拉（1926—1966年）的《黛女士死的那天》，全诗用通俗话语对平常琐事作流水账式的记述。以下是该诗首节：

是12：20，在纽约，一个星期五

---

① ［德］曼·弗兰克：《正在到来的上帝》，［法］让—弗·利奥塔等：《后现代主义》，赵一凡等译，社会科学文献出版社1999年版，第39页。

巴斯底日后的第三天；对了，
是 1959 年，我上街擦皮鞋
因为我要乘 4：19 的车，7：15
到车海浦吞，我径直去吃晚饭
我并不认识那些请客的人

消解理性深度的非理性化还可以集中表现在诗歌的语言形式上。这种诗歌叫语言实验诗，它由词语乃至字母的奇特的排列、组合和交错造成。这类诗在字面意义上就不确定（与诗歌审美意义的不确定不同），或者根本就无意义。语言实验诗在欧美许多国家都出现过，其中特别注重视觉效果的具体诗（concrete poetry）在 20 世纪五六十年代颇为兴盛。不过，“具体主义强调的是诗歌经验的视觉性质，但排除了其他任何成分。其结果是有时颇像广告艺术的印式技巧”①。

上述两种方式的消解理性深度的后现代主义诗歌，或者由于作品本身的某种特质，或者由于读者能动的再创造，有时也能从平淡中发现神奇，从荒诞中见出合理，从而表现出某种稳定意义甚至深刻意义。这时，这些诗歌可以说又不是非理性的。

后现代主义诗歌的自我思想情感也有客观化的特征。例如，受 W. C. 威廉斯的“客观主义”诗学和创作影响的某些后现代主义诗歌，它们抛弃抽象的玄学沉思，也不借用古代神话，而是运用当代口语和自由形式来描写乡土风情和平凡事物。美国后现代主义诗歌的这种客观化不同于前述艾略特为代表的现代主义诗歌的客观化，实际上是对后者的一种反拨。现代主义诗歌的客观化偏重于对主观理性（主观的沉思和玄想等）的客观化，那客观化的“客观对应物”不免有显著的变形，所以常常仍然显出较大的主观性，艾略特的代表作《荒原》即如此。美国后现代主义的客观化却主要是诗人主观感受（感觉经验）的客观化，因而更尊重事物的具体性和客观性，主观性显得较小。

阿兰·罗德威说后现代主义是“自相矛盾的”②。后现代主义诗歌在某

---

① 丹尼尔·霍夫曼：《诗歌：派别外离心分子》，丹尼尔·霍夫曼主编：《美国当代文学》（下卷），第 881 页。

② 阿兰·罗德威：《展望后现代主义》，戴维·洛奇编：《二十世纪文学评论》（下册），第 516 页。

些方面确实如此，如它的客观化特征突出，其主观化特征也突出。例如，美国后现代主义中的“自白派”诗歌的主观化特征就很显著：那种诗歌是诗人“灵魂的裸露”，明显地与艾略特的所倡导的诗歌“非个人”论对抗。该派的主要诗人是洛厄尔、赛克斯顿、普拉斯和贝里曼等人，“他们各各不同地写到自己的同性恋、无能、手淫、父亲固恋、疯狂和自杀的冲动等。事实上他们结果都自杀了事，只有洛厄尔是例外，而他也想自杀过”①。“自白派”诗歌反映诗人愤世嫉俗、焦虑不安的情绪和绝望的心理，往往直接、袒露，表现出强烈的非理性的自我主观性。

尽管后现代主义诗歌有它独特的价值，但相对于浪漫主义诗歌和现代主义诗歌而言，它的成就是很有限的。其根本原因其实简单，那就是它过于迷恋非理性而在很大程度上真正弃绝了理性（现代主义诗歌却不如此），这就违背了西方文化的科学理性本质②，因而难于被读者普遍认可和喜爱。阿兰·罗德威在《展望后现代主义》（1981）一文的结尾这样写道：“尽管有令人眼花缭乱的噱头，有出乎意料的深邃的思想，以及种种刺激人的任性见解和惊心触目的不承认态度，但是后现代派无意希求得到的最终产物却是厌烦。”③ 文章责备后现代派“抛弃常识和共同人性”，而“常识和共同人性”正是科学文化的理性基础。

西方近代文化的基本特性是理性。近代基督教在一定程度上也被理性化了。基督教的这种理性化除了普遍表现为基督教的个人化和世俗化之外，它甚至在作为基督教核心的上帝信仰上也留下了烙印——上帝成了理性的最终根据。所以，近代对基督教的批判大多针对教会，而一般并不否定代表基督教本身的上帝信仰。西方现代文化继承和发扬了近代的科学理性精神，进一步推动基督教走向现代化。许多科学家仍然认为世界是有秩序、有规律的，能够被理性认识，而上帝就是这种理性的最终根据。许多思想家认为现代人

---

① 阿兰·罗德威：《展望后现代主义》，戴维·洛奇编：《二十世纪文学评论》（下册），第 520 页。

② 西方人文精神中的非理性，是理智理性的一种价值发现，是理性深入发展的结果，其价值不可能与理性相比。因此，它应当作为理性的补充，并受到理性的制约。如果文学艺术以非理性为本体来创造，或者以它为表现目的（像许多后现代主义诗歌那样），就必然具有很大的局限性。

③ 阿兰·罗德威：《展望后现代主义》，戴维·洛奇编：《二十世纪文学评论》（下册），第 531 页。

仍然需要宗教，例如，哲学家和诗学家 A. N. 怀德海在 20 世纪 30 年代说："宗教幻境的事实，及其不断扩展的历史，是我们保持乐观主义的一个理由。舍此以外，人生只是一道偶尔享乐的闪光，照亮了一团痛苦与悲哀——一个瞬息经验的插曲而已。"① 这说明人生需要宗教的终极关怀，或者说终极价值的保证，尽管那终极价值实际上是虚幻的。

西方现代文化也有新的特性，那就是非理性。这种非理性却否定上帝信仰，否定基督教本身。这种非理性思想的代表是尼采的"权力意志"论、萨特的存在主义和弗洛伊德的精神分析学说。它们之所以否定基督教，是因为这些非理性思想的核心观念与基督教的上帝信仰是根本冲突的。尼采思想的核心观念是"权力意志"和"重新估价一切价值"，他就是根据这种核心观念提出"上帝死了"的口号。权力意志的最高体现是"超人"。"超人"杀死了上帝，抛弃了基督教的"奴隶道德"，所以是宗教的恶魔。萨特存在主义的核心观念是"存在先于本质"，这存在就是人的自由以及对责任的承担。个体存在所先于的最普遍的本质就是上帝，在这种意义上，萨特也宣告了上帝的死亡。弗洛伊德精神分析学说以性本能和无意识为本体，当然也与上帝信仰冲突。

就这样，在现代科学理性的继续挤压下，特别是在上述现代非理性主义的冲击下，西方现代基督教出现了严重的危机。此外，第一次世界大战所造成的包括基督教信仰在内的传统价值观的破灭也加剧了这种危机。现代基督教很快衰落了。现代神学家就认为，"20 世纪的神学是以承认自己的衰落开始的"②，"现代人基本上是在不要上帝的情况下对付生活的"③。不过，现代基督教也在困境中谋求生存和发展，那就是与现实生活更紧密结合，使自己更加世俗化、现代化，在世俗生活中复兴。正如 K・尼尔森所说，人们"能够在纯粹世俗的生活中，找到人类幸福的终极源泉"④。这即是说，人们能够在纯粹的世俗生活中找到上帝。当然，这样的上帝"只能作为'我们

---

① 转引自 W. C. 丹皮尔：《科学史及其与哲学和宗教的关系》（下册），第 639 页。

② ［联邦德国］库舍尔：《论今日神学的反抗力》，《基督教文化评论》（第一辑），贵州人民出版社 1990 年版，第 250 页。

③ 同上书，第 255 页。

④ 转引自斯特伦：《人与神：宗教生活的理解》，第 160 页。

面前的上帝’，作为‘希望和出路的上帝’（莫尔特曼）才可显现”①。

现代基督教的上述情况在现代诗歌中有直接或间接的反映。西方现代诗歌中表现基督教传统思想情感的篇章减少了，而怀疑、批判和嘲弄的则增多了。且看法国诗人阿拉贡（1897—1982年）的《圣女瞻礼经》：

她那双眼睛天下最美
那腿美美美呵
可管我们什么事
她那乳房天下最甜
那腿美美美呵
可管我们什么事
……
她那双腿天下最柔嫩
那腿美美美呵
可管我们什么事（叶如琏译）

诗人大约是在运用弗洛伊德的性本能和无意识来嘲弄圣女，亵渎基督教的神圣。

现代诗人中也有竭诚呼唤基督重临、渴望上帝再生的，虽然为数不多。艾略特是他们的代表。艾略特的著名宗教性诗篇除《荒原》外，还有《空心人》《灰星期三》等。《荒原》在形式、手法和语言上都有重大的创新，它所表现的心灵“荒原”的干渴和痛苦以及企望宗教拯救的思想影响颇大。不过有两点值得指出：其一，把宗教信仰的缺失说成是人类心灵的“荒原”不免有些夸大，尽管这种夸大在诗歌艺术中是可以理解的。其实，只是现代人心理结构中的宗教非理性领域显得荒凉，而现代人心理结构中作为主流的理性领域里却充实着许多科学主义思想和人文主义思想，并且这些思想还以前所未有的力度影响和改变着西方以及西方之外的人们的思想，包括现代中国人的思想。其二，艾略特试图以复兴宗教来革除社会弊端是不现实、不明智的；他希望复兴的宗教是传统的罗马天主教，这也是不明智的，不可能成功。我们看到，后现代时期基督教确实有所复兴，不过所复兴的基督教并不

① 库舍尔：《论今日神学的反抗力》，《基督教文化评论》（第一辑），第256页。

是传统的基督教；在有些后现代诗歌中上帝也真的再生了，不过那再生的上帝既不是中世纪那样的神圣的人格化上帝，也不是近代形而上的理性化上帝，而是人世间的上帝，我的上帝。艾略特“是一个基督教宣传家，一个古典主义者，在这点上不同于多数西欧的现代主义者”①。需要补充的是，在这点上他也不同于后现代主义者。

在后现代时期，基督教思想家利用某些现代思想来建构和发展神学。例如，在海德格尔存在主义影响下产生的生存神学，强调自我本真的生存；在伽达默尔等的解释学哲学基础上兴起的神学解释学，着重以语言为媒介来沟通上帝和人类，实现了基督教思想研究的“语言转向”；在人类学基础上发展起来的神学人类学，着重关注人类的本性、命运和生存，从而促使基督教思想融入当代社会和其他人文科学；还有神学家对怀特海所奠基的过程神学加以发展，强调基督教应当应对现实的各种危机和挑战，并在此过程中改变世界和改造基督教信仰本身；等等。此时期的基督教思想家还借助后现代主义对现代主义的批判，建立起“后现代神学”，用以恢复、更新被“现代”压抑而日益萎缩的基督教信仰（就这种宗旨看，“后现代神学”与后现代主义否定一切、解构一切的性质是不同的），并给它增添“普世性”的内容。② 我们知道，中世纪的哲学是神学的婢女，它借助神学才得以生存和发展。现在情况相反了，是神学借助哲学和其他社会科学来建构和发展自身，这充分说明了科学文化精神在其中的巨大作用。当然，这样的神学思想是更加理性化和世俗化了。后现代时期基督教的另一个特点，是在全球化浪潮冲击和影响之下追求和解，提倡宽容与共存。首先是基督教内部新教与坚守传统的天主教两者之间的和解，其次是通过对话而与其他宗教之间的和解与相互宽容。

如果将西方的现代主义诗歌、后现代主义诗歌与近代浪漫主义诗歌比较，前两者中表现宗教思想情感的篇章的比例远没有后者大。这或许是一种历史命运：西方文化经过充分现代化和后现代化以后，基督教在诗歌中就只能有那么一点儿地盘了（何况诗歌自身的地盘就在缩小）。而浪漫主义时期之所以还有较多的宗教性诗歌，是因为那个时期是宗教走向现代化的过渡时

① 王佐良：《英国诗史》，译林出版社 1993 年版，第 448 页。

② 以上内容参考了卓新平：《当代西方基督教思想研究》，《国外社会科学》2002 年第 1 期。

期。如果再将现代主义诗歌与后现代主义诗歌比较，后者中表现宗教思想情感的作品或许较多一些。宗教就是美国后现代主义诗歌的重要题材之一，而美国后现代主义诗歌是西方后现代主义诗歌的主要代表。

后现代时期的宗教性诗歌的一个特点，是比近代和现代的宗教性诗歌更加个人化和世俗化。在这种诗歌中，上帝不再表现为深不可测的、神圣的神，而是招之即来、为我所用的对象，为我而存在的对象。西奥多·雷德克（1908—1963 年）在《一个黑暗的时候》的结尾处说：

> 头脑进入它自己之中，上帝进入头脑，
> 这一就是‘一’，在撕裂一切的风中自由自在。（郑敏译）

这或许是说，我的头脑是自主的，自由自在的，上帝进入我的头脑（不是我的头脑进入上帝）也变得自由自在了：自由的自我创造了自由的上帝。

安·赛克斯顿（1928—1974 年）的《神们》更能说明问题：萨克斯吞太太（大约是诗人设定的一个女性）出门去寻找神们，她首先仰望上天，没有；其次查看有学问的大书，没有；之后虔敬地问讯伟大的诗人，没有；之后到所有的教堂寻找，没有；之后到世界各地寻找，没有；最后到其他宗教的庙宇或胜地寻找，也没有。然而，当她回到自己的房屋里时，却发现神们被关在厕所中，于是将他们锁起来。这可以理解为对宗教信仰的彻底解构，但也可以理解为对宗教的个人化和生活化的一种夸张和讽刺：对神的信仰纯粹是个人的私密之事（像人在厕所里的私密之事），与外界无关。就后一种意义而言，对宗教的这种极端个人化乃至庸俗化是过头了，它使宗教失去了灵魂皈依和终极关怀的基本功能。写此诗的自白派诗人赛克斯顿也是以自杀告终的。她的神，她的上帝，大约就纯粹是她个人的，是她的自我的一种表现。这样的神当然拯救不了她，只能跟她一起自杀。

后现代主义诗歌中还有表现其他宗教的诗篇。“垮掉一代派”诗人就表现出多种宗教信仰，例如，安东尼努斯对罗马天主教的信仰，艾伦·金斯伯格对犹太教的信仰，加里·斯奈德对佛教的信仰。① 这显然是后现代时期不同宗教之间的宽容与和解的一种反映，也是宗教信仰更自由化更多样化的一种反映。

---

① 参见 Alex Preminger, ed., *Princeton Encyclopedia of Poetry and Poetics*, p.73.

第三节　西亚南亚抒情诗的情感特性

本书之所以将西亚和南亚的古代（圣经时代）希伯来诗歌、古代（主要是中古）阿拉伯—波斯诗歌和古代印度诗歌①放在一起论述，是因为它们都是属于宗教文化的诗歌，尽管它们各自所从属的宗教文化不同：古代希伯来诗歌属于犹太教文化，古代阿拉伯—波斯诗歌属于伊斯兰教文化，古代印度诗歌属于印度宗教（婆罗门教、佛教、印度教等多种宗教）文化。上述诗歌是世界宗教文化中的优秀诗歌，它们与西方优秀诗歌、中国古代优秀诗歌一起，在世界诗坛上形成三足鼎立的局面。

本书之所以将中古时期的阿拉伯诗歌和波斯诗歌作为一个整体（“阿拉伯—波斯”诗歌）来论述，是因为两者虽然属于不同的民族，却属于同一种文化——伊斯兰教文化，而且当时两者也共同存在于伊斯兰阿拉伯大帝国之内，有诸多共同性。当然，我们的论述也会注意两者之间的差异。

一、文化的宗教特性

（一）半文明宗教文化向文明宗教文化升华

人类最初的宗教是原始宗教，原始文化在思想意识上主要是原始宗教文化。公元前5000年左右，人类逐渐进入文明。我们称这种最初的文明为半文明，所以那时的宗教文化称为半文明宗教文化。古埃及文化和以苏美尔文化、巴比伦文化为代表的美索不达米亚文化，是最早的也是最发达的半文明宗教文化。其他民族也或迟或早地经历过这种半文明宗教文化。古代中国夏商两代的文化和古代希腊荷马时代的文化都属于这种半文明宗教文化。公元前1000年左右，某些民族的半文明宗教文化开始升华成为文明的宗教文化。非常独特的是，古代中国却从半文明宗教文化转型成为文明的道德文化，古代希腊则从半文明宗教文化转型成为文明的科学文化。之所以前一种情况称为“升华”而后两种情况称为“转型”，是因为前一种情况中文化的基本性质没有发生变化，而后两种情况中文化的基本性质发生了变化。

---

① 我们除了主要论述古代印度诗歌外，对现代印度泰戈尔的诗歌也例外地有较多的论述。其原因有三：第一，它是东方获得诺贝尔奖的优秀诗歌；第二，它在印度诗歌的现代转型中有代表性；第三，它是除西方诗歌之外对中国现代诗歌影响最大的外国诗歌。

什么是宗教？泰勒在其《原始文化》中提出，最好“简单地把神灵信仰判定为宗教的基本定义”①，这个基本定义的外延包括原始宗教、半文明宗教和文明宗教。那么，这三种不同阶段的宗教的差别主要在哪里呢？我们且从作为宗教文化心理中最重要的信仰及其对象——神灵看。原始宗教的信仰着重于相信神灵能够消灾赐福，所以这种信仰具有很强的现实功利性，而没有什么彼岸的超越性；作为这种信仰对象的神灵是直接来源于万物有灵观念的自然神，它们为数众多。半文明宗教的信仰和神灵则具有过渡性，这种信仰中除相信神灵能够消灾赐福之外，还相信灵魂不死和永生等超越性观念，如在古埃及宗教中这种观念就较显著；作为这种信仰对象的自然神虽然仍然为数不少，但其中开始形成一些半人格化的主神，如在苏美尔宗教中这种情况就较显著。文明宗教的信仰在一定程度上仍然保留着上述宗教信仰的观念，不过它的重心转移到了相信神灵是人生的指导和灵魂的归宿这种观念上；文明宗教的神灵都成了完全人格化的唯一神或少数主神，成了能力无限的创世创人的神。

在上述三个层次的宗教的差别中，文明宗教与半文明宗教之间的差别更为重要，因为文明宗教才是真正成熟的宗教，是从确立后一直延续至今的宗教。这种差别就体现着我们将要论述的西亚南亚三种半文明宗教文化向文明宗教文化的升华。

古代希伯来民族是闪族的一个分支（其他分支有阿卡德、巴比伦、亚述、阿拉伯等民族）。根据《圣经·旧约》② 的记载，希伯来民族最早生活在美索不达米亚平原的某个地区。在公元前 1900 年至前 1500 年，希伯来人（又称以色列人、犹太人）在其先祖亚伯拉罕带领下来到迦南（今叙利亚和巴勒斯坦）一带漂泊。后来又迁入埃及，过着被奴役的生活。大约在公元前 1250 年，希伯来人在其民族领袖摩西的率领下逃出埃及，在西奈的旷野上漂泊数十载，并创立了犹太教。后来希伯来人返回迦南，并于公元前 1025 年立国，扫罗为第一位国王，随后的大卫王朝和所罗门王朝是鼎盛时

① ［英］爱德华·泰勒：《原始文化》，连树声译，广西师范大学出版社 2005 年版，第 347 页。

② 犹太教的主要经典名《塔纳赫》。基督教继承了《塔纳赫》，称它《圣经·旧约》，而将自己的经典称为《圣经·新约》。学界一般称犹太教经典为《圣经》或《圣经·旧约》《旧约》。

期。希伯来人的国家后来屡经内乱和外患，最终于公元70年被罗马帝国灭亡。从此作为一个国家的犹太教文化不复存在，直至1948年在联合国帮助下重建以色列国以后，作为一个国家的犹太教文化才重新出现。不过，此后以色列国的主要文化已经是科学文化了，而革新后的犹太教文化则作为一种次要的文化与前者异质地共存和互补。

犹太教的主要来源，是美索不达米亚的宗教，所以犹太教经典《旧约》里的许多东西都与美索不达米亚的宗教神话和传说相似或者相关；它的另一个来源是古代埃及宗教。此外，迦南本土的某些半文明宗教乃至原始宗教对犹太教的产生也有影响，不过由于前者大都很落后，犹太教对它们的斗争大约比对它们的吸取要更多。

开创美索不达米亚文明的苏美尔人最初信奉众多的自然神。“但是到了公元前第三千纪末期，在伟大的萨尔贡征服苏美尔后，苏美尔人的某些人格化的神祇不可避免地担当某种政治功能。一些神祇被视为城市的保护神，另一些神祇被视为各个领域（如天、地和冥界）的主宰，而其中的一个神恩利尔则被视为所有这些主宰的主宰。这就朝着神性合一和神灵万能进一步迈进了。”① 亚伯拉罕那一代希伯来人原本也住在美索不达米亚，与苏美尔人关系密切，深受后者的宗教的影响。后来亚伯拉罕带领他的部族到迦南漂泊，其间他把部族的保护神逐渐当作一个人格化的正义神。“这个神逐渐褪去了苏美尔人保护神们的那层保佑天使色彩，从而变成了——上帝。”② 最终，“连续三代过着漂泊生活的这些男人、女人，已不再对偶像、国王或任何尘世的雕像顶礼膜拜（按：指不再进行偶像崇拜），而是在经历一个时断时续的过程之后，学会了只依赖于上帝，只依赖于这个深不可测、令人敬畏的荒野中的上帝。至此，这种新的宗教已是雏形初具。”③ 这种新宗教的形成是经过斗争的：不但有对外族多神教的斗争，而且也有对内部某些希伯来人崇拜偶像的斗争，甚至是很血腥的斗争。例如，据《旧约·出埃及记》记载，为了维护对上帝这个唯一神的崇拜，摩西曾经命令人在一天之内杀死了三千崇拜金牛神像的希伯来民众。

---

① 菲利普·李·拉尔夫等：《世界文明史》（上卷），第51—52页。

② ［美］托马斯·卡希尔：《上帝选择了犹太人》，徐芳夫译，世界知识出版社2001年版，第75页。

③ 同上书，第92页。

半文明宗教的自然神信仰和多神信仰，主要是相信神灵能够消灾赐福，所以这些神灵中的某些主神就成了部族神或地方神。文明宗教的人格化的一神信仰，除了同样相信神的庇佑作用外，还进一步相信它能够指导人的道德生活，关怀人的终极理想，所以那神就成了整个民族的灵魂的归依。随着宗教信仰的这种变化，宗教情感也发生了相应的变化。在半文明宗教和文明宗教中，人们对神灵都怀有敬畏感，不过前者的敬畏感中往往混合着许多恐惧的成分（原始宗教情感中的恐惧成分更多），后者的敬畏感中恐惧成分减少，而亲近和赞美的成分增多，直接从犹太教发展出来的基督教在这一点上特别显著。

这里我们不禁要问，是什么东西推动了上述信仰和神灵这两方面的升华？是作为宗教非理性的核心机能的信仰本身？不是的。宗教信仰本身其实单纯，它就是虔诚地相信神的存在。这样的信仰代表了宗教的非理性，它是理性无论如何不能取代的。然而，宗教能够从原始的发展到半文明的再发展到文明的，以及它能够作为一种社会文化形态发挥作用，与理性在信仰中的作用有关。归根结底，是理性（主要是理智理性）在提升着宗教的信仰以及作为这种信仰对象的神灵。这即是说，理性虽然不能替代宗教信仰，但是能够提升它。理性对宗教信仰的提升，也就是对宗教的非理性的提升，因为宗教非理性的核心是宗教信仰。此外，理性也提升相应的宗教想象和宗教情感等。在宗教文化中，理性使人们逐渐摆脱蒙昧无知而走向文明，于是宗教文化也从原始和半文明走向文明。不过，理性的这种作用始终是在上述非理性的宗教信仰的制约和支配下发生的——这正是宗教文化中的理性与科学文化中能够独立自主地发挥作用的理性的不同之处。

犹太教信仰及其神灵的确立还带来了其他变化。主要的变化有三：其一是道德戒律得以确立，这主要体现在以“十诫”（又称“摩西十诫”）为核心的《旧约》中。泰勒从研究原始文化的角度，也得出文明宗教中的道德性得到了加强的结论。他说：“宗教的一个极为重要的因素是道德因素，它是较高级部族宗教中的最重要部分，它在原始部族的宗教中确实表现得极为微弱。”① 其二是导致摩西时代和随后的士师时代的政教合一政权的建立，

① 爱德华·泰勒：《原始文化》，第350页。

并最终促成扫罗建立了民族国家。其三是摒弃巫术、迷信①和活人祭祀等野蛮仪式，确立文明的宗教仪式，使信仰变得较为纯洁。

古代闪族的发展很不平衡。其中的一个分支于公元前 2200 年至前 2000 年在苏美尔人和阿卡德人的文化的基础上建立起灿烂的巴比伦文化（巴比伦文化是美索不达米亚文化的高峰）。属于闪族的希伯来人也很早建立了文明的犹太教文化。地处阿拉伯半岛的阿拉伯人也是闪族人的一个分支（称贝都因人），然而，直到公元 6 世纪他们仍然处于半文明状态。阿拉伯人穆罕默德于此时在阿拉伯半岛的麦加建立起伊斯兰教。伊斯兰教是通过改造本土半文明宗教而产生的，这种改造所借助的外在资源是犹太教和基督教，所以伊斯兰教经典《古兰经》中存在着许多与《圣经》相同或相似的东西。伊斯兰教的创立，在神灵和信仰两方面也存在着从半文明宗教向文明宗教升华的情况。

伊斯兰教信奉唯一神安拉（汉译真主）。这种唯一神的产生，虽然受过犹太教和基督教的唯一神上帝的启示，但它有自己的本土来源。阿拉伯民族在伊斯兰教产生以前的时期称为"蒙昧时代"②（又称"前伊斯兰时代"），那时各个部落都有自己的神祇，数量多达数百个。不过在伊斯兰教产生前夕，已经有若干受到普遍崇拜的神祇，其中就有作为阿拉伯众神之首的安拉。"犹太教和基督教的上帝观念促进了安拉从非一神教的神转变成一神教的神。因此，没有理由接受'安拉'是从犹太教徒和基督教徒传给穆斯林的这种看法。"③"伊斯兰教对于安拉的观念，根据《古兰经》的解释是：

---

① 一般认为巫术导致宗教，也有学者认为两者同时发生。〔详见 W. C. 丹皮尔：《科学史及其与哲学和宗教的关系》（上册），第 27—28 页〕可知巫术与原始宗教是混杂在一起的。半文明宗教中仍然有较多的巫术成分。巫术与宗教的区别主要在于：巫术试图通过荒谬的手段来控制事物，宗教则祈求神灵帮助。迷信出于无知，它本来就是宗教的一种内在性。原始宗教的迷信成分很重，文明宗教中的迷信减少了。纯粹的宗教信仰与一般迷信的差别是：前者的目的在于超越，后者的目的在于实用。

② 文化史家艾哈迈德·爱敏这样解说"蒙昧时代"的含义："所谓'蒙昧'并不是和'知识'相对的意思，乃是忿恨、轻薄、骄矜、暴戾的意思。圣训云：'忿恨使他们愚昧了'，意即骄矜、暴怒使他们变为蒙昧了。……由此可以看出'蒙昧'一字含有轻佻、骄矜、暴戾、夸耀、愚昧等意思；这都是伊斯兰以前阿拉伯人在生活中的鲜明的意识。所以把那个时代称为'蒙昧时代'。"〔［埃及］艾哈迈德·爱敏：《阿拉伯—伊斯兰文化史》（第一册），纳忠译，商务印书馆 1982 年版，第 75 页〕

③ Caesar E. Farah, *Islam: Beliefs and Observances*, New York: Barron's Educational Series, 1987, p.28.

安拉非一部落之主，非单独阿拉伯民族之主，也非单独人类之主，乃万物之主，'全世之主'。……'安拉是创造天地万物者'。"① 可见，上述伊斯兰教产生过程中从多神到一神的变化，同时也是从自然神到人格神的变化，从能力有限的部落神到创世创人的全能神的变化。这种变化与前述犹太教产生过程中的变化类似，都可以看作从半文明宗教向文明宗教发展过程中的一种关键性的升华。

与蒙昧时代的宗教信仰比较，伊斯兰教的信仰也发生了相应的变化。蒙昧时代的部落宗教把所崇拜的神当作部落的保护神，相信它能消灾赐福。这种信仰主要是功利性的，没有多少超越性。而伊斯兰教的穆斯林（凡是崇拜安拉、顺服先知者，称为"穆斯林"）对安拉的信仰则有所不同了。穆斯林相信安拉无所不知，无所不能，安拉当然也能庇佑和赏罚信徒。但更重要的是，根据伊斯兰教义，人死后要接受末日裁定："行善者的归宿是天园，作恶者的下落是火狱。乐园里有两种报酬，一种是身体的报酬：'你向信仰安拉并且行善的人报喜！他们得享受天园，天园中有潺潺的河流。人们得到果品之时，便说，这是安拉以前赏赐过我的禄食。他们在乐园中还得享受有纯洁的伴偶之乐。他们得永远居住在乐园之中。'一种是精神的报酬：'安定的灵魂！心悦诚服地归依你的主吧！''安拉的喜悦更大。'下火狱者，便遭烈火的焚烧及安拉的震怒。"② 这也是神在赏善罚恶，但已经不是现实的赏罚，而是超验性的赏罚，体现的正是人的灵魂的归依，或者说"对人类的终极关怀"。

其他的相应变化主要体现在道德和政治上。伊斯兰教的道德规范非常细致，是建构伊斯兰社会的基础。道德规范包括两个方面，一方面是各种礼节，另一方面是各种美德。"伊斯兰教把阿拉伯人的思想提高到了高级阶段，这是毫无疑义的。"③ 我们可以借用哥尔德基叶对伊斯兰教时代与蒙昧时代的阿拉伯人在道德思想和行为举止上的对照，来说明这一点。"他说：'伊斯兰教时代和蒙昧时代的阿拉伯人，对于人生最高行为的准则，不惟不相似，而且很相反。如匹夫之勇、无节的豪放、过分的慷慨、宗族的狭隘、血仇，都是蒙昧时代信仰多神教的阿拉伯人所认为的最高行为的标准。至于

---

① 艾哈迈德·爱敏：《阿拉伯—伊斯兰文化史》（第一册），第77页。

② 同上书，第79页。

③ 同上书，第80页。

伊斯兰教所认为的最高德行却是：敬事安拉、顺服主命、遵守教律、忍耐、放弃个人的和宗族的利益，乐天知足、不矜夸、不聚敛、不骄傲。'"[①] 在政治上，阿拉伯人借助伊斯兰教统一了民族，建立起国家，并在政教合一的体制下，通过武力征服和宗教传播两种方式迅速建立起横跨亚非欧的伊斯兰阿拉伯大帝国。

波斯（古代伊朗）人属于雅利安人的一支，公元前 2000 年代末从中亚迁至伊朗高原西南部。公元前 550 年，居鲁士建立阿契美尼德王朝，是为波斯帝国之始。大流士一世时期（公元前 522—前 486 年）帝国臻于鼎盛。公元前 330 年，波斯帝国为古希腊亚历山大大帝灭亡，波斯人被希腊人统治近一百年。之后，波斯人先后建立安息王朝（公元前 247—226 年）和萨珊王朝（226—651 年）。公元 651 年萨珊王朝被阿拉伯穆斯林大军征服。

"波斯人和其他雅利安人一样，是以崇拜自然现象著称的：晶莹的天空、光、火、空气、雨水……都吸引住了他们的眼光，都能感动他们去顶礼膜拜。"[②] 他们把这些自然神分成善恶两类。"后来出现了波斯人的先知——琐罗亚斯德"[③]。琐罗亚斯德教（后传入中国，被称为祆教和拜火教）"是琐罗亚斯德根据波斯古代宗教加以改革创立出来的一个新的宗教"[④]。琐罗亚斯德的改革有两个要点：其一，将善神统一起来，称为"爱胡拉·麦兹达"；将恶神也统一起来，称为"多罗吉·阿赫利曼"。两者中善神更多也更重要。善神代表光明，创造善良、美好的东西；恶神代表黑暗，创造有害、丑恶的东西。其二，提倡人类应弃恶从善。宣称从善的人死后，善神会让他的灵魂安居乐园；作恶的人死后，他的灵魂会堕入火狱，充当恶神的奴隶。[⑤] 这实际上也是我们所说的半文明宗教向文明宗教的两种升华，即从自然神到人格神、从多神到主神的升华，以及从偏重于消灾赐福的功利性信仰到偏重于道德教化和灵魂归依的超越性信仰的升华。

琐罗亚斯德教在大流士一世时被定为国教。亚历山大大帝灭亡波斯帝国以后，琐罗亚斯德教衰落下去，直到公元 226 年萨珊王朝建立才复兴起来。

---

① 转引自艾哈迈德·爱敏：《阿拉伯—伊斯兰文化史》（第一册），第 82—83 页。

② 同上书，第 108 页。

③ 同上。

④ 同上。

⑤ 详见上书，第 109—112 页。

阿拉伯帝国征服萨珊王朝以后，波斯人逐渐放弃琐罗亚斯德教而接受伊斯兰教，并创造出灿烂的波斯伊斯兰文化。由于吸收和融合了古老的波斯文化，阿拉伯的伊斯兰文化也走向辉煌。

印度的宗教文化古老而又复杂、多样。大约公元前3000—前2000年，印度本土的达罗毗荼人创造了堪与美索不达米亚和古埃及媲美的半文明宗教文化，即印度河流域文化。该文化集中在哈拉帕和摩亨佐·达罗两地。两地所建造的城市街道宽阔，房屋宏大（用烧得坚实的砖建造），其中的设施完备，如有浴室、厕所等；有良好的排水系统；已经使用青铜器和金、银首饰。① 公元前2000年左右，雅利安人从印度西北入侵，他们摧毁了上述印度本土文化，使印度文化衰退几个世纪。不过，雅利安人也吸收了印度本土文化的许多东西，与他们自己落后的游牧部落文化结合，由此逐渐在印度建立起新的半文明宗教文化——吠陀教文化。公元前10世纪中叶，吠陀教开始演变为婆罗门教，这种演变即是从半文明宗教文化向文明宗教文化升华。

吠陀教指吠陀本集中所记载的上古印度雅利安人（现今印度人的祖先）的宗教信仰和宗教实践。吠陀教的特点是有自己的经典，即《梨俱吠陀》等四部吠陀本集，这大约与吠陀教这种半文明宗教文化较为发达有关（前述希伯来和阿拉伯的半文明宗教都不发达，都没有经典）。吠陀教的神灵和信仰都可以从吠陀本集特别是其中最重要的《梨俱吠陀》中见出。吠陀本集中的神灵大多是自然神，数量众多，有1000余个，不过已形成若干主神，如天神伐楼拉、风神和雷神因陀罗、火神阿耆那、酒神摩苏等，其中因陀罗最重要，最受人崇拜，是印度雅利安人的保护神。吠陀教的神灵虽然大多为自然神（也有以人为原型的神，如医神双马童），但在一定程度上已经人格化了——吠陀本集对他们的普遍的拟人化描述就是标志。有些神灵的人格化很具体，如因陀罗，诗篇（吠陀本集都是诗歌②）描写了他的出生，他的嗜酒豪饮和英勇善战等。

吠陀本集也是婆罗门教的经典，因为那里面有婆罗门教的根基。但婆罗门教还有自己的新经典，这些新经典主要由作为吠陀本集附录的各种“梵书”“森林书”“奥义书”等组成（它们都是婆罗门教祭司对吠陀本集的解

① 详见［印度］D. D. 高善必：《印度古代文化和文明史纲》，商务印书馆1998年版，第62—65页。

② 因此，吠陀本集不仅是印度宗教和哲学的基础，也是印度诗歌的基础。

释和引申，属于广义的吠陀）。婆罗门教在神灵和信仰上的独特性，或者说婆罗门教在这两点上对吠陀教的升华，更能从那些新经典中见出。在婆罗门教中，吠陀教的众神大多消隐，保留下来的因陀罗也不再是主神。婆罗门教的主神是创造神梵天、毁灭神湿婆和庇护神毗湿奴，他们有的能够在吠陀本集中找到根源，有的在吠陀本集中已经存在。他们成为婆罗门教的主神，都是通过“奥义书”以及后来的各种“往事书”不断加强其作用和地位后才实现的。这三大主神已经不是自然神，而是人格神，并且是很抽象的人格神。这三大主神也是后来印度教的主神。

吠陀教让人相信神灵能够除妖降魔，消灾赐福，这种信仰主要是现实功利性的。我们从吠陀教的许多神灵的名称如火神、酒神、医神等，就可以知道这种现实功利性。《阿闼婆吠陀》中有大量咒语，其作用更是功利性的；《夜柔吠陀》甚至还将人列为用作祭祀的牺牲。（到婆罗门教的“梵书”时代，这种野蛮的祭祀仪式就取消了。）总之，吠陀本集中的“这些颂诗跟现存的有的游牧民族的诗歌和颂歌一样，仅仅是日常愿望的简单表达——想得到家畜、食物、雨水、安全、胜利、健康和子孙”①。虽然《梨俱吠陀》中也显露了灵魂不死的超越性观念，但并不显豁。而婆罗门教的信仰就很不同了。婆罗门教徒也相信神灵能够降魔赐福，此外婆罗门教信仰中还有宇宙起源的神话，这却是超越性信仰。在“奥义书”中，婆罗门教哲学正是从这种超越性信仰和创造神梵天提炼出了作为世界本原的“梵”。梵我关系上的主导观念——“梵我同一”观念成为婆罗门教哲学和后世印度哲学的基本观念。婆罗门教的另一个超越性信仰是轮回和解脱观念。轮回观念在吠陀本集中就存在，后来在“奥义书”中被婆罗门教系统化。② 解脱观念则是“奥义书”从轮回观念中发展出来的，即认为处在轮回中的生命形态充满痛苦，而跳出轮回，摆脱痛苦，即为解脱。要获得这种解脱，就应该禁欲、苦行和冥想，从而领悟梵我同一，达到梵的境界。这样的解脱观念可谓婆罗门教的“终极关怀”。轮回转世和解脱的观念为后来的印度教承袭，佛教对两

① ［印度］德·恰托巴底亚耶：《印度哲学》，黄宝生、郭良鋆译，商务印书馆 1980 年版，第 47 页。

② “奥义书”中的轮回，指人死后其灵魂可能上升到天道为神，也可能投入祖道（人间）转生为人，还可能沉沦于兽道为动植物等。

者更有重要发展，如它将轮回观念发展为“六道轮回”观念①，将解脱观念发展为“涅槃”观念。

相应的一个重要变化，是种姓观念和种姓制度的确立。种姓的观念和制度在吠陀教文化中已经存在，在“奥义书”中被明确化。种姓的观念和制度是婆罗门教的“祭祀万能”和“婆罗门至上”这种信念的体现，因为提倡种姓制度的目的就是为了维护种姓等级中作为祭司的婆罗门种姓的最高地位。② 种姓制度是印度基本的社会结构，并且是超稳定的社会结构，至今这种制度的残余还存在。

佛教于公元前6世纪诞生于不满婆罗门教的神权统治和种姓制度的社会思潮中，不过它也吸收了婆罗门教的业报轮回等思想。在小乘佛教（原始佛教和部派佛教统称小乘佛教）中，释迦牟尼只是教祖、圣贤，而在公元1世纪左右出现的大乘佛教中，却成了全知全能和大慈大悲的大神。小乘佛教主张自利自度，求得个人的解脱，最终实现“灰身灭智，捐形绝虑”的“涅槃”；大乘佛教则主张普度众生，所追求的“涅槃”解脱不再是自我灭绝，而成了充满佛性的“常、乐、我、净”的境界。小乘佛教只否定修持主体的实在性，主张“法有我空”；大乘佛教则因提倡“缘起性空”而主张更彻底的“法我两空”。③ 公元前3世纪孔雀王朝阿育王时期，佛教被定为国教，并开始走出国门。7世纪左右印度教逐渐兴起，佛教则开始衰落。12世纪末13世纪初阿富汗穆斯林从北方入侵印度，强行推行伊斯兰教，并迫害佛教徒，佛教随后在印度灭亡，19世纪以后才在印度复兴。

阿育王时代之后，婆罗门教开始复兴。公元4世纪笈多王朝建立后，婆罗门教逐步改革，并吸收某些佛教精神和民间宗教形式，于公元8—9世纪形成印度教（亦称新婆罗门教）。印度教也信奉婆罗门教的三大主神，尤其是其中的湿婆和毗湿奴。婆罗门教的经典也是印度教的经典，但印度教还有自己的新经典，那就是两大诗史《摩诃婆罗多》和《罗摩衍那》，以及《毗湿奴往事书》《薄伽梵往事书》等18部“往事书”。在“往事书”的神话系统中，湿婆和毗湿奴的不同化身以及两位大神的妻、子都成为崇拜对象，

① “六道轮回”中的“六道”，指天上、人间、阿修罗、地狱、饿鬼、畜生。

② 其他的种姓从高到低依次为刹帝利（王族、武士）、吠舍（普通人）、首陀罗（土著人）。四个种姓之外还有更低等的“贱民”。

③ 对“法有我空”和“法我两空”的详细解说见第二章第一节第三小节。

拥有各自的信徒，从而构成印度教的诸多派别。其中关于毗湿奴的化身黑天的神话故事最丰富，黑天神最受人们的喜爱和崇拜（这些在印度古代诗歌中有鲜明的反映）。佛教在印度国内灭亡后，印度教继续存在并与占统治地位的伊斯兰教抗衡，直至近现代。

（二）三种宗教文化的不同特性

从宗教文化心理看，相对而言，犹太教文化的信仰特性突出，伊斯兰教文化的情感特性突出，印度宗教文化的想象特性突出。

大约由于是最早的一神教的原因，加之有“上帝的选民”的观念，犹太教非常强调对唯一神上帝的信仰。“摩西十诫”中上帝首先说的是：“除了我以外，你不可有别的神。”（《出埃及记》20：3）《出埃及记》又说：“祭祀别神，不单单祭祀耶和华的，那人必要灭绝。”（22：20）可见犹太教强制要求上帝信仰的绝对统一。摩西为建立统一的上帝一神教，不但对四邻的多神教进行斗争，甚至对希伯来人也大肆杀戮。《约伯记》中写好人约伯因受难而对上帝质问和质疑，但最终还是无条件地相信和服从上帝，这可以看作希伯来人在建立强烈信仰过程中的矛盾心理的一种反映。

从这种强烈信仰的对象——上帝——方面看，他很威严，有时甚至残忍。例如，为了帮助以色列人逃出埃及，上帝杀死埃及人家的长子和头生牲畜，又用海水淹死埃及追兵。即便是对被拣选为上帝子民的以色列人，如果违背了他的旨意，也会被他严惩不贷。这种情况在古代希伯来诗歌里就多有反映。以这样的信仰为核心建立的犹太教，是一种狭隘的民族宗教。这种宗教虽然赋予犹太民族非常强固的凝聚力，并且能够产生世界性影响，但是不能够成为世界性宗教。

附带说到，从犹太教派生出去的基督教的上帝信仰发生了重大变化：它把同情弱者但也常常惩罚人甚至肆意妄为的上帝变成了慈悲、宽恕和博爱的上帝；把作为一个民族保护神的上帝变成了全人类的、有更大超越性的上帝。

伊斯兰教的情感特性突出，其根源在于前伊斯兰时期阿拉伯民族的某些特性。“迁徙，为生存而斗争，粗野的个人主义，对家庭和部族的强烈的忠诚意识，对宗教的简单观念，好客，好斗，这些主要特性被游牧的阿拉伯人带进了伊斯兰。”① 此外，前伊斯兰时期阿拉伯民族还具有喜好饮酒作乐和

① Caesar E. Farah, *Islam: Beliefs and Observances*, p.22.

追求女性这样的“纵欲享乐”价值观念。上述这些民族性，在很大程度上决定了阿拉伯伊斯兰教文化的情感特性。

这种情感特性有两种表现。一种表现是，在伊斯兰教“两世幸福”说①的名义下对世俗生活的尽情享受，这在强盛和富庶的阿拔斯王朝时期尤其突出。当时的上层社会酒宴盛行（尽管伊斯兰教是禁酒的），舞女、歌女伴随产生。醇酒和美女成了诗歌的普遍主题，诗人中有号称“咏酒诗人”和“情诗之王”者。这种社会文化现象主要出于人的情感需要，或者说主要在情感上表现出来。伊斯兰教文化后来发展出一种与上述享乐主义对立的苏非主义，它要求信徒禁欲、守贫。这可以说是伊斯兰教文化的另一种情感状态，既可以看作对前一种情感状态的纠正，也可以看作对它的补充。

情感特性的另一种表现是，伊斯兰教内部长期存在的诸多教派之间的对立和斗争，这种对立和斗争有时非常激烈。这固然有信仰上出现分歧的原因，但宗派情绪（阿拉伯民族前伊斯兰教时期就存在着强烈的宗族情绪）或许是主要根源。在外部关系上，伊斯兰世界形成了大伊斯兰民族（不是通常基于血缘和地域的民族，而纯粹是基于宗教信仰的民族）情绪。自近代以来，在伊斯兰教文化与其他宗教文化，特别是与西方科学文化的冲撞和较量中，这种强烈的宗教民族情绪阻碍和延缓了伊斯兰教自身的改革和发展。

印度是世界上神祇最繁多、神话故事最丰富的国度。如果说印度的半文明宗教（吠陀教）的这种情况尚有古希腊的半文明宗教神话与之媲美的话，印度的文明宗教，特别是其中的印度教和佛教，其神祇的千姿百态和神话故事的丰富多彩，犹太教、基督教和伊斯兰教难以望其项背。印度宗教神话的丰富多彩，反映了印度宗教想象特性的突出。

造成这种情况的原因有二。第一，入侵印度的雅利安人（即后来的印度人）将自己带来的宗教神话与印度本土文化（更早更发达的印度河流域

① 《古兰经》说：“谁想获得今世的报酬，我给谁今世的报酬；谁想获得后世的报酬，我给谁后世的报酬。我将报酬感谢人。”（3：145）又说：“谁欲享今世的报酬，你就告诉谁，真主那里有今世和后世的报酬。真主是全聪的，是全明的。”（4：134）。这就给伊斯兰教信徒在现世积极生活乃至追求享乐提供了宗教上的依据。这一点与大力提倡禁欲的基督教和佛教是不同的。本书所引用的《古兰经》系中国社会科学出版社 1996 年版本，马坚译。引文后括号中的阿拉伯数字分别表示章节和句子的编号。

文化）中的宗教神话相互融合，综合建构，造成了吠陀教神话的丰富多彩。这正如入侵希腊的雅利安人（即后来的希腊人）将自己带来的宗教神话与希腊本土文化（更早更发达的爱琴海文化）中的宗教神话相互融合，综合建构，造成了希腊宗教神话的丰富多彩。第二，古代印度的宗教人士喜好冥思玄想（印度酷热的气候驱使许多宗教人士隐居森林是一个重要条件），由此不但创造出深奥的宗教哲学，而且创造出丰富多彩的宗教神话。

从宗教文化的内涵看，相对而言，犹太教文化的律法特性突出，伊斯兰教文化的政治特性突出，印度宗教文化的哲学特性突出。

犹太教强调信仰与强调律法有统一性：对唯一神上帝的信仰在很大程度上是靠律法的强制来保障的，而律法则以无须论证的信仰形式出现。《旧约》中的前5卷即创世纪、出埃及记、利末记、民数记、申命记统称律法书，又称摩西五经。其中，《出埃及记》中的“十诫”是最基本的十条戒律和禁令。犹太教后来形成的法典还有《塔木德》①。律法的功用在于规范和惩罚。犹太教的上帝就有惩罪罚恶的一面，所以那上帝有时显得严酷，这可以说是犹太教强调律法的一种变相反映。

附带说到，源自犹太教的基督教却将重心从外在强制性的律法转变成了内在自律性的道德（所以基督教的道德特性突出）。这种道德的关键在于爱——超越血缘亲情和民族界限的博爱。耶稣宣扬爱上帝和爱邻人，甚至延伸到“要爱仇敌”（《路加福音》6：35）。这种爱的要求就不是律法的要求，而是道德的要求。

穆罕默德创立伊斯兰教的明确目标，是要使当时尚处于半文明状态的阿拉伯民族在政治上统一和强盛起来。他在创立伊斯兰教后不久，就建立起政教合一的组织，并最终在宗教和政治上统一了阿拉伯半岛，为后来建立阿拉伯大帝国和将伊斯兰教发展成为世界性宗教奠定了基础。穆罕默德也就既是宗教圣人，又是政治领袖。这与犹太教创始人摩西有点类似，却与基督教的创始人耶稣和佛教的创始人释迦牟尼不同，后两者纯粹是宗教圣人。同时我们也看到，几乎从一开始伊斯兰教就既是一种宗教，又是一种政治体制和社会组织。就这种政治体制而言，它是政教合一的。这种政教合一的政治体制

---

① 《塔木德》编纂于2—6世纪，是不成文的口传律法，是仅次于《旧约》的犹太教经典。

的领袖后来称哈里发。[①] 伊斯兰教国家的政教合一体制在世界上是最典型的，也是最持久的。希伯来民族的摩西时代以及随后的士师时代也是政教合一时代，不过，那时的希伯来民族尚处于从部落组织向民族国家过渡的时期，后来建立犹太国的扫罗以及随后的国王大卫和所罗门就主要是政治领袖，而不同时也是宗教领袖了。领导犹太教的是先知：先知不仅是民众的精神导师，而且是王权的监督者。中世纪的西方，基督教的教权与国王的王权长期处于既相互联合、依赖又相互对立、斗争的局面，不能完全做到政教合一。近代基督教改革的一个重要成果，就是政教的彻底分离。古代印度总体上是政教分离的，而入侵印度的穆斯林所建立的政权则是政教合一的。至近代，印度兴起民族、民主革命并实行宗教改革，政教又分离开来，不过宗教（印度教与伊斯兰教）之间的斗争常常仍然与政治关联。至今仍有不少伊斯兰教国家仍然是政教合一的或者政教没有彻底分离。政教合一不仅阻碍宗教自身的改革，更阻碍建立起与宗教文化不同的科学文化。

印度宗教哲学源远流长。吠陀时代后期，宗教思想家就开始对神灵和终极原因等进行哲学思考。[②] 形成于公元前 8—前 7 世纪的“奥义书”，从创造神梵天抽象出作为世界本原的“梵”，并提出“梵我同一”的原理，这原理成为贯穿古代印度正统哲学（婆罗门教和印度教的哲学）始终的主导思想。印度哲学后来发展出诸多派别，其中吠檀多派的“不二论”[③] 继承和发展了梵我同一思想，对后世的影响最大。有的哲学派别还发展出认识论和逻辑学。印度的其他宗教也创造出与上述哲学思想有关而又有自身特点的宗教哲学。释迦牟尼提出“四谛”和“十二因缘”，用以解释人生和世界的现象和本质，奠定了佛教哲学的基础。后来佛教在此基础上形成的三个基本命题，即诸行无常、诸法无我[④]和涅槃寂静的所谓“三法印”，可以看成佛教

---

① “哈里发”是继承者的意思。穆罕默德死后先后有四位哈里发继位，之后阿拉伯帝国的君主就称哈里发。

② 参考外国学者的说法：“后期吠陀时代（约公元前 1000—前 600 年）则对思考终极原因、探索神和轮回学说、寻求摆脱转生和神秘灵知产生了热情。”（［澳大利亚］A. L. 巴沙姆主编：《印度文化史》，闵光沛等译，商务印书馆 1997 年版，第 3 页）

③ 不二论认为，梵是绝对真实的存在，是无任何属性的精神实体。世界是梵幻化出的幻象；我（灵魂）与梵在本性上是同一不二的。人修炼的目的就在于除却“无明”（无知），认识到梵我同一不二，从而获得解脱。不二论的代表是商羯罗（788—820）。

④ 指万物皆因缘和合而生，故无自性，无实体，无主宰者。

哲学的基本思想。公元前后出现了大乘佛教，其“假有性空”① 等思辨理论，代表了佛教哲学的最高成就。印度宗教哲学在世界上有重大影响。西方哲学的高峰是近代哲学，而近代“自康德和叔本华以降，西方思想家满脑子装的不仅有印度宗教，而且有印度哲学”②。印度佛教传入中国后所形成的中国式佛教哲学，成为中国古代哲学的重要组成部分。

二、诗歌情感的宗教特性

（一）功利性宗教情感与审美性宗教情感

如果诗歌所表现的宗教情感具有明确的意志目的，那宗教情感就是功利性的。宗教信仰中就包含着意志目的，所以宗教自身的功利性是与生俱来的。当然，宗教自身的功利性（它在诗歌中主要表现为宣扬教义）不同于现实功利性。现实及其功利正是宗教要超越的东西。不过，宗教对现实功利的超越只能是相对的，是它不断追求的目标。原始宗教和半文明宗教就具有很强的现实功利性，即祈福感恩等。当宗教进入文明状态以后，由于它的超越性（超越有限的现实世界而追求永恒的彼岸世界）逐渐明确和突出，它对现实功利的超越性也逐渐明确和突出。但此时期现实的功利仍然或多或少存在于宗教文化的各个方面，包括存在于宗教性诗歌的情感之中。这是因为宗教生活始终需要世俗生活来支撑，而世俗生活是充满功利的。

比较而言，犹太教文化的现实性和功利性较强。犹太教虽然具有超越的上帝信仰，但这种信仰中还保留着神灵庇佑人和惩罚人以及只关心犹太民族生存等现实功利性。犹太民族艰难的生存环境和不幸的历史遭遇，更使这种现实功利性凸显出来。这些也反映在属于犹太教文化的古代希伯来诗歌中。古代希伯来诗歌的创作起于公元前 12 世纪，止于公元 1 世纪罗马帝国攻占耶路撒冷。这些诗歌大多集中在《圣经 · 旧约》里，其余的散见于《次经》《伪经》《死海古卷》等典籍中。《旧约》中的《诗篇》《耶利米哀歌》《雅歌》《约伯记》《传道书》和《箴言》都是诗歌书。《旧约》中的其他经书中也有不少零散的诗歌。本书所论的古代希伯来诗歌以抒情性较强的《诗

① “假有”指一切事物皆是因缘和合所构成的假象，而无实性。“性空”亦称“自性空”，指一切事物皆因缘所生，没有自己固有的性质，或者说没有质的规定性。

② A. L. 巴沙姆主编：《印度文化史》，第 712 页。

篇》《耶利米哀歌》《雅歌》为主，兼及《旧约》中的其他诗歌，所以也叫圣经诗歌。

圣经诗歌中多宗教颂神诗，“而对民族之神的颂赞，则以强化希伯来人的民族认同感、保持民族的独立性为直接功利性目的”①。有的圣经诗歌借用上帝之口直接表达功利目的，如《以赛亚书》说：

唯你以色列我的仆人，
……
我必坚固你，我必帮助你，
我必用我公义的右手扶持你。
凡向你发怒的必都抱愧蒙羞；
与你相争的必如无有，并要灭亡。(41：8—12)②

这类诗句在圣经诗歌中比比皆是，由此见出犹太民族强烈的民族主义和爱国主义，而民族主义和爱国主义就是现实功利性很强的思想意识。

顺带说到，基督教虽然是直接从犹太教中发展出来的，但由于其上帝信仰中增加了救赎和天国等超越性思想，摒弃了犹太教信仰中狭隘的民族主义和爱国主义，以及“以牙还牙，以眼还眼”的报复思想，所以其现实功利性大为减少。以中世纪盛行的赞美诗看，它们大多表现赞颂上帝、忏悔罪行和向往天国等单纯的宗教情感，而较少关联社会现实和民族生存等功利目的。

伊斯兰教文化的功利性最强，其中又以政治功利性最突出。伊斯兰教的建立本身就带着统一和强盛阿拉伯民族的政治目的。伊斯兰教建立以后，政治凭借宗教力量得以迅速扩张，反过来，宗教也借助政治扩张得以迅速发展，从而使阿拉伯帝国扩张成为洲际性大帝国，伊斯兰教发展成为世界性大宗教。阿拉伯诗歌中功利性情感最突出的，是那些政治的同时往往也是宗教的颂扬诗。在穆罕默德创立和传播伊斯兰教的过程中，在战斗和建立政权的过程中，不少诗人写诗赞颂真主和穆圣，同时也颂扬将士的

① 梁工编译：《圣经诗歌》，百花文艺出版社 1998 年版，第 27—28 页。

② 本书根据圣经诗歌的平行结构（关于平行结构的论述见第四章第三节第一小节），将圣经诗歌的一节（句）一般分作两行，有时也分作三行乃至更多。诗后括号中的数字表示章（或篇）和节（句）的编号。

英勇，斥责敌方的无能，直接为政治和宗教服务。颂扬诗在伍麦叶王朝和阿拔斯王朝时期更为兴盛。诗人们用这种诗体歌颂政教合一的领袖哈里发以及王公大臣（他们常常是诗人的赞助人和保护人），并往往同时表现政治立场，宣扬宗教信仰。其中，对哈里发的颂扬最多，常用夸张的手法，充满溢美之词。

诗人们热衷于写颂扬诗的一个目的是获取声名和赏赐。对此，阿拉伯文化史家这样生动地描述："于是，他们便千方百计地讨取哈里发和王公贵族的欢心。像潮水一样涌向宫殿。他们日复一日、月复一月地站在宫殿门外等候接见。就这样，诗人和艺术家统统成了点缀宫殿和高门大院的装饰品。……打开《诗歌集》，几乎在每一页都能读到诗人写的颂诗，看到成千上万的金钱赏赐给诗人的记载。"①

波斯诗歌中功利性最强的也是颂扬诗。伽色尼王朝②的宫廷诗人法罗西（？—1037年）的《悼念玛赫穆德国王》既是悼亡诗，也是颂扬诗，"而且历来被人认为是波斯颂诗的典范"③。在其结尾部分，"诗人几乎把一切赞誉之词全加在玛赫穆德头上"④：

该醒来了，君王，天下之主，王中之王，
快迈步出宫，你已久久坠入梦乡。
快起身吧，君王，这世界纷扰动荡，
快去讨平叛乱，让人们过得平安欢畅。
快起身吧，君王，果努支又聚集了军旅。
快赶到那里，把火投到敌人头上。
快起身吧，君王，四方君主派来了使臣，
愿主宽赦你的过错，——不，你从未曾
犯过错误，也不必向主祈求宽恕。
呵，仁慈善良功勋卓著的君王，

---

① 艾哈迈德·爱敏：《阿拉伯—伊斯兰文化史》（第二册），朱凯、史希同译，商务印书馆1990年版，第124页。

② 波斯被阿拉伯人征服后，它先作为阿拉伯帝国的一个行省，后来建立起从属于阿拉伯帝国的王国。

③ 张鸿年：《波斯文学史》，北京大学出版社1993年版，第71页。

④ 同上书，第70页。

继承者将忠于你的事业，你的英名将永存世上。
愿你的继承者能宣慰痛苦的心，
因你辞世，他胸中燃烧着火样的悲辛。
愿真主在彼世能使你称心如意，
愿你早升天堂，嘉掖你的丰功伟绩。(张鸿年译)

波斯文论家内扎米·阿鲁兹依说："对一个诗人最重要的乃是能即兴发挥，出口成诵，得到国王的欢心，并获得封赏。"① 可见，颂扬诗不仅具有政治的和宗教的功利性，而且有着诗人自己名利上的功利性。这后一点，大约是古代阿拉伯和波斯颂扬诗特别盛行的主要原因。

印度宗教文化虽然也有功利性一面，但其非功利性一面更突出。这首先与印度宗教信仰的独特性有关。印度的婆罗门教和印度教都把人生和世界看作幻象，要求人们通过修行而摆脱轮回，得到解脱。佛教更认为"一切皆空"，声称人生是"苦"，追求"涅槃"境界的解脱。这些与犹太教和伊斯兰教不同，却与基督教有些相似：基督教认为人生是"罪"，灵魂的真正归宿在彼岸的天国。总之，印度的主要宗教信仰都不同程度地否定现实和人生，因此，以这种信仰为核心的宗教文化必然具有轻现实、重幻想的特点，具有非功利、求解脱的特点。

尽管如此，功利性宗教情感仍然表现在印度诗歌中。因为如前所述，宗教需要世俗生活的支撑，而世俗生活是功利性的，这种功利性总会或多或少地渗透进表现宗教情感的诗歌中来。功利性情感最显明的是吠陀诗歌，因为吠陀诗歌是半文明宗教的产物，而半文明宗教中祈求神灵消灾授福之类的功利性很强烈。如《梨俱吠陀》第5卷第83首中的一节：

请提起水桶，向下倾倒，
让放纵的水流向前泻出；
请用酥油润泽天和地，
让牛群得到畅饮之处。(8)②（金克木译，下同）

诗人把雨云当作神灵，祈求它降下倾盆大雨来润泽天地，滋养牛群。又如第

① ［波斯］内扎米·阿鲁兹依：《文苑精英》，曹顺庆主编：《东方文论选》，四川人民出版社1996年版，第604页。

② 诗后括号中的数字表示诗节的编号，下同。

10 卷第 15 首中的一节：

坐在红色光辉的怀中，
请向崇拜的人赐财富。
祖先啊！请赐那财货给子孙。
请你们赐下幸福、兴盛。(7)

诗人祈求祖先神赐福给子孙后代，情感强烈，功利明确。

有的诗是关于道德教训的。例如，第 10 卷第 34 首的一节中，赌徒以神的名义自我劝诫：

"别掷骰子了。种你的田吧。
享受你的财富，用心求富饶。
赌徒啊！那儿有你的母牛，你的妻子。"
崇高的太阳神这样向我宣告。(13)

"《阿达婆吠陀》的诗一大部分是作咒语用的。"① 这些巫术性的咒语主要用于祛病、除魔、消灾，甚至用于诅咒和消灭敌人，如第 5 卷第 21 首第一节：

鼓啊！到敌人中间去说话，
使他们离心离德，
使敌人互相仇恨，发生恐慌，
鼓啊！把他们一齐消灭。(1)

进入文明宗教文化之后，印度诗歌中功利性情感较强的是颂扬诗。古代印度也有宫廷诗人，他们也常常写诗歌颂国王。例如，写有著名艳情长诗《牧童歌》的 16 世纪诗人胜天，很可能就是宫廷诗人。"作为宫廷诗人的主要职责，无非是写赞美诗歌颂国王，写艳情诗取悦国王。从《妙语悦耳甘露》所选胜天的诗歌看，他写得最多的是为国王歌功颂德的应制诗。"② 比较古代阿拉伯和波斯的宫廷诗，古代印度宫廷诗的政治功利性没有那么突出，而宫廷诗人写艳情诗来取悦国王却很独特，这说明古代印度爱情诗在西

① 金克木：《梵语文学史》，人民文学出版社 1964 年版，第 43 页。

② 黄宝生：《胜天的〈牧童歌〉》，中国印度文学研究会编：《印度文学研究集刊》(第一辑)，上海译文出版社 1984 年版，第 26 页。

亚南亚三种宗教文化的诗歌中具有无可比拟的普遍性。

古代希伯来诗歌的审美性宗教情感的特性是崇高性。古代希伯来的圣经诗歌是世界上最早较为突出地表现崇高感的诗歌。然而，《圣经·旧约》里并没有美学意义上的崇高范畴。这一美学范畴最先由古罗马的修辞学家朗吉弩斯提出，后经博克等人发展，到康德那里成熟。我们将用这一美学范畴来考察圣经诗歌的崇高情感。

朗吉弩斯是从文章风格上提出崇高范畴的。他描述了形成崇高风格的某些因素，并指出崇高风格是作者伟大心灵的回声。18世纪的英国美学家博克指出，崇高对象虽然是恐怖的，但并不给人以危害，因而崇高感是夹杂痛感的快感；又指出崇高对象具有体积巨大和威力强大等特征。他还提出了美与崇高的分别。他是从对事物的感觉经验上立论的。康德详细论述了崇高与美的分别。朱光潜将康德的这种分别做了这样的归纳："第一，就对象来说，美只涉及对象的形式，而崇高却涉及对象的'无形式'。形式都有限制，而崇高对象的特点在于'无限制'或'无限大'……其次，就主观心理反应来说，美感是单纯的快感，崇高却是由痛感转化成的快感。……'最重要的分别'还在于美可以说是在对象，而崇高则只能在主体的心灵"①。康德的贡献是从主体方面考察崇高的本质，认为崇高存在于主体的心灵。为什么崇高存在于主体的心灵呢？依据康德的归纳，巨大或有力的对象激发了主体的无限能力，使主体的精神得以提升，从而产生崇高感；对象也因此而被感觉为崇高的。这时，主体与崇高对象处于协和之中，于是崇高对象最初所引起的痛感转化成了愉悦感。②

用上述康德等人的崇高观点看，圣经诗歌，特别是其中《诗篇》中的某些赞美诗，确实有崇高感，因为作为崇高对象的上帝威力无穷，并且能够引起读者的痛感和快感。如《诗篇》第68篇中的以下诗句：

> 世上的列国啊，你们要向神歌唱。
> 愿你们歌颂主。
> 歌颂那自古驾行于诸天以上的主。
> 他发出声音，是极大的声音。

---

① 朱光潜：《西方美学史》（下卷），人民文学出版社1979年版，第375—376页。

② 详见康德：《判断力批判》，第99—100页。

你们要将能力归给神，
他的威荣在以色列之上，
他的能力是在苍穹。
神啊，你从圣所显为可畏。
以色列的神是那将力量权能赐给他百姓的。
神是应当称颂的。(68：32—35)

这些诗句就颇有崇高感，因为上帝显示了无限威力。尽管诗人也感到上帝的威严、可畏，但最后说上帝赐予以色列子民力量、权利，从而显示了以色列子民的自信和暗自的自我提升，所以能将那威严感和畏惧感在一定程度上转化为崇高的愉悦感。圣经诗歌中有不少类似的诗句。

然而，有些描写上帝的诗句却没有多少崇高感，例如：

你所亲爱的都忘记你，不来探问你。
我因你的罪孽甚大，罪恶众多，
曾用仇敌加的伤害伤害你，用残忍者的惩治惩治你。
你为何因损伤哀号呢？你的痛苦无法医治，
我因你的罪孽甚大，罪恶众多，曾将这些加在你身上。(《耶利米书》30：14—15)

上帝仍然威力无穷，他居高临下地教训和惩罚他的子民。他的子民则畏缩在地上，正在因犯罪而受罚。他们因此不能提升自己的精神，不能具有崇高感，而只能感到痛苦、恐惧和绝望。《耶利米哀歌》中这类诗句更多。在《耶利米哀歌》中，诗人时常向上帝祈求、哀告、悔罪，一方面感到痛苦、绝望，一方面等待上帝的宽恕和解救。这样的诗歌没有什么崇高感，尽管它时常夹杂着对上帝的无穷威力的赞颂。

中古的阿拉伯诗歌和波斯诗歌的审美性宗教情感，首先表现在赞美真主的诗歌中。如阿拉伯诗人纳比埃·吉尔迪（？—684或699）的《赞美》：

赞美真主，无一物可以配比，
谁不承认，便欺骗了自己。
主令夜入昼，又令昼把夜更替，
驱走黑暗，云散雾移。
让苍穹升腾于莽莽大地，

并未建支柱把天撑起。（杨孝柏译，下同）

这样的赞美诗是较纯粹的宗教诗，它的现实功利性不明显，所以它表现的宗教情感主要是审美性的。从伊斯兰教的观点看，真主创世创人，也创造一切美，是美的本原。真主本身即是绝对的美，所以赞颂他的诗歌所表现的情感应是审美性的宗教情感。这首诗的审美性宗教情感还具有一定的崇高性，因为诗篇描述了真主创世的无限威力。

又如阿拉伯诗人艾布·努瓦斯（757或762—813或814年）的《水仙》：

请看大地上百草芬芳，
看真主创造的千态万象。
白银的眼睛仰视遥望，
黄金的秋波流盼闪光。
纤腰细枝碧玉雕就，
在证实安拉独一无双。

诗人将水仙的美与真主的创造联系起来：水仙的美，还有其他事物的千态万象的美，都是真主“独一无双”的创造。既然如此，诗人赞颂水仙和万物的审美情感也就是赞美真主的宗教情感。西方学者在论述波斯诗歌的花园意象时说：“无论诗人们是否意识到，它都是以最迷人的方式向他们展示的神圣美——这花园不就是一个小小的天堂，或者说天堂不就是一切都称心如意的花园？正如萨迪所说，那些有洞察力的人就知道，每一片树叶和草叶都是展示造物主智慧的一本书。”① 这些话也适用于同样具有伊斯兰教文化背景的阿拉伯诗歌。努瓦斯就意识到他所描绘的水仙的美是真主的创造，并在诗中加以说明。更多的情况是诗人在描述自然万象的美时并不加以说明，甚或就没有意识到，但读者若从伊斯兰教文化的美学观点看，也可以作上述那样的理解，从而产生审美性宗教情感。

审美性宗教情感更集中地表现在伊斯兰教的苏非派诗歌中，尤其在那些将真主作为情人来追求、思恋的苏非派神爱诗歌中。苏非派是伊斯兰教中的一个特殊教派，在阿拔斯王朝前期出现于伊斯兰教舞台。“苏非”在阿拉伯

① Annemarie Schimmel, *A Two-colord Brocade: the Imagery of Persian Poetry*, Chapel Hill: the University of North Carolina Press, 1992, p.162.

语中意为“穿粗羊毛衫的人”。苏非教派主张教徒守贫、禁欲，认定真主就在教徒的心中，教徒通过内心修炼、沉思入迷可以直觉真主，与之合一。在诗歌中将真主作为情人来追求、思恋，就是这种内心追求与真主合一的一种方式。苏非主义产生于阿拉伯，但它变成主导性的宗教思想并对诗歌产生重大影响却是在波斯。

波斯诗人哈菲兹（1327—1390 年）不一定是苏非派人士①，但他的某些爱情诗有浓厚的苏非主义色彩。哈菲兹的爱情诗，有的可以辨认出所写的是世俗之爱还是神圣之爱，有的则难以辨认。后一种情况如这首“卡扎尔”诗②（只录前三个联句，即这里的前三节）：

你那卷曲秀发的芳香，
常常使我如醉如狂；
你那两只迷人的眼睛，
时刻撕裂着我的心肠。
经过如此漫长的等待，
终会产生一线希望：
一个夜晚将在你的蛾眉前，
把你眼睛的蜡烛点亮。
你那两只黑色的眼珠，
我像生命一样地热爱；
它们像你那美丽的印度痣，
深深地刻在我的脑海。（邢秉顺译）

这或许是一首关于世俗男女之爱的诗，因为它对女性恋人的描写很具体，很动情。尽管如此，读者，尤其是持苏非主义观念的读者，未尝不可以将它当作对真主的神爱之诗来读（苏非主义者对真主的爱常常就是如醉如狂的）。而无论哪种情况，读者所体验到的情感都是审美性的：前一种情况是审美性的世俗之爱的情感，后一种情况则是审美性的神圣之爱的情感，即审美性宗教情感。

---

① 参见张鸿年：《波斯文学史》，第 177 页。

② “卡扎尔”是波斯抒情诗的常用诗体，一般由 7—15 个联句组成，一韵到底，最末一个联句出现诗人的名字。“卡扎尔”诗没有题目。

印度诗歌的审美性宗教情感也首先表现在颂神诗中。吠陀诗歌突出地表现功利性宗教情感，前文已述。吠陀诗歌中某些功利性不明确而艺术性较高的篇章，也表现审美性宗教情感。如《梨俱吠陀》第 4 卷第 52 首第一节：

这个光华四射的快活女人，
从她的姊妹那儿来到我们面前了。
天的女儿啊！(1)（金克木译。下同）

黎明女神被拟人化了，她仿佛不但美丽，而且亲切、可爱。又如第 10 卷第 168 首的首尾两节：

风的车子的威力；
摧毁着，声声轰鸣；
傍着天空行，散布红色；
还沿着地面走，扬起灰尘。(1)
众天神的呼吸，世间的胎孕，
这位天神任意游行。
只听得见他的声音，却不见形。
让我们向他呈献祭品。(4)

诗人写风神的车子在空中和地上穿行，很形象、生动；把风比喻为众天神的呼吸和世间的胎孕，则很新奇。在对自然神的这种描写和歌颂中，没有通常祈求庇佑、赐福的功利目的，所以所表现的宗教情感主要是审美性的。

印度诗歌的审美性宗教情感的大量表现，还在神爱诗歌中。这种情况与上述波斯苏非主义神爱诗歌有些类似。所不同的是，印度的神爱诗歌不像波斯苏非主义神爱诗歌那样仅仅借用世俗的男女性爱形式，而是实质性地具有男女性爱。这一点在第二章第三节第三小节中将具体论述。

印度诗歌在审美情感上的独特贡献还在理论上。古代希伯来关于诗歌审美形式和审美情感的论述基本阙如；中古的阿拉伯有不少关于诗歌审美形式的论述，却很少关于诗歌审美情感的论述；中古的印度则既有许多关于诗歌审美形式的论述，又有许多关于诗歌审美情感的论述。这后一点尤其难能可贵：不但在中古的西亚南亚，而且在整个中古世界，印度诗学关于诗歌审美情感的论述都是最自觉、最深入的。

需要说明的是，以下理论不只是关于宗教诗歌的审美情感的，而是也包括世俗诗歌的审美情感在内的整个印度古代诗歌的审美情感的。不过，根据泰戈尔所说的“在印度，我们的文学大部分是宗教的”① 这样的话推断，以下理论应当主要是关于宗教诗歌的审美情感的。

公元初，婆罗多在《舞论》中提出“情”和“味”的理论。《舞论》提出情由、情态、不定情和常情的分别：情由指产生情感的原因；情态指情感的外在表现；不定情指随时变化的情感，用以辅助或强化常情，有33种；常情指基本情感，有8种（后来发展为9种）。“味”的本意指“汁”，有感官上产生“滋味”的意思。“而婆罗多在《舞论》中，将生理意义上的滋味移用为审美意义上的情味。”② 这种情况与中国古代关于诗歌审美情感的“滋味”论和“韵味”论中的“味”的来源有些类似。

《舞论》中作为审美情感的“味”是怎样产生的呢？婆罗多说，“味产生于情由、情态和不定情的结合”③，又说“常情和各种情结合产生味”④。他认为有8种味，与8种常情相对应。从他的解释看，味与常情的关系是：情由、情态和不定情的结合激起常情，观众由此品尝到味。这即是说，常情是潜在的基本情感，它一旦在诗歌中被激发出来即成为审美情感，亦即味。如居于8种味之首的艳情味，它以男女之间的会合与分离，以及与之相关的季节、花环、香脂、妆饰、游戏、娱乐等为情由；它用眼的机灵、眉的挑动、温柔的形体动作和甜蜜的语言等为情态；它的不定情（例如用于分离的）有忧郁、虚弱、疑虑、妒忌、焦灼等。这些情由、情态和不定情的结合所激发起的作为常情的爱，就是诗歌审美情感的艳情味。

婆罗多的味论被普遍接受，成为后来诸多味论的基础。

尽管公元初婆罗多就提出味论，但是直到七、八世纪印度古典诗学家仍然主要关注诗歌的庄严、诗德等修辞和手法方面，亦即诗的审美形式方面（对这方面的论述见第三章第三节第三小节），而不是诗的味方面，亦即审美情感方面。“他们也不是不意识到味的存在，而只是将味附属于诗的修辞

---

① 泰戈尔：《什么是艺术》，刘建译，《泰戈尔论文学》，上海译文出版社1988年版，第100页。

② 黄宝生：《印度古典诗学》，北京大学出版社1999年版，第298页。

③ 转引自上书，第41页。

④ 同上。

和风格。"① 直至9世纪，欢增的《韵光》才打破了以前注重审美形式的传统，而创建起与味论有关的韵论。

展示词的发音称作"韵"。后来，古典诗学家将诗中具有暗示作用的词音和词义也称作韵，进而把具有暗示意义的诗也称作韵。欢增说："若其中的意义或词两者将自己作为次要而显示出那个意义（暗示义），这一种特殊的诗就被智者称为韵。"② 欢增将韵分为三种，即本事韵、庄严韵和味韵，分别暗示诗中的思想、修辞和味。他尤其看重味韵。味韵是以味为特征的韵，它通过诗中具体的情由、情态和不定情的暗示而产生。由此看来，欢增的味韵实际上就是诗的审美情感，亦即婆罗多所说的味。味韵中韵含义的这种变化与中国古代"韵味"论中的韵含义的变化有些类似，后者最初也指词语的声韵，在"韵味"论中则指诗的审美情感了。

欢增说："在世人的感觉对象中，艳情味是一切味中最迷人、最重要的味。"③ 且看下面这首诗的艳情味：

看到卧室空寂无人，新娘轻轻从床上起身，
久久凝视丈夫的脸，没有察觉他假装睡着，
于是放心地吻他，却发现他脸上汗毛直竖，
她羞涩地低下头，丈夫笑着将她久久亲吻。④

"在这首诗中，情由是空寂无人的卧室和一对新婚夫妇，情态是亲吻和汗毛直竖，不定情是羞涩和喜笑，由此暗示艳情味。"⑤

10世纪（或11世纪），新护的《舞论注》在发展和深化婆罗多的味论上有重大贡献。这贡献主要有两点。

其一是指出"味"的普遍化特性。新护说，"在读者心中产生的是诗中情由、情态和不定情的普遍化"⑥，而味就"以情由、情态和不定情的普遍化为核心"⑦。这即是说，诗歌中的情由、情态和不定情超越了日常经验，

① 黄宝生：《印度古典诗学》，第300页。
② ［印度］欢增：《韵光》，曹顺庆主编：《东方文论选》，第215页。
③ 转引自黄宝生：《印度古典诗学》，第356页。
④ 同上书，第343页。
⑤ 同上。
⑥ ［印度］新护：《舞论注》，曹顺庆主编：《东方文论选》，第256页。
⑦ 同上书，第265页。

即超越了现实的具体时空和个人的特殊利害，因而具有普遍性，或者说它们之中寓有普遍性。因此，由情由、情态和不定情的结合而激发起的常情即味，也具有普遍性，能够引起人们普遍的心理感应。若用现代美学的话语表述就是，审美情感是一种超越性的普遍情感。

其二是指出“味”与常情的不同。新护认为，常情是持久地存在于人心中的一种潜印象，“这些潜印象是通过情由、情态和不定情的普遍化而被唤醒的”①。这即是说，味与常情不同，前者只存在于审美鉴赏之中。例如，作为常情的爱是长期潜存于人心中的，与它相对应的诗歌艳情味则只存在于观赏或阅读之中。这是有深刻合理性的，因为这不但说明了审美情感（味）是一种普遍情感，而且还说明了这种普遍情感与一般的普遍情感（常情）的关系。此外，常情这种基本的普遍情感本身并不是快感；而味作为在鉴赏中被激发的常情，除了包含这种常情的普遍意义之外，还包含作为体验这种常情（即便它们是悲痛、惧怕和愤怒等情感）结果的愉悦感，即审美快感。新护称这种审美快感为“惊喜”。他说：“这种不受阻碍的感知是一种惊喜。”② 所谓不受阻碍的感知，指对味的感受和鉴赏不受特定时空和现实利害的限制和阻碍。

新护的理论代表了印度古代味论的最高成就，为后来的多数诗学家所采纳。这里需要说明的是，以上对新护味论的阐释是以剥离了其宗教神秘性（这种宗教神秘性认为“味”来源于“梵”；体验味所产生的“惊喜”是达到“梵我同一”的结果）为前提的。从美学学科的观点看，对审美情感的一切神秘主义的解释都会阻碍人们透彻地理解问题，因此是不应接受的。

新护之后的味论趋向于以味论为核心的综合理论。例如，14 世纪毗首那的《文镜》以味为核心而综论韵、庄严、诗德、风格、诗病等。后来世主的《味海》也大致如此。

（二）三种诗歌宗教情感的不同特性

古代的希伯来诗歌、阿拉伯—波斯诗歌和印度诗歌三者的宗教情感，无论是功利性的还是审美性的，比较而言，它们各自突出的特性分别是强烈性、热切性和丰富性。

---

① ［印度］新护：《舞论注》，曹顺庆主编：《东方文论选》，第 275 页。

② 同上书，第 268 页。

“感受的强烈和表现的强烈是希伯来诗歌最突出的特点。”① 这种特点在其代表作《诗篇》《耶利米哀歌》和《雅歌》中都表现明显。《诗篇》对上帝的赞颂之情无比强烈。例如：

耶和华我们的主啊，你的名在全地何其美！
你将你的荣耀彰显于天。(8：1)
我的神、我的王啊，我要尊崇你，
我要永永远远称颂你的名。
我要天天称颂你，
也要永永远远赞美你的名。(145：1—2)
你们要赞颂耶和华！
从天上赞美耶和华，
在高处赞美他。(95：1—3)

这类诗句在《诗篇》中触目皆是。《诗篇》的基本精神就是赞颂上帝，所以后世犹太人称它为“赞美诗”，虽然其中的作品并不都是赞颂上帝的。如此强烈而集中地赞颂一个神，在西亚南亚的宗教诗歌中是绝无仅有的。这种情况大约与此有关：犹太教是最早的一神教，故而特别强调上帝信仰，于是就强烈地赞颂上帝。阿拉伯—波斯诗歌中也有很多赞颂诗，但这些赞颂诗中主要赞颂真主的篇章似乎并不很多，更多的是赞颂作为政教合一的君主哈里发以及王公大臣：他们是诗人的恩助者，诗人则成了他们的宫廷诗人。这种赞颂诗所表达的情感也是强烈的，不过说它是热切的也许更确切，因为其中往往包含着诗人希冀获得恩宠、赏赐以及显露自己诗才的热望。苏非派诗人对真主的赞颂由于常常借用世俗爱情的形式，其表达的情感除了具有热烈性之外，常常还包含着恳切性乃至亲切性，与希伯来人感叹上帝“多么可畏”大不相同。印度的颂神诗也很多，有些颂神诗的情感也很强烈。不过，这些颂神诗所赞颂的不是像上帝那样的唯一神，而是不同宗教的诸多神灵。更重要的是，这些颂神诗所表达的情感是丰富多样的：就情感的强度而言，不但有强烈的一面，也有柔和的一面，此外还有其他方面的特征（详见下文）。所以，印度颂神诗的情感特性总的说来不是强烈，而是丰富。

① Alex Preminger, ed., *Princeton Encyclopedia of Poetry and Poetics*, p.338.

公元前 586 年，巴比伦人灭亡了希伯来人的犹大国。《耶利米哀歌》描写京城耶路撒冷被围困、攻陷和焚毁，希伯来人惨遭杀戮、蹂躏的凄惨情景，表现出极强烈的悲愤和绝望之情。例如：

耶和华啊，求你观看，因为我在急难中，
我心肠扰乱，我心在我里面翻转，因我大大悖逆。
在外刀剑使人丧子，在家犹如死亡。（1：20）

诗人在绝望中仍然怀着希望，这希望的表达也很强烈：

你为何永远忘记我们？
为何许久离弃我们？
耶和华啊，求你使我们向你回转，我们便得回转；
求你复新我们的日子，像古时一样。
你竟全然弃绝我们，
向我们大发烈怒。（5：20—22）

《耶利米哀歌》所表现的悲哀和怨恨、绝望和失望之所以如此强烈，一方面固然与古代希伯来人不幸的遭遇有关，另一方面也与他们巨大的心理反差有关：希伯来民族把自己看作上帝的选民，比其他民族高贵，这样的宗教信仰和宗教理想与极端悲惨的现实之间的反差，使他们产生了强烈的悲哀和绝望之情。波斯帝国于公元 7 世纪中叶被伊斯兰的阿拉伯人灭亡，之后的波斯诗歌对此也有反映，但并不如此强烈。重要的原因之一，大约是波斯人随后改信伊斯兰教，那亡国之痛便逐渐淡化了。13 世纪以后，阿拉伯帝国开始衰落，阿拉伯人也先后被蒙古人、突厥人和土耳其人征服和统治，但阿拉伯诗歌对此的反映也不很强烈。就其原因，大约是由于这些征服者在文化上反倒被伊斯兰教征服，在不同程度上融入了伊斯兰文化，于是那亡国之痛也有意无意地淡化了。印度在 13 世纪和 16 世纪也先后被波斯人和蒙古人入侵和征服，建立过伊斯兰的德里苏丹王朝和莫卧儿帝国，许多印度人也改信伊斯兰教，而传统的佛教被打击并被排挤出国门，留存国内的印度教也受到压制。然而，印度诗歌对这些历史事变的反映也不很激烈。从宗教上看，这大约可以用印度的本土宗教比较富于宽容性和忍让性（历史上长期多种本土宗教并存和容忍多神信仰即是证明）来解释。至近代印度教再度兴盛，从而与当时占主导地位的伊斯兰教的矛盾逐渐尖锐化，并最终导致印巴分治。（这在当时的印度诗歌中倒有较鲜明较强烈的反映。）两相对照，说明一神信仰的伊斯兰教比印度教的宽容性小而排他性强。

此外，犹太教《圣经·旧约》中的《约伯记》和《传道书》两部诗歌书也有情感强烈的特点。其实，整个《旧约》在很大程度上就是富于激情的，甚至其中的历史性文献也如此："不同于一般历史著作客观冷峻的风格，以色列人的所有史传都因神灵的君临和先知的穿插而充满宗教激情。"[①]《旧约》中的史传尚且如此，其中诗歌情感的强烈性就可想而知了。

阿拉伯—波斯诗歌宗教情感热切的特点，在颂扬诗和苏非主义诗歌中体现得最明显。颂扬诗的传统悠久，它在前伊斯兰时代就是主要的诗歌类型。那时的颂扬诗颂扬本部族的光荣历史，颂扬部族首领的勇敢、慷慨和智慧，往往情感热烈，风格豪放。伊斯兰教初期，颂扬诗主要颂扬先知穆罕默德，情感热切，宗教性很强。此后的四大哈里发时期，穆斯林对外征战，不断扩张，士气高昂，为之服务的颂扬诗也热情洋溢，豪迈、刚健。颂扬诗在后来的伍麦叶王朝和阿拔斯王朝更为兴盛，不过重心转向歌颂作为诗人恩助者的哈里发和王公贵族，所以当时的宫廷诗人众多，著名诗人大都置身其中。有时，诗人为了邀功争宠和展示诗才，不免夸大其词或故作热情。例如，阿拔斯王朝的著名诗人穆台奈比（916—966）颂扬哈姆达尼王国[②]国王赛福·道莱的诗歌：

他是众人之望，
是天地的主宰；
太阳嫉妒他，
胜利伴随他，
利剑成了他的美名；
美貌、坚韧、勇敢是他的秉性。
日月更替，改朝换廷，
不见有人可与他相比。[③]

---

① 朱维之主编、梁工副主编：《古希伯来文学史》，高等教育出版社 2001 年版，第 79 页。

② 阿拔斯王朝时期，阿拉伯帝国的边远地区已出现若干相对独立的小王国。

③ 转引自蔡伟良、周顺贤：《阿拉伯文学史》，第 154 页。

波斯也出现很多颂扬诗。这些颂扬诗的一个特点是将国王与真主联系起来，由此增加前者的神圣性和权威性。

阿拉伯和波斯的许多颂扬诗具有矜夸的特点，其中常常包含诗人对自己的勇敢或诗才的矜夸，这种诗也叫矜夸诗。这种矜夸诗在阿拉伯前伊斯兰时代就普遍存在。“阿拉伯贝杜因人性格豪爽，不掩饰自己的情感，而且还喜好自夸和炫耀自己。这或许就是产生矜夸诗的最重要的基础之一。”① 喜好矜夸的特点在伊斯兰时期的阿拉伯诗歌和波斯诗歌中也普遍存在。矜夸的特点在大诗人身上尤其突出。波斯萨曼王朝时期的鲁达基（850—940 年）是一位宫廷诗人，他被称为“波斯诗歌之父”。从他的《暮年》一诗中，可以看见诗人对自己的诗才和诗名是多么矜夸，国王对他的赏赐是多么丰厚：

我胸怀锦绣，有惊人的才华，
出口成章，犹如把珠玉抛洒。
……
我的诗总是受到朝廷的欣赏，
我的诗总是得到国王的赞扬。
我的诗不胫而走天下传颂，
霍拉桑诗人就是我的美名。
……
一次，霍拉桑国王赏我四万金币，
亲王玛康又加赠五千谢礼。
其他相知挚友又赠我八千，
富贵尊荣已经达到顶点。（张鸿年译）

诗人志得意满的情态溢于言表。不过诗篇的结尾却说：“如今，时过境迁，我改变了模样，/四方乞讨，伴我的只有手杖和饭囊。”由此形成强烈对照，并点明题旨。后来的波斯大诗人哈菲兹更是经常在诗中矜夸自己，如：“让你心中的《古兰经》作证，/哈菲兹呵，普天下无人能胜过你的诗。”又如：“拙于情思的诗人呵，何必心怀妒意，/哈菲兹胸怀天生的才情，慧心妙语。”② 矜夸诗的情感往往很热烈，很直露。

---

① 蔡伟良、周顺贤：《阿拉伯文学史》，第 13 页。

② 转引自张鸿年：《波斯文学史》，第 171—172 页。

伊斯兰教苏非主义传入波斯以后，成为历久不衰的思潮。波斯塞儿柱王朝时期出现过四位著名的四行诗[①]诗人，其中三人是苏非派诗人，三人中的阿比尔赫尔（967—1048 年）还是苏非派长老。他的一首四行诗表现了对真主的虔诚信仰，情感热烈、恳切：

心中不充满了你，就充满忧愁，
眼不见你，热泪便似阿姆河洪流，
生命若不为了与你结合一体，
我早就一千次使它濒临尽头。[②]

波斯最伟大的诗人是哈菲兹。他写了很多爱情诗，或者是世俗的，或者是苏非主义的（即神爱的），其情感大都热烈、奔放。他生前的好友古兰丹姆在《哈菲兹诗集》序言中这样写道："苏非派歌颂真主时，听不到哈菲兹的激动人心的诗，就唤不起狂热的感情，酒徒欢聚时，不吟咏他的情意缠绵的诗句，就感到意犹未尽。"[③]

阿拉伯和波斯也有很多世俗诗歌，其中最突出的是关于饮酒和爱情的世俗诗歌。爱情诗在前伊斯兰时代就很多，它与颂扬诗是那时最普遍的两类诗歌。世俗爱情诗也与当时的颂扬诗一样，情感热烈、真切。9 世纪的阿拉伯诗歌批评家古达曼·本·佐法尔就说："写成功的情诗必须要有许多证据，证明恋人的拼命追求及对情人的渴慕之情，证明其热烈的恋情。"[④] 如一位阿拉伯诗人这样写道：

乘着蒙蒙细雨，
进入姑娘的闺房，
她穿着丝绸花缎，
艳姿迷人两乳丰满，
我们并肩来到水池旁。
我热烈地吻着她，

---

① 四行体诗是伊朗传统的诗歌形式，它的第一、二、四行末尾押韵。

② 转引自张鸿年：《波斯文学史》，第 88 页。

③ 转引自上书，第 178 页。

④ ［阿拉伯］古达曼·本·佐法尔：《诗的批评》，曹顺庆主编：《东方文论选》，第 503—504 页。

她犹如羚羊般喘气不断，
她靠近我问道：你的身体为何这般发烫？[①]

后世的爱情诗也有这种热烈、真切的特点。此外，阿拉伯和波斯诗歌中那些批判宗教、感悟人生和思索宇宙等富于异质性思想情感的作品，不但见解敏锐，哲理深厚，而且往往也情感热烈、真切。海亚姆和哈菲兹的这类诗篇即如此。（详见后文。）所以，情感热切是阿拉伯—波斯诗歌的一个总体性特点。

与希伯来诗歌和阿拉伯—波斯诗歌两者的宗教情感比较起来，印度诗歌的宗教情感是最丰富的。这种丰富性既表现在其巨大的历史变化性上，也表现在其内涵、种类的多样性上。

希伯来圣经诗歌的创作年代大约是从公元前 12 世纪至公元 1 世纪，它所反映的事件和所表现的思想情感主要是关于犹太教这种文明宗教的，而间接表现半文明宗教思想情感的情况很少。由于《圣经》宗教思想情感的统一性，尽管圣经诗歌所反映的历史时期长达一千多年，它所表现的宗教情感的变化却并不大。阿拉伯民族在前伊斯兰时代有“悬诗”[②] 存在。不过“悬诗”仅仅是伊斯兰教产生前一百来年的作品，并且数量不多，不足以充分地反映阿拉伯民族半文明宗教时期的生活和思想情感。此后，伊斯兰教文化数百年黄金时代的诗歌，在《古兰经》这根擎天巨柱支撑的天空中，其思想情感的风云变幻不可能是巨大的。

古代印度诗歌的情况却很不同。印度半文明宗教时期的生活和思想情感较为充分地反映在吠陀诗集中。《梨俱吠陀》的“编订年代可能是在公元前一千五百年前后”[③]，其创作实践距今已有三千五百年以上的历史。《梨俱吠陀》有诗一千余首，《阿达婆吠陀》有诗七百多首。所以，吠陀诗集可以说是对当时半文明宗教（吠陀教）文化的大规模反映。这些诗歌的思想情感与后来文明宗教（婆罗门教、佛教和印度教等）文化的诗歌很不同。主要的不同有两点：其一，它们歌颂和描绘的是为数众多的初步人格化的自然神，而不是后来诗歌所歌颂和描绘的较少数完全人格化的主神；其二，它们

① 转引自蔡伟良、周顺贤：《阿拉伯文学史》，第 14 页。

② “悬诗”是阿拉伯前伊斯兰时代在赛诗会上获胜的诗，因用金水书写后悬在麦加的克尔白天房的帷幕上而得名。

③ 金克木：《梵语文学史》，第 16 页。

所表现的思想情感的主旨在于希求神灵消灾赐福，常常表现得明确、具体，而不像后世诗歌那样往往是对神灵的单纯的赞颂，包括大量借用爱情形式的赞颂。

吠陀教之后产生的婆罗门教是文明宗教，尽管它声称吠陀本集也是它的经典，其实真正升华它的经典是解释和引申吠陀本集的各种梵书、森林书特别是奥义书。在婆罗门教基础上发展起来的印度教也有自己的不同经典，它们是两部史诗《摩诃婆罗多》和《罗摩衍那》，以及《薄伽梵歌》等 18 部往事书。佛教和耆那教也各自有许多经典。这些经典与吠陀经典虽然有不同程度的关联，但两者之间的不同是主要的：两者是不同宗教性质——文明宗教性质与半文明宗教性质——的经典。当然，后世的这些文明宗教经典之间也各不相同。

印度宗教不像希伯来犹太教和阿拉伯伊斯兰教那样有一种贯穿始终的经典，反映这种宗教文化的诗歌情感，就不可能像后两种宗教文化的诗歌情感那样具有历史的一贯性。就印度上述文明宗教与之前半文明的吠陀教的关系是一种历史性的升华而言，两者之间诗歌情感的关系也是一种历史性的升华，因而必然存在着历史性的巨大差异。从具体作品看，反映印度教文化的诗歌成就最高，这种诗歌的情感与吠陀诗歌的情感之间的差异就很巨大。这种差异的实质是：反映文明宗教文化的诗歌思想情感的重心，已经从祈求神灵消灾降福转向用神灵的旨意来规范和指导人生，把相应的神性境界作为灵魂的归宿。

在近代，由于受到西方科学文化和基督教文化的冲击，印度诗歌宗教情感又发生了某些根本性的变化。类似的变化在近代以色列诗歌和近代阿拉伯诗歌、波斯诗歌中也不同程度地存在，不过近代印度诗歌的这种变化在以下两点上尤其显著：其一，近代印度教自身改革的力度和成效都较大，相应地，近代印度诗歌宗教思想情感的变化也较大。犹太教的改革也大致如此。伊斯兰世界的情况就不同了，除了土耳其等少数国家外，多数国家往往专注于民族运动或民主革命，而对宗教的改革力度不够，因而其诗歌的宗教思想情感变化不很大。其二，近代印度教思想情感的巨大变化在泰戈尔的诗歌中得到集中的、高度艺术性的表现。这样的诗歌使泰戈尔蜚声世界。近代犹太教文化和伊斯兰教文化的诗歌界却没有出现这样的巨匠。泰戈尔继承印度宗教哲学的“梵我同一”思想，同时又融入自我、自由和博爱等现代人文精神，由此形成他的“人的宗教”① “一个诗人的宗教”②。1913 年荣获诺贝尔奖的诗集《吉檀迦利》，就是他的这种宗教思想情感的集中体现。《吉檀迦利》在平凡人生和日常琐事上表现人与神的亲近和同一，人实际上成了人神关系的重心，这是与传统印度教精神不同的。《吉檀迦利》还表现泰戈尔对终极神性的向往：“像一群思乡的鹤鸟，日夜飞向它们的山巢，在我向你合十膜拜之中，让我全部的生命，启程回到它永久的家乡。”（冰心译）这是诗集的最末一首诗的最末一句，当属点睛之笔。泰戈尔宗教的人性、自我性和终极关怀，体现着世界宗教通过个人化和世俗化的途径而走向现代化的这种改革趋势。

印度诗歌宗教情感内涵的多样性，主要指这种情感内涵是关于多种宗教的：最早的吠陀教，其后的婆罗门教、佛教、耆那教和印度教，还有 13 世纪随北方波斯人的入侵而带来的伊斯兰教，以及 18 世纪以后从西方传入的基督教。其中关于婆罗门教和印度教的诗歌数量最多，艺术性也最高。印度诗歌所歌颂和所关涉的神灵也多种多样，除开外来的伊斯兰教和基督教是一神教外，其他本土宗教都有诸多神灵。顺便指出，与印度诗歌所反映的宗教文化的多样化相对应，其语言也是多样化的：吠陀诗歌用的是吠陀梵语；婆罗门教的诗歌和印度教 12 世纪以前的诗歌用的是古典梵语；佛教的诗歌大多用当时作为俗语的巴利语或者混合梵语；伊斯兰教的诗歌早期用波斯语，后来用波斯语与印度本土语言结合而产生的乌尔都语；12 世纪以后印度教的诗歌主要用印地语，有的用孟加拉语，还有用其他俗语写成的。

印度诗歌的宗教情感在强烈与柔和、欢乐与悲愁、禁欲苦行与纵欲享乐等方面，都同样明显，这也体现着印度诗歌宗教情感的丰富性。

吠陀诗歌的某些作品就表现出强烈的情感，特别是《阿达婆吠陀》中

① 泰戈尔在《人的宗教》一书中说：“一个主题贯彻始终这一事实只是向我证明，‘人的宗教’作为一种宗教体验，而不仅仅作为一个哲学话题，一直在我的心灵中发育滋长。事实上，从我不成熟的少年时期较早的产品到现在，我的作品中有很大一部分，均带有这种成长发育的历史留下的几乎持续不断的痕迹。”〔泰戈尔：《人的宗教》，刘建译，《泰戈尔全集》（第 20 卷），河北教育出版社 2001 年版，第 245 页〕

② 泰戈尔在该书中还说：“显然，我的宗教是一个诗人的宗教，它既不是一个正统的虔诚的人的宗教，也不是一个神学家的宗教。我的宗教对我的触动，就像我的诗歌的灵感对我的触动一样，是通过同样的视而不见的无迹可求的渠道来到我的心中的。我的宗教生活就像我的诗人生活一样，一直沿着同样的神秘的发展路线前进。”（同上书，第 297—298 页）

那些巫术性质的咒语诗歌，因为咒语往往带有很强的实用目的。如第6卷第37首是反别人诅咒的咒语，其中一节说："诅咒啊！绕一个弯过去吧，/像大火烧过湖；/打那咒我的人去吧，/像雷电打倒树。"（金克木译，下同）作为中古时期抒情诗典范的迦梨陀娑的《云使》，其最后部分描写药叉对妻子的思念，情感极为强烈。如其中一节：

如何能够使漫漫长夜缩短成一瞬？
如何能够使白昼任何时都化热为凉？
俊眼佳人啊！我的心怀着这样的空想，
已因与你分离的难堪痛苦而陷于绝望。(108)

许多印度诗歌的情感又显得柔和，尤其是那些把自然事物拟人化为女性神灵的作品，更显出女性的温柔或温和。这类情况在吠陀诗歌中很多。例如，《梨俱吠陀》第10卷第127首把通常认为黑暗可怕的夜也拟人化为女神，并说她"引出姊妹黎明"，又把森林、大地、水等也神化为女神。又如，迦梨陀娑《云使》前一部分所描写的自然景物，也常常被女性化，从而显出特有的亲切或柔和。印度诗歌的这种较普遍的女性化描写，大约与印度宗教（特别是其中的印度教）虽然以男神为主体却也崇拜女神、崇拜性力有关（详见第二章第三节第三小节的论述）。

印度诗歌有表现欢乐情感的一面。"《梨俱吠陀》的特点之一便是乐观主义"①，带有欢乐的情调。如在第4卷第52首中，诗人称黎明女神为"光华四射的快活的女人"，并欢呼"欢乐的女人啊！/我们醒来了，用颂歌迎接你。"又如第9卷第112首歌唱苏摩酒的一节：

马愿拉轻松的车辆，
快活的人欢笑闹嚷嚷，
男人想女人到身旁，
青蛙把大水来盼望。
苏摩酒啊！快为因陀罗（神）流出来。(4)

有些诗歌又表现悲哀愁苦的情感。法致呵利《三百咏》中的某些诗篇就较多地表现穷困诗人不得志的悲辛和愤懑。如第152首：

---

① 金克木：《梵语文学史》，第32页。

若不见苦妻房衣衫褴褛，
饿孩儿牵母衣哭哭啼啼，
有志者谁肯为可恶肚皮，
恐遭拒，语含糊，向人求乞？

胜天的诗篇《牧童歌》广为流行，它以男欢女爱的形式歌颂黑天神，其中的情感则是幽怨与喜庆交织。

印度宗教轻现世而重来世，其中佛教更有否定人生的性质，所以禁欲和苦行是其主流思想。不过，就印度整个的宗教生活看，禁欲苦行与纵欲享乐同时存在，并行不悖。《三百咏》第135首就简明地说到了这两方面：

应住恒河旁，
河水涤诸罪；
或依少女胸，
乳间罗珠翠。

吠陀诗歌中就常有描写享受生活的篇章，如上文所引歌唱苏摩酒的诗。后来的一些宗教诗歌提倡禁欲、苦行，而另一些宗教诗歌，尤其是关于神爱的诗歌，则有纵欲享乐的性感描写或色情渲染（这个问题下一章有具体论述）。因此，印度诗歌的宗教情感必然有这两方面的表现。

三、异质文化与异质情感

（一）异质文化——科学文化

笼统地说，与宗教文化异质的文化是世俗文化。不过，在宗教占主导地位的文化中，世俗的道德、政治、法律、哲学、科学、艺术和日常生活往往都受制于宗教，所以它们可以看作广义宗教文化中的成分。在宗教文化的历史中，没有产生过有重大历史意义的异质性道德文化和政治文化。而科学文化成分，不但鲜明地与宗教异质，而且对宗教的发展变化具有重大的历史意义。这种重大的历史意义主要有两点：其一，科学文化成分在很大程度上支撑着宗教文化的存在，并推动它发展变化，对于文明的宗教文化尤其如此；其二，科学文化成分的发展壮大最终导致自身从宗教文化中独立出来，并取代宗教文化的主导地位，从而使整个古代文化发生转变，即转变成以科学文化为主导而以宗教文化为补充的现代文化。

科学，无论是作为独立的文化系统还是作为从属于其他文化的成分，都是直接推动人类进步的动力。所以，如果宗教文化中科学文化成分较少，这种宗教文化就是较低级、较落后的；反之，如果宗教文化中科学文化成分较多，这种宗教文化就是较高级、较先进的。在历时数万年的原始宗教文化中，科学文化的成分极其稀少，所以这种宗教文化最低级，其发展也最缓慢。在公元前5000年左右开始的半文明宗教文化中，科学文化成分增加了许多，所以它有了巨大的进步，标志着人类开始进入文明状态。我们看到，作为这种文明状态标志的城市的出现、金属工具的使用和文字的发明等，都是当时科技的直接产物或者与科技密切相关，而宗教的信仰和实践本身并不能直接产生这些东西，尽管它们起过刺激的作用。虽然半文明宗教文化比起原始宗教文化来有巨大进步，但是比起后来的文明宗教文化特别是科学文化来，仍然显得很落后，其三四千年的发展变化仍然显得很缓慢。在之后出现的文明宗教文化中，科学文化的成分大大增加。其原因，除人类生存的需要和理性的日益自觉这两者顽强地促进着科学文化成分的不断增长外，相继出现的科学文化即古希腊文化和古罗马文化的强有力影响（两者对犹太教文化、基督教文化和伊斯兰教文化乃至印度宗教文化都有影响）也是重要原因。文明宗教文化比半文明宗教文化显然又进步和繁荣了许多，不过比起科学文化尤其是近代以来的科学文化来，其进步是缓慢的，其繁荣也是有限的。

上文曾指出，在宗教文化中，宗教自身的发展实际上也有赖于科学理性的作用。宗教文化能够依次从原始的发展成为半文明的，再发展成为文明的，其信仰和神灵的变化都有赖于科学理性的推动和提升；其巫术和迷信的减少，其道德和政治的一定程度上的合理化，其哲学（宗教哲学）的产生、深化和体系化，更有赖于科学理性的作用。

上述科学文化成分的积极作用，一般是在宗教信仰制约之下发生的，是为宗教服务的。从消极方面看，宗教对科学的这种制约既阻碍了科学文化成分发展成为独立的文化系统，同时也制约了宗教自身的进一步发展。所以我们看到，西方中世纪的基督教文化固然比欧洲本土早先那些半文明宗教文化先进，但是在一千年的时间里它的发展变化并不大；伊斯兰教文化在12世纪左右臻于鼎盛，其后数百年就停滞不前；印度宗教文化也发展缓慢，许多基本的东西一成不变，例如，作为其社会基础的种姓制度（种姓制度中婆罗门僧侣为最高等级）延续数千年直至近现代①，阻碍了社会发展。

人类心智的发展，会逐渐将人类不同于其他一切生物的最基本的心理机能——理智凸显出来；人类出自本能的对物质需求的不断增大，也会促进自身的科学理智及其整个系统的发展。所以，不同地区和民族先后走向以科学文化为主导而以宗教文化为补充的现代文化，是人类自身需求和发展的结果。这一点，从宗教文化看，就是由于宗教文化内部的科学文化成分日益壮大，促使前者不得不向着理性化、世俗化和个人化的方向改革，并将自己独特的领域退缩到单纯的信仰上，而将其他领域的主导权让与科学文化，并与后者异质地共存和互补。这样的现代化改革，基督教文化已经完成；就西亚南亚三种宗教文化看，犹太教文化也已经完成，而印度教文化和伊斯兰教文化则正在不同程度地进行着。②

犹太教经典《圣经·旧约》中就包含着与宗教异质的科学理智因素，它是以智慧和理性怀疑的形式出现的。《箴言》第 8 章高度赞颂智慧，它说上帝教导人们，“不受白银，宁得知识，胜过黄金。因为智慧比珍珠更美，一切可喜爱的，都不足与比较。”（8：10—11）又说君王凭借智慧安邦治国。它甚至把智慧抬高到不可思议的地步：“在耶和华造化的起头，在太初创造万物之先，就有了我（按：“我”系智慧自称）。”（8：22）“那时，我在他（按：‘他’指上帝耶和华）那里为工师，日日为他所喜爱，常常在他面前踊跃。”（8：30）智慧先天地而存在，从科学文化的观点看是荒谬的，但在犹太教教义中却显得自然：这智慧首先是上帝的智慧，上帝正是凭借它创造了世界（这大约是后来犹太教哲学家斐洛所谓上帝通过“逻各斯”创造世界这一说法的源头）。这里，我们也看见了宗教文化中理智与信仰的基本关系：理智的地位无论多么高，它始终是在它所不能理解的上帝信仰的制约之下，为其理论和实践服务的。

在《约伯记》中，约伯从现实情况出发而提出的“义人何以受难”的疑问，是对上帝公正这一信仰的理性质疑。上帝或者说宗教实际上回答不了这个问题。从科学文化的观点看，约伯所遭受的牲畜被虏、仆人被杀、儿女死于横祸、自己头长毒疮等灾难，只能靠科学技术的发展和人文法治的健全

① 种姓制度在现代印度已在法律上被废除，但其残余和影响仍然存在。

② 佛教（它在南亚的泰国和缅甸等少数国家里为国教）文化也在不同程度上进行着类似的现代化改革。

来消除，而凭宗教信仰的虔诚是不可能转祸为福的（诗[①]中说约伯最终承认上帝万能而自责无知，上帝于是加倍赐福于他，那是宗教的幻想）。《传道书》发出“凡事都是虚空”的感慨：房屋田舍当属虚空，智慧当属虚空，甚至连上帝赐予的知识和喜乐也是虚空。这在一定程度上是对人生的一种理性思考，也是对既定宗教信仰的一种理性质疑。此外，诗中也有“义人和恶人都遭遇一样的事”（9：2）这种类似约伯的质疑。

《旧约》所包含的理智因素是较显豁的。这种理智因素的源头，是美索不达米亚文化和古埃及文化中的理智因素，使这种理智因素凸显出来的，则是古希腊科学文化的影响：《箴言》和《传道书》的上述有关章节就形成于希腊化时期。顺带说到，直接从犹太教发展出来的基督教继承了前者的科学理性因素，又结合古希腊和罗马的若干科学理性，从而使基督教成为最富于科学理性的宗教，这种科学理性成为日后基督教改革的内在条件。

上述《旧约》中的理智因素，是古代希伯来人文化心理中的理智机能在宗教形式内的曲折反映。它顽强生存，并在历史机遇中发展自己，最终在犹太教改革的过程中冲破宗教束缚而创造出独立的科学文化，后来，这种科学文化取代了犹太教文化的主导地位。

在世界历史上，犹太教是继基督教之后最早进行现代化改革的宗教。这与其两个独特的历史遭遇有关。一个是公元前4世纪希腊亚历山大大帝对中东的入侵和随后发生的希腊化浪潮；另一个是公元1世纪罗马帝国灭亡犹太人的国家，致使犹太人从此流散世界各地（但他们始终保持着自己的民族宗教）。这是不幸的历史遭遇，不过客观上却促使犹太教文化发生了重大变化。第一个遭遇使犹太教接触到柏拉图主义和斯多葛学派等希腊哲学，从而使犹太教经受了哲学理性的初次洗礼，其直接的结果是产生了犹太教的代表哲学家犹大·斐洛（约公元前30—公元54年）。斐洛用希腊的哲学理性解释犹太教经典，这就产生了真正的犹太教哲学。[②] 第二个遭遇更为关键，它使流散世界各地的犹太人能够吸收某些不同的宗教思想，主要是基督教和伊

① 《约伯记》和《传道书》都是《旧约》中的诗歌书。

② 斐洛把犹太教的上帝与希腊哲学的“逻各斯”联系起来，认为逻各斯是神的智慧，上帝通过它创造世界，人心也通过它理解上帝。正是基于这种思想的影响，后来基督教的《圣经·新约》才宣称“太初有道（按：道的希腊语原文即逻各斯），道与神同在，道就是神”（《约翰福音》1：1），并称耶稣基督为“道成肉身”的圣子。

斯兰教的思想，从而打破本来很封闭的犹太教观念；特别是散居欧洲的犹太人，他们在西方文艺复兴尤其是启蒙运动的影响下，在一定程度上接受了西方理性主义的价值观念，使犹太教具有了更多的理性积累，为其日后的改革准备了条件。

18 世纪末，以法国大革命为代表的欧洲资产阶级革命使散居那里的犹太人从被歧视和迫害的屈辱中解放出来。于是，欧洲的犹太人也于 18 世纪末 19 世纪初开始了自身的启蒙运动和对犹太教的改革。在这种启蒙和改革的过程中，犹太教开始走向现代化，犹太教文化中原来被压制着的科学文化因素更是不断发展壮大，其间出现过怀疑和否定犹太教传统的思潮。19 世纪开始高涨的犹太复国主义运动的中坚力量，已经不是宗教的犹太人，而是世俗的犹太人。“从本质上看，犹太复国主义运动是一个世俗的政治运动”①。就 1948 年以色列国重建以来的文化看，这种现代犹太文化已经主要不是犹太教文化，而是科学文化了：发达的科学技术，政教分离的民主政治和开放的现代生活，是这种科学文化的标志。用以色列学者的话说就是“普遍的人文主义文化占据了希伯来民族主义文化的地位”②。这即是说，以色列国的现代犹太文化已经不像古代犹太文化（古代希伯来文化）那样是单一的犹太教文化，而是改革后的犹太教文化与新兴的科学文化对立而又互补的混合体，其中科学文化占据主导地位。就现代犹太文化中的宗教文化看，除主流的犹太教文化外，还有伊斯兰教文化和基督教文化。这说明现代犹太教文化已经没有了古代犹太教文化那样强烈的排他性，而是能够与其他宗教文化共存和互补。

阿拉伯民族前伊斯兰的“蒙昧时代”的“蒙昧”，虽然并不主要指愚昧无知，而是指轻佻、骄矜、暴戾、夸耀等意识和品性，但那时的阿拉伯人确实多感性直觉而少理性思考。伊斯兰教的创立不但升华了阿拉伯人的宗教和道德、政治等意识，也升华了他们的理性和智慧，因为如前所述，前一种升华有赖于理性，其实质就是在其中增多理性。

从伊斯兰教本身看，它的教义除了强调信仰的绝对性和相关的道德戒律和政治体制的重要性以外，也有强调知识和理智的重要性的地方。例如，

---

① 赵云侠：《犹太教的世俗化问题》，《世界历史》1999 年第 3 期，第 36 页。

② ［以色列］约瑟夫·克劳斯纳：《近代希伯来文学简史》，陆培勇译，生活·读书·新知三联书店 1991 年版，第 108 页。

《古兰经》说："谁禀赋智慧，谁确已获得许多福利。唯有理智的人才会觉悟。"（2：269）又说："真主将你们中的信道者升级，并将你们中有学问的人们提升若干级。"（58：11）又如，被尊为伊斯兰教圣人的穆罕默德说："知识是圣教的基础，学习是伊斯兰的生命。"[①] 又说："学者，是先知的继承人。"[②] 不过，穆圣的第一句话言过其实了，因为知识和学习并不是伊斯兰教的基础和生命，那绝对的真主信仰才是。"作为伊斯兰教经典《古兰经》的核心思想则是彻底的一神论和宿命论"[③]。这种核心思想与科学的知识和真理显然是相互异质和对立的，在实践上也曾经明确表现过这种异质性和对立性，如阿拉伯人征服埃及后，"伊斯兰教徒认为只要有《古兰经》就够了，因而将亚历山大图书馆仅剩的抄写业完全毁掉"[④]。后来，随着帝国的扩展阿拉伯人开阔了眼界，加之自己日益奢侈的生活需要，他们开始重视科学知识和技术，这就自觉或不自觉地给当时的阿拉伯文化增加了异质的科学文化因素。

阿拉伯帝国大量吸收外来人文思想和自然科学的活动，是"百年翻译"运动（8世纪中期至9世纪中期）。阿拉伯人主要翻译希腊语著作，此外还翻译叙利亚语、波斯语、梵语和希伯来语著作。这就大大促进了伊斯兰教文化中异质的科学文化因素的增长，其主要表现是自然科学的发展和理性批判精神的出现。

自然科学方面化学的贡献最大，此外在医学、数学、天文学和物理学上也有贡献。穆斯林还把中国的造纸技术引进阿拉伯，并传到西方。中古时期阿拉伯帝国所保留的古希腊理性精神和所取得的科学成就，是近代欧洲文艺复兴的一个直接来源。

理性批判精神表现在两方面。一方面是独立于宗教之外的理性批判精神："在哲学领域，阿拉伯人的主要贡献是将希腊哲学思想与伊斯兰教原则和观念相互协调，使一切外来成分适合自身的特性和需要。……而真正独立于宗教之外的阿拉伯亚里士多德学派，则具有强烈的世俗倾向，尽力把神学排斥在外。……他们多为自然科学家和医生，重视经验知识，推崇理性。其

① 转引自王俊荣、冯今源：《伊斯兰教学》，当代世界出版社2000年版，第231页。

② 同上。

③ 孙承熙：《阿拉伯伊斯兰文化史纲》，昆仑出版社2001年版，第145页。

④ H. G.. Wells, *A Short History of the World*, London and Glasgow: Collins, 1953 p.156.

中，伊本·西拉和伊本·路西德在哲学上的成就最高。他们提出‘双重真理’说，认为哲学和科学的真理同宗教的真理并存，哲学与伊斯兰教义没有分歧。他们认为宇宙万物及其运动有自身的规律，并不受神的支配。他们还提出应该根据社会的性质及其文明的程度来制定法律，每个时代、每个社会的法律都是不同的，不存在什么适合于一切时代的永久性法律。”① 这些都是明显异质于伊斯兰教文化的科学理性精神。另一方面是伊斯兰教内部的某些宗教哲学所表现的理性批判精神。例如，“伊斯兰教学派中，穆阿台吉勒派（按：又译穆尔太齐赖派）首先研究希腊哲学，使伊斯兰教染上希腊哲学的色素”②。该派力图用理性精神和逻辑推理来解释伊斯兰教义，并提出为善还是作恶受个人意志的支配这种挑战伊斯兰教前定论或称宿命论的观点。

在世界几大宗教中，伊斯兰教的世俗性和务实精神最强。这种世俗性和务实精神就体现在《古兰经》中：《古兰经》在强调真主信仰绝对性的基础上，对道德、政治、法律直至生活细节都有具体的规定；此外，对天体、自然、生命、动植物等许多问题也有论述。在上述意义上，伊斯兰教可以说是信仰与务实结合、神圣与世俗交融的一种生存方式。我们知道，世俗性（而不是神圣性）和务实性（而不是宗教信仰的务虚性）是人文精神和科学精神的体现，因此也是科学文化的体现。所以，宗教文化中的世俗性和务实精神可以看作这种文化本身所带有的科学文化因素——这是任何宗教文化都必然或多或少带有的与自身的信仰异质的因素。所谓宗教的现代化改革，在一定程度上就是宗教文化中的这种异质的科学文化因素得到增强。前文所述西方基督教改革的过程，在很大程度上就是世俗化加强的过程和务实精神得以发扬的过程。

伊斯兰教文化世俗性的一个重要表现，是阿拔斯王朝时期从宫廷到民间富有者都享乐成风。帝国的强盛和富庶是这种享乐风气产生的重要条件，波斯传统的享乐主义的影响也是重要原因。阿拉伯学者就指出，“自古以来，波斯人就以追求花天酒地的生活闻名。琐罗亚斯德教不仅允许喝酒，而且把饮酒列入宗教仪式之中”③。这位学者就把阿拔斯王朝时期过度的奢侈和享

① 王俊荣、冯今源：《伊斯兰教学》，第229页。
② ［埃及］艾哈迈德·爱敏：《阿拉伯—伊斯兰文化史》（第二册），第314页。
③ 同上书，第101页。

乐归咎于波斯人的影响："如果没有波斯人的影响，事情不会发展到这种地步。"① 享乐主义之所以是宗教文化中的一种异质因素，是因为它一般是违背宗教教义的。例如，伊斯兰教明令禁酒，对男女性关系亦有严格要求。但从另一方面看，酒色等方面的享乐在一定程度上却是人性的一种要求，是属于人文主义的东西。这种东西在某些宗教文化和中国古代道德文化中是以不公正的形态出现的，即只能是少数人的享乐，并且常常以不正常的形态出现，即常常是君主和王公贵族的穷奢极欲的享乐，例如波斯帝国和阿拔斯王朝的宫廷享乐，又如我国古代的宫廷享乐。只有在科学文化中，发达的科技和普遍的人文主义关怀可以使较多的人享乐。

从阿拔斯王朝后期至18世纪的五百余年期间，阿拉伯帝国连续遭到突厥人、蒙古人和土耳其人等文化落后民族的侵略和统治，虽然这些入侵者后来也被伊斯兰化了，但战争带来的灾难和政局的动荡使阿拉伯帝国走向衰落。伊斯兰教文化中的科学文化因素也发展缓慢，直到近代才获得大发展和形成独立文化系统的机遇。不过，由于强大宗教传统的阻遏和民族解放斗争的纠缠，科学文化的发展颇为艰难、曲折。从16世纪至近代，统治伊斯兰世界的是土耳其奥斯曼帝国。② 近代通过武力侵略和文化渗透传播进来的西方的科学、民主、自由、独立等思想意识，既启发了阿拉伯国家和其他伊斯兰国家对传统宗教的改革，也激发起它们争取自身民族独立的斗争和反专制、争民主的斗争。总的说来，这些国家的民族斗争（包括反对土耳其异族统治和英、法等殖民统治的斗争）的势头盖过了宗教改革的势头，颇有民族问题压倒启蒙问题的意味。我们看到，只有土耳其、埃及等少数国家对传统伊斯兰教进行过有力的批判，多数国家则用力不够。如果进行比较，这些国家对传统宗教的批判，就没有上文论述的现代犹太民族对传统犹太教的批判那么有力，那么深透，也没有后文将论述的现代中国对传统道德文化的批判那么有力和深透。究其原因，首要的自然是这些伊斯兰国家的民族独立或者民族救亡的任务最为紧迫；另一个重要原因，则是对传统宗教的批判与对封建专制的批判并不必然关联（两者都是启蒙的内容），于是这些国家中有的虽然对封建专制进行过有力批判，甚至建立起民主政治，但对传统伊斯

---

① ［埃及］艾哈迈德·爱敏：《阿拉伯—伊斯兰文化史》（第二册），第170页。

② 奥斯曼帝国实行苏丹制，苏丹即政教（伊斯兰教）合一的领袖哈里发。

兰教的批判和改革却有所忽略。这种情况与现代中国的救亡和启蒙不同：现代中国对传统道德文化的批判与对封建专制的批判是必然关联的，因为传统道德文化的基本特性——血缘性的等级秩序（纲常伦理）正是封建专制的基础。而伊斯兰国家对传统宗教的批判与对封建专制的批判并不必然关联，因为宗教与政治专制并不必然关联。我们看到，20世纪初伊朗反对专制、争取民主的立宪运动的领导人就大多为宗教人士；20世纪70年代末伊朗霍梅尼的原教旨主义也具有强烈的反君主主义倾向，以他为精神领袖的势力所发动的伊斯兰革命推翻了国王的专制统治，但也中止了后者所发起的现代化改革（巴列维国王所发起的试图在君主专制体制下的现代化改革）。

上古时期入侵希腊的雅利安人和入侵印度的雅利安人，都在毁坏同时又部分吸收本土半文明宗教文化的基础上创造出自身的半文明宗教文化，但后来的走向却大不相同：前者的半文明宗教文化转型成为科学文化，后者的半文明宗教文化则升华成为文明宗教文化。这说明文化创造的不同不在于人种的不同，而在于创造文化的内在心理机能和外在环境条件的不同。希腊的自然地理环境及其所决定的海洋性商贸经济，激发了希腊人心理中的理智机能，从而创造出科学文化，而宗教文化则成为与这种科学文化异质的文化。印度的自然地理环境及其所决定的畜牧业和农业经济，使印度人心理中的信仰机能仍然继续作为主要的创造机能，所以只是将半文明宗教文化升华成为文明宗教文化，而科学文化则是与这种宗教文化异质的文化。

前文曾指出，印度宗教文化的特性之一是哲学性。这种哲学中就包含着与宗教文化异质的科学文化因素，其中最显著的是古代顺世派哲学。该派提出世界由地、水、风、火四大元素组成。这些元素也构成人的身体，从而产生意识。基于上述，该派否认神是世界的终极原因，否认灵魂永存和业报轮回，明确宣称“没有另一个世界，没有除了生自父母之外的再生者，没有善行和恶行的功果报应”①。该派宣称“三部《吠陀》经典不过是无赖之徒的胡言乱语”②。他们在诗歌中质疑和诘问婆罗门教的祭司：“苏摩祭中所杀

① 转引自德·恰托巴底亚耶：《印度哲学》，第193页。

② 转引自金克木：《古代印度唯物主义哲学管窥》，《印度文化论集》，中国社会科学出版社1983年版，第53页。

牲，/如果都能升天庭，/那么为何祭祀者/不肯去杀他父亲？"① 在社会伦理方面，该派主张种姓平等，提倡享乐主义。他们在诗歌中说："活着就应把福享，/借债也把酥油尝，/一旦身体烧成灰，/再要重来无法想。"② 顺世派探求客观真理和以人为本的精神，以及对世俗性的强调，与现今的科学文化是相通的。此外，孔雀王朝的开国宰相憍提利耶著有《利论》，它是"一种综合实用艺术、经济学、管理学及政治学的学问，而尤侧重后者"③，是"实际生活的科学"④，在一定程度上肯定人生的利和欲，因此许多观点是异质于宗教思想的。

此外，印度古代的逻辑思想也突出。正理派哲学强调逻辑推理在认识中的重要性，探讨逻辑推理的形式，如大约于 4 世纪出现的《正理经》提出推论的宗（命题）、因（理由）、喻（例证）、合（应用）、结（结论）顺序，即所谓五支形式。佛教的因明⑤也是关于逻辑推理的。佛教学者陈那（440—520 年）的因明体系改五支为三支；7 世纪的佛教学者法村又改革三支，其格式与亚里士多德的三段论趋于一致。近代以来，印度传统逻辑学接受西方学术影响，被逐渐纳入现代逻辑学之中。

印度古代的天文学有悠久的历史。不过，其产生和发展都与宗教密切相关：它因宗教祭祀的需要而产生，而一旦满足了祭祀的需要，它就不可能进一步发展了。所以，在宗教文化中，天文学最能体现自然科学服务于和受制于宗教这种基本关系。印度数学的十进制贡献巨大，它早已成为世界通用的计数方法。"印度代数也有很高的发展……而代表他们在数学方面最高水准之获得的是他们发现了解决二次不定方程式的方法。"⑥ 此外，印度古代的医学也有特色。

在印度雅利安人的历史上，有两次外来文化的入侵产生了重大而深远的

---

① 转引自金克木：《古代印度唯物主义哲学管窥》，《印度文化论集》，中国社会科学出版社 1983 年版，第 55 页。

② 同上书，第 56 页。

③ ［英］A. A. 麦唐纳：《印度文化史》，龙章译，上海文化出版社 1989 年版（影印本），第 137 页。

④ 同上。

⑤ "因明"一词系意译，其音译为"希都费陀"。"因"指原因、根据、理由；"明"指知识、智慧。因明就是关于推理、论证的学说。

⑥ A. A. 麦唐纳：《印度文化史》，第 153 页。

影响，但造成的结果却很不一样。一次是12世纪至13世纪初穆斯林的入侵，它给印度造成灾难，但也带来了一种新宗教——伊斯兰教。不过，此后印度的伊斯兰教与印度教虽然也有某些融合①，但主要还是相互对立。这种对立在印度文化的现代化进程中日益加剧，最终导致国家分裂，即印巴分治。另一次是18世纪英国的入侵，它给印度既带来破坏，也带来转机。正如马克思所说，“英国在印度要完成双重使命：一个是破坏性的使命，即消灭旧的亚洲式的社会；另一个是建设性的使命，即在亚洲为西方式的社会奠定物质基础”②。的确，英国的入侵和统治促进了印度科学文化的发生和发展，推动印度逐渐由古代宗教文化向现代科学文化转型。

近代印度独立的科学文化的形成，也是与宗教改革、政治革新和民族独立相互纠缠的。英国殖民者推翻了伊斯兰教的莫卧儿王朝，使印度教徒比较容易接受西方文化，从而有利于印度教的改革。罗姆·罗易（1772—1833年）是近代印度启蒙运动的先驱。他创办“梵社”，积极从事印度教的改革（这种改革具有启蒙性）。例如，反对传统的多神崇拜，提倡在吠檀多基础上的一神（梵）论；主张废弃祭祀仪式和祭司这种中介；革除种姓制、殉夫制、多妻制和寡妇不能再嫁等落后制度和陈规陋习。此外，还积极创办学校和报刊，从正面开启民智。罗易的启蒙活动和宗教改革给印度文化的现代化开辟了道路。罗易所倡导的印度教改革，与前述犹太教的改革和伊斯兰教的改革有共同性，与西方文艺复兴时期基督教的改革也有共同性，那就是都将传统宗教进行必要的理性化、世俗化和个人化，同时使传统宗教文化将其主导地位让于新兴的科学文化并与之异质互补。从这种共同性可以看出，世界不同宗教进行现代化改革并将文化的主导地位让于科学文化是一种历史的必然。

印度穆斯林的启蒙运动和宗教改革开始于19世纪中叶，其先驱和领袖是赛义德·阿赫默德·汗（1817—1898年）。他发起“赛义德运动”，主张

---

① 外来的伊斯兰教文化自觉或不自觉地吸收和融合某些印度宗教（主要是印度教）文化，从而形成了印度的伊斯兰教文化。印度教的虔诚派改革运动也受伊斯兰教的影响。从语言和文学看，由于从北方入侵的穆斯林大多操波斯语，波斯语便成了在印度建立的伊斯兰教政权的官方语言，并逐渐形成了印度的波斯语文学。波斯语与印度本土的伯拉克尔特土语融合又产生了乌尔都语，从而形成了印度的乌尔都语文学（乌尔都语文学受到波斯语文学的强有力的影响）。1947年印巴分治后，乌尔都语成为巴基斯坦的国语。

② 《马克思恩格斯选集》（第2卷），人民出版社1976年版，第70页。

用理性和人道精神来革除弊端，推动宗教革新，摆脱迷信和偏见；并兴办教育，发行报刊，介绍西方科学知识。他的宗教改革思想曾遭到非议和反对。由于被英国殖民者所推倒的是印度伊斯兰的莫卧儿王朝，许多印度穆斯林因此敌视西方文化，致使他们在宗教改革上难于与时俱进，却容易趋向保守和倒退。比较印度教的改革，印度伊斯兰教的改革显得步履维艰。印度的穆斯林和印度教徒曾经为印度民族的独立共同奋斗过，也曾经为相互的理解和团结做过努力，但两者终究难于和平共处。赛义德“第一个提出了‘两个民族论’的观点，这个观点后来发展为要求建立巴基斯坦的主张”①。他给乌尔都语的“民族”一词赋予了“另一个含义，那就是抛开血缘、肤色、地理等基本条件，以同一宗教信仰为共同的基础。这个同一的宗教信仰就是‘除真主外没有任何别的主，穆罕默德是真主的使者’。……在此基础上，印巴次大陆的‘两个民族论’得到了发展，其结果是出现了巴基斯坦和印度两个独立的主权国家”②。

印度近现代科学文化的上述发展情况，与阿拉伯伊斯兰世界的情况类似：宗教改革与政治改革、民族独立相互交织和纠缠，传统与现代、东方与西方相互冲撞和融合。这与中国近现代的情况也有类似性，所不同的是：在中国是对传统道德的批判和扬弃，而不是对传统宗教的改革；是民族救亡的努力，而不是为民族独立而斗争。这与以色列近现代的情况也有一定的类似性，所不同的是：在以色列，民族独立不是反对外国殖民者，而是从流散地回归故土并重建国家。上述不同地区和国家在现代化进程中的类似性，说明了它们走向科学文化的必然性。从根本上说，这种走向科学文化的必然性主要不是由西方的武力侵略和文化传播造成的，而是出于发展这种文化（科学文化）的人们的内在需求，出于这种文化的普适性。③ 对此，我们不妨引用泰戈尔的切身体会和通达见识作为佐证：“尽管我们不情愿，我们也无法

---

① ［巴基斯坦］阿布赖司·西迪基：《乌尔都语文学史》，山蕴编译，中国社会科学出版社 1993 年版，第 147 页。

② 同上书，第 150 页。

③ 前文曾指出，科学文化基于理智理性，而理智是人类基本的心理机能——这是科学文化普适性的心理基础。科学文化起源于希腊民族。由于西方其他民族较早较自觉地放弃了自己原有的文化而转型成为科学文化，后来就称科学文化为西方文化（此外基督教文化也代表西方文化，而基督教文化并不起源于西方，而是起源于东方）。所以，科学文化本身不应有民族的意义，也不应有地域的意义，它是人类发展的共同要求。

阻止西方对物质领域的侵犯，然而，我们自己却渐渐地接受西方文化。心甘情愿接受的自然原因是，这个文化没有桎梏，它自由地驰骋在精神世界里——它一泻千里的激流能够流动在各式各样的潮流里。它含有不断发展的本质，它没有坠入任何坚不可摧的、冥顽不化的观念网里，它没有带着凝固思想驻足在地球哪个角落里，它宣告民族和精神解放的骄傲——它努力从一切缺乏理智的迷信和嘲弄中拯救出人的心灵。"①

（二）异质情感——自我情感

与诗歌的群体性宗教情感异质的情感是自我情感。希伯来圣经诗歌中的《诗篇》和《耶利米哀歌》主要表现群体性宗教情感。但有时两者所表现的宗教情感却具有较强的自我性，是宗教性自我情感；有时两者所表现的情感甚至没有什么宗教性，而主要是自我性的，是政治的或日常生活的自我情感。

"《诗篇》中呈现出大量的'我'：痛悔的我、愤怒和渴望复仇的我、自怜自惜和自疑自问的我、绝望的我、兴奋的我、空虚的我，比比皆是，不胜枚举。毋庸置疑的是，《诗篇》中的一些作品的确出自公元前十世纪的大卫本人之手。汇集其中的诸多诗篇，细致入微地展示了作者们的内心世界，以及弹奏的琴师们称之为'灵'的鲜明的精神世界，因此是我们探寻那个时代的个人情感的宝库。"②"就像马丁·布伯的精当阐述那样：由于我能够对上帝说'你'，因此我最终可以自称'我'了。"③《诗篇》中的许多作品确实如上所述。"赞美诗最能体现《诗篇》的风格与特色"④，我们且看《诗篇》第23篇这首著名的赞美诗：

耶和华是我的牧者，
我必不至缺乏。
他使我躺卧在青草地上，
领我在可安歇的水边；
他使我的灵魂苏醒，
为自己的名引导我走义路。

---

① 泰戈尔：《孟加拉国文学的发展》，《泰戈尔论文学》，第302页。
② 托马斯·卡希尔：《上帝选择了犹太人》，第195—196页。
③ 同上书，第243页。
④ 朱维之主编、梁工副主编：《古希伯来文学史》，第217页。

我虽然行过死荫的幽谷，也不怕遭害，
因为你与我同在；
你的杖，你的竿，都安慰我。
在我敌人面前，你为我摆设筵席；
你用油膏了我的头，使我的福杯满溢。
我一生一世必有恩惠慈爱随着我，
我且要住在耶和华的殿中，直到永远。(1—6)

短短一篇诗中出现众多的“我”。在诗人的这些“我”与上帝的“你”的关系中，显露着较鲜明的自我意识和自我情感。“希伯来文学遗产中再没有哪部书像《诗篇》一样被犹太会堂和基督教会广泛应用，并因此产生极其深远的影响。”① 前文曾指出，西方中世纪诗歌的自我情感曾经得到希伯来圣经诗歌的加强，其中《诗篇》所起的作用应当是很大的。

《耶利米哀歌》描写公元前586年犹太人的都城耶路撒冷被巴比伦王国攻陷时的悲惨状况，充满悲愤和绝望之情。在它的某些诗节中，国仇家恨与诗人内心的痛苦交织在一起，表现出强烈的自我性。例如：

我的眼多多流泪，
总不止息。
直等耶和华垂顾，
从天观看。
因我本城的民众，
我的眼，使我的心伤痛。(3：49—51)

圣经诗歌中集中地表现自我情感的还是《雅歌》。《雅歌》的含义历来有不同说法，现代学者大多认为它是一首世俗爱情诗。爱情诗的情感当然是自我情感，《雅歌》把这种自我情感表现得具体而强烈：

我身睡卧，我心却醒。
这是我良人的声音，他敲门说：
“我的妹子，我的佳偶，我的鸽子，我的完全人，
求你给我开门，因我的头满了露水，我的头发被夜露滴湿。”

① 朱维之主编、梁工副主编：《古希伯来文学史》，第222页。

我回答说："我脱了衣裳，怎能再穿上呢？
我洗了脚，怎能再玷污呢？"
我的良人从门孔里伸进手来，
我便因他动了心。（5：2—4）

西方学者曾这样评价道："《雅歌》是对男女恋情的礼赞，是对情爱关系的颂扬。在这种关系中，两个人彼此面对，相互之间充满了热烈的爱慕之情，甚至是炽热的情欲之火，而作者还希望读者欣赏这个过程。"① 上引诗节颇能证明他的这个评价。

公元1世纪亡国以后，流散世界各地的犹太诗人仍然用希伯来语写诗。在8—11世纪的西班牙南部，这种希伯来语诗歌还一度繁荣过，但此后就走向衰落直至衰亡（停止了用希伯来语创作，希伯来语仅作为诵经和祈祷的宗教语言）。这一时期的诗歌中也不同程度地包含着自我情感。不过，无论是以前的还是这段时期的希伯来诗歌，总的说来其中的自我情感都是作为异质于宗教情感的次要情感。直至18世纪末，在伴随犹太启蒙运动而兴起的近代希伯来诗歌中，自我情感才逐渐成为主要情感。这即是说，近代犹太诗人表现自我情感的诗歌逐渐取代了表现宗教情感的诗歌的主导地位。这种情况，与上文论说犹太民族的近代科学文化逐渐取代了犹太教文化的主导地位的情况是相对应的。

中古阿拉伯诗歌中的自我情感主要表现在描写美女和美酒的诗歌中。这些诗歌在思想上表现的是享乐主义和个人主义，在情感上表现的是异质于宗教情感的自我情感。阿拔斯王朝时期享乐主义最盛行。"我们看到，文学很好地代表了两个突出的派别——享乐派和苦行派。享乐派是写咏酒诗和情诗一类诗歌的。这类诗在艾布·努瓦斯、穆斯里姆·本·瓦立德等诗人的诗集和《诗歌集》中比比皆是。"② "打开《诗歌集》，每章每节都是寻欢作乐；打开艾布·努瓦斯的诗集，几乎全篇尽是醇酒美人、纸醉金迷。"③ "艾布·努瓦斯是这样鼓吹享乐主义的：'纵欲放情乐开怀，猥词俚语信口来。/夜半更深乐不尽，歌美弦妙配绝音。/何时想听歌女唱，何时帐篷夜栖身。/及

---

① 托马斯·卡希尔：《上帝选择了犹太人》，第228页。
② 艾哈迈德·爱敏：《阿拉伯—伊斯兰文化史》（第二册），第124页。
③ 同上书，第115页。

时行乐春难久，朝朝暮暮醉醺醺。”① 有些作品还描写舞女，甚至描写玩弄娈童，有色情和淫秽的成分。也有表现纯洁和高尚爱情的诗篇，如古达曼·本·佐法尔在其诗学著作中所引用的一首著名情诗：

他希望自己生病，
也许恋人得知他呻吟会与他通信。
他追求好事去追求崇高目的，
让恋人有一天能赞颂美德秉性②。

单纯描写饮酒作乐和美女、爱情的诗篇，所表现的情感当然不可能是宗教情感（当时苦行派诗歌则往往表现宗教情感，与前者形成鲜明对照），而只能是自我情感。不过，如果“纵欲放情”并用“猥词俚语”来表达，那样的个人欲望和自我情感不免粗鄙低下。

上文曾指出，阿拉伯文化中异质于宗教的科学精神和哲学思想在很大程度上曾受古希腊影响，然而，“希腊文学对于阿拉伯文学的影响似乎是微弱的”③。不过，这影响毕竟存在，如哲理诗人艾布·阿拉·麦阿里（973—1058）就受到希腊理性哲学的影响。他早年是伊斯兰教的忠实信徒，写诗以颂扬、矜夸和状物为主，后来却对宗教信仰进行了深刻反思，在“宗教一再宣扬的来世说方面，麦阿里表现出他的怀疑，这在他的许多诗歌中均有所反映”④。他的一首悼念友人的诗被认为是“整个阿拉伯诗歌中最优秀的作品之一”⑤，其中就有他对生死的独特思考：

啊，请你轻一些踏步，
我想这大地的表面，
全是些躯壳构成。
也许某一个坟茔，
曾多次变为茔地，

① 艾哈迈德·爱敏：《阿拉伯—伊斯兰文化史》（第二册），第122页。

② 转引自［阿拉伯］古达曼·本·佐法尔：《诗的批评》，曹顺庆主编：《东方文论选》，第503页。

③ 哈迈德·爱敏：《阿拉伯—伊斯兰文化史》第一册，第143页。

④ 蔡伟良、周顺贤：《阿拉伯文学史》，第160页。

⑤ 同上书，第163页。

它嘲笑那敌对之人，
互相拥挤在一起。
啊，整个生命都是劳累，
最奇异不解的是，
有人还想把它延续。①

世代的死者拥挤在墓地中，没有来世可去。生活是劳累，存在是痛苦，为了避免这种劳累和痛苦，最好的办法是杜绝生育，所以诗中有“整个生命都是劳累，/最奇异不解的是，/有人还想把它延续”的说法。麦阿里临终前留下的墓志铭把这个观点表现得更极端：“这是我父亲犯下的罪孽，/而我却没有对任何人犯罪。”② 麦阿里视生育后代为犯罪，真是悲观厌世到极点了。这种思想情感是很自我个性的，却是违背伊斯兰教的。

中古波斯诗歌中的自我情感突出地表现在怀疑和批判宗教的作品中，其中以欧玛尔·海亚姆（1048—1122）的四行诗为代表。海亚姆既是诗人，又是科学家，“他对天文、数学、医学都有较深的造诣，对希腊哲学及阿拉伯哲学也有研究”③。这些正是他的诗篇能够表现理性精神和自我情感的原因。请看他的一首四行诗：

我们来去匆匆的宇宙，
上不见渊源，下不见尽头。
从来无人能参透个中真谛，
我们自何方来，向何方走？（张鸿年译，下同）

这是对宇宙的理性追问，对人生的深沉思索。这种思索和追问实际上是对真主创世创人和主宰一切这种既定信仰的怀疑和否定，是诗人独特思想情感的真实表达。海亚姆的某些四行诗是直接怀疑和批判宗教的。“不论是从内容还是从形式上看，海亚姆四行诗的精华都是他反对宗教教义的四行诗。……他透过宗教神学迷雾，看到了宗教教义基础的矛盾，他在四行诗中对教长、教义乃至至高无上的神都提出大胆质问，对地狱与天堂的存在断然加以否

① 转引自汉纳·法胡里：《阿拉伯文学史》，第425页。
② 转引自周伟良、周顺贤：《阿拉伯文学史》，第161页。
③ 张鸿年：《波斯文学史》，第89页。

认。"[①] 如他的这首四行诗：

多么令人遗憾，生命在不断逝殇，
命运逼得多少人痛断肝肠。
从无一人从彼世带来信息，
告诉我们离去的旅人近况。

海亚姆一生的思想历程是"从虔诚的穆斯林到公开的怀疑者"[②]。"他一生唯一不变的是对酒的歌颂。酒是他绝望时借以遗忘痛苦、烦恼或者借以兴奋、快乐的东西。"[③] 所以，海亚姆也有许多四行诗是关于饮酒作乐的，其中往往浓缩着与宗教思想抵牾的深刻哲理。例如：

啊，可心的人儿快拿来酒壶酒盏，
到青草坪上、小河岸边，
这世道把多少亭亭玉立的少女，
一百次变为酒壶，一百次变为酒盏。

这首诗的可贵之处不在于感叹人生短暂，劝人及时行乐，而在于由此思索人生的奥秘。它"实际上是指出人的生死并无神秘之处，只不过是物质形式的转化，因此，这组诗句在一定程度上对他自己提出的'我们自何方来，向何方走'给了一个答案。这种物质不灭的观点，与古希腊哲学以及希腊哲学在阿拉伯世界的继承人法拉比（870—950 年）的学说[④]是一脉相承的"[⑤]。

哈菲兹写了许多歌咏饮酒和爱情的诗篇，咏酒诗中也有明显怀疑宗教的思想。例如，"哈菲兹死后烦请为他送葬，/大罪弥天，他终究要登上天堂"。又如，"哈菲兹呵，末日你若高撑一杯醇酒/人们会从酒肆把你直送到天堂"。有罪和嗜酒的人死后也上天堂，这显然是诗人的反讽，实际上是否认天堂的存在。哈菲兹就曾经在一首诗中表明过这种观点："如若哈菲兹的想法合乎伊斯兰教义，/天呐，那彼世岂不真会代替今生。"这种动摇伊斯

---

① 张鸿年：《波斯文学史》，第 96 页。

② M. A. Reuben Levy, *Persian Literature: an introduction*, London: Oxford University Press, 1923, p.38.

③ Ibid.

④ 译者注：法拉比哲学的主要观点就是物质不灭和否认神的存在。

⑤ 张鸿年：《波斯文学史》，第 94 页。

兰教信仰基本原则的观点差点儿给诗人带来灾难。① “哈菲兹的诗歌是在中世纪波斯诗歌发展中的一个高峰，就他的诗歌的思想内容来说，很像欧玛尔·海亚姆的四行诗。”② 文学史家作过如下比较和评论：

哈菲兹：

来呵，让我们把鲜花撒遍，把美酒斟满，
撕碎头顶上的天幕，再造一重青天，
人世上既然寻不到人的情义，
让我们再创造一个多情多义的人寰。

海亚姆：

如若能像真主一样主宰命运，
我就把这世界一举轰毁，
我要重造天地，再铸乾坤，
让渴求自由的人如意称心。

这里，两位诗人同声诅咒旧世界，怀着对未来的美好憧憬，呼唤一个新世界的诞生，并表示用自己的力量去创造它。③ 海亚姆和哈菲兹就是中世纪伊斯兰世界里“渴求自由的人”。他们的这种诗篇所表现的，就是诗人的自由意志和自我情感，他们所呼唤的新世界在数百年后终于露出曙光。

尽管印度诗歌的宗教性很浓厚，其中还是包含了不少异质于宗教的思想情感。这种异质的思想情感在最早的《梨俱吠陀》中就有，“例如在歌颂因陀罗的诗里不得不提到有些人不相信因陀罗（第 2 卷第 12 首第 5 节）”④。又如另一首诗提出这样的问题：“天神也比这一次创造出现得晚。谁能知道世界是从何而来的呢?”⑤ 这种问题的提出，说明诗人在思索世界的本源时在一定程度上已挣脱了宗教神话的束缚。吠陀诗集中的这类思想，大约是前文说到的顺世派怀疑论哲学思想的来源。

迦梨陀娑的长篇抒情诗《云使》中也有异质情感的表现。《云使》描写

---

① 张鸿年：《波斯文学史》，第 127 页。
② 同上书，第 178 页。
③ 同上书，第 180 页。
④ 金克木：《梵语文学史》，第 40 页。
⑤ 同上。

小神仙药叉被贬谪到南方雨林后对远在北方神山中的妻子的思念，诗中穿插了许多神话传说，还不时赞颂湿婆和罗摩等大神。然而，透过这些宗教神话的外表，我们所深切感受到的是人世间夫妻之间真实的思念之情。且看药叉对爱妻的日思夜梦：

我用红垩在岩石上画出你由爱生嗔，
又想把我自己画在你脚下匍匐求情，
顿时汹涌的泪水模糊了我的眼睛，
在画图中残忍的命运也不让你我亲近。(105)
我有时向空中伸出两臂去紧紧拥抱，
只为我好不容易在梦中看见了你；
当地的神仙们看到了我这样情形，
也不禁向枝头洒下了珍珠似的泪滴。(106)(金克木译)

前文论述中国古代诗歌的异质情感时，曾举袁枚诗“妾自梦香闺，忘郎在远道。不惯别离情，回身向空抱”为例，指出这是诗人对梦中爱恋的如实描写，是思念之情的直接流露，全然不受礼教的约束。这里迦梨陀娑也有类似的描写，我们可以认为这是诗人借神仙的爱情在表现自我真情，与因统一的宗教信仰而产生的对神的敬畏、崇拜、祈求等宗教情感全然不同。《云使》还用不少诗节描写神仙们在仙宫里纵情享乐，那实际上表达了诗人对宗教禁欲主义的否定和对现实快乐生活的向往。

印度古代诗歌的异质情感集中表现在艳情诗中。“迦梨陀娑的《时令之环》和法致呵利的《三百咏》中的《艳情百咏》是艳情诗的前驱。”① 此后，这类诗还有阿摩卢的《阿摩卢百咏》、哈拉的《七百咏》以及无名氏的《偷情五十咏》等。这些艳情诗所表现的情感主要不是关于神的宗教情感，而是人世间男欢女爱的情感——一种最真实最普遍的自我情感。

12 世纪以后，梵语诗歌衰落下去，而用不同俗语（印地语、孟加拉语、乌尔都语等）写的诗歌以及用外来的波斯语写的诗歌陆续兴盛起来。从 12 世纪至近代这数百年间，印地语的虔诚派诗歌的成就较大。虔诚派既用对印度教的虔诚来抵制入侵的伊斯兰教，又要求对印度教不合理的东西进行改

① 金克木:《梵语文学史》，第 365 页。

革。该教派领袖之一同时又是诗人的格比尔达斯（1440—1518）曾猛烈批判印度教和伊斯兰教。如他的一首四行诗：

婆罗门、阿訇和大神，
比不上驴、狗和公鸡！
它们劳动换来吃，
公鸡还催人早起。①

不仅大骂印度教的婆罗门和伊斯兰教的阿訇，还敢于亵渎神灵。又如：

幻想本是内心生，
化身也是幻想成。
想出梵天、毗湿奴，
目的用来骗世人。②

指出神灵是人幻想出来的，其目的在于用来欺骗世人，这是很深刻的理性批判。"在那宗教势力非常强大，宗教气氛非常浓厚的情况下，这样做是难得的。在印地语文学史上，在现代文学产生以前的各个时期里，这样大胆指责宗教是没有先例的。"③ 格比尔达斯在诗歌中表现的这种情感，无疑是异质于传统宗教情感的自我情感。格比尔达斯在诗歌中还反对种姓制度，主张在神的面前人人平等；还反对偶像崇拜、祭祀、苦行和歧视妇女等陋俗，号召印度教徒和伊斯兰教徒团结起来。他的某些思想已具有现代宗教改革的意义，泰戈尔的宗教改革思想就曾受到他的影响。

印地语诗人也写了许多关于黑天和罗陀的艳情诗，有的艳情诗借以表达崇拜黑天（大神毗湿奴的化身）的宗教情感，例如虔诚派诗人苏尔达斯（1483—1563年）的艳情诗；有的却借用这种神话表现对异性的真爱，例如女诗人米拉巴伊（1503—1573年）的艳情诗就如此。"米拉巴伊以黑天的名义表达自己的爱情……米拉巴伊的诗是她自己生活和思想感情的反映，而且在一定程度上反映了追求自由爱情方面的斗争。"④

---

① 转引自刘安武：《印度印地语文学史》，人民文学出版社1987年版，第65页。
② 转引自上书，第66页。
③ 同上书，第65页。
④ 同上书，第115页。

四、宗教情感与自我情感的历史变化

我们只论述近代以来西亚南亚三种诗歌的宗教情感与自我情感的历史变化，因为这种变化最重要：宗教情感与自我情感的主次关系发生了转换，以自我情感为主导的近现代诗歌由此产生；同时，这种历史变化与近代以来中国诗歌的道德情感与自我情感的历史变化有很大的类似性，可以为中国近现代诗歌的有关研究提供参考和启示。

近代希伯来诗歌①于18世纪后期产生于德国，然后传播到波兰、俄国和意大利等国家。一个民族（后来成为一个国家，即以色列国）的诗歌产生于别的民族和国家，这是很独特的。正因为如此，近现代希伯来诗歌受到这些国家的诗歌的深刻影响，后来又受到英美诗歌的有力影响。尽管如此，近现代希伯来诗歌却并未失去其民族特色。这不禁令人产生这样的感想：那些与西方的关系远没有如此紧密、所接受的影响远没有如此深刻的国家，当它们在与西方文化的接触中建构自己的文化和诗歌时，实在没有必要那么惧怕失去自己的民族特色，以至于常常犹疑不前乃至复古倒退。这个道理其实简单：民族的传统和特色是融在人们的生活和思想情感中的东西，当人们依据自己的生活和思想情感来创造新的文化和诗歌时，必然创造出新的民族传统和特色——这也就真正继承和发扬了旧的民族传统和特色。如果人们在创造中特意要保持这些或那些民族传统和特色，就可能创造出一些行尸走肉似的东西，最终反而会失去应有的民族传统和特色。

关于近现代希伯来诗歌的思想情感和语言技法等的根本转变，以色列学者的论断很能说明问题："在现代时期之前，希伯来语诗歌最突出的是宗教性诗歌。……只有18—19世纪期间中欧和东欧打破了宗教传统之后才进行角色转换：在此现代时期，世俗诗歌成为希伯来语诗人的主要工作，对待宗教的主题只是偶一为之而已。然而，相辅相成地，现代希伯来语诗歌不仅标志着打破极其悠久的宗教诗歌传统，而且实际上延续了这一传统。现代希伯来语诗歌的世俗性使之与古代诗歌和中世纪诗歌截然分开，与此同时，其语

---

① 近代希伯来诗歌，指用近代新兴的希伯来口语写成的诗歌，并非指近代犹太人创作的所有诗歌。近代犹太人用非希伯来语创作的诗歌（这在世界许多地方都存在）不在其中。这是我们在这里称近代希伯来诗歌（或希伯来语诗歌）而不称近代犹太诗歌的原因。

言、符号、修辞和暗喻大体上填补了它的空白。"① "近现代希伯来诗歌的发展也经历了从与传统诗歌表现方法的决裂到创造新词、复活古词、将口语引进诗歌；从注重表现民族主义的主题到逐渐转向退避集体经验而愈来愈多地展示个体经验，最后以打破传统古典结构、整齐韵律，宣告观念性诗歌的终结，希伯来诗歌以现代化的丰姿步入了当代诗坛。"② 当代希伯来诗歌"表现最多的是个人的奋斗与困惑"③，这显然与古代希伯来宗教诗歌的思想内容很不同了。

就上述转变中的希伯来诗歌的自我情感看，其内涵的变化大致是：从偏重对外在社会事件的自我感受逐渐到对内在心灵的自我感受。所谓对外在社会事件的自我感受，首先是对所在国对犹太人的民族压迫④的感受和反思，其后是对回归巴勒斯坦和重建以色列国的犹太复国主义运动的感受和反映。这样感受出的诗歌情感必然是社会群体性情感，不过它首先是个体的情感，然后才汇合成一种群体的情感潮流。因此，它在根本上是自我情感，是自我情感带上了社会群体性。例如，"你在哪里，你在何方，神圣的土地啊！/我的灵魂思念着你，/你，还有我，/何时才能重返生活。"⑤ 这种渴望复国的爱国情感就非常自我。这种情感与过去由既定的宗教信仰及其意志目的所激起的群体性宗教情感是不同的。

对内在心灵的感受或者说对自我本身的感受，更是纯粹的自我情感。具有这种自我情感的诗歌大多是20世纪以来的现当代希伯来诗歌，其题材多为男女爱情、个人生活和自然景物等，在表现形式上有的还具有先锋性。例如，当代杰出诗人耶胡达·阿米哈依（1924—?）的《妈妈把世界烘烤》：

妈妈把整个世界
给我烤成甜饼。
爱人把我的窗子

---

① ［以色列］伊兹拉·斯派斯亨德勒：《希伯来语现代诗歌概观》，《国外文学》1994年第3期，第93页。

② 于维雅编译：《当代希伯来诗歌概述》，《国外文学》1994年第1期，第80页。

③ 同上。

④ 早在4世纪的罗马帝国时期，就"出现最初的纯属宗教性质的反犹太主义表现"（J. 阿尔德伯特等：《欧洲史》，第142页）；中世纪欧洲也有对犹太人的压迫；犹太启蒙运动和新文学兴起时，欧洲某些国家又发生了打击甚至屠杀犹太人的事件。

⑤ 转引自约瑟夫·克劳斯纳：《近代希伯来文学简史》，第85页。

塞满葡萄干一样的星辰。
相思憋在我的心里
像面包中的气泡。
我表面光润、平静、黄亮亮。
世人都爱我。
但我的头发却像干涸沼泽中的芦苇一样忧伤——
所有羽毛光亮的美丽的小鸟
都从我身边飞走。(高秋福译)

原本生活在中东现今又回归中东的犹太民族，由于独特的历史原因，它比西亚南亚的其他民族和东亚的中华民族几乎早一个世纪开始文化转型和近现代诗歌的革新。它的这种转型和革新自然有其独特性，但与后来其他民族和国家的文化转型和诗歌革新也有若干明显的共同之处。

第一，近代希伯来文学革新伴随文化启蒙运动而发生。文学革新中诗歌是先锋。希伯来新诗歌新文学在文化启蒙运动中发挥了巨大作用：“从那时起，也许出乎开拓者们意料，希伯来文学不仅成为传播文化的媒介，而且成为继往开来的民族因素，成为以色列人民赖以生存、不可或缺的迫切需求。”① 其实，早先的西方文艺复兴就大致如此。下文将看到，其他西亚南亚国家和中国的情况也大致如此。这不禁使我们想起雪莱的话：“……一个伟大的民族觉醒起来，要对思想和制度进行一番有益的改革，而诗便是最为可靠的先驱、伙伴和追随者。”② 正是在这样的意义上，雪莱宣称：“诗人们是世界上未经公认的立法者。”③

第二，犹太民族的文化启蒙、文学革新与民族问题纠缠在一起。这个民族问题，主要指犹太人回归故土并重建民族国家。其他国家的民族问题则有所不同：对于阿拉伯等伊斯兰国家和印度来说，是从土耳其奥斯曼帝国和西方殖民者的统治下获得民族独立；对于中国来说，是在外国侵略的危难中实行民族救亡。

第三，在文化启蒙运动中，批判旧传统与引进新思想、开创新文化新文

① 约瑟夫·克劳斯纳：《近代希伯来文学简史》，第22页。
② ［英］雪莱：《诗辩》，伍蠡甫主编：《西方文论选》（下卷），第56页。
③ 同上书，第57页。

学是同时进行的，因此，启蒙思想家往往同时也是革新文学的诗人、文学家。这些新文化、新文学的先驱们兴办杂志，翻译和介绍西方的诗歌和文学，无畏地批判中世纪拉比犹太教经典《塔木德》中的僵化信条，批判犹太教神秘主义的愚昧无知。其他民族和国家大致也做类似的事情，不过各自的批判对象和批判力度不同。

第四，犹太民族在创立新文化、新文学的过程中，面临传统与现代、东方与西方的矛盾冲突（1947 年以色列国建立以前，散居欧洲的犹太人也存在着自身固有的东方犹太教文化与西方文化的矛盾冲突），因而相应地也存在革新派与保守派两种力量的对立和妥协。顽固的保守派曾经坚决抵制革新，围攻革新派的新生事物；激进的革新派曾经全盘否定犹太教的价值，其文学创作中出现过“西化”现象。结果犹太教改革了，具有民族性的现代新文化、新文学也建成了，并且成了占主导地位的文化和文学。其他民族和国家也发生类似情况，有的也已经取得类似的结果，有的正在取得类似的结果。①

第五，从近代到现当代，希伯来诗歌在思想情感和艺术形式上也有重大变化。那就是如前所述，从注重表现民族主义的群体性思想题材转向注重展示诗人个体性的内在经验，并打破传统的结构和韵律，走向现代化。其他民族和国家的诗歌从近代到现当代在内容和形式上的变化有类似情况。

以上不同民族和国家在创建新文化和新诗歌、新文学过程中的共同性，体现着世界文化和世界文学的历史发展必然性。

中古的阿拉伯伊斯兰文化和阿拉伯诗歌，都是在西亚的阿拉伯民族中兴起和繁荣起来的。近现代阿拉伯的文化和诗歌，却是在北非的皈依了伊斯兰教（以前信奉基督教）并把阿拉伯语作为官方语言的埃及发端的。埃及之所以能够如此，是由于它较早接触西方文化。埃及在 16 世纪遭受土耳其奥斯曼帝国的入侵和统治，虽然奥斯曼帝国也以伊斯兰教为国教，但它的入侵

---

① 中国的结果有所不同。中国的传统道德文化不可能像上述国家的传统宗教文化那样，通过改革后仍然以自身的形式存在于现代文化之中，与新兴的科学文化异质地共存和互补，因为新兴的科学文化中有它自身特定的道德文化成分——那应该是自由意志的（自律的）道德文化成分。中国的传统道德文化已经被或者正在被现代科学文化扬弃，即它的基本观念已经被或者正在被后者抛弃，它的合理性已经被或者正在被后者吸收。它是否可以被改造成为一种真正的宗教文化而与科学文化异质地共存和互补呢？这个问题不可预知。

和统治并没有给埃及的伊斯兰文化带来发展，反倒一度造成严重破坏。18世纪末法国拿破仑的入侵①却有所不同："这次入侵使埃及人注意到了西方科学的进步。拿破仑带来了一批历史、自然科学和数学方面的学者"；"拿破仑还建立了许多实验室，一座图书馆和一个印刷厂"；"这一切都引起了埃及人去探索法国人的科学理论的兴趣"。② 19世纪后期，埃及又遭受英国殖民者的统治，1922年才获得独立。在阿拉伯世界，埃及伊斯兰文化的现代转型是较为成功的，埃及近现代诗歌建设的成就也较大。

就思想情感的变化而言，埃及近现代诗歌建设的基本规律也是从主要表现传统的宗教思想情感转变为主要表现自我思想情感。这种转变具有以下一些重要现象，这些现象在阿拉伯世界的近现代诗歌中具有代表性。

第一，新诗歌是新文化和新文学转型的先锋。新诗歌是在19世纪兴起的以翻译和学习西方著作、兴办报刊和派遣留学生等活动为主的新文化运动中产生的。迈哈穆德·萨米·巴鲁迪（1838—1904年）是先驱诗人，邵武基（1869—1932年）等诗人紧随其后。他们以复兴阿拉伯古典诗歌的方式来进行革新，所以世称复兴派。

第二，与争取民族解放和民主自由的运动紧密关联。民族主义和爱国主义是复兴派诗歌的主要精神内涵，这种精神内涵是通过诗人的自我个性和自我情感表现出来的。例如巴鲁迪，"他的个性在诗中表现得坚强和突出，它是一个获得了完全自由的个性"③。他的诗歌"反映了诗人自己的生活和时代与民族的精神，他使诗歌真正抒发自己的情感、民族的情感和他们所经历的事变和艰难等"④。这即是说，新诗歌抒发的既是群体性的民族主义和爱国主义的情感，同时也是并且首先是诗人的自我情感，与古代阿拉伯诗歌主要表现群体性宗教情感不同了。复兴派诗人哈利勒·穆特朗（1872—1949）也写了不少反对奥斯曼土耳其人的腐败统治和歌颂自由、民主的诗篇，后来的新一代诗人也有类似的作品。同样，这些诗篇抒发的既是民众的情感，同时也是并且首先是诗人的自我情感。

---

① 1798年拿破仑率军入侵埃及，三年后退出，埃及重新回到奥斯曼土耳其人的统治下。

② ［埃及］邵武基·戴伊夫：《阿拉伯埃及近代文学史》，李振中译，人民文学出版社1980年版，第3页。

③ 同上书，第33页。

④ 同上。

第三，存在保守派和革新派的区别。阿拉伯文学史家认为，“十九世纪以来，我们的文学中就存在两大潮流，即阿拉伯潮流和西方潮流。爱资哈尔清真寺代表了阿拉伯潮流。”① “从这时起，在埃及就有两种精神生活：一种是集中表现在爱资哈尔清真寺的传统的保守派……这派的思想是狭窄和枯燥无味的；另一种是欧洲的文明思想，它包括了欧洲的文化和埃及人前所未闻的科学知识。”② 不过，这两股潮流后来渐渐汇合在一起了。历时地看，巴鲁迪等复兴派诗人因其是通过复兴古典诗歌来革新诗歌的，不免保持了较多的传统性，所以相对地也可以说是保守派；后来的新一代诗人则可以说是革新派。前一派多受法国诗歌的影响，后一派则多受英美诗歌的影响。在这些影响中，西方浪漫主义的东西较多，但也有象征主义等现代主义的东西。两派诗人实际上都没有丢弃自己的传统，他们中大多数都学贯阿（阿拉伯）西（西方）。其他阿拉伯国家的近现代诗歌也有类似情况。

第四，复兴派诗人偏重于表现社会性题材的自我情感，新一代诗人则偏重于表现自身内在的自我情感或者蕴含人类普遍思想的自我情感。复兴派诗人穆特朗的诗逐渐向内转移，可以说是两代诗人之间的过渡。新一代诗人的思想题材不再主要是爱国主义和民族解放，而是爱情和大自然。如新一代诗人易卜拉欣·纳吉（1898—1953 年），“他不抒发周围人们的民族和政治情感，而是去描写个人爱情的不幸遭遇，这种描写充满了痛苦、悲观、怀疑和烦恼”③。关于大自然的诗歌情感也是自我情感，只是其蕴含的意义往往更普遍。“这些诗篇表达了人类的普遍思想，这些思想发自内心真实的感情，发自从周围大自然中得到的真实灵感。因此它是完全自我抒发的诗歌，不是社会诗。”④

第五，爱国主义和民族主义压倒了对传统宗教的批判和革新。复兴派诗歌主要表达反对法、英殖民统治的爱国主义和民族主义的思想情感。复兴派诗歌不再像古代那样大量歌颂伊斯兰教，不过仍然有诗人歌颂真主和穆圣，甚至站在共同的宗教立场上颂扬外来的土耳其统治者。例如，邵武基和哈菲

① ［埃及］邵武基·戴伊夫：《阿拉伯埃及近代文学史》，李振中译，人民文学出版社 1980 年版，第 8 页。

② 同上书，第 12 页。

③ 同上书，第 153 页。

④ 同上书，第 48 页。

兹·易卜拉欣，他俩在诗中“表达了埃及人对伊斯兰教和代表伊斯兰教的土耳其哈里发的宗教情感”①。复兴派诗人少有深入批判传统伊斯兰教的，后来的新一代诗人也不多见。这与前文论述阿拉伯文化现代转型时所指出的“民族问题压倒启蒙问题”的总体形势是相应的。

以上情况，与前述犹太民族诗歌的现代化转型有许多相似性，与下文论述的伊朗（波斯）诗歌的现代化转型的相似性更多，与后面将论述的印度诗歌和中国诗歌的现代化转型也有相似性。这些相似情况，可以视为不同的非科学文化在转型成为科学文化过程中的规律性现象。这种规律性现象，不应简单地认为主要由于西方强势文化的影响所致，而应认为主要是这些非科学文化的民族共同的内在需求使然。有一点较为不同的是：在各自的文化和诗歌的现代化转型中，比较犹太民族对犹太教的批判和改革、印度民族对印度教的批判和改革以及现代中国人对传统道德的批判和扬弃，阿拉伯民族对伊斯兰教的批判和改革是不够的。这一点不同，使某些阿拉伯国家的文化和诗歌的现代化转型出现很大的障碍和延迟。

从19世纪初开始，英、法、俄等列强势力日益渗透进伊朗，伊朗内部的各派封建势力也冲突不断。在这种内忧外患的形势下，伊朗开始了某些现代化改革，例如引进西方的思想和科学，兴办报刊、学校和医院等。伊朗新诗歌新文学也开始萌芽。新诗文的真正确立，是在1905年至1911年发生的反对君主专制和争取民主政治的立宪运动时期。新诗人的代表是穆罕默德·吉塔·巴哈尔（1886—1951年），他是“伊朗现代最杰出的诗人”②。新诗歌不再像古代诗歌那样主要表现宗教思想情感，“也一扫过去的红酒侍女、流水夜莺等传统主题与形象”③，而是表现反帝反封建和关切人民苦难的思想情感。如诗人阿里夫（1882—1934年）在《自由的信息》里写道：

> 昨夜，酒店老人给我传来音信，
> 痛饮一杯吧，一个国家开始苏醒，
> 专制主义把它折磨得百孔千疮，
> 万幸，立宪运动又赋予它新生。

① ［埃及］邵武基·戴伊夫：《阿拉伯埃及近代文学史》，李振中译，人民文学出版社1980年版，第42页。

② 张鸿年：《波斯文学史》，第225页。

③ 同上书，第242页。

看那为自由而牺牲的烈士把鲜血洒遍，
那一路上的红花多么鲜艳耀眼，
……①

这显然是一种革命性的变化。正如巴哈尔所说："作为革新和革命时期，顾名思义，标志着这一时期的特点是革命的思想和革命的文学。散文作品和诗歌作品都发生了巨大变化。"② 这些新诗歌所表达的情感当然是社会的和时代的情感，不过它同时也是并且首先是诗人的自我情感——是诗人们在参加前所未有的政治革新运动和诗文革新实践中所产生的自我情感，与古代在既定的宗教信仰制约下所产生的宗教情感不同。立宪运动的诗歌之后是革新派的诗歌。后者的革新有两个方面：其一是突破传统形式，提倡自由体诗；其二是抒写爱情和自己的生活经验，表现内心感受。这种诗歌有的还运用现代主义手法，诗风晦涩难懂。所以，从立宪派诗歌到革新派诗歌，单就其情感自我性的变化而言，也有一个从主要表现外在社会性自我情感转向主要表现诗人内在自我情感的变化。

伊朗近现代诗歌在表现反帝爱国特别是反专制暴政争民主自由的同时，有时也表现对传统宗教的不满，呼吁对它进行改革。例如，诗人阿甫勒·卡赛姆·拉胡蒂（1887—1957）在《致伊朗少女》中写到："美女呵，在这文明世纪可太不应该，/你如此妩媚动人却置身知识园林之外。/……/脱掉你的罩袍，去学校勤奋攻读，/愚昧的枝结出的果只有灾难与痛苦。/学习知识，了解世上风云变幻，/揭去黑纱显露出你美玉般容颜。"③ 然而，也像阿拉伯世界的国家那样，伊朗对传统伊斯兰教的批判和改革是不够的，所以我们看到，一个世纪过去了，让诗人痛心疾首的现象依然存在。

至近代，在西方文化和西方诗歌的激发和诱导下，前述印度古代诗歌中的自我情感逐渐强健起来，成为近现代诗歌的主要情感，其中包括自我性宗教情感；而传统的群体性宗教情感则转而成为次要的情感。

印度诗歌的革新也是与前述印度文化革新或称文化启蒙同步发生的，是后者的一种重要内容。这种革新在孟加拉语诗歌、印地语诗歌和乌尔都语诗

---

① 转引自张鸿年：《波斯文学史》，第 242 页。

② 转引自上书，第 222 页。

③ 转引自上书，第 229 页。

歌中都有突出表现，其中孟加拉语诗歌和印地语诗歌的革新对应于印度教文化的革新，乌尔都语诗歌的革新对应于伊斯兰教文化的革新。

三种语言的诗歌革新在印度近现代多种语言的诗歌革新中具有代表性。三者在思想情感上也具有某些共同性。例如，反对殖民主义、争取民族独立的爱国主义和民族主义是主要的思想内容；伴随这种思想内容的情感既是社会群体性的，也是并且首先是自我个体性的，与古代诗歌所表现的群体性宗教情感不同。又如，都有从偏重于表现外在社会性题材的思想情感，转向偏重于表现诗人内在个人性思想情感的变化；从接受西方浪漫主义和现实主义的影响，到接受西方现代主义乃至后现代主义的影响的变化。再如，革新过程中都有与保守思潮的斗争。当然，三种语言的诗歌革新在思想情感上又具有各自的独特性。以下分别简述之。

印度的启蒙运动和诗歌革新都最早发生在孟加拉地区。近代第一位孟加拉语大诗人是迈克尔·默图苏登·德特（1824—1873 年），后来的泰戈尔则是孟加拉语的最伟大的诗人。泰戈尔的宗教性诗歌成就最高，影响最大。他的新宗教观念决定了其宗教性诗歌的新思想情感的特征。泰戈尔坚持来自奥义书的梵我同一观念，说明他有继承传统印度教的一面；另一面则是他的革新观念。泰戈尔说：“我的宗教信仰首先是一个诗人的信仰。……我希望，当我说我的诗才——自我表达的工具——是出自情感深处的瞬间爆发的反应时，没有人会指责我在吹牛。”① 这说明泰戈尔的宗教观是与他的诗歌创作及其自我表现紧密关联的，这种宗教观可以说是自我的宗教观、个人化的宗教观。为什么会有这样的宗教观呢？这是由泰戈尔的自由主义思想决定的，而这一点在很大程度上又与他的家庭有关。泰戈尔说：“我的家庭成员全部都积极投身于当时兴起的这三大运动。② 由于我们对宗教采取了自由主义思想的观点，我们被逐出教族。像其他所有被逐出教族的人一样，我们倒由此享受到一定的自由。当时，我们面临的任务是，用自己思想的威力和精神的力量建立一个自己的世界。”③ 他又说：“我的家庭过着一种与众不同的生活，这种生活教会我从青年时代起就如何寻求自我表现的方式以及用自己的

---

① 泰戈尔：《艺术家的职责》，陈宗荣译，《泰戈尔论文学》，第 382 页。

② 据泰戈尔《艺术家的职责》一文的说法，这三大运动是罗易领导的宗教运动、孟加拉语文学革命运动和反对殖民主义的民族主义运动。

③ 泰戈尔：《艺术家的职责》，陈宗荣译，《泰戈尔论文学》，第 377 页。

标准判断这些自我表现是否正确。”① 泰戈尔的这种自由的和自我的宗教观，就是他的所谓“人的宗教”观。泰戈尔在其《人的宗教》一书中说，人“过去习惯于请求神的帮助，而他的神自己现在就站在他的门口，向他索取献品。作为动物，他仍旧依赖自然；作为人，他是营造并统治自己的世界的君主”②。又说，“宗教无可避免地专注于人性”③。这样，宗教的重心转向人性，而不再是神性了；并且神也具有了人性，成了人的自由精神和自我情感的表征。泰戈尔宗教性诗歌的代表作《吉檀迦利》就集中表现了这种新宗教观念，他自己的话可以作为《吉檀迦利》的一个很好的注脚：“与我们同在的神并不是一个遥远的神；他属于我们的寺庙，也属于我们的家庭。我们在所有关乎恋爱与慈爱的人性关系中，都感觉到他与我们亲近，而在我们的喜庆活动中，他又成了我们尊敬的主宾。在开花与结果的季节，在雨季到来的时候，在秋天的累累果实中，我们看到了他的披风的边缘，而且听到了他的脚步声。在我们所崇拜的一切实在对象中，我们崇拜着他。在举凡我们的爱是真挚的地方，我们爱着他。”④

泰戈尔的宗教与西方基督教不同，但他的宗教革新观念与西方基督教的革新观念有相通之处，即实质上都是提倡宗教的个人化和世俗化。泰戈尔之所以产生这样的革新观念，除上述家庭原因外，一个重要的原因就是由于他接受了西方人文主义思想和进化论等科学思想的影响；此外，前述印度国内格比尔达斯的反叛性宗教（印度教）思想以及佛教的慈悲精神对他也有一定的影响。

印地语文学是近现代印度的国语文学。印度的宗教文化传统和梵语文学传统，“使得不少印地语的文学作品有着浓厚的宗教意识，只是到了近、现代情况才有所变化”⑤。近现代印地语文学的开创者是帕勒登杜（1850—1885年）。他是虔诚的印度教徒，却接受西方的影响，很早就创办文学杂志，参加思想启蒙和文化革新活动。他的诗歌表达复兴印度民族的愿望，表现强烈的民族主义和爱国主义精神，但也称颂西方文明，甚至表达对英国当

---

① 泰戈尔：《艺术家的职责》，陈宗荣译，《泰戈尔论文学》，第377页。

② 泰戈尔：《人的宗教》，刘建译，《泰戈尔全集》（第20卷），第265页。

③ 同上书，第312页。

④ 泰戈尔：《什么是艺术》，刘建译，《泰戈尔论文学》，第100—101页。

⑤ 刘安武：《印度印地语文学史》，第10页。

局的忠心。团结在他周围的一些启蒙诗人和作家也有类似的情况。进入20世纪，随着文学领域里思想斗争的深入，也曾出现复古主义诗人，“企图把文学引导到古代中世纪所走过的道路上去，引导到仍旧去歌唱罗摩和悉多或者罗陀和黑天的颂诗以及庸俗而又毫无生气的艳情诗的道路上去”①。

就近现代印地语诗歌的思想情感看，大致也有一个从外在社会性转向内在个人性的变化。自启蒙运动以来，主流的思想情感内容是反对殖民主义和争取民族独立的民族主义和爱国主义，后来还扩展到反映民生疾苦等社会问题乃至表现社会主义理想等方面。这种思想情感当然是社会性的和群体性的，但一般也是并且首先是诗人自我性的：是诗人在思想启蒙、宗教改革和新文化建设中自我选择和真切体验的结果。20世纪二三十年代，出现了在思想情感上表现个性解放和人道精神，在艺术上提倡唯美主义、感伤主义和神秘主义的思潮，著名诗人伯勒萨德（1889—1937年）的诗歌就是这种思潮的代表。他的诗歌多描写自然、爱情和宗教，表现内心的苦闷、失望和宗教神秘主义观点。著名女诗人默哈德维·沃尔马夫人（1907—?）创作于三四十年代的诗歌，“大多是写自己内心的感受和个人的哀愁，很少直接涉及社会生活”②。“她感兴趣的是通过特定的自然景色去发现无形的主宰，这个主宰就是她的情人，她写诗的目的也可以说就是去寻求这个情人所做的一种尝试。”③ 例如：

我凝视着月亮镜子，
我打开黑暗乌丝。
选星星编制成了头饰，
我把所有的光都用面纱遮住。
可是我今天新的打扮，
仍然引不起他欢乐的情绪。
有时还点燃了灯，为情人的到来照明。
世世代代，每天每时每刻，
每一刹那的时候，

① 刘安武：《印度印地语文学史》，第240页。
② 同上书，第371页。
③ 同上书，第371—372页。

我的柔和的灯啊！
请照亮我最亲爱的情人的来路。①

这里，我们看见了印度古代诗歌以爱情形式去崇拜神、歌颂神的痕迹。不过，诗人并没有说她的情人就是毗湿奴大神的化身黑天或者罗摩。或许，这样的追寻本来出自女诗人自身爱情的希望和失望，不过在诗篇中显然已作了哲学的升华和超越，从而具有了形而上的深广意义：那情人是生命和灵魂的主宰，是自然和世界的终极实在；那情人的不欢乐其实是诗人的不欢乐，甚或是诗人的痛苦。诗人对痛苦就曾做过这样的阐释："痛苦是我生活周围的一种诗，它具有将整个世界都连成一片的能力。"② 所以，诗人对情人的追寻，对世界的无形主宰的追寻，就是一种心灵痛苦的诗意追寻。在印地语近现代诗歌中，仍然常常借用传统宗教的神话和传说来表现诗人的现代思想情感，这种思想情感中就混合着宗教思想情感，这种现代的宗教思想情感往往是自我性的、个人化的，与古代诗歌中的群体性的和社会化的宗教思想情感不同。

印度近现代诗歌中也有彻底反对宗教的，例如伯金（1907—?）的引起社会震动的诗集《酒店》（1935）中的一首：

醉汉内心的火焰，
烧毁了一切宗教经典。
他把清真寺、教堂和神庙，
都一股脑儿砸烂。
他把阿訇、神甫和婆罗门
给他套上的锁链全都扭断。
今天我的酒店，
等待着殷勤接待这种醉汉。③

《酒店》里的诗"表现了这种对宗教进而对社会的一种不满和反抗，借酒来表达诗人向往人性解放、自由和无羁绊的生活"④。

印度20世纪50年代的现代派诗歌"抛弃了浪漫主义和现代思想意识，

① 转引自刘安武：《印度印地语文学史》，第373页。
② 转引自上书，第372页。
③ 转引自上书，第381页。
④ 同上书，第383页。

表现在他们的诗歌里的仅仅是现代人感受到的迷惘。他们之中最有影响的诗人是伽嘉南·马特沃·穆克蒂波特（1917—1964 年）……他的诗集《月亮的面容是弯曲的》（1964 年）中的诗歌，一般被认为是现代派印地语诗歌的最高成就”①。60 年代的印地语诗歌分裂成许多小派别，它们中有的“非抒情”，“非诗歌”，或者接受美国以金斯伯格为代表的“垮掉的一代”派的影响，具有后现代主义性质。

在前述印度穆斯林的文化启蒙和宗教革新的“赛义德运动”中，由于文学革新是其中极重要的内容，所以那场运动又叫“赛义德文学运动”。赛义德曾创办《道德修养》，“这本刊物对乌尔都的语言、文学、诗歌和文艺批评等方面作出了划时代的贡献。开创一种反对传统观念的、具有建设性目的的、有益的文学，是这个新文学运动的基础，它也被称为赛义德文学运动”②。“在乌尔都文学史中，这场运动是古代和近代的分界线，它的结果是使乌尔都的诗人和作家们得到了一种新的文学观点，并看到了新文学的曙光。”③ 毛拉那·阿扎德（1830—1910 年）和毛拉那·哈利（1837—1914 年）被认为是近代乌尔都语诗歌的奠基人。“他们抛弃了陈旧的题材和创作方法，使诗的题材扩大到道德观念和民族问题方面。”④ 哈利是赛义德文学运动的积极分子，他的许多诗“处处让穆斯林意识到自己的社会和文化的落后，从而唤起他们的民族自尊心和激发他们的进取心”⑤，他还把西方的某些诗学观念引进乌尔都语文学中。

此时期的阿克巴尔·阿拉哈巴迪（1846—1921 年）却是一个典型的保守派诗人，他反对赛义德运动，认为赛义德否认了伊斯兰教。他特别反对妇女接受现代教育、不戴面纱和参加集体活动等。请看他的一节诗：

昨天有几个姑娘不戴面纱招摇过市，
民族自尊使阿克巴尔无比羞愧。
我问她们：你们为什么不戴面纱？

---

① ［联邦德国］彼得·盖弗克：《现代印地语诗歌》，王竺译，《印度文学研究》（集刊1），上海译文出版社 1984 年版，第 362 页。

② 阿布赖司·西迪基：《乌尔都语文学史》，第 144 页。

③ 同上书，第 145 页。

④ 同上书，第 80 页。

⑤ 同上书，第 89 页。

答曰：面纱罩住了男子汉的智慧。①

后来的著名诗人扎法尔·阿里·汗（1873—1956年）的创作也有这种倾向。

20世纪最优秀的乌尔都语诗人是伊克巴尔（1877—1938年），他也是哲学家和宗教革新家。他以理性和人道主义精神重新解释《古兰经》，批判伊斯兰教的形式主义、命定主义和陈规陋俗；宣称生命个体的最高形式是“自我”，并在此基础上提出“完人”学说（“自我”发展到具有真主的某些属性时就是“完人”）。这学说曾受柏拉图和尼采的影响。伊克巴尔支持赛义德的“两个民族论”，后来又拥护泛伊斯兰主义运动，主张全世界穆斯林的大联合。伊克巴尔的诗歌富于爱国主义和民族主义的思想情感。他虽然曾经留学英国和德国，在诗中却能够批判西方文化，强调穆斯林的宗教性。著名诗人焦希·莫利哈巴迪（1898—1982年）的诗歌也主要表现民族主义和爱国主义，具有鲜明的政治倾向。他对宗教的批判更严厉，“总的说来，他对伊斯兰教、穆斯林和真主等宗教观念是持嘲笑的态度的。因而，他的一部分支持者把这归结于他的思想的解放，另一些支持者则认为他是人道主义这个更加伟大的宗教的旗手”②。焦希对伊斯兰教的这种态度，在同时代的诗人中是少见的。从20世纪30年代开始，乌尔都语诗歌在内容和形式上有新的探索：内容有所扩展，包括对爱情乃至色情的描写；形式更加自由；有些作品的风格含混、晦涩。这些变化中有西方现代主义诗歌的影响。

第四节　中国现代抒情诗的情感特性

一、文化的“科学—政治”特性

中国现代文化是“科学—政治”文化。它是从古代道德文化向现代科学文化转型过程中的一种过渡性文化。这种过渡性科学文化的主要特性，是政治特别突出，所以叫它“科学—政治”文化。

“科学—政治”文化有两层含义。一层含义是就“科学”和“政治”两端而言的。就“科学”一端而言，指中国现代文化在总体上是科学文化，

---

① 转引自阿布赖司·西迪基：《乌尔都语文学史》，第190—191页。

② 阿布赖司·西迪基：《乌尔都语文学史》，第225—226页。

只是还不成熟（政治特别突出就是不成熟的一个标志）。作为科学文化，它包含的当然不止政治成分，还有道德、经济、艺术的成分，以及在根本上推动它发展的科学技术成分。就“政治”一端而言，这种政治可以是科学文化性质的，是科学文化的一个部分；这种政治也可以不是科学文化性质的，即它不受科学理智的制约，而是相反，这时它就是一种异质于科学文化的政治文化，其典型时期是20世纪50年代至70年代。“科学—政治”文化的另一层含义是就“科学”与“政治”之间关系的变化而言的，那就是：总体上科学性逐渐增加，政治性逐渐减少；或者更准确地说，科学理智的作用逐渐增大，政治意志的作用逐渐减小；直至后者完全受制于前者，在文化中只发挥应有的作用而不再特别突出。那时的文化就是成熟的科学文化了，就不再称“科学—政治”文化了。

中国现代文化中的政治为什么特别突出？主要原因有三。其一，中国古代的道德文化是政德合一的文化，政治是道德的最高表现，所以政治很突出。因此，在由道德文化向科学文化转型的过程中，这种突出政治的传统会以不同形式发生作用。例如，传统的“以天下为己任”和“天下兴亡，匹夫有责”等思想，会使新文化的创建者们大都热衷于政治，凡事首先着眼于政治。其二，这种文化转型是在西方的思想传播和武力侵略的双重激发下产生的，所以新文化的建构与民族的救亡图存同时进行，于是政治的优先和突出不可避免。其三，最主要的是，马克思主义走出西欧以后，成了一种激发和支持穷困国家进行政治革命的思想力量，而中国正是这类国家之一，所以中国现代文化中的政治革命性很突出。

（一）“科学—政治”文化的产生与发展变化

晚明关于人的自主、自由、自利与平等的个性解放思潮，具有科学文化的人文精神，是中国现代文化的先声。人们常将它与西方文艺复兴相提并论。其实，它与后者有两个重要的不同。第一，文艺复兴实际上是西方现代科学文化的全面兴起。它除了人文精神方面的贡献以外，还有“哥白尼和伽利略开始的科学思想的革命性变化作出了不少贡献（有人甚至认为比人文主义的贡献还要大）”①；此外，还有宗教改革与之呼应。晚明思潮却主要

---

① ［英］阿伦·布洛克：《西方人文主义传统》，董乐山译，生活·读书·新知三联书店1997年版，第8—9页。

是人文主义思潮，其他方面的支持和呼应没有多大力度。第二，文艺复兴是真正意义上的“复兴”，即复兴古代希腊和罗马的科学文化，因而它既有资源，也有目标和理想。也正因为如此，它能够从文艺扩展到其他方面。晚明思潮却没有这样的资源，也没有进一步发展的目标和理想。尽管中国历史上也存在着与道德文化异质的科学文化成分，但是它与古代希腊和罗马的基本成熟的科学文化比较起来显得很薄弱，它对晚明思想家也没有发生多少直接的作用。晚明思想主要是从儒家心学内部突破出来的异质思想①，因而在很大程度上仍然局限在古代道德文化的形式内，这是制约其进一步发展的重要原因。这样，晚明思潮和文艺复兴的结果就截然不同了：文艺复兴成功扩展开来，作为西方现代文化的开端而延续下去；晚明思潮则在中国历史上中断了。

鸦片战争以后，中国现代文化再次发生，此次发生以后延续下去了。不过，此次发生是在西方列强的枪炮威逼下开始的，所以思想准备不足。② 此次发生集中在以军事工业为主的经济建设上，即“洋务运动”或称“自强运动”。创建一种新文化从经济着手未尝不可，可是，自强运动基于的是“中体西用”和“以夷制夷”的指导思想，目的在于报仇雪耻，再显大清国威，而不在于创建一种新文化。因此，当甲午海战惨败、强国之梦破灭以后，人们的眼光很容易转移到政治上，即试图通过政治改革来达到强国的目的。中国现代文化如此发生和发展，固然有客观方面的无奈，但从主观方面看，古代道德文化的强大传统一直在起着不良的作用。日本文化的现代化也是在外国势力的枪炮声中发端的，但因为它能较彻底地扔掉传统（主要是

---

① 前文曾指出，周公等先贤将基于农耕经济和宗法社会的道德规范神圣化、天意化，从而成为道德文化的本体观念“天”“天德”“天命”等（后来演变为“道”“天道”“天理”等）。这可以说是人心的一种异化。继承这些观念的原始儒家思想中本来就有心性论的成分，后来的理学更讲究心性。从理学中发展出的王阳明心学则宣称“心即理”，于是天道回归人心。这就完成了从人到天，又从天到人的循环。这样，儒家思想就走到了尽头，“天道”就容易在人心中转化成为“人道”（指尊重人自身的人道，而不是先前在人事中体现天道的人道）。这即是说，天道、天理的神圣性和非人性就可能剥落，人心中本来的个体性和真实性就可能凸显出来。换言之，个体为本位和人心的能动发展就成为可能。李贽等王学左派正是从这一点上突破出来的：他们借助佛家的“明心见性”“即心即佛”和道家的“自然”“贵真”等观念，推出“人即道”“道即人”，而这个“道”就主要是人道了，并进而提出人性解放和个性自由的新思想，这种新思想就是人道主义而不是天道主义了。

② 鸦片战争前后龚自珍、魏源等经世学派代表人物的改革呼声显得势单力薄。更早明清之际王夫之、黄宗羲、唐甄等人的影响主要局限在学术上。

从中国传播过去的儒家思想传统，而不是本土固有的大和精神传统）的包袱，提出“文明开化”“脱亚入欧”的口号，所以能较快转型和迅速发展。

1894 年甲午战败，4 年后即变法维新，其间的思想准备仍然不足。此前的自强运动和此后的辛亥革命，在思想文化的层面也准备不足。这与西方现代文化的兴起是不同的。西方是首先通过文艺复兴和宗教改革做了充足的准备之后，才引起思想启蒙和政治变革，再引起科技和经济的大发展。戊戌变法虽然思想准备不足，但是像它那样自上而下的改革还是可能成功的（世界上类似那样的现代化改革有很多成功的先例）。可惜它没有成功，从而延缓了中国现代化的进程。变法维新的失败，最根本的原因是旧文化的传统太深。传统力量对变法维新的阻遏表现在维新派和顽固派两方面。就维新派方面看，他们是很激进的。不过，他们的激进主要出于保国保种和保孔，而并不出于创建一种根本不同的新文化。所以，维新派的激进与“五四”先驱们批判孔子和旧文化的激进有所不同，与俄国和日本在改革上的激进也不同。18 世纪初期俄国彼得大帝的激进改革，目的在于反对自身的旧传统而融入欧洲传统，建设一种新文化。比中国戊戌变法早一点的日本明治维新提出“文明开化”“脱亚入欧”的口号，也很激进，但这种激进是在承认自己文化落后的前提下急于创建一种类似于欧美的文化。中国维新派变法的目的，却在于力图富国强兵和改革政治制度的同时，还力图通过糅合儒家思想与西方人文主义来延续传统文化，因此，他们不着重从改变旧观念的启蒙活动入手，而试图通过激进的改革措施来达到目的。激进地改革体制却不触动那体制的思想基础，这样的改革只能是政治冒险。传统力量对变法维新的阻遏在顽固派方面的表现，是他们对戊戌变法运动的直接扼杀。戊戌变法如果成功，中国现代文化可能会较为健康地发展，而不会出现畸形地突出政治的情况。戊戌变法的失败导致后来流血的辛亥革命，此后长期战乱不息。中国现代文化注定要走突出政治并且在很大程度上突出军事政治的道路了。

变法的失败间接推动了清末新政。虽然实施新政的目的主要在于巩固专制皇权，但是其结果也有可能引导中国逐步走向现代化。激进的革命党人却看不到这点，他们希望中国快速变化，于是利用广泛的反满民族主义力量发动辛亥革命。辛亥革命虽然结束了两千余年的君主专制统治，却并没有成功地建立民主政治。不过，此后国人一直为之奋斗不已，直至今日。在这个意义上，辛亥革命可以说是成功的。所以，如果说自强运动在一定程度上为中国现代文化奠定了器物层面的基础，辛亥革命则为它奠定了体制层面的基础。此外，辛亥革命在宣传自由、平等、人权等人文思想和法制建设，在提倡资本主义经济和现代教育等方面，对中国后来的现代化进程也产生了重要影响。辛亥革命以武力建立民主政治的方式，并不是最好的方式。它使中国现代文化本来就突出的政治特性中，革命政治、军事政治的特性又更加突出了。

“五四”的独特意义在于“五四”前后的思想启蒙，而不在于“五四”爱国运动。此前的自强运动、戊戌变法和辛亥革命都是爱国运动，“五四”爱国运动是接续它们的又一个爱国运动。“五四”前后思想启蒙的独特贡献，在于它提倡“科学”与“民主”，以及更为基本的个人的自主和自由。这是人文主义的启蒙精神，亦即所谓“人的发现”。所以“五四”精神与晚明思潮是相通的。不过晚明思潮并未完全脱离传统文化形式，而“五四”精神则完全摆脱了那种形式，并对传统文化进行了彻底批判。就“五四”的人文精神而言，它与西方文艺复兴更接近，但也有很不相同的地方。“五四”精神并不是单纯的人文主义启蒙精神，它从一开始就包含着爱国救亡的目的。或许，主要就是这种爱国救亡的目的引导出了启蒙精神：此前的爱国救亡屡不奏效，因而启发“五四”前后的思想家们着手开启民智、民心（梁启超等），进而觉悟到必须彻底批判传统文化（胡适、陈独秀、鲁迅等）。这种启蒙与批判本身，却是中国现代思想的一次大跃进，它超越爱国救亡而向新的人文精神深入，致使中国新文化在思想层面上具有了真正的现代性。可惜，很快“救亡压倒启蒙”。这样，“五四”所奠定的思想文化的基础不免脆弱，亦如此前自强运动所奠定的器物文化基础和辛亥革命所奠定的体制文化基础都很脆弱一样，后来人还要不断修复乃至重建。同时，如此创建的新思想文化，亦如此前的新器物文化和新体制文化一样，先天地就具有突出政治的特性。故而后来的结果就不足为怪了：救亡，尤其是革命不但压倒启蒙，而且取消启蒙，甚至与启蒙为敌。

“五四”新文化运动有两点“激进”为人诟病：其一是“打倒孔家店”，其二是“全盘西化”。“打倒孔家店”这口号不容易被接受，不过后来的事实基本如此。这即是说，以孔孟思想为代表的传统思想的“店”已基本坍塌①，

---

① 旧的、传统的孔家店坍塌后，新的、现代的孔家店会产生出来（例如现代新儒学），不过后者的存在形式和规模会大不一样，其社会功能和社会地位也有质的不同。

科学文化思想的“店”已基本建立起来。孔孟思想的核心是固守从西周承传下来的关于等级秩序和亲疏关系的“礼”，以及自觉地为之努力的“仁”（“克己复礼为仁”），这个理论核心与科学文化思想是不相容的。包括孔孟思想在内的儒家核心思想体系，只是供现代文化批判和继承的一份宝贵遗产。回顾整个中国现代文化的发展历程，我们看到的是它的传统性（在一定程度上变成了政治性）过多，而科学性却不够。“五四”思想家们对传统的批判是可感激的，它使我们的思想文化的转型不至于是最艰难、最漫长的。我们看伊斯兰世界的某些国家，它们的思想文化的转型更艰难、更漫长，曲折和反复更多。一个重要的原因，就是它们在转型初期只着重了对政教合一的封建专制进行批判，而对伊斯兰教本身却没有多大触动，即没有进行必要的批判和革新。

“全盘西化”这口号不妥当，因为事实上不可能全盘西化。不过，假如中国现代文化果真鼓起全盘西化的勇气走下去，它也许会走得更快更正常，对传统的吸收会更合理。古代的日本、朝鲜和越南曾经接受中国文化的重大影响，对此我们似乎从未担忧过他们被“全盘汉化”。他们确实曾经相当汉化，但是并没有真正全盘汉化，而他们的文化却因此前进了一大步。我们还可以比较日本明治维新时期的“脱亚入欧”口号。这个口号更有问题，但它客观上大大加快了日本新文化的发展，结果是日本“入欧”的目的达到了，却并没有“脱亚”——它不可能脱离自身固有的传统。所以，如果不纠缠于全盘西化的字面意义而就其实质（那实质是建构与西方同质的科学文化）看，它与继承传统其实并不矛盾，即在全盘西化过程中会自觉或不自觉地吸收旧传统和建构新传统。如前所述，在犹太文化、阿拉伯文化和印度文化的现代转型过程中，都有“西化”现象。西化现象的这种普遍性正说明了它的必然性。① 西化两个字带着地域色彩和民族情绪，我们现在说

① 就世界古代文化看，“西化”或“东化”或“南化”或“北化”也是普遍的、必然的现象。例如，欧洲中世纪的基督教化是一种“东化”，因为基督教来自东方；14世纪开始的文艺复兴则是一种“南化”，因为所复兴的是来自南方的希腊文化。但显然并不可能“全盘东化”或“全盘南化”，因为如前所述，欧洲文化除了“两希”来源外，还有自身的日耳曼本土来源。具有悠久文化传统的埃及和波斯（古代伊朗）也曾发生类似情况。中古的埃及被“东化”（阿拉伯伊斯兰化）了，波斯则被“南化”（也是阿拉伯伊斯兰化）了。但两者并没有“全盘东化”或“全盘南化”，因为两者由此产生的伊斯兰教文化都融合了自身的文化传统，因而具有不同的民族特色。古代日本、朝鲜的汉化也是一种“西化”，越南的汉化则是一种“北化”。

“现代化”“科学化”，这样的说法更准确。

20世纪50年代后期至70年代后期，中国现代文化的政治性最突出。如果说此前各个时期突出政治都多少有些历史的必然性或现实的合理性的话，此时期特别突出政治则是政治意志恶性膨胀的产物。这种政治意志不受理智的决定和制约，而是反过来决定和制约一切，所以它是非理性的。由这种政治意志所造成的文化违背科学理性，与科学文化的人文精神背道而驰，所以是与科学文化异质的政治文化。在这种政治文化中，政治是目的，人是手段。这种政治文化的政治性特别突出的情况，从以下这些当时流行的口号可见一斑：“突出政治”“政治挂帅”“政治标准第一”“政治工作是一切工作的生命线”“为革命种田”“为革命做工”“为革命学习”“抓革命，促生产”“以阶级斗争为纲”“全国学解放军”“全民皆兵”等等。

20世纪70年代末以来是改革开放时代，经济建设成为中心，科教兴国成为国策，政治则有所淡化，在一定程度上逐渐成为促进经济、文化发展的手段，而不再是神圣的目的。此时期文化的体制和思想有新的进展，而经济发展的成效最显著，民众的生活水平大幅度提高。前文曾指出，由于外部势力的威逼和内部传统的阻遏，中国现代文化首先在器物层面上发生，进而再发展到体制层面和思想层面，这样发生和发展的文化具有很强的政治特性。现今大发展的经济，是中国现代文化新一轮发展的器物文化基础。这个基础却比先前的广大、坚实得多，所以，在此基础上的体制文化和思想文化应当大力改革。在中国现代文化新一轮的发展中，外部势力的威逼已基本消失，内部传统的阻遏亦大为减小，因而它的政治特性也应当大为减少。这样，它才可能较快地向成熟的科学文化发展。

（二）“科学—政治”文化心理与民族主义、激进主义

在中国现代文化的心理结构中，理智在总体上起着基础性的决定作用。正因为如此，中国现代文化在总体上才是科学文化，或者更准确地说，才能在总体上走向科学文化。理智的这种基础性决定作用表现在三个方面：第一，理智使现代中国人在一定程度上抛弃成见，面对事实，承认西方科学文化的优势和自身的不足，从而在文化的器物层面、体制层面和思想层面开始现代化转型。理智使现代中国人首先认识事实本身是什么，然后再决定应该怎么办（而不像古代中国人那样，一切从既定的“道”——天道以及天道所规定的人道——出发去考虑和处理问题），这是促使中国现代文化发生和发展

的根本心理动力。第二，中国现代文化中突出的政治意志作用，其合理方面往往基于理智认识，其不合理和错误的方面则往往是由于违背了理智认识，而这后一方面最终还得靠理智认识来纠正。第三，中国现代文化中的科学（包括人文科学和自然科学）和技术，是科学文化最显著的标志，而科学技术就是理智的直接产物。现今提出的"科教兴国"的口号应该建立在理智认识的基础上，它只有在科学文化中才可能作为战略决策并得以真正实施。

理智，这种作为中国现代文化基础的心理机能从何而来？它不可能随西学东渐而来。那东渐而来的是西方科学文化心理结构所创造的成果，而不是心理结构本身。前文曾指出，这种理智机能存在于古代文化的心理结构中，只是由于它与特定的道德意志异质而被后者压制着。现在，它被外国侵略的炮声惊醒，被西方传来的思想激发，在文化心理中显露出来并逐渐占据主要地位，于是新的文化心理结构形成了。正是这种新的文化心理结构创造了中国现代文化。在这种意义上，中国文化的现代转型的实质是文化心理的转型。我们说中国现代文化根源于古代文化中的异质文化，主要就是指根源于隐在的异质文化心理，而不是显在的异质文化成果。

然而，在中国现代文化的心理结构中，理智常常没有起到应有的作用，却让政治意志（以及必然伴随的政治情感）发挥了过多过大的作用。这就给中国现代文化造成了突出政治的基本特性，并显现出两个特点，即民族主义和激进主义。

中国现代的民族主义分为两种，即保守的民族主义和激进的民族主义。保守的民族主义是传统道德文化的"华夏中心主义"的现代表现，它是阻碍现代"科学—政治"文化发生和发展的力量。激进的民族主义，就其合理性方面而言，则是促使现代"科学—政治"文化发生和发展的一个动力。激进的民族主义在自强运动、戊戌变法、辛亥革命和社会主义革命中都有不同程度和不同形式的表现。这些不同表现的共同之处，都是急于复兴民族，重振中华雄风。

激进主义也分为两种。一种是民族主义的激进主义，它即是上述激进的民族主义，它与这种民族主义的不同只是从激进主义角度的一种称谓。另一种是后来代替了前者的社会主义和共产主义的激进主义。这种激进主义的极端表现，是50年代至70年代政治文化时期所出现的以"大跃进"来"超英赶美"，用"红色恐怖"的"文化大革命"来改造人的灵魂。这种激进主义不提倡民族主义，而提倡国际主义，提倡支持世界革命。总的说来，激进主义一边促使中国现代文化发生和发展，一边又给它制造“欲速不达”的延迟和挫折，甚至给它带来巨大的灾难。

“五四”思想家们对传统文化的彻底批判，也被有些人认为是一种激进主义。确实，这种批判有过激之处，例如主张不读古书、废除汉字等。这些过激的主张，实际上也是文化心理中理智不充分而意志和激情却过分的一种表现。不过，“五四”思想家们的批判总体上是建立在理智认识的基础上的。这个理智认识的基础是：现代新文化与传统旧文化（道德文化）在根本上是不兼容的，要建立前者就必须彻底批判后者。这是前所未有的、清醒的理智认识。所以，这种批判虽有过激之处，却不是激进主义的。

造成中国现代文化中的民族主义和激进主义的一个重要原因，是由于对科学文化心理中的理智机能的本质和作用认识不足，甚至有误。在科学文化中，理智对自然科学和人文精神都起着基础性的决定作用。理智是科学的，因为它发现科学的知识和真理，所以我们称它科学理智。理智也是人性的，因为只有人才有理智，而动物却没有，至少不是普遍具有，而类似人的欲望和情感之类的东西，却是动物普遍地具有的。所以，“人是理性的动物”——亚里士多德的这个关于人的定义，确实是人与动物在心理上的基本区别。

理智既是科学的又是人性的，所以理智所造成的科学（包括自然科学和人文科学）也有人性的一面：科学是人的产物，是人的特性的一种体现，在这种意义上科学性也是一种人性、一种人文精神，并且是一种伟大的人性和人文精神。① 胡适对此就有清醒的认识，他说，“在我们东方人是同等重要而不可少的，就是明白承认这个科学和技术的新文明并不是什么强加到我们身上的东西，并不是什么西方唯物民族的物质文明，是我们心里轻视而又不能不勉强容受的，——我们要明白承认，这个文明乃是人类真正伟大的精

---

① 西方的科学精神与人文精神其实是统一的：科学精神中有人文性，人文精神中有科学性（这是西方人文精神与中国古代人文精神的一个不同之处）。参考西方学者的说法：“根据奥古斯丁·勒诺德的提法，我们可以给人文主义确定如下的定义：‘这是一门既注重研究又面向生活的学说，它反对贬低人的价值和个人或集体所做的业绩的价值，反对将人和人的业绩故意地看得微不足道，不承认人类的本性只是软弱和无能；相反，它颂扬人类伟大的天才及其在自然科学、文学艺术和精神生活领域内威力无穷的创造发明，主张用掌握了自然规律的人的力量与物质的天然力量加以对抗。”（[法] 克洛德·德尔马：《欧洲文明》，郑鹿年译，上海人民出版社 1988 年版，第 69 页）

神的成就，是我们必须学习去爱好，去尊敬的”①。他指出，为了给科学的发展铺路，我们东方人必须经过智识上的革命：“这种智识上的革命有两方面。在消极方面，我们应当丢掉一个深深的生了根的偏见，那就是以为西方的物质的（material）、唯物的（materialistic）文明虽然无疑的占了先，我们东方人还可以凭我们的优越的精神文明（spiritual civilization）自傲。我们必须丢掉这种没有理由的自傲，必须学习承认东方文明中所含的精神成分（spirituality）实在很少。在积极方面，我们应当学习了解、赏识科学和技术绝不是唯物的，乃是高度理想主义的（idealistic），乃是高度精神的（spiritual）；科学和技术确然代表我们东方文明中不幸不够发达的一种真正的理想主义，真正的‘精神’。”② 这是胡适生前最后一次讲演（1961 年）所表露的观点，可见这是他坚持到底的看法。所谓科学技术对人的异化和危害，其实并不是科学理智的责任，而恰恰是违背科学理智的某些政治意志、道德意志和经济意志利用科学技术作为工具所造成的后果，是它们的野心、贪婪或者偏好、固执所造成的后果。显然，要防止和消除这样的异化和危害，还得靠科学理智。

在中国古代道德文化的心理中，对理智的运用是很不够的。在中国现代“科学—政治”文化的心理中，理智的运用也不充分，而政治意志的运用却过度了。所以，中国现代文化要从“科学—政治”文化变为成熟的科学文化，就还存在一个增多和增强运用理智的问题。这即是所谓启蒙问题，因为启蒙的实质就是解放理智、运用理智。康德说得好：“启蒙运动就是人类脱离自己所加之于自己的不成熟状态。不成熟状态就是不经别人的引导，就对运用自己的理智无能为力。当其原因不在于缺乏理智，而在于不经别人的引导就缺乏勇气和决心去加以运用时，那么这种不成熟状态就是自己所加之于自己的了。Sapere aude!③ 要有勇气运用你自己的理智！这就是启蒙运动的口号。”④ 我们且借用康德的口号来呼吁中国现代文化的建设者们：“要敢于

---

① 胡适：《科学发展所需要的社会改革》，姚鹏、范桥编：《胡适讲演》，中国广播电视出版社 1992 年版，第 346 页。

② 同上书，第 345 页。

③ 意思是“要敢于认识！”语出罗马诗人贺拉斯的《诗论》——译注

④ 康德：《答复这个问题：什么是启蒙运动?》，《历史理性批判文集》，商务印书馆 1997 年版，第 22 页。参考以下观点：“我们必须指出一个有关康德的一致公认的观点：在某种意义上，康德是启蒙运动的典型的和最杰出的代表。”（［美］阿拉斯代尔·麦金太尔：《伦理学简史》，商务印书馆 2003 年版，第 253 页）

认识（Sapere aude）！要有勇气运用你自己的理智！”①

二、诗歌情感的“自我—政治”特性

中国现代诗歌的情感是“自我—政治”情感。与“科学—政治”文化的两层含义相对应，“自我—政治”情感也有两层含义。一层含义是就自我情感与政治情感两端而言的。就自我情感一端而言，这种自我情感在总体上是中国现代诗歌的基本情感。它包含自我的政治情感、道德情感和宗教情感，此外还有纯粹的自我情感。就政治情感一端而言，这种政治情感可以是自我的，即它是自我政治情感，许多中国现代诗歌的政治情感就是这种自我政治情感；这种政治情感也可以不是自我的，即它不是在自主理智制约下的自由意志的产物，而是既定政治意志的产物，这时它就是一种异质于自我的政治情感，现代中国50年代至70年代的诗歌就突出地表现出这种异质性政治情感。“自我—政治”情感的另一层含义是就这种情感的历史变化趋势而言的，那就是：总体上它的自我性逐渐增强，政治性逐渐减弱。在未来的现代诗歌情感中，其政治性不但不再是异质于自我的，而且在总体上也不再特别突出。那时的现代诗歌情感就不称“自我—政治”情感，而称自我情感了。

中国现代诗歌的政治情感很突出，并且这种政治情感中既有自我的，又有与自我异质的，这是中国现代诗歌情感的一种复杂性。

（一）功利性“自我—政治”情感与审美性“自我—政治”情感

中国现代诗歌的功利性“自我—政治”情感，可以分为功利性自我情感（包括自我道德情感、宗教情感）和功利性政治情感。后者是主要的，所以先论后者。

功利性政治情感，包括自我的和异质于自我的，集中表现在爱国忧民、民族战争、革命斗争和歌颂政治理想、政治领袖等的诗歌中。就这种诗歌情感表现的突出性和普遍性而言，在中国诗史乃至世界诗史上都是独一无二

① 或许有人认为，中国现代文化最需要的不是理智，而是信仰。否！信仰，不管是政治的还是宗教的，如果没有理智的基础，如果不受理智的制约（宗教信仰也应在一定程度上受理智的制约），会是很危险的：政治信仰会变成像某些宗教信仰那样的迷信和狂热，宗教信仰会产生像某些政治信仰那样的欲望和野心，两者都可能造成巨大的灾难。这样的情况在人类历史上屡见不鲜。

的。正因如此，我们才在以自我情感为基本情感的中国现代诗歌情感中将政治情感（包括自我的和异质于自我的）凸显出来，将整个中国现代诗歌情感的特性概括为“自我—政治”特性。下文只论功利性自我政治情感，与之异质的功利性政治情感将在本节的第三小节“异质文化与异质情感”中论述。

功利性自我政治情感既是社会群体性的，又是自我个体性的，并且首先和根本上是自我个体性的。为什么这么说呢？因为政治都是社会的和群体性的，所以这种情感是社会群体性的；又因为这种情感是个人政治态度和政治选择的结果，或者从心理上说是个人自由意志的伴生物，所以它又是自我个体性的。因为首先有后一种情况，然后才有前一种情况，所以我们说它首先和根本上是自我个体性的。在这一点上，中国现代诗歌的功利性自我政治情感与前述西亚南亚现代诗歌的功利性自我政治情感有类似性。

在中国现代诗歌史上，晚清的维新派诗歌和革命派诗歌，20 世纪上半叶的某些革命诗歌和抗战诗歌，特别是改革开放前后朦胧派和归来派的政治抒情诗，它们所表现的情感就大多是这种功利性自我政治情感。30 年代艾青的许多诗歌，是表现这种功利性自我政治情感的代表之一。这些诗歌表现同情和关心人民的政治情怀，这种政治情怀就既是社会群体性的，更是艾青自我个体性的，因为这种情怀是他深刻感受现实的结果，是他自主的政治选择的结果。改革开放前后，北岛、舒婷等诗人的某些作品所表现的也是这种自我政治情感。尤其是他们诗歌中的那种前所未有的怀疑精神，使其政治情感的自我性既鲜明又独特。

艾青曾说：“诗人的‘我’，很少场合是指他自己的。大多数的场合，诗人应该借‘我’来传达一个时代的感情与愿望。”① 照这个说法，诗歌中似乎没自我情感，自我不过是借以表达时代情感的工具。但是，艾青也说过这样的话：“必须首先是自我的觉醒者”；“诗人应该是自我觉醒的先驱”。② 这两种说法其实是可以统一的，那就是诗人从自我出发而走向时代的“大我”。在这个问题上，朦胧诗人更明确地立足于自我，他们的眼界也更开阔。如北岛说：“诗没有疆界，它可以超越时间、空间和自我；然而，诗必

① 艾青：《诗论》，人民文学出版社 1980 年版，第 209 页。

② 同上书，第 225 页。

须从自我开始。”① 又如杨炼说：“我永远不会忘记作为民族的一员而歌唱，但我更首先记住作为一个人而歌唱，我坚信：只有每个人真正获得本来应有的权利，完全的互相结合才会实现。”②

中国现代诗歌所表现的功利性自我道德情感，指那种含有较明确的道德寓意的自我情感。这种道德情感有时与古代诗歌中的道德情感有某种关联或类似之处，例如都表现亲情、友情、乡情等。这不足为怪，因为古今道德必然有若干反映基本人性的共同规范（正是这些共同规范构成了古今乃至中外可以相通的“道德”概念）。不过，两者却有质的区别，那就是古代诗歌的道德情感主要是群体性的，而现代诗歌的道德情感主要是自我性的。李泽厚在谈到冰心的诗集《繁星》《春水》和散文集《寄小读者》时说：“在充满柔情的‘父亲、母亲的膝下怀前，姊妹兄弟的行间队里’（《寄小读者·通讯 11》），冰心把中国传统的血缘伦常感情放大为‘人类在母亲的爱光之下，个个自由，人人平等’（《寄小读者·通讯 10》）的宇宙之光和心理本体了。”③ 在谈到朱自清写关于父爱的《背影》时说：“它以其更可触摸的实在剪影，同样表现了新一代知识者在走上人生道中对传统的转换了的感受和体验：那就是摆脱了传统礼教观念（所以心中可以‘暗笑’父亲），回到了本原的亲子之爱。”④ 这即是说，冰心和朱自清在他们的诗文里所表现的，已经不是基于血缘的等级秩序和亲疏关系的传统道德情感，而是基于个体本位和平等关系的新的道德情感——这应是一种自主和自我的道德情感。

中国现代诗歌中的宗教情感主要是基督教的和佛教的，前者更多。但无论哪一种宗教情感，大多不是从既定的虔诚信仰出发而产生的纯粹宗教情感，即群体性宗教情感（像西方中世纪的宗教诗歌和西亚南亚古代的宗教诗歌所表现的情感），而是依据诗人自身的内在需要、个性特征和生存境遇而产生的宗教情感，即自我个体性宗教情感（类似于西方某些近现代诗歌和西亚南亚某些近现代诗歌中的宗教情感）。这种自我宗教情感大多融合着人生意义和时代精神，所以是功利性自我宗教情感。且看冰心的《晚祷》（一）：

---

① 北岛等：《答复——诗人谈诗》，《今天》1980 年第 3 期（总第 9 期），第 61—62 页。
② 杨炼：《我的宣言》，《福建文学》1981 年第 1 期，第 60 页。
③ 李泽厚：《中国现代思想史论》，安徽文艺出版社 1994 年版，第 222 页。
④ 同上。

四无人声，
严静的天空下，
我深深叩拜——
万能的上帝！
求你丝丝的织了明月的光辉，
作我智慧的衣裳，
庄严的冠冕，
我要穿着它，
温柔地沉静地酬应众生。

在神圣的静夜里，诗人虔诚地叩拜上帝，祈求他给予月光般的智慧、尊严和力量，以便返回现实，温柔地感化、救赎众生。在冰心的这类赞美诗的背后，起根本作用的其实是她的童年心理和博爱、平等等人文精神，而不是单纯的基督教信仰。所以，“与其说她崇拜的是上帝，不如说她崇拜的是童心。‘童心’才是她意识深处的‘上帝’”①。诗人的童心和现代人文精神当然都是自我个体性的，所以冰心的这类诗歌所表现的主要是功利性自我宗教情感。又如穆旦，他的基督教信仰也不是一种先验的给定，而是在悲苦和残酷的现实境遇中其受难心灵的一种追寻。所以，他所信仰的上帝是他个人的上帝——正如王佐良所说，穆旦“创造了一个上帝”②。他的诗歌所表现的宗教情感也就主要是自我宗教情感，并且往往带有较多的现实功利性。

中国现代诗论中涉及功利性“自我—政治”情感的理论主要是“诗界革命”论、“人生文学”论和“主观战斗精神”论。

梁启超于1899年在其《夏威夷游记》中提出“诗界革命”口号，认为“支那非有诗界革命，则诗运殆将绝”③；认为这种革命之诗“不可不备三长：第一要新意境，第二要新语句，而又须以古人之风格入之”④；认为

① 王富仁：《中国现代新诗的“芽儿”——冰心诗论》，《北京师范大学学报》1996年第5期，第107页。

② 王佐良：《一个中国人（代序）》，穆旦：《蛇的诱惑》，珠海出版社1997年版，第8页。

③ 梁启超：《夏威夷游记》，《饮冰室合集》（第7卷专集22），中华书局1988年版，第191页。

④ 同上书，第189页。

"欧洲之意境语句甚繁富而玮异，得之可以陵轹千古，涵盖一切"[①]。可知这种革命之诗的"新意境"，当指像西方诗歌那样的新思想新精神；这种革命之诗的"新语句"，当指像西方诗歌那样的新名词新术语。这相互关联的两点确实是革命性的。至于运用"古人之风格"，即所谓"以旧风格含新意境"，则并无多大革命性（这里的"风格"指诗歌的格律、体式等语言形式，而语言形式上的真正革命发生在后来的"五四"文学革命中）。

维新派诗歌都不同程度地体现了上述"诗界革命"精神。比起传统诗歌来，维新派诗歌可以说是诗人自主理智的思考和自由意志的表达，所以其情感是自我的。维新诗派的主将黄遵宪主张"务使诗中有人，诗外有事，不能施之于他日，移之于他人，而其用以感人为主"[②]；主张"我手写我口，古岂能拘牵"（《杂感》）。其意思是要诗歌反映现实的具体事件，表现自我真情，不受古代传统的束缚。维新派诗歌的目的在于启蒙新民和变法革新，所以其思想情感是功利性的，特别是政治功利性的。这些诗歌中出现的"自由""平等""民权""革命"等字眼[③]，在当时的历史语境中，就是诗歌的政治功利性自我情感的表征。

"人生文学"论是文学研究会诸人的理论。周作人于20世纪20年代初多次提到"人生的文学"这个概念，[④] 该概念通过文学研究会这个群体的阐发和运用后，一般被称作"为人生的文学"。周作人的"人生的文学"概念与他早先在其《人的文学》（1918年）一文中提出"人的文学"概念有关。"人的文学"应是"五四"文学革命思想的核心观念。这个观念的主旨在于倡导人性解放和个性精神，反对"非人的"旧文学。"人的文学"观念中已经有"人生文学"观念的内容，因为前者也提倡直面人生，关心人生。

文学研究会的"人生文学"观既反对文学"载道"，也反对把文学当作

---

① 梁启超：《夏威夷游记》，《饮冰室合集》（第7卷专集22），中华书局1988年版，第189页。

② 转引自钱仲联：《黄公度先生年谱》，黄遵宪：《人境庐诗草笺注》（下），钱仲联笺注，上海古籍出版社1981年版，第1203页。

③ 如蒋智由的《卢骚》："世人皆欲杀，法国一卢骚。民约倡新义，君威扫旧骄。力填平等路，血灌自由苗。文字收功日，全球革命潮。"又如梁启超《自励》中的诗句："誓起民权移旧俗，更研哲理牖新知。"

④ 例如，他在《文学上的俄国与中国》一文中说，"我们相信中国将来的新兴文学当然又自然的也是社会的、人生的文学"（周作人：《艺术与生活》，上海文艺出版社1999年版，第69页）。

娱乐消遣的东西，而认为文学应当表现人生，即反映民间疾苦，探索人生意义；还认为文学应当指导人生，即唤醒民众，改造社会。这样的文学，就它的功能看当然是功利性的。“人生文学”不只包括小说等叙事文学，也包括诗歌，这种诗歌所表现的情感就是功利性自我情感。广义地看，文学为人生的观点不只是文学研究会作家和诗人的文学功能观，而是许多派别的作家和诗人都坚持的一种文学功能观。不过，后来许多作家和诗人只是狭隘地关注人生中的某种政治功利，并且抛弃了来自“五四”的“人的文学”观念中的那种个人本位立场，结果所表现的情感就不是自我的政治功利性情感，而是异质于自我的政治功利性情感。

“人生文学”观在一定程度上仍然具有“人的文学”观的笼统性，所以文学研究会诸人从它出发最后却走向不同的方向。周作人很快走向追求娱乐和消遣的“为艺术而艺术”方向。他从“人的文学”到“人生文学”到“为艺术而艺术”，一路快走，看似矛盾（他确实也有矛盾的说法，例如在文学研究会早期他批评文学的消遣和娱乐，后来却渐渐加以肯定），其实也可以统一，即可以看作他是在对最早的“人的文学”观进行自觉或不自觉的具体展开。因为不论是“为人生”的文学还是“为艺术而艺术”的文学，都是“人的文学”，都是人性的表现。叶圣陶和冰心等则长期坚持“人生文学”的观点。茅盾和郑振铎则从为人生走向为阶级的政治方向。茅盾后来提出“无产阶级艺术”的口号①，而随后确实涌起了无产阶级文学的大潮。

七月派理论家胡风的基本诗学观是现实主义。与其他现实主义不同的是，他的现实主义强调诗人的主观自我性，这主要表现在他的“主观精神”论或称“主观战斗精神”论上。他提出这个理论的原因，从根本上说，是由于他一方面坚信“抒情诗……完全是写诗人自己的感情的，而且是要写出复杂万端、丰富万端的感情的”②（这是他内心深处的“五四”个性主义精神的积极作用）；另一方面又坚信诗歌应该反映现实，改变人生（这是他接受马克思主义文艺观的结果）。于是，他构建了这种突出“主观精神”的现实主义来统一这两个方面。他提出这种理论的直接诱因，则是为了反拨当

---

① 茅盾在1925年的《文学周报》上连载长文《论无产阶级艺术》，提出“无产阶级艺术”的口号。

② 胡风：《关于解放以来的文艺实践情况的报告》，《新文学史料》（季刊）1988年第4期，第94页。

时左联部分作家的两种弊端，即演绎主观观念的公式主义和冷漠描写、机械反映的客观主义。

胡风在文章中多次谈到“主观精神”这个概念。例如他说，“对于客观事物的理解和发现需要主观精神的突击：在诗的创造过程中，客观事物只有通过主观精神的燃烧才能够使杂质成灰，使精英更亮，而凝成浑然的艺术生命”①。又说：“所‘采’所‘揭发’者，须得是人生的真实，那‘采’者‘揭发’者本人就要有痛痒相关地感受得到‘病态社会’底‘病态’和‘不幸的人们’底‘不幸’的胸怀。这种主观精神和客观真理的结合或融合，就产生了新文艺底战斗的生命，我们把那叫做现实主义。”② 依据胡风，诗人的“主观精神”的要旨是强烈地感受现实，由此把捉生活的真意。用胡风的话说，就是诗人要“突入”和“拥抱”现实，与之“搏斗”。胡风说那是一种“相生相克的斗争”过程，即“主体克服（深入、提高）对象，对象也克服（扩大、纠正）主体”③ 的过程。这种过程，对于“作为主体的作家这一面同时也就是不断的自我扩张过程，不断的自我斗争过程”④。胡风的“主观精神”论是对革命现实主义诗歌的主体性和自我性的一种深刻见解。

富于主观精神的诗歌情感，当然是自我情感。胡风“主观精神”论的落脚点是现实主义，并且是革命的现实主义，所以这种自我情感的政治功利性很强。胡风说，“现实主义者底第一义的任务是参加战斗，用他的文艺活动，也用他的行动全部”⑤。七月派代表诗人绿原说得更具体：对于七月派诗人来说，“诗就是射向敌人的子弹，诗就是捧向人民的鲜花，诗就是激励、鞭策自己的入党志愿书”⑥。所以，七月派诗歌的情感是政治功利很强的自我情感。综观七月派诗歌，它激情有余而技巧不足，功利性过盛而审美性不够。

中国现代诗歌的审美性“自我—政治”情感，也可以从审美性自我情感和审美性政治情感两端来考察。

---

① 胡风：《关于题材，关于“技巧”，关于接受遗产》，《胡风评论集》（中），人民文学出版社 1984 年版，第 362 页。

② 胡风：《现实主义在今天》，《胡风评论集》（中），第 319 页。

③ 胡风：《人道主义和现实主义的道路》，《胡风评论集》（下），第 66 页。

④ 胡风：《置身在为民主的斗争里面》，《胡风评论集》（下），第 20 页。

⑤ 胡风：《论战争期的一个战斗的文艺形式》，《胡风评论集》（中），第 23 页。

⑥ 绿原：《白色花·序》，绿原、牛汉编：《白色花》，人民文学出版社 1981 年版，第 5 页。

审美性自我情感主要指审美性纯粹自我情感，例如爱情和哲理思考所产生的情感。看冯至的爱情诗《蛇》：

我的寂寞是一条长蛇，
冰冷地没有言语——
姑娘，你万一梦到它时，
千万啊，莫要悚惧！
它是我忠诚的伴侣，
心里害着热烈的相思：
它在想着那茂密的草原——
你头上的，浓郁的乌丝。
它月光一般轻轻地，
从你那儿潜潜走过；
为我把你的梦境衔了来，
像一只绯红的花朵。

寂寞而热烈的相思，甜美的爱情梦境，人人都可能产生。不过，你的相思不能成为我的相思，你的梦境不能成为我的梦境。冯至却用奇特的意象和奇幻的情景，将自己生活中的爱情提炼成了诗歌中的审美性爱情，从而具有了超越性和普遍性，于是诗人的相思和梦境也成了读者的相思和梦境。这首诗，可以说除了爱和美之外什么也没有，所以是一首纯美的爱情诗。

审美性自我情感也包括审美性自我道德情感。中国现代诗歌中也有表现审美性自我道德情感的，如某些山水诗。古代山水诗，其深层含义往往是固有的儒道佛三家思想（详见第二章第一节），所以其审美情感往往是社会群体性的道德情感。现代山水诗所表现的，则往往是纯粹的自我情感或者道德性自我情感，与古代山水诗不同。如孔孚的《飞雪中远眺华不注》：

它是孤独的，
在铅色的穹庐之下。
几十亿年，
仍是一个骨朵。
雪落着……
看它！在使劲开……

一种实际上来自诗人自身的内在力量，使诗中的华不注山具有了不同寻常的崇高美感。在这种现代性的崇高美感中，也许蕴含着诗人奋进不息的人生理想或者昂扬不屈的道德精神（这可能与诗人曾被打成右派分子等人生经历有关）。如果是这样，这首诗所表现的就是审美性自我道德情感。

审美性政治情感主要指审美性自我政治情感（不包括异质于自我的政治情感）。审美性自我政治情感存在于艺术性较高的政治抒情诗之中。政治情感本来是功利性的，它要具有审美性即变成审美情感，就必须在一定程度上超脱具体功利和确定意义，从而具有普遍性和不确定性。看戴望舒《我用残损的手掌》中的一组诗行：

无形的手掌掠过无限的江山，
手指沾了血和灰，手掌沾了阴暗，
只有那辽远的一角依然完整，
温暖，明朗，坚固而蓬勃生春。
在那上面，我用残损的手掌轻抚，
像恋人的柔发，婴儿手中的乳。

此诗写于抗战时期日军的监狱中。身陷囹圄的诗人对失陷的祖国山河定然非常痛惜，对侵略者的暴行定然非常痛恨，对光明、温暖的大后方定然非常思念和向往。诗人现实生活中的这种痛惜、痛恨和思念、向往之情，定然是非常强烈、非常具体的。然而，诗人没有像许多抗战诗人那样，将那种强烈而具体的政治情感直接表现出来，而是通过独具匠心的构思和出人意表的意象来加以表现。而那样的构思（诗人想象着用自己巨大的手掌抚摸祖国山河），那样的意象（沾了血和灰的手指意象、沾了阴暗的手掌意象、恋人的柔发意象和婴儿手中的乳意象），它们本身并不与政治关联，因此，当它们被用来表现政治情感时，就会迫使那政治情感变得抽象、普遍，变得不确定，以便适宜它们的表现。这种抽象的、普遍的和不甚确定的政治情感，就是诗歌的审美性政治情感。这种审美性政治情感由于具有普遍性和不确定性，就必然是超越性的，就不但能够引起当时读者的共鸣，而且能够引起后来不同时代乃至不同民族读者的共鸣。

再看艾青的《太阳》：

从远古的墓茔

从黑暗的年代
从人类死亡之流的那边
震惊沉睡的山脉
若火轮飞旋于沙丘之上
太阳向我滚来
它以难遮掩的光芒
使生命呼吸
使高树繁枝向它舞蹈
使河流带着狂歌奔向它去
当它来时，我听见
冬蛰的虫蛹转动于地下
群众在旷场上高声说话
城市从远方
用电力与钢铁召唤它
于是我的心胸
被火焰之手撕开
陈腐的灵魂
搁弃在河畔
我乃有对于人类再生之确信

此诗写于20世纪30年代，是诗人当时在政治上追求光明和渴望新生的思想情感的反映。不过，经过诗人所创造的太阳意象以及相关情景对那种政治思想情感的提炼、净化和普遍化之后，此诗已超越了那个时代而成为人类永恒地追求光明和渴望新生的颂歌。它显然与后来出现的无数红太阳颂歌不同，后者黏着于当时特定的政治功利，而且唯恐不能将其表现得彻头彻尾。

中国现代诗论中涉及审美性“自我—政治”情感的理论，主要是“自我表现”论和“纯诗”论。

最早提出“自我表现”论的是五四时期的郭沫若，他说“诗底主要成分总要算是‘自我表现’了”①。他进而提出“自然流露”论，他说，“只

① 郭沫若：《致宗白华》，田寿昌、宗白华、郭沫若：《三叶集》，亚东图书馆1920年版，第133页。

是我自己对于诗的直觉，总觉得以‘自然流露’的为上乘”[1]。对于浪漫主义诗人郭沫若来说，“自我表现”论与“自然流露”论是紧密关联的：对自我情感的表现应当是自然流露的；反过来说，自然流露的情感当然是自我情感。郭沫若的“自然流露”论显然受英国浪漫主义诗人华兹华斯的“诗是强烈情感的自然流露”论的影响。郭沫若的“自我表现”论是五四时期个性解放思潮和“人的文学”思想在诗歌理论上的反映，所以含义丰富，总体上可以说是笼统地表现具有丰富人性的自我。后来郭沫若走向了单纯表现革命政治性自我的道路，最终他的诗歌失去了自我而只是表现革命的“大我”。他的自我表现论与诗歌审美性的关联还不明显。

周作人、梁宗岱、何其芳等的自我表现论比较明显地与审美性关联。周作人在20世纪20年代初的文章中说，“文学以自己表现为主体，以感染他人为作用”[2]。又说，“文学是情绪的作品，而著者所能最迫切的感到者又只有他自己的情绪，那么文学以个人表现为本位，正是当然的事”[3]。我们知道，周作人在先前提出过“人的文学”的观点，上述自我表现论与“人的文学”观应该是统一的，那就是文学通过作家的自我来表现人或者说人性。周作人在20年代初还提出“人生文学”观念，随后又转向“为艺术而艺术”的主张。他的上述自我表现论与这两种文学观也应该是统一的，即无论是“为人生”的文学还是“为艺术而艺术”的文学，它们都表现作家的自我情感。所不同的是，“为人生”的文学着重表现社会功利性自我情感，“为艺术而艺术”的文学则着重表现审美性自我情感。总的说来，周作人是偏重于“为艺术而艺术”论的，所以他所说的文学表现作家自己的情感也应主要是指表现审美性自我情感。他后来最看重的，确实也是文学的审美性娱乐和消遣。

梁宗岱既是“纯诗”论者，又是自我表现论者。他说：“我们知道，诗是我们底自我最高的表现，是我们全人格最纯粹的结晶。”[4] 对现代诗歌而言，自我表现的诗不一定是纯诗，纯诗却总是自我表现的诗，尽管那自我往往不明显。纯诗又是一种“为艺术而艺术”的诗，一种唯美的诗。所以，

---

① 郭沫若：《论诗三札》，杨匡汉、刘福春编：《中国现代诗论》（上编），花城出版社1985年版，第59页。

② 周作人：《文艺的宽容》，《晨报副镌》1922年2月26日。

③ 周作人：《文艺的统一》，《晨报副镌》1922年7月11日。

④ 梁宗岱：《论诗》，《诗与真·诗与真二集》，外国文学出版社1984年版，第28页。

纯诗所表现的情感是审美性自我情感。

早期的何其芳也主张自我表现。他说，“我的见解是文艺什么也不为，只是为了抒写自己，抒写自己的幻想、感觉、情感”①。他的《预言》集就是抒写诗人自己的，却又是追求唯美的，所以那些诗篇所表现的情感（对爱的渴望以及由此引起的忧郁、感伤等）是审美性自我情感。

20 世纪 20 年代中期，穆木天和王独清引进法国象征主义的“纯诗”论。朱自清说：“抗战以前新诗的发展可以说是从散文化逐渐走向纯诗化的路。”② 尽管朱自清说的纯诗化主要指与诗的散文化相对立的状态，但纯诗论也包括这样的内容。这说明纯诗论的引进在一定程度上顺应了新诗发展的潮流，对新诗的创作发生过影响。

我们曾经指出，法国象征主义纯诗论包含纯粹情感、纯粹观念和纯粹语言三个方面，其中纯粹情感是基本的（见本章第二节第二小节的论述）。这种纯粹情感就是审美情感，所以纯诗论的基本追求是诗的美。正是在这一基本点上，纯诗论与先前的“为艺术而艺术”论和“唯美”论相通，可以看作后两者在诗歌艺术上的独特反映。传到中国的纯诗论不免有些变异，但仍然大体保存着上述基本意思。

穆木天在 1926 年 3 月给郭沫若的一封信中首先提出纯诗的要求。他说：“我们的要求是‘纯粹诗歌’。我们的要求是诗与散文的纯粹的分界。”③ 又说：“诗的世界是潜在意识的世界…… 诗是要暗示出人的内生命的深秘。诗是要暗示的，诗最忌说明。说明是散文的世界里的东西。”④ 穆木天对纯诗的主要要求是与散文分别，这与他当时对新诗散文化的反感有关。⑤ 他认为“诗是在先验的世界里”⑥，它需要的是暗示，而不是说明。散文则是对生活世界的说明。诗的“先验世界”大约就是他所说的隐藏着“人的内生命的

① 何其芳：《夜歌·后记》，诗文学社 1945 年版，第 176 页。

② 朱自清：《抗战与诗》，《新诗杂话》，生活·读书·新知三联书店 1984 年版，第 37 页。

③ 穆木天：《谭诗——寄郭沫若的一封信》，杨匡汉、刘福春编：《中国现代诗论》（上编），第 94 页。

④ 同上书，第 98 页。

⑤ 穆木天在他那封信中说，胡适是新诗运动的最大罪人，他倡导作诗如作文是大错。

⑥ 穆木天：《谭诗——寄郭沫若的一封信》，杨匡汉、刘福春编：《中国现代诗论》（上编），第 95 页。

深秘”的世界，这应是诗的纯粹观念的世界。纯粹观念是马拉美纯诗论的重要观点。穆木天在信中就谈到马拉美，显然接受了后者的影响。穆木天却没有谈到诗的纯粹情感和美。不过，他在信中表明他所心仪的诗人是前期象征主义诗人拉福格以及更早的浪漫主义诗人拉马丁和维尼（浪漫主义诗人很重情感，前期象征主义诗人也比后期象征主义诗人更看重情感），这说明他是赞同诗歌表现情感的；同时，他也是赞赏唯美的诗歌的，王独清在读了这封信后写给他的回信中就说他们两人都“主张唯美派的艺术”①。

王独清在信中说：“要治中国现在文坛审美薄弱和创作粗糙的弊病，我觉得有倡 Poesie pure 的必要。”②（Poesie pure 系法文的纯诗一词）王独清提倡纯诗论的目的比穆木天是更进一步了，那就是要追求诗的审美效果，以及因此而必须的对诗的精心创作。他的纯诗论更加多方面地靠近法国象征主义的纯诗论。他提出“理想中最完美的‘诗’”的公式是：“（情+力）+（音+色）”③。正如波德莱尔和瓦莱里两人的纯诗论都把情感放在首位一样，王独清的纯诗论也把情感放在首位。他说诗要有感而作，并举出自己这样创作出的较为满意的例子：“我把我底心留给你底头发，/你底头发是我灵魂底家；/我把我底心留给你底眼睛，/你底眼睛是我灵魂底坟茔。”这样表现的情感（爱情）应当是纯诗的情感。王独清又把诗歌形式分为“散文式的”与“纯诗式的”，并举出他的《我从 Café 中出来》的形式来作为纯诗形式的例子。他还从色和音的角度论述诗的语言。他说：“我很想学法国象征派诗人，把‘色’（Couleur）与‘音’（Musique）放在文字中，使语言完全受我们的操纵。”④ 他说，在这一点上“我们须得下最苦的功夫”⑤。这些说法，表明他试图在诗的纯粹语言上也有所作为。王独清纯诗论的宗旨在于追求诗的纯粹的美，所以他很坦率地对穆木天说：“我望我们多下苦功夫，努力于艺术的完成，学 Baudelaire，学 Verlaine，学 Rambaud，做个唯美的诗人罢！”⑥ 王独清的纯诗论偏重于诗的

---

① 王独清：《再谭诗——寄给木天、伯奇》，杨匡汉、刘福春编：《中国现代诗论》（上编），第 110 页。

② 同上书，第 106 页。

③ 同上书，第 104 页。

④ 同上书，第 103 页。

⑤ 同上。

⑥ 同上书，第 109 页。

纯粹情感和美（这与他崇奉波德莱尔、魏尔仑、兰波等前期象征主义诗人有关），此外也涉及诗的纯粹语言，但诗的纯粹观念被他忽略了。或许是由于穆木天强调了诗的纯粹观念而忽略了纯粹情感和纯粹语言，王独清便有意作了相反的强调和忽略。

30 年代才从欧洲留学归来的梁宗岱受马拉美特别是瓦莱里的很大影响。他的纯诗论突出了纯粹观念，但也不忽略纯粹情感和纯粹语言，所以是较完整的。梁宗岱给纯诗下了一个长长的定义："所谓纯诗，便是摒除一切客观的写景、叙事、说理以至感伤的情调，而纯粹凭借那构成它底形体的元素——音韵和色彩——产生一种符咒似的暗示力，以唤起我们感官与想象底感应，而超度我们底灵魂到一种神游物表的光明极乐的境域。"①

纯诗既然摒除一切客观的写景、叙事、说理和感伤情调，它所表现的就只能是一种超脱现实功利和没有确定意义的情感，那就是诗的纯粹情感亦即审美情感。梁宗岱在下了上述定义之后就立即说明："这并非说诗中没有情绪和观念；诗人在这方面的修养且得要比平常深一层。因为它得化炼到与音韵色彩不能分辨的程度……"② 这即是说，纯诗还是要表现情感和观念的，只是那情感和观念已经融化在诗歌语言的音韵和色彩之中，仿佛除开这语言所造成的音响和色彩，其他什么也没有。纯诗所表现的这种情感和观念也不是说不是诗人自我的，只是诗人的自我性被非个人化、普遍化了。梁宗岱所说的"诗人在这方面（按：指诗中的'情绪和观念'）的修养且得要比平常深一层"，就可能包含这种意思。

梁宗岱的纯诗定义中的纯粹观念是很明确的，那就是"神游物表"的超验境界，即能让我们的灵魂得以超脱俗务的纯净境界。这也就是纯诗的审美境界。显然，这种纯粹观念的审美境界难以真正达到，它只能是一种理想的境界。用以表现纯粹情感和纯粹观念的语言，就是纯诗的纯粹语言。梁宗岱在定义中说，这种语言凭借自身的音韵和色彩而具有符咒似的暗示力，这话令我们想起马拉美曾说过纯诗的语言是"一种咒语"③。梁宗岱在定义之后补充说，由这种语言造成的纯诗境界就如同音乐一样，是"一个绝对独立，绝对自由，比现世更纯

---

① 梁宗岱：《谈诗》，《诗与真 · 诗与真二集》，第 95 页。

② 同上。

③ 这里所引马拉美的话和后面瓦莱里的话，都在本书前面论述西方诗歌的"纯诗"论时出现过。

粹，更不朽的宇宙”，这话又让我们想起瓦莱里曾说过“音乐拥有一个绝对自我的领域”，梦幻般的纯诗境界就类似于音乐世界，“好像都配上了音乐”。

20世纪五六十年代，台湾的纪弦、洛夫等诗人讨论过诗的纯粹性，虽然看法有别，但在主张诗歌超越现实功利和追求纯粹的审美性上却有一致性。20世纪80年代后期和90年代前期，大陆也开展过纯诗的讨论，有的赞成，有的反对，有的将它泛化。赞同的意见仍然能够集中在主张超越现实、净化功利（尤其是政治功利），从而追求诗歌自身的美这一纯诗论的主旨上。纯诗论将来还会被谈起，对纯诗的写作更会有意无意地进行。因为纯诗的实质就是追求诗的纯粹的美，虽然纯诗因此而不免单薄（真善美结合的诗才厚重），但是它自有存在的合理性和必然性，那就是诗歌的特质在于美，而不在于真和善。“一行最美的诗是纯诗的一个因子”，瓦莱里的这句话应该是一切纯诗论的共同本质，一切纯诗写作的理想追求。

（二）“自我—政治”情感是现代诗歌诞生的内在标志

“自我—政治”情感是中国现代诗歌诞生的内在标志，白话语言形式是其外在标志。单就这内在标志而言，具有“自我—政治”情感的诗歌就可以说具有现代性了，就是现代诗歌了，尽管其语言形式还是旧体诗的形式，即文言的五七言形式或词曲形式。晚清的维新派诗歌、革命派诗歌、南社诗歌和“五四”前鲁迅等人的诗歌，就是这样的现代诗歌。这些诗歌的“自我—政治”情感总体上偏重于是政治情感，即关于反帝爱国、救亡图存的政治情感。这种政治情感已基本上是自我的，这即是说，这种政治情感就是一种自我情感。这些诗歌当然也表现自我政治情感之外的其他自我情感，如反叛传统、启蒙新民和张扬人性的情感，这类情感的自我性更强。

晚清富于革新精神的诗人们着重于诗歌思想情感的革新，而忽视诗歌语言形式的革新（尽管语言形式也有所变化，例如吸收外来语汇和使用方言俗语等），是有必然性的。时代的要求使诗人们急于表达救国新民的新思想、新情感，对语言形式和艺术手法则必然有所忽视；民族语言形式的传统性和惰性，也延迟了诗人们对它的现代性变革。

汉语文言的综合性和笼统性是与古代独特的整体思维相适应的，它适合于表现整体性的东西。在诗歌艺术上，文言就适合于简略地、轮廓性地描绘形象。相应地，它也适合表现群体性的道德情感，却不大适合表现现代人复杂、细微和多变的自我情感。在这种意义上，晚清具有“自我—政治”情感的诗歌，其现代性是不充分的，因为文言及其相应的旧体诗形式制约了“自我—政治”情感的表达。而“五四”前后的新诗运用接受西方语言影响和改造过的汉语白话，增强了其分析性和逻辑性，因而更适宜具体地描绘事物和表达现代人的自我情感。“五四”前后的新诗不但完成了对古代诗歌语言形式上的变革，即从运用文言转向运用白话的变革，而且，由于大量接受西方人文主义的影响，它将从晚清开始的在诗歌思想情感上的变革也大大深化了一步，即更强调表现自我情感和个性精神这种现代诗歌的普遍本质。在这种意义上，“五四”前后的新诗及以后的现代诗歌具有更完整、更深刻的现代性。

晚清诗歌被称作“近代诗歌”（与此时期的文化、历史和文学等都被称为“近代的”相对应）。之所以这样称呼它，原因大约在于要突出它与以前的古代诗歌和以后的现代诗歌的不同，以及从前者向后者的过渡性。近代诗歌实际上包含两路不同文化性质的诗歌，一路即是上述“自我—政治”情感的诗歌，它迅速发展壮大，成为主流，并与“五四”前后的白话新诗在思想情感上贯通。另一路则是宋诗派和同光体诗派等的诗歌，它们所表现的基本上仍然是传统的道德情感。这后一路近代诗歌最终走向衰败，算是古代正统诗歌散发的余晖。前一路表现“自我—政治”情感的近代诗歌，才具有向白话新诗过渡的性质。所以，晚清这种过渡性质的一路诗歌及其所从属的文化，都不具有自身独立的性质，而是与以后的现代诗歌及其所从属的现代文化具有共同的性质。这即是说，这一路诗歌虽然称为近代诗歌，它其实已经具有“自我—政治”情感的现代性质，是早期的现代诗歌；这一路诗歌所从属的文化虽然称为近代文化，它其实已经具有“科学—政治”文化的现代性质，是早期的现代文化。我们说这一路近代诗歌具有现代性，也是一种现代诗歌，正如我们所称呼的西方近代诗歌就具有现代性，就是一种现代诗歌。西方诗论家就指出，对自从文艺复兴以来的抒情诗作出不同时期和不同流派（运动）的划分并不能充分反映抒情诗的真正本质，“更为准确的命名是将1600年以来的抒情诗都称为‘现代’（modern）诗”①。

从现代旧体诗歌的角度看，也适宜把中国近代“自我—政治”情感一路诗歌归属于现代诗歌。因为现代旧体诗歌也是用文言写成的，并且在思想

---

① Alex Preminger, ed., *Princeton Encyclopedia of Poetry and Poetics*, p.468. 西方近代历史、近代文化和近代诗歌等，都是中国学者给予的名称，西方学者对它们都用“现代”一词来称呼，例如在英文中就用“modern”一词来称呼。

情感上与这一路近代诗歌相通。既然我们只能把现代旧体诗歌作为一种现代诗歌（难道能够把它作为一种古代诗歌?），我们就应该把类似思想情感性质的近代旧体诗歌也作为一种现代诗歌。文言旧体诗词在现代大量存在，并将长久地存在，这也说明语言形式并不是诗歌现代性的决定因素。同时，也只有把这一路近代诗歌归属于现代诗歌，才能把对西方自近代以来的诗歌翻译作品的性质统一在现代性上：无论是晚清用文言译成旧体形式的（例如苏曼殊译拜伦的《哀希腊》），还是五四以后用白话翻译的，这些译作都应该是现代性质的诗歌，因为它们的原作就具有现代性，就是西方的现代诗歌。胡适甚至把他的几首译诗作为他最早的新诗①，就说明这种译诗确实具有与中国现代诗歌很接近的现代性。

上述晚清“自我—政治”情感一路近代诗歌的情况，与西方自文艺复兴以来具有现代性质的近代诗歌的情况颇相似。西方具有现代性质的近代诗歌指表现自我情感的诗歌，它是近代开始发展壮大的西方现代科学文化的一个成分。这种现代性质的诗歌也产生在封建社会里，并且长时期地在其中逐渐发展壮大。从最早 14 世纪意大利的文艺复兴算起，到 17、18 世纪欧洲资产阶级革命普遍发生，西方这种现代性质的近代诗歌在封建社会中经历了三四百年的时间。中国具有现代性质的近代诗歌在晚清只经历了半个世纪，比前者短得多。西方近代存在着不断发展壮大的科学文化和逐渐萎缩并最终让出主导地位的宗教文化。相应地，也存在着表现自我情感的诗歌和表现宗教情感的诗歌，前者从属于科学文化而后者从属于宗教文化。前者不断发展壮大并最终取得主导地位，后者也顽强地长期存在。② 中国近代也同时存在着表现“自我—政治”情感的诗歌和表现传统道德情感的诗歌，前者从属于“科学—政治”文化而后者从属于道德文化，两者之间也发生类似的主次地位的变化，只是经历的时间短得多。

当然，上述晚清具有现代性的近代诗歌与西方文艺复兴以来具有现代性的近代诗歌也有很不同的地方。后者在思想情感上的变革与语言形式上的变

---

① 胡适曾说他的《尝试集》中只有 14 首是白话新诗，其中就包括《老洛伯》《关不住了》和《“希望”》三首译诗。他还在《尝试集》再版的《自序》中宣称，《关不住了》一诗是其新诗成立的纪元。

② 参考这样的说法：“文艺复兴社会就是这样一个很不稳定的、新旧并存的混合体。”〔[美] 马文·佩里主编：《西方文明史》（上卷），商务印书馆 1993 年版，第 376 页〕

革是同步的，而在中国这两者的变革之间却有半个世纪的时差。不过，这一点不同并不表明诗歌现代性的决定因素主要是语言形式，它只表明中西两种诗歌语言的变革具有各自的特殊性。西方文艺复兴时期诗歌的语言变革是抛弃中世纪宗教诗歌统一的拉丁语，转而运用各民族自己的语言——俗语。这不只是一个诗歌语言的问题，它更大的意义在于建立一个民族国家的语言。而中国从古至今就是一个民族国家，汉语就是这个民族国家的语言。中国“五四”时期诗歌的语言变革，仅仅是指从运用汉语的文言形式转变为运用汉语的白话形式。由于诗歌语言的传统比思想意识的传统更为强固等原因，汉语诗歌语言形式的变革比其思想情感的变革滞后一个时期是可以理解的。拉丁语至今在西方学术界仍在运用，甚至仍用它来写诗。[①] 这种情况与现代中国仍然运用文言写作旧体诗词有点儿类似，也说明决定西方诗歌现代性的主要不是语言形式的变革，而是其思想情感的变革，即从表现宗教神性的群体思想情感转变为表现人文主义的自我思想情感。

三、异质文化与异质情感

（一）异质文化——政治文化

在中国现代文化中，与科学文化异质的文化主要是政治文化。[②] 政治文化（不包括科学文化中的政治文化成分）所以是主要的异质文化，是因为它不但在现代中国一直或多或少地存在着，而且在一段时期内曾经是主要的文化。

从文化心理看，政治文化是政治意志作为决定性的和主导的心理机能所造成的文化。如果政治意志受理智决定和制约，这种政治意志所造成的政治文化对于科学文化来说并不是异质的，而是同质的、统一的——它就是科学文化的一个必要成分。反之，如果政治意志不受理智的决定和制约，而是反

---

① 详见 Alex Preminger, ed. *Princeton Encyclopedia of Poetry and Poetics*, p.443.

② 此外，中国现代文化中还存在着遗留下来的古代道德文化，还存在着本土的和外来的宗教文化。古代道德文化已是一种过时的文化，它总体上只能作为文化遗产供科学文化吸取养分，供现代人敬仰和神游。其中那些至今仍然存在却不能为科学文化所吸收者，就是异质于科学文化的东西，例如仍然存在（包括变相地存在）的某些传统纲常伦理。宗教文化理应是伴随科学文化的主要异质文化，但是中国现代宗教文化孱弱而纷杂，缺乏独立自主性，没有能够成为科学文化的主要异质文化。中国现代科学文化缺乏一种有力的宗教文化来与之异质地相互补充和制约。

过来决定和制约理智，这样的政治意志所造成的政治文化对于科学文化来说就是异质的。这样的政治意志同时也决定和制约道德意志、经济意志和艺术情感，并且还决定和制约宗教信仰，所以它所造成的是一种系统的政治文化。在这种政治文化中，科学、道德、经济、艺术和宗教都是从属于政治的，为之服务的。

现代中国从 20 世纪 50 年代至 70 年代的文化就是这样的政治文化。这种政治文化的一个基本特点，是政治观念和作为其化身的政治领袖是至高无上的，成了文化的本体。不妨将这种政治文化中的政治本体与其他文化中的政治比较一下。中国古代道德文化中的政治也很突出，但是，那文化的本体，那至高无上的东西，不是君权和国君之类的政治观念和政治领袖，而是“天”“道”这样的观念，君权受制于“天”“道”。政教合一的宗教文化中的政治也很突出，但是，那至高无上的文化本体也不是政治观念和政治领袖，而是“上帝”“真主”之类的神灵。可见，政治文化中的政治本体，与道德文化、宗教文化中的政治都不同，它不但是现实中的绝对权威，而且也不受任何形而上权威的制约。政治文化中的政治观念和政治领袖这种本体，与道德文化的“道”本体和宗教文化的“上帝”之类的本体却有共同点，那就是它们都是既定的，神圣不可改变的。科学文化却全然不同：它的政治不可能是至高无上的本体；它的本体是自我个体（所谓个体本位），这种本体不是个别的，而是众多的；不是既定的，而是变化的。这种本体不可能成为神圣的绝对权威。

从文化心理看，中国现代政治文化的产生，是由于政治意志压倒了科学理智，从而使中国走上以政治运动为中心、以巩固政治权力和树立政治权威为目的的政治文化之路，而没有走上以发展经济为中心、以改善民生为目的的科学文化之路。因此，若要改变这种政治文化，就要改变这种已渐渐成为一种新传统的政治意志心理（这种政治意志心理很容易与传统的道德意志心理共谋合作，因为后者要求“为政以德”、政德合一——那道德意志与政治意志原本是结合在一起的）。中国改革开放后所提倡的“科教兴国”的治国方略，理应是从根本上改变这种政治意志心理、培养科学理智心理的治国方略。

（二）异质情感——政治情感

在中国现代诗歌中，与自我情感异质的情感主要是政治情感（不包括自我性政治情感)。[①] 这种政治情感在20世纪40年代的某些诗歌中就存在不少，在50年代至70年代的政治文化时期的诗歌中更是普遍存在。这种诗歌中有时也出现不少“我”字，其情感也很强烈，不过，诗歌中的那个“我”字，只是既定的政治意志被群体化在个体上的一种符号；诗歌中的那种情感，只是既定政治意志所鼓动出来的群体情感在个体上的一种反映。

诗人产生那样的政治情感有两种情况。一种情况表现为一种转化过程，即诗人自觉地（出于自己自主理智的思考和自由意志的选择）参加革命，走进政治。后来，群体性的政治意志（往往以至高无上的乃至神圣的名义）逐渐钳制住个人意志，并最终将其在革命的“大熔炉”中消磨、融解。这可以说是诗人因自我而走向革命，因革命而丧失自我。不过在那个时代，丧失自我并不被认为是坏事，而是好事。从主动方面说，它是革命诗人的一种追求；从被动方面说，它是革命政治对诗人的一种要求，即“知识分子出身的文艺工作者……得把自己的思想感情来一个变化，来一番改造”[②]。革命政治确实成功地改造了很多诗人的自我性，所以这些诗人前后写出的诗篇很不相同。这种灵魂改造的过程实际上充满痛苦和矛盾，这在某些天性真诚的诗人的作品中有明显反映。另一种情况是，有些人的诗魂就是在政治文化中自我异化形成的，他们的诗篇自然抒发异质性政治情感。这些诗人容易遵从既定的政治旨意而在诗歌中自觉或不自觉地说假话，抒假情，甚至把苦难描绘成幸福，把厄运歌唱成幸运。

上述异质性政治情感的功利性常常是最直接、最明确的。它在一定情况下是否也可以具有审美性呢？可以，如果它的功利性不是那么明确，而是较为隐蔽的话。这是因为，只要一种情感蕴含着不明确的思想意义和不具体的功利目的，它就可能具有审美性[③]，而无论它的根基是自我性的还是群体性的。中国古代诗歌的道德情感就是一种群体情感，这种情感不是普遍地具有

---

① 此外，中国现代诗歌中还有与自我情感异质的道德情感。例如，在晚清开始具有现代性的一路诗歌中，有的还沾带着传统的忠孝思想和臣子意识；有的仍然流露出传统的“我族中心”思想情感（如称外国人为“夷”，称满清势力为“腥膻”等）。后来的现代诗歌中这种异质的道德情感就表现得不多了。中国现代诗歌中真正与自我情感异质的宗教情感不明显，因为中国现代诗歌的宗教情感一般是自我宗教情感。

② 毛泽东：《在延安文艺座谈会上的讲话》，《毛泽东论文学和艺术》，人民文学出版社1964年版，第55—56页。

③ 发生这种可能性的基本条件，是必须以某种恰当的感性形式来表现这种情感。

审美性吗?① 我们确实看见，某些具有这种异质性政治情感的中国现代诗歌也具有一定的审美性，如贺敬之的《桂林山水歌》、郭小川的《林中小唱》等。不过，表现这种异质性政治情感的诗篇不可能普遍地具有审美性。即便是上述两诗，其审美性也只存在于少数段落，而非整体性的。

这里就出现一个问题：同样是群体情感，为什么中国古代诗歌的道德情感能够普遍地具有审美性，而中国现代诗歌的这种异质性政治情感却不能够呢？这个问题很复杂，因为美感的生成有诸多直接的和间接的原因，或许以下两个原因是最重要的。第一，具有异质性政治情感的现代诗歌在艺术上有一个严重缺陷，即诗人们出于急功近利等政治目的，总是力求传达某种具体的政治观念，表明自己鲜明的政治态度，而这却是违背诗歌艺术的审美规律的。所以，这种政治诗篇中审美的成分很有限。而古代的优美诗篇却遵循美的规律，往往不直接表达观念（道德观念或道德性政治观念），而是把观念融化在情感和形象之中。其二，更深层的原因大约还在文化根源上。在古代道德文化中，道德情感是一种最普遍的社会情感，因而是一种现实的亦即真实的情感。诗人的这种情感通过感物起兴的方法赋予物象，就成了审美情感，那物象就成了审美意象。而现代政治文化是科学文化大潮流中的一种异质文化，这种文化中的政治情感往往是从某种政治观念发酵出来的，因而缺乏现实基础和真实性。而我们知道，真和善虽然不等同于美，却是美的基础，所以，那缺乏现实基础和真实品格的政治情感不大可能成为真正的审美情感。

涉及现代诗歌的异质性政治情感的理论不少，这里只说“无产阶级革命文学”论和“大众化”论。

20 世纪 20 年代初期，文学研究会的郑振铎、沈泽民、茅盾等早期共产

---

① 其实，群体情感更接近审美情感，因为审美情感要求具有普遍性，这种普遍性就是指在一定程度上超越个人性而具有一定的群体性。所以，中国古代诗人的审美创造相对说来显得比较容易，因为古代诗歌的审美性道德情感本来就是群体性的。我们看到，古代诗人一般不是专业诗人，他们在读书做官方面所用的功夫比作诗的功夫要大得多，然而他们却又是真正的诗人，因为他们创作了许多无与伦比的优美诗篇。一个明显的事实是：古代诗人的许多即景、即兴的作品，信手拈来却优美动人，成千古绝唱（外国诗歌创作却很少这样）；而自我情感却要通过一定程度的非个人化和普遍化，使之具有一定程度的群体性，才能成为审美情感。创作这种审美情感的诗歌，由于具有自我独特性与群体共同性的内在张力，似乎难度更大，不过由此产生的诗美往往更具有个性和张力。

党人，以及创造社的郭沫若、成仿吾等人，都提倡“革命文学”。那革命文学概念的含义笼统，还混合着具有“五四”文学革命精神的“为人生”和“自我表现”等思想。所以，那时的某些革命诗歌（如郭沫若和蒋光慈的某些革命诗歌）所表现的政治情感未尝不是诗人的自我情感。不过，革命文学的倡导者们认为，革命文学应该服务于改造国家、改变人生的革命事业；有的还认为，为此作家应该参加实际的革命工作，在革命中改造自己，从而获得革命的情感。这两点认识在后来的各种革命文学理论中得到认同并且被发挥。

1928年年初，后期创造社和太阳社的成员将上述“革命文学”论发展成为“无产阶级革命文学”论。他们宣扬无产阶级革命，否定“五四”人文精神；批判鲁迅、叶圣陶、冰心等新文学作家，与新月派的梁实秋等论战。他们否定曾经提倡的“自我表现”论，转而强调“为革命而文学”（李初梨），把文学当作无产阶级革命的工具；强调革命文学的政治功利性和时效性，声言“一切的文学都是宣传”（李初梨）。他们还提倡革命作家到民间去，要求革命作家“克服自己的小资产阶级的劣根性”（成仿吾），声称“革命文学应当反对个人主义”（蒋光慈）。在这样的文学观念指导下，革命作家创作出了政治功利性很强的无产阶级革命文学（在诗歌方面突出的如殷夫的“红色鼓动诗”）。当然，这样的文学免不了概念化、公式化和标语口号化的弊病。如果说前述“革命文学”论在一定程度上是“五四”文学革命的一种必然走向，“无产阶级革命文学”论的产生则有世界革命文学的所谓“红色三十年代”（以苏俄无产阶级革命文学为核心）的国际背景，它更直受到20年代日本共产党极左政治理论的影响（通过曾经留学日本的创造社成员）。“无产阶级革命文学”与后来的“左联”文学、解放区文学和共和国前三十年文学，在强调革命政治性及其相关问题上是一脉相承的，前者在一定程度上为后者奠定了理论基础。

无论是20年代前期的“革命文学”论还是后期的“无产阶级革命文学”论，都强调文学从属于革命，文学为革命事业服务；都主张革命文学家深入革命生活，改变自己的立场观点，获得革命的思想情感。显然，前一种认识必然使文学失去自身的独立自足性，后一种认识必然使文学家失去自身的独立自主性。其结果必然导致在文学所表现的革命政治情感中失去文学家的自我性。所以，中国现代的革命文学、革命诗歌或多或少地表现异质于自我的革命政治情感是必然的。

与“五四”文学革命的一个走向是“革命文学”相对应，“五四”时期启蒙大众的文学的一个走向是“大众化”文学，出现了文学“大众化”论。这种情况的出现，从内在原因看，是“五四”时期“平民文学”和“人生文学”思想倾向的一种极端发展；从外在原因看，早先是由于接受了俄国民粹主义的影响，后来则是由于接受了列宁关于文学要“为千千万万劳动人民”服务的思想的影响。①

在“无产阶级革命文学”论中，甚至在更早的“革命文学”论中，就出现了文学应当走向民间的思想。“左联”成立以后，文学“大众化”被作为一个重要的理论提出来，对文学大众化的方向以及大众化文学的语言和形式等问题进行了三次讨论。抗战时期，“文协”号召“文章下乡、文章入伍”。文学大众化运动在40年代的延安地区达到高潮，文学大众化论被规范为“文艺为工农兵服务”。共和国前30年，大众化论成为一种主流意识形态，它的极端表现是塑造工农兵的高大全形象和工农兵的大规模写作（例如“大跃进”时期的民歌写作和“文革”时期的红卫兵写作、小靳庄农民写作）。改革开放以后，文学“为人民服务”的口号在一定程度上是对文学大众化论是一种消解，因为“人民”的范围不但扩大了“大众”的成分（不再局限于革命大众），而且包括了与大众相对的“精英”。从诗歌创作上看，改革开放后朦胧诗人的写作已经不是大众化意义上的写作，而是广义的“个人化”写作，即以个人为本位的、表现自我思想情感的写作。当90年代“第三代”诗人明确提出摆脱一切外在目的的“个人化写作”口号并付诸实践时，传统的文学大众化理论就完全被消解了。

中国现代文学的“大众化”不是一般的文学大众化，而是革命文学的大众化，是革命文学发展出的一种必然形式。因此，这种大众化的目的主要不在于大众欣赏文学，而在于通过文学来教育大众、发动大众和掌握大众，从而夺取革命的胜利。总之，革命文学的性质和目的决定了文学大众化的性质和目的。延安时期的大众化理论就指明了这一点：文学不是为一切大众

---

① 列宁在《党的组织和党的出版物》一文中说，文学是党所开动的巨大机器上的“齿轮和螺丝钉”，要“为千千万万劳动人民”服务。毛泽东在《延安文艺座谈会上的讲话》中重复并强调列宁的话，说文学是整个革命机器中的“齿轮和螺丝钉”，并提出文学的更具体的工农兵方向。

的，而是为工农兵大众的；文学也不能满足工农兵大众的一切趣味，而是“政治标准第一”，必须为政治服务，具体地说必须表现既定的政治思想情感。“文革”时期的所谓“领导出思想，群众出生活，作家出作品”，就完全说破了这种大众化文学的实质。就这种大众化诗歌看，它的政治性质和政治目的必然挤压和排斥诗人的自我情感，它所表现的就只能是异质于自我情感的政治情感。就写作这种大众化诗歌的诗人（知识分子诗人）看，他们力求表现被改造后的情感，那种情感就只能是异质于自我情感的政治情感。

文学虽然有独立自足性，但是人们可以从政治的、道德的或宗教的角度来对待它，让它为这些事业服务。所以，靠发动工农大众来进行革命和夺取政权的政党和领袖要求文学通过大众化形式来为政治服务，自有其合理性的。不过，为政治服务并不是文学的独特功能，文学独特的因而也是本质性的功能是审美。大众化创作也不是文学的独特创作，文学独特的因而也是本质性的创作是个人化创作。西方文艺界就有“真正的艺术无视读者”① “真正的艺术家只为自己写作”② 的说法。这种说法至少对于诗歌创作是有道理的。我们只看中国的情况：古代那些百读不厌的文人诗歌，有几首是着意为大众写的？毛泽东诗词难道是为了适合大众的需要才写成那样？它难道是大众化的产物？中国现代诗歌中那些经典的（或将来可能成为经典的）作品，又何尝不如此？

四、自我情感与政治情感的历史变化

晚清和民初，与“科学—政治”文化异质的是作为古代道德文化尾声的文化。就这一时期的“科学—政治”文化自身看，其中的政治文化成分很突出，不过它主要是科学文化性质的政治文化成分，因为它追求的是民主政治。这一时期的“科学—政治”文化还夹带着若干来自古代道德文化的东西，例如，对忠君思想的坚持（辛亥革命以前），对某些其他传统思想的维护等，这些东西却是异质于科学文化的政治文化成分。

相应地，与这一时期现代诗歌的“自我—政治”情感异质的，是作为古代诗歌尾声的宋诗派等诗歌的道德情感。就这一时期现代诗歌的“自

① ［美］W. C. 布斯：《小说修辞学》，华明等译，北京大学出版社 1987 年版，第 99 页。

② 同上书，第 101 页。

我—政治”情感自身看，其中的政治情感很突出，不过它主要是自我性的，即它主要是自我政治情感。换言之，这一时期现代诗歌的自我情感主要表现在政治上，其他方面的表现则不充分。这种政治情感中也包含若干异质于自我情感的政治情感，如体现忠君思想和我族中心观念的政治情感。

爱国反帝和启蒙新民是此时期现代诗歌的主要内容，前者更为突出。就爱国反帝一面看，“在爱国诗派的笔下，民族意识开始觉醒，形成了中华民族团结御侮、齐心反帝的热潮，并开始出现反清倾向，忠君意识也有所淡化。在维新诗派的笔下，救亡图存的呼声高涨，形成变法自强的社会主潮，反对列强瓜分的热情也日益强烈，反清意识增浓，但同时也还带有一定的保皇观念。在革命诗派的笔下，推翻清王朝的统治、建立资产阶级民主政权已成为不可遏制的潮流，但反帝意识有所减弱”①。就启蒙新民一面看，“在爱国诗人的笔下，表现出一种反叛传统的精神指向，尤其是对封建专制压抑人才、压抑个性的黑暗现实的强烈不满，使顽固的封建专制堡垒裂开了一道缝隙。在维新诗派的笔下，不仅出现了大量对西方新知新物的介绍，而且还出现了比较自觉地宣传西方资产阶级民主、平等、自由的思想，以及对独立、自强精神的倡导，在他们的诗作中，个性在萌芽，新知在增长，民权在渐立。在革命诗派的笔下，不仅加大了对西方新知新学与民主制度、民主思想输入的力度，而且其锋芒也直接对准了封建君权与封建专制统治”②。

上述思想内容，简而言之就是救亡与启蒙两方面的内容。启蒙的思想内容是全新的，它是这一时期诗歌现代性的基本体现。表现启蒙思想的诗歌情感，是较鲜明、较丰富的自我情感。救亡的思想内容则是时代赋予的一种特征性思想内容，不过由于它在一定程度上基于启蒙理性，所以也有一定的现代性。表现救亡思想的诗歌情感是政治情感，这种政治情感既是社会群体的，又是自我个体的，并且往往首先和根本上是自我个体的，因为救亡的政治情感往往与启蒙理性结合着，是诗人的理智认识和意志选择的结果。

这一时期，上述现代诗歌的思想情感及其他相关因素在先后存在的诗派中有不同的表现。龚自珍是爱国诗派的代表（该派还包括魏源、林则徐等）。一方面，就其诗歌创作在思想情感上还没有完全突破而在语言形式上

---

① 李金涛：《近代诗歌转型论纲》，《江汉论坛》2000 年第 9 期，第 88 页。

② 同上。

则完全没有突破古代诗歌[①]而言，就其诗歌理论还不能像维新诗派那样具有自觉而鲜明的革新意识而言，龚自珍仍然属于古代诗人的范围；另一方面，就其创作上反对封建专制、追求个性解放，理论上提倡“尊情”、崇尚“自我”而言，龚自珍又是与维新诗派、革命诗派和“五四”诗人相通的，因而可以说是现代诗歌的先驱。

龚自珍之后半个世纪，维新诗派才出现。维新诗派的主将是黄遵宪，理论家是梁启超，其他诗人还有康有为、谭嗣同、夏曾佑、蒋智由等。该派提出了“新诗”概念。[②] 黄遵宪的诗歌表现新的政治理想，运用新名词和通俗语，确实显得新。梁启超的“诗界革命”理论也要求这种新诗“第一要新意境，第二要新语句”，即要求表现外来的新思想，运用外来的新名词。康有为的诗句“新世瑰奇异境生，更搜欧亚造新声”（《与菽园论诗兼寄任公、儒博、曼宣》），大致表述了这两方面的追求。维新诗派在思想情感和语言形式两方面的革新（后一方面的革新远远不够），宣告了近代的现代性诗歌的确立。对变法维新的渴望和变法维新的最终失败，使维新派诗歌充满了政治的热情和悲情。这种政治情感是一种自我情感，维新诗派对这种政治性自我情感的集中表现，限制了其他方面的自我情感的表现。

革命诗派包括秋瑾等革命志士和以陈去病、高旭、柳亚子为首的南社诸人。辛亥革命是流血的政治革命，革命派诗歌是为这种政治革命服务的，所以它把对政治思想情感的表现推向高潮，显出空前的激昂与悲壮。不过，这种政治思想情感表现的单一性，以及为了反清排满的政治需要而采取的复兴古学和继承古代诗歌传统的策略和态度，阻碍了革命派诗歌自身的健全发展。所以，它在晚清现代诗歌的历史进程中贡献不大。

晚清的现代诗歌从古代诗歌脱胎而来，必然沾带若干属于古代正统诗歌而异质于现代性的东西。就其中异质的政治情感看主要有两种，一种是表现忠孝思想和臣子意识的情感，一种是表现“我族中心”（或称“华夏中

---

① 之所以说龚自珍的诗歌在思想情感上还没有完全突破古代诗歌的范围，是因为他虽然提出“变逆”说，成为中国近代“主变敢逆”启蒙思想的先导，但这种思想终究没有越出传统循环论的模式（参见陈伯海：《中国文学史之宏观》，中国社会科学出版社1995年版，第172—173页）；相应地，在其诗歌创作中就终究没有突破忠君和“补天”等思想桎梏。

② 谭嗣同、夏曾佑、梁启超三人由于崇拜“新学”而提倡创作“新诗”（又称“新学之诗”“新学诗”）。

心”）观念的情感。忠孝思想情感在晚清已经被淡化，但是仍然存在于爱国诗派和维新诗派的作品之中，如龚自珍《己亥杂诗》开头几首中就有“感念天恩祖德”之类的诗句。在爱国诗派和维新诗派的作品中，还经常出现“夷”“蛮”“妖”“寇”等对西方人的鄙夷称呼，这一方面固然是诗人借以泄愤，另一方面也是根深蒂固的“我族中心”观念的流露。在革命派诗人的笔下，对西方人的这类称呼少了，但是反清的政治需要和排满的政治情绪使他们也像明末复社诗人那样讲究“夷夏之辨”，于是诗中出现“夷狄”“腥膻”之类对满人的鄙夷称呼。例如，“小雅式微夷狄横，宗邦多难党人尊”（柳亚子《怀人诗》）；“好将十万头颅血，一洗腥膻祖国尘”（秋瑾《赠蒋鹿珊先生言志且为他日成功之鸿爪也》）。

晚清和民初的现代诗歌大多偏重于救亡，对启蒙有所忽视。然而，鲁迅写于1907年的《摩罗诗力说》却强调启蒙性的个性解放和人格独立。它批评古代诗歌中那种“平和”“良懦”“颓弱”的思想情感，即所谓“止乎礼义”的道德思想情感，而张扬“摩罗诗人”如拜伦、雪莱、普希金等所表现的富于反抗精神和自我个性的思想情感。这是现代诗歌把重心从救亡转向启蒙的先兆。

“五四”时期，指从《新青年》1917年提倡“文学革命”和发表白话新诗到1927年国共两党之间爆发内战这10年时间。由于清王朝的被推翻和启蒙高潮的到来，这一时期中国现代“科学—政治”文化中的科学性大为增强，政治性则相对减弱。

此时期开始了白话新诗的创造，这样，中国现代诗歌在思想情感和语言形式两方面都发生了根本变化：现代诗歌完全成型了。比较前一阶段而言，此阶段白话新诗的自我情感空前强烈和丰富多彩，而政治情感则减少了许多，并且那政治情感也主要是自我的，异质性政治情感不显著。

郁达夫说：“五四运动的最大的成功，第一要算‘个人’的发现。从前的人，是为君而存在，为道而存在，为父母而存在，现在的人才晓得为自我而存在了。”① 中国现代文化就是在“个人”的发现的前提下展开的（“个人”的发现早于“五四”就开始了，不过它在“五四”时期特别突出）。

---

① 郁达夫：《〈中国新文学大系·散文二集〉导言》，良友图书印刷公司1935年版，第5页。

“个人”的发现显然也是现代诗歌表现自我情感的前提。比较而言，古代道德文化则是在“道”的发现的前提下展开的，古代诗歌所表现的在根本上是关于道的道德（得道即为德）情感。古代文化和古代诗歌的本体是“道”，现代文化和现代诗歌的本体是“人”（“个人”），这是根本的不同。

“五四”时期诗歌自我情感表现的大爆发，一方面是由于此前长期思想启蒙的蓄养，另一方面则是由于此时期西方文学思潮的大量涌入，从而大大激发了中国诗人表现自我的冲动和潜能。于是，中国现代诗歌的情感表现也染上西方文学思潮的色彩——这是文学世界化的一种色彩。[①] 此时期，郭沫若的诗歌情感最为驳杂多变，不过其主旋律是浪漫主义的自我激情。此外，湖畔派诗歌和新月派诗歌的情感也有浓浓的浪漫主义气息，显得很自我。白话诗派的某些现实主义诗歌也表现自我情感。如胡适的《人力车夫》和刘半农的《相隔一层纸》等作品反映民间疾苦、批判社会现实，题材与许多古代诗歌类似，表现的情感却有所不同：它们是诗人立足于现代人道主义立场的自我感受，不同于古代诗人立足于儒家纲常伦理而产生的忧国忧民情思。现代主义诗歌的自我情感的表现也初露端倪，那就是李金发的象征主义诗歌情感的表现。李金发就宣称：“我的诗是个人灵感的纪录表，是个人陶醉后引吭的高歌。”[②]

此时期仍有不少表现爱国情感和其他政治情感的诗歌。闻一多的某些诗篇就表现凝重而激愤的爱国情感，爱国情感总具有一定的群体性，但闻一多的爱国情感却又是充分自我的，这是因为那爱国情感是诗人深刻批判和自我反思的结果。诗人在《一个观念》中用最美的语言对祖国进行最高的赞颂，从而表现对祖国最深挚的爱。然而，在《死水》中诗人却揭露祖国的现实如“死水”般丑恶；在《发现》中更发现祖国原来是“恐怖”，是“噩梦挂着悬崖”，于是诗人“迸着血泪”否认道：“这不是我的中华，不对，不对!”那么，诗人的祖国在哪里呢？“呕出一颗心来，你在我心里!”这种对

① 从前述西亚南亚现代诗歌的产生看出，19 世纪以来，许多东方民族在文化和文学的转型过程中都发生了关于传统与现代、东方与西方的争论，都自觉或不自觉地接受了西方浪漫主义、现实主义、现代主义和后现代主义等思潮的影响，因而产生了类似性质的文学。这是文学世界化的一种趋势。

② 李金发：《是个人灵感的记录表》，杨匡汉、刘福春编：《中国现代诗论》（上编），第 250 页。

现实祖国的不认同和对理想祖国的企盼，透露出诗人变革现实的强烈愿望。更可贵的是诗人能够对自己的爱国情思进行反思。如在《口供》中，诗人在表白了对祖国美好传统的赞美和珍爱后，很突兀地问道："可是还有一个我，你怕不怕？——/苍蝇似的思想，垃圾桶里爬。"这种强烈的对照意味深长。只有充分立足于个体本位立场并且很富于现代意识的诗人，才敢于向祖国如此裸露自己的灵魂。闻一多爱国情怀的上述自我独特性，古代诗人不可能具有，在后来为主流意识形态浸染和洗礼过的爱国诗人那里，也难以见到。

此时期，那些批判现实和宣扬革命的诗歌所表现的政治情感，有的也是自我性的。郭沫若的诗集《前茅》出版于 1928 年，但收录的诗篇除《序诗》外都是 1921 年至 1924 年的作品。《前茅》的题材比起《女神》来已有很大不同，它集中在爱国特别是革命上了。它所表现的革命政治情感就主要是自我的，因为那情感是诗人独立思考和自由选择的结果。作为第一个无产阶级革命诗人的蒋光慈在留学苏联期间所创作的诗集《新梦》（1925 年），在赞颂十月革命、诅咒帝国主义和表达革命理想等思想题材上所表现的革命政治情感，也有一定的自我性。但《新梦》中也明显表现出异质于自我情感的政治情感。对于政治（它是一种群体性和强制性很强的事业），特别是像苏联那样因高度集权而排斥个性、挤压自我的政治，诗人必须进行深入剖析和自我反思，才能在诗歌中表现自我情感，否则就只能是既定政治观念的群体化情感的表现。

内战和抗战时期包括 30 年代和 40 年代。在此期间，中国现代文化的科学性有所减弱，政治性则大大增强，后者中异质的政治性不断增长。相应地，虽然此时期的许多诗歌坚持表现自我情感，但是更多的诗歌跟随时代的潮流而表现政治情感，其中异质的政治情感不断增长。

此时期表现非政治性自我情感的诗人减少了。仍然坚持这种表现的是后期新月派，主要表现在他们宣扬人道主义精神的诗中，特别是歌唱爱情的诗中。以戴望舒为代表的现代派也主要表现自我情感，只是现代派手法的运用使这种表现显得隐蔽。现代派的何其芳和卞之琳后来转向革命和抗战，戴望舒后来也加入了抗战的行列，其诗歌所表现的主要是政治性自我情感。抗战爆发后，坚持表现自我情感的诗作更少了，40 年代冯至的《十四行集》是这种诗作的代表。这个代表很可贵：如果冯至此时也写作抗战的政治诗歌，那贡献可能很有限，而他的《十四行集》却是中国现代哲理抒情诗的高峰。我们曾指出过，与哲学沉思伴随的情感可以是一种深刻的自我情感，冯至哲理抒情诗的情感即是这样的自我情感。

30年代戴望舒、卞之琳、何其芳、废名等现代派诗人对晚唐李商隐、温庭筠等的某些诗词的取法（所谓“晚唐诗热”），是当今诗论界津津乐道的话题，被认为是现代派对古典的“回归”。学者们无论从中国古代诗歌的角度发掘中国现代诗歌对前者的传承，还是从西方诗歌的角度考察它在本土化时中国古代诗歌传统对它的变异，都爱用这种“回归”作为显例。这类论述往往得出中国现代诗歌是中西诗歌“融合”的产物之类的结论，其目的常常是为了在中国现代诗歌的产生和发展等问题上提升中国古代诗歌的地位。其实，戴望舒等对古代诗歌的“融合”，并不是主要对古代正统诗歌即表现道德情感的诗歌的融合，而是对古代的异质情感的诗歌即表现自我情感的诗歌的融合。前文曾指出，晚唐温李和五代的某些爱情诗词突出地表现异质的自我情感（见本章第一节第三小节），因此，从诗歌情感看，这种“融合”实际上是一种“契合”，即古代诗歌中的自我情感引起了戴望舒等现代派诗人的共鸣。正是由于有这种情感上的契合和共鸣，戴望舒等对古代那种异质情感诗歌的意象、手法和风格等才有较多的借鉴和取法。① 同样，中国

① 废名（冯文炳）在其《谈新诗》一书中提出这样的观点：旧诗的文字是诗的，内容则是散文的；新诗的文字是散文的，内容则是诗的。（详见《谈新诗》，人民文学出版社 1984年版，第5页、第106—107页）他在《新诗问答》一文中也表达了这种观点，并举例说，张继《枫桥夜泊》中“姑苏城外寒山寺，夜半钟声到客船”是散文的；而李商隐《牡丹》中的“‘我是梦中传彩笔，欲书花叶寄朝云’却不是散文的意义而是诗的……这个内容倒是新诗的内容”（《新诗问答》，止庵编：《废名文集》，东方出版社 2000 年版，第 145 页）。废名的前一说法不对，因为《枫桥夜泊》的诗句也是诗意的，只不过不是《牡丹》那样的诗意；他的后一说法是对的，因为《牡丹》的诗句确实是诗意的，并且那诗意确实像现代新诗的诗意。废名主要从李商隐诗歌的浓艳瑰奇的想象和朦胧隐晦的风格来谈论它与新诗在内容上的相通和类似。我们可以进一步指出，两者更深层的或者说根本的相通和类似还在诗歌的自我情感（即如《牡丹》中婉曲地表现的爱情）上；并且，正是这种自我情感的内涵决定了创作上想象性的描写和朦胧隐晦的风格。（本书第四章就对比性地论述古代诗歌感物起兴的直观性描写及其含蓄蕴藉风格与现代诗歌沉思赋形的想象性描写及其朦胧隐晦风格。就废名说到的这两首诗看，张继的《枫桥夜泊》是直观性描写，具有含蓄蕴藉风格；李商隐的《牡丹》则是想象性描写，具有朦胧隐晦风格。前者与现代新诗不同，后者则与现代新诗类似。）废名还说，“我的意思不是把李商隐的诗同温庭筠的词算作新诗的前例，我只是推想这一派的诗词存在的根据或者正是有我们今日白话新诗发展的根据了”（《谈新诗》，第 28 页）。这话也说对了。不过，那根据不止是表层上想象的意象和隐晦的风格，而更是内在的自我情感。

现代诗歌与西方诗歌之间的融合，也主要是两者之间自我情感的契合和共鸣。也正是由于有这种契合和共鸣，才表现出前者对后者的倾心、模仿和借鉴。

中国现代诗歌表现出主要与西方诗歌和中国古代异质性诗歌之间的契合，而不是与中国古代正统诗歌之间的融合，这从事实上也可以见出。中国现代的大诗人几乎没有不熟悉西方诗歌的，几乎没有不依赖西方的某些诗人或某个诗派而成就自身的。然而，他们对于中国古代的正统诗人和诗派却并不如此。

“五四”时期的郭沫若、徐志摩、闻一多等处于新旧交接时期，他们对中西诗歌都很熟悉，都有所取法，但主要取法的是西方诗歌。后来的艾青、北岛、舒婷、海子等就不同了，他们对古代诗歌并不那么熟悉，取法也较少或很少；穆旦对古代诗歌还是熟悉的①，他却有意不取法。然而，他们对西方诗歌却颇为熟悉，取法也多。戴望舒、卞之琳、何其芳似乎中外兼顾，其实他们对西方诗歌的取法也比对古代诗歌的取法更多。必须注意的是，他们对古代诗歌的取法，如上所述，也主要是对那些表现异质情感即自我情感的诗歌的取法，而那些诗歌实质上与现代诗歌和西方诗歌是相通的。冯至也不例外，他中西兼通，但对他产生决定性作用的是西方影响：早期受浪漫主义的影响，后来受存在主义的影响更大——可以说，没有存在主义哲学和里尔克的存在主义诗歌的影响，就不会有他的《十四行集》。总之，靠明确地取法西方大诗人而获得成就的中国现代大诗人为数不少，然而，明显地依赖中国古代大诗人如李杜王孟和苏辛等而成就自身的却没有，而古代那些大诗人的诗歌却是古代正统诗歌的代表，也是整个古代诗歌的最高成就。

所以，事实也说明，中国现代诗歌不是主要在表现道德情感的古代正统诗歌的基础上产生的，也不可能主要依靠它来发展。中国现代诗歌的产生和发展所依赖的，是古代诗歌中表现自我情感的异质成分，特别是产生这种异质成分的异质文化心理——这种个体本位的异质文化心理传承下来就成为现代人的文化心理。正是这种现代文化心理创造了中国现代诗歌，也正是这种现代文化心理及其所创造的现代诗歌，由于与西方人的文化心理及其所创造的诗歌具有类似的性质而发生了“同声相应，同气相求”的契合。王佐良

---

① 穆旦在他的《玫瑰之歌》一诗中说，“我长大在古诗词的山水里”。

曾说穆旦最好的诗歌是“非中国的”[①]，其实，其他现代大诗人的作品何尝不如此，只是没有穆旦突出罢了。在晚唐温李的某些诗词具有异质性自我情感的意义上，戴望舒等取法于温李的诗词也可以说是“非中国的”——“非传统中国”或“非正统中国”的；而他们所着重取法于西方象征主义诗人的诗歌，当然更是“非中国的”。

三四十年代，诗歌的政治性自我情感有普遍的表现，其中七月派诗歌的政治性自我情感表现得最突出。作为曾经引领该派的诗人艾青，其早期作品往往从强烈的自我感受出发而归结于革命的或抗战的群体情感。他是最善于将个人情感进行群体化表现的诗人。40 年代初艾青进入解放区后却发生了变化，往往是政治理念先行，并且转而走大众化和民族化的道路，于是诗歌的抒情反过来成为群体情感的个体化表现。他如此表现的诗歌情感就主要不是自我的政治情感，而是异质于自我的政治情感；这种诗歌的艺术性就大大降低了。七月派理论家胡风的“主观战斗精神”论，可以说是上述自我性政治情感表现的理论依据，它对于革命的现实主义诗歌来说的确是一种可贵的理论指导。然而，这种理论后来就不合时宜了，至 50 年代竟成了反对领袖文艺思想的罪状。

现代派时期的何其芳抒写青春的梦幻和寂寞的忧伤，表现纯粹的自我情感。抗战爆发后，诗人告别过去，“埋葬自己”[②]。由于这是诗人真诚的转换，他最初的抗战诗篇仍然“保持他个人的自我抒情特性，恰好能把‘公众的心’融于‘个人的心’的抒情中。他的备受称赞的《成都，让我把你摇醒》，就是这样的诗篇”[③]。诗人于 30 年代末到延安以后，经过严格的自我批判、自我压制，文艺观发生了根本改变，从而走上革命的现实主义道路。在创作上，诗人的作品除少数尚能显现自我情感的挣扎或起伏外，大多数都免不了在既定政治观念指导下发议论的弊病，所表现的政治情感已经是异质于自我个性的；作品的艺术性也大大下滑。这是所谓的“思想进步，创作退步”的“何其芳现象”，这种现象有普遍性，实际上，把这种现象说

---

① 王佐良说，“穆旦的真正的谜却是：他一方面最善于表达中国知识分子的受折磨而又折磨人的心情，另一方面而他的最好的品质却全然是非中国的”。〔王佐良：《一个中国人（代序）》，穆旦：《蛇的诱惑》，珠海出版社 1997 年版，第 7 页〕

② 诗人的《送葬》一诗中有这样的诗句：“我埋葬我自己”。

③ 孙玉石：《中国现代主义诗潮史论》，北京大学出版社 1999 年版，第 272 页。

成“思想政治化，艺术平庸化”更确切。

就创作的基本精神和手法看，此时期各种革命诗歌和抗战诗歌主要是现实主义的。有些现实主义诗歌在一定程度上结合了现代主义的手法，因而其思想情感的表现具有较多的内在深刻性和自我性，如艾青早期的某些诗歌。在西方，现实主义主要是叙事文学的领域，它在那里成就卓著，但它在抒情诗领域的成就却逊色于浪漫主义和现代主义。然而，现实主义诗歌在中国却有不同的命运。不像西方诗坛那样，浪漫主义之后是现代主义接续下来成为主流，中国的现实主义诗歌在“五四”时期的浪漫主义退潮后即成为诗坛主流，并常常使现代主义诗歌处于边沿地位，直至20世纪80年代情况才发生变化。造成这种特殊情况的原因，除开苏联的社会主义现实主义的影响和古代诗歌关注现实的传统①的作用外，主要的还是现实主义最有利于当时的政治：革命诗歌和抗战诗歌的目的在于政治功利，而不在于诗歌艺术本身，而这种政治功利是很现实的，所以需要诗歌的现实主义来表现它；特别是社会主义现实主义反映现实的本质真实这一基本特点，使诗歌从反映抽象的革命道理到表现具体的革命政策都成为理所当然。这样的现实主义诗歌所表现的政治情感，其中的自我个人性越来越少，而异质于自我的社会群体性则越来越多。

九叶派是在抗战时期和其后的内战时期形成的现代主义诗派。它对民族命运和人民生存的关注，使其作品的思想情感也具有较强的现实性和政治性。这是用现代主义方法抒写现实和政治的有效尝试。九叶派接受西方诗人里尔克、艾略特和奥顿等的影响，由于运用客观化抒情的方法，其作品的自我情感没有七月诗派那样外露和强烈，而是显得内敛和深沉；由于富于智性化玄思，其作品的思想能够超越时代政治而上升到普遍的哲学和文化的高度。九叶派诗歌不止抒写抗战的政治，它具有多方面地反映现实、表现自我和关怀人生的丰富性。

---

① 之所以说古代诗歌关注现实的传统而不说古代诗歌的现实主义传统，是因为后一种说法并不妥当。古代诗歌由于内容上关心民生疾苦和形象创造上因感物起兴而描写现实事物，其精神与现实主义较为接近。但无论用现实主义还是浪漫主义来称谓中国古代诗歌都不妥当，因为它具有不同于前两者的根本特性，那就是基于天人合一观念而产生的情景交融性和物我同一性。西方现实主义的哲学基础是实证主义（参见 Alex Preminger, ed., *Princeton Encyclopedia of Poetry and Poetics*, p.509.），中国古代诗歌的哲学基础不是实证主义，而是以天人合一为核心观念的儒道两家的道德哲学。

郭沫若和蒋光慈所开创的革命诗歌，此时期又有殷夫等人加入进来。殷夫的诗被称为“红色鼓动诗”。其中，少数作品由于抒写诗人走向革命的独特经历和切身感受，在所表现的革命激情中尚能包含一定的自我性，其余多数作品则是概念化的说教和标语口号式的呐喊。概念化和标语口号式是当时革命诗歌的通病，这种革命诗歌所表现的主要不是自我政治情感，而是群体性的政治情感。30年代以蒲风为代表的中国诗歌会成员的诗歌，是上述革命诗歌的继续，但增加了抗日救亡的新内容。中国诗歌会在创作和理论上的一个显著特点是大众化和民间形式。此时期诗歌出现大众化热潮有诸多原因，其中主要的和直接的原因是革命和抗战需要动员和鼓励人民大众参与。所以，诗歌大众化的目的既不在诗歌艺术本身，也主要不在人民大众欣赏诗歌，而在于实现政治目的。革命诗歌中的革命政治性常常挤压诗人的自我，大众化诗歌中的大众性更消解了诗人的自我。40年代解放区的诗歌和理论，是上述革命诗歌和大众化抗战诗歌及其理论的综合和提升。毛泽东的《讲话》中就有两个与之相关的基本精神：其一是“政治标准第一”，其二是“为工农兵服务”。“政治标准第一”既是文艺评判的基本标准，也是对文艺思想内容的基本导向：文艺要表现政治内容，抒发政治情感。“为工农兵服务”则将文艺大众化具体化了，即把大众规范为革命的工农兵大众。在这样的文艺思想指导下产生的诗歌，所表现的情感当然只能是政治情感，并且只能是由革命意识形态统一起来的群体性政治情感，而不可能是自我政治情感，更不可能是其他自我情感。

共和国毛泽东时期指从50年代至70年代后期这段时间，它分为前17年和其后的“文革”10年两个阶段。从前一阶段的中期开始，中国现代“科学—政治”文化中的科学性快速缩减，政治性则快速膨胀，最终变成了与科学文化异质的政治文化。这种政治文化在后一阶段达到顶峰。

相应地，此时期中国现代诗歌的“自我—政治”情感中，自我性快速萎缩直至消隐，政治性则快速扩张，最终变成了异质于自我情感的政治情感。这里存在一个争议的话题：活跃于此时期前一阶段的某些诗人认为，他们所写的那些“颂歌”“战歌”也出自真心实意，因此所表现的政治情感也是自我情感。某些评论家也这样认为。是否如此？答曰：那样的政治情感也可以说是诗人的自我情感，不过它首先和根本上是群体性政治情感，是后者在诗人身上的一种个体化反映；并且，那种个体化反映的自我情感仅仅是诗人的自我情感中的一部分，即被既定政治观念及其所制约的社会所认同的部分，而其余更丰富多样的部分则由于被自觉或不自觉的压制而并不表现出来。在这样的意义上，我们宁可说那种政治情感是群体的，而不是自我的。如果用所谓“大我”和“小我”两个术语来表述，那种政治情感的表现就是“大我”通过“小我”来表现，与某些革命诗歌从“小我”出发而通达“大我”的表现不同，因为在后一种情况中，诗人对他所表现的革命政治有独立自主的见解，能够作自我反思（前文曾指出，诗人只有对政治——无论是他所拥护的还是反对的——作自主的判断和自觉的反思，才可能表现自我政治情感），而此时期的诗人一般已经丧失了这种自主判断的立场和自觉反思的能力。

上述情况，多少类似于我们曾经说古代诗歌的道德情感虽然也是诗人自我的，但首先和根本上是社会群体的。不过两者有一个重要的不同之处，那就是古代诗歌情感的这种道德性先于和高于自我性的情况，是具有历史真实性和社会普遍性的。反观此时期现代诗歌政治情感中这种政治性先于和高于自我性的情况，却是在较短时间内经过反复的宣传教育和批判改造后才在诗人心中确立起来的，这说明这种政治情感中的非自我性和强制性比古代诗歌道德情感中的非自我性和强制性大得多。造成这一点不同的根本原因在于：中国古代文化本来就是道德文化，古代诗歌的道德情感本来就是古代诗人的一种自觉意识，与之对立的亦即异质的自我情感，对于古代诗人来说则是不自觉的、有待启蒙的意识。而现代科学文化的启蒙精神已经成为世界的思想潮流，体现这种启蒙精神的中国现代诗歌的自我情感，虽然在此政治文化的特殊时期受到了政治情感的遮蔽和压制，但它必然会顽强地挣扎和生存。50年代以来对诗人的连续不断的批判，包括对胡风等所谓反革命诗人的批判，对艾青、流沙河等为数众多的右派诗人的批判，甚至对革命诗人郭小川的《望星空》所流露的“自我表现”的批判，等等，就从反面说明了这种自我意识顽强的生存欲求；“文革”期间少数新老诗人的地下诗歌写作，则从正面说明了这一问题。

此时期的诗歌走着越来越革命化、政治化和大众化的道路，这是一条使诗人和诗歌都趋于消亡的道路。50年代后期的大跃进民歌运动使诗人（特别是写民歌体诗的诗人）的自我性消失殆尽；“文革”期间经过对几乎所有诗人（包括那些曾经被别人批判的诗人和批判别人的诗人）的大批判和大

“横扫”之后，诗人也消失殆尽，剩下的就主要是完全没有自我性的大众写作了，例如当时的红卫兵写作（出版有《写在火红的战旗上——红卫兵诗选》等）和小靳庄农民写作（出版有《小靳庄诗歌选》等）。这是一条与诗歌史上从民间创作到文人创作的道路相反的道路。最终的结果必然是：这种革命化、政治化和大众化的诗歌本身也消亡了。

共和国改革开放时期，中国现代“科学—政治”文化中的科学性复苏并不断增长，政治性则逐渐减少，其中异质于科学性的政治性更有明显的减少趋势。相应地，此时期中国现代诗歌的“自我—政治”情感中，自我情感复苏并以多种形式表现出来，政治情感则大为减缩，其中异质于自我的政治情感更少见。

就前后产生的不同新诗潮看，此时期分为两个阶段，即从 20 世纪 70 年代后期至 80 年代中期的朦胧诗阶段和以后的第三代诗阶段。前一阶段是中国现代主义诗歌的尾声，也可以说是中国现代主义诗歌的最后胜利，后一阶段则具有后现代主义性质。

朦胧诗是复苏的现代主义，即它复苏了被中断的从 20 世纪 20 年代至 40 年代的现代主义。朦胧诗自然有不同于以往现代主义的地方，主要是：由于在“文革”浩劫的背景下产生，它具有强烈的政治批判意识、崇高的献身精神和英雄主义。这在它的代表诗人北岛、舒婷等的作品中都有体现。另一个不同是它终于得到正统意识形态的认可，成了主流诗歌的一个方面（另一个方面是几乎一直居于主流地位的现实主义诗歌），并且是最有影响的一个方面。这却是过去的现代主义诗歌所不曾有过的地位。

朦胧诗的情感表达，大多从诗人的自我（“小我”）出发而通达某种群体性的“大我”，所以它的情感虽然是自我情感，但其中体现着政治理想和社会使命。这种情况与 40 年代的九叶派现代主义诗歌类似，也与某些现实主义诗歌的情感表达类似，后者也从诗人的“小我”出发而通达社会群体性“大我”。中国的某些现代主义诗歌能够从自我情感中体现群体性的政治观念和使命意识，却与西方现代主义诗歌不同。西方现代主义诗歌大多表现纯粹的自我意识，或者由自我而通达更深广的人生、宇宙，而较少表现具体的现实精神和政治意义。西方表现现实精神和政治意义的主要是现实主义诗歌。不过西方现实主义诗歌总的说来不是主流，并且它所表现的现实精神和政治意义一般也是很广阔的，并不集中在现实的政治观念和社会使命感上。

朦胧诗之后的第三代诗就弃绝了上述表现政治观念和社会使命感的传统。未来的新诗潮也可能拒绝这种传统，至少不会再那么热衷于它。这样推断的理由是：中国现代诗歌的这种关心政治和富于使命意识的传统，是在古代文化传统和现实时代特征的双重作用下形成的。古代社会具有那种传统是必然的，因为古代的社会体制和文化思想决定了古代诗人走读书做官（所谓"修、齐、治、平"）的人生道路，那是一条特定的道德实践和政治实践的道路。而现代中国已经没有了那样的社会基础和文化条件，现代诗人也没有走那种人生道路的可能。从时代特征说，现代中国一百多年来的内忧外患状态已经基本结束。这样，上述现代诗歌特别关心政治和富于使命意识这种传统，就从历史的和现实的向度上都失去了存在的根据。在现代科学文化的正常发展中，不应该再是人人关心政治（只有从事政治职业和对政治感兴趣的人才关心政治），而应该是政治关心每一个人。所以，中国现代诗歌特别关心政治和富于使命意识的传统不可能保持下去，更不可能加强，而是逐步淡化，最终成为一种大致与其他民族诗歌共有的一般传统，而不再是特别突出的民族传统。当然，传统的影响是持久的，不过既然这种传统的根基已经丧失，其影响的尾巴延伸得再长也会有收住的时候。

此时期诗歌的现实主义是回归的现实主义。这种现实主义的领袖诗人艾青曾呼吁："诗人必须说真话。"① 他的话一方面说明前一时期的现实主义，即社会主义现实主义和与革命浪漫主义相结合的革命现实主义，是不大真实甚至很不真实的；另一方面也说明此时期的现实主义是对以往具有真实品格的现实主义的回归。就情感表现而言，这种回归的现实主义诗歌的许多作品也能像朦胧诗一样从自我个性中体现社会群体性。那么，两者有什么不同呢？主要的不同在于：这种回归的现实主义诗歌究竟保持着遵循和宣扬既定政治意识形态的传统，所以，虽然与朦胧诗基于同样的"文革"背景和面临同样的改革开放局面，其创作却仍然自觉或不自觉地受到既定政治观念的制约，因而多共同性的批判、控诉，少独特性的自我反思，更无怀疑和反叛精神。

朦胧诗人则摆脱了那种政治传统，完全从自我出发，即从自己的心灵感

---

① 艾青：《诗人必须说真话（代序）》，《归来的歌》，四川人民出版社 1980 年版，第 1 页。

受与个人的尊严和价值观出发，最终通达民族的忧患和社会的理想。所以，其作品不但有深刻的批判，而且有大胆的怀疑，还有内在的自我反思；其思想情感的自我性比起归来派诗歌来，也就显得更强烈，更具体，更丰盈，也更独特。像舒婷在诗中所概括的“迷惘的我、深思的我、沸腾的我”（《祖国啊，我亲爱的祖国》），对于归来派诗歌来说就不是普遍具有的；像北岛在诗中所宣示的“我——不——相——信”（《一切》）这种大胆怀疑的自我，归来派诗歌中更难找到。所以，比较而言，如果用当时争论的术语“大我”和“小我”来说，归来派诗歌就是“大我”强大而“小我”孱弱；而朦胧诗的“小我”独特、显赫，“大我”也明确、深广。然而，正是朦胧诗这种可贵的“小我”却不为正统的归来派现实主义诗歌所宽容，它遭到包括艾青在内的许多现实主义诗人和理论家的严厉批判。虽然我们说朦胧诗在一定程度上代表了中国现代主义诗歌的胜利，但是在它短暂的发展历程中仍然受到正统现实主义思潮的批判和挤压，其后又历史必然地遭遇具有后现代主义性质的第三代诗的反叛和批判，其命运不禁令人叹息和同情。

“第三代诗”总体上具有后现代主义性质，在一定程度上可以说是中国的后现代主义诗歌。

西方现代诗歌中最有阶段性意义的浪漫主义、现代主义和后现代主义，它们之间的共同性质和不同特征，与中国现代诗歌中的浪漫主义、现代主义和后现代主义之间的共同性质和不同特征具有类似性，后者仿佛是前者的投影。

我们知道，西方现代诗歌中的浪漫主义、现代主义和后现代主义三者的共同性在于都表现自我情感，只是各自的表现有不同的特征。这里不妨回顾一下这些不同特征：总的说来，浪漫主义的自我情感表现是理性化的和主观化的，现代主义与后现代主义的自我情感表现则是非理性化的和客观化的。现代主义与后现代主义的不同又在于，现代主义的非理性化往往是表层的，其深层却是理性化的，而后现代主义则往往表里都是非理性化的；现代主义与后现代主义的客观化也各不相同，并且两者都仍然具有主观化一面，其中后现代主义的主观化一面还很突出。

中国现代诗歌中的浪漫主义、现代主义和后现代主义三者也都表现自我情感，这种表现也具有不同的特征。同样，浪漫主义的特征是理性化和主观化，如郭沫若和新月派等的浪漫主义诗歌就如此。现代主义的特征则是针对前者的非理性化和客观化。与西方现代主义类似，中国现代主义的主流也是象征主义（广义，包括20年代的象征主义和后来的现代派、九叶派和朦胧诗），它也具有非理性的特征，而这种非理性也往往是表层的（例如在手法上），其深层却是理性的。典型者如鲁迅的散文诗《野草》，它富于象征主义和超现实主义①的色彩，其中有直觉、梦幻、无意识等非理性的东西，不过它“将清醒的理性主义作为非理性情绪的底蕴”②；又如，现代派的卞之琳、废名等受艾略特和里尔克等的智性化诗歌的影响，创作了不少“智性诗”，这种诗歌也是运用非理性手法表现理性意义的典型；再如，九叶派的某些诗歌也是既有非理性又有深度理性。在它的理论家袁可嘉所总结出的中国式现代主义公式“现实、象征、玄学”中，“象征”表示诗歌手法的非理性③，“玄学”则表示诗歌内涵的深度理性，两者都与西方现代主义诗歌类似，唯有“现实”关怀显示着不同于西方现代主义诗歌的中国特色。

中国现代主义诗歌的客观化特征，也是用客观的感性形象来表现主观的思想情感，避免浪漫主义诗歌那样的直抒胸臆。西方现代主义诗歌中客观化特征突出的后期象征主义诗歌，以及相应的艾略特的“非个人”“思想知觉化”和“客观对应物”等客观化理论，对中国现代主义诗歌的客观化特征的形成有直接影响。我们曾经指出，相对而言，西方前期象征主义诗歌的非理性化特征更突出，后期象征主义诗歌的客观化特征更突出。与此类似，中国20年代的现代主义诗歌即李金发等的象征主义诗歌，其非理性化的特征较为突出，而三四十年代的现代主义诗歌（它们都主要是象征主义的），特别是其中的九叶派诗歌，其客观化特征则较为突出。朦胧诗这种现代主义诗歌，由于同时接受中外现代主义和浪漫主义的影响以及积极干预现实政治等原因，其客观化特征并不突出，而常常呈现主观化特征。

后现代主义诗歌的非理性化特征却有所不同，它的非理性不但表现在形式上，而且表现在内容上。内容上的非理性表现是更实质性的。美国后现代主义诗歌是西方后现代主义诗歌的代表，前文曾论述过它在内容上亦即实质

① 超现实主义是西方现代主义的另一个重要流派。这种流派在中国却没有兴起（主要原因大概是作为其理论基础之一的性本能无意识学说与中国的传统伦理最不相容），只是零散地出现在某些现代主义和后现代主义诗歌中。

② 黄健、王东莉：《文学与人生》，浙江大学出版社2004年版，第168页。

③ 象征手法并非一定是非理性的，但象征主义诗歌的象征手法常常具有非理性的特征。

上的非理性的两种情况，即体现生命本真的非理性和消解理性深度的非理性。这两种非理性的情况，在中国的第三代诗中也存在。

所谓表现生命本真的非理性，指把非理性的东西作为人的生命本质（而不像现代主义诗歌那样作为追求理性深度的手段），从而成为诗歌的实质性内容。美国后现代主义诗歌中那些表现尼采的否定一切传统的反叛精神、弗洛伊德的无意识本能欲望和海德格尔的存在主义生命体验等非理性意识的作品，被认为是体验生命本真的诗歌。这种诗歌在美国的黑山派、“垮掉一代”派、自白派、纽约派和新超现实主义中都存在。中国第三代诗人开初未必接触过这些诗派（后来则或多或少受过它们的影响①），但他们接受尼采、弗洛伊德和海德格尔等人的影响并在写作中表现出来，是确定无疑的。

比较而言，第三代诗中对尼采的叛逆精神表现得并不强烈，至少在关涉社会政治的时候如此。在第三代诗中，没有出现像美国“垮掉一代”派代表诗人金斯伯格的《嚎叫》和《美国》那样对社会进行激烈批判和直接反叛的作品。② 第三代诗人似乎有意回避社会和政治。（所以，第三代诗中基本上不存在自我情感与政治情感的关系问题。）

弗洛伊德的本能无意识学说对第三代诗颇有影响。第三代诗从外在社会转向诗人的内心深处，其中那些袒露心理真实，表达内在欲望，表现幻觉、梦境，发掘无意识、性意识的作品，就往往与本能无意识关联，而这种诗歌就大多具有体验生命本真的性质，较突出的是翟永明、唐亚平和伊蕾等人的女性诗歌。翟永明在论述她诗歌的“黑夜意识”时就表明了这一点。她说，“站在黑夜的盲目的中心，我的诗将顺从我的意志去发掘在诞生前就潜伏在我身上的一切”③。

对第三代诗影响最大的，还是海德格尔的存在主义。后者关于生命本真

---

① 第三代诗人的代表之一伊沙在《我在我说》一文中就说：“在 90 年代汉诗写作中——我指的是它富有创新性成果的部分，其样态接受了纯正的现代主义（不是与浪漫主义、古典主义相杂交的中国式‘现代主义’）和广义的后现代主义（不是 80 年代的理论热而是美国五六十年代反文化运动以来的全球性思潮）的诗学影响。”（《诗探索》2000 年第 3—4 辑，第 275 页）

② 例如《美国》一诗这样写道：“美国，我们几时才能结束这人类的战争？/去你妈的，你那原子弹/我不舒服，别惹我/我非到脑子正常了无法写诗，/美国，你什么时候能像天使一样？/你什么时候剥去你的衣裳？/你什么时候透过坟墓看你自己？”（郑敏译）

③ 翟永明：《黑夜的意识》，吴思敬编选：《磁场与魔方》，北京师范大学出版社 1993 年版，第 142 页。

存在的思想，是第三代诗中生命体验诗的主要理论基础。存在主义对现代主义诗歌和后现代主义诗歌都产生过影响，这两种影响有什么不同呢？主要的不同在于：中外现代主义诗歌所接受的是存在主义先驱克尔凯郭尔的影响（中国现代主义诗歌主要通过里尔克的诗歌接受这种影响）；中外后现代主义诗歌所接受的则主要是海德格尔的存在主义的影响，特别是后者关于对人的存在（此在）的生命体验的思想。第三代诗人正是因此把非理性体验看成个体的本真生命或者说个体的原生状态，并将它作为诗歌表现的实质性内容，从而构成非理性的生命体验诗。实际上，第三代诗人根据中国社会和文化的具体情况而将这种观点加以泛化，即认为一切摆脱历史传统和洗尽所谓“文化积垢”的生命体验，都是本真的生命体验。且看于坚的《坠落的声音》：

我听见那个声音的坠落 那个声音
从某个高处落下 垂直的 我听见它开始
以及结束在下面 在房间里的响声 我转过身去
我听出它是在我后面　我觉得它是在地板上
……
但那在时间中 在十一点二十分坠落的是什么
那越过挂钟和藤皮靠椅向下跌去的是什么
它肯定也穿越了书架和书架顶上的那匹瓷马
我肯定它是从另一层楼的房间里下来的 我听见它穿越各种物件
……
那声音 相当清晰 足以被耳朵听到
又不足以被描述　形容和比划 不足以被另一双耳朵证实
那是什么坠落了 这只和我有关的坠落
它停留在那儿 在我身后 在空间和时间的某个部位

这纯粹是诗人个人的真实感觉，却也是诗人此时此地的生命存在。它与外在现实无关，与超越的形而上学无关，而仅仅与诗人有关。关注这样的平常琐事，对于以往的诗歌来说是毫无意义的，但对于第三代诗人来说却是本真的个体生命的体验。

后现代主义诗歌非理性化的另一种表现是消解诗歌的理性深度，即让诗歌不具有通常那样的深厚意义，甚或不具有意义。如果说美国后现代主义诗歌在体现生命本真的非理性化方面声势更大，成效更显著，出现了不少世界著名诗人，中国第三代诗不能与之比肩，那么，中国第三代诗在消解理性深度的非理性化方面似乎用力更多，出现不少新的探索和新的理论，显得更有声有色。

美国后现代主义诗歌消解理性深度的非理性化表现在两个方面：其一是运用通俗语言，描写日常琐事，表现平常事理和情趣，用世俗精神消解深厚意义和崇高精神。这也是对艾略特等追求诗歌的“智性”和深度理性的一种反拨。其二是创作富有游戏精神的语言实验诗，主要是具有图形特征的具体诗。

中国第三代诗人也有上述消解理性深度的两方面表现。一方面是他们以口语为诗，写日常琐事和俚俗、粗鄙的现象，力求抹去诗与生活的界线，这就削平了诗歌的理性深度，亦即使诗歌失去通常的诗意。于坚的《很多年》《尚义街六号》等就是这样的作品，其中没有传统的形象，也没有传统的诗意。韩东的《有关大雁塔》和《你见过大海》更典型，诗人用平民心态把大雁塔还原为大雁塔本身，把大海还原为大海本身，即把理性所加给两者的神圣意义或崇高精神清除掉。在第三代诗中，这种消解理性深度的非理性化与上述体现本真生命的非理性化有时是融合一体的，即消解理性深度的非理性也就是体验本真生命的非理性，反之亦然。例如，韩东在《你见过大海》中所说的“你见过大海/你也想象过大海/你不情愿/让海水给淹死/就是这样/人人都这样”之类的话，固然是对大海的自由精神和伟大力量的消解，但又何尝不是普通人对大海的最本能的感受？反过来，上述于坚《坠落的声音》所描述的个体生命的独特体验，就完全摒弃了社会使命意识和形而上意义之类的理性深度。第三代诗中的语感诗亦如此，即也是一种削平理性深度的诗，因为语感的产生是以弱化或排斥语义为前提的，反过来说即是“强调某一意义以显示深刻的东西没有语感”①，然而，语感诗同时又是一种生命体验诗（详见下文）。

对上述诗歌创作进行理论概括的是“非非派”的“非非主义”。非非主义提出“非崇高”“非文化”和“非修辞”。“非崇高”和“非文化”是直

---

① 于坚：《青春诗话》，《诗刊》1986 年第 11 期，第 31 页。

接针对朦胧诗和寻根诗的，但实际上是对以往诗歌的一切传统精神和文化意义的否定。从我们论述的观点看，这就是“非理性”。提出这种理论的周伦佑就说“非非”二字的含义就是“非崇高”“非理性”①。“非修辞”指否定传统的比喻和象征手法，并由此又引出“非意象”，主要是非比喻意象和象征意象。之所以否定比喻、象征及其意象，是因为以往诗歌的深刻含义大多是由它们造成的，特别是象征主义的象征手法及其意象更是造成现代主义诗歌深度理性的主要手法和意象。第三代诗人不用比喻和象征，而常常用叙述、反讽、戏仿等方法，以嘲讽的语调或调侃的口吻，表现无所谓的感觉或者无奈、荒诞的感觉，加上构思上的非逻辑性和语言上的违背语法，所以也带有非理性色彩。非非主义又提出关于“文化还原”（还原为“前文化”）的“三还原”，即“感觉还原”“意识还原”和“语言还原”，其实质就是将理性还原为非理性；又提出“三逃避”，即“逃避知识”“逃避思想”和“逃避意义”，其实质也是从理性逃避到非理性；还提出“三超越”，即“超越逻辑”“超越语法”和“超越理性”，其实质即是超越理性而达到非理性。

第三代诗人消解理性深度的另一个方面，表现在他们的语言诗（或称语言实验诗）上。中国第三代诗人的语言诗比美国后现代主义语言诗似乎更丰富多彩，并且有自己独特的理论指导。上述第三代诗人的“语言还原”论大约是其基本的指导思想。“语言还原”是文化三还原的一部分，它所指的就是清除语言的一切文化意义，把语言还原到前文化的原生状态。于坚的《为一只乌鸦命名》通过剥离加在乌鸦身上的各种文化意义，使乌鸦回到乌鸦本身，使语言还原到只具有乌鸦本身的意义，最终实现人对乌鸦的感觉和意识的还原。用口语写诗并追求语感，是语言诗的一个重要方面。周伦佑、蓝马指出：“语感先于语义，语感高于语义。”② 可知语感是诗歌语言中超语义的成分，即语言音响诸方面（语音、语调、语气、节奏、韵脚等）的有独立性的总体效果。这样，偏重语感的诗往往就是排斥和轻慢语义的诗，也就是前述的一种削平理性深度的诗。同时，语感诗又与人的内在生命关联，是人的生命节奏的一种体现。于坚就说：“诗人只要把直觉到的组合成有意

---

① 参见程光炜：《中国当代诗歌史》，中国人民大学出版社 2003 年版，第 302 页。

② 周伦佑、蓝马：《非非主义诗歌方法》，周伦佑选编：《打开肉体之门——非非主义：从理论到作品》，敦煌文艺出版社 1994 年版，第 319 页。

味的形式，成为语感，他的生命就得到了表现。”[①] 又说，“在诗歌中，生命被表现为语感，语感是生命的有意味的形式”[②]。可见语感是一种生命感，同时还可以成为一种审美感（因为美是“有意味的形式”[③] ）。这样，富于语感的语言诗也可以是前述的一种生命体验诗。第三代诗人的不少语言诗都不同程度地追求这种语感，其中伊沙的《结结巴巴》很典型：

结结巴巴我的嘴
二二二等残废
咬不住我狂狂狂奔的思维
还有我的腿
……
我我我的
我的机枪点点点射般
的语言
充满快慰
结结巴巴我的命
我的命里没没没有鬼
你们瞧瞧瞧我
一脸无所谓

美国后现代主义的语言诗似乎没有受到解构主义多少影响，这大约是因为它的活动时间与后者大致同时，甚至比后者更早。[④] 而中国第三代诗人的语言诗则显然受到解构主义的影响。解构主义的基本精神是能指符号之间差异的无穷运动，由此造成意义的不确定并体现语言的游戏精神。周伦佑的《自由方块》和《头像》等作品就突出地具有这样的解构性和游戏精神。如《自由方块》中的诗句：“留在话中我听着话中的话。他在话内。你在话外。/我在话下。不在话下。”“你们彼此动心动此彼们你/你们彼此动情动

---

① 于坚：《青春诗话》，《诗刊》1986 年第 11 期，第 31 页。

② 于坚、韩东：《在太原的谈话》，《作家》1988 年第 4 期，第 75 页。

③ 英国艺术批评家克莱夫・贝尔在其《艺术》一书（1914）中提出艺术的本质是“有意味的形式”，它激起欣赏者的审美情感。

④ 美国后现代主义诗歌的活动时期为 20 世纪 50 年代至 70 年代，而解构主义 60 年代末产生于法国，70 年代才传入美国。

此彼们你”。这样的诗句，这样的诗，可以借用此诗中的一行“他说你说我说他说我说你说他说你什么也没有说”来说明其实质：有很多的“说”，但实际上“什么也没有说”。依据解构主义，能指差异的自由活动造成意义的滑动和不确定，最终造成意义的“无”。

中外后现代主义诗歌都具有客观化的特征。美国后现代主义诗歌的客观化特征主要表现在受威廉斯的“客观主义”诗学和创作影响的一路诗歌中，这种诗歌对平凡事物进行客观的、具体的描写。中国第三代诗中的许多削平理性深度的作品，无论是偏重于描写日常琐事的还是偏重于语言游戏的，常常也具有客观化特征。前文曾经指出，受艾略特有关理论影响的九叶派现代主义诗歌具有客观化特征。那么，第三代诗的客观化与九叶派诗歌的客观化有什么不同呢？主要不同是：九叶派诗歌的客观化主要是将诗人的主观理性的思想和情感（理性是现代主义诗歌的深层内涵）加以客观化，所以体现这种客观化的“客观对应物”（通常是象征形象）常常被变形，因而仍然显出一定的主观性。而第三代诗歌的客观化却主要是诗人感觉经验的客观化，这种客观化的客观性更强。它常常表现为对客观事物的冷漠描写，诗人的情感表达也是所谓“冷抒情”。美国后现代主义诗歌除具有客观化特征一面外，也具有主观化特征一面，并且还很突出，例如“垮掉一代派”“自白派”等诗歌。中国第三代诗也有主观化一面，主要体现在生命体验诗中，不过其主观性没有那么突出，即便是明显受“自白派”女诗人普拉斯等影响的女性写作诗歌（如翟永明的诗歌），也显得比较克制和冷静。比较而言，中国第三代诗的客观化特征一面更突出一些。

有的第三代诗人将上述客观化方法称为“以物观物”的方法。王家新提出从“‘以我观物’到‘以物观物’的转换”。他说，“‘以我观物’即以自我君临一切，把主观的东西强加到客体上，结果是把一切都弄成‘我’的表现，以放大了的自我涵盖住整个世界的存在”；而“‘以物观物’则视自己为万物中之一物，拆除自我的界限而把自身变为世界呈现的场所”。①这种“以物观物”的说法显然受到古代“以物观物”说法的启示，两者也有相通之处。不过，它可能主要还是接受了现象学特别是存在主义影响的结果——它的所谓“把自身变为世界呈现的场所”，就很有海德格尔早期存在

---

① 王家新：《人与世界的相遇》，吴思敬编选：《磁场与魔方》，第170页。

主义的气味，后者就认为事物是通过人（此在）而显现其存在的（存在主义的根本的主观性就隐藏在这里①）。

第三代诗人的“以物观物”与古代诗人的“以物观物”有什么不同呢？“以物观物”的命题由北宋哲学家邵雍提出，本意是说从事物自身的本性去认识事物。须注意的是，这里所说的“事物自身的本性”实际上是一种“道”性，即事物对道的一种体现，而并不是我们现今所说的事物的客观规律性。古人认为道是人和天地万物之本，人和天地万物都是道的体现，因而人通过“以物观物”能够悟道、得道——人正是通过这种悟道、得道而与万物相通，或者说达到所谓物我同一（即“天人合一”）的境界。因此，古代的“以物观物”本身是一种本体性的直觉认识方法。王国维将古代诗词的境界分为“有我之境”与“无我之境”，认为“有我之境，以我观物，故物皆着我之色彩。无我之境，以物观物，故不知何者为我，何者为物”（《人间词话·三》）。他的这种观点，虽然受到叔本华美学的影响②，但其根基上仍然与古代“以物观物”的本体性认识相通。因为“以物观物”的“无我之境”是古代诗歌典型的意境，其间情景交融、物我同一，而那物我同一就是物与我同一于“道”，只不过这里的道具体化为了意境中的“意”（意境中的意既可以指向形而上的道，也可以是道的形而下现实意义）。这也就是说，古代诗人正是通过创造这种物我同一的意境来体道、悟道和表现道的。第三代诗人的“以物观物”却是让事物在自己心灵上呈现。事物的这种呈现似乎是自动的，其实是由诗人暗中安排和操纵的。这样呈现的事物表面上是客观的，其实它的背面刻印着诗人的主观性；或者说它的外在表象是客观的，而它的内在意蕴却是主观的——往往是非理性的主观意蕴，例如反讽、荒诞或者解构性的意义不确定等。这是为什么许多第三代诗尽管显得很客观，我们却总觉得诗人们的创造很主观随意，很自我独特。由此造成的

① 海德格尔存在主义的根本主观性就在于主体的内在体验性，包括通过“此在”的主体来显现外在事物这种内在体验性。这正是海氏存在主义与作为它的来源的现象学的基本差别：现象学把主体的体验引向外在事物，于是有对外物的“意向性建构”和“现象学还原”等基本观点，以及相应的“回到事物本身”的口号。海氏存在主义却把体验转向内心，于是有作为“此在”的人的烦、畏、死等生存体验，亦即人的存在的显现；外物也只能通过“此在”的人来显现（“存在”的要义就是“显现”）。可见，存在主义比现象学的主观性更大。

② 叔本华认为，在审美直观中，主体处于忘我状态而“自失于对象之中”。（详见叔本华：《作为意志和表象的世界》，商务印书馆 1982 年版，第 34、38 节。）

诗歌境界就不会是古代诗歌那样的物我同一的境界，因为诗人与他所描述的事物之间没有那种独特的相通性；这种诗歌境界当然也不会形而上地体现那通融物我的“道”——第三代诗人并不像古代诗人那样，通过“以物观物”来体悟道和表现道，相反，任何先验的所指意义都是为他们所拒斥的。所以，由此造成的第三代诗的“无我”也与古代诗歌的“无我”不同：古代诗歌的无我，是我与物交融和同一的无我，是一种主客统一的无我；而第三代诗中的主体和客体仍然是分离的，它的无我不过是主体佯装成“局外人”的无我。所以，我们切不可因为第三代诗人的诗学中有“以物观物”和“无我”之类的说法，就认为第三代诗与古代诗歌相通，甚至是在回归古代诗歌。实际上，第三代诗离古代诗歌最远。

第三代诗是否也表现自我情感？回答是肯定的，只是有的表现得较隐蔽，较独特。周伦佑说，第三代诗人“比起‘朦胧诗人’关注的那个整天皱着眉头做思考状的社会自我，他们更关心那个在社会与自然的临界无所作为的自我。这个‘自我’对一切皆采取无所谓的态度”①。许多第三代诗的自我就是这种“无所作为”的自我，这种“无所谓”的自我。我们看到，伊沙《结结巴巴》中的自我就是一个“一脸无所谓”（该诗的最末一行诗）的自我。谢冕的话在一定程度上是对这种自我的一种说明：“对英雄似的自我或具有强烈群体意识的自我理想的幻灭过程造成了普通人对于自身处境的彻悟。随着感恩心境的消失，虚幻的幸福感亦随之消失，凸显出来的是孤立无援的自我。”② 就第三代诗的自我不同于以往诗歌的自我而言，我们也可以用西方学者的那句话来表述：“后现代是重新发现自我的时代。”③

除上述具有后现代主义性质的第三代诗外，广义的第三代诗还包括其他后朦胧诗歌，其中著名的如海子、西川等人的诗歌。这些诗歌仍然坚持人文精神和社会关怀。就此而言，它们与朦胧诗具有共同性，可以说是后者的延续。不过，这些诗歌着重追求所谓人类的“精神家园”这种超越性境界，这与朦胧诗表现特定的社会现实精神尤其是政治意识形态是不同的。这些诗

① 周伦佑：《第三代诗与第三代诗人》，周伦佑选编：《亵渎中的第三朵语言花——后现代主义诗歌》，敦煌文艺出版社 1994 年版，第 4 页。

② 谢冕：《美丽的遁逸》，吴思敬编选：《磁场与魔方》，第 214 页。

③ 彼得·科斯洛夫斯基：《后现代文化——技术发展的社会文化后果》，第 61 页。本书在论述西方后现代主义诗歌的自我性时，曾经引用过这句话。

歌的精神内涵与上述第三代诗也不同，但两者在摆脱社会群体化写作而进行个人化写作这一点上又是一致的。

具有后现代主义性质的第三代诗虽然创新不少，但成就有限，不能与它之前的现代主义诗歌媲美。这种情况也与西方后现代主义诗歌类似。我们曾指出，那原因主要是后现代主义诗歌的过度的非理性化。在科学文化的背景下，人们的普遍心态是理性的，因而对非理性的东西的接受是有限度的。从根本上说，正是非理性的这种自身的局限性，决定了后现代主义诗歌的局限性。问题还在于，后现代主义诗歌不但直接运用非理性（在本真生命体验的诗歌中），而且还竭力反对和否定理性（在削平理性深度和解构理性意义的诗歌中），这后一点会给诗歌造成危机。其实，正是科学理性发现了非理性，因而这种非理性应当是在广义理性范围之内的非理性（不同于宗教非理性）。因此，运用这种非理性的目的，不应是真正反对和否定理性，而应是对理性的补充和调节。

第二章　思想题材比较

与其情感的道德特性相应，中国古代诗歌主要具有外在社会性和自然性思想题材，即忧患、亲情和山水思想题材。与其情感的自我特性相应，西方诗歌主要具有内在个人性思想题材，即爱情和哲理思想题材；此外，西方诗歌中还有一直与自我情感异质互补的宗教情感，所以宗教也是重要的思想题材。与其情感的宗教特性相应，西亚南亚诗歌主要具有宗教思想题材以及必然与之对应的世俗思想题材。与其情感的“自我—政治”特性相应，中国现代诗歌主要具有爱情、哲理和政治思想题材。其中，政治思想题材是外在社会性的，与古代诗歌的传统有关；爱情和哲理思想题材主要是内在个人性的，与西方诗歌类似。

第一节　中国古代抒情诗的思想题材

一、忧患思想题材

（一）忧国、忧民、忧仕途功名

中国古代的爱国诗歌不但数量众多，而且历久不衰，这是其他国家的爱国诗歌不能与之比肩的。古代爱国诗歌在内涵上有两个特点：其一是富于忧患意识，所谓忧国忧世；其二是与忠君观念结合着，所谓爱国忠君。

《诗经》就富于忧患意识，其中对国家兴衰的忧患很突出。例如，诗人经过西周旧都镐京，见宫室倾覆，黍稷茂盛，不禁忧从中来，深情唱道：

彼黍离离，彼稷之苗。行迈靡靡，中心摇摇！知我者谓我心忧，不知我者谓我何求。悠悠苍天，此何人哉？

——《王风·黍离》

这种江山社稷之忧贯穿整个古代爱国诗歌。屈原忧患国家的前途胜于忧患自身的命运。他在《离骚》中这样表白心迹："岂余身之惮殃兮，恐皇舆之败绩!"爱国之情、忧国之思溢于言表。唐代诗坛的李杜双星都是忧国忧世的诗人。李白从来就怀有匡时济世的抱负，坚信"东山高卧时起来，欲济苍生未应晚"（《梁园吟》）；"长风破浪会有时，直挂云帆济沧海"（《行路难》）。他晚年遭逢安史之乱，赋诗曰"但愿东山谢安石，为君谈笑静胡沙"（《永王东巡歌》之二），以谢安自比，表达平乱保国的雄心和豪气。在流放夜郎的途中获释后，他仍然"中夜四五叹，常为大国忧"（《经乱离后天恩流夜郎忆旧游书怀赠江夏韦太守良宰》），并打算北上请缨，破贼立功。真可谓烈士暮年，壮心不已！杜甫青年时代即抱有"致君尧舜上，再使风俗淳"（《奉赠韦左丞丈二十二韵》）的政治理想和雄心。然而，诗人壮志难酬，只能"向来忧国泪，寂寞洒衣巾"（《谒先主庙》）。安史乱起，他更是"不眠忧战伐"（《宿江边阁》），"凭轩涕泗流"（《登岳阳楼》）。真是忧心如焚！总之，古代诗人"位卑未敢忘忧国"（陆游《病起书怀》），宋代的陆游如此，历代的许多诗人也如此。

中国古代诗人为什么爱国往往就要忧国？这是由古代道德文化及其政德合一的独特性决定的。古代诗人一般都是士大夫，他们守持的是"修身为本""为政以德"的原则，走的是"修、齐、治、平"的人生道路。尽管仕途多艰，未必都能为官从政，但治国安邦是他们的抱负，于是国家盛衰的忧患意识成了他们基本的思想情绪，这种抱负和思想情绪必然反映在他们的诗歌中。这是中国古代爱国诗歌与其他国家爱国诗歌的主要不同之处。

古代希腊也有不少反抗波斯帝国入侵的爱国诗歌，它们却很不同。如诗人们这样写道："为了保卫城邦他们拿起长矛，绝不让/声名远扬的希腊头上被夺走自由。"（西摩尼得斯《英雄墓》，水建馥译，下同）"荣誉，你人间难得的品格，/你世上最好的猎物，/女神①，为了你的美/而就死，而吃大苦/在希腊是可羡慕的命运"（亚里士多德《致荣誉》）。"英勇杀敌为祖国而战/死于最前线最美好。""男子看见赞叹，女子看见怜爱，/生前美，战死也美。"（提尔泰奥斯《劝诫诗》）这些爱国诗篇与忧患意识无关，却与捍卫自由和赢得荣誉有关，体现的是英雄主义和完美主义。以后，西方爱国

① 荣誉的拟人化，即荣誉女神。——译注

诗歌的基本精神也大致如此。

古代希伯来的某些先知诗人有强烈的忧患意识，其中公元前 7 世纪后期的著名先知耶利米最突出，他“毕生都因国难将临而忧心忡忡，涕泗涟涟。他深信，由于国民罪行累累且不思悔改，上帝的审判终究不可避免，而且迫在眉睫”①。这即是说，耶利米认为以色列将面临的灾难是上帝的惩罚，是由于以色列人违背上帝旨意而陷入罪孽所招致的。可见，耶利米爱国诗歌（《耶利米哀歌》）的忧患意识与宗教关联，有很强的宗教性，不像中国古代爱国诗歌的忧患意识那样与道德关联，是道德性和政治性的。

中国古代爱国诗歌的另一个特点是表现忠君思想。孔子就提倡忠君，他说：“君使臣以礼，臣事君以忠。”（《论语·八佾》）爱国忠君的思想在《诗经》中就存在，但不显著，至屈骚就显著了。屈原“竭忠尽智以事其君”（《史记·屈原贾生列传》），却遭奸佞诽谤、诬陷，被楚王疏远、流放，但是他忠君报国之心不改，至死仍思恋故国，恋念楚王。屈原由此开创了古代诗歌爱国忠君的传统。杜甫是后世诗人爱国忠君的代表，苏轼说他“流落饥寒，终身不用，而一饭未尝忘君也”（苏轼《王定国诗集叙》），可见其拳拳忠心。

基于个人本位的西方诗歌没有上述那样的忠君思想。诗人对昏君、暴君不会那么忠顺，而常常是愤恨、诅咒，直至拔剑相向。英国诗人彭斯的《苏格兰人》是争自由、反暴君的著名诗篇，其末节写道：“打倒骄横的篡位者！/死一个敌人，少一个暴君！/多一次攻击，添一分自由！/动手——要不就断头！”（王佐良译）雪莱、拜伦、普希金等人的诗篇，也从自由、民主、博爱的观念出发反对专制政治和暴君。美国诗人惠特曼说，“伟大诗人的态度就是要使奴隶高兴，使暴君害怕”②。这种态度与中国古代诗人的忠君态度截然不同。

西方和西亚南亚都没有多少关心民生疾苦的诗歌，中国古代却有很多，并且亦如其爱国诗歌一样，往往也充满忧患意识。

中国古代诗歌反映民生疾苦的传统出自《诗经》，所谓“饥者歌其食，劳者歌其事”。汉乐府“感于哀乐，缘事而发”的精神与前者一脉相承。主

---

① 朱维之主编、梁工副主编：《古希伯来文学史》，第 143 页。

② 惠特曼：《〈草叶集〉序言》，伍蠡甫主编：《西方文论选》（下卷），第 508 页。

要受儒家思想支配的诗人继承了《诗经》和汉乐府的传统。杜甫最典型，他“穷年忧黎元，叹息肠内热”（《自京赴奉先县咏怀五百字》），感叹“安得广厦千万间，大庇天下寒士俱欢颜”（《茅屋为秋风所破歌》），表现深切地关心民生疾苦的精神。韦应物诗曰“身多疾病思田里，邑有流亡愧俸钱”（《寄李儋元锡》），忧国忧民之思、焦虑惭愧之情溢于言表，尤其是后一句，可谓“仁者之言”。古代诗歌中还有不少从忧患民生疾苦角度进行的社会批判。如《诗经》中的《魏风·伐檀》《魏风·硕鼠》《唐风·鸨羽》等就发出怨恨和反抗之声。文人诗则多是委婉的讽喻、美刺，但也有“朱门酒肉臭，路有冻死骨”（杜甫《自京赴奉先县咏怀五百字》）、“遍身罗绮者，不是养蚕人”（张俞《蚕妇》）这样有高度概括力和强烈对照性的批判。

中国古代忧患民生的诗歌所以众多而且长盛不衰，与古代道德文化的民本思想有关。“天视自我民视，天听自我民听。”（《尚书·泰誓》）这说法是民本思想的源头①，它体现了商代宗教性神本思想向周代道德性人本思想的转换。不过，这种人本思想不是个体本位的，而是群体本位的。群体本位的人本思想即是民本思想。所谓“民为邦本，本固邦宁”（《尚书·五子之歌》），说明那民本是与群体的邦国紧密关联的。在个体本位的人本思想中，个体即是本，即是源。而在群体本位的人本思想即民本思想之上，还有规范那群体的先验道德原理——神圣的“天”（后来还有“天道”“天理”等与之相近的观念）。所以，归根到底是“天”使民众成为本。“天矜于民，民之所欲，天必从之。”（《尚书·泰誓》）可见是天为民做主：天有大德（“天德”），它同情民众，依从民众的愿望。由此可知，在民本思想的现实层面上，那民本的“本”的意思，应当指代表“天”的君王——“天子”——使民众成为其本，即成为他存在的基础，实际上也就是成为他的资本和手段。所以，古代民本思想并非指民为本君为末，民是目的君是手段，而是恰恰相反。君王既要顺从民众的意愿，又要主宰民众的命运，这是中国古代民本思想自身的内在矛盾。在现实生活中，这矛盾的后一方面（主宰民众）起着主导的作用。由此可知，中国古代的这种群体本位的民本

① 后代孟子的民本思想最突出。例如，他提出“民为贵，社稷次之，君为轻”（《孟子·尽心下》）；呼吁君王“忧民之忧”（《孟子·梁惠王下》）；主张“仁政”。但需要说明的是，孟子所谓的民贵君轻，并非指民众比君王更尊贵，而是指就组成国家而言，民众是最重要的基础。孟子接下来的话“是故得乎丘民而为天子”就点明了这一点。

思想，是不同于西方基于个体本位而提倡的个体独立、个人权利和个性自由的人本（人道）思想的。[①]

中国古代诗歌中的战争题材可以大致归属于忧国忧民题材。这种题材的诗篇中有的肯定和歌颂为国为民的正义战争，表现“捐躯赴国难，视死忽如归”（曹植《白马篇》）的爱国精神，如《诗经》中的《秦风·无衣》、《楚辞》中的《国殇》、曹植的《白马篇》等。但多数诗篇是非战的。对于连年征战，尤其对于那种为了获取边功而给人民带来灾难的不义战争，诗人往往表示强烈的义愤。《诗经》中的《小雅·何草不玄》、汉乐府的《战城南》、李白的《战城南》和杜甫的《兵车行》等，是这类作品的代表。有时诗人的内心是矛盾的：一方面国难当头，不得不劝勉人民抗战；另一方面对战争给人民造成的灾难深表同情。这在杜甫的《三吏》、《三别》中有深刻的反映。类似的情况也出现在某些边塞诗和思妇诗中。“可怜无定河边骨，犹是春闺梦里人!”（陈陶《陇西行》）诗人深沉的感慨中暗含着强烈的反战情绪。总之，中国古代诗人对战争的态度是以国家和人民的利益为重，正如李白诗曰：“乃知兵者是凶器，圣人不得已而用之。”（《战城南》）在西方诗歌中，战争题材在史诗和叙事诗中较多，在抒情诗中较少。在战争题材的西方抒情诗中，虽然也有反战和暴露战争酷烈的，但多数歌颂战争和勇武，宣扬个人英雄主义，忧国忧民在其次。

从抒情主体看，中国古代诗歌中的忧国忧民又表现为诗人渴望建功立业，以及常常适得其反的仕途坎坷和怀才不遇。“老冉冉其将至兮，恐修名之不立”（屈原《离骚》），屈原的话也是后代诗人的心声。人生苦短，唯恐不能立功、立德，是诗人们普遍的忧患心态。汉代《古诗十九首》曰：“盛衰各有时，立身苦不早。人生非金石，岂能长寿考？奄忽随物化，荣名以为宝。”（《回车驾言迈》）曹操诗曰：“老骥伏枥，志在千里；烈士暮年，壮心不已。”（《龟虽寿》）曹植诗曰：“闲居非吾志，甘心赴国忧。”（《杂

---

① 参考陈独秀的说法：“所谓民视民听，民贵君轻，所谓民为邦本，皆以君主之社稷——即君主祖遗之家产——为本位。此等仁民爱民为民之民本主义（民本主义，乃日本人用以影射民主主义者也，其或径用西文 Democracy 而未敢公言民主者，回避其政府之干涉耳），皆自根本上取消国民之人格，而与以人民为主体，由民主主义之民主政治，绝非一物。”〔陈独秀：《再质问〈东方杂志〉记者》，《陈独秀文章选编》（上册），生活·读书·新知三联书店 1984 年版，第 353 页〕

诗》）诗人们对建功立业的向往何等热切！李白、杜甫、陆游、辛弃疾等在政治上都有“了却君王天下事，赢得生前身后名”（辛弃疾《破阵子》）的强烈愿望。西方诗人却不那么热衷于政治，更没有对功名的这种渴望和执着追求。

然而，古代诗人在仕途中常常得意的时候少，失意的时候多，这在诗中的一种表现就是怀才不遇的苦闷和感时伤世的忧愤。最早的屈原，后来的曹植都如此。陶渊明也发出过这样的哀叹：“日月掷人去，有志不获骋。念此怀悲凄，终晓不能静。”（《杂诗》其二）唐初陈子昂的《登幽州台歌》更是一曲感叹生不逢时、报国无门的慷慨悲歌。李白曾发出“行路难！行路难！”的浩叹。陆游、辛弃疾这样的爱国志士都有“报国欲死无战场”（陆游《陇头水》）的悲愤和无奈。

仕途失意的另一种表现是：有的诗人转而愤世嫉俗，消极沉沦，及时行乐；或者归耕田园，隐遁山林，独善其身；或者借佛老思想强作旷达之士。这些表面上已不是忧国忧民和忧患仕途功名，甚至是对它们的反讽，但实际上往往是由于它们的幻灭而引起的，所以可以说是其负面效果的表现。其中又以表现失意沉沦、及时行乐的诗篇为多。《古诗十九首》就大多如此。又如李白，他有许多饮酒诗，还有狎妓诗：既然功名之路难行，转而就“且乐生前一杯酒，何须千载身后名！”（《行路难》）但联系他始终心怀壮志，汲汲于功名，我们便知道他的这种享乐是何等无奈！

古代诗歌中也有超越忧国、忧民、忧仕途功名而表现对生死等的忧患的，这在《古诗十九首》中较为突出，在其他诗歌中也有表现。这种普世性的人生之忧不是古代诗歌的主流忧患意识，而是一种异质的思想情感，前文曾经论述过。

古代诗歌中还有不少作品表现对谗言和祸患的忧患。如《诗经》曰：“忧心悄悄，愠于群小。觏闵既多，受辱不少。”（《邶风·柏舟》）诗中所写或许只是日常生活和平常人事中的情况。后世诗人则抒写政治上的忧谗畏讥，有些亲近君王的诗人还表现忠信见疑的忧患，突出者如屈原和曹植。魏晋之交，司马氏大肆杀戮异己，身处那个恐怖时代的阮籍作《咏怀诗》八十多首，言说富贵难久，祸患不测。其中，“忧思独伤心”（《咏怀诗》第一首）、“终身履薄冰，谁知我心焦”（《咏怀诗》第 33 首）等诗句，是其忧惧心理的写照。

在西方诗歌和西亚南亚诗歌中，很少表现上述那样的政治忧患或忧惧，因为诗人们没有中国古代诗人那样的政治仕途。多少有些类似的，是古代阿拉伯和波斯的宫廷诗人，不过，他们所表现的一般不是对国家命运和政治仕途的忧患，而是在邀功争宠中对自己地位和诗名的忧患。

西方诗歌中常常表现诗人因个人价值不能实现而产生的苦闷，因反思人生、宇宙而产生的深广忧思，不过，由于他们有形而上的哲学思辨和超越的宗教信仰，所以能够得以解脱，不像上述中国古代诗人的忧患意识那样，因无所寄托而显得格外悲凉、沉重。

（二）“忧患意识”与“乐感文化”

徐复观提出“忧患意识”概念。他说，《易传》所说的忧患意识（从“作《易》者，其有忧患乎”等说法体现出）“不同于作为原始宗教动机的恐怖、绝望。……‘忧患’与恐怖、绝望的最大不同之点，在于忧患心理的形成，乃是从当事者对吉凶成败的深思熟虑而来的远见；在这种远见中，主要发现了吉凶成败与当事者行为的密切关系，及当事者在行为上所应负的责任。忧患正是由这种责任感来的要以己力突破困难而尚未突破时的心理状态。所以忧患意识，乃人类精神开始直接对事物发生责任感的表现，也即是精神上开始有了人的自觉的表现”①。李泽厚则提出“乐感文化”概念。他说：“因为西方文化被称为‘罪感文化’，于是有人以‘耻感文化’（‘行己有耻’）或‘忧患意识’（‘作《易》者，其有忧患乎’）来相对照以概括中国文化。我以为这仍不免模拟‘罪感’之意，不如用‘乐感文化’更为恰当。”②“忧患意识”概念得到学界的普遍认同，“乐感文化”概念也有不少人认同。一忧一乐，这究竟是怎么一回事呢？其实，无论是忧患感还是乐感，都是中国古代道德文化中的道德感：忧患感主要就这种道德感的现实性而言，乐感则主要就这种道德感的理想性而言。

依据徐氏的说法，忧患意识是人类从原始意识觉醒后所产生的一种责任感。在这种意义上，忧患意识是人类的一种普世意识。那么，中国古代的忧患意识有什么特殊性呢？其特殊性在于：那觉醒，是道德意志（实用理性）的觉醒；那责任感，是道德、政治（“为政以德”的政治）的责任感。而中

---

① 徐复观：《中国人性论史》，华东师范大学出版社2005年版，第14页。此书在台湾初版于20世纪60年代。

② 李泽厚：《试谈中国的智慧》，《中国古代思想史论》，第308—309页。

国古代文化是道德文化，所以这样的忧患意识必然成为这种文化的主流意识和传统精神。

《易传·系辞下》曰："作《易》者，其有忧患乎?"又曰："《易》之兴也，其当殷之末世、周之盛德邪?当文王与纣之事邪?"从这两句可知，忧患意识产生于殷周之际。前文曾指出，殷周之际发生了从宗教文化向道德文化的转型，这就说明中国古代的忧患意识从一开始就是一种道德意识。

西周先民为什么会产生这种道德性的忧患意识?从总结殷周之际的历史经验看，周人认为殷商"惟不敬厥德，乃早坠厥命"（《尚书·召诰》）；而"皇天无亲，唯德是辅"（《尚书·蔡仲之命》），所以周王朝应当"敬德""保民"，才能长治久安。这样，传承下来的忧患意识在后代必然主要表现在忧国忧民这种道德意识上；即便有时表现在普世性的忧患生命易逝、人世难测等问题上，那样的忧患意识也常常是与前一种道德性的忧患意识混杂在一起的。

既然中国古代的忧患意识是一种道德意识，它就与道德的本源——"道"在根本上关联着。依据古代道德文化，人们体道、悟道，得道为德，所以那忧患意识的实质就是"忧道"。孔子就说："君子忧道不忧贫。"（《论语·卫灵公》）体道、得道就是人道合于天道，人德合于天德，所以，尽管忧患意识主要是现实的道德意识，其指向却是天人合德、天人合一这种最高的理想境界。而当忧道达到这样的境界时，人们就会有得道之乐，于是忧道就变成乐道了（下文将论述"乐感"的实质就是乐道）。

上文说忧患意识是人类进化中的一种普世意识，其普适性也存在于中国古代的忧患意识中。例如，孔子曰"人无远虑，必有近忧"（《论语·卫灵公》）；孟子曰"生于忧患而死于安乐"（《孟子·告子下》）。对这些话的理解，就可以超越具体的道德、政治而将其中的忧患认同为一种普世的人生忧患，一种立身处世的哲学，尽管孔孟的这些话都是从道德、政治来立论的，例如孟子的话就是通过对若干仁人志士的评述而得出的结论。

"乐感文化"之乐，不是感性的快乐，而是理性的快乐。这种理性，不是西方文化中的理论理性，而是中国古代道德文化中特有的实用理性，即特定的道德意志。所以，在以先验的"道"为本体的古代道德文化中，这种理性的快乐就是体道、得道之乐，其实质是"乐道"。孔子曰："其为人也，发愤忘食，乐以忘忧，不知老之将至云尔。"（《论语·述而》）又曰："贤哉，回也！一箪食，一瓢饮，在陋巷，人不堪其忧，回也不改其乐。”（《论语·雍也》）孟子曰：“反身而诚，乐莫大焉。”（《孟子·尽心上》）孔孟所说的乐就是得道之乐。《礼记·乐记》就直接点明了这点：“乐（yuè）者乐（lè）也。君子乐得其道，小人乐得其欲。”提出“乐感文化”概念的李泽厚就认为：“‘乐’在中国哲学中实际具有本体的意义，它正是一种‘天人合一’的成果和表现。……人与整个宇宙自然合一，即所谓尽性知天、穷神达化，从而得到最大快乐的人生极致。”① 天人合一的境界，就是人得道和乐道的理想境界。

这种天人合一的得道之乐，在中国古代诗歌中也有体现，特别是在山水诗中。不过，诗歌中这种超验的、理想性的快乐感究竟有些缥缈，不像诗歌中现实的忧患感（上述忧国、忧民、忧仕途功名的忧患感）那样真切而沉重。

顺带指出，说西方文化是“罪感文化”只能就西方基督教文化而言。基督教的罪感或者说“原罪”感，就其消极方面看，是一种灰暗的沉重感，甚至是一种绝望感；就其积极方面看，它则可以使教徒时刻警惕自身潜在的罪恶欲望。西方科学文化却与“罪感”无关。西方科学文化既强调理性的快乐，也看重感性的快乐。古希腊被认为是平衡这两者的典范：它在宗教形式上既有阿波罗日神精神（理性精神），又有狄奥尼索斯酒神精神（感性精神）；它在科学的学派和学理上既有理性主义甚至禁欲主义②，又有享乐主义、幸福主义。这样的两端对后世都有影响：后世西方人的快乐感受（包括理性的和感性的）就在这两端之间摇摆和平衡。这种情况，在西方诗歌中也有反映。

二、亲情思想题材

（一）亲情与泛亲情——乡情、友情

《诗经》中表现父子亲情和母子亲情最突出的是《小雅·蓼莪》。诗人反复感叹道：“哀哀父母，生我劬劳！”诗人还具体描述父母的养育之恩大如天，懊恼自己无以为报：

---

① 李泽厚：《试谈中国的智慧》，《中国古代思想史论》，第309页。这里引用的是李泽厚写于1985年的《试谈中国的智慧》中的观点。李氏后来对“乐感文化”有诸多发挥，本书作者对其中的某些观点并不赞同。

② 古希腊的斯多葛学派就有禁欲主义思想。

父兮生我，母兮鞠我。拊我畜我，长我育我，顾我复我，出入腹我。欲报之德，昊天罔极！

表现兄弟姊妹亲情的如《小雅·棠棣》，全篇的要旨是“凡今之人，莫如兄弟”。父母亲情和兄弟亲情都写到的如《魏风·陟岵》，全诗三节，依次写征人登高瞻望，想象父母和兄长对他的思念和希望。此外，《诗经》还表现了其他亲情。

《诗经》普遍地表现各种血缘亲情，说明当时的中国已确立了以血缘关系为基础的社会结构，孝悌意识已深入人心。这一点在世界上是独特的。西方古希腊进入文明以后，其占主导地位的海洋性商贸经济打破了传统的氏族血缘关系，逐步建立起基于个人财产和权利的城邦民主制社会，故而古希腊诗歌中反映血缘亲情的作品很少，表现爱情、友情和荣誉等的作品却很多，例如萨福和品达的许多作品。西亚南亚的文化是宗教文化，其中人与神的关系高于人与人之间的关系，包括血缘关系①，故而这些地区的许多诗歌是颂神的，表现血缘亲情的也很少。

后代诗人继承了《诗经》表现血缘亲情的传统。孟郊《游子吟》是千古传诵的母爱颂歌，末二句“谁言寸草心，报得三春晖”与《小雅·蓼莪》中的“欲报之德，昊天罔极”一样，都是对中国古代道德文化讲求孝道的经典表述。表现亲子情的如李白的《寄东鲁稚子》，诗人“念此失次第，肝肠日忧煎”，思恋子女之情何等强烈！表现兄弟亲情的诗词，王维、杜甫、白居易、苏轼、黄庭坚等都有名篇。不过，这些诗篇往往不是纯粹的亲情诗，而是与忧国之思、故乡之恋和个人身世之感结合一起。例如，杜甫诗曰：“有弟皆分散，无家问死生。寄书长不达，况乃未休兵。”（《月夜忆舍弟》）白居易诗曰：“吊影分为千里雁，辞根散作九秋蓬。共看明月应垂泪，一夜乡心五处同。”（《自河南经乱，关内阻饥，兄弟离散，各在一处。因望月有感，聊书所怀，寄上浮梁大兄、于潜七兄、乌江十五兄，兼示符离及下

① 典型者如犹太教的《旧约·申命记》说：“你的同胞兄弟，或是你的儿女，或是你怀中的妻，或是如同你性命的朋友，若暗中引诱你，说：‘我们不如去侍奉你和你列祖素来所不认识的别神，是你周围列国的神。’无论是离你近、离你远，从地这边到那边的神，你不可依从他，也不可听从他，也不可顾惜他；你不可怜惜他，也不可遮庇他。总要杀他，你先下手，然后民众也下手，将他治死。要用石头打死他，因为他想要勾引你离开那领你出埃及地为奴之家的耶和华你的神。”（13：6—10）

邦弟妹》）

现代中国发生了从古代群体本位文化向现代个体本位文化的转型，因此中国现代诗歌中亲情的表现也发生了许多变化。其中最重大的变化，是从古代着重表现子女对父母和先人的感恩尽孝转变为着重表现父母对子女的关爱，其中最多、最感人的是母亲的亲子之爱。请看当代女诗人李琦生子的幸福："我的孩子 望着你怎么可能不温柔/做一回母亲我多么幸福"（《幸福》）。这里，母亲的亲子之爱不只是一种血缘本能，它也是一种人生目的和自我价值的实现。

中国古代有为数众多且含义独特的乡情诗。造成这种情况的原因有三。

其一，古代主要是农耕经济，地域封闭，人们聚族而居，形成浓厚的乡土意识，加之儒家从血缘亲情上教导说"父母在，不远游，游必有方"（《论语·里仁》），于是人们安土重迁，不轻易离乡背井。当人们不得已而离乡背井时，便乡思无尽，乡愁绵绵。如果离乡的游子是诗人，他们便写出很多乡情诗。汉乐府诗句颇有典型性："悲歌可以当泣，远望可以当归。思念故乡，郁郁累累。"（《悲歌》）

其二，古代讲求孝道，故乡被称为父母之邦，所以古代人的乡情带上了拟血缘和泛亲情的性质。以孟子所说的"亲亲而仁民，仁民而爱物"（《孟子·尽心上》）看，从血缘关系中心的爱亲人（"亲亲"）扩展出去爱他人（"仁民"），这他人应当首先是家乡人，所以家乡人名曰"乡亲"；从爱他人又扩展到爱人之外的事物（"爱物"），这事物应当首先是家乡的事物，所以家乡的日月山水显得格外亲切。简言之，因为家乡有父母亲人，所以对家乡的其他人和事物都倍感亲切。有诗为证："停船借相问，或恐是同乡"（崔颢《长干行》）；"仍怜故乡水，万里送行舟"（李白《渡荆门送别》）；"露从今夜白，月是故乡明"（杜甫《月夜忆舍弟》）。

其三，行役、漫游和宦游是产生乡情诗的直接原因。行役在外而思念故乡的诗，在《诗经》中就有，如《小雅·采薇》；在唐代的边塞诗中更多；在宋代戍边御敌的诗词中也很典型，例如"浊酒一杯家万里，燕然未勒归无计。羌管悠悠霜满地，人不寐，将军白发征夫泪！"（范仲淹《渔家傲》）漫游和宦游产生游历诗，其中乡情和亲情的成分很重，有的就是乡情诗或亲情诗。"日暮乡关何处是，烟波江上使人愁"（崔颢《黄鹤楼》），是游子们的共同心声。李白壮游天下，然而他在诗中写道："梦绕边城月，心飞故国楼。思归若汾水，无日不悠悠。”（《太原早秋》）他的游历诗最著名，其中就包括《静夜思》等属于乡情诗的名篇。由于诗人们的漫游大多与自己的政治抱负和功名追求有关，可以说是变相的宦游，所以他们的游历诗、乡情诗往往结合着对社稷民生的忧患和对个人仕途功名的感慨。

西方诗人一般没有中国古代诗人那样浓重的乡思乡愁，他们的乡情诗的内涵也有所不同。例如古希腊诗人米南德（生活于公元前 4 世纪至前 3 世纪）的《我亲爱的土地》：“你好，我亲爱的土地，多年之后重见，/我要拥抱你。当我望见我的家乡的时候，/一切地方我都不看重，只看重这地方，/因为在我看来哺育我的地方是神圣的。”（水建馥译）诗人所以最看重家乡，是因为哺育诗人的家乡是神圣的。为什么是神圣的呢？诗人没有说原因。诗人强调“在我看来”如此，有很强的主观个人性。中国古代诗人对家乡不会使用“神圣”这个字眼，因为只有上天和君王才配与它关联。俄罗斯诗人叶赛宁（1895—1925 年）的不少篇章富于乡情，不过其乡情的根基不在血缘亲情上，尽管他在《我告别了故乡的小屋》一诗中也说过“当三星高照，池塘边的桦树林/会消融衰老母亲的忧思”（刘湛秋、茹香雪译）。他的乡情的根源主要在于他对俄罗斯乡村自然状态的情有独钟。他乡情诗中忧伤的自我情绪也不同于中国古代乡情诗中常有的忧患意识和悲苦情怀。

中国古代乡情诗的一个特点，是常常与“月”关联。李白诗曰“举头望明月，低头思故乡”（《静夜思》）；卢纶诗曰“三湘衰鬓逢秋色，万里归心对月明”（《晚次鄂州》）；王安石诗曰“春风又绿江南岸，明月何时照我还”（《泊船瓜州》）；等等。月之所以成为表达思乡的意象，大概是由于故乡的月始终伴随游子远行，正如李白所说“月出峨嵋照沧海，与人万里长相随”（《峨眉山月歌送蜀僧晏入中京》）；再是月照两地，于是两地相思就联想到月。月意象的含义不止是对家乡的思念，也可以是对亲人、友人的思念。例如“海上生明月，天涯共此时”（张九龄《望月怀远》）；“但愿人长久，千里共婵娟”（苏轼《水调歌头·明月几时有》）。月意象也不止用于思念，月既照空间中的两地，也照时间上的古今，所以它可以引发诗人对历史、人生乃至宇宙的冥思遐想：“江畔何人初见月，江月何年初照人？人生代代无穷已，江月年年只相似”（张若虚《春江花月夜》）；“今人不见古时月，今月曾经照古人。古人今人若流水，共看明月皆如此”（李白《把酒问月》）。月意象在外国诗歌中的含义大不相同。例如，在古代的印度诗歌、波斯诗歌和阿拉伯诗歌中，月意象主要用来比喻人的美貌，尤其是女性的美貌。

中国古代社会以血缘家族为基础，由家族这个中心扩散和泛化出去，就是“民吾同胞”（张载《西铭》），于是朋友可以称兄道弟，直至宣称“四海皆兄弟”和“四海一家”。因此，中国古代人的友情也可以看作拟血缘关系中的泛亲情。正是由于这样的社会文化基础和社会意识形态，中国古代的友情诗不但数量巨大，而且特别情深意浓。造成这种情况的直接原因，则是封建社会的科举制度及相应的漫游和宦游：诗人们在求取功名和仕宦期间，与文字友人和同僚或朝夕相处，或相别、相忆又相逢，结果便写出大量的友情诗。

友爱相处如杜甫诗曰：“余亦东蒙客，怜君如弟兄。醉眠秋共被，携手日同行。”（《与李十二白同寻范十隐居》）说的是诗人与李白以诗结友，共同游历，情同手足。惜别的友情诗最多，佳作不胜枚举，著名的如王勃的《杜少府之任蜀州》、李白的《送孟浩然之广陵》等。相忆相思如杜甫诗曰“浮云终日行，游子久不至。三夜频梦君，情亲见君意”（《梦李白》）；李白对杜甫也是“思君苦汶水，浩荡寄南征”（《沙丘城下寄杜甫》）：真可谓千古交情，至诚至深！喜相逢如韦应物诗曰：“浮云一别后，流水十年间。欢笑情如旧，萧疏鬓已斑。”（《淮上喜会梁州故人》）相逢又相别如杜甫的《赠卫八处士》。又如戴叔伦的《江乡故人偶集客舍》，写诗人一边惊喜“还作江南会，翻疑梦里逢”，一边又感叹“羁旅长堪醉，相留畏晚钟”。相逢旋即相别，着实令人黯然神伤。

中国古代友情诗多停留在相逢、相别、相忆等现实生活层面上，朋友之间共同的命运和政治抱负是基础，所谓“与君离别意，同是宦游人”（王勃《送杜少府之任蜀州》），偏重的是友情的真挚和深厚。西方友情诗却有所不同，其友谊的共同基础往往是个人的趣味或者理想，所偏重的是友谊的美好、甜蜜或者纯洁、高尚。例如，古希腊萨福在《赠别》中对即将离别的女友这么说：“从我身边高高兴兴地去吧。/记住我。你知道我多疼你。//你若忘记，我就会提醒你，/让你想起你忘记了的往事：/我俩相处时多么美好甜蜜。”（水建馥译）又如，莎士比亚《十四行诗集》对友人的人格美尤其是人体美反复地热烈赞颂，体现的是以个体为本位的人文思想。其中第二十九首末两行说：“我记着你的甜爱，就是珍宝，/教我不屑把处境跟帝王对调”（屠岸译），这种珍视友谊和小视帝王的气度，在中国古代友情诗中是找不到的。

（二）自然血缘与文化的内在自然根性

中国古代道德文化很富于人情[①]，那上下尊卑关系中的“亲亲”和“尊尊”，以及由此推广出去的“仁民”和“爱物”[②]，都既是道德观念，又是人情观念。上述古代诗歌中的亲情、乡情和友情，就是这种人情观念在诗歌艺术上的几种反映。在这种意义上，中国古代道德文化可以说是人本主义的——它是群体本位的人本主义。西方科学文化中也有这一方面的人情，但是它不像在中国古代道德文化中那样被突出和强调。西方科学文化所突出和强调的是另一方面的人情，那就是关于人格独立和个性自由等的人情。这后一方面的人情，在中国古代道德文化和诗歌中却被自觉或不自觉地压制着，只能作为一种异质因素在历史发展过程中时隐时现。就这后一方面的人情看，西方文化也是人本主义的——它是个体本位的人本主义。中国现代“五四”时期所谓“个人的发现”（郁达夫语），就是指在思想情感内涵上扬弃传统的群体本位人本主义，而发现类似于西方那样的个体本位人本主义。

个体本位的人本主义是彻底的人本主义，因为它就以人为根基。群体本位的人本主义则还有一个群体性是根据什么确立起来的问题。中国古代群体本位的人本主义的群体性，是上下尊卑的等级秩序和亲疏关系这样的道德性。这样的道德性所根据的是什么呢？是某种自然性。这种自然性因为是那道德性的最终根据，所以我们叫它自然根性。这种自然根性分为内在的和外在的两方面：内在的自然根性，是以父子血缘关系为中心的自然等级秩序性；外在的自然根性，则是以天高地卑关系为中心的自然等级秩序性（下小节论述外在的自然根性）。这两方面的自然根性是统一的。

---

① 前文曾指出，就创造文化的心理机能而言，以信仰为主导创造宗教文化，以意志（道德意志以及“为政以德”的政治意志）为主导创造道德文化，以理智为主导创造科学文化。情感不能创造独立的文化。它主要伴随意志目的而产生，所以中国古代道德文化的情感性很强，加之这种道德文化基于宗法血缘，而血缘关系既是人伦关系，也是亲情关系，因此，中国古代道德文化最富于情感。我们看到，古代中国就人情泛滥而理智稀薄，文学艺术繁荣而科学衰颓。古代中国社会讲人情的特点，仍然广泛地影响着现代中国社会。

② “亲亲”和“尊尊”是周礼的基本原则。《孟子·尽心上》曰：“亲亲，仁也；敬长，义也。”又曰：“亲亲而仁民，仁民而爱物。”

先看以父子血缘关系为中心的内在自然根性。“血缘基础是中国传统思想在根基方面的本源……以氏族血缘为纽带，使人际关系（社会伦理和人事实际）异常突出。”① “与西方社会相比较，中国社会最大的特色，是以家族为社会活动的中心。……中国的家族意识，是不断向外膨胀的，膨胀得使所有的人间关系，几乎都予以家庭化。例如，君不只称君，而称君父；臣不只称臣，而称臣子；地方行政首长被称为父母官；统治下的百姓被称为子民；老师可称师父；圣贤则提倡以孝治天下；用人则有举孝廉；国民则互称同胞；最高的理想是四海皆兄弟和天下一家。”② “在家族众多的关系中，又是以父子关系为主轴，也就是说，所有家族成员的行为都是以父子关系为准则。不但家族中是如此，其他如师生关系、官吏与百姓的关系、国君与臣子的关系，统是父子关系的投射。……儒家的孝悌之道，三纲之制，以及礼教方面的复杂规定，都在维系这层关系。”③ 这即是说，中国古代的社会和国家是建立在类似家庭中父子血缘关系——可称之为拟血缘关系——这样的基础之上的。这就形成了家国同构，由此就可以移孝作忠，忠孝就成为齐家治国的根本。这样构成的道德、政治和整个文化，就必然讲究上下尊卑的等级秩序，因为“维持父子关系靠尊卑之序”④，“由父子关系引申出去的师生、君臣、父母官与子民之间，也莫不如此”⑤。

血缘关系是人类的一种自然关系。中国古代社会根据父子血缘关系和投射出去的拟血缘关系而建构起来的尊卑有序和亲疏有别的道德—政治模式⑥，在我们的先人和作为更久远来源的动物界里能够找到原型（父子血缘关系作为中心就直接来源于原始的父系氏族组织，而古代中国进入文明以后没有打破这种氏族组织的血缘关系），当然前者对后者加以了改造和发扬，进行了文明化和社会化。西周始确立的宗法制，就是以基于父子血缘关系的嫡长子继承制为核心的，其中系属分明，权位不同，亲疏有别。宗法制是中

---

① 李泽厚：《试谈中国的智慧》，《中国古代思想史论》，第301—302页。

② 韦政通：《中国文化概论》，第51—52页。

③ 同上书，第295页。

④ 同上书，第53页。

⑤ 同上书，第296页。

⑥ 实际上，以父子血缘关系为中心而向外投射（从而造成拟血缘关系）包括两方面：一方面是上述向社会关系的投射，另一方面是下小节将讲到的向自然现象的投射。中国古代社会的那种尊卑有序和亲疏有别的道德—政治模式就建基在这两方面的拟血缘关系上。

国古代社会的基础，延续数千年，至今也未彻底破除。西周封建制就是建立在宗法制基础上的，历史学家就确信："封国由家族分化演变而来，殆已可以无疑。"①

之所以说西方个体本位的人本主义是彻底的人本主义，是因为它是建立在人不同于动物性亦即不同于人自身的自然性的基础之上的，换言之，即建立在人之为人的特性上的。这种特性如人格独立、个人权利、个性自由等，很难在遵循自身自然性而生活的人类祖先那里找到，更不用说能够在纯粹自然性的动物界里找到了。当然，西方科学文化中也有中国古代道德文化那样的自然性，并且还更丰富（因为西方科学文化没有像中国古代道德文化那样，选择人的某些自然性来作为文化的根据，从而限定人的另外一些自然性，如情欲性爱这样的自然性），只是这种文化的重心和特性已经超越了人的那些自然性。

基于血缘自然根性而讲究群体性的中国古代道德文化，对于处于较低阶段的社会具有一定的积极作用，如具有凝聚整体和一致对外等作用。但它无疑也具有消极作用，如必然造成权威意识、顺从性格、裙带关系和腐败政治等，并容易引起内斗和内乱。当需要充分发挥个体的能力来推动社会更好更快地发展时，这种群体本位性就成为桎梏和阻碍了，中华民族就应该扬弃和超越它。中国现代科学文化就正在力求扬弃和超越它而成为基于个体本位的新文化。作为这种新文化成分之一的中国现代诗歌，也正在扬弃和超越这种群体本位的道德情感，而着重表现个体本位的自我情感。

三、山水思想题材

（一）山水体道与山水愉情

"道"为中国古代道德文化的本体。"得道为德"在先秦已是一个普遍的观点，如庄子曰："泰初有无……物得以生，谓之德。"（《庄子·天地》）后世也持这种观点，如朱熹曰："德者，得也，得其道于心而不失之谓也。"（《论语集注·述而》）物得道即为物德，有德之物能够体现道；人得道即为人德，有德之人能够体悟道。于是人体悟道往往通过观物、感物的途径。总之，山水之类的自然物能够体现道，诗人通过观赏山水能够

---

① 许倬云：《西周史》（增补本），第167页。

体悟道。

孔子曰："知者乐水，仁者乐山。"（《论语·雍也》）。孔子将山水比附儒家的仁和智（"知"与"智"通）两种德性，其中包含了山水体现儒家仁义之道的意思。钱钟书就说，"儒家自孔子、曾皙以还，皆以怡情于山水花柳为得道"①。庄子说道"无所不在"，甚至"在蝼蚁""在稊稗""在屎溺"之类的东西之中（《知北游》）；又说"目击而道存"（《田子方》）。他说的是道家的自然之道。这种道必然也存在于山水之中，山水因而能够体现道。东晋玄言诗人孙绰在其《游天台山赋》中就说"山水是道"——这一说法，可以说是对庄子提出的道"无所不在"这个命题的审美具体化和规范化。这样，诗歌中山水体道就更确定了。

《诗经》中的山水意象和其他自然意象大多是比兴意象，具有比德体道的意味。例如，山水井然有序比喻君王有德，山崩水患比喻君王失德。这种传统，在屈原的《离骚》中发展为以香草美人喻贤人君子。《诗经》对山水等自然意象没有多少直接的描写，那些自然意象没有取得独立的审美意义。屈原的《九歌》对山水美景描写较多，不过都是作为诗篇的背景或者陪衬，而不是作为主要的题材和意象。汉魏诗歌的情况也大致如此，曹操的《观沧海》是个例外，全诗描写壮阔的海景，山水日月秋风等成了基本题材，思想情感融会其中。

大量描写山水并用以体道的是玄言诗，其代表是东晋的孙绰。孙绰的有些玄言诗直接谈玄说理，不免"理过其辞，淡乎寡味"，"平典似《道德论》"（钟嵘《诗品序》）。另一些则以山水来体现玄理，如他的《兰亭诗》：

> 流风拂枉渚，停云荫九皋。莺语吟修竹，游鳞戏澜涛。携笔落云藻，微言剖纤毫。时珍岂不甘，忘味在闻韶。

当时著名的玄言诗人还有许询、王羲之等。玄言诗人所以钟情于山水，其思想根源在道家。作为玄学来源的道家提倡自然之道②，而自然山水是最

① 钱钟书：《谈艺录》，中华书局1984年版，第237—238页。

② 《老子·二十五章》曰："人法地，地法天，天法道，道法自然。"这里的"自然"指本然、自然而然。"道法自然"，指道以自然本性为法则，故言道家所提倡的道是自然之道。

能体现自然之道的。[①] 玄言诗人就径直宣称“山水是道”，于是山水自觉地进入玄言诗中了。

玄言诗既然以体现玄理为目的，其创作必然玄理先行，即孙绰在《太尉庾亮碑》中所说的“以玄对山水”。结果是诗篇即便富于山水形象，也难免缺乏情味。不过，玄言诗较多地描写山水（以往诗歌中的山水成分很有限）给后来的山水诗开启了门户：当诗人大量地描写山水并且在一定程度上以此为目的时，山水诗便诞生了。

山水诗的诞生，标志着诗中山水功能的重心从体道转向愉情。山水愉情是一种审美自觉，因为审美的本质就在于情感，其效果就在于情感的愉悦。不过，山水愉情是基于山水体道的，这即是说，山水诗的审美情感中融合着道的意蕴。所以，山水愉情的完整含义应当是：山水既愉情又体道——通过愉情来体道。当时山水诗中的道意蕴主要是玄学的，后来就更丰富了。

山水诗的开创者是刘宋的谢灵运。“他是第一个在诗里用全力刻画山水的人”[②]，山水在他的诗里成了主要的题材和意象。他的《登池上楼》中的佳句“池塘生春草，园柳变鸣禽”，传诵千古。此前玄言诗对山水的描写往往很简略，因为其目的不在于山水描写本身，而在于通过对山水的简单类比来表现玄理。谢灵运对山水的刻画却很精细，追求“形似”，即所谓“情必极貌以写物，辞必穷力而追新”（《文心雕龙·明诗》）。不过，他对山水景物的描写常常流于繁芜，而情感的表现却相对贫乏。此外，他的写景、抒情和体道尚不能浑然融合，常常是在叙事、写景之后加上几句玄言佛理的说教。[③]

继承和发展谢灵运山水诗的代表是南齐的谢朓。他的山水诗清丽、自然，情意饱满，往往与景物融合一体，不再生硬夹杂玄言佛理。如《晚登三山还望京邑》：

> 灞涘望长安，河阳视京县。白日丽飞甍，参差皆可见。余霞散成绮，澄江静如练。喧鸟覆春洲，杂英满芳甸。去矣方滞淫，怀哉罢欢

---

① 相对于社会人事而言，自然山水是最本然、最自然而然的，所以说自然山水最能体现自然之道。参考徐复观的说法：“涵融在道家精神中的客观世界，实在只合是自然世界。”（徐复观：《中国艺术精神》，第 116 页）

② 朱自清：《经典常谈》，第 120 页。

③ 谢灵运既崇奉玄学，又信仰佛教。

宴。佳期怅何许，泪下如流霰。有情知望乡，谁能鬒不变！

严羽《沧浪诗话·诗评》曰："谢朓之诗，已有全篇似唐人者。""似唐人者"，当指类似唐人诗歌那样的情景交融以及运用成熟的对仗等。可知谢朓的山水诗是向唐代山水诗的过渡。这即是说，谢朓的山水诗对唐代山水诗是颇有影响的。李白就激赏谢朓，他在诗中多次对谢朓表示仰慕和怀念，例如"解道澄江静如练，令人长忆谢玄晖"（《金陵城西楼月下吟》）、"三山怀谢朓，水澹望长安"（《三山望金陵》）、"谁念北楼上，临风怀谢公"（《秋登宣城谢朓北楼》）。

盛唐山水诗是顶峰。就代表诗人看，王维的山水诗兼综儒道佛三家思想，但佛理禅趣是主要特色；李白的山水诗中儒道内涵都富有，但作为道家山水诗人的代表非他莫属；杜甫的山水诗中也有佛道两家的东西，但儒家圣贤之道是主流。

王维山水诗的底蕴主要是佛理禅趣。孟浩然、韦应物、柳宗元的山水诗也多如此。王维等所代表的山水诗派影响最大。王维山水诗境界的基本特点是"空""寂"。大乘佛教认为世间万象（色相）乃因缘和合而成，并无自性①，而是虚幻不实的，是谓"空"或"性空"；认为世间万象不过是假有、假名，其自性乃空，是谓"假有性空"。大乘佛教对此有著名的表述："色不异空，空不异色，色即是空，空即是色。"（《般若波罗蜜多心经》）受大乘佛教影响的禅宗也有这样的色空观，所不同的是它用顿悟方式来获得这种自性空的本心、佛性。王维山水诗境界的空正是这种禅宗观点的艺术反映。

这种空，从诗人方面看是无我的空。这种无我的空在佛教方面的根源，是小乘佛教和大乘佛教都持有的"我空"观，即我自性空。我空即"无我"。显然，这种无我意指我自性空幻，与道家那种与物同化、齐一的无我，即物我同一的无我不同。道家的无我不是我自性空幻，而是我消融于对象之中。王维山水诗常常佛道交融，所以其无我性中既有佛禅自性空幻的无我，又有道家物我同一的无我。王维山水诗的无我性最强，其文化根源就在于此。

这种空，从作为对象的山水方面看，是诗篇中由山水意象所构成的空灵

---

① "自性"，佛教用语，指不变的本性、本质。

境界。这种空在佛教方面的根源，是大乘佛教所持有的“法空”观（大乘佛教不但像小乘佛教那样持我空观，而且持法空观，于是“法我两空”）。法空，指客观万象自性空幻。这样，诗篇中山水意象所构成的空灵境界，就可以指向那客观万象的自性空幻；或者说，读者就可以从诗篇的空灵境界，去感悟那客观万象的自性空幻。

“寂”与“空”密切关联，可以说是后者的具体化。那“空”究竟指什么？在禅宗那里，它已经不是传统佛教所指的彼岸涅槃境界，而是落实到了个人的“本心”，所以说“明心见性”，“见性成佛”。那么，这本心又具体是什么呢？那就是“无念”，指心灵不受外界影响而寂然不动，如止水不起波澜，即所谓“自性清静”。这就是“寂”，就是心灵的寂静，甚至孤寂，因为心灵的明净无念，全在于它自身，而与外界无关。确实，我们在王维的山水诗中能够感受到这种孤寂。这种孤寂，在民胞物与的儒家情怀里，在与万物一体的道家意识里，都是不应当有的。当然，由于王维山水诗常常佛道浑融，其中不免也有道家“虚静无为”性质的寂静和清幽。① 王维的《鹿柴》《鸟鸣涧》《过香积寺》等诗典型地体现了上述观念，这里只看《过香积寺》：

> 不知香积寺，数里入云峰。古木无人径，深山何处钟？泉声咽危石，日色冷青松。薄暮空潭曲，安禅制毒龙。

王维、孟浩然的山水诗中都有不少田园成分（在他们那里，山水与田园融合在一起了）。陶渊明是第一个田园诗人，他的田园诗与稍后谢灵运的山水诗不但题材不同，文化意蕴也有别：前者体现老庄的真意（陶渊明《饮酒》中有句曰：“此中有真意，欲辩已忘言”），后者体现玄学（也本于老庄）和佛理。与王、孟比较，陶渊明是因不愿做官而隐，所以是真隐。王维是亦官亦隐。孟浩然则是落第做不成官而隐，所以，尽管他也有投身佛门的愿望（如他在《寻香山湛上人》中说：“平生慕真隐，累日探奇异。野老朝入田，山僧暮归寺。……愿言投此山，身世两相弃。”），然而他内心深处似乎并不平静。他隐居襄阳，却经常出游，他的某些山水游历诗就有一种“永怀愁不寐”（《岁暮归南山》）的情态。且看他《宿建德

---

① 道家主张绝圣去智、虚静无为而与自然万物一体，那种境界往往是寂静（不是孤寂）、清幽的。

江》中的“新愁”：

> 移舟泊烟渚，日暮客愁新。野旷天低树，江清月近人。

既是“客愁新”，说明诗人一路上是愁了又愁。这日暮时分的新愁会是什么呢？大约是思乡、恋亲、怀友之类的羁旅愁情吧，但未尝不混杂着仕途黯淡、功名不就的惆怅和遗憾。

李白的山水诗有个显豁的特点，那就是常常描写高山大河的雄奇瑰丽景象。借用这样的景象，他或者抒发积极进取的儒家情怀，或者寄寓隐逸超凡的道家精神。他的有些山水诗似乎纯然写景，并不表现什么文化意蕴，其实不然。如《望天门山》：

> 天门中断楚江开，碧水东流至此回。两岸青山相对出，孤帆一片日边来。

两山挺立、对峙，大江穿流而过，造成汹涌的回流，这景象雄奇、壮丽。那“孤帆一片日边来”的神奇景象，令人浮想联翩。此诗的文化意蕴大约就隐含在这最后一句中。那就是：它透露了诗人无时不萦系于心的政治抱负，表现着诗人的“日边”情结。这句诗可以和诗人以下的诗句作互文性理解：“闲来垂钓碧溪上，忽复乘舟梦日边”①（《行路难》其一）；“南风一扫胡尘静，西入长安到日边”（《永王东巡歌》其十一）；“总为浮云能蔽日，长安不见使人愁”（《登金陵凤凰台》）。这些诗句都表现了诗人对“日边”的渴望和梦想，即渴望君臣际会，梦想建功立业。众所周知，李白漫游山水，固然出于“一生好入名山游”的天性和兴趣，但更重要的目的，还在于试图借此踏上仕途。他在漫游中确实多次干谒权贵，希求援引。由此可知，《望天门山》一诗的雄阔山水景象很可能折射着诗人的政治理想和奋进精神。

李白具有功成身退、儒道互补的人格理想。得意时，他的山水诗偏重于表现关心政治、求取功名的儒家思想；失意时，则较多表现奔放不羁、隐逸超脱的道家精神，或者求仙访道的道教思想。后一种情况如他的《庐山谣寄卢侍御虚舟》，诗人在浓墨重彩地描绘了庐山和长江的壮丽和秀美之后，最终落脚于要在此名山清心修炼，以期做神仙游。又如他的《梦游天姥吟

---

① 吕尚垂钓而得遇文王，伊尹梦乘舟绕行日月而被商汤起用。

留别》，描绘梦境中天姥山景色的奇特和神仙境界的奇幻，终篇也落脚于寻仙访道："且放白鹿青崖间，须行即骑访名山。安能摧眉折腰事权贵，使我不得开心颜！"

杜甫战乱期间经秦州入蜀的纪行山水诗，描写具体，刻画逼真。他旅居成都时写的山水诗审美性更强，其中，有的表现人情物理的融合无间；有的在如画美景中流露乡思、乡愁，寄寓忧国之思和漂泊之感。下面是他出川时写于夔州的《秋兴八首》第一首：

> 玉露凋伤枫树林，巫山巫峡气萧森。江间波浪兼天涌，塞上风云接地阴。丛菊两开他日泪，孤舟一系故园心。寒衣处处催刀尺，白帝城高急暮砧。

深秋里的山水风云等所组成的景象萧瑟、肃杀，但境界阔大。从这些景象所落脚的"他日泪""故园心"两句看，所寄寓的似乎只是诗人的思乡之愁和孤独之感，但其实不止这些。《秋兴八首》是组诗，这第一首诗起着以秋景起兴的作用。联系后面诗中"每依北斗望京华""百年世事不胜悲"等诗句看，整个组诗表现的是诗人对国运衰颓的深切忧患，对国都长安的深情怀想，对自己漂泊身世和凄凉处境的无尽感伤。正因为如此，作为起兴的这第一首诗中的深秋山水景象才如此宏阔，又如此肃杀、凝重。它颇为典型地寄寓着"诗圣"杜甫的情怀。

唐代以后，像王孟诗派那样的山水诗衰落了，这大约与理学的兴起和佛、道的相对衰落有关。后代仍然有较纯粹的山水诗，如北宋苏轼和南宋杨万里的某些山水诗。在其他诗歌里，山水也往往成为情景交融的意象或意境的有机成分，而不像山水诗产生以前那样，主要作为引起吟咏的单纯兴象。总之，山水在中国古代诗歌中占有很重要的地位。它自来就被用以体道。自山水诗产生以来，则体道与愉情逐渐融合于一体，从而创造出具有独特文化意蕴的山水意象和意境。

西方山水田园诗的文化意蕴与上述大不相同。

西方田园诗出现得很早，希腊化时期的忒奥克里斯托（约公元前3世纪末至前2世纪初）被认为是田园诗之父，其田园诗对罗马帝国的贺拉斯等的田园诗乃至中世纪的田园诗都有影响。西方田园诗不像中国古代田园诗那样体现某种既定的"道"，而是多表现牧人与牧女的爱情："田园理想只是性爱思想采取的田园形式。”①

西方山水诗出现较晚。中世纪末的但丁是第一个发现并描写山水美的诗人。② 16 世纪中叶，以龙沙为代表的法国七星社诗人也描写大自然和乡村，体现热爱生活的人文主义思想。对大自然描写最多影响也最大的是英国湖畔派浪漫主义诗人。西方山水诗的主旨在于表现人，而不像中国古代山水诗的主旨那样在于体现某种既定的道。湖畔派浪漫主义诗歌也是如此。湖畔派诗人兼理论家柯勒律治就说，“自然只存活于我们的生命里”③。湖畔派主将华兹华斯在《写于早春》中说道：“大自然把她的美好事物/通过我联系人的灵魂，/而我痛心万分，想起了/人怎样对待着人。”（王佐良译）诗人将大自然的美好与人世的丑恶对比，希望自己乃至人类都像大自然一样美好——大自然成了人类的模范。华氏在《丁登寺旁》一诗中就说他是“长期崇拜大自然的人”，而诗人之所以崇拜大自然，是因为大自然符合了自己的理想，这实际上是大自然在诗人身上激起的一种主观愿望。所以，华氏描写自然山水的实质仍然是一种自我表现。其他浪漫主义诗人也莫不如此，只是所表现的自我思想情感各不相同。例如，与华氏同时代的法国浪漫主义诗人维尼，他从大自然中感受到的往往是孤独、寂寞，而不是华氏那样的美好、和谐；亦与华氏同时代的德国浪漫主义诗人荷尔德林，他用自然景象表现明确的泛神论思想和忧伤的心灵，也与华氏不同。西方唯美主义诗人对大自然的描写则只注重审美形式，而轻视文化意蕴，如俄罗斯诗人费特的自然风景诗就是如此。

古代希伯来也有描写大自然的自然诗，不过，“自然诗的特点是借助自然物象抒发诗人的宗教情感，如以日月的光辉显示上帝的荣华，苍穹的高远展示上帝的至高，群山的雄奇象征神力的超卓，大海的浩瀚喻示神力的宏伟”④。可见其文化意蕴是全然不同于中国古代山水诗的。

在古代阿拉伯，盖斯的“悬诗”中有不少对自然景物的描写，不过那

---

① ［荷兰］约翰·赫伊津哈：《中世纪的衰落》，刘军等译，中国美术学院出版社 1997 年版，第 139 页。

② 详见［瑞士］雅各布·布克哈特：《意大利文艺复兴时期的文化》，何新译，商务印书馆 1981 年版，第 292—294 页。

③ 转引自［英］伊丽莎白·朱：《当代英美诗歌鉴赏指南》，李力、余石屹译，四川人民出版社 1987 年版，第 224 页。

④ 朱维之主编、梁工副主编：《古希伯来文学史》，第 219 页。

些自然景物主要不是山水，而是沙漠、月夜和风雨雷电等，它们与诗中所表现的热烈的爱情等思想题材相应和。后来的阿拉伯诗歌中也有描绘这类自然景物，被用来作为表现爱情或进行赞颂（包括对真主、穆圣和哈里发的赞颂）的背景。阿拉伯诗歌中单纯描写自然景物的诗篇不多，单纯的山水诗和田园诗更难见到。古代波斯诗歌对自然景物的描写与阿拉伯诗歌类似，只是自然景物有所不同。

古代印度诗歌中却有许多对自然景物的描写。吠陀诗歌中就有关于朝霞、风云、大地和雨水等的专门诗篇，这些自然物大多被直接描写成神或者与神有关。吠陀诗歌之后的古典主义诗歌继承了前者的传统，对大自然中的森林、河流、山谷和风云雷电等进行广泛描绘，并赋予它们神性。正如印度美学家所说："在迦梨陀娑的时代，任何诗人都具有用自然表现自己的巨大冲动。在诗人的大脑与自然之间，存在着某种不可分离的关系。自然被理解成为表现了神的品性。"① 例如，迦梨陀娑的爱情长诗《云使》，其"前云"部分的63节中，多数诗节都有对自然景物的拟人化描写，显得亲切、动人，并常常与神话、传说结合，用以歌颂湿婆、罗摩和黑天等大神。且看其中两节：

过河后，美丽的云啊！信度河缺水瘦成发辫，
岸上树木枯叶飘零衬托出她苍白的形影；
她那为相思所苦恼的情形指示了你的幸运，
唯有你能够使她由消瘦转为丰盈。（第29节）
到了因积雪而皓白的高山，恒河的发源地，
山石因有怀脐香的麝常坐而芬芳扑鼻，
你在山顶坐下，祛除旅途劳顿，你的丰姿
就可与湿婆的白牛所掘起的山头相比拟。（第52节）（金克木译）

从上述可见，西亚南亚三种基于宗教文化的诗歌对自然景物的描写，其宗旨都在于体现神意或者表现爱情，不同于中国古代山水诗体现道的文化意蕴。

---

① ［印度］帕德玛·苏蒂：《印度美学理论》，欧建平译，中国人民大学出版社1992年版，第191—192页。

（二）自然山水与文化的外在自然根性

前文曾指出，中国古代半文明宗教文化向道德文化转型的一个关键，是作为文化本体的“帝”转变成了“天”。这个“天”就是后来的“道”或“天道”。这个“天”仍然具有一定的宗教神圣性，不过它主要具有的是道德性，而那道德性的根据，是作为这种神圣的道德之天来源的、为从事农耕经济的中华民族所敬畏和崇拜的自然之天。广义的自然之天包括它所统辖的大地，这即是天地万物，它包括日月风云、山川原野、草木禽兽等东西。既然自然之天即天地万物是道德之天的根据，亦即道的根据，那么，它所包括的日月风云、山川原野、草木禽兽等东西就是能够体现道的。这些东西在中国古代诗歌中就必然成为重要的题材和意象。这就是为什么在世界诗歌史上中国古代诗歌中的自然意象运用得那么频繁、山水题材那么突出并且长盛不衰的根本原因。

既然天地万物实际上是中国古代道德文化的本体——“道”的根据，它也就是这种文化的现实道德的根据。古人的如下说法可以在不同程度上表明这一点：

夫礼，天之经也，地之义也，民之行也。（《左传·昭公二十五年》）

天尊地卑，乾坤定矣；卑高以陈，贵贱位矣。（《易传·系辞上》）

古者包牺氏之王天下也，仰则观象于天，俯则观法于地，观鸟兽之文与地之宜，近取诸身，远取诸物，于是始作八卦，以通神明之德，以类万物之情。（《易传·系辞下》）

有天地然后有万物，有万物然后有男女。有男女然后有夫妇，有夫妇然后有父子。有父子然后有君臣，有君臣然后有上下，有上下然后礼义有所错。（《易传·序卦》）

故圣人作则，必以天地为本。（《礼记·礼运》）

乐者，天地之和也；礼者，天地之序也。和故百物皆化，序故群物皆别。乐由天作，礼以地制。过制则乱，过作则暴。明于天地，然后能兴礼乐也。……故圣人作乐以应天，制礼以配地。礼乐明备，天地官矣。天尊地卑，君臣定矣。卑高已陈，贵贱位矣。（《礼记·乐记》）

天亦有喜怒之气，哀乐之心，与人相副，以类合之，天人一也。（董仲舒《春秋繁露·阴阳义》）

但这纲常自要坏灭不得，世间自是有父子，有上下。羔羊跪乳，便

有父子；蝼蚁统属，便有君臣；或居先，或居后，便有兄弟；犬马牛羊成群连队，便有朋友。（朱熹《朱子语类卷二十四·论语六》）

在世界文化史上，上述观点是很独特的。这正像宗教文化中诸如神创世创人并且是人类灵魂的归宿之类的观点是很独特的一样，也正像科学文化中诸如人为自然立法、人是目的以及人格独立、个人权利、个性自由等观点是很独特的一样。这说明中国古代道德文化的建构，不是根据神的启示，也不是根据人的独特性（指不同于包括自然人在内的自然物的独特性，如上述人格独立等），而是根据某些自然物性，即某些自然现象和法则（古人所认为的自然法则，它们很难说是作为科学认识结果的自然法则）。

这里要进一步追问的是：古代中国人为什么把那些自然现象和法则看作是有等级秩序和尊卑贵贱的，并以此来建构自己的道德和政治呢？原因可以从两个方面来看。一方面，古人的整体性直觉思维往往只观察到大自然的现象，如天高地低的现象（而不是关于天地及其关系的本质），又如万物循环性生生不息的现象（而不是其科学进化的本质）；另一方面，古人将作为内在自然根性的天生的血缘等级秩序（上节已述）投射到这些自然现象上，将这些自然现象加以血缘化和相应的等级秩序化，从而把它们视为体现天（神圣的道德之天，而不是天地万物之天）、道的法则，因而也成了现实道德、政治的法则。

《尚书·泰誓》曰："唯天地万物父母"。《易传·说卦》亦曰："乾，天也，故称乎父；坤，地也，故称乎母。"宋代张载的《正蒙·乾称篇第十七》说得更具体："乾称父，坤称母；予兹藐焉，乃浑然中处。故天地之塞，吾其体；天地之帅，吾其性。民吾同胞，物吾与也。"他不但说到天地是人的父母，还说到天地之气构成人的身体，天地之性即人的本性。上节在论述道德文化的内在自然根性时，曾指出以父子关系为核心的血缘关系被扩展到乡邻、朋友、师生等关系中，成为广泛的拟血缘关系；这里又把这种血缘关系更加泛化地扩展到天地万物上，即把血缘关系的等级秩序投射和比拟到天地万物上了。其结果便是，内在血缘的等级秩序和外在天地万物的等级秩序不但得到统一，而且两方面都得以加强：作为内在自然根性的血缘等级秩序因为有外在天地万物的等级秩序的比拟而显得天经地义；作为外在自然根性的天地万物的等级秩序因为有内在血缘的等级秩序的比拟而显得合情合理。

内在自然根性的血缘等级秩序是关于人（自然人）的，根据它建构的社会道德、政治也是关于人（社会人）的；外在自然根性的天地万物的等级秩序是关于自然界的，但根据它建构的社会道德、政治却也是关于人的。在这种意义上，可以说中国古代道德文化是人本主义的文化，不过这种人本主义的文化却有着自然的根性。

以上论述的是儒家文化的自然根性。道家文化也是一种道德文化，这种文化是否也有自然根性呢？也有，只是有所不同而已。

《老子·二十五章》曰："人法地，地法天，天法道，道法自然。"这一经典表述中就包含着自然根性。其大意是：人以天地为法则，天地以道为法则，道以其自身的自然本性（本然性、自然而然性）为法则。依据老子的逻辑，本性自然无为（无为而无不为）的道先天地而存在；天地以道为法则，因而天地是自然无为的；人以天地为法则亦即最终以道为法则，因而也应是自然无为的。但从实质上看，道的自然无为本性就是天地万物的自然无为本性，即自然界的自然无为本性，因为与人和社会比较，作为天地万物的自然界是最自然无为的。老子大概通过对天地万物的整体性直观而感悟到那自然无为本性，并反过来把它作为包括天地万物和人在内的现实世界的先验本体（这类似于柏拉图把事物的"理念"抽象为先于现实事物而存在的先验本体）。所以，在老子的话中，天地万物的自然界实际上是关键：从天地万物的自然界感悟出自然无为之道，并将这种自然无为之道作为先天地万物的自然界而存在的先验法则。人遵循这种先验法则，其实质就是以天地万物的自然界为法则，效法它的自然无为。

这样看来，将老子的这几句话除去最后一句，前面三句也适合于用来表述儒家关于人与天地万物的自然界和"道"的关系。这即是说，儒家也是主张"人法地，地法天，天法道"的，所不同的只是那道不是自然无为之道，而是等级秩序的有为之道。而儒家的这种等级秩序之道，实际上也是通过对天地万物的自然界的整体性直观而感悟到的（所谓"天尊地卑，乾坤定矣；卑高以陈，贵贱位矣"）。由此可见，儒道两家先验的道本体的根基都是天地万物的自然界；那道本体其实都是对天地万物的自然界的某些现象和法则进行整体性直观认识的结果（具体说来，儒家直观到天地万物的等级秩序和生生不息一面，道家则直观到天地万物的自然而然和虚静无为一面）。正是在这种意义上，我们说整个中国古代道德文化具有自然根性。

《庄子·天道》也说到道家文化的自然根性。其曰："夫帝王之德，以天地为宗，以道德为主，以无为为常。……故曰帝王之德配天地。”我们知道，儒家也认为圣人之德以天地为宗（根本），圣人之德配天地，所不同的只是各自的德不同：儒家以尊卑贵贱的纲常为德，道家以自然无为的虚静为德。

道家文化的自然根性也分为内在的和外在的。内在的自然根性是人的肉体生命的自然无为，所以道家主张保命全身，但生死、祸福听其自然。道家的外在自然根性是上述天地万物的自然无为，所以道家的修养就是效法天地万物，即通过“心斋”“坐忘”而达到虚静无为的境界，从而与天地万物“齐一”。道家尊重自然生命和追求虚静无为，体现了道家文化内在自然根性和外在自然根性的统一。

中国佛教来自印度。就其还保留着一定的印度佛教性而言，它仍然多少具有印度佛教的神本根性①；就其基本上被儒家和道家改造、融合为一种道德思想（见第一章第一节第一小节的论述）而言，它必然跟着具有相应的自然根性。例如，它也宣扬忠孝，容许祖先崇拜，这就与自然血缘的内在自然根性有关；它通过自然事物而顿悟真如佛性，似乎自然事物本身就有佛性，就是法身、般若的显现（如《景德传灯录》第28卷曰：“青青翠竹，尽是法身；郁郁黄花，无非般若”），这就与效法自然事物的外在自然根性相通。

中国古代道德文化的上述自然根性（包括内在的和外在的），从根本上决定了古代诗歌在题材上多表现与自然血缘或拟血缘有关的爱国忠君、忧国忧民、亲情乡情和友情，多描写属于天地万物的自然山水等；在创作上多运用从自然事物出发的观物起兴方法，多采用自然物象特别是山水物象来构成意象和意境；在风格上特别崇尚自然。所有这些，在世界诗歌中都是独一无二的。

第二节　西方抒情诗的思想题材

一、爱情思想题材

（一）为爱而爱的爱情

就其独特性而言，西方爱情诗所写的是为爱而爱的爱情。为爱而爱的爱

① 印度原始佛教不崇拜神，它反对婆罗门教的梵天神崇拜。但它从婆罗门教继承来的轮回和解脱观念中仍然具有神性。后来的大乘佛教则崇拜佛陀等诸多神祇。中国佛教来自印度大乘佛教。

情，就是以爱情自身为目的的爱情，也就是纯粹的爱情。西方爱情诗基于个体本位文化，表现自我真情，它具有为爱而爱的特点是在情理之中的。基于群体本位文化的中国古代爱情诗（文人爱情诗）则没有这种为爱而爱的特点，而是往往受制于伦理政教。朱自清就说："中国缺少情诗，有的只是'忆内''寄内'，或曲喻隐指之作，坦率的告白恋爱者绝少，为爱情而歌咏爱情的更是没有。"①

为爱而爱的本质特点，是对爱情的纯粹感受。且看公元前 6 世纪早期古希腊女诗人萨福对爱情的感受：

你迷人的笑声，我一听到，
心就在胸中怦怦跳动。
我只要看你一眼，
就说不出一句话，
我的舌头像断了，一股热火
立即在我周身流窜，
我的眼睛再看不见，
我的耳朵也在轰鸣，
我流汗，我浑身打战，
我比荒草显得更加苍白，
我恹恹的，眼看就要死去。

——《在我看来那人有如天神》（水建馥译，下同）

诗人的心灵和感官都在感受爱情，那是生动、细腻而又极强烈的感受，其强烈性真如拜伦在其《哀希腊》中所说的"如火的萨福"！

萨福的某些爱情诗是献给她的女伴的，是同性恋爱情诗。以上这首诗大约就是。写同性恋爱情诗在古希腊并不罕见。比萨福大约晚半个世纪的著名男诗人阿那克里翁（公元前 575—前 490?）也写过与少年同性恋的诗。小诗《眼光顾盼如处女的少年》就是其中之一：

眼光顾盼如处女的少年，

---

① 朱自清：《〈中国新文学大系·诗集〉导言》，杨匡汉、刘福春编：《中国现代诗论》（上编），第 242 页。

我追逐你，你不理睬，
你哪知道我灵魂的缰绳
是由你掌握着的。

同性恋爱情更是为爱而爱的，因为它把结婚生子这样与爱情紧密关联的事情也排除了。从同性恋爱情诗的存在可以看出，古希腊社会在这方面的自由程度和宽容精神是多么令人吃惊!①

古希腊和古罗马的爱情诗中都有描写移情别恋或者婚后偷情的。例如，古希腊无名氏的《恋歌》、古罗马诗人卡图卢斯的《雷丝比亚当丈夫的面》等。写这类爱情诗，可以看成诗人是在用为爱而爱的观念向社会伦理挑战。古罗马诗人奥维德（公元前 43—公元 17 年）的诗歌也主要以爱情为主题。他还写了教谕诗《爱的艺术》，肯定世俗爱情的快乐，提出“恋爱双方平等这种闻所未闻的观念”②。诗人后来被罗马皇帝流放，与他写这样的爱情诗有关。在古罗马时代，给诗人自由抒写爱情和表现自我以压力的，不是宗教（尽管古希腊和古罗马的爱情诗中常常穿插宗教和神话题材，但大多是借以描写人的真实爱情），而是古罗马帝国的专制政治。

西方中世纪是爱情诗萧条的时代。某些诗歌徒具爱情的形式，所表现的实际上是宗教信仰和宗教情感（例见本节第三小节）。中世纪写到爱情的，是某些骑士抒情诗。不过，骑士抒情诗中的爱情大多算不上是为爱而爱的，因为它们专注于骑士对已婚贵妇人的爱，往往显示骑士的谦恭态度和献身精神：这是当时的风尚，而未必完全是真爱。中世纪后期，写爱情的诗人多起来，如十二、十三世纪的意大利就有不少诗人写爱情诗。但丁（1265—1321 年）是他们中的杰出者，其爱情诗集《新生》所表现的是诗人初恋的真切感受，显露了人文主义的曙光。以下是其中一首十四行诗的末节：

她的可爱，使人眼睛一眨不眨，
一股甜蜜通过眼睛流进心里，
你绝不能体会，若不曾尝过它：
从她樱唇间，似乎在微微散发
一种饱含爱情的柔和的灵气，

---

① 从柏拉图的《会饮篇》也能见出，在古希腊社会里同性恋甚至得到尊重。

② Alex Preminger, ed., *Princeton Encyclopedia of Poetry and Poetics*, p.440.

它叩着你的心扉命令道："叹息吧！"（飞白译，下同）

但丁诗中的爱人（少女贝亚特丽齐）还沐浴着神的光辉，具有宗教神秘气息和道德理想色彩。但丁描写的爱情是柏拉图式的精神恋爱，他还没有把爱情完全世俗化，也还没有完全把爱情本身当作目的。

彼特拉克（1304—1374年）是意大利文艺复兴的前驱，他的爱情诗集《歌集》比但丁的《新生》有更浓的世俗色彩、更多的感性描写和更细的心理刻画，也有更强的为爱而爱倾向，如《歌集》中的一首十四行诗《如果命中注定》：

如果命中注定我俩不能结合，
我的生命仍将依恋在你身边，
直到夕阳垂暮、天色向晚，
当你的眼睛已失去光泽；
垂覆额际的发丝也已退色，
从金光灿灿变成银光闪闪，
而现在装饰它们的花冠
经过漫长的岁月也早已失落；
那时我才敢对你耳边低语，
吐露长久以前囚禁的情意，
说明爱的生命超越坍圮的年岁，
它已没有别的祈求和赠与，
只求一声融解得太晚的叹息，——
对破碎的心请别拒绝这点恩惠。

浪漫主义诗人也有许多为爱而爱的作品。英国诗人彭斯（1759—1796年）主要写爱情诗，他的名篇《红红的玫瑰》《高原玛丽》等都是纯粹的爱情诗。英国维多利亚时代的伊丽莎白·勃朗宁（1806—1861年）的《葡萄牙十四行诗》描写她与罗伯特·勃朗宁的恋爱经历。请看其中第43首：

我究竟怎样爱你？让我细数端详。
我爱你直到我灵魂所及的深度、
广度和高度，我在视力不及之处
摸索着存在的极致和美的理想。

我爱你像最朴素的日常需要一样，
就像不自觉地需要阳光和蜡烛。
我自由地爱你，像人们选择正义之路，
我纯洁地爱你，像人们躲避称赞颂扬。
我爱你用的是我在昔日的悲痛里
用过的那种激情，以及童年的忠诚。
我爱你用的爱，我本以为早已失去
（与我失去的圣徒一同）；我爱你用笑容、
眼泪、呼吸和生命！只要上帝允许，
在死后我爱你只会更加深情。

自由恋爱和选择正义，两者都是纯洁人性的表现。所以，像选择正义之路一样地自由恋爱，就是最纯洁、最高尚的爱情。女诗人用自己的“笑容、眼泪、呼吸和生命”全身心地爱对方，并祈望上帝允许她死后更深情地爱他，命意新奇，震撼人心。

现代主义的爱情诗减少了。大约主要是因为作为现代主义诗歌主流的象征主义诗歌反对浪漫主义诗歌的主观性和情感性，提倡创作的客观化、非个人化和智性化，这样的创作与爱情诗的一般表现是不大适应的。现代主义中的超现实主义诗人却写了不少爱情诗。超现实主义的主要理论基础是意识流和潜意识理论，这两者都可以带来爱情诗的创新性表现。法国超现实主义的代表诗人布勒东、艾吕雅等都写爱情诗。“布勒东和艾吕雅发现了（或者说重新发现了）对女性的纯粹的爱，并像龙沙等诗人一样热烈地歌颂这种爱。……超现实主义诗人们以自然的和无意识的方式显露人类精神的一个个秘密。他们关于女性的观念似乎来自于他们最深层的潜意识，然后上升至他们纯粹的近乎神圣的显意识之中。”① 艾吕雅（1895—1952 年）的《人们不能》大约就是这样一首爱情诗：

人们不能比你
更好地了解我
你的眼睛（在里面沉睡着

① Alex Preminger, ed., *Princeton Encyclopedia of Poetry and Poetics*, p.299.

我们两个人）为我的人的闪光
比为这世界的夜晚
安排了一个更好的命运
你的眼睛（我在它那里面旅行）
给这些道路的姿态
一个离开大地的意义
在你的眼睛里那些向我们显示
我们无限寂寞的东西
不再是它们自认为是的那些
人们不能比我
更好地了解你（罗洛译）

诗中反复出现的“你的眼睛”应该是诗眼。诗人就是从“你的眼睛”里发现了对方以无意识方式所显露的精神秘密，其实质就是两个恋人之间独特的相互理解和超越现实（所谓“离开大地”）的爱情。

西方为爱而爱的爱情诗，除了具有上述描写爱情的纯粹体验这个本质特点之外，还有一见钟情的特点。一见钟情是人们相爱的一种普遍形式。这种形式在中国古代诗歌中不可能得到充分表现，在西方诗歌中却能够。上文提及的但丁的《新生》和彼特拉克的《歌集》，都是他们对女性一见钟情后的产物，彼特拉克所一见钟情的女性还是有夫之妇。普希金也曾经对有夫之妇凯恩一见钟情，并因此写出名篇《给凯恩》。

为爱而爱的爱情诗有时不免表露爱情至上的观念。彭斯的《简，倒不是你那张漂亮的脸庞》就明确宣示这种观念：“只要老天爷给你快乐，/我也就会心满意足，/我愿意为你而丧失生命。”（袁可嘉译）上引勃朗宁夫人的十四行诗说：“……我爱你用笑容、/眼泪、呼吸和生命！只要上帝允许，/在死后我爱你只会更加深情。”这表明诗人不但把爱情看得重于生命，而且希望爱情能够超越死亡。普希金的《给凯恩》一诗也流露出爱情至上的观念；他在《心愿》一诗中还这样表示过：“我所珍贵的是这爱情的折磨——/即使折磨死，让我也死于爱的缠绵。”（查良铮译）

上述爱情至上的观念是与生命比较而言的，那就是爱情重于生命。还有一种爱情至上的观念是与王冠等名利地位比较而言的，那就是爱情重于王冠，重于一切名利地位。这种爱情至上的观念有更久远的传统，古罗马诗歌中就有这种观念。例如，贺拉斯的一节诗："想当时我为你所爱，/还无他人夺去你的欢心，用臂膀/环抱你雪白的颈项，/那时啊，我的福气赛过波斯王。"（《想当时我为你所爱》，飞白译，下同）又如普罗佩提乌斯的诗句："她爱我，为了我她在城市中偏爱罗马，/她说，没有我，给她个王国她也不快乐。"（《她留下了》）

不过，西方文化的最高价值是自由，所以当爱情与自由比较时，爱情又处于次要地位了。对此，匈牙利诗人裴多菲（1823—1849 年）的《自由、爱情》是经典表述：

自由，爱情！
我要的就是这两样。
为了爱情，
我牺牲我的生命；
为了自由，
我又将爱情牺牲。（孙用译）

中国古代道德文化讲究上下尊卑和等级名分，在这样的社会结构中，个人没有独立自主性，个人的爱情当然也如此，不过是结婚成家、传宗接代的一种附带状态，它与任何伦理关系比较起来都不可能是至上的。在这种社会伦理结构中，爱情实际上没有地位。正因为如此，即便与古代西亚南亚宗教文化的诗歌中的爱情相比较，中国古代诗歌中的爱情也是被排斥、被压制得最厉害的。在那些宗教文化的诗歌中，爱情在神的名义下不但合法存在，而且还比较自由，例如，在阿拉伯和波斯的伊斯兰教文化的诗歌中，尤其是在印度教文化的诗歌中。当然，这些宗教文化的诗歌一般也不可能表现爱情至上的观念，因为对神的信仰始终是至高无上的。

（二）爱情的形而上升华

西方爱情诗虽然具有爱情至上的观念，但这并不妨碍其爱情还可以向形而上境界升华，因为爱情至上是一种现实状况，是就爱情与现实的生命和名利地位等比较而言的，而形而上境界却是超现实的。

西方爱情诗的形而上升华有两种：一种是宗教形而上升华，一种是哲学形而上升华；前者借助宗教来美化和提升爱情，后者借助哲学来美化和提升爱情。

爱情的宗教形而上升华，在斯宾塞（1552—1599 年）的十四行组诗《爱情小诗》中颇为典型。且看它的第 9 首：

我曾久久地寻找用什么来比拟
那眼睛，它们照亮我昏暗的心房；
但我却找不到世间的任何东西，
敢用来比喻那美丽光辉的形象。
太阳不能比：那眼睛夜里也发光；
月亮不能比：那眼睛永不会亏缺；
星辰不能比：那眼睛更清纯晶亮；
火焰不能比：那眼睛常明不灭；
闪电不能比：那眼睛流光不绝；
钻石不能比：那眼睛温和柔润；
石英不能比：没什么能把眼割裂；
玻璃不能比：那低贱必把她伤损。
因此，那一双眼睛就最像造物主，
照耀着我们所见的世间万物。（胡家峦译）

现实中美好的东西都不能与爱人的“美丽光辉的”眼睛媲美，结果必然上升到神圣的形而上境界，与照耀世间万物的上帝相比。不过，这样的极端美化和过分理想化，反倒使爱人形象的生命感有所丧失，所以这首诗并不是斯宾塞十四行爱情组诗中的优秀作品。

又如弥尔顿（1608—1674 年）悼念亡妻的《我仿佛看见》中的诗句：“正如我深信我必将再有机会/在天上看见她，清楚而无拘束/她披着白袍来到，纯洁如她的心灵。”（飞白译）纯洁、高尚的爱情是不死的：爱人已经飞升天堂，与神同在。

爱情向哲学形而上境界升华的情况，我们以华兹华斯的露西组诗中的《沉睡锁住了我的心》为例：

沉睡锁住了我的心，
我已无人间的恐惧；
她也化物而无感应，
再不怕岁月来接触。

如今她无力也不动，
不听也不看，
只随地球日夜滚，
伴着岩石和森林转。（王佐良译）

诗人的心上人死了，哀痛难言。不过，诗人想象她在地下随地球旋转，与大自然一起运动，似乎可以获得与大自然一样的不朽：这不可能是现实感受，而只能是形而上玄想。经过这样的哲学升华，我们感到诗人的爱情境界深远，意味无穷。难怪同时代的诗人（也是华兹华斯的好友）柯勒律治称这首诗是“崇高的墓志铭”①。华兹华斯在其《丁登寺旁》一诗中自称是个“长期崇拜大自然的人”，他在以上引诗中以大自然为背景来沉思露西的死亡，应该是有深意的：这深意就是诗中所隐含的哲学泛神论倾向。②

中国古代爱情诗是否也有这样的升华？很难发现。中国古代爱情诗一般停留在现实层面。文人爱情诗多从属于现实的伦理政教，所谓国家事大，儿女事小，功名重于爱情。屈原曾用男女之恋比喻君臣关系，后世诗人进而用爱情表示对道德圣贤、政治理想乃至美好友情的追求。这显然不是对爱情本身的升华，即对爱情本身的美化和理想化，而是对爱情的一种变性，即变成用爱情的形式来表现伦理政教等东西。中国古代爱情诗倒有向下沉溺的一面，即流于颓废和情欲，如色情和狎妓的诗。这样的诗在西方文人诗中却很少见。

二、哲理思想题材

（一）形而上哲理与人生哲理

在本书所论的三种基本文化的诗歌中，西方诗歌最富于哲理性。古希腊和罗马的诗歌中就有不少哲理，近现代西方诗歌中的哲理更多。在近代，柯勒律治说：“一个人，如果同时不是一个深沉的哲学家，他决不会是一个伟大的诗人。”③ 济慈在他逝世前不久的一封信中还说：“我希望比我过去更哲学家一点。”④ 在现代，瓦莱里说：“诗人有他的抽象思维，也可以说有他的

① 转引自 Joan Bennett, *Poetry and Interpretation*, London: British Academy, 1958, p.195.

② 对华兹华斯诗歌的哲学泛神论倾向的论述，见下小节。哲学泛神论即自然主义泛神论，与之相对的是神秘主义的宗教泛神论。

③ 柯勒律治：《文学传记》，伍蠡甫主编：《西方文论选》（下卷），第35页。

④ 转引自 C. Day Lewis, *The Poetic Image*, Los Angeles: Jeremy P. Tarcher, 1984, p.57.

哲学；我说过，就在他作为诗人的活动中，他的抽象思维在起作用。”① 艾略特说：“固然，我们可以发现，一位诗人艺术地将较差的哲学表现得较好，而另一位诗人却将较好的哲学表现得较差。然而，毋庸置疑的是，‘最真的’哲学是最伟大诗人的最好的题材；所以，对诗人的最终评判既有赖于他诗中所表现的哲学，也有赖于这种表现的充分性和满意度。”② 这样的说法，在西方诗人和诗论家中不少，在其他地区的诗人和诗论家中却少见。

诗歌中的哲理分为形而上哲理和人生哲理。与其他文化的哲理抒情诗比较，西方哲理抒情诗的一个特点就是其形而上哲理突出。所谓形而上哲理，指关于超验的世界本原以及神、灵魂等东西的哲理。在西方哲理抒情诗中，这种哲理以柏拉图主义和自然主义泛神论最显著。

柏拉图将现实与“理念”分开，认为现实是虚幻的，只是理念的“摹本”或“影子”。柏拉图的理念论对西方哲学本体论产生了根本性影响：理念几乎成了西方后来一切与感性世界分离的超验哲学本体的原型。它对西方诗歌哲理性的影响也很深远：诗歌中所表现的最高理想和终极意义之类的东西，往往都直接或间接地与它关联；它又容易与基督教中超验的上帝结合，这更增加了它对诗歌影响的普遍性和持久性。

较早对诗歌发生影响的是新柏拉图主义。新柏拉图主义是柏拉图思想与3世纪前后的某些哲学和早期基督教神学相结合的产物，其思想模式基本上仍是原型（理念）与摹本的关系，但有更多的神秘主义色彩。新柏拉图主义吸收了柏拉图的经由“爱的阶梯”而通达美的理念的思想③，认为男女之爱是接近上帝的阶梯，由沉思尘世的女性美而见到永恒的天国之美。这在斯宾塞的十四行爱情诗中有明显表现。请看他的《爱情小诗》第3首：

我所惊叹的那至高无上的美，
证明这世界是多么值得颂赞：

---

① 瓦莱里：《诗与抽象思维》，伍蠡甫主编：《西方现代文论选》，第37页。

② T. S. Aliot，“Poetry and Propaganda”，in *The Bookman*，70.6（1930）p.601.

③ 柏拉图在《会饮篇》中说：“总之，一个人从人世间的个别事例出发，由于对于少年人的爱情有正确的观念，逐渐循阶上升，一直到观照我所说的这种美，他对于爱情的深密教义也就算近于登峰造极了。这就是参悟爱情道理的正确道路，自己走也好，由向导引着走也好。先从人世间个别的美的事物开始，逐渐提升到最高境界的美，好像升梯，逐步上进，从一个美形体到两个美形体……一直到只以美本身为对象的那种学问，彻悟美的本体。”（柏拉图：《文艺对话集》，朱光潜译，人民文学出版社1983年版，第273页）

美的光焰在我脆弱的心灵内
点燃了圣火，使心灵超越了卑贱。
她灿烂的光辉照得我眼花缭乱，
我再也不耐烦把低贱的俗物瞻视：
我目不转睛，发愣地朝她观看，
惊异于那天国形象的奇妙景致。
我的舌头想说出适合她的赞词，
却被万分惊讶的思想拦阻：
我的笔要写出她的真正名字，
又被幻想的奇景深深迷住。
但是，我心中这时既在写又在讲
我的才智道不出的奇妙景象。（胡家峦译）

斯宾塞就是把他心爱的女郎作为这种新柏拉图主义理想的化身来歌颂的。所以，这里不但有诗人对爱人的热恋和崇拜，也有对宗教的信仰和对哲学思想的倾心。

雪莱（1792—1822 年）“是一个哲理诗人。几乎是不论什么题目，他都要作哲理性的思考”①。他诗中的哲理，主要是柏拉图至善至美的理念境界。且看他的《赞精神的美》第一首：

一种渺冥灵气的庄严的幻影
虽然不见，却在我们中间漂泊，
它来访这无常的世界，倏忽得
像夏日的风在花丛里潜行；
像是月光泻下了山中的松林，
它以流动不定的视线
照耀人的心和容颜；
它又像黄昏的和谐与彩色，
像星夜下铺展的流云，
像音乐的绕梁的余音，
像一切优美的事物那样可贵，

① 王佐良：《英国诗史》，第 292 页。

但由于它的神秘，更令人欣慰。（查良铮译）

“渺冥灵气”即“精神的美”，它应该是柏拉图理念论中的“美的理念”在诗中的反映。美的理念是一切现实世界（“无常的世界”）的美的来源，一切现实的美不过是对它的“分享”。美的理念像诗中所描绘的“一切优美的事物那样可贵”，但是一切优美的事物只不过是无常世界中的事物，因而是短暂的，而美的理念却是永恒的，并且在诗人看来它还具有令人欣慰的神秘性。

泛神论是关于神与现实世界的关系的一种哲学理论，它分为宗教神秘主义的和自然主义的两种。宗教神秘主义泛神论认为万物是神的显现，神是万物的主宰，神在万物之中却又超越万物。这种理论因为神的超越性和不可知性而具有神秘主义倾向。自然主义泛神论认为万物本身就具有神性，神就是万物，万物之上没有神的主宰，因此这种理论具有自然主义倾向。宗教神秘主义泛神论在伊斯兰教的苏非派诗歌中存在，在印度诗歌中更为突出。（下一节具体论述。）西方基督教中也出现过宗教神秘主义的泛神论，但往往被视作异端。[①] 西方诗歌中表现的泛神论通常是自然主义泛神论。古希腊许多哲学派别就认为万物是有灵性和神性的，因而具有自然主义泛神论的倾向，这大约与古希腊的哲学和文化才从半文明宗教文化转型过来有关（参见第一章第二节中的有关论述）。文艺复兴时期布鲁诺等的泛神论具有自然主义性质，明确宣示上帝就是自然。近代斯宾诺莎的一元论泛神论最典型。它认为神是事物的实体，是万物的内因，具有思维和广延等属性；一切事物都存在于神之中，神（上帝）就是自然。这实际上否定了宗教人格神的存在，所以斯宾诺莎实际上是无神论者。

斯宾诺莎的泛神论对歌德产生了深刻影响。歌德不但是诗人，也是哲学家，他的哲学思想中就有自然主义泛神论。他认为人是自然，神也是自然，人与自然的契合正体现人与神的契合。他的《游子夜歌》就表现了这样的思想：

群峰
一片沉寂，

---

① 例如，中世纪神学家和哲学家爱克哈特提出比较典型的神秘主义泛神论，认为上帝创造万物，因而万物在上帝之中，上帝也在万物之中，但是上帝不同于万物；认为人的灵魂分有上帝的本性，因而可与上帝直接相通。爱克哈特后来因这类异端思想死于狱中。

树梢
微风敛迹。
林中，
栖鸟缄默。
稍待，
你也安息。（钱春绮译，下同）

群动俱息，万籁俱静。自然之神的沉静，使诗人不安的心灵也沉静下来、安息下来。自然之神与人是两相默契的。为什么能够如此？依据歌德，德行高尚的人其实就有神性。歌德在《神性》一诗的最后两节中就如是说："我们崇敬/不朽的神，/好像他也是人类，/高尚的人在小范围中/所做的或是想做的，/神只是把它化成大规模的行动。//愿高贵的人类/友爱而善良！/愿人类不倦地做着/有益的、正当的事情，/愿人类做那位/被预感的神的典范!"斯宾诺莎声言自然即神，并以此否认宗教神的存在。这里歌德说自然是神，人也是神，并且可以做神的典范，实际上也否定了基督教关于上帝创世创人的说法。显然，歌德与斯宾诺莎是相通的。海涅说："若要简短地表明我的看法，那末，歌德是文学中的斯宾诺莎。歌德的全部诗作都充满了斯宾诺莎作品中那种鼓舞人心的精神。歌德终生效忠于斯宾诺莎是不容置疑的。"①又说："然而这种歌德式的泛神论在他的短篇诗歌中表现得最纯粹，最可爱。斯宾诺莎的学说咬穿了数学形式的茧儿，变成了歌德的诗歌飞舞在我们周围。"②《游子夜歌》就是这种短诗中的名篇。

华兹华斯的自然观中也包含自然主义泛神论思想，且看他如下的诗行：

我学会了
怎样看待大自然，不再似青年时期
不用头脑，而是经常听得到
人生的低柔而忧郁的乐声，
不粗厉，不刺耳，却有足够的力量
使人沉静而服帖。我感到

---

① ［德］亨利希·海涅：《论德国宗教和哲学的历史》，海安译，商务印书馆 1974 年版，第 127—128 页。

② 同上书，第 129 页。

有物令我惊起，它带来了
崇高思想的欢乐，一种超脱之感，
像是有高度融合的东西
来自落日的余晖，
来自大洋和清新的空气，
来自蓝天和人的心灵，
一种努力，一种精神，推动
一切有思想的东西，一切思想的对象
穿过一切东西而运行。

——《丁登寺旁》（王佐良译）

当诗人不但用感官感受大自然，而且用头脑思考大自然时，他感到有令他惊奇的“物”。这“物”“像是有高度融合的东西”，因为它既来自落日的余晖等自然物，又来自人的心灵。它是“一种努力，一种精神”，它推动“一切思想的对象穿过一切东西而运行”，可见它既是自然物，也是神。这就是神即自然的观点，亦即自然主义泛神论的观点。这样的哲理，通过华兹华斯高度形象化和激情化的诗性表达，显得深邃而动人心魄。

泛神论对十八、十九世纪的西方诗人有广泛影响，它在荷尔德林、雪莱、雨果、惠特曼以及俄国风景诗人丘切特夫等的诗歌中也有明显的表现。

西方诗歌还表现各种人生哲理。其中，关于生存、死亡和时间等的哲理大约是最突出的。这些人生哲理，或者是诗人基于某些哲学观点来表现的，或者是诗人自己沉思出来的。

丹麦哲学家克尔恺郭尔是存在主义的先驱，他认为人的存在要靠个体的厌烦、忧虑和绝望等情绪去体验，是非理性的。里尔克主要受这种思想的影响，孤独、哀伤、神秘等情绪成为其诗的主旋律。例如，诗人在《秋日》中说：

谁这时没有房屋，就不必建筑，
谁这时孤独，就永远孤独，
就醒着，读着，写着长信，
在林荫道上来回
不安地游荡，当着落叶纷飞。（冯至译）

醒着的人没有居所，他不安地游荡，并永远孤独。根据存在主义，孤独是人的本真生命的存在形式，所以这首诗有存在主义的意味。死亡更是人的本真存在。里尔克在另一首诗《严重的时刻》中就说："谁此刻在世界上某处死，/无端端在世界上死，/眼望着我。"（梁宗岱译）此诗写人的生存中四个"严重的时刻"，即哭、笑、走、死，其中死无疑是最严重的时刻。上引写"某处死"的这三行诗，除了表现人面对死亡时的痛苦和无奈（临死者"眼望着我"就透露着这样的意思，此外大约还有"我"也会如此之类的意思）之外，还体现着死亡是人的最本己（最"无端端"）的东西这种存在主义观点。

意大利诗人蒙塔来（1896—1981 年）在《歇响》一诗中探索人生存在的价值，那就是："感到整个人生及其辛劳/就是沿着此墙踽踽而行，/玻璃瓶尖利的碎块镶满了墙顶。"（飞白译）在诗人看来，人生不过像一个过客沿着难以翻越的围墙踽踽而行。这不免让人联想起里尔克《豹》中的诗句："他觉得仿佛有一千根栅木，/一千根栅木后面便没有世界。"豹的生存环境象征人的生存环境，这样的生存环境令人感到独孤，感到沮丧、绝望。

美国女诗人艾米莉·狄金森（1836—1886 年）一生写了许多想象性地体验死亡的诗。且看其《我为美而死》：

我为美而死，对坟墓
几乎还不适应—
一个殉真理的烈士
就成了我的近邻—
他轻声问我"为什么倒下"？
我回答他："为了美"—
他说："我为真理，真与美—
是一体，我们是兄弟"—
就这样，像亲人，黑夜相逢—
我们隔着房间谈心—
直到苍苔长上我们的嘴唇—
覆盖掉，我们的姓名—（江枫译）

为真和美而死，是现实的人生问题，不过此诗却有这样的意向，即为真和美而死是精神的永生。我们看到，死后的诗人与墓穴中的邻居都显得那么安详，那么有情趣，这既暗示他们各自都感到死得其所，也暗示他们的灵魂是不死的。他们隔着房间谈心，直到苍苔覆盖了他们的嘴唇：这嘴唇或许表示他们的话语，或许更表示诗人吟咏的诗篇——美的代表，而苍苔覆盖其上，正象征其不死的生命力。

对时间进行哲学思考的诗篇，艾略特的《四个四重奏》最著名。此诗表现这样的时间主题："时间现在和时间过去/也许都存在于时间将来，/而时间将来包容于时间过去。"（裘小龙译，下同）这即是说，时间既是连续的，又是重叠的；既是线性的，又是循环的。诗中有许多与这个主题明确关联的悖论式说法，这些说法夹在形象化和抒情性的描述中常常是点睛之笔。例如，"那本来可能发生的和已经发生的/指向一个终结，终结永远是现在"；"在我的结束是我的开始"；"未来没有未来，在早晨的钟点前，/那是时间停止，而时间从不终结"；"时间这个毁灭者又是时间这个保护者"；"在漫无终结中重现的终结"；"我们称为开始的经常是结束，/作为一次结束就是作为一次开始"；"我们和正死去的人一起死去"；"我们和已死了的一起诞生"；如此等等。艾略特的时间观不是发展的。他在该诗中说"发展是种偏袒的谬论，/受到进化论的肤浅概念的鼓舞"。上述艾略特的某些观点，其实早在他 1917 年所写的诗学论文《传统与个人才能》中就存在了。例如，该文中有这样一些说法："历史的意识又含有一种领悟，不但要理解过去的过去性，而且还要理解过去的现在性……这个历史的意识是对于永久的意识，也是对于暂时的意识，也是对于永久和暂时合起来的意识"；"我们所意识到的现在是对于过去的一种觉识"；"艺术从不会进步"。有人说艾略特的诗歌创作是其思想理论的印证，确实如此，《四个四重奏》就是这样的作品。艾略特用论文写出的思想理论比其诗歌所表现的思想理论更好理解。这个道理简单，那就是诗歌并不是阐述哲学理论的最好形式。

瓦莱里是最耽于哲学沉思的现代诗人。他死后的墓碑上刻着他的这样两行诗："多好的酬劳啊，经过了一番深思，/终得以放眼远眺神明的宁静！"这是他诗歌创作的写照。"远眺神明的宁静"，大约指通过沉思而达到明净的或超越的哲学境界。这两行诗选自他著名的哲理抒情诗《海滨墓园》。瓦莱里在该诗中对人的生与死、事物的动与静等进行深入思索，使之包孕了丰富的哲理。诗人的这种哲学思索是纯粹的（非功利的），因而这首诗在思想情感上显得纯粹，正是诗人所提倡的“纯诗”。瓦莱里的《石榴》一诗（对它的阐发见于第一章第二节第二小节），则是用一个单纯物象来阐发抽象哲理：从石榴的绽开“想见丰硕的成果爆开了权威的额头”；而从绽开的石榴回忆和思索自己头脑的活动，似乎看见了人的智力的结构和秘密：“这一辉煌的裂口/使我的旧梦萦绕/内心的隐秘结构。”

上节所论中国古代诗歌的忧患、亲情和山水思想题材，可以说都是形而上的“道”的体现，但是为什么那些诗歌并不具有明显的形而上哲理呢？原因在于：那道虽然是形而上本体，但诗歌并不着重表现它的形而上性（天道），而是着重表现它的现实性（人道），即关于修身养性和齐家治国的道德性、政治性。

中国古代诗歌中也有主要表现形而上哲理的，如魏晋的玄言诗、唐代僧人的佛理诗和宋代的理学诗等。不过，那些诗歌大都“理过其辞，淡乎寡味”，成就不高，影响较小。中国古代诗歌中的哲理主要是人生哲理。这种人生哲理的表现与上述西方诗歌的人生哲理的表现有一个明显的不同：西方诗歌的人生哲理常常用想象的形象或非常态的物象来表现。例如，狄金森在新奇的想象中体验死亡；斯蒂文斯用想象中置于田纳西州的坛子来表达以艺术品为中心而赋予世界以秩序和意义的思想（《坛子的轶事》）；瓦莱里用绽开的石榴象征智力活动的结构和秘密；里尔克用囚禁于铁笼中的豹子隐喻人的孤独和无所作为的悲哀。这些想象的形象或非常态的物象，能与诗人独特的哲学沉思和抒情个性相吻合。中国古代诗歌则一般用常见的现实物象（感物起兴的物象）来表现人生哲理，这种人生哲理一般是与现实关联的道德哲学或人生智慧。如王之涣的《登鹳雀楼》和苏轼的《题西林壁》等诗即如此。这种不同显示了中西哲理抒情诗在创作手法及其文化根源上的差异。（创作手法上的差异详见第四章第一、二节的论述。）

（二）诗歌与哲学

古希腊进入文明以前，《荷马史诗》担当着传播知识和教育民众的主要角色，“荷马被认为是——他实际上也成了——希腊人民的导师”[①]。古希腊进入文明以后或者说建立起科学文化以后，哲学就来争夺这种主角资格了。政治家梭伦批评“诗人撒谎”，哲学家色诺芬谴责《荷马史诗》中的众神

① Alex Preminger, ed., *Princeton Encyclopedia of Poetry and Poetics*, p.128.

“道德败坏”。所以，柏拉图在其《理想国》中说，“哲学和诗歌的争吵是古已有之的”①。尽管如此，“在前5世纪，诗歌仍然被一如既往地当作教育的基础和传播真理的可靠途径”②。但是，“前5世纪末，希腊诗歌开始经历一场根本性的变化。随着科学与哲学的兴起，希腊人对诗歌作为传达真理的工具这样的价值信念开始动摇。这种趋势，后来由于柏拉图对诗人的抨击（说他们只是匠人，并无真知）而被加强了”③。柏拉图还声言诗歌有害道德，诗人应当被逐出他的理想国。柏拉图的观点无疑过激了，并且是荒谬的。不过我们应当看到，他是在努力完成从主要依靠诗歌反映真理到主要依靠哲学反映真理的历史转变，这正如他在哲学上提出的“理念”论虽然有荒谬性，却体现了人类思维从感性到理性、从具象到抽象的历史飞跃。亚里士多德修正了柏拉图的思想，从而给诗歌与哲学之争一个正确的答案：诗歌虽然描写个别的事物，却也表现一般的思想（与柏拉图认为个别只是分享一般这种看法相反，亚里士多德认为一般存在于个别之中），表现理想的东西；它比历史更具有普遍性和必然性。因此，诗歌也表现真理，与哲学有一致性。这种观点贯穿了以后的西方诗学。亚里士多德给了诗歌应有的地位，不过诗歌的地位不再高于哲学了，而是相反：自此以后，诗歌的创作尤其是它的理论越来越明显地随着哲学思潮的变化而变化。

古希腊哲学剥夺了诗歌传播真理和实施教育的主角资格，那其实是对诗歌的解放：诗歌由此才走上逐渐突出自身独特的审美娱乐功能的道路。罗马时期的诗歌不再是传播知识的主要手段，但仍然被赋予道德教训的重任。不过一个重要的不同出现了，那就是开始强调娱乐的作用（此前的古希腊思想家也谈到诗歌的娱乐作用，但未加以强调），最著名的是贺拉斯的“寓教于乐”的观点。传播真理和进行教育的作用在逐渐减少，审美娱乐的作用在逐渐增大，这是诗歌的历史进步。中世纪的诗歌又回复到主要起教育作用——基督教的教育作用。在那一千年左右的时间里，西方诗歌及其理论进步很小，退步很大。

在西方近代哲学高扬主体性的氛围里，诗人和诗歌也被高扬起来。早先

---

① 柏拉图：《理想国》，郭斌和、张竹明译，商务印书馆2002年版，第407页。

② Alex Preminger, ed., *Princeton Encyclopedia of Poetry and Poetics*, p.129.

③ Ibid., p.329.

有英国诗人锡德尼（1554—1586 年）宣称“我们的诗人是君王”[①]，并把诗歌的成就置于人类各种成就之上。后来雪莱宣称诗人是“具有最高尚权利的哲学家”，诗歌“包括一切知识，却又是一切知识的中心”[②]。华兹华斯也说：“诗是一切知识的起源和终结，——它像人的心灵一样不朽。”[③] 这些说法包含了诗歌高于哲学的意向，然而那不是事实。因为自近代以来，诗歌已经决定性地受到哲学思潮的影响，如新古典主义受哲学理性主义的影响，浪漫主义受德国古典哲学的影响，现代主义受多种现代哲学的影响；诗歌已经在明显地表现哲学思想，如表现柏拉图主义、斯宾诺莎泛神论和各种现代人生哲学。反之，诗歌对哲学的影响却甚微小。上述锡德尼等的说法仍然是从反映真理和宣扬道德来抬高诗人和诗歌，这样的指导思想必然使诗歌喜好抽象议论（雪莱和华兹华斯的诗歌都有此弊端），而对感性的审美性则有所忽视。济慈的头脑却是清醒的，他谦虚地说“我希望比我过去更哲学家一点”。他诗中的哲学性寓于充分的感性直觉和形象表现之中，实际上把诗歌的审美性看得高于诗歌的哲学性，因为他曾经说过，“对一位大诗人来说，美感是压倒其他一切的考虑的”[④]。他的《希腊古瓮颂》等作品就是这样的哲理抒情诗。

西方现代主义诗人在用“非个人”等客观化理论来反拨浪漫主义诗人的主观自我性时，也摒弃了后者的狂妄自大。他们不像浪漫主义诗人那样宣称诗歌和诗人高于一切。他们渴望表现哲理，看重哲学对诗歌价值的提升。现代主义诗歌表现深度理性的追求，使自身的哲理显得深刻；它运用“客观对应物”的象征形象，又避免了对哲理的直接陈述：这一切都符合哲理抒情诗的创作规律，所以比较而言，现代主义的哲理抒情诗成就最高。我们看到，瓦莱里明确地倡导诗人要有哲学思维，他也是以《海滨墓园》等哲理抒情诗闻名于世的；里尔克因《致奥尔弗斯的十四行诗》和《杜伊诺哀歌》等哲理抒情诗而享誉世界诗坛，他是用诗歌进行哲学沉思的典型；艾略特沉思时间的哲理抒情诗《四个四重奏》是其后期的代表作。后现代主

---

① 锡德尼：《为诗一辩》，伍蠡甫主编：《西方文论选》（上卷），第 240 页。

② 转引自 Alex Preminger，ed.，*Princeton Encyclopedia of Poetry and Poetics*，pp.616—617.

③ 华兹华斯：《〈抒情歌谣集〉一八OO年版序言》，伍蠡甫主编：《西方文论选》（下卷），第 15 页。

④ ［英］济慈：《书信》，伍蠡甫主编：《西方文论选》（下卷），第 62 页。

义诗人则很不统一，其中有的反对现代主义诗歌表现深厚哲理而提倡描写日常琐事，有的却在描写生命体验中显现意志主义、存在主义和精神分析学说等哲理。

西方科学文化是以理智为基础的文化，是求真的文化，所以它的诗歌与哲学的紧密关系，它的诗歌表现哲理的普遍性和深刻性，都令其他文化的诗歌难以望其项背。

三、宗教思想题材

（一）赞颂、救赎、天国与死亡

西方诗歌的宗教思想题材的特点，表现在赞颂、救赎、天国和死亡几个方面。

古代希腊和罗马都有不少赞颂神灵的诗篇。古希腊诗人品达和巴克基利德斯（大约生活于公元前 4 世纪）的作品中就有许多天神颂、日神颂、酒神颂等颂神诗。古希腊和古罗马的颂神诗中多有求神赐福的成分。如古希腊诗人阿那克里翁的《向酒神祈求》：

主啊，那征服人心的爱情，
那些深蓝色眼睛的山林女神，
那肤色红润的美神
在你遨游这高峻的山岭时，
都伴着你一同游玩，
我跪下求你，请你
对我发慈悲，垂听我
请求你开恩的祈祷：
请你劝克勒布罗斯
把我对他的一番爱情
酒神啊，接受下来。（水建馥译）

恋爱中的诗人本来应该向爱神求助，这里诗人在醉酒中似乎看见山林女神和美神（亦即爱神阿佛罗狄忒）也跟着酒神在遨游，于是竟向酒神祈祷，希望得到他所钟爱的少年克勒布罗斯的爱情（同性恋爱情）。又如，古罗马诗人图卡卢斯的《我们忠于狄安娜》一诗，前 5 节赞颂繁殖女神狄安娜，末

节祈求她保佑人民："不论你被称以何种/神圣之名，但求你/一如既往，善心保佑/罗慕路斯的人民！①"（飞白译）

西方中世纪基督教的颂神诗与古代希腊和罗马的颂神诗很不同。其一，它是对唯一神上帝或耶稣的赞颂（后来扩大到对圣母和圣徒的赞颂），而古代希腊和罗马的颂神诗是对诸神的赞颂；其二，它集中于赞颂和感恩本身，而古代希腊和罗马的颂神诗中常常伴随着对现实功利的祈求；其三，它一般表现共同的宗教情感，而古代希腊和罗马的颂神诗常常伴随表现较鲜明的自我情感。

中世纪的颂神诗就是通常说的赞美诗，它可唱可诵。中世纪后期意大利神学家兼诗人方济各·达希西（1181—1226 年）的《万物诵》是赞美诗的名篇。以下是首二节：

至高至善的全能的主，
赞美、荣耀和崇敬都归于你，
一切祝福都归于你。
这一切仅仅对至高无上的你才适合，
无人够格提你的名字。
赞美你，我的主，以及你创造的万物，
尤其是太阳兄弟，
他带来白昼，你通过他赐给我们光明，
他光彩夺目，辉煌华丽，
他的重要得自至高无上的你。（飞白译，下同）

中世纪的赞美诗表达信徒的共同宗教情感，方济各的这首赞美诗就如此。文艺复兴和宗教改革以后的赞美诗则包含了诗人的自我感受，并且赞颂的对象也扩大了，形式也不那么单一了。如德国诗人诺瓦利斯（1772—1801 年）的《宗教歌》（第 15 首）赞颂圣母玛丽亚：

玛利亚，在一千种画像里，
你都表现得那么可爱，
然而我心灵见到的你

① 即罗马人民。罗慕路斯是罗马城的奠基人。——译注

没一幅画能描绘出来。
我只知道：自从我见到你，
世界的骚乱就消散如梦，
而神秘的天国的甜蜜
就永远留住在我心中。

这首诗表现诗人虔诚的信仰（包括认为此岸世界是骚乱的短暂梦幻，神秘的天国才有永恒的甜蜜）和独特的自我感受。这样的赞美诗所表现的思想情感就不止是共同的宗教思想情感，而更多的是诗人自我的宗教思想情感。

在诗人对神的虔诚信仰中，在赞颂神的同时，往往还表现对神的至高无上的爱。诗歌中的这种神圣之爱，有时以人间的世俗之爱的形式表现出来。这一点在世界宗教诗歌中有普遍性。西方中世纪诗歌表现这种神圣之爱的一种常见情况，“是基督作为情人追求人类灵魂的形象”①，即基督（或者上帝）作为情人悄悄进入人的灵魂。中世纪无名氏的《我歌唱一位绝世的美女》就是这类诗歌中的名篇：

他静静地降临
来到母亲的身旁，
就像四月的晨露
落到了芳草之上。
他静静地降临
来到母亲的闺房
就像四月的晨露
落到了鲜花之上。
他静静地降临
来到母亲的卧床
就像四月的晨露，
落到了树枝之上。②

诗篇所表现的是教徒对上帝情人的卑谦的侍奉，其实质却是基督教教义的世

---

① 海伦·加德纳：《宗教与文学》，第168页。
② 转引自海伦·加德纳：《宗教与文学》，第153—154页。

俗化表达。不过，由于具有世俗爱情的某些氛围和特点，诗篇也折射出当时的社会风尚和某些人性化的东西，如骑士求爱、贵妇人偷情①等。

根据基督教教义，人类因其始祖亚当和夏娃在伊甸园犯罪而背负原罪，所以必须向上帝赎罪，但人类自身没有能力赎罪，只有靠上帝之子耶稣代人类受难来偿还罪过，以便使人类的灵魂获救而得以永生。这就是救赎。

关于救赎的最有影响的诗歌，是叶芝和艾略特的有关作品。不过，两者所表现的是与上述有所不同的现代救赎思想。西方现代以来，达尔文的进化论、尼采的意志主义、马克思主义、弗洛伊德主义和萨特的无神论存在主义等现代思想，给了基督教一次强有力的打击，使基督教信仰大大衰落。叶芝《基督重临》的第一节（全诗共两节）这样描述宗教信仰失落的现代社会：

在向外扩张的旋体上旋转呀旋转，
猎鹰再也听不见主人的呼唤；
一切都四散了，再也保不住中心，
世界上到处弥漫着一片混乱，
血色迷糊的潮流奔腾汹涌，
到处把纯真的礼仪淹没其中；
优秀的人们信心尽失，
坏蛋们则充满了炽烈的狂热。（袁可嘉译，下同）

诗人在第二节就点明："无疑神的启示就要显灵，/无疑基督就将重临。"然而，"基督重临！这几个字还未出口，/刺眼的是从大记忆来的巨兽"。诗篇接下来就描写这异教的狂野巨兽在人类的昏睡和噩梦中终于渐渐苏醒，并将投生于基督教的圣地。诗人似乎意在说明，在基督重临之前，人类现有的文明将遭遇巨大的劫难，然后基督才会重临，拯救人类，给人类以新生。所以，这首诗不但笼罩着神秘的气氛，还透露出悲观的意向。

叶芝在另一首宗教性诗歌《驶向拜占庭》中表达了自己得救的理想，那就是在物欲横流的乱世中，"灵魂拍手来歌吟"的我"驶过汪洋和大海万顷，/来到了这个圣城拜占庭"。在那里，

---

① 参考这样的情况："中世纪诗歌中的母亲和少女是宫廷爱情诗中的女主人公，它允许把情人秘密地引入闺房"（海伦·加德纳：《宗教与文学》，第154页）。

啊，上帝圣火中站立的圣徒们，
如墙上金色的镶嵌砖所显示，
请走出圣火来，参加旋体的运行，
成为教我灵魂歌唱的导师。
销毁掉我的心，它执迷于六欲七情，
捆绑在垂死的动物身上而不知
它自己的本性；请求你把我收进
那永恒不朽的手工艺精品。

原来，历史上基督教（东正教）的圣城拜占庭是诗人的理想和精神归宿。诗人相信自己的灵魂在那里被净化后，将进入拜占庭艺术中而获得永恒和不朽。人们喜爱叶芝这样的作品，并给予很高评价。不过，他们一般不会相信诗中所描述的宗教传说和幻想，诗中所指引的回归之路也不会成为他们实际的精神追求。叶芝把现代社会描写得太可怕了，把过去的宗教世界描写得太美好了。其实，前人（如中世纪的人）的精神世界未必就那么圣洁，现代人追新求异的生活和不断滋长的情欲物欲未必仅仅是物质富足的体现，而同时也是精神富足的体现。

艾略特的《荒原》也表现救赎思想。诗人用“荒原”象征现代人精神的荒芜，暗示只有皈依宗教才能得到拯救。许多批评家认为《荒原》是诗人对当时（第一次世界大战后）社会的一种批判。艾略特却说：“对于我来说，它只是我个人的牢骚——对生活的毫无意义的牢骚——的一种释放；它不过是一篇有节奏感的怨言。”① 可知《荒原》主要不是对社会的客观反映，而是诗人的主观感受，即从宗教立场出发对西方社会的主观感受，并且是相当夸张的主观感受。人们若从科学理性和人文主义的立场出发，就会对现代西方社会有不同的感受，甚至会把它感受为水草丰茂的土地。因为即便就《荒原》问世的时期（20 世纪早期）看，叔本华和尼采的意志主义、马克思主义、柏格森的直觉主义、弗洛伊德主义、早期存在主义以及实证主义、实用主义等现代思想正在欧美盛行，成为人们新的思想资源；《荒原》时代的中国等诸多东方民族也没有把西方看作荒原，而是把它的科学思想和人文精神当作借以对自己的社会和文化进行现代化转型的外在资源。而艾略特所钟情

① 转引自 G.. S. Fraser，*A Short Histry of English Poetry*，Bath：Open Books，1981，p.295.

的有既定秩序的宗教世界——传统的罗马天主教世界（它的一统天下的鼎盛时期是中世纪），从科学理性和人文主义的观点来看（如从存在先于本质、自由高于信仰的存在主义来看），未尝不是单调和枯燥得近乎荒原的世界。

艾略特对现代主义诗歌的贡献，主要不在于提供了上述宗教思想，尽管那宗教思想令人震惊。如前所说，基督教（包括保守的天主教）的势力在现代西方继续退缩，并且更加个人化、世俗化和自由化；现代诗人也大多不像叶芝和艾略特那样虔诚地表现宗教观念，他们表现的常常是对宗教的质疑、轻慢和嘲弄。艾略特对现代主义诗歌的贡献，主要在于提供了如何表达宗教思想以及其他思想的诗歌模式。那是一种全新的现代主义模式：它用拼贴、重叠等手法使古今并存、新旧杂处；它引用大量典故，使用多种语言；它运用口语体和自由形式；等等。由此造成复杂的内涵，形成多变的风格，产生晦涩艰深的效果。艾略特的这种智性沉思的创作产生了很大影响，这样的创作主宰了第二次世界大战前的英美诗坛。

基督教的“天国”亦称“上帝之国”，有时也称“天堂”，是上帝的居所，也是一切得救者的灵魂的居所。所以，天国是基督教的超越境界和彼岸世界。西方宗教性诗歌对天国的描写是一大特色，这种描写常常与人的死亡联系，因为基督教的最高理想是超越现世而进入天国，与上帝一起获得永生，而这对于现实的人来说就只有通过肉体的死亡才能最终实现。死亡因此常常被描写成为人的归宿，即人的灵魂由此而升入天国——那永恒的美好境界。请看苏格兰诗人奈恩夫人（1766—1845 年）的《永恒的天国》首节：

我已在渐渐离去，琼，
就如消融的冰雪，琼，
我已在渐渐离去
前往永恒的天国。
那里无悲伤忧虑，琼，
也无严寒和盛暑，琼，
啊，一切都那么美好
在那永恒的天国。（于兴基译）

西方的死亡观并非自来如此。古希腊人认为神是不死的，而人则是要死的，因而死亡对于人是灾难，是恐怖。例如，萨福的《死》就表达了这种观点："死是灾难。这是天神如此/判断。否则他们早已死去。"（水建馥译，下同）又如阿那克里翁在《无题》中说："皆因冥土可怖，去路愁惨，/一旦准备下去，永难上来。"

基督教却将死亡看成人的美好归宿，看成走向至福至乐的永生。其实，人类的本性是恋生恶死的（这根源于动物性本能）。因此，文艺复兴以来，"人们对于死的看法以及接触死亡这一主题时所引起的反应渐渐地摆脱了宗教的、古典的传统，表现出新的特点。……一种世俗文学表达了对死亡的痛苦感情"①。狄金森的诗歌多方面地反映基督教的天堂观念和死亡观念，其中有的也多少渗透着世俗文学的死亡观。她的《因为我不能停步等候死神》一诗，想象性地描写诗人死后的送葬仪式，那是她的灵魂走向永生的一段历程：

因为我不能停步等候死神—
他殷勤停车接我—
车厢里只有我们俩—
还有"永生"同座。
我们缓缓而行，他知道无须急促—
我也抛开劳作
和闲暇，以回报
他的礼貌—
我们经过学校，恰逢课间休息—
孩子们正喧闹，在操场上—
我们经过注目凝视的稻谷的田地—
我们经过沉落的太阳—
也许该说，是他经过我们而去—②
露水使我颤抖而且发凉—
因为我的衣裳，只是薄纱—
我的披肩，只是绢网—
我们停在一幢屋前，这屋子
仿佛是隆起的地面—

① 克洛德·德尔马：《欧洲文明》，第68—69页。
② 他，指太阳。——译注

屋顶，勉强可见—
屋檐，低于地面—
从那时算起，已有几个世纪—
却似乎短过那一天的光阴—
那一天，我初次猜出
马头，朝向永恒—（江枫译）

首尾两节都明确地肯定诗人的死亡是在走向永生。不过，第二、三两节写诗人和死神“缓缓而行”过程中的所见所闻，似乎在暗示死亡虽然是必然之路，但走起来还是会产生一点对生的留恋；第四节写日落后走进黑夜，诗人说“露水使我颤抖而且发凉”，似乎又在暗示，虽然诗人在死亡之路上走得安详，但还是有一丝凄凉之感；第五节似乎也有不安和失望的言外之意：死亡就是长埋地下（所谓“这屋子仿佛是隆起的地面”云云），并不见天堂的踪影。末节似乎更有深意：死亡了几个世纪，“却似乎短过那一天的光阴”——那死亡的“永恒”意义就有些值得怀疑了。看来，诗人对死后的“永生”很是渴望，却又有些怀疑。

狄金森的《上天堂去》一诗融入了更多的世俗死亡观。诗中说，虽然人们一定会上天堂，“就像羊群在夜晚/一定回到牧羊人的怀抱”，但是“上天堂去！/听起来多么难受”。这是诗人在表达对死亡的痛苦情感。诗中又说，“我高兴我不相信/因为相信会使我停止呼吸—/我还要再看一看/这奇妙的大地”。这是诗人在表现对现实生命的留恋不舍。最后，对那些死去的人们，诗人说“自从那个壮丽的秋季午后/我送他们入土的时辰/我再也没有看见他们”。这似乎是诗人在感叹死亡的空幻。如此看来，此诗中的“天堂”似乎只是“死亡”的美好代名词而已。

中国古代诗歌缺少灵魂在彼岸得救的死亡观。儒家提倡为国家舍生取义，视死如归，所谓“人生自古谁无死，留取丹心照汗青”（文天祥《过零丁洋》）。这是追求死后在现实世界中精神不朽，声名永存，而不是灵魂在彼岸的天国获得永生。道家主张生死自然，由此超越对死亡的悲伤和恐怖。庄子甚至认为生即死，死即生①，这即是他的齐死生的观念。在这种意义

① 《庄子·知北游》曰：“生也死之徒，死也生之始，熟知其纪！人之生，气之聚也；聚则为生，散则为死。若死生之徒，吾有何患！故万物一也。”徒，同类的意思。

上，可以说人的生命或者说生命的源泉是长存的，不过它长存于天地万物之中，而不是灵魂在彼岸获救而得以永生。中国古代一般人所持的还是儒家重生恶死的观念。人们之所以厌恶死亡，是因为认为它是生命的痛失，是坠入黑暗，充满恐惧。这种观念在诗歌中也多有反映。如《古诗十九首》这样描写郭北墓："下有陈死人，杳杳即长暮；潜寐黄泉下，千载永不寤。"(《驱车上东门》）即便是旷达的陶渊明，他在《挽歌三首》中也把死亡写得有些可怕："欲语口无音，欲视眼无光"；"幽室一已闭，千年不复朝"。死亡是永恒的黑暗，哪有上帝的光辉！又曰："死去何所道，托体同山阿。"死亡是葬身山陵而已，哪有天国可去！

（二）宗教超越及其他超越

宗教超越包括外在超越和内在超越。宗教的外在超越，指超越此岸世俗界而抵达彼岸神圣界。宗教的内在超越，指身处世俗界的教徒按照教义和神的旨意来生活，从而显出对一般世俗生活的超越。外在超越是宗教信仰、宗教理想的超越，内在超越主要是宗教道德的超越。前者是非现实的，后者则是现实的。显然，外在超越是基本的，它决定和制约内在超越。

就西方基督教看，其外在超越是上帝信仰和天国理想的超越。上帝信仰的超越在作为基督教来源的希伯来犹太教那里就存在。不同的是，基督教的上帝信仰由于柏拉图理念论的融入而变得更抽象，更有彼岸超越性。这在诗歌中的一种反映是，西方赞颂上帝的诗篇着重赞颂其超越性的万能和神圣，较少与现实功利关联；而希伯来《旧约·诗篇》中的赞美诗则常常与现实功利相关。天国理想在《旧约》中只有萌芽①，在基督教中却是一种基本教义。天国理想的超越也是对死亡的超越，即人的肉身死亡而灵魂飞升天堂，获得永生。在所有宗教文化的诗歌中，西方诗歌中关于天国理想和灵魂永生的作品是最多的，因而也是最富于超越性的。

基督教的内在超越主要是基督教道德的超越。耶稣主张仁慈、博爱，要求"爱人如爱己"，甚至要爱仇敌；又主张谦卑、忍让，说"不要与恶人作对。有人打你的右脸，连左脸也转过来由他打；有人想要告你，要拿你的里衣，连外衣也由他拿去"（《新约·马太福音》5：39—40）。这样的道德思

① 如《诗篇》第23篇最末一句说："我一生一世必有恩惠慈爱随着我，我且要住在耶和华的殿中，直到永远。"

想和行为对于世俗道德来说，确实是极大的超越。“总之，我们认为宗教是一种转变过程，人们借此超越自己，达到与真正的和终极的实体合一，这种实体可将人们从日常生活的破坏力量中拯救出来。”① 忏悔与救赎也可以看成基督教的一种道德思想和道德行为。根据基督教教义，人顺从和放纵自己的私欲而违背上帝的旨意，就是犯罪（这种犯罪来自原罪，因为原罪是人类一切罪恶和灾难的根由），就需要向上帝忏悔和赎罪。

中国古代的宗教却没有多少外在超越，而主要是内在超越。儒教的敬天、拜祖和祭孔等，都出于现实政教伦理的目的和日常生活的需要，并无对彼岸世界的企求。道教修炼的目的也不在来世，而在今生：它全力追求的是肉体的长生不老、得道成仙，以便永享仙界的快乐，而那仙界的快乐不过是变相的人间快乐。可知道教也无真正的外在超越。佛教被本土化为禅宗，主张在世俗中修行，只要“自性清净”，在世便能“顿悟成佛”。民间佛教则具有求神拜佛的实用性。它虽然也主张修行来世，其目的却是企望来世比现世多一些福禄富贵，所以那来世还是如同现世。中国的禅宗和民间佛教与主张禁欲和超世的印度佛教相去甚远。儒教依托儒家思想，道教依托道家思想。儒道思想都主要是道德思想，所以，儒教和道教缺乏外在超越，而主要是宗教道德性质的内在超越，就不足为怪了。禅宗已道德化了，所以它也主要具有内在超越性。民间佛教多受儒教和道教的影响，它本来的外在超越性也大打折扣了。总之，儒道佛三教都主要是内在超越，即它们的修行都主要为了超越现实的一般世俗生活，而不是企求非现实的彼岸世界。

人类在宗教超越之外，还有哲学超越和审美超越。

哲学超越也分为外在的和内在的。哲学的外在超越是从经验事物到超验形而上本体的超越，如哲学上超验的“理念”和“自在之物”对经验界的超越。西方哲学的外在超越与宗教的外在超越都具有形而上性、超验性，但是两者根本不同：哲学的外在超越基于理性，它是理性对世界整体的把握，对事物本原的追问和理解（但只能是推测的，而不能是实证的），是人类喜爱形而上智慧的表现。宗教的外在超越则基于非理性的信仰，它试图把某种既定的神圣价值及其理想境界作为终极的目标和灵魂的归宿来加以实现。

---

① 斯特伦：《人与神：宗教生活的理解》，第 4 页。

西方哲学的内在超越，主要指某些生命哲学和人生智慧对现实世界和平常人生的超越。它使人洞察生命的本真，或者解脱功利的羁绊，或者消除内心的烦忧，等等。西方哲理抒情诗中表现意志主义、存在主义和精神分析的无意识的作品，以及更多的对诸多人生世相进行哲学沉思的作品，就不同程度地体现着哲学的内在超越。

中国古代哲学主要不是纯哲学，即主要不是关于本体论和认识论的哲学，而是道德哲学（这种道德哲学也可以看作一种独特的人生哲学，即一种遵循既定道德原则的人生哲学）。这种哲学的本体——“道”，虽然也有作为世界本体的一面（特别是在道家哲学中），但它主要是道德本体，其目的在于指导现实的道德。所以，中国古代历来强调“体道”“悟道”，强调“得道为德”，由此将形而上的道转变为内在于人性中的道德观念和现实的道德行为，而并不强调去追问和理解道本身。所以，这种道本体主要不具有非现实的外在超越性，而具有落实于现实之中的内在超越性，这种内在超越性主要是道德理想的超越性。中国古代诗歌中有关哲学外在超越性的作品很少，魏晋时期的玄言诗具有这种外在超越性，而大量关于忧患、亲情、山水等思想题材的作品，则较多地隐含着上述道德理想的内在超越性。

审美超越也可以分为外在超越和内在超越。对自然事物的审美主要是内在超越，而不是外在超越。这种内在超越，指对自然事物的感性形式进行审美观照，从而超脱关于它的概念意义和功利目的。从审美心理看，这就是审美情感对理智认识和意志欲望的超越（其实质是前者将后两者融于自身之中，从而使后两者失去自身的形式，即概念意义和功利目的的形式）。对艺术品的审美则既可以是内在超越，也可以是外在超越：如果那艺术形象或境界是现实的、经验的，对它的审美就是内在超越；如果那艺术形象或境界是非现实的、超验的，对它的审美就是外在超越。

上述宗教的、哲学的和审美的超越都是人的追求。诗人对宗教的或哲学的外在超越的追求，有时会因其形而上的虚幻性而产生怀疑，甚或感到痛苦。俄罗斯女诗人吉皮乌斯（1869—1945 年）在她的《歌》中就坦言：“我追求的是我所不知的东西，/不知的东西……”在诗篇的末节，诗人将自己对这种追求的失望和所感受的痛苦和盘托出：

但我无泪地哭，哭许诺的虚谬，

这许诺的虚谬……
我所需要的，世界上没有，
世界上没有。(飞白译)

第三节　西亚南亚抒情诗的思想题材

“整个《圣经》的世界分为两大领域，即宗教领域和世俗领域。”① 其实，不止犹太教和基督教的《圣经》如此，伊斯兰教的《古兰经》和印度宗教的许多经典也如此。就更广阔的宗教文化看，它更是明确地包含着宗教的东西和世俗的东西。所以，对于西亚南亚三种宗教文化的诗歌思想题材的论述，我们分成宗教思想题材和世俗思想题材两个方面来进行。

一、希伯来抒情诗的思想题材

(一) 宗教思想题材

希伯来圣经诗歌的宗教思想题材的最大特点，是对上帝耶和华的赞美。前文曾指出，西方基督教赞美诗的来源和样本就是希伯来赞美诗。这种赞美诗主要出现在《旧约》的《诗篇》中。《诗篇》中的某些篇章是纯粹赞美上帝的，如第150篇（《诗篇》最末一篇）：

你们要赞美耶和华！
在神的圣所赞美他，
在他显能力的穹苍赞美他。
要因他大能的作为赞美他，
按着他极美的大德赞美他。
要用角声赞美他，
鼓瑟、弹琴赞美他；
击鼓、跳舞赞美他，
用丝弦的乐器和箫的声音赞美他；
用大响的钹赞美他，
用高声的钹赞美他。

---

① James L. Kugel, *The Great Poems of the Bible*, New York: the Free Press, 1999, p.149.

凡有气息的，都要赞美耶和华。

你们要赞美耶和华！

《诗篇》中与对上帝的赞美紧密关联的是对上帝的敬畏。强烈的敬畏感是《诗篇》中赞美诗的突出特色。这即是说，其他宗教文化的赞美诗一般没有那么强烈的敬畏感。“在《圣经》的世界中，上帝首先并且主要是通过‘畏惧’被理解的。”① 请看《诗篇》中如下的诗句：

你们敬畏耶和华的人要赞美他！

雅各布的后裔都要荣耀他！

以色列的后裔都要惧怕他！（22：23）

耶和华的圣民哪，

你们当敬畏他，因敬畏他的一无所缺。（34：9）

众弟子啊，你们当来听我的话。

我要将敬畏耶和华的道教训你们。（34：11）

敬畏耶和华是智慧的开端，

凡遵循他命令的是聪明人。

耶和华是永远当赞美的。（111：10）

从历史根源看，这种对上帝的敬畏，映射出希伯来先民对自然神的敬畏以及更为根本的对自然力量的恐惧，因为如前所述，上帝是从前两者逐渐演变出来的（见第一章第三节第一小节的有关论述）。从现实意义看，对上帝的敬畏是确立上帝信仰的前提和手段。而确立上帝信仰的主要目的，又在于确立和遵从上帝的教训以及他所颁布的律法。所以，《诗篇》中对上帝的赞美和敬畏是与遵从上帝的律法关联着的。《诗篇》第 119 篇是一首包含 176 行的长诗，它的主题就是诗人要理解和忠诚地遵守上帝的律法。“行为完全遵循耶和华律法的，/这人便有福。”（119：1）“耶和华啊，求你将你的律例指教我，/我必遵守到底。”（119：33）“我的心专向你的律例，/永远遵行，一直到底。”（119：112）这类诗句在诗中被反复申说和强调，“它们大概成了每一个想要接近上帝的古代希伯来人的座右铭”②。

---

① James L. Kugel, *The Great Poems of the Bible*, New York: the Free Press, 1999, p.255.

② Ibid., 270.

圣经诗歌宗教思想题材的另一个特点是忏悔意识。《诗篇》中充满悔罪和祈求上帝宽宥的思想情感。《耶利米哀歌》（以下简称《哀歌》）更不可思议地把外族侵凌所造成的灾难，说成是希伯来人因为自身犯罪而遭受的上帝的惩罚。这些与伊斯兰教诗歌和印度宗教诗歌很不同。《诗篇》第51篇是一首著名的忏悔诗，以下是前5节（全诗共19节）：

神啊，求你按你的慈爱怜恤我，
按你丰盛的慈悲涂抹我的过犯。
求你将我的罪孽洗除净尽，
并洁除我的罪。
因为我知道我的过犯，
我的罪常在我面前。
我向你犯罪，唯独得罪了你，在你眼前行了这恶，
以致你责备我的时候显为公义；
判断我的时候显为清正。
我是在罪孽里生的，
在我母亲怀胎的时候就有了罪。（51：1—5）

顺便指出，罗马帝国时期的基督教思想家奥古斯丁正是根据上引最后一句话“我是在罪孽里生的，在我母亲怀胎的时候就有了罪”以及其他论据，提出基督教的“原罪论”，认为原罪始于伊甸园的亚当和夏娃，以后在人类中代代相传。①

在犹太教和基督教的发展历程中，《诗篇》中以上举出的第51篇以及第6篇、第32篇、第38篇、第102篇、第130篇和第143篇，最终成为7篇“忏悔诗”。千百年来，犹太教徒和基督教徒通过反复背诵它们而端正自己的行为。②

圣经诗歌中与对上帝的赞美、敬畏和忏悔常常联系在一起的是祈祷。这祈祷也很有特点。例如：“愿你打断恶人的膀臂；/至于坏人，愿你追究他的恶，直到净尽。”（《诗篇》10：15）如此讲求实际功利，如此不宽容，在后来的基督教祈祷诗歌中是很难见到的。更突出的是希伯来诗人经常请求上

① 参见托马斯·卡希尔：《上帝选择了犹太人》，第191—192页。

② 参见 James L. Kugel, *The Great Poems of the Bible*, p.155.

帝帮助自己的民族打败敌人。例如：

神啊，你不是丢弃了我们吗？
神啊，你不和我们的军兵同去吗？
求你帮助我们攻击敌人，
因为人的帮助是枉然的。
我们倚靠神，才得施展大能，
因为践踏我们敌人的就是他。（60：10—12）

希伯来诗人热衷于祈求上帝打败敌人，惩罚敌人，而当自己的民族被敌人打败并遭受蹂躏时，便认为是上帝在借敌人之手来惩罚自己。这种惩罚观在《哀歌》中表现得很突出。《哀歌》描写公元前586年巴比伦王国攻陷耶路撒冷，灭亡犹太国，并掳走数万希伯来人至巴比伦，给希伯来民族造成深重灾难。《哀歌》所写的本来是历史事实，属于世俗领域，但是贯穿诗篇的却是希伯来人犯罪、受罚和祈求上帝拯救的思想。《哀歌》很少将耶路撒冷的灾难直接描写成是由敌人造成的，而认为是希伯来人由于违背上帝旨意而遭受的惩罚：

耶和华是公义的！
他这样待我，是因为我违背他的命令。
众民哪，请听我的话，
看我的痛苦，我的处女和少年人都被掳去。
我招呼我所亲爱的，他们却愚弄我。
我的祭司和长老正寻求食物救性命的时候，就在城中气绝。（1：18—19）
耶和华啊，求你观看，见你向谁这样行！
妇人岂可吃自己所生育手里所摆弄的婴孩吗？
祭司和先知岂可在主的圣所中被杀戮吗？
少年人和老年人都在街上躺卧，
我的处女和壮丁都倒在刀下。
你发怒的日子杀死他们。
你杀了，并不顾惜。（2：20—21）
我们当深深考察自己的行为，再归向耶和华。

我们当诚心向天上的神举手祷告。
我们犯罪背逆，你并不赦免。
你自被怒气遮蔽，追赶我们，
你施行杀戮，并不顾惜。(3：40—43)

《哀歌》甚至直接说上帝好像敌人：

他张弓，好像仇敌。
他站着举起右手，如同敌人，将悦人眼目的，尽行杀戮。
在锡安百姓的帐棚上，倒出他的忿怒像火一样。
主如仇敌吞灭以色列和锡安的一切宫殿，拆毁百姓的保障，
在犹大民中，加增悲伤哭号。(2：4—5)

说自己虔诚信仰的上帝好像凶狠的敌人，这也是很独特的，是在其他宗教文化的诗歌中很难见到的。这种情况，一方面反映了希伯来人极端的宿命论思想（希伯来民族的一切都由神意决定)；另一方面大约也反映了他们因为没有真正得到上帝保护而产生的激愤心情。

《哀歌》末章的最后部分祈求上帝拯救希伯来人，复兴他们的民族：

耶和华啊，你存到永远，
你的宝座存到万代。
你为何永远忘记我们？
为何许久离弃我们？
耶和华啊，求你使我们向你回转，我们便得回转；
求你复新我们的日子，像古时一样。
你竟全然弃绝我们，
向我们大发烈怒。(5：19—22)

祈求虽然虔诚、热切，最终却陷入绝望。不过，这绝望之中仍然有希望。

《哀歌》的作者据传为大先知耶利米，但近世许多研究者认为《哀歌》是多人的手笔："耶利米可能是诸位作者之一，是部分章节的作者"①，这正如《诗篇》中的许多篇章归在大卫王名下，但是未必真正都是他的作品。②

---

① 朱维之主编、梁工副主编：《古希伯来文学史》，第154页。

② 参见上书，第93—94页。

上述上帝惩罚的观念在《耶利米书》（系散文书而非诗歌书）中也有明确的表达。如第11章说："他们转去效法他们的祖先，不肯听我的话，犯罪作孽，又随从别神，侍奉它。以色列家和犹大家背了我与他们列祖所立的约。所以耶和华如此说：'我必使灾祸临到他们，是他们不能逃脱的。他们必向我哀求，我却不听。'"（11：10—11）又如第30章说："我因你的罪孽甚大，罪恶众多，曾用仇敌加的伤害伤害你，用残忍者的惩治惩治你。"（30：14）由此可知，这种上帝惩罚的观念在当时大约是一种流行观念。

（二）世俗思想题材

犹太教的上帝信仰有很强的神圣性，然而，整个犹太教文化的世俗性却很浓厚。这是因为那上帝信仰本身虽然是神圣的和超越的，其目的却在于指导犹太教徒如何在现世生活，而不在于如何超越现世生活。《旧约》中没有明确的灵魂不死观念，所以犹太教徒无从超越现世而抵达上帝的神圣境域。《诗篇》第23篇最末一句的后半句"我且要住在耶和华的殿中，直到永远"，或许暗示诗人死后灵魂将永生而与上帝在一起。如果是那样，那就是永生观念和天堂观念的萌芽。（这两种观念在后来的基督教中成为基本观念）《旧约》中有复活的观念。如《申命记》说："我使人死，我使人活；我损伤，我也医治，并无人能从我手中救出来。"（32：39）又如《以赛亚书》说："死人要复活，尸首要兴起。睡在尘埃的啊，要醒起歌唱！"（26：19）显然，这种复活是死者肉体和精神的同时复活。一般认为这种复活将发生在未来的现实世界（救世主弥赛亚出现后的世界），而不是发生在超验的彼岸世界。

"摩西十诫"是《旧约》的核心。它的前三诫是关于上帝信仰的，包括不可信别的神，不可崇拜偶像，不可妄称上帝的名；后七诫则几乎全是关于世俗生活的，包括遵守安息日和工作日，孝敬父母，不可杀人，不可奸淫，不可偷盗，不可作假证害人，不可贪图他人的妻子和财物。"摩西十诫"实际上是通过上帝信仰来颁布和实施的道德和律法的纲领，它是古代希伯来人整个社会生活的基础。除"摩西十诫"外，《旧约》中还有许多戒律。在犹太教拉比时代，学者们曾确认律法书（《旧约》前5卷的总称）中具有包括最重要的"摩西十诫"在内的613条戒律。① 其中，许多戒律的条文非常具

---

① 详见黄陵渝：《犹太教学》，当代世界出版社2000年版，第80—108页。

体、细微。它们中有的用以指导宗教生活，更多的用以指导世俗生活。

《旧约》中《传道书》的世俗性很显豁，并且还具有理性质疑的反叛精神。[①]《传道书》（系诗歌书）强调万事尽属虚空：房舍田园、金银财宝、多子多寿、喜乐福祉等，都属虚空，甚至智慧也属虚空。作者所以产生这样的虚无思想，正是因为他着眼于这些世俗生活现象，而缺乏超越这些世俗生活现象的理想，如在彼岸世界获得灵魂永生的宗教理想（犹太教没有提供这样的宗教理想）。既然万事尽属虚空，那么，"人一切的劳碌，就是他在日光之下的劳碌，/有什么益处呢?"（1：2）或者说人生的意义是什么呢?作者的回答是："人莫强如吃喝，且在劳碌中享福，/我看这也出于神的手。/论到吃用、享福，谁能胜过我呢?"（2：24—25）作者认为不但自己应该这样，而且人人都该这样："我知道世人，莫强如终身喜乐行善，/并且人人吃喝，在他一切劳碌中享福，/这也是神的恩赐。"（3：12）作者甚至将这种思想提高到善和美的高度："我所见的为善为美，就是人在神赐他一生的日子吃喝，/享受日光之下劳碌得来的好处，/因为这是他的份。"（5：18）从虚无主义走向享乐主义是不足怪的。此外，这种享乐主义大约还受到希腊哲学家伊壁鸠鲁认为人生目的是幸福和快乐这种快乐主义的影响。[②]

可悲的是，虽然这样的享乐为神所赐予，但作者感觉这样的享乐也是虚空："神喜悦谁，就给谁智慧、知识和喜乐，/……这也是虚空，也是捕风。"（2：26）作者因为感觉一切虚空而彻底绝望了："我所以恨恶生命，/因为在日光之下所行的事，我都以为烦恼，/都是虚空，都是捕风。"（2：17）作者其实是虔诚的犹太教徒，因为他在诗中反复强调人的幸福、喜乐为神所赐，人的命运完全掌握在神的手中。篇末的总结更是明证："总意就是敬畏神，谨守他的诫命，/这是人所当尽的本分。"（12：13）身为虔诚的教徒却深感虚空、绝望，这种矛盾现象似乎折射出作者对所信奉的犹太教的某种不满："活着的人知道必死，死了的人毫无所知，/也不再得赏赐，他们的名无人纪念。"（9：5）这话固然可以引导出现世应当及时行乐的思想，但似乎也是一种变相的埋怨，即埋怨犹太教的上帝只管教训人生前应该

---

① 前文曾将《传道书》和《约伯记》中的反叛精神当作一种异质文化因素加以论述。（见第一章第三节第三小节。）

② 参见朱维之主编、梁工副主编：《古希伯来文学史》，第266页。

如何，却不管人死后将会如何。因此，这话或许就隐含着一种渴望，即渴望获得灵魂不朽和永住天堂之类的终极价值。确实，在人类思想史上，富有终极价值的信仰（如基督教、伊斯兰教和佛教的信仰）是医治人们虚无主义心病的一剂良药。

《雅歌》是《旧约》中最世俗的部分，整部诗集只有一句话说到上帝。《雅歌》本是民间情歌，后来经过犹太教拉比用寓意法阐发全诗，说它表现上帝对以色列的爱和以色列对上帝的回爱，从而使其得以入选《旧约》。后来，基督教继承了这种关于《雅歌》寓有宗教意义的说法，不过认为那寓意是上帝或基督与基督教会和教徒之间的互爱。现代学者则大多认为《雅歌》实际上是一组世俗情歌。①

《雅歌》表现男女情人之间朴实、真挚的恋情：

> 我身睡卧，我心却醒。
> 这是我良人的声音，他敲门说：
> “我的妹子，我的佳偶，
> 我的鸽子，我的完全人，求你给我开门，
> 因我的头满了露水，我的头发被夜露滴湿。”
> 我回答说：“我脱了衣裳，怎能再穿上呢？
> 我洗了脚，怎能再玷污呢？”
> 我的良人从门孔里伸进手来，
> 我便因他动了心。
> 我起来，要给我良人开门；
> 我的两手滴下没药，
> 我的指头有没药汁滴在门闩上。
> 我给我的良人开了门，我的良人却已转身走了。
> 他说话的时候，我神不守舍。
> 我寻找他，竟寻不见；
> 我呼叫他，他却不回答。（5：2—6）

显然，人神之间的宗教情感不是这样的情感。对人神之间的神圣之爱也不会这

① 详见朱维之主编、梁工副主编：《古希伯来文学史》，第228—232页。

样描写：神圣之爱只是借用世俗之爱的形式，这里写的却是世俗之爱本身。

《雅歌》表现的情感直率、强烈：

> 我的妹子，我的新妇，你夺了我的心！
> 你用眼一看，用你项上的一条金链，夺了我的心。
> 我的妹子，我的新妇，你的爱情何其美！（4：9—10）
> 爱情，众水不能熄灭，大水也不能淹没，
> 若有人拿家中所有的财宝要换爱情，就全被藐视。（8：7）

神圣之爱也可以是强烈的，但不是这种世俗性的强烈。神圣之爱一般也不会这么直率，而是总有些隐晦曲折。我们曾经看到基督教的神爱诗歌《我歌唱一位绝世的美女》（诗见本章第二节第三小节）就如此；我们也曾经看到，并还将看到，伊斯兰教苏非派的神爱诗歌和印度宗教的神爱诗歌也如此。

《雅歌》中有大胆的性感描写，例如：

> 愿他用口与我亲嘴，
> 因你的爱情比酒更美。（1：2）
> 我所爱的，你何其美好！
> 何其可悦！使人欢畅喜乐。
> 你的身量好像棕树；
> 你的两乳如同其上的果子，累累下垂。
> 我说我要上这棕树，抓住枝子。
> 愿你的两乳好像葡萄累累下垂；
> 你鼻子的气味香如苹果；
> 你的口如上好的酒。
> 女子说：为我的良人下咽舒畅，
> 流入睡觉人的嘴中。（7：6—9）
> 他的左手必在我头下，他的右手必将我抱住。（8：3）

这样的性感描写，显出的是世俗性，而看不出有什么宗教性。基督教的神爱诗歌和伊斯兰教苏非派的神爱诗歌中就很难见到这样的性感描写（非常独特的是，印度宗教的神爱诗歌却有性感描写）。

《旧约》中的《箴言》也富于世俗性。《箴言》劝导人多行善，勿作恶，又给予人处世的忠告，教给人生活的智慧。例如：

恳切求善的，就求得恩惠，
唯独求恶的，恶必临到他身。（11：27）
诸般勤劳都有益处，
嘴上多言乃至穷乏。（14：23）
喜乐的心，乃是良药；
忧伤的灵，使骨枯干。（17：22）

二、阿拉伯—波斯抒情诗的思想题材

（一）宗教思想题材

“阿拉伯诗歌中最流行的是颂诗”①。前伊斯兰时期的阿拉伯诗歌中就多颂诗，它们颂扬部族的光荣历史和首领的勇敢、机智等。伊斯兰教产生以后，颂诗赞颂真主和穆圣，并与政治紧密结合；后来的颂诗则更多地颂扬政教合一的领袖哈里发及王公大臣。所以，这种颂诗与前述基督教和犹太教的颂诗有所不同，后两者与政治的关系没有那么紧密，基督教的颂诗尤其如此。

伊斯兰教初创时期，为了巩固新宗教和建立新政权，不少诗篇集中颂扬既是宗教圣人又是政治领袖的穆罕默德。卡尔布·本·祖海尔（？—645 或 662 年）“属于先攻击过穆罕默德，尔后又赞颂他的诗人”②。他的《衮衣颂》（又译《斗篷颂》）很有名，以下是其中几行：

先知乃是真主的利剑，
闪闪出鞘把众生指引。
当古莱氏中的兄弟，
成为虔诚伊斯兰教的穆民，
欧默尔高声地召唤：
我们快从麦加迁徙！
于是手无寸铁的教友，
从四面向北方云集！③

① 汉纳·法胡里：《阿拉伯文学史》，第 340 页。
② 同上书，第 149 页。
③ 转引自上书，第 153 页。

据说，当穆罕默德听到“先知乃是真主的利剑，/闪闪出鞘把众生指引”这两行诗时，便脱下自己的斗篷披在诗人身上。①

哈珊·本·萨比特（约590—674年）“皈依伊斯兰教之后，很快就被穆罕默德选为‘穆圣诗人’”②。以下是他对穆圣的赞颂：

拜物教在大地盛行，
失望笼罩着万民之心；
使者多年不曾出现，
穆罕默德瞬息间降临。
他像光亮导灯一盏，
胜过钢刀利刃辉明。
他警诫地狱之火，
传播天堂福音，
他教诲伊斯兰教，
把真主赞颂虔诚。
我主创世界的主啊，
乃天地万物之神；
我们生生世世拜祷，
永远为你祈颂作证。③

“我们看到，这时期哈珊的颂诗集中赞颂穆罕默德、四大哈里发、重要教友和为保卫伊斯兰教而英勇斗争的人。它不同于为谋利而写作的颂诗”④。

从伍麦叶王朝开始，更多的颂诗直接颂扬哈里发和王公大臣，诗人们往往也因此获得丰厚的赏赐。例如，诗人哲利尔（653—733年）对哈里发阿卜杜·马立克的颂扬：

若不是哈里发和古兰，
人民顿失方向难聚合。
对真主你是信仰笃诚，

---

① 参见汉纳·法胡里：《阿拉伯文学史》，第153页注释（1）。
② 蔡伟良、周顺贤：《阿拉伯文学史》，第58页。
③ 转引自汉纳·法胡里：《阿拉伯文学史》，第157—158页。
④ 同上书，第157页。

你大胆果断清廉为政。
若遇分歧或派别斗争，
有真主为你撑腰指路。
你若下令百事皆成，
所有人甘心服从你。
呵，麦尔旺家族呀，
他人不能与你并提。①

伊斯兰教初创期的颂诗多出于宗教和政治热忱。自伍麦叶王朝以来，诗人写颂诗的主要目的渐渐变成为了邀功请赏，于是往往充满阿谀奉承之词。哲利尔的颂诗中就有这种情况，尽管其中也说到了真主和《古兰经》。伍麦叶王朝和随后的阿拔斯王朝时期所产生的许多颂诗主要是功利性的，宗教的成分不多。

阿拉伯诗歌中也有纯粹宗教性的颂诗，那就是苏非派的颂诗。苏非派教徒主张通过内心的修炼与真主合一。8 世纪的苏非派女教徒拉比阿·阿黛维叶在修炼中提出献爱于真主的"神爱"观念，其实质指全身心沉浸于对真主的爱。这种神爱观念后来在波斯苏非主义诗歌中有大量的反映。阿拉伯诗人也有表现这种与真主合一的神爱观念的，如伊本·法里德（1181—1234 年）在其长诗《神秘的进程》中写道：

我与你在一起。精神——鲜活，
它是被征服的精神，你不是我的，我——是你的。
我努力想把你握进手掌，
像捕捉小鸟的渴望一样。
我的愿望——那是网罗。
不是我捉你，而是你将我
带入无垠，深邃与高远，
你与我在那里合为一体，（陶若虚译）

文学史家说法里德"具有苏非倾向，数年中离群索居，独自虔修"②。又说

① 转引自蔡伟良、周顺贤：《阿拉伯文学史》，第 103 页。
② 汉纳·法胡里：《阿拉伯文学史》，第 433 页。

他“忽视语言和语法，只注重爱的情感的内容，由于寓意的深远和强烈的造作，他诗中有不少隐晦之处”①。上引《神秘的进程》中的几节诗，可印证这些评论。

在穆罕默德统一阿拉伯各部族的过程中，在四大哈里发时期特别是伍麦叶王朝时期向外扩张的过程中，产生了许多征战诗。征战诗本来是政治性的，不过因为征战是在伊斯兰教“圣战”名义下进行的，并且确实也有传播伊斯兰教的目的，所以它也可以看成宗教性的。例如，盖斯·本·麦志苏哈的一首征战诗：

……
挥戈勇战科斯鲁精兵，
猛回首烈马惊杀声响，
拍马直指勇猛敌帅骑。
刀落头飞敌帅身亡在即，
神兵英勇无畏战沙场，
为真主建功勋高无比。②

这类征战诗“一度在诗坛非常流行”③。又如蒂尔玛赫·本·哈基姆（？—718或723或743年）的一首征战诗《舍身战场》，且看其最后两节：

对主的敬畏使他们步调一致，
年轻的骑士频频交锋于战场。
它们若离开人世，便告别了损伤，
可进入经书所许诺的天堂！（杨孝柏译）

伊斯兰教经典《古兰经》中有强迫出征和鼓励杀敌、殉教等最高指示。例如：“如果你们不出征，真主就要痛惩你们，并以别的民众代替你们”（9：39）。“你们没有杀戮他们，真主却杀戮了他们；当你射击的时候，其实你并没有射击，真主却射击了。”（8：17）“为主道而阵亡的人，你绝不要认为他们是死的，其实，他们是活着的，他们在真主那里享受给养。”

① 汉纳·法胡里：《阿拉伯文学史》，第436页。
② 转引自蔡伟良、周顺贤：《阿拉伯文学史》，第50—51页。
③ 同上书，第51页。

（3：169）。以上两首征战诗便多少反映了这些神圣训诫。发出这种训诫的伊斯兰教真主，与杀戮异教徒的犹太教上帝有点类似，而与基督教博爱的上帝和佛教慈悲的佛陀全然不同。

被阿拉伯人征服以前，波斯占统治地位的宗教是琐罗亚斯德教。该教经典《阿维斯塔》中有对主神和其他神的赞颂。如对主神阿胡拉·马兹达的赞颂：

> 马兹达，请赐予琐罗亚斯德有神效的词，
> 好帮助他最终战胜一切凶恶的敌人……（XXⅧ，6）
> 马兹达，请帮助歌手把所有的人都变成
> 对你俯首帖耳的人。（XXⅧ，7）①

阿拉伯帝国对波斯的征服，使波斯人的宗教信仰发生了变化。“一个民族宗教信仰的改变乃是这一民族人民心灵深处的变化。这一变化一方面必然经过曲折艰难的过程，另一方面也必然给以后世代社会、经济、政治及文化的发展带来深远的影响。这两种宗教势力的消长是一个历史的过程。阿拉伯统治者以强制的手段和鼓励的政策推行伊斯兰教。到十世纪末，伊斯兰教在伊朗最终确立统治地位。”②

在思想意识领域，忠于琐罗亚斯德教的波斯人曾兴起反对阿拉伯人入侵和统治的爱国主义思潮，这种思潮一直延续至阿拔斯王朝时期。这种思潮对波斯诗歌的创作有重要影响。早期坚持爱国主义思想的波斯诗人曾经讽刺阿拉伯文明低下，甚至表现仇视伊斯兰教的思想，有的诗人因此遭到迫害。③至“波斯诗歌之父”鲁达基（850—940 年）时代，“伊斯兰教已在伊朗传播 200 年。但是，从鲁达基的诗中不但看不到伊斯兰思想的明显影响，相反，却能清楚地看到波斯古教，即琐罗亚斯德教的思想成分”④。当时的诗人塔吉基（约卒于 977 年）在《四宗》一诗中甚至公然申明自己信仰琐罗亚斯德教：

---

① 转引自［苏］M. Ф. 奥夫相尼科夫主编：《中近东美学》，王家瑛译，中国人民大学出版社 1992 年版，第 60 页。

② 张鸿年：《波斯文学史》，第 17 页。

③ 参见上书，第 17—19 页。

④ 同上书，第 25 页。

世上事物万种千般，
我只把四宗挑选：
红宝石般的朱唇，
竖琴的低吟，
玫瑰色的酒浆，
和琐罗亚斯德教的信仰。（张鸿年译，下同）

然而，伊斯兰教终于在波斯生根，伊朗民族最终成了虔诚的伊斯兰教信徒。波斯是文明古国，也曾经是世界大帝国，然而现在它的宗教改变了，文化也随之改变了，尽管这改变曲折而漫长。这样的事例使人确信，一个民族的宗教信仰和文化传统并非不可改变。

中古波斯诗歌中也多颂扬诗。它与阿拉伯颂扬诗类似，常常也是将真主和君主一起颂扬，目的主要在于给后者涂抹上宗教神圣性。例如，诗人昂萨里（961—1039 年）在《颂诗》中对君主的颂扬：

秉承真主意旨他成了天下君王，
真主的意旨哪个胆敢违抗？
真主令他主宰社稷江山，
谁对主不恭就是违抗主的意愿。
真主助他万事如意平安吉祥，
谁与他作对就是自取灭亡。
……
真主创造了天宇苍穹日月星空，
日月星辰都按主的意旨运行。
真主佑助他事业上获得成功，
我们伟大的君王便无往不胜。

诗中虽然有许多赞颂真主的言辞，诗人的主要目的却是表现君权神授和君令不可违抗的思想。

波斯诗歌中也有比较单纯的宗教颂诗，那就是苏非派诗人的颂诗。苏非主义产生于阿拉伯，其繁荣却在波斯。苏非主义颂诗往往表现诗人对真主的忠诚和挚爱，而不与政治态度和其他社会功利相关联，因而显得较为纯粹。例如，既是苏非教派长老（领袖）又是诗人的阿比尔赫尔就写过这样的纯粹颂诗（诗见第一章第三节第二小节）。

波斯苏非主义颂神诗常常借用爱情的形式。阿拉伯苏非派女教徒拉比阿·阿黛维叶的“神爱”观念传进波斯，推动了波斯苏非主义“情诗”的写作。这种神爱的情诗与真正的情诗有时难以区分。诗人莫拉维（又名鲁米）（1207—1273年）也是苏非教派的长老，他的诗就有这种情况。例如，他的一首“卡扎尔”诗中的三节：

朋友啊！请帮助我，把我的情人唤来！
她竟匆匆地离去，请你把她劝回来！
请为她弹琴奏曲，拨动她的心弦，
使她这绝代的佳人仍回“月宫”中来。
假如她许诺说：“只需再等待片刻。”
你别独自返回——因她十分狡狯。（张晖译）

哈菲兹受苏非主义思想的影响，他的有些情诗是明显的神爱诗。例如，下面这首“卡扎尔”诗，且看其中两节：

我那真主的秘密
一直隐藏在帷幔里；
让我们从她的面颊上，
把她醉意的面纱揭去。
你那新月似的娥眉呵，
它的媚态在哪里？
我的命运的球被你的曲棍，
任意地抛来抛去。（邢秉顺译，下同）

哈菲兹有的情诗中的神爱观念却不直接表现，例如：

虽然尚未看到你的容颜，
成千的人已经望眼欲穿；
尽管你刚刚含苞待放，
百只夜莺已在对你啼啭。
假如我来到你的住地，
却并非什么荒唐无稽；

世上有多少像我一样的人，
深切的情思都向着你。

从这两节诗看，那神爱观念我们能够体会出来，虽然不甚明显。哈菲兹写了很多爱情诗，其中有的究竟是对真主的神爱还是世俗男女之爱，确实难以分辨。

（二）世俗思想题材

“穆斯林东方各国人民城市文化的特点是全面发展和世俗因素占有相当大（对于中世纪的条件来说）的分量”①。其中，阿拉伯帝国的这个特点最显著。阿拉伯民族自创立伊斯兰教以来，前伊斯兰时代的沙漠文化逐渐转变为城市文化。自伍麦叶王朝建立起阿拉伯大帝国以来，这种城市文化全面发展，宗教情绪大为减少，世俗因素急剧增加②，并逐渐形成奢侈、享乐的风尚。

阿拉伯诗歌世俗思想题材的一个特点是矜夸。阿拉伯人性格豪爽，不善掩饰，喜好自夸。伊斯兰教初创期的矜夸诗常常结合着颂扬和讽刺，即在颂扬或讽刺中矜夸自己所属的宗教或政治派别，抨击异教或对立的政治派别。至伍麦叶王朝特别是阿拔斯王朝时期，矜夸诗表现出更多的个人特性。艾布·塔依伯·穆泰纳比（915—965年）是阿拔斯王朝的大诗人。“他在任何情况下，无论是在悼念诗、赞颂诗、讽刺诗、爱情诗还是怨诉诗中，都矜持自傲。……他在贝督因生活环境中的成长使他具有自夸的倾向，甚至成为一种本能。时世的煎熬，妒忌者的攻击，使他有意矜持，向人炫耀，或聊以自慰。”③ 例如，他写道：

我不靠部族而尊荣，
部族却因我而自豪；
我不以祖先而矜持，
只为我自己而骄傲。④

诗人夸耀自己是民族的骄傲。又如：

---

① M. Ф. 奥夫相尼科夫主编：《中近东美学》，第85页。

② 参考这样的说法：“伍麦叶王朝的哈里发结束了正统哈里发的颇为虔诚的神权王国。在随后的日子里，除少数情况外，公共生活中出现了宗教情绪大为减少的倾向。虔诚信徒们说，那实则是‘不敬神’的生活。”（Caesar E. Farah, *Islam: Beliefs and Observances*, p.163.）

③ 汉纳·法胡里：《阿拉伯文学史》，第399页。

④ 同上。

满座宾朋将会知道，
他们之中我最超群；
沙漠、战马、夜色最了解我，
宝剑、长矛、纸张为我作证。①

诗人自诩为英雄，自认为高人一等。再看他的《这就是我》：

一

何等高处需我依附攀援？
哪位高人令我生畏惧怕？
安拉已造就千象百态，
尚有未造的难计多寡。
一切在我宏旨前均显渺小，
似我头缝中的一丝青发！

二

盲人能看见我的诗章，
聋子能听见我诗的铿锵。
我可安睡，任诗意自由徜徉，
他人无眠，为觅句追逐争强。
……（杨孝柏译，下同）

在第一首诗中，诗人竟宣称真主创造的一切与他的宏大志向比较起来也显得渺小！这样的自夸有点离经叛道了。在第二首诗中，诗人自信名满天下；又夸耀自己才思敏捷，无人可敌，并嘲笑其他诗人。阿拉伯诗人的矜夸诗可能影响了某些波斯诗人，使后者在诗歌中也恃才傲物，矜夸自己，如波斯大诗人鲁达基和哈菲兹在夸耀自己的诗才上就与穆泰纳比类似。

阿拉伯诗歌最显豁的世俗思想题材还是爱情和美酒。阿拉伯前伊斯兰时代的爱情诗描写情人的相互爱慕和幽会，表现相互分离后的痛苦和思念。这些诗歌分为两类，“一类是游牧人纯洁质朴的情诗”，“另一类是都市人粗俗的调情诗”②。“著名的纯朴爱情诗人有昂泰拉，著名的放荡调情诗人有乌姆

① 汉纳·法胡里：《阿拉伯文学史》，第399页。
② 同上书，第36页。

鲁勒·盖斯。”[①] 盖斯虽然是调情诗人的代表，却也能写出纯朴的爱情诗。如他以下两节“悬诗”：

若我有过，令你厌恨，
且让你衣襟旁消失我的身影。
你的泪水只能是快箭利刃，
刺穿了我那颗破碎的心灵。

伍麦叶王朝时期的爱情诗也大致分为纯朴派和调情派或称放荡派。此时期渐渐兴起的奢侈、享乐风气，使富于感官刺激的放荡派爱情诗流行起来。放荡派爱情诗的代表是欧默尔·本·艾比·拉比尔（644—711 年），他生后留下的大部分诗篇是爱情诗。如他的《苏莱娅》：

朋友动问，欲知究竟：
“对绝色的苏莱娅你可倾心？”
我说：“若断水久未畅饮，
必求甘露，这恰似我对爱的追寻！”
……
天生的丽质，腰肢扭动，
似蛇的步态，摇曳行进。
美哉！为她佩挂的那串项链，
应是用丁香和珠玉穿引。
满口溢香，使我心醉神迷，
问她吧！何以解救这被俘的心？

诗篇所描写的是少女的美色以及诗人对这美色的倾倒。

至阿拔斯王朝时期，各种享受和娱乐助长了更加放荡的风气。例如，那时有从国外来的女奴和娈童。对娈童的调情被称为“阳恋”。[②] 放荡派爱情诗的声势也更大，色情乃至淫秽的描写很普遍。例如，柏萨尔·本·布德尔（714—784 年）以情诗扬名，文学史家这样评价他的情诗：“柏萨尔的情诗对当时的少女十分危险，因为它是她们所处那个放荡环境的回声，是她们淫

---

① 汉纳·法胡里：《阿拉伯文学史》，第 36 页。
② 参见汉纳·法胡里：《阿拉伯文学史》，第 252 页。

奔欲念的反映……"① 也有专事表现纯情的诗人，如阿巴斯·奔·艾哈奈夫（？—808 年）。以下是他《再聚首》中的三节：

我俩曾欢乐地为邻作伴，
偷眼相望，尚有人监视防守。
这些人逼我们两人分手，
而爱情却无损，纯洁长久。
芳子啊，你走后挑唆者未能欢笑，
我的泪水也难止始终涌流。

饮酒在前伊斯兰时代就是诗歌的题材。《古兰经》禁止饮酒，然而，就在伊斯兰教初创时期，就有人暗自违禁。在伍麦叶王朝时期，饮酒已处于半公开状态，甚至某些哈里发也嗜酒，有的还写饮酒作乐的诗歌，如第十一任哈里发沃利德·本·叶齐德就如此。至阿拔斯王朝时期，许多人完全开了禁，纵情畅饮，沉湎于歌舞声色，咏酒诗人也随之大量出现，其中"空前的也是绝后的高手，就是艾布·努瓦斯"②。请看他的生动描写：

侍者把灯点燃，
又将金杯斟满；
顷刻之间堂内光闪烁，
犹如双灯放亮吐红焰。
一阵疑惑起心头，
虽然我明明知道还是欲发问：
"是酒发出火样光，
还是火像酒在燃？"③

又如他的《莫悲愁》中的两节：

酒如宝玉，杯似珍珠，
持在那窈窕侍女的双手。
纤指举着琼浆，朱唇含着美酒，

---

① 汉纳·法胡里：《阿拉伯文学史》，第 262 页。
② 同上书，第 267 页。
③ 转引自上书，第 279 页。

怎不叫你二度沉迷，一醉方休！（杨孝柏译）

这样饮酒作乐的诗篇，“是诗人放荡心理的真实写照，也是那个时代放荡的巴格达精神的反映”①。

波斯自伊斯兰化以后，历代王朝都有宫廷诗人。有的王朝的宫廷诗人竟多达数百人。② 这些宫廷诗人写作了大量的颂诗，许多颂诗的宗教性不强，而世俗性和功利性却很强。作为波斯“诗歌之父”的鲁达基就是宫廷诗人，他的长诗《酒颂》实际上主要歌颂国王，其中如下的诗节很典型：“他是正义的帝王，/时代的太阳；他是世界的法律和光明——/让我们祝愿他长寿永生”；“亚当的后裔——/还未出现过这样的帝王；/将来也很难再有人——/像他这样英明”；“对任何人的颂赞，/都有界限和分寸；/对他的颂扬，/却没有边际，有始无终”（张晖译）。又如宫廷诗人法罗西的《悼念玛赫穆德国王》被认为是波斯颂诗的典范，它也主要歌颂国王的丰功伟绩（该诗见第一章第三节第三小节）。这些颂诗的目的大多在于讨好王公贵族，以便博得封赏。统治者对于颂扬他们的诗人往往也很慷慨，给予丰厚的奖赏。鲁达基《酒颂》中的一节就这样写道：“诗人来时，/一贫如洗，两手空空；/归时却/满载黄金，车马隆隆。”在波斯的大诗人中，只有海亚姆的诗中“不存在任何为了谋利而阿谀奉承的诗句”③。他诗歌的主题是美酒和哲理。此外，哈菲兹也只是偶尔写颂扬诗，对他所处的动乱时代也很少反映。④ 他诗歌的主题是爱情和美酒。

波斯诗歌的世俗性主要表现在描写爱情和美酒的作品中，这与阿拉伯诗歌类似。内扎米·甘泽维（1141—1209 年）在《爱的颂歌》中唱到：

宇宙中除了爱再无神圣殿堂，
无爱的人世一片冷寂荒凉。
作爱情的奴仆吧，这才是人生真谛，
有心人莫不对爱情以身相许。（张鸿年译）

---

① 汉纳·法胡里：《阿拉伯文学史》，第 280 页。

② 参见张鸿年：《波斯文学史》第 60 页。伊斯兰的阿拉伯帝国和波斯王国存在大量宫廷诗人的现象，在世界诗歌史上是最突出的。

③ M. A. Reuben Levy，*Persian Literature：an introduction*，p.37.

④ Ibid.，p.77.

这颇有爱情至上的意味。

读波斯爱情诗会有这样一种感觉，那就是诗人所爱慕的情人大多显得冷漠无情，诗人因此常常遭受单相思的折磨或者被离弃的痛苦。例如，哈菲兹的这首“卡扎尔”情诗：

你夺走了我的心，
掩起脸弃我而去；
真主在上，对我
你怎能如此嬉戏？
这孤寂的黑夜，
把我赶向死亡的边际；
而对你的思念，
却涌流出无限的甜蜜。
当你的两只水仙，
弄得我心醉神迷，
我炽燃着的心呵，
像郁金香鲜血垂滴。
……
你那蛾眉的弯弓，
你那眼睛的利箭——
就连哈菲兹的敌人，
也未曾这样遭难。（邢秉顺译，下同）

在哈菲兹的其他“卡扎尔”情诗中，也有这样的表现。如以下这些诗节：“哈菲兹爱你的亭亭玉立，/他沉浸在痛苦的大海；/请给他一点同情吧，/或许会拯救他脱离苦海。”“我这饥苦人落得可悲的结局，/你可怜的晨风也落得一场空；/我为她迷人的双眼失魂，/你为她清香的秀发丧生。”“心呵，情人的冷酷无情，/请你切莫去埋怨；/她只能把这些带给你，/这本是理所当然。”文学史家就说，哈菲兹的“最美的诗篇，如像其他诗人的最美的诗篇那样，不是爱的愿望的满足，而是失恋的痛苦”①。

① M. A. Reuben Levy, *Persian Literature: an introduction*, p.76.

波斯世俗爱情诗的这个特点，大约与波斯苏非主义神爱诗的影响有关。如前所述，波斯苏非主义神爱诗将神爱对象——真主情人——描写得高不可及，又将这种神爱描写成诗人对真主情人的单方面的追求，并且往往是痛苦的乃至无望的追求。某些世俗情诗与神爱情诗混淆不分的情况，使这一特点更为突出。此外，这个特点的形成还可能由于阿拉伯爱情诗的影响，因为自前伊斯兰时代以来，阿拉伯纯朴类爱情诗就多写诗人因分别或被离弃而思念、惆怅和苦恼。

我们再看萨迪（1208—1292 年）的一首爱情诗：

当你走过我身旁总该看我一眼，
莫不是出于矜持才对朋友如此冷淡？
……
我对你一见钟情，心潮如波涛汹涌，
恭立祈祷，壁龛中也浮现你的面影，
我愁锁心头，似失足坠入激流之中，
你的朱唇可是涂上我的血，这般殷红？
你若从我坟旁飘然而过轻曳你的衣襟，
纵然辞世而去，我也会立即还魂。
她从身边走过我的心都备受折磨，
萨迪，这别人不堪忍受对你岂不是欢乐。
谁若夸口说对你意长情深，
那是一派花言巧语，蓄意骗人。（张鸿年译）

诗人明确告诉我们，他的情人“如此冷淡”，因而他的心灵“备受折磨”。所以此诗也有上述特点。更为独特的是，诗人还更进一步，即把自己这种备受折磨的心灵痛苦品味成爱情的欢乐。其实，写这种情诗的其他诗人也可能如此（所以他们才执着于这样的爱情和写作这样的情诗），只是没有像萨迪那样说出来罢了。

“自古以来，波斯人就以追求花天酒地的生活闻名。琐罗亚斯德教不仅允许喝酒，而且把饮酒列入宗教仪式之中。”① 阿拉伯文化史家还在很大程

① 艾哈迈德·爱敏：《阿拉伯—伊斯兰文化史》（第二册），第 101 页。

度上将伍麦叶王朝和阿拔斯王朝两个时代的奢侈、享乐之风归咎于这种波斯传统的影响。[①] 就波斯诗歌的饮酒享乐风尚看，除了这种自身传统的作用外，显然反过来也受到阿拉伯诗歌饮酒享乐之风的影响，因为波斯诗歌的繁荣在阿拉伯诗歌的繁荣之后，而这两个民族的诗歌在共同的伊斯兰教文化中是不可避免地相互影响的。

法罗西写有一首题为《今朝有酒今朝醉》的诗，以下是篇末几句：

我可没说啜饮美酒是否犯禁，
犯禁不犯我可不便妄加评论。
我只说要饮就趁今朝痛饮，
错过今朝何处去寻这样的阳春？
快来痛饮一杯庆贺花儿初绽，
趁命运之手尚未把你我尸土制成酒坛。[②]

看来，享乐之风盛行的时候，波斯诗人也和阿拉伯诗人一样置《古兰经》的禁酒令于不顾。犯禁痛饮的目的是为了及时行乐。为何要及时行乐呢？因为人死后不过是一堆尸土（它被制成酒坛又供别人用以饮酒），既然如此，何不生前及时行乐？

海亚姆最擅长写哲理四行诗。他的哲理四行诗中有许多是关于饮酒作乐的。例如：

美人啊，请以你的红颜为我们排忧解难，
为安慰我们的心拿来美酒一坛。
让我们在一起欢聚畅饮美酒，
趁我们的坟土制成酒坛之前。（张鸿年译，下同）

此诗的旨趣显然与上述法罗西的诗篇一脉相承（法罗西是前辈诗人），连构思和用语也相似。海亚姆另有一首四行诗也表现这种及时行乐的思想，但表现得更精巧：

昨晚我把陶制酒罐摔到石上，
贪杯过量才如此轻率荒唐，

① 参见艾哈迈德·爱敏：《阿拉伯—伊斯兰文化史》（第二册），第101页、第170—171页。
② 转引自张鸿年：《波斯文学史》，第72页。

但那罐对我竟口吐人言：
“我也曾像你，你也将如我一样。”

哈菲兹也是写咏酒诗的大师。他的咏酒诗中也有及时行乐思想。（海亚姆是哈菲兹的前辈）例如，他在“卡扎尔”诗中说：

以鲜红的葡萄美酒，
建造起心儿的宫殿；
因为这衰颓毁灭的世界，
将用我们的尸土做砖。（邢秉顺译，下同）

诗人确信人死不过是回归泥土，变成他物，因此今生应该及时行乐。看来，这种思想在中古的波斯是颇为流行的。这种思想显然违背伊斯兰教的教义，但哈菲兹却说这是真主的旨意：

哈菲兹呵，莫犹豫，
快把芳醇斟上；
这是真主的旨意，
岂能肆意违抗。

我们知道真主并无此意，是嗜酒的诗人将自己的旨意强加给了真主。

海亚姆和哈菲兹的诗歌富于自由思想和反抗精神，他俩的咏酒诗中就有这种思想和精神。这种思想和精神是中古波斯诗歌中最明显的异质成分，前文对此作过论述。

三、印度抒情诗的思想题材

（一）宗教思想题材

印度诗歌的宗教思想题材也主要表现在颂神上。最早的《梨俱吠陀》诗集就以颂神为主。该诗集有 1028 首诗，其中对天神因陀罗的颂诗就占四分之一，对火神、酒神等的颂诗也很多。这些颂神诗的一个重要特点，是与日常的生活和生产紧密相关，具有很强的功利性。

印度后来的颂神诗常常是以艳情诗形式出现的神爱诗歌。这种神爱诗歌的最大特点是它真正具有性爱的性质。这种神爱诗歌的最著名的代表，是 12 世纪胜天的《牧童歌》。“《牧童歌》正是歌唱牧童黑天和牧女恋爱的情歌，可是几百年来又一直被人当作虔诚的颂神歌曲。”① “《牧童歌》所写的爱情是与肉体密切联系的，这和我们现在所了解的爱情大有不同。因此，诗里面夹杂着一些露骨的色情描写，不易为我们所接受，但在印度人眼中却不如此。……在我们看来，写爱情的都是些艳情诗，而首尾拼凑上颂神诗句，不伦不类，若以艳诗颂神，则成为亵渎。但这正是这一教派②及其诗歌的特点。”③

黑天虽然是大神毗湿奴的化身，但他对牧女罗陀的爱却表现出世俗的强烈情欲。他曾拜倒在罗陀的脚下说：

你的莲花脚迷住我的心，
它们是爱情欢乐的源泉，
说吧，言语温柔的罗陀！
让我用颜料将它们涂染。（X. 7）
你这双美妙的莲花脚能消除
爱情的痛苦，请放在我头上！
情火似骄阳，在我体内焚烧，
请用你的脚，踩灭它的光芒！（X. 8）④

《牧童歌》是用梵语写的。12 世纪以后，梵语文学衰落下去，方言文学⑤兴起。11—17 世纪，印度教开展虔信派运动，⑥ 某些虔信派诗人歌颂毗湿奴的化身黑天，另一些虔信派诗人则歌颂毗湿奴的另一个化身罗摩。例如，虔信派诗人维德亚伯迪（生于 14 世纪中叶，死于 15 世纪初）有抒情诗三百多首，其中大部分是关于黑天和罗陀的爱情故事。其中一首这样写道：

---

① 金克木：《梵语文学史》，第 367 页。

② 指印度教中的毗湿奴教派。这一教派认为黑天和罗摩都是大神毗湿奴的化身。——引者注

③ 金克木：《梵语文学史》，第 368 页。

④ 转引自黄宝生：《胜天的〈牧童歌〉》，中国印度文学研究会编：《印度文学研究》（集刊 1），第 21—22 页。

⑤ 印度 12 世纪以后逐渐兴起的方言文学主要是印地语文学、乌尔都语文学和孟加拉语文学，此外还有若干次要语种的方言文学。

⑥ 虔信派运动提倡通过对神的虔诚信仰而获得解脱。它实际上是一场宗教改良运动，例如它反对种姓制度，主张教徒平等，号召印度教徒与伊斯兰教徒和平共处。

面如莲花的罗陀浴毕走上岸，
看见黑天立在一边。
长者数人在身旁，
罗陀怎好将黑天细细看？
她含羞地低下了头。
女友啊，罗陀真有主见，
她撇开众人向前走，
背地将珍珠项链来撕断，
声声叫着项链断了线。
众人弯下身去拾珍珠，
而她一旁把黑天来偷看。①

这首诗将罗陀爱慕黑天的心思和行为刻画得惟妙惟肖，与世俗的真爱无异。然而，“按照毗湿奴教徒的解释，罗陀和众牧女对黑天的爱恋象征人类灵魂对大神毗湿奴的渴求”②，加之诗人的数百首诗都是按照“黑天—罗陀”这个模式写的，人们当然有理由把它当作歌颂大神毗湿奴的颂歌。不过，由于作为这种模式的颂神诗究竟来源于世俗的民间情歌③，诗人和读者在一定程度上借用这种颂神诗来抒发自己世俗的真爱也在情理之中。

苏尔达斯（生于15世纪下半叶，死于16世纪下半叶）是虔信派诗人的主要代表，他“以黑天童年和少年的活动为题材写下了四千多首抒情诗”④。这些诗歌中的人物形象就是黑天和罗陀及其女伴，往往显得有些抽象，许多诗篇的内容也是相同的。这些诗歌中关于少年黑天爱情的篇章又是最多的，在这些爱情篇章中，“诗人既写了黑天和罗陀的爱情，毫无疑问这是重点，然而诗人也写了黑天和牧区的一万六千名女子的爱情。…… 黑天和这样一些女子保持暧昧的关系，甚至肉体关系，而且公开宣称他是她们的

---

① 转引自刘安武：《印度印地语文学史》，第44—45页。

② 黄宝生：《胜天的〈牧童歌〉》，中国印度文学研究会编：《印度文学研究》（集刊1），第28页。

③ 据黄宝生的研究，《牧童歌》“首先是一部世俗作品，或者说，是宫廷诗人胜天创作的一部披着颂神外衣的艳情诗，由于历史的原因，才成为一部所谓的宗教作品，即毗湿奴教徒心目中的一部披着世俗外衣的‘圣歌’”（同上，第19页）。

④ 刘安武：《苏尔达斯和他的〈苏尔诗海〉》，中国印度文学研究会编：《印度文学研究》（集刊1），第61页。

丈夫，她们是他的妻子，这样的爱情算什么样的爱情呢？照我们看来，这种爱情是不道德的，是不可取的，更不值得赞扬歌唱。然而，在崇拜黑天的教派看来，这是正常的，而且应该受到赞许的，这就涉及黑天教派带神秘主义的教义问题了。根据这种神秘主义的教义，黑天是毗湿奴大神的化身，他本身就是‘大我’，‘宇宙至上我’，或者说‘最高的灵魂’。牧区的千千万万女子则是‘小我’，或者说是‘个别的灵魂’，千千万万个别的灵魂和最高的灵魂相统一或融合为一体是这一教派最高的目的。如何才能和最高的主宰融合为一体呢？这一教派认为只有通过最强烈的感情才能实现。人间最强烈的感情是什么？是爱情。所以，女子只有通过这种爱情手段才能达到目的”①。

上述印度宗教的神爱诗歌，与前述伊斯兰教文化中苏非主义神爱诗歌不同：后者仅仅借用性爱形式，而并无真正的性爱内容；前者则不但具有性爱形式，而且实质性地具有性爱内容。这样的神爱诗歌在世界宗教文化的诗歌中是一种独特现象。之所以形成这样的独特现象，大概有如下本原性的宗教原因：在被雅利安人征服以前，印度本土的达罗毗荼人社会是母系制社会，那时的人们信奉女神和其他鬼神。雅利安人征服印度以后，吸收了达罗毗荼人的某些文化，其中就包括将某些女神与反映雅利安父系制社会的男神配成夫妻，让他们组成家庭和生儿育女（他们的儿女也是神）。② 这样，新产生的宗教神话就在本原上具有了男女性爱的性质。

《梨俱吠陀》第 10 卷第 129 首对性爱的这种本原作用进行了无限夸大：

起先黑暗由黑暗掩藏，
那全是没有标志的水；
“全生”由空虚掩盖，
那一个以“炽热”的伟力而产生。
起先爱欲出现于其上，
那是心意的第一个“水种”。
智者们在心中以智慧探索，

---

① 刘安武：《苏尔达斯和他的〈苏尔诗海〉》，中国印度文学研究会编：《印度文学研究》（集刊 1），第 67—68 页。

② 参见 D. D. 高善必：《印度古代文化与文明史纲》，第 84、192 页。

在“无”中发现了“有”之连系。①

《梨俱吠陀》中的这类诗篇深奥难懂。据金克木的解释，诗篇中所说的“全生”就是“全面出现”。“世界出现的动力是‘炽热’，最初核心是‘爱欲’，产出它的是‘心意’。”② 所以，这首诗“是说由‘心意’的‘爱欲’的‘炽热’而出现一切”③。这样说来，关于性爱的“爱欲”简直就是创造世界的原初动力。这种爱欲的原初动力就是性力，性力就是世界的本原。它甚至比神本身还更本原，因为神也是它创造的。这首诗中就这样说：“这（世界）是从哪里来的？这创造是从哪里来的？/天神们是在它的创造以后。”

既然性爱是宗教神话的本原，甚至是世界的本原，颂神的诗歌就不但可以是性爱的，而且应该是性爱的，对这种性爱进行性感的甚至色情的描写，自然也可以容忍。印度文化史家就说：“印度的文学传统在爱情方面是相当开放的。”④ 这种情况既指世俗爱情诗，也指神爱诗歌这种宗教爱情诗。

古代印度的这种性爱性质的颂神诗在《牧童歌》问世（12 世纪）以后的几百年间最繁荣，这又与当时兴起的印度教的有关教义有关：那教义也给予这种性爱的颂神诗歌以宗教的合法性。印度教提出人生有法、利、欲和解脱四个目的，其中“欲”的目的就包括爱欲和其他感官享受。四个目的中当然解脱是最终目的，但前三个目的也是人生必需的，因为若没有它们，就无从说起最终的解脱（所谓解脱，就是从它们三者中解脱）。在这种意义上，前三者所包含的爱欲及其他世俗功利都得到了宗教的肯定，或者说取得了宗教的合法性。当然，前三者最终又被宗教的解脱所否定。对世俗生活既肯定又否定，或者说通过肯定世俗生活来最终否定世俗生活，这正是印度教文化的特点。

其他宗教文化的神爱诗歌却没有这样的宗教合法性，更没有上述宗教神话的本原性，所以那些神爱诗歌一般没有真正的性爱表现，不过是借用爱情

---

① 转引自金克木：《〈梨俱吠陀〉三首哲理诗的宇宙观》，《比较文化论集》，生活·读书·新知三联书店 1984 年版，第 16 页。

② 同上书，第 22 页。

③ 同上。

④ D. D. 高善必：《印度古代文化与文明史纲》，第 226 页。

的形式而已。

犹太教《旧约》中的《雅歌》也来自世俗情歌。尽管它所描写的爱情曾被阐释为上帝与以色列人之间的爱，现代大多数学者却认为它只是世俗情歌，犹太教徒和基督教徒也没有普遍地把它当作颂神诗来吟唱。上述印度的《牧童歌》却不同，它被许多教徒当作颂神诗来吟唱，它本身也有相应的颂神特征，即“每章末有颂神祝福词。每组末节点出诗人名字和诗的颂神性质”①。苏尔达斯等人的性爱颂神诗也有类似的特征，而犹太教的《雅歌》却没有这些特征。更为重要的是，即便从宗教观点把《雅歌》看作神爱诗歌，那也仅仅是借用世俗男女的性爱来比喻上帝与以色列人之间的神爱，因为犹太教本身并无性爱性质。把《雅歌》的爱情看作神爱，可能出自《耶利米书》中把上帝当作仁慈的丈夫，而把以色列人当作不忠（指追随异教的神）的妻子②，这显然是作者（先知耶利米）的一种比喻，它并无犹太教的本原性。基督教的神爱诗歌受到《雅歌》和《耶利米书》上述说法的影响（它一般是把上帝或基督比作丈夫或男情人），这种神爱诗歌中的爱情显然也只是一种比喻，它并不是基督教的一种本原的教义，与真正的性爱也无关。

阿拉伯和波斯苏非主义诗歌的神爱观念大约也受过《雅歌》的影响。此外，“这一神学思想的提出，许多学者认为，是受了基督教所宣扬的‘上帝至爱’‘上帝即爱’等思想的影响并加以发展的结果”③。可见，阿拉伯和波斯苏非主义诗歌的神爱观念也无伊斯兰教的本原性，也与真正的性爱无关。阿拉伯和波斯诗歌有描写美女和醇酒、体现奢侈和享乐风尚的一面，苏非主义诗歌的神爱观念与之并无关联，因为苏非教派反倒是反对奢侈、享乐而主张节俭、禁欲的（苏非教派的产生，在很大程度上就是出于对阿拔斯王朝奢侈、享乐社会风尚的不满）。

颂神诗之外，印度宗教性的格言诗和哲理诗也很突出。

“格言诗是印度古代文学的一个特色。……这类诗真可说是成千累万，

---

① 金克木：《梵语文学史》，第 368 页。

② 《耶利米书》第三章说：“耶和华说：‘背道的儿女啊，回来吧！因为我作你们的丈夫。’”（3：14）

③ 孙承熙：《阿拉伯伊斯兰文化史纲》，昆仑出版社 2001 年版，第 214—215 页。

不计其数。”① 宗教格言诗主要是关于宗教信仰和宗教道德的，含有劝诫和教育的意义。这种诗歌中富于情感的也属于抒情诗范围。例如，伐致呵利《三百咏》中的第6首：

当初无知识，爱欲暗遮眼，
只见全世间，尽是女人脸；
而今获智慧，如涂明目烟，
平等视一切，一切皆大梵。（金克木译，下同）

从满眼爱欲到最终解脱，与大梵同一，这是印度教徒的人生经历和最终归宿。这是印度教格言诗。

又如佛陀语录《法句经》中的一首：

自己才是自己的主人，
此外哪里有主人？
好好降伏了自己，
就得到难得的主人。（160）

修行在于降伏自身内的心魔。这是对佛教徒的教诲，是佛教格言诗。

印度宗教哲理抒情诗的最高成就，是被誉为“东方诗哲”的泰戈尔的诗集《吉檀迦利》，泰戈尔也因为它而荣获诺贝尔文学奖。《吉檀迦利》主要表现“梵我同一”这种宗教哲学思想。梵天是婆罗门教和印度教的创造神，他创造诸神和万物。至《奥义书》时代（大约公元前8世纪—前7世纪），婆罗门教的思想家从梵天抽象出形而上的实体“梵”，于是梵成为最高的神或存在，一切事物和我都是梵的显现，这就是梵我同一思想。这种思想在吠檀多派的哲学中完成。泰戈尔深受吠檀多哲学的影响，不过，泰戈尔从他的“人的宗教”立场出发，对传统的梵我同一思想有所革新，那就是将重心从神性转移到人性（对此的具体论述见第一章第三节第一、四小节）。从这种新的梵我同一的思想，泰戈尔又引申出和谐思想以及爱神、爱人的思想，这些新思想就集中反映在他的《吉檀迦利》中。

《吉檀迦利》里的有些诗句明确表现梵我同一思想：

---

① 金克木：《印度古诗选·序》，《印度古诗选》，金克木选译，湖南人民出版社1984年版，第3页。

你使我做了你这一切财富的共享者。在我心里你的欢乐不住地遨游。在我生命中你的意志永远实现。

因此，你这万王之王曾把自己修饰了来赢取我的心。因此你的爱也消融在你情人的爱里。在那里，你又以我俩完全合一的形象显现。（第56首）（冰心译，下同）

通过我的眼睛，来观看你自己的创造物，站在我的耳门上，来静听你自己的永恒的谐音，我的诗人，这是你的快乐吗？（第65首）

《吉檀迦利》所表现的梵我同一，大多是以上那样的梵与诗人（我）的同一。此外，梵我同一也包括梵与普通民众的同一，因而诗人应当像梵一样融入普通民众之中：

他是在锄着枯地的农夫那里，在敲石的造路工人那里。太阳下，阴雨里，他和他们同在，衣袍上蒙着尘土。脱掉你的圣袍，甚至像他一样地下到泥土里去吧！（第11首）

梵我同一还包括梵与花草等自然物的同一，因而诗人同这些自然物也应该是内在地关联着的：

你潜藏在万物的心里，培育着种子发芽，蓓蕾绽红，花落结实。

我困乏了，在闲榻上睡眠，想象一切工作都已停歇。早晨醒来，我发现我的园里，却开遍了异蕊奇花。（第81首）

梵我同一的神圣境界，是诗人心灵追寻的最终归宿。诗歌创作就是这种追寻的心路历程。所以，诗人在诗集的最后三首诗中这样说：

我这一生永远以诗歌来寻求你。它们领我从这门走到那门，我和它们一同摸索，寻求着，接触着我的世界。（第101首）

我把你的事迹编成不朽的诗歌。秘密从我心中涌出。（第102首）

让我所有的诗歌，聚集起不同的调子，在我向你合十膜拜之中，成为一股洪流，倾注入静寂的大海。

像一群思乡的鹤鸟，日夜飞向它们的山巢，在我向你合十膜拜之中，让我全部的生命，启程回到它永久的家乡。（第103首）

梵我同一思想是一种泛神论思想。泛神论有两种，一种是自然主义泛神论，它认为万物即是神，自然即是神（这种神不同于宗教意义上的神）。西方诗歌中表现的主要是这种泛神论思想。另一种是宗教神秘主义泛神论，它认为神显现于万物，显现于自然，但神本身超越它们。这种泛神论思想之所是神秘主义的，就是因为那超越性的神本身是不可知的和不可言说的，人们只能非理性地感觉它。泰戈尔《吉檀迦利》所表现的梵我同一思想，是典型的宗教神秘主义泛神论思想。之所以说这种泛神论思想典型，是因为那泛神论性质的梵我同一思想是本原性的也是基本的印度宗教哲学思想，它贯穿于婆罗门教和印度教（包括现代印度教）的整个宗教哲学。阿拉伯和波斯苏非主义诗歌所表现的人与真主合一的思想，也具有泛神论性质。不过，人与真主合一这种泛神论思想并不是伊斯兰教的本原思想，而是后来兴起的苏非教派的一种思想。其实，苏非教派的这种泛神论思想与伊斯兰教的正统教义是有冲突的（伊斯兰教正统教义认为真主创造万物，但真主并不存在于万物之中，人也不与真主同一），所以，历史上就有苏非教徒因为宣扬极端的苏非思想而遭受迫害的情况。① 基督教中也出现过泛神论思想。由于这种思想违背传统的基督教教义，它在中世纪被视作异端。这种泛神论思想在西方诗歌中没有多少反映。西方诗歌所表现的主要是自然主义泛神论思想，泰戈尔也受过这种思想的影响。②

（二）世俗思想题材

印度独立后的首任总理尼赫鲁说："所以我们在印度，也和在别处一样，可以看到有思想和行动的两条河流——一个接受人生，一个逃避人生——并排着在发展，在不同的时期中所着重的不同，有时是这一个突出，有时是那一个。"③ 这即是说，尽管印度的宗教气氛很浓厚，印度人的生活中仍然存在着宗教和世俗两个并行发展的方面。

就印度诗歌中的世俗思想题材看，它在日常事务、艳情和格言等方面较突出。

吠陀诗歌所反映的日常生活最为丰富多彩，其中大多包括在颂神诗中，

---

① "神与人、世界同一的观念必然导致泛神论，导致对伊斯兰教正统信条的怀疑。其必然的结果是，像早期苏非主义者曼苏里·哈拉吉这样的人因其'我即真主'的名言而遇害。"(M. A. Reuben Levy, *Persian Literature*: *an introduction*, 1923, p.35.)

② 参见周而琨：《论泰戈尔中期思想》，中国印度文学研究会编：《印度文学研究》（集刊1），第141—143页。

③ ［印度］贾瓦哈拉尔·尼赫鲁：《印度的发现》，齐文译，世界知识出版社1956年版，第91页。

也有部分基本上摆脱了宗教神话，而呈现出纯粹的世俗色彩。如《梨俱吠陀》第10卷第34首描写赌徒的心态和赌博骗人的实质：

赌徒到赌场，浑身发抖，
自己问自己：会不会赌赢？
骰子违反了他的愿望，
让他的对手交了好运。(6)
骰子真是带钩又带刺，
骗人，烧人，使人如火焚；
像孩子给东西，让人到手又夺回；
骰子像拌上了蜜糖，迷惑嗜赌人。(7)（金克木译，下同）

《阿达婆吠陀》的诗歌大部分是作咒语用的，它涉及上古印度人生活的各个方面。如第6卷第105首是治咳嗽的咒语诗，虽然没有摆脱宗教和巫术的形式，但其目的在于世俗的实用，即试图用巫术咒语来治病。以下是该诗首节：

像心中的愿望，
迅速飞向远方，
咳嗽啊！远远飞去吧，
随着心愿的飞翔。(1)

世俗思想题材最突出的还是艳情诗，不过其中很多粘带着宗教性。联系前述宗教思想题材突出的诗歌也是艳情诗（其中很多粘带着世俗性）这种情况，我们可以认定艳情是古代整个印度抒情诗的突出的思想题材。这一点从印度诗歌的创作实绩可以大致看出。例如，除了前述无数关于黑天和罗陀的神爱诗外，用梵语写作的伐致呵利的《艳情百咏》、阿摩卢（约7世纪）的《阿摩卢百咏》、比尔诃纳（11世纪）的《偷情50咏》等，专门歌咏情人之间或者夫妻之间的爱情生活。又如比哈利拉尔（1603—1663）用俗语写作的《七百咏》，其中大多是艳情诗。诗歌理论的某些情况也能印证这一点。例如，论“味”的诗论家大多将艳情味置于首位。又如，这样一首偷情诗出现在数部诗论中：“婆婆睡这里，我睡这里，趁白天你看仔细，/客人啊，夜里眼瞎，莫要睡到我俩的铺上。”① 其中一部诗论说这是对偷情

① 此诗在本书第一章第三节第二小节中引用过。

"明禁止而暗鼓励"①。几家诗论都引用这首诗来说明自己的问题，可以想见描写偷情在古代印度大约是被认可的。再如，有的诗论写作竟然运用很性感的比喻。例如，曼摩咤（约11世纪）说："隐含义像少女鼓起的乳房那样产生魅力。"② 这样的学术写作，其他民族的诗论家会感到别扭甚至荒唐，但对于印度诗论家来说似乎很自然。

迦梨陀娑的抒情长诗《云使》尽管是神话故事，也不乏颂神的诗句，但它主要不是颂神的爱情诗，而是世俗的爱情诗。因为它的目的不在于颂神，而在于表现诗人世俗的爱情理想。姑且引用几节来印证：

> 好友啊！她也许把琴放在旧衣裹着的膝上，
> 想把那缀有我的名字的歌曲高声歌唱；
> 琴弦为眼泪所湿，她不得不时时拂拭，
> 连她自己作的曲调也一次又一次遗忘。(86)
> 她也许正在用门口地上放着的花朵数目
> 计算着还有几个月别离的期限才满；
> 也许正在玩味着心中想象的和我团圆；
> 这些往往就是妇女与丈夫分离时的消遣。(87)（金克木译，下同）

这是对离愁的具体、生动的描写，与颂神无关。

> 你丈夫还说：'有一次你和我交颈同眠，
> 入睡后你忽然无缘无故大声哭醒；
> 我再三问时，你才心中暗笑着告诉我：
> 坏人啊！我梦中见你和别的女人调情。(111)

这是世俗爱情中的隐私和情趣，显然没有什么宗教性。

描写黑天和罗陀的爱情诗中也有偏向于世俗的。文学史家认为，"有的纯粹把黑天当作神的化身而加以歌颂，宗教色彩很浓，这种作品实际上是赞美诗；有的虽带有赞美诗的性质，但对黑天作为人的性格有所刻画，特别是写他的爱情生活，这一类诗写的爱情虽有点神秘主义色彩，但还是人的生活

---

① ［印度］毗首那他：《文镜》，曹顺庆主编：《东方文论选》，第363页注释（2）。
② ［印度］曼摩咤：《诗光》，曹顺庆主编：《东方文论选》，第337页。

的反映；还有的诗是借黑天这个人物，抒发一种向往自由爱情的感情"①。印地语女诗人米拉巴伊（1503—1573 年）的某些描写黑天的诗，就属于后一种情况。米拉巴伊青年守寡，又遭受婆家人的迫害。她的"有些诗中的人物虽然还是黑天，但是抒发了她内心的真挚的感情，这个黑天可以看作她丈夫的代号，或者她所向往的爱情生活的某一个男子的别名"②。例如，她以下这首诗：

女友啊，
我一心将黑天来怀念。
一日我在门前站，
黑天笑着来到我跟前。
我家里的人来阻挠，
可我的一切已属黑天。
别人说好说歹我不管，
离了黑天我心永不安。③

泰戈尔的爱情诗所表现的，已经是现代恋人更复杂更微妙的情感。这种情感往往显得抽象，是一种普遍的美感。泰戈尔爱情诗的一个特点，是较多地表现恋人多情而又羞怯的心态。例如，《园丁集》第 8 首写一个少女在思恋中的羞涩：当情人"用切望的呼声问我：'她在哪里呢?'/因为深深害羞，我不好意思说出：'她就是我，年轻的行人，她就是我。'"第 41 首则大约描写一个少年在热恋中的矛盾、羞怯的心情，以下是其中两节：

我渴望静默地坐在你的身旁，我不敢，怕我的心会跳到我的唇上。
因此我轻松地说东道西，把我的心藏在语言的后面。
我粗暴地对待我的痛苦，因为我怕你会这样做。
我渴望从你身边走开，我不敢，怕你看出我的懦怯。
因此我随随便便地昂首走到你的面前。
从你眼里频频掷来的刺激，使我的痛苦永远新鲜。（冰心译）

---

① 刘安武：《印度印地语文学史》，第 111 页。
② 同上书，第 112 页。
③ 转引自刘安武：《印度印地语文学史》，第 113—114 页。

泰戈尔在诗中说："没有表现出来的爱是神圣的。它像宝石般在隐藏的心的朦胧里放光。在奇异的日光中，它显得可怜地晦暗。"（《园丁集》第56首）这些话大约可以解释诗人何以喜爱表现恋人多情却又羞怯的心态。

格言诗也有主要是世俗性的，如伐致呵利《三百咏》中表现诗人怀才不遇的牢骚和愤懑的一首诗：

能识者满怀妒意，
有权者骄气凌人，
其他人不能赏识，
好诗句老死内心。(4)（金克木译，下同）

又如《嘉言集》中教导如何为人处世及其道理的一首诗：

即使仇人来到家中，
也应当以客礼接待；
大树并不收回阴凉，
即使砍树的人走来。(59)

再如格比尔达斯的一首怀疑宗教信仰并揭示人生哲理的格言诗：

人们去朝圣，我却偏不信。
时代变迁时，烟消灰飞尽。(刘国楠译)

印度诗歌还有一个传统题材，那就是自然。从吠陀诗集至现代诗歌它贯穿始终。它既可以是偏重于宗教的，也可以是偏重于世俗的。古代描绘自然景物的诗人，迦梨陀娑可为代表。在《云使》中，他对"云使"（雨云）沿途所漫游的天空、山河、森林、乡村等作了大量的描绘（所以自然美景应是《云使》审美性的一个重要方面）。这些自然景物许多都染上了诗中人物的离愁别绪。例如：

过河后，美丽的云啊！信度河缺水瘦成发辫，
岸上树木枯叶飘零衬托出她苍白的形影；
她那为相思所苦恼的情形指示了你的幸运，
唯有你能够设法使她由消瘦转为丰盈。(29)（金克木译，下同）

最有意思的，是通过拟人化的方式对自然景物作性感的描写：

她的仿佛用手轻提着的青色的水衣
直铺到芦苇边，忽被你取去，露出两岸如腿；
朋友啊！那时你低低下垂，将不忍分离——
谁能舍弃裸露的下肢，如果尝过了滋味？(41)

根据前面诗节的意思，此节诗中的“她”指女性化的河或河水，“你”则是男性化的雨云。这样的描写，其暗示意义和所流露的情调与全诗吻合。

现代印度描写自然景物的大师是泰戈尔。“没有一个诗人比他怀着更大的热情描绘了大自然的美，描绘了鲜花和果实，季节的变化，特别是印度的暴雨，以及河流、海洋和天空。”① 一如迦梨陀娑，泰戈尔所描绘的自然美有的偏重于世俗，有的偏重于宗教。在后一种情况中，“对于自然之最华丽的描绘，暗示了存在着某种超乎自然的东西。但自然之外的美又不是单纯的一件衣服或一个影子，它甚至不单纯是一种神的内在精神的表现；相反，倒可以说是神的精神在可见的形象和可感的声音中表现时完善自己”②。这即是说，泰戈尔所描绘的这种自然美具有“梵我同一”的神性，这种“梵我同一”的美与中国古代诗歌中山水景物的“天人合一”的美既有类似性，又有差异性，本书第三章将对两者作比较。

第四节　中国现代抒情诗的思想题材

一、政治思想题材

(一) 政治忧患、政治抗争与政治歌颂

中国现代诗歌中的政治忧患，是关于民族危亡、国家命运和民生疾苦的忧患。在从近代到现代（狭义）到当代的诗歌中，这种政治忧患连绵不绝。如维新派诗人康有为的《将去日本示从亡诸子》：

凤靡鸾吪历几时，茫茫大地欲何之？华严国土吾能现，独睨神州有所思。

① ［印度］S. C. 圣笈多：《泰戈尔评传》，董红钧译，湖南人民出版社 1984 年版，第 235 页。

② 同上。

又如现实主义诗人艾青的《雪落在中国的土地上》：

雪落在中国的土地上，
寒冷在封锁着中国呀……
风，
像一个太悲哀了的老妇，
紧紧地跟随着
伸出寒冷的指爪
拉扯着行人的衣襟，
用着像土地一样古老的话
一刻也不停地絮聒着……
……

再如朦胧诗人舒婷的《祖国呵，我亲爱的祖国》：

我是你河边上破旧的老水车，
数百年来纺着疲惫的歌；
我是你额上熏黑的矿灯，
照你在历史的隧洞里蜗行摸索；
我是干瘪的稻穗；是失修的路基；
是淤滩上的驳船
把纤绳深深
勒进你的肩膊，
——祖国呵！
……

前文曾指出，中国古代忧患意识的实质是一种责任感。古代诗人走修、齐、治、平的人生道路，其诗歌创作必然形成以社会责任感为实质的忧国忧民的传统。中国现代诗人受这种传统的影响，加之现代中国民族危机严重，政治革命盛行，所以其诗歌的忧国忧民的忧患意识也突出。中国古今诗人的忧患意识都主要是政治忧患意识，那么两种政治忧患意识有什么不同呢？主要的不同是：一者的政治是古代专制政治，是从属于特定道德的，一者的政治是现代民主政治，是独立于一般道德的；一者是普遍的群体意识，诗人不过对它作个体化的表现，一者是诗人独立思考的结果，是其自我意识的群体化表现。

就以上三首诗看。康有为那首诗写于 1899 年，即戊戌变法失败后的第一年。首句写六君子受难，次句写作者逃亡，接着写政治理想，末句写对祖国的忧思。戊戌变法不同于以往历史上的任何变革，它是创建现代民主政治的一次尝试，所以这首诗所蕴含的忧患意识与古代诗歌的忧患意识在性质上是有所不同的。康有为自己就说过，他的诗是“意境几于无李杜，目中何处着元明”（《与菽元论诗兼寄任公、儒博、曼宣》）。艾青那首诗写于抗战初期。他曾说过，“诗人应该是自我觉醒的先驱”①，这即是说现代诗人写诗应该从自我意识出发。艾青的创作确实如此，不过他很善于将个体的自我意识群体化，我们从该诗即可见出这一点。舒婷那首诗写于“文革”灾难刚刚过去的日子。该诗说，诗人是祖国母亲以伤痕累累的乳房喂养的“迷惘的我、深思的我、沸腾的我”，所以，诗中所表现的群体性的忧患意识显然是并且首先是诗人这种独特的“我”的忧患意识。

与现代中国类似，现代的阿拉伯、伊朗（古代也称波斯）和印度也遭遇了外国的侵略，因而民族解放和独立的问题（中国则是民族救亡的问题）很突出。所以，那些国家的现代诗歌在一定程度上也表现出对民族命运和民生疾苦的政治忧患。不过，那些国家的诗歌由于没有忧国忧民的传统，所以它们表现的忧患意识没有中国现代诗歌的忧患意识那样突出。我们回顾前述古代阿拉伯诗歌和波斯诗歌的思想题材，它们就很少是关于政治忧患的。例如，最伟大的波斯抒情诗人哈菲兹生活的时代，正是波斯因遭受蒙古人侵略而经历灾难和动乱的时代，然而哈菲兹的诗篇所描写的却是爱情、美酒和对真主的赞颂，很难看见那个时代的影子。印度古代诗歌中也少有忧患意识。印度古代最伟大的诗人迦梨陀娑写了很多著名的戏剧、叙事诗和抒情诗，它们主要是关于神话传说和男女爱情的，较少与现实的国计民生相关联。古代希伯来诗歌中有较多的忧患意识，不过它主要是宗教性忧患意识，即某些先知关于希伯来人因为不忠于上帝而将遭受惩罚的忧患意识，与中国古代的政治忧患意识不同。现代希伯来诗歌主要是人文主义性质的诗歌，它似乎并没有着意继承古代诗歌的那种宗教性忧患传统，加之现代以色列并没经历现代中国那样的民族救亡，所以它所表现的忧患意识也没有中国现代诗歌那么

① 艾青:《诗论》，第 225 页。

显著。

西方现代诗歌中也少有政治忧患。如果也用一个词语来概括西方现代诗歌的有关意识特征，那就是“忧郁”。忧患感与忧郁感的基本不同在于：如前所述，忧患感实质上是一种责任感，它是因为那责任感而引起的对现实状况的忧愁和对未来的担忧等心理状态。它因此既是自我个体的，也是社会群体的。忧郁感则是个人生命体验中的忧伤、郁闷等心理状态。西方现代诗歌中的忧郁感在不同时期有不同的特色。大致说来是：文艺复兴和浪漫主义主要是感伤的忧郁；前期现代主义（以法国前期象征主义为代表）主要是颓废的忧郁；后期现代主义（以法国后期象征主义和其他欧洲国家的象征主义为代表）主要是焦虑的忧郁。当然，这三种忧郁的界线有时是模糊的。

对于上述西方现代诗歌的忧郁情感状态，中国现代诗歌也有回响。大致说来是：感伤的忧郁主要表现在新月派诗人徐志摩等的诗中，以及受新月派影响的早期戴望舒、何其芳等的诗中；颓废的忧郁主要表现在李金发、王独清等象征主义诗人的诗中；焦虑的忧郁主要表现穆旦等九叶派诗人的诗中。同样，中国现代诗歌中这三种忧郁的界线有时也是模糊不清的，有的诗人多少不等地具有其中两种忧郁，甚或三种忧郁都具有。在中国现代诗歌中，上述政治忧患和这种个人忧郁也可以存在于同一个诗人的诗中。例如，戴望舒和何其芳先前的某些诗歌充满个人忧郁，抗战爆发后两人的某些诗歌则表现政治忧患；而在有些人的诗歌中，这两种情绪的区别有时并不清晰，如在艾青、穆旦、舒婷等人的诗歌中。

中国现代诗歌中的政治抗争，或者是争取民主政治或翻身做主的革命斗争，或者是争取人格独立和个性自由的思想反抗。看民国革命诗人秋瑾的《黄海舟中日人索句并见日俄战争地图》：

> 万里乘风去复来，只身东海挟风雷。忍看图画移颜色？肯使江山付劫灰！浊酒不销忧国泪，救时应仗出群才。拼将十万头颅血，须把乾坤力挽回。

再看共产主义革命诗人殷夫的《让死的死去吧!》：

> 让死的死去吧!
> 他们的血并不白流，
> 他们含笑的躺在路上，

仿佛还诚恳地向我们点头。
他们的血画成地图，
染红了多少农村、城头。
……
走去吧，
斗争中消息不要走漏，
他们尽了责任，
我们还要抖擞。

再看朦胧诗人北岛的《宣告》：

也许最后的时刻到了
我没有留下遗嘱
只留下笔，给我的母亲
我并不是英雄
在没有英雄的年代里
我只想做一个人
宁静的地平线
分开了生者和死者的行列
我只能选择天空
决不跪在地上
以显出刽子手们的高大
好阻挡自由的风
从星星般的弹孔中
将流出血红的黎明

前两首诗的共同之处在于都表现诗人为革命献身的决心和斗志，都有“血”的英勇和悲壮，也都憧憬着革命的胜利。中国现代的许多革命诗歌都有与之类似的内涵和风格。最后一首诗却写个人的抗争和毁灭，与众不同。不过，它与前两首诗并不是全无相通之处：它的最后两行也有“血并不白流”的意义。这最后一首诗所表现的不止悲壮，还有悲痛——那“只想做一个人”（而不是想做一个革命的英雄或战士）却不可能的悲痛。

西亚南亚的现代诗歌中也有不少政治革命题材，不过没有中国现代诗歌那么显豁。其原因有二：第一，那些国家的民族解放和民族独立是比政治革命更为紧要和迫切的任务，对宗教的卫护或革新也是比政治斗争更为经常的事情。第二，那些国家大多没有像现代中国那样发生那么多次和那么持久的政治革命。

西方现代诗歌（广义，指近代以来的诗歌）中的政治斗争题材更没有中国现代诗歌那么显豁，不过它有自己的特点。西方的许多政治诗歌是诗人从个人的政治态度和独特感受出发去写的，往往并不与特定的阶级、党派和国家的利益关联。与此相关的是，这些政治诗歌的核心思想是人的自由。“自由”一词在古希腊的诗歌中就不时出现，在自近代以来的西方政治诗歌中出现得更频繁。英国的拜伦和雪莱是政治热情很高的诗人。拜伦影响（包括对中国现代诗人的影响）最大的政治诗歌，是他支持希腊人民争取民族解放和自由的诗篇。他还亲身参加希腊反对土耳其苏丹政权的斗争。他之所以那样写作和身体力行，固然因为他憎恨民族压迫和专制暴政，此外还出于这样的原因，即他十分敬仰自由的古希腊，并希望当时的希腊能够重获自由。他在《哈洛尔德游记》中称古希腊为“自由的精灵”（第二章第七十四节）；在《哀希腊》中倾诉他“梦想希腊仍旧自由而快乐”。雪莱政治诗歌的主题也是反对暴政和追求自由。他在诗剧《解放了的普罗米修斯》里提出“每个人都是自己的王”（第 3 幕第 4 场）。这句名言是对个人自主和自由的至高无上的肯定。深受拜伦影响的普希金对自由的呼唤更热切，因为他的祖国当时正处在沙皇的严厉专制之下。他在《自由颂》中怒斥道：“我憎恨你和你的皇座，/专制的暴君和魔王！”他在《纪念碑》中宣示：“记着我在这冷酷的时代歌颂自由”；在《寄西伯利亚》中更是把赢得自由和对专制政权的决死斗争联系起来：“自由将欢欣地把你们拥抱，/兄弟们把利剑交到你们手”。而中国现代政治诗歌大多执着于革命功利和集团利益，而忽视个人的自主和自由。在其中的许多作品中，“自由”二字往往或者显得空洞，或者被推向看不见的远景，甚至成了心照不宣的禁忌。

中国现代歌颂政治的诗歌主要是革命颂歌，包括民歌体革命颂歌。这种颂歌在 20 世纪 40 年代已出现不少。从 50 年代至 70 年代末，这种颂歌的数量更是惊人，可谓空前绝后。这些革命颂歌中许多也是革命战歌，不过最终仍然落实在歌颂上。这种颂歌除了歌颂领袖、政党之外，也歌颂英雄、模范，不过对后两者的歌颂往往也落实于对前两者的歌颂，贺敬之的《雷锋之歌》就是这样的代表。

西方古罗马时代产生过不少歌颂罗马皇帝和罗马帝国的颂歌，不过，那样的颂歌主要是某些亲近皇帝和政要的诗人（例如维吉尔和贺拉斯）写作的。此外不同的是，这些诗人不但对皇帝和帝国歌功颂德，而且自尊自信，甚至也歌颂自己。例如，贺拉斯曾经在自己的诗中宣称："我建成一座纪念碑，比青铜耐久，/比帝王的金字塔更崇高巍峨。"（《我建成一座纪念碑》，飞白译，下同）相反，有的诗人对现实政治乃至皇帝却并不歌颂，而是加以讽刺。奥维德就是这样的诗人。而他对自己的诗歌也很自信，坚信后人会颂扬自己，如他在其名著《变形记》的结束语中说："……我都将受人传颂，只要吟游诗人的/预言不虚，我就将永生而名扬一切世纪。"这些情况，却是中国现代颂歌诗人所没有的。

中古的阿拉伯和波斯也有许多政治颂歌，它们与中国现代政治颂歌也不同。第一，它们所歌颂的虽然也主要是政治领袖，但这种歌颂的对象要受到更神圣的真主的制约，因此在歌颂这些政治领袖时，常常也要歌颂后者，并把后者放在更崇高的地位上。而中国现代政治颂歌所歌颂的对象则是至高无上的。第二，它们一般为宫廷诗人所创作，尽管那时的宫廷诗人很多。而中国现代政治颂歌在当时几乎是全体诗人乃至广大民众的创作。第三，阿拉伯诗歌和波斯诗歌都有矜夸的传统，所以其政治颂歌中常常夹杂诗人对自己才干的矜夸。中国现代政治颂歌中没有这样的情况。

就中国现代政治颂歌所歌颂的对象是至高无上的而言，它与古代希伯来和印度的颂神诗有些类似，当然也有不同。例如，希伯来颂神诗在对上帝的无限赞颂之中，有时会夹杂对上帝的埋怨和质问，中国现代政治颂歌对于所歌颂的对象则不会那样做。印度颂神诗常常以艳情和性爱的形式歌颂神，中国现代政治颂歌则不可能那样歌颂对象。

（二）爱国主义传统与诗歌

上述中国现代诗歌的三种政治思想题材，特别是前述中国古代诗歌的三种忧患思想题材，都不同程度地与爱国主义传统有关：中国诗歌所表现的爱国主义在世界诗歌中是最突出的。这里，我们对三种基本文化的诗歌所表现的爱国主义做一个概略的比较。

爱国主义根源于人们对乡土和族群的热爱。它反映一种普遍的人性，形成一种普遍的政治传统。就它作为普遍的政治传统而言，所有的国家都具有这个传统，而古代中国的爱国主义传统却很特殊。古代中国社会以宗法血缘为基础，这样的社会基础使人们形成强烈的乡土观念和族群意识，在国家层面上就形成强大的爱国主义；古代中国的社会结构是家国一体，所以这种爱国主义中包含着由“移孝作忠”而来的强烈的忠君观念；古代中国的知识分子几乎都走读书做官的政治道路，所以这种爱国主义经常表现为忧国忧民和忧仕途功名的忧患意识；这些从政做官的知识分子几乎都是诗人，所以中国古代诗歌具有强大的爱国主义传统，表现强烈的政治忧患意识。所有这些，在世界文化史上，在世界诗歌史上，都是无与伦比的。与此相应，古代中国的大诗人大多是爱国主义诗人，这在世界诗歌史上也是独一无二的。

古代希伯来民族也有强烈的民族意识，相应地也有突出的爱国主义思想，这在圣经诗歌的《诗篇》和《哀歌》中都有表现。不过，古代希伯来人的爱国主义思想不像古代中国那样建基于独特的伦理政治，而是建基于独特的宗教信仰，即上帝拣选希伯来人（犹太人）作为他的子民这样的信仰。① 在这种意义上，古代希伯来人在对民族、国家的爱之上，还有对上帝的爱，后者高于前者。而古代中国人对国家的爱就是最高的了。

阿拉伯伊斯兰教的信仰是高于民族和国家的。《古兰经》说：“我使你们成为许多民族和宗族，以便你们互相认识。”（49：13）这即是说，阿拉伯各民族和国家都源于真主的创造。在这种宗教信仰的制约下，爱国主义不可能成为这种宗教文化的主流意识。古代阿拉伯的大诗人都没有被称为爱国主义诗人，他们的诗歌中爱国主义的东西确实也不多。只是到了近代，由于遭受西方强国的侵略和接受西方人文主义关于民族、国家等观念的影响，阿拉伯诗歌中才表现了较突出的爱国主义。在伊斯兰文化中，信徒对真主的爱显然高于对自己民族和国家的爱。

印度宗教（以婆罗门教、佛教和印度教为主）的信仰也是高于民族和国家的，印度现代史上的印巴分治便是体现这一点的典型事例。在这种宗教文化基础上产生的印度诗歌，不可能具有强大的爱国主义政治传统。古代印度多次遭受外族入侵，却很少著名的爱国主义诗人。与阿拉伯世界的诗歌类似，印度诗歌也是至近代才表现较为突出的爱国主义思想。

---

① 这种信仰使犹太教和犹太民族具有强大的凝聚力和顽强的生命力，不过也使犹太教始终限定在犹太民族之内，而不能像基督教、伊斯兰教和佛教那样超民族地发展。

西方从古希腊至现代都有爱国主义诗篇，但西方的大诗人很少被称为爱国主义诗人，这是因为爱国主义并不反映西方科学文化的特性。反映西方科学文化特性的，是以个体为本位的个性意识和自由思想。我们看梁宗岱评价歌德的一段话："身历德国两次极强烈的对外战争的歌德始终没有试图去反映当时抗战的情绪，而只毫不动容地歌唱他个人的哀乐（《东西诗集》及其全部抒情诗），或沉潜于他上天入地的理想底追求（浮士德）。德国人却一致承认他最能代表德国民族性，欧洲人也公推他是西方近代精神底典型。"①可见，爱国主义并不是德国人、欧洲人的典型精神，并不是他们民族性的最高表现，所以，歌德虽然没有反映德国的两次对外战争，却并未受到他们的责难；而歌德诗歌所表现的个人哀乐和追求，却被认为是他们的典型精神和民族性的代表。

西方基督教文化不提倡爱国主义，所以西方的宗教性诗歌中没有爱国主义传统。在基督教文化中，最高的爱既不是对祖国的爱，也不是对父母和儿女的爱，而是对神和神子的爱，即对上帝和耶稣的爱。例如，耶稣教导信徒说："你要尽心、尽性、尽意，爱主你的神。这是诫命中的第一，且是最大的。"（《新约·马太福音》22：37—40）又说："爱父母过于爱我的，不配做我的门徒；爱儿女过于爱我的，不配做我的门徒。"（同上10：37）

以上多方面的比较旨在说明，中国古代诗歌中那样强大那样重要的爱国主义传统是中国古代特定文化的产物，或者说是那种文化的政治特性的反映。在其他文化的诗歌中，爱国主义传统并没有那么强大，也并不自始至终都发挥那么重要的作用。

中国现代诗歌产生于内忧外患的时代，加之中国古代诗歌的爱国主义传统对它的巨大影响，所以它也表现强烈的政治忧患意识，形成强大的爱国主义传统，出现了不少著名的爱国主义诗人。这些，在世界现代诗歌中也是最突出的。然而，形成中国古代爱国主义特殊性的社会、政治条件已经消失，内忧外患的时代也逐渐成为历史，因此中国现代诗歌的爱国主义传统将不会再那么强大、那么重要、那么特殊。随着中国现代"科学—政治"文化逐

---

① 梁宗岱：《试论直觉与表现》，李振声编：《梁宗岱批评文集》，珠海出版社 1998 年版，第 238 页。

渐变为成熟的科学文化，中国现代诗歌的爱国主义传统将会进一步淡化，与其他科学文化国家的诗歌爱国主义传统将会更加接近。其实，随着世界经济一体化的加强和各国文化上更多趋同性的出现，作为一种普遍传统的爱国主义也将会逐渐淡化。人们会逐渐认识到：对全世界的热爱，比对自己国家的热爱更重要，更有意义。

二、爱情思想题材

（一）感伤的爱、智性的爱与体验的爱

本章第二节论述西方爱情诗时，曾指出它具有为爱而爱的特点——那是西方科学文化的爱情诗不同于其他文化的爱情诗的基本特点。中国现代爱情诗所从属的文化是科学文化，所以它也具有为爱而爱的特点。例如，朱自清就说徐志摩的爱情诗“为爱情而咏爱情：不一定是实生活的表现，只是想象着自己保举自己作情人，如西方诗家一样”①。

西方现代爱情诗具有历史变化的特点，那就是：总体上看，浪漫主义爱情诗具有感伤的特点，现代主义爱情诗具有智性化的特点，后现代主义爱情诗具有非理性体验的特点。中国现代爱情诗也大致如此，即从浪漫主义到现代主义再到具有后现代主义性质的第三代诗，它们也依次具有感伤的、智性化的和非理性体验的特点。

最早受西方浪漫主义影响并写出较多爱情诗的，是郭沫若和湖畔派诗人。郭氏的爱情诗就有感伤的特点，正如朱自清所说：“有人说浪漫主义与感伤主义是创造社的特色，郭氏的诗正是一个代表。”② 感伤特点更突出的，是同样受西方浪漫主义影响的新月派爱情诗，以及受新月派影响的戴望舒、何其芳等的爱情诗。新月派领袖徐志摩持有“爱、自由、美”的单纯信仰③，他写了许多爱情诗，其中有的写得热烈，大多数写得感伤。他写得最高明、最优美的感伤爱情诗是《再别康桥》。

学界一般认为，《再别康桥》表现诗人对康桥（即剑桥）美景的留恋。

---

① 朱自清：《〈中国新文学大系·诗集〉导言》，杨匡汉、刘福春编：《中国现代诗论》（上编），第245—246页。

② 同上书，第244页。

③ 胡适在《追忆志摩》一文中说：“他的人生观真是一种‘单纯信仰’，这里面只有三个大字：一个是爱，一个是自由，一个是美。”

也有人认为它表现的是诗人在康桥留学时与林徽因之间那段刻骨铭心的恋情。后一种观点主要是根据诗人恋爱经历的推测。本书也持后一种观点，不过它主要是诗歌文本分析的结果。

产生前一种看法的理由大约有两点，一点是诗人早先所写的诗篇《康桥再会吧》（1922 年）和散文《我所知道的康桥》（1926 年），都明显地表现了诗人对康桥美景的留恋；另一点是《再别康桥》（1928 年）本身只描写康桥的景物，并没有直接描写男女恋情。

第一点理由是靠不住的。且不说数年后写作《再别康桥》的徐志摩其心态与往日已大不一样①，就他前后所写的三个文本的内容看也有重大不同。最大的不同在于，前两个文本都实质性地描写了康桥的美景和灵性，其中《我所知道的康桥》还特别对康桥风景的精华作了描写：它说康桥的灵性全在康河上，而康河的精华又集中在剑桥大学的三一、皇家、克莱亚、圣约翰等几个著名学院的后院。这些学院的古老建筑连同旁边的皇家教堂所构成的群体，在康河的陪衬下形成“一种清澈秀逸的意境”。“再没有比这一群建筑更调谐更匀称的了！……它给你的美感简直是神灵性的一种。”它接着还描写了学院旁边的大草坪以及康河上的桥和桥洞等景物，它们具有“纯粹美感的神奇”。笔者曾游学康桥，深感诗人以上所描绘的确实是康桥风景的精华所在，是每年来康桥的无数游人所倾心的地方。康桥风景是康河（剑河）与剑桥大学共同构成的。设若没有康河，大学的风景会大大减色；设若没有大学，康河的风景乃至整个康桥的风景更会面目全非，甚至索然无味。然而，《再别康桥》一诗中所描写的“云彩”“金柳”“青荇”“彩虹”“星辉”“夏虫”等东西，大多不是康桥的典型风物，从它们中也没有显露一点儿剑桥大学的踪影。不过，下文将看到，诗中的这些景物却是诗人在康桥的那段恋情的见证或象征。

至于第二点理由，即《再别康桥》本身只描写康桥的景物而没有直接描写恋情，我们认为那既是诗人的无奈之举，却也是诗人的高明之处。诗人与林徽因的那段失败的恋情，对于当时的诗人特别是林氏来说，是不便明言，更不应张扬的。于是诗人借咏物以写人，借留恋康桥以重温那个旧梦，

① 徐志摩与林徽因在剑桥的恋爱失败，随后与妻子张幼仪离婚。徐志摩回国后于 1926 年与陆小曼结婚。婚后感情生活的失望，使诗人于 1928 年只身出国远游欧美，重返剑桥。《再别康桥》就写于同年回国途中。

借告别康桥以惜别那段旧情。因此，《再别康桥》一诗的思想情感十分丰富、复杂（诗中确实混杂着诗人对康桥的留恋情绪），这是此诗如此有魅力的一个原因。其实，诗人早在《我所知道的康桥》中表达他由于发现康桥的美景和灵性而产生喜悦时，就承认那时“碰巧也是我最感受人生痛苦的时期”。现在，诗人借再别康桥的机会将那痛苦的失恋委婉地表现出来，也是在情理之中的。

还是让我们看看诗中是怎样表现的吧：

轻轻的我走了，
正如我轻轻的来；
我轻轻的招手，
作别西天的云彩。

诗题是“再别康桥”，诗中却说是告别“云彩”。云彩不能代表康桥，然而，它的美丽和缥缈，它那消散又浮现的特征，却正好象征诗人那段失落的恋情。所以，诗人在首节以告别云彩开篇，在末节又以告别云彩结束，首尾呼应，统领全诗。象征诗人恋情的云彩，可以说也是诗人在后面所说的彩虹似的梦——诗人在康桥所经历过的爱情之梦。所以，诗人连用三个“轻轻”，意在切莫惊醒那梦，因为在此别离之际，诗人还要重温那梦哩。

那河畔的金柳，
是夕阳中的新娘；
波光里的艳影，
在我的心头荡漾。

诗人旧地重游，睹物思人，不禁将那婀娜多姿的金柳幻化成自己的恋人、自己的新娘（想必诗人当年在康桥坠入情网时，就做过这样的白日美梦吧），于是诗人心中的旧情重新燃起。我们看到，在隐喻的意义上，诗人已经把诗的主旨说明了。

恋人是金柳，诗人自己是什么呢？是热恋着金柳的青荇：

软泥上的青荇，
油油的在水底招摇；
在康桥的柔波里，

我甘愿做一条水草！

那康河水流平缓，水面清澄，四季落差不大。所以，河岸的垂柳靠近水边生长，水底的那些颀长的、绿油油的水草就在柳树的脚跟下随波摇曳。诗人甘愿做那样一条水草，显然意在甘愿拜倒在恋人的脚下，与她相伴终生。这是诗人情感高潮的表现，所以句末用了感叹号。如若不作这样的理解，而认为诗人只是因为留恋康桥的美景和灵性而甘愿做一条水草（那水草是不起眼的），会令人大惑不解。

顺便说明，那水草似乎并不是青荇。因为据记载，青荇即荇菜，根生在水底，叶子略呈圆形，浮在水面，开花结果。康河中生长的水草却并不是那样的。如果“青荇”一词确属诗人误用，这误用就很可能有意无意地出于《诗经·关雎》中“参差荇菜，左右流之。窈窕淑女，寤寐求之”的爱情意向，而这种意向与诗人的用心正相吻合。

那榆荫下的一潭，
不是清泉，是天上虹；
揉碎在浮藻间，
沉淀着彩虹似的梦。

康河的某些曲折处形成水潭。潭水在夕阳的辉映下，如揉碎的彩虹一般美丽。于是，诗人幻想着那潭底沉淀着虽已破碎却如彩虹一般美丽的梦——诗人曾经有过的爱情之梦：康河真是诗人的爱河啊！这里，诗人用曲笔表白了自己此行的目的，那就是为了怀念那爱情之梦、追寻那爱情之梦。

寻梦？撑一支长篙，
向青草更青处漫溯，
满载一船星辉，
在星辉斑斓里放歌。

“寻梦？”诗人问而不答，不答却答案自明：诗人要“向青草更青处”去寻找那爱情之梦。或许，这并不是诗人此次重游的实际行踪，而不过是精神上的游历，想象中的追寻，即回想曾经与恋人同船划向青草深处的美好经历（少男少女们在康河上划船至隐蔽处，常常是为了享受两情相悦的快乐，诗人在《我所知道的康桥》中就有这样的描写）。此时诗人的心中思绪万千，真想放歌抒怀，但是不能。

但我不能放歌，
悄悄是别离的笙箫；
夏虫也为我沉默，
沉默是今晚的康桥！

其实，那爱情之梦早已破灭，只留下些碎片和彩虹似的幻影。诗人如今的追寻，不过徒增伤感而已。诗人心中的无限伤感如何说起？又向谁说起？还是无声地向那破碎的爱情之梦告别吧。于是，鸣噪的夏虫沉默了，整个康桥都沉默了，似乎在和诗人一起向那爱情之梦告别，一起感受孤独和哀伤。诗人行文至此，又达到情感的高潮，于是用了第二个感叹号。

悄悄的我走了，
正如我悄悄的来；
我挥一挥衣袖，
不带走一片云彩。

诗人悄悄地来到，又悄悄地离去：悄悄地告别那段不幸的恋情。多么孤独的形影！多么感伤的情调！诗篇开端时，诗人向西天上象征爱情的云彩招手作别，结果反而将它招惹下来粘在身上，融进心头，于是发生了上述诗人对那个破灭了的爱情之梦的追寻。此刻，诗人真的要走了，于是强作洒脱姿态，挥一挥衣袖，要将那云彩抖出、挥去，让她长留在康桥上空。然而，诗人心头的那片云彩能够挥去吗？

中国现代主义爱情诗的智性化特点，在穆旦的《诗八首》中表现得最典型。《诗八首》不是对具体爱情的描写，而是结合人生、自然对爱情作富于诗意的智性分析，故而表现丰富、深厚的思想内涵。它有无一个统一的主题呢？有。那就是：它旨在说明男女双方的爱情其实是各自孤立、隔绝的，不可能真正融合一体。这是一种与众不同的、悲观的爱情观。这种爱情观贯穿整个组诗：

一

你底眼睛看见这一场火灾，
你看不见我，虽然我为你点燃；

唉，那燃烧着的不过是成熟的年代。
你底，我底。我们相隔如重山！
从这自然底蜕变底程序里，
我却爱了一个暂时的你。
即使我哭泣，变灰，变灰又新生，
姑娘，那只是上帝玩弄他自己。

“你我”之间燃起爱情的烈火，不过它燃烧的只是成熟的生理本能，你我之间其实并不能相互了解。诗人直言道“你看不见我”，“我们相隔如重山”！这就点明了全诗的主题。爱情为什么竟然如此？因为大自然的蜕变规律使“你”不断变化，于是“我”只能爱上“一个暂时的你”，一个我不可能真正知道的你。所以，即便我对你爱了再爱，甚至来世还与你相爱，情况仍然会如此。唉，这不过是上帝（造化规律）在“玩弄”你我；而你我是上帝的产物，所以他也就是在“玩弄他自己”。

二

水流山石间沉淀下你我，
而我们成长，在死底子宫里。
在无数的可能里一个变形的生命
永远不能完成他自己。
我和你谈话，相信你，爱你，
这时候就听见我底主暗笑，
不断地他添来另外的你我
使我们丰富而且危险。

“你我”生于大自然，也死于大自然，从生走向死。在此意义上，大自然是我们的“死的子宫”（它与血缘母亲的子宫不同：我们生于其中，却不死于其中，所以它是“生的子宫”）。在这样的生命历程中，造化规律使你我变化不定，永远也不能完成我们自身。这里的言外之意是：既然如此，你我的爱情如何可能心心相印呢？于是次节顺理成章地指出，当你我甜言蜜语、海誓山盟的时候，造物主却在一旁暗笑，因为我们的不断变化一方面丰富了生命，另一方面也增加了我们相互背离的危险。

以上两首诗为一组，它提出主题思想，定下情感基调，并说明根本原因。这是对爱情的否定性描述。以下三首诗另为一组，它在一定程度上对爱情加以肯定的描述，不过那肯定之中仍有否定，并为最终的否定准备着条件。

三

你底年龄里的小小野兽，
它和春草一样地呼吸，
它带来你底颜色，芳香，丰满，
它要你疯狂在温暖的黑暗里。
我越过你大理石的理智殿堂，
而为它埋藏的生命珍惜；
你我底手底接触是一片草场，
那里有它的固执，我底惊喜。

"你"的成熟带来青春、美丽，也带来了情欲（"小小野兽"）：它（情欲）要你"疯狂在温暖的黑暗里"。那么，让"我"跨越你大理石般的理性尊严，去发现被它（理性尊严）保护着的青春和美丽——这才是对生命的珍惜。终于，"你我"的手摸索到那隐秘场所（"草场"），在那里，情欲突破了它（隐秘场所）的固执：你我终于"疯狂在温暖的黑暗里"了。这令我又惊又喜。

四

静静地，我们拥抱在
用言语所能照明的世界里，
而那未成形的黑暗是可怕的，
那可能和不可能的使我们沉迷。
那窒息着我们的
是甜蜜的未生即死的言语，
它底幽灵笼罩，使我们游离，
游进混乱的爱的自由和美丽。

暂时的沉醉让"我们"安静，我们拥抱在甜言蜜语所照亮的爱情世界里。然而，在甜言蜜语之外的黑暗世界里，各种可能和不可能的东西（大约指暗中的欲望和意向）却可怕地诱惑着我们。次节就写明那黑暗世界的来临及其后果：那甜言蜜语虽然使我们激动得窒息，其实它未生即死（意即它不可能真正照亮我们的爱情世界），而它死后的幽灵在黑暗世界里就怂恿我们相互游离，混乱地去追求各自爱的自由，去迷恋各自所心仪的对象。

五

夕阳西下，一阵微风吹拂着田野，
是多么久的原因在这里积累。
那移动了景物的移动我的心
从最古老的开端流向你，安睡。
那形成了树木和屹立的岩石的，
将使我此时的渴望永存，
一切在它底过程中流露的美
教我爱你的方法，教我变更。

夕阳西下，风吹田野，这平常景象中却包含着久远的原因。大自然的这种久远性，启示“我”的心（我的心中也积淀着人类最古老的爱情意向）归向你，寻找爱情的归宿。形成树木和岩石的造化规律，促使我渴望这爱情的长久。树木和岩石等东西是大自然变化过程中所“流露的美”。它们如何“教我爱你的方法，教我变更”呢？那就是：像大自然流露出某些美的自然景象一样，我将从本来的我中分身出一个爱你的我来适应你的爱（这爱就是人生变化过程中所“流露的美”），这样或许能够求得我们相爱到老。不过，这样的爱情结果却是忍受孤独。这些将是下一首诗的内容。

第六首、第七首又对爱情作否定性描述，与第一首、第二首对爱情的否定性描述相呼应。

六

相同和相同溶为怠倦，
在差别间又凝固着陌生；
是一条多么危险的窄路里，
我制造自己在那上面旅行。
他存在，听从我底指使，
他保护，而把我留在孤独里，
他底痛苦是不断的寻求

你底秩序，求得了又必须背离。

在“你我”的爱情中，“相同和相同溶为怠倦，/在差别间又凝固着陌生”：这是“一条多么危险的窄路”啊。本来的我（本来的我所走的路是宽广、自由的——正是这种宽广、自由给我俩爱情的窄路造成“危险”）只好分身出另一个我（所谓“我制造自己”）来爱你。这个爱你的我一方面听从本来的我的指使，另一方面为了保护“他”（爱你的我）对你的爱情，又不得不使本来的我陷入孤独。他保护那爱情的方法，不过是痛苦地寻求和认同你的秩序。然而，一旦这样做到了，他又必须听从本来的我的指使而背离你（因为造化规律决定了本来的我是不断变化的）。结果必然是：我的爱情是孤立的，与你隔膜着。那么，你的爱情又会如何呢？请看第七首：

七

风暴，远路，寂寞的夜晚，
丢失，记忆，永续的时间，
所有科学不能祛除的恐惧
让我在你底怀里得到安憩——
呵，在你底不能自主的心上，
你底随有随无的美丽的形象，
那里，我看见你孤独的爱情
笔立着，和我底平行着生长！

奋斗，跋涉，还要熬过寂寞的长夜。遗忘又记起，生命不过是永恒中的一个片刻。这种生存艰辛和生命短暂的恐惧，所有的科学都不能够祛除。然而，爱情却似乎能够。那么，就让“我”安憩在“你”的怀里，祛除这一切恐惧吧。我能如愿以偿吗？首节末的破折号把诗人祈求的结果延迟到了次节。

次节开首的感叹词“呵”却是一个转折：你是不可能让我如此的。因为在“你我”的爱情中，你也是从本来的你分身出一个爱我的你来和我共同走那爱情的“窄路”。这个爱我的你一样“不能自主”（本来的你才是自主的），她也会痛苦地寻求和认同我的秩序，而后又听从本来的你的指使而背离我。所以，你的“美丽的形象”——那是爱我的你的形象，或者说我所爱的你的形象——是“随有随无”、变幻不定的（此处明显地与第一首中所谓“爱了一个暂时的你”相呼应）。因此，你的爱情也如我的一样是孤立的，它“笔立着，和我底平行着生长！”这里，诗人用了第二个感叹号，与第一首中“我们相隔如重山！”的感叹呼应，再次强调你我的爱情各自孤立、隔绝这一主题思想。

组诗从第一首到第七首已经贯通一体、首尾相续了。以下第八首算是“余论”，它给“你我”的这种孤独、隔绝的爱情一个本体性隐喻，并指出你我只有通过死亡才能在造化那里实现真正的爱的合一。

八

再没有更近的接近，
所有的偶然在我们间定型；
只有阳光透过缤纷的枝叶
分在两片情愿的心上，相同。
等季候一到就要各自飘落，
而赐生我们的巨树永青，
它对我们的不仁的嘲弄
（和哭泣）在合一的老根里化为平静。

生理成熟时期相爱的你我“相隔如重山”，而今，心智已经成熟并且经过在爱情窄路上艰难跋涉的你我，相互之间的距离很“接近”了。不过，那究竟只是接近，而不是所谓心心相印，融合一体。那些构成我俩一生爱情的偶然在你我之间定型（意思是说我俩一生的爱情并无必然性），我俩的爱情和生命不过是永青巨树（造化规律）上缤纷枝叶中的两片叶子，爱情的阳光照耀在它们之上而显出一种“相同”。但是，那只是两相“情愿”的相同，而并不是它们本身的相同。它们本身是不相同的，因为一棵树上没有两片完全相同的叶子。

你我这两片叶子到时候会各自飘落，而我们生长其上的巨树却永青（因为一些叶子飘落而另一些叶子又长出）。我俩落叶归根，并在永青巨树的“老根”那里（在造化的无始无终之中）实现合一。造化结束了你我孤立的爱情和不幸的人生，它对我们的不仁慈的嘲弄①，实则也是对我们的无

① 诗中所谓“不仁的嘲弄”大约可以作这样的理解：“不仁”指造化规律的客观性和必然性对于“我们”——实际上对于任何人——不可能是仁慈的；“嘲弄”与第一首诗中所说的造化（上帝）“玩弄他自己”的意思相近，因而可以看成前后呼应。

限悲悯（“哭泣”）。现在，这样的嘲弄和悲悯终因我俩在它之中真正合一了而平静下来。

穆旦《诗八首》的上述观点是一种很独特的爱情观，一种不易为人们觉悟的爱情观。它却是一种根本性的爱情观：它不但力图透视爱情本身，而且力图连带透视整个人生和造化规律。这种爱情观的根源在于现代文化的个体本位性：自我个体是不能重合的，即自我个体之间是不能真正融合一体的。他们之间既有相互沟通、交融的一面，又有相互阻隔、绝缘的一面。穆旦的《诗八首》凸显和夸大了后一面。

当代诗人舒婷的《致橡树》也是对爱情的一种理性思考。女诗人把所爱的对象比喻为长着“铜枝铁干”的橡树，把自己比喻为开着“红硕花朵”的木棉，与前者“站在一起”。这样的比喻有点类似穆旦《诗八首》中所说的“你我”的爱情各自“笔立着”，“平行着生长”。不过，比喻虽然类似，旨趣却大不一样。《致橡树》旨在反叛传统女性的依附性、奉献性爱情，提倡和歌颂双方独立、平等的爱情。它所表现的是女性在爱情上的自尊和自信。《诗八首》则是对爱情本质的一种独特洞见，所表现的是诗人对爱情的绝望情绪。①

中国后现代主义爱情诗指“第三代诗”中的某些爱情诗，它们具有非理性生命体验的特点。此前的爱情诗所具有的感伤特点和智性化特点，其实也是生命体验的表现，不过那样的生命体验是基于理性的，或者说具有理性的内容。

前文曾指出，中国后现代主义诗歌的非理性主要表现在本真存在的生命体验和无意识的生命体验上，其中的爱情诗当然也如此。例如，于坚在《寄小杏》中这样写道：“我只是在想念着你/一切都已不在眼前/夏天过去天气就要凉了/小杏 你睡觉的时候/要关好窗户/你出门的时候/要穿上毛衣/你要的围巾 我明天就去买”。这是对所谓日常生活中本真爱情的描写。这种爱情诗不是没有理性内容，而是没有通常的爱情诗特别是现代主义爱情诗中那样的深厚的理性内容。这种爱情诗，显然是对上述《再别康桥》特别是《诗八首》那样的爱情诗的深度理性的消解。不过，艺术无论怎样日

---

① 穆旦曾说自己的《诗八首》“充满爱情的绝望之感”（穆旦：《致郭保卫的信》，《蛇的诱惑》，珠海出版社 1997 年版，第 225 页）。

常生活化，它终究不等同于日常生活，它是独特的创造。所以，比较《再别康桥》和《诗八首》那样深思熟虑和精心构作的篇什，《寄小杏》这样的爱情诗难以经受时间之流的磨洗。《寄小杏》也有对无意识梦幻的运用，全诗基本上是在一个白日梦中展开的："我的目光穿越墙壁/穿越朋友们的友情/望着他们望不见的地方/那是你拉开窗帘的地方/那是我遇见你的地方/……/现在是十一点了/街上空无一人/我看见你轻轻地转过头来/抿嘴一笑/我很高兴 又加入朋友们的聊天"。这种无意识梦幻的运用，使此诗在一定程度上超越了生活真实，丰富了诗的艺术表现性。

无意识的生命体验在女性爱情诗中较为突出。例如，林祁这样写道："全身镜里走来女娲/走来夏娃/走来我/直勾勾地望着我//收腹 再收腹/乳峰突起/我抚摸着温情似海/我看到/地狱之门/充满诱惑"（《浴后》）。这是所谓"身体写作"，即用肉体来表现对性的欣赏，对爱的渴望。又如伊蕾这样写道："床上堆满了画册/袜子和短裤在桌子上/玻璃瓶里迎春花枯萎了/地上乱开着暗淡的金黄/软垫和靠背四面都是/每个角落都可以安然入睡/你不来和我同居"（《土耳其浴室》）。诗句富于性暗示和性挑逗。你可以理性地读它，但它可能透过你的理性而引起你的无意识的骚动，这样的爱情诗性感多而美感少。然而，诗歌主要体现美感（美才是它的特质），而不是主要体现性感，所以，尽管这样的爱情诗以及上述《寄小杏》那样的爱情诗有很大的开拓性，其审美价值却有限。

（二）爱情的变性与扭曲

前文曾指出，西方爱情诗有时向宗教或哲学的形而上境界升华，其实质是借用宗教或哲学的形而上境界来提升和美化所描写的爱情。中国现代爱情诗中这种情况少见。由于中国现代文化具有突出政治的特点，中国现代诗歌中有借用爱情来表达政治观念和社会理想的情况，这是爱情的一种变性。中国古代诗歌中就有这种爱情的变性，即用男女之情来比喻君臣关系，或者表现对道德圣贤和政治理想的追求。所以，中国现代诗歌的爱情变性可以说是对古代诗歌的爱情变性传统的一种继承。不过两者的性质有所不同：后者是借用爱情形式来表现群体性的伦理政教观念，前者则是借用爱情形式来表现个体性的现代政治观念和社会理想。

刘半农的《教我如何不想她》和郭沫若的《炉中煤》就是这样的诗篇，即都以爱情的形式来表现爱国的政治思想。根据给《教我如何不想她》谱曲的赵元任说，此诗“有思念祖国和念旧之意”①。《炉中煤》的作者则以副标题的形式注明此诗表现的是“眷念祖国的情绪”。

戴望舒的《雨巷》更复杂，它用爱情形式暗示诗人所追求的某种梦想（诗人自称是“寻梦者”②），表现由于梦想破灭而引起的迷茫和哀伤。（有意思的是，前述《再别康桥》表面上不是爱情诗而实际上是，《雨巷》则相反，它表面上是爱情诗而实际上不是③）《雨巷》本身有明确的线索供我们作上述理解。

《雨巷》的第一、二、三节为一组，它写诗人撑着油纸伞独自在雨巷彷徨，希望逢着一个有丁香一样的颜色、芬芳和愁怨的姑娘，而这个丁香姑娘竟然和诗人一样也撑着油纸伞在雨中彷徨。这里已透露出此诗的奥妙：诗人所等待的丁香姑娘不过是诗人心灵的投影，诗人梦想的化身。诗人说自己在雨中“彷徨”，又说丁香姑娘也在雨中“彷徨”，并且反复强调“像我一样/像我一样地”彳亍彷徨，这就给我们作出上述理解以明确线索。此外，诗人说丁香姑娘像他一样“冷漠，凄清，又惆怅”，这也是一个明确线索：如果说被等待的丁香姑娘是“冷漠”的尚可理解，此时正在等待所爱慕的姑娘的诗人怎么可能也处于“冷漠”的状态呢？这只能说明那像诗人一样“冷漠，凄清，又惆怅”的丁香姑娘就是诗人自己。

第四、五、六节为另外一组，写丁香姑娘走近，飘过，最后消失。其间诗人竟毫无反应：他没有迎上前去示爱，也没有任何激动和惊喜，甚至没有偷偷看姑娘几眼。原来，所有这些现实中有情人相逢的情景都是不必要的，因为那姑娘就是诗人自己。诗中写姑娘不是走过，而是“像梦一样地”“飘过”，这是在暗示她不过是诗人梦想的形影、理想的化身；写她投出“太息一般的眼光”，是在暗示那梦想的渺茫；写她消失在雨巷尽头“颓圮的篱墙”，是在暗示她如丁香花一样在荒芜的园子里凋谢了，即意味诗人的梦想最终幻灭了。

诗篇的末节是首节的重复，所不同的只是将首节的“希望逢着”改为

---

① 转引自黄延复：《一代学人赵元任》，《人物》1982年第2期，第107页。

② 戴望舒在多首诗中写到梦，其中一首就题名《寻梦者》。

③《雨巷》写诗人梦想的幻灭。具体而言，那梦想也可以是某种爱情的梦想——在此意义上，《雨巷》也可以说是爱情诗。不过，就此诗整体的思想倾向看，它超越了爱情而具有更广泛的意义，故不宜狭隘地将它看成爱情诗。

“希望飘过”。如此改动的目的，大约在于抹去丁香姑娘的那一点儿现实性，而更多地暗示其幻想性和不可获得性。这末节与首节的重复和呼应作用，除了在于完善诗篇的结构和加强其音乐性之外，还在于表示这样的意向：诗人的梦想虽已幻灭，期待却仍然存在。

爱情本身始终是为爱而爱的。如果爱情不是为爱而爱，而是为其他什么而爱，它就被扭曲了。扭曲中国现代诗歌中的爱情的，主要是政治。

在20世纪40年代的爱情诗中，“恋爱+革命”的模式很突出。如李季的叙事诗《王贵与李香香》就写革命（阶级斗争）使男女主人公相爱，反过来他们相爱也是为了革命。50年代李季的爱情诗的模式变为“恋爱+劳动”，即好姑娘总是爱胸前戴着奖章的劳动模范之类的政治人物。例如，诗人在《黑眼睛》中写道：“黑眼睛为什么那样温柔钟情，/黑眼睛为什么一直对我张望——/是不是她也希望多出汽油，/还是看中了我的模范奖章?”

50年代闻捷写的《苹果树下》《夜莺飞去了》等爱情诗名噪一时。他的这些爱情诗写得较为生动，较有情趣，但其旨趣仍然是爱社会主义和英雄、模范这样的政治理念。他的有些诗就直接说出这种政治理念，例如：“充满爱情的歌谁不会唱?/歌声在天山南北飞翔，/枣尔汗唱出一首短歌，/年轻人听了脸红脖子胀——//枣尔汗愿意满足你的愿望，/感谢你火样激情的歌唱；/可是，要我嫁给你吗?/你衣襟上少着一枚奖章。”（《种瓜姑娘》）。

20世纪五六十年代，这种被政治扭曲的爱情诗为数不少。

三、哲理思想题材

（一）形而上哲理与人生哲理

中国现代诗歌中较突出的形而上哲理，是郭沫若诗歌中的泛神论。一般认为，郭沫若的泛神论既受歌德泛神论的影响，又受泰戈尔泛神论的影响，此外还受老庄的自然观乃至整个中国古代文化精神的影响。前文曾指出，歌德的泛神论是自然主义的，泰戈尔的泛神论是神秘主义的。郭沫若的泛神论与两者既有关联，又有很大差别。中国古代文化中没有真正的泛神论（郭沫若曾认为庄子是泛神论者），给予郭沫若影响的是其中所包含的泛道德论。这些问题需要一一辨明。

歌德诗歌的泛神论基于斯宾诺莎的自然主义泛神论。斯宾诺莎认为神即自然，自然即神，这实际上是借自然否定了传统的人格神。郭沫若的泛神论中也有这样的思想，如他说："泛神便是无神。一切的自然只是神底表现，我也只是神底表现，我即是神，一切自然都是自我的表现。"① 说"泛神便是无神"，这是斯宾诺莎和歌德的泛神论的实质。说"我即是神，一切自然都是自我的表现"，这与前述歌德《神性》一诗所表现的人类有神性的观点也有一定的类似性。所不同的是，郭沫若强调这种神的自我性，强调自然是这种神的自我表现。在郭沫若的泛神论诗歌中，这种自我表现有力求自我与自然和谐一致的一面，这一面与歌德的泛神论诗歌类似；这种自我表现的另一面，是强调自我像神一样地主宰世界，强有力地毁坏和创造世界，这却与歌德的泛神论诗歌不同。且看郭沫若《天狗》首节：

> 我是一条天狗呀！
> 我把月来吞了，
> 我把日来吞了，
> 我把一切的星球来吞了，
> 我把全宇宙来吞了。
> 我便是我了！

这是自我神在毁坏旧世界，其目的在于"我"要创造一个新世界。诗的最后一节只有两行，与首节呼应："我便是我呀！/我的我要爆了！"这就暗示我爆炸以后将出现新的世界，新的宇宙。

郭沫若在诗剧《湘累》中借屈原的话把这个自我神对世界的创造说得更具体：

> 我效法造化底精神，我自由创造，自由地表现我自己。我创造尊严的山岳、宏伟的海洋，我创造日月星辰，我驰骋风云雷雨，我萃之虽仅限于我一身，放之则可泛滥乎宇宙。

这个自我神不大像西方泛神论所说的自然神，倒有点儿像犹太教和基督教的创世创人的上帝。这样看来，郭沫若的泛神论有点儿矛盾：他一方面说"泛神便是无神"，借泛神论的自然神来对宗教的人格神加以否定；另一方

---

① 郭沫若：《〈少年维特之烦恼〉序引》，《文艺论集》（汇校本），湖南人民出版社 1984 年版，第 228 页。

面又强调和夸张泛神论的自我神的创造，这种自我神似乎就像宗教中的创世神一样，尽管这种强调和夸张的目的并不在于肯定宗教的神，而在于借助它来极度地扩张自我，高扬主体。促使郭沫若如此张扬这种自我神的主要因素，是“五四”时期普遍的个性解放思潮和文艺上的自我表现思想（第一章第四节第二小节曾论述郭沫若是自我表现论的主要代表），正是它们使郭沫若泛神论中的自我神具有破坏旧世界、创造新世界的特征以及自我表现的特征。

郭沫若的自我即神、神即自我的思想，还受到泰戈尔泛神论的影响。郭沫若曾倾心于泰戈尔的“梵我同一”的泛神论，那是宗教的亦即有神论的泛神论。“梵”是世界之本原，它不等同于人格神，但仍然具有最高神的意义。世界万物和自我都是梵的显现，因而具有梵的神性。这一点大约也启示郭沫若将其泛神论中的自我等同于神。郭沫若的泛神论与泰戈尔的泛神论也有不同。在泰戈尔的泛神论诗歌中，神（梵）显现为自然和我，但它又超越自然和我，因而显出浓厚的神秘主义。① 而郭沫若泛神论诗歌的神秘性并不强。此外，泰戈尔泛神论的基本观点是“梵我同一”，指领悟我之中的梵性，从而回归梵的本质，而并没有我也像梵一样去创造世界的意思。因此，在泰戈尔的泛神论诗歌中，“我”在神的面前总是谦卑的。郭沫若的泛神论诗歌有否定神的一面，所以他的某些泛神论作品如《霁月》《晴朝》等，其中并没有神，而只显现人与大自然的和谐，不像泰戈尔的泛神论作品那样总要流露出神意。郭沫若的其他泛神论诗歌实际上是有神论的：其中的自我不但具有神性，而且径直取代自然神去主宰自然，创造世界。他的这类泛神论作品如《天狗》《梅花树下醉歌》等最有特色，与泰戈尔的泛神论诗歌最不相同。

郭沫若在《三个泛神论者》一诗中说庄子也是泛神论者。庄子的思想不是泛神论。中国古代文化中没有真正的泛神论。中国古代文化因其“道”（或称“天道”）本体而确实具有一定的神圣性，不过它的特性却是道德性。我们曾经着力论述过，那道德性的根基是自然界的天地万物，因而天地万物具有道德思想情感，可以与人融合为一（天人合一的实质是天人合德）。古

---

① “梵”超越我的感性和理性，这正是这种泛神论的神秘之处。关于泰戈尔泛神论神秘主义的论述，见本章第三节第三小节和第三章第三节第三小节。

代这种将自然道德化和人格化的泛道德论思想，可能对郭沫若将西方泛神论的自然即神扩展为人即神、自我即神是一种促进，对他将自然看作自我的表现是一种启发。然而，郭沫若的泛神论自然观与古代道德文化的自然观有全然不同的一面。古代道德文化根基于天地自然，那天地自然就先天地是人的道德楷模，所以儒家的《易传·系辞上》说“天尊地卑，乾坤定矣；卑高以陈，贵贱位矣”；道家的老子说“人法地，地法天”；道家的庄子要求人与物“齐一”，其目标是像自然物那样无知无欲，自然无为。可是在郭沫若的某些泛神论诗歌中，人（自我）却借神的名义去主宰自然，创造自然（例如郭沫若在《金字塔》中说“人们创造力的权威可与神祇比伍”）。这种思想却不是中国古代道德文化的自然观，而是西方科学文化的自然观，即人高于自然和改造、利用自然的观念。

如此看来，郭沫若诗歌的泛神论是杂取中外多种思想而为我所用，它既不是真正的自然主义泛神论，也不是真正的神秘主义泛神论。大约正因为如此，它没有产生多大影响，郭沫若自己也很快放弃了它。① 不过，它的混杂性、矛盾性和创新性，使它在中国现代诗歌的哲理思想中显得非常独特，后无来者。

冯至的《十四行集》主要写生命体验，所表现的主要是人生哲理。第一首如序诗，写诗集的宗旨在于沉思短暂的生命，“准备着深深地领受/那些意想不到的奇迹”。最末一首（第二十七首）好似尾声，写诗人希望自己的诗篇能够把对生命的体验表现出来，如水瓶给泛滥无形的水“一个定形”，如风旗“把住些把不住的事体”。

《十四行集》表现的思想很丰富。其中以下三点最为独特，是构成《十四行集》主要价值之所在。

其一是生命蜕变和死亡的思想。如第二首说，像秋天的树木把树叶和过迟的花朵交给秋风，像蜕化的蝉蛾把蝉壳丢在泥土里，我们人类也进行着类似的生命蜕变。不过，人类的生命蜕变终究有所不同：

我们把我们安排给那个

---

① 郭沫若后来说：“从前的一些泛神沦的思想，所谓个性的发展，所谓自由，所谓表现，无形无影之间已遭了清算。从前在意识边沿上的马克思、列宁不知道几时把斯宾诺莎、歌德挤掉了，占据了意识的中心。”〔《创造十年》，《郭沫若全集》（第12卷），人民文学出版社1992年版，第184页〕

未来的死亡，像一段歌曲，
歌声从音乐的身上脱落，
归终剩下了音乐的身躯
化作一脉的青山默默。

人是在自觉到死亡的前提下来安排自己的生命的（这颇有存在主义死亡观的意味）。个体生命的死亡犹如歌声从音乐上脱落：歌声（个体生命的表象）终止了，音乐（人类生命的本质，这里指人类的生生不息）却如一脉青山常在。

又如第三首写有加利树，诗人说它在凋零的秋天里不断地脱去躯壳而生长，并把它看成一株升华人类精神的圣树。诗的末节这样写道：

我把你看成我的引导：
祝你永生，我愿一步步
化生为你根下的泥土。

诗人愿将自己的有限生命融入大自然的无限生命之中，愿将自己卑微的心灵融入人类圣洁、高尚的精神之中。

生命的蜕变中包含着死亡：死亡是生命蜕变中的一次完成和飞跃，它因此彰显着生命的意义。正如诗人在第一首中所说的那样："我们赞颂那些小昆虫，/它们经过了一次交媾/或是抵御了一次危险，//便结束它们美妙的一生。"小昆虫的死亡尚且能显示其生命的价值，人的死亡当然更能如此。

其二是人生孤独和寂寞的思想。如第二十一首，写诗人在一个狂风暴雨之夜感悟到人生的孤独和无助："我们听着狂风里的暴雨，/我们在灯光下这样孤单。"房屋里的用具似乎此时都回归各自的物性（"铜炉在向往深山的矿苗，/瓷壶在向往江边的陶泥"），而与"我们"相隔"千里万里的距离"，并且"它们都像风雨中的飞鸟/各自东西。……"这即是说，此刻它们并不与人相亲相近。诗人进而深切地感受到生命的脆弱、短暂和不能自主：

……我们紧紧抱住，
好像自身也都不能自主。
狂风把一切都吹入高空，
暴雨把一切又淋入泥土，

只剩下这点微弱的灯红
在证实我们生命的暂住。

又如第五首，写诗人感觉威尼斯水城“是个人世的象征，/千百个寂寞的集体”。“一个寂寞是一座岛”，尽管一座座岛结成朋友，却只有“当你向我拉一拉手”的时候，水上才像有一座桥；只有“当你向我笑一笑”的时候，对面岛上才像忽然开了一扇楼窗。然而，诗人“只担心夜深静悄，/楼上的窗儿关闭，/桥上也断了人迹”。诗人实际上是担忧人类的个体与个体之间、集体与集体之间的孤立与隔绝。

再如第六首，写诗人时常看见原野中一个村童或农妇“向着无语的晴空啼哭”，并且“啼哭得那样没有停息”：

像整个的生命都嵌在
一个框子里，在框子外
没有人生，也没有世界。
我觉得他们好像从古来
就一任眼泪不住地流
为了一个绝望的宇宙。

在诗人的眼中，这个痛苦和绝望的宇宙或许不只是村童和农妇的，而是我们整个人类的。

其三是万物相互关联的思想。“万物”包括人。万物之间的关联都是生命的关联。诗人在《十四行集·序》中就说，“凡是和我的生命发生深切关联的，对于每件事物我都写出一首诗”。如第十六首，先写人与物的生命关联：

我们站在高高的山巅
化身为一望无边的远景，
……
哪条路、哪道水，没有关联，
哪阵风、哪片云，没有呼应：
我们走过的城市、山川，
都化成了我们的生命。

从人与物的生命关联又写到人与人的生命关联：

> 我们随着风吹，随着水流，
> 化成平原上交错的蹊径，
> 化成蹊径上行人的生命。

以上所写的，是空间中人与物的生命关联和人与人的生命关联。第二十四首所写的，则是时间中人与物的生命关联：

> 这里几千年前
> 处处好像已经
> 有我们的生命；
> 我们未降生前
> 一个歌声已经
> 从变幻的天空，
> 从绿草和青松
> 唱我们的运命。

再如第二十首，通过写梦说明他人——“不管是亲密的还是陌生”——是融合在我们的生命中的，反过来，我们也成了他们生命中的一部分。

上述《十四行集》所表现的生命蜕变和死亡的思想、人生孤独和寂寞的思想以及万物相互关联的思想，在中国诗歌史上确实是独特的。中国古代诗歌中几乎没有这样的思想（古代诗歌所表现的天人合一思想，其实质是天人合德，与这里万物生命关联的思想并不相同），此前的中国现代诗歌中也没有如此集中地表现这些思想。

同时我们还看到，这三个思想中的后两个，即“人生孤独和寂寞”的思想与“万物之间生命关联”的思想，实际上是有矛盾的。于是，我们要提出这样两个问题：冯至的这些思想是从哪里来的？它们之间为什么会有矛盾？对于第一个问题，学界已有令人信服的答案，那就是他的这些思想主要来自奥地利诗人里尔克的影响。第二个问题的答案，似乎也主要在里尔克那里。

里尔克早期的诗歌表现孤独、忧伤的主观情绪和死亡意识。第一次世界大战前后，里尔克的诗风发生了从表现主观自我到描写客观事物的转变。诗人力求从事物本身显现存在本质，或者说从人与事物的关联上客观化地表现主体。里尔克因此写出了包括《豹》在内的一批著名的咏物诗。

里尔克诗歌中的上述思想从何而来？他思想的变化又是由什么引起的？里尔克诗歌中所表现的孤独、忧伤的情绪和死亡意识，主要来自存在主义先驱克尔恺郭尔。克尔恺郭尔认为人的存在是畏惧、不安、绝望等情绪体验，那是非理性的主观体验。他又认为人是有限的存在，而那最令人不安的有限性——死亡，就潜在于人的存在之中，是人的最本己的东西。这些思想意识在里尔克的诗歌中有明显反映。

里尔克的诗风发生从表现主观意识到描写客观事物的转变，则主要由于受雕塑家罗丹等人的影响（里尔克曾做过晚年罗丹的秘书）。客观地描绘事物，由此让事物显现自身的存在，这似乎并不是当时的存在主义思想，却与后来海德格尔的后期存在主义及其诗学有吻合之处。后期海德格尔不再以此在的人来主观地显现存在性，而是在很大程度上以艺术中的客观事物来显现。海德格尔就曾经以阐发里尔克诗歌的方式来展示他的存在主义诗学。在这种意义上，里尔克的诗歌是海德格尔存在主义诗学的一个来源（另一个来源是荷尔德林的泛神论性质的诗歌）。也是在这种意义上，可以说里尔克是一个真正的存在主义诗人，因为他早先的诗歌表现了某些共同的存在主义思想，那是很主观自我的思想，其中就包括个体的孤独、忧伤的思想；他后来的诗歌则让事物显现自身的存在（那实际上往往是从人与事物的关联上表现自我主体——大约正是这种思想，启示了冯至关于人与万物生命关联的思想），这在一定程度上启示了海德格尔后期的存在主义，那却是带有一定客观性和形而上趋向的存在主义。这里我们就看到，里尔克诗歌中存在主义思想的前后历时性变化，在对冯至的影响中却造成了其思想的共时性矛盾，即《十四行集》中同时呈现的“人的孤独和寂寞”思想与“人与万物生命关联”思想之间的矛盾。

冯至却不能称为存在主义诗人。他的《十四行集》虽然深受里尔克的影响，但《十四行集》所表现的不止存在主义的生命体验。《十四行集》所表现的生命体验更丰富，如它还包含社会责任和伦理要求等中国特色的东西（尤其是在关于杜甫、蔡元培和鲁迅的几首诗中）。

20 世纪三四十年代出现不少“智性”（亦称“知性”）诗歌。“智性”诗歌并不都是哲理的，不过总的说来它们的哲理成分较多。30 年代“智性”诗人的代表是卞之琳和废名，他们的“智性”诗歌偏重智慧，而不是偏重人生哲理。40年代九叶派的“智性”诗人有穆旦和郑敏等，他们的“智性”诗歌与现实结合更紧密，所以有更多的人生哲理。例如郑敏，她师承冯至，同时也接受里尔克的影响，所以其诗歌也多写生命体验，也表现存在主义性质的孤独、寂寞的情绪和死亡意识。

海子的诗歌既表现形而下人生哲理，也表现形而上哲理，那形而下和形而上的哲理都主要是存在主义的。

海子和冯至的诗歌都表现存在主义，两者有什么不同呢？主要的不同有三点。其一，冯至主要通过里尔克而接受存在主义先驱克尔凯郭尔的影响，海子则主要受海德格尔存在主义的影响。其二，冯至《十四行集》所表现的存在主义不纯粹，它往往与其他人生哲理或传统思想结合着。海子诗歌中的存在主义却较为纯粹，并且集中在追求本真存在的理想上。其三，冯至《十四行集》中的存在主义人生体验主要是形而下的（人生哲理一般是形而下的），尽管也有指向形而上的时候（如第十五首中说：“什么是我们的实在？/从远方把些事物带来，/从面前把些事物带走。”）。海子诗歌中的存在主义观念则既有形而下的表现，更有形而上的表现。

存在主义是一种人生哲学，总的来说它是形而下的，而不是形而上的。不过，海德格尔中后期存在论中的“存在”由于不再由“此在”的人来显现，而是强调用艺术来显现，强调它（存在，亦即真理）自身的显现（所谓“艺术是真理的自行置入”），它在一定程度上就具有了客观性和形而上性。① 由于海德格尔借重荷尔德林的诗歌来阐发这种带有形而上性质的存在，后者中的泛神论②又强化了这种存在的形而上性，并使之显出一定的神圣性和神秘性（海德格尔就称他的这种存在为“神明”“神圣者”和“奥

---

① 依据海德格尔，真理是存在的显现，或者说是显现的存在。海氏后来又提出天命是存在的更深刻的根源。例如，他在《关于人道主义的书信》（1946）中说：“人却是被存在本身‘抛入’存在的真理之中的，人这样地生存着看护存在的真理，以便存在者作为它所是的存在者在存在的光明中现象。至于存在者是否现象以及如何现象……这些都不是人决定的了。存在者的到来是基于存在的天命。”〔孙周兴选编：《海德格尔选集》（上卷），生活·读书·新知三联书店1996年版，第374页〕与早期海德格尔以此在的人来显现存在相比较，这里所说的存在就显出了一定的客观性和形而上性，有点像柏拉图的“理念”和老子的“道”之类的东西了。

② 海德格尔的前辈狄尔泰在分析荷尔德林的诗时说：“荷尔德林的这种世界观是泛神论。”〔［德］埃德蒙德·狄尔泰：《体验与诗》，胡经之、张首映主编：《西方二十世纪文论选》（第三卷），中国社会科学出版社1989年版，第230页〕泛神论是形而上的。

秘”)。

海德格尔的形而下存在观念影响了中国20世纪八九十年代的许多年轻诗人，其中就包括海子。但海子更受到海德格尔的形而上存在观念的影响。海子的诗歌，对形而下和形而上的存在观念都作了独特的体现。

海子说：“这就是我的诗歌理想，应抛弃文人趣味，直接关注生命存在本身。”① “关注生命存在本身”即关注生命的本真存在，这是海子诗学的核心思想。我们知道，海德格尔的存在论将人的存在分别为日常存在和本真存在（或称本己存在），前者是所谓存在的“沉沦”，它遮蔽本真存在。“本真存在”是中国当代第三代诗人的一种普遍追求。不过，大多数第三代诗人所追求的本真存在，或者说他们所提倡的本真生命体验，恰恰是被忽略了的某些日常存在（如日常琐事、通俗语言、身体知觉等），而不是海德格尔所说的被日常存在所遮蔽的本真存在。这大概是通俗化和平面化的后现代主义思潮对海德格尔存在论及其诗学的一种自觉或不自觉的改造。所以，大多数第三代诗人的诗歌不是在体现海德格尔本来的存在主义思想，而是在后者的启发下从事着后现代主义的创新。体现海德格尔本来的本真存在思想的，是海子的诗歌。因此，海子虽然也属于第三代诗人，却与大多数第三代诗人走着不同的道路。

海子诗歌对本真存在的体现分为形而下的和形而上的，后者是主要的。海子不是哲学家，而是诗人，他不直接讲出这种生命的本真存在，而是用诗歌意象把它象征出来：那形而下的象征意象是“麦地”“村庄”等，那形而上的象征意象是“远方”“太阳”等。

存在主义认为人的存在具有“厌烦”“忧虑”和“畏惧”等本真情态。海子受存在主义的影响，他的诗歌就弥漫着忧伤和痛苦——那是莫名的、永恒的忧伤和痛苦，就像他所说的那样，“万里无云如同我永恒的悲伤”（《村庄》）。在这一点上，海子所喜爱的荷尔德林也给予他影响。海子说：“荷尔德林的诗，歌唱生命的痛苦，令人灵魂颤抖。”②

远离都市和现代文明的“麦地”，是人类生活的本源，是生命的本真存在的象征，于是麦地成了忧伤和痛苦。所以，海子在组诗《麦地与诗人》

① 海子：《诗学：一份提纲》，西川编：《海子诗全编》，生活·读书·新知三联书店1997年版，第897页。

② 海子：《我热爱的诗人——荷尔德林》，西川编：《海子诗全编》，第914页。

中对麦地说，“我则站在你痛苦质问的中心”。诗人的本真存在当然也是忧伤和痛苦，所以他又对麦地说，“我痛苦地站在你的面前”。总之，诗人和麦地都是痛苦。而诗人生命的本真存在的独特表现是他的诗歌（这是海子存在主义思想的要害），这即是说生命的痛苦就是诗歌，所以诗人最后感叹道：“麦地啊，人类的痛苦/是他放射的诗歌和光芒！”麦地既然是诗人本真生命的象征，它就是富于诗意的，是诗歌的摇篮。诗人在《五月的麦地》里就说得明白：“全世界的兄弟们/要在麦地里拥抱”，“背诵各自的诗歌”。而诗人有时却“孤独一人坐在麦地为众兄弟背诵中国诗歌”。在诗人的笔下，“村庄”也大致如此：纯洁，哀伤，是诗人生命的摇篮，也是他诗歌的摇篮，因而象征他的本真的存在。（详见第四章第四节第一小节对海子《村庄》一诗的分析。）

“远方”和“太阳”则是海子诗歌对本真存在的形而上追求。“我要作远方的忠诚的儿子/和物质的短暂情人”〔《祖国（或以梦为马）》〕。海子的这两行诗是对他所说的“关注生命存在本身”的诗性表达，意味世俗的物质生活是短暂的、有限的，诗人应该虔诚地追求象征生命本真存在的远方，那里才有永恒。我们看他的《远方》一诗中的若干诗行：

更远的地方　更加孤独
远方啊　除了遥远　一无所有
这时　石头
飞到我身边
石头　长出　血
石头　长出　七姐妹
……
这些不能触摸的　远方的幸福
远方的幸福　是多少痛苦

“远方”远离世俗（“物质的情人”），一片澄明。远方是一无所有，却又不是：诗人的想象使石头飞到身边，长出生命，变成美丽的姑娘。这样的诗歌创造或许就是“不能触摸的远方的幸福”。它是诗人本真存在的体现。唯其是本真存在的体现，所以它又终究是痛苦。这里仍然是“痛苦—诗歌”这样的生命本真存在的表现模式，不过这种模式不是表现在现实的麦地，而是在超越的、形而上的远方，越远越孤独的远方。

海子的《祖国（或以梦为马）》一诗将“远方”与“太阳”联系起来。太阳是诗人在远方追寻的目标：

我要作远方的忠诚的儿子
和物质的短暂情人
和所有以梦为马的诗人一样
我不得不和烈士和小丑走在同一道路上
万人都要将火熄灭　我一人独将此火高高举起
此火为大　开花落英于神圣的祖国
和所有以梦为马的诗人一样
我借此火得度一生的茫茫黑夜
……
和所有以梦为马的诗人一样
我选择永恒的事业
我的事业　就是要成为太阳的一生
他从古至今——“日”——他无比辉煌无比光明
和所有以梦为马的诗人一样
最后我被黄昏的众神抬入不朽的太阳
太阳是我的名字
太阳是我的一生
太阳的山顶埋葬　诗歌的尸体——千年王国和我
……

沉沦的世俗世界，或者说本真存在被遮蔽的世界，是茫茫的黑夜。与之相对的，是象征本真存在敞亮的火、光明和太阳。茫茫黑夜里只有诗人独自举火前进。“此火为大”，此火就是诗人的诗歌①，就是永恒的太阳；或者说，诗人举起诗歌之火走过茫茫黑夜，就会迎来自己的太阳。所以，诗人的一生就是太阳的一生；太阳或太阳的光芒，就是诗人的本真生命所创造的不朽的诗歌。“太阳—诗歌”，这是诗人的本真存在的最高追求和终极体现，当然也

---

① 海子在《荷尔德林——我热爱的诗人》一文中说，“从荷尔德林我懂得，诗歌是一场烈火”（《海子诗全编》，第 917 页）。

是其形而上体现。这里却没有了上述诗歌体现本真存在的忧伤和痛苦（“痛苦—诗歌”既可以是诗人的本真存在的现实的、形而下的体现，也可以是其形而上的体现；“太阳—诗歌”则只能是其形而上的体现），因为这里的本真存在已经达到了它的极致——死亡。

海德格尔说：“死亡是此在的最本己的可能性。向这种可能性存在，就为此在开展出它的最本己的能在，而在这种能在中，一切都为的是此在的存在。”① 这即是说，死亡是人的存在的最本真的体现。海子大约就是这样来理解死亡的，所以他的诗歌不但弥漫着忧伤、痛苦的情绪（那也是本真存在的体现），而且还弥漫着死亡的气息。请看海子诗歌中几处对“死亡”的描写。诗人请求死去：“我请求下雨/我请求/在夜里死去”。为什么呢？因为“岁月的尘埃无边/秋天/我请求/下一场雨/洗清我的骨头”（《我请求：雨》）。诗人希望死后进入天堂：“我歌唱云朵/我知道自己终究会幸福/和一切圣洁的人/相聚在天堂”（组诗《给母亲·云》）。诗人最希冀的死亡，当然是上述被众神抬入自己诗歌太阳之中的死亡，那是灿烂辉煌的死亡，不死的死亡。在海子的这些关于死亡的描写中，没有世俗的“为……而死亡”的意向，也没有多少绝望情绪，更多的可以说是表现所谓“先行到死”②，以便领会生命的最本真的意义。死亡本身是形而下的，海子的诗歌也包含着这方面的意义。然而，像他所描写的被众神抬入自己诗歌太阳之中的死亡，像他所希冀的死后能和一切圣洁的人相聚在天堂的死亡，却具有形而上的性质。

海德格尔的存在主义基本上是无神论。他中后期存在论中的“存在”概念却常常与某种神性关联，不过那神性所指的仍然主要是存在本身即本真的存在，只不过此时的本真存在似乎具有某种形而上的神圣性了。海子诗歌中所体现的本真存在思想却有较浓厚的神性，并且其中包含着真正的神性——宗教神性。这是因为，海子除了受海德格尔存在主义的影响和荷尔德林泛神论诗歌的影响外，还受基督教思想的影响，以上《给母亲·云》中的那节诗就表现了基督教思想。“上帝”“天堂”等是多次出现在海子诗歌

① 海德格尔：《存在与时间》，陈嘉映、王庆节合译，生活·读书·新知三联书店 1987 年版，第 315 页。

② 海德格尔说：“本真生存的存在论上的机制须待把先行到死亡中去之具体结构找出来了才弄得明白。”（《存在与时间》，第 315 页）

中的字眼，可知在他的诗歌所体现的生命本真存在的形而上超越中，是混合着基督教的彼岸天堂的形而上超越的。

（二）直觉思维与诗歌

诗歌创作的思维是一种艺术思维，艺术思维是一种形象思维。艺术思维与一般形象思维的不同，是其直觉性。艺术思维的这种直觉性在诗歌创作中最突出。

直觉，是主体不通过分析、推理而直接把握对象的本质或意蕴的活动。直觉分为感性的和理性的。感性直觉主要出现在艺术思维中，所以又叫艺术直觉、诗的直觉；理性（理智）直觉主要出现在科学思维中，所以又叫科学直觉。艺术直觉、诗的直觉的实质，是从事物的形象直觉（感悟）到某种意蕴，并因此把那形象直觉成为（实质上是通过潜在的想象而创造成为）美的意象。理性直觉则指直觉到（不一定通过事物形象）对象的内在本质，获得关于它的理性知识。

诗的直觉常常引发诗的灵感，并且往往是灵感创造中关键性一步。直觉和灵感都具有突发性、创造性和不自觉性等特点。两者的不同主要在于：直觉是刹那间完成的活动，而灵感一旦引发，其亢奋的状态则可以持续一段时间。在灵感状态中，诗人抓住那一段时间，将直觉到的东西加以生发、完善，由此创作出较为完美的作品或作品片段。在这种意义上，灵感是比直觉更丰富的创造活动。

不同文化的诗歌，其直觉思维有着不同的特点。要了解那些不同特点，就要先行了解不同文化的思维的特点，因为诗歌直觉思维的特点是相应文化的思维特点在诗歌艺术中的反映。

中国古代文化主要是道德文化，这种文化的思维主要是整体思维。整体思维的形成与前述道德文化的自然根性有关：作为道德文化根据的自然界的某些整体关联性，促成了古代中国人的整体思维。① 这种整体思维的功能不在于认知事物的客观规律，而在于感悟事物与人共有的道德意义（所谓“天人合德”“天人合一”）。

整体思维的一个特点是直观性。这即是说，整体思维是形象的，而不是

---

① 《易传·系辞下》曰：“古者包牺氏之王天下也，仰则观象于天，俯则观法于地，观鸟兽之文与地之宜，近取诸身，远取诸物，于是始作八卦，以通神明之德，以类万物之情。”从古人的这类说法，我们可以窥见古代整体思维产生的秘密以及这种思维的基本功能。

抽象的；并且那形象主要是直观的形象，而不是想象的形象（当然，直观的形象中可能有想象的成分，想象的形象中总会有直观的基础）。这个特点反映在古代诗歌中，就使诗歌富于形象性而避免抽象性；并且那形象性主要是直观的，而不是想象的。这是与西方诗歌很不同的。西方诗歌虽然总的说来也是形象性的，但其中抽象的成分较多；那形象性主要是想象的，而不是直观的。

整体思维的另一个特点是直觉性。这即是说，整体思维通过直观事物而直觉地感悟其意义（道德精神），而不是通过分析、综合和逻辑推理而获得其意义（科学的知识、真理）。孟子所谓“不虑而知”（《孟子·尽心上》）、庄子所谓“目击而道存”（《庄子·田子方》）、慧能所谓“顿见真如本性”（《六祖坛经·般若品第二》）等说法，都包含有这种直觉感悟的意思。

从上述整体思维的两个特点可以见出，整体思维与古代诗歌的思维是一致的。所以，中国古代文化的思维在很大程度上就表现为艺术的思维、诗的思维。中国古代知识分子几乎都是诗人这一世界奇观，与此是大有关系的。中国古代文化的整体思维虽然对艺术和诗歌的创造很有利，但是对科学的发展显然很不利。

一般的整体思维与诗的思维（后者也是一种整体思维）的不同，在于前者主要通过道德意志发挥作用（中国古代文化主要是道德文化），而后者主要通过道德情感（道德意志消融在道德情感之中）发挥作用。由此可知，整体思维与前述中国古代诗歌的情感特性和思想题材是很有关系的；后面更能见出，这种整体思维将在很大程度上决定古代诗歌的审美意象、意境和创作方法的有关特性。

西方文化主要是科学文化。“科学按其本性来说，是分析性的和抽象性的”①。所以，科学文化的思维主要是分析思维。分析思维指通过分析事物的现象，比较、综合其内在联系，然后通过抽象、概括和推理而获取事物的本质、规律。分析思维与逻辑思维、抽象思维、科学思维同义。就它运用逻辑的归纳和推理而言，叫逻辑思维；就它通过抽象而从现象中获取本质而言，叫抽象思维；就它最终构成科学的知识和真理而言，叫科学思维。分析思维其实也可以称为综合思维，因为有分析一般就有综合，并且分析的目的

---

① W. C. 丹皮尔：《科学史及其与哲学和宗教的关系》（上册），第 14 页。

就在于综合。上述中国古代的整体思维却不适宜称为综合思维，因为它没有深入分析之后的综合。它只是关注对象之间的现象的关联，因此具有现象上的有机整体性，却不具有本质上的综合性。例如，它根据草木荣枯和人世代谢等现象而概括出循环性的变化观念，即所谓生生不息的观念，却不能发现其中本质性的进化规律。

分析思维的形成与科学文化的人本根性有关。作为主体的人将一切对象当作客体，这种主客二分的观念和情势决定了主体首先（用理智）追问对象是什么的分析思维。可知分析思维与诗的思维是不同的：一者是抽象的，逻辑的；一者是形象的，直觉的。这种不同，造成了西方文化中自来就有的科学与诗歌的对立一面。这种对立的结果是：随着科学的发展，诗歌高贵的地位降下来，诗歌广大的地盘缩小了（古希腊时代，特别是其早期，诗歌的地位最崇高，地盘最大，我们在前文论说过这一点）①。不过，科学的发展有助于产生新的艺术品种，如电影、电视、摄影和网络文学等。所以，科学与诗歌的不同和对立总的来说是科学文化独有的一种发展现象和丰富性表现。

分析思维是理性的思维，因为其中发挥核心作用的是理智。分析思维必然渗透进西方诗人的思维之中，作为后者潜在的甚至显在的基础。瓦莱里就说过："诗人有他的抽象思维，也可以说有他的哲学；我说过，就在他作为诗人的活动中，他的抽象思维在起作用。"② 西方诗歌之所以有如此丰富和深刻的哲理性，与理性的分析思维作为其基础有关。从后文将看到，这种理性的分析思维还会对西方诗歌的审美意象和创作方法产生重要影响，使之呈现出与其他文化的诗歌不同的特色。

---

① 参考西方学者如下的一些说法："前5世纪末，希腊诗歌开始经历一场根本性的变化。随着科学与哲学的兴起，希腊人对诗歌作为传达真理的工具的价值信念开始动摇。"（Alex Preminger, ed., *Princeton Encyclopedia of Poetry and Poetics*, 1974, p.329）"更有甚者，有许多其他的人带着惋惜（济慈是其中的一个），以为科学发展必然的结果，会破坏一切诗歌底可能性。"（艾·阿·瑞恰兹：《诗的经验》，杨匡汉、刘福春编：《西方现代诗论》，第190页）"在现代文明无情的压力下，诗歌被挤压得瘦瘦的，它的头越来越高地升向天空，它的心越来越变成无意识。……叶芝早在1898年就写道，'一种新诗在旧诗的阴影下成长起来了，它老是在缩小自己的边界'。"（C. Day Lewis, *The Poetic Image*, 1984, p.111.）在创作实践上，有华兹华斯等的浪漫主义诗歌对近代工业文明的憎恶，有现代主义诗歌和后现代主义诗歌对现代科技文明的抗争。

② 瓦莱里：《诗与抽象思维》，伍蠡甫主编：《现代西方文论选》，第37页。

宗教文化的思维可以笼统地称为宗教思维。宗教思维主要是超验思维。所谓超验，指超出一切经验以外。超验的东西与经验无关。[①] 超验思维是由宗教文化的神本根性决定的：正是神这种本体的超验性决定了宗教思维的超验性。

宗教的超验思维既是有象的，又是无象的。原始宗教的超验思维是有象的。由于有更多的理性加入，文明宗教的超验思维则既有有象一面，又有无象一面，即抽象一面。这抽象一面，如基督教的上帝对犹太教的人格化上帝的进一步抽象，又如伊斯兰教中的真主也是抽象的，再如印度教的"梵"的观念，佛教的"涅槃"和"性空"等观念，都是抽象的。

超验思维也是直觉的，它往往表现为天启的直觉或神示的直觉，它因此也是排斥科学分析和逻辑论证的。可知宗教的超验思维与诗歌的直觉思维也有一致性。正因为如此，我们看到，宗教文化在一定程度上也有利于诗歌创造而不利于科学发展。

宗教文化的诗歌的直觉思维与其他文化的诗歌的直觉思维的不同，第一是它所直觉的形象主要是神话的幻象，而不像中国古代诗歌那样主要是现实的客观物象，也不像西方诗歌（非宗教性诗歌）那样主要是主观的想象形象。第二是它所直觉（感悟）的意义主要是神的旨意，是宗教意识，而不是像中国古代诗歌那样主要是道德意识，也不像西方诗歌那样主要是自我意识。

总的来说，中国现代"科学—政治"文化在逐渐走向成熟，因而它的分析思维也在逐渐变得成熟。与西方诗歌类似，中国现代诗歌的直觉思维虽然与分析思维不同，但是一般以分析思维为基础并受其制约。中国现代诗歌的直觉思维与古代诗歌的直觉思维却不同：它所直觉的形象主要是想象形象，而不是古代诗歌那样的直观形象，尤其不是典型的古代诗歌那样通过整体取景和多视角起兴而产生的直观形象；它所直觉（感悟）的意蕴主要是各种自我意识，而不是古代诗歌那样的群体性道德意识。

由于中国现代诗歌所从属的"科学—政治"文化与西方诗歌所从属的科学文化是大体同质的，而与中国古代诗歌所从属的道德文化却是异质的；

---

① 超验与先验的区别在于：超验的东西（例如神）是在经验之外的。先验指先于经验，而不是超越经验。先验的东西是构成经验的条件，因而是内在于经验的。

由于中国现代诗歌的思维方式与西方诗歌的思维方式较为接近，而与中国古代诗歌的思维方式却有较大的差异：从前面的论述可以看出，中国现代诗歌在情感特性和思想题材上与西方诗歌的相似性较大，差异性较小，而与中国古代诗歌的相似性较小，差异性较大；从后面的论述还可以看出，中国现代诗歌在审美意象和创作方法上也是与西方诗歌的相似性较大，差异性较小，而与中国古代诗歌的相似性较小，差异性较大。这一切，都是由现代中国文化的转型造成的。这里我们愿意再次指出，现代中国文化转型成为科学文化，其根本动力不在于西方科学文化的压迫和激发，而在于我们自身的需要，在于我们自身就具有创造科学文化的潜能（前述所谓与道德文化异质的科学文化的心理机能）。这种说法的潜台词是：设若没有西方科学文化的压迫和激发，我们自身的需要和潜能也可能使中国走向科学文化，尽管走向的方式会很不同，时间会晚得多。试想：中华民族既然能够自主地从宗教文化转型成为道德文化，有什么理由否认它也可能自主地从道德文化转型成为科学文化呢？反之，设若没有自身的需要和潜能，单凭外部的压迫和激发是难以产生科学文化的；即便产生，也是难以持久发展的。西方学者关于文艺复兴之所以发生的主要原因的说法，可以供我们参考："我们可以得出结论，中世纪的复兴主要是人类要前进的本能的结果，外国学者所带来的启蒙思想是一部分刺激，但也只是达到目的的一种手段。"①

---

① 罗德·W. 霍尔顿、文森特·F. 霍普尔：《欧洲文学的背景》，第216页。

第三章　审美意象比较

第一节　中国古代抒情诗的审美意象

一、意象论与意境论

（一）意象论的产生与历史变化

《易传·系辞》中的“立象尽意”和“观物取象”两个观念，是中国古代诗歌意象论的理论源头：前一个观念表明建构意象的目的，后一个观念表明建构意象的手段。

《系辞上》曰：“子曰：‘书不尽言，言不尽意。’然则圣人之意，其不可见否？子曰：‘圣人立象以尽意’。”“立象以尽意”的“意”是“圣人之意”。那圣人之意是什么？显然是圣人对古代文化本体“道”的理解，是道之意。道之意就是道德的意义，因为得道即为德。这里，我们便看见了古代诗歌意象论的本体论关联，即这种意象论在源头上就是与道及其现实的道德意义捆绑在一起的。这种意象论的“意”为什么要用“象”来表达呢？因为“言不尽意”，即语言不能完全表达道的意义。① 这里，我们又看见了这种意象论的认识论关联，即对道及其现实的道德意义的认识，是形象的直觉体悟的认识，而不是抽象思维和逻辑语言的认识。

怎样获得这种“尽意”的“象”呢？我们要再次引用《系辞下》中的那段话：“古者包牺氏之王天下也，仰则观象于天，俯则观法于地，观鸟兽之文与地之宜，近取诸身，远取诸物，于是始作八卦，以通神明之德，以类

---

① 这是儒家的观点。道家也持类似的观点，并且更偏激，老子、庄子都认为“道不可言”，都“非言”。

万物之情。”这即是“观物取象”。这样获得的象，显然不是主观的想象形象，也不是神话的幻想形象（这两种形象却是外国诗歌的主要形象），而是整体性的直观形象。这就从源头上规定了古代诗歌意象论中的象主要是直观的和现实的。这段话同时还表明，用这样的形象来进行认识的目的是领悟神圣的道德意义，并与万物的情状相通。

《易经》中所描述的占卜，即设立若干卦象来表明义理，是实践上最早的立象尽意。上述《易传》所论说的象就是《易经》中的卦象，可称为“易象”①。在这种意义上，易象可以说是古代诗歌意象的源头。

西方诗歌意象论却没有本体论和认识论的关联。西方科学文化最早的一个本体性抽象概念是“逻各斯”。它的含义很多，其中的一个基本含义是指现象后面的规律性的东西。我们知道，中国古代道德文化的本体“道”具有自然根性，这种文化的基本观念（如儒家的天尊地卑观念和道家的自然无为观念）似乎也体现自然规律。其实两者根本不同。逻各斯所指的规律性东西，是能够为抽象思维所认识、为逻辑语言所表述的东西，所以逻各斯也有理性、语言等意思。而道所体现的并不是真正的自然规律，而是被道德化、人格化了的某些自然现象。由于道的这种道德化、人格化本质，又由于它粘带着来自殷商宗教文化的“上帝”神的某些神圣性和神秘性，它不能为抽象思维所认识，不能为逻辑语言所表述，而只能通过感性形象来直觉体悟。这种直觉体悟的感性形象就是意象。这种意象与文化本体及其所规定的思维方式关联着（被后两者决定），于是它就从根源上失去了自身的独立自足性。西方诗歌的意象和意象论在根源上都不与文化本体及其所规定的思维方式关联（它们的产生另有根源，详见下一节），所以在根源上是独立自足的。这是中西诗歌意象和意象论在根源上的不同。

“意象”概念最早出现在汉代王充的《论衡》中。在诗学领域，刘勰最早提出意象概念，并指出运用意象是写作的首要方法和根本之点：“独照之匠，窥意象而运斤。此盖驭文之首术，谋篇之大端。”（《文心雕龙·神思》）

---

① 刘勰在《文心雕龙·原道》中就称《易经》中的象为“易象”：“人文之元，肇自太极，幽赞神明，易象惟先。”易象中除了卦象外，更多的是爻辞中说到的事物的象，可称为爻象。爻象是诗歌意象的雏形。例如，《贲·六四》的爻辞：“贲如皤如，白马翰如。匪寇，婚媾。”又如《大过·九二》的爻辞：“枯杨生稊。老夫得其女妻，无不利。”这类句子押韵，并多为四言句式，被认为已具有诗歌的雏形。其中的白马、枯杨等意象可视为雏形的诗歌意象。

刘勰所说的意象也是诗人心中的心象，它对于诗人来说是有审美性的（它被语言物化出来后，对于读者才有审美性），所以应当属于审美意象的范畴。后世唐代诗人王昌龄所说的“久用精思，未契意象”（《诗格》），司空图所说的“意象欲出，造化已奇”（《诗品·缜密》）等，都是这种尚存在于诗人心中的意象。

唐人殷璠在《河岳英灵集序》中用“兴象”评诗，如说齐梁诗歌“都无兴象，但贵轻艳”。明人胡应麟在《诗薮》中评诗也用“兴象”概念，如说《古诗十九首》“兴象玲珑，意致深婉”。古人对兴象与意象似乎未作分别。其实，兴象与意象应作适当的分别。一般而言，兴象是一种意象，意象却不一定是兴象。兴象大多是诗篇开头用作起兴的意象，而诗篇中有些意象并没有起兴作用。兴象在《诗经》中大量出现。《诗经》中早期兴象的一个特点，是它们所表示的意思往往并不与诗的中心意思紧密关联，所以它们往往不是诗歌的主要意象，如“关雎”“蒹葭”等兴象即如此。自屈原至汉魏时期的诗歌，兴象表示的意思与诗歌主旨的关系逐渐紧密，那些兴象也就逐渐成为诗歌的主要意象。汉魏诗歌的意象渐次密集，并出现并置的趋势。南朝和唐代山水诗大盛，对仗手法被广泛运用，这促成了创作时从多个视角感物起兴，因而产生多个兴象，这些兴象一般都是诗歌的主要意象。中国古代诗歌意象的特点，就主要体现在这种作为兴象的意象身上。（详见后文。）

宋代开始出现的“情景”论是意象论发展史上的一个重要阶段。情景论大多根据律诗和绝句的结构来论说情与景的分别，并初步提出“情景交融”问题。例如，范晞文在《对床夜语》中论说杜甫的五律时，分别出或“上联景，下联情”，或“上联情，下联景”，或“景中之情”，或“情中之景”，或“情景相融而莫分”。元代方回在《瀛奎律髓》中评杜甫诗歌时，也说到“景在情中，情在景中”，这也是关于律诗中情与景的分别和融合。明代谢榛的《四溟诗话》更强调情景的融合。其曰：“作诗本乎情景，孤不自成，两不相背。”又曰：“景乃诗之媒，情乃诗之胚，合而为诗。”情景论将中国古代诗歌意象的诗性特征突出了，即它明确了诗歌意象的“意”主要是情感意蕴，诗歌意象的“象”主要是景物形象。中国古代诗歌的一个显著特点，就是多情感表现而少理性辩说，多景物形象而少人物形象和神话形象。比较而言，外国诗歌意象有所不同：其“意”中有较多的说理成分；其“象”中有较多的人物形象和神话形象。所以，中国古代诗歌的情景论在世界诗论中是颇为独特的。情景论的主要贡献不在于情与景的分别，而在于情与景的交融。清代王夫之对情景交融作了深入的论说。主要就是情景交融（亦即意象融合）论将意象论提升成了意境论，故王夫之的情景交融论留待下小节论说意境论的产生时去评介。

明代诗评家对意象的论说较多，并且大多从诗歌的鉴赏和批评说起，所以这种意象应当是完整意义上的诗歌审美意象。因为这种意象包括了意象产生的各个环节：诗人感物起兴时的物象；诗人在此物象基础上生成的审美心象；将此审美心象用语言物化成为诗歌文本中的语象；最后，读者在此语象基础上再生成的审美心象。何景明、胡应麟、王廷相、陆时雍等都说到过这种完整意义上的审美意象。何景明《与李空同论诗书》说："夫意象应曰合，意象乖曰离，是故乾坤之卦，体天地之撰，意象尽矣。"胡应麟《诗薮》说"古诗之妙，专求意象"，又说"五言古意象浑融"。比较而言，王廷相的贡献较大，"这主要就在于他明确地把审美意象规定为诗的本体"①。他在《与郭价夫学士论诗书》中说："夫诗贵意象透莹，不喜事实粘着。……嗟乎！言征实则寡味也，情直致而难动物也。故示以意象，使人思而咀之，感而契之，邈哉深矣，此诗之大致也。"明末的陆时雍在《诗镜总论》中也多次论说这种意象，如说："所难能者，在风格浑成，意象独出。"又说："实际内欲其意象玲珑，虚涵中欲其神色毕着。"

（二）意境论的产生与历史变化

意境是意象发展到一定历史阶段的产物。相应地，意境论也是意象论发展到一定历史阶段的产物。大致说来，汉魏诗歌意象的逐渐丰富，特别是南朝山水诗的兴起和对仗手法的运用，促使诗歌意象的描写从个别走向整体；隋唐佛教的兴盛，促使诗歌追求佛境之类的超越性，并将"境"的概念运用于诗论中；发达的唐代诗歌艺术造成意与象（情与景）的浑然融合。这些，就促进了诗歌创作中有所不同于意象的意境的成熟，也促进了诗学中有所不同于意象论的意境论的形成。

盛唐王昌龄最早在《诗格》中提出"意境"概念。他将诗歌境界分成物境、情境和意境。其曰："诗有三境：一曰物境。欲为山水诗，则张泉石云峰之境，极丽绝秀者，神之于心，处之于境，视境于心，莹然掌中，然后

① 叶朗：《中国美学史大纲》，上海人民出版社1985年版，第332页。

用思，了然境象，故得形似。二曰情境。娱乐愁怨，皆张于意而处于身，然后驰思，深得其情。三曰意境。亦张之于意而思之于心，则得其真也。”大致说来，物境指所描写的物象，情境指所表现的情感，意境指所蕴含的意义。分别看，意境只是纯粹思想意义的境界。但若将三者结合起来看，这三者就是相互关联并逐级发展的整体，即前者指向后者，后者包含前者。这即是说，情境包含着物境，意境包含着情境和物境。那意境中的真意，正是包含在物象以及它所表现的情感之中的。这样理解的意境，正是以后历史发展的意境论所论说的意境，也是古代诗歌中普遍存在的意境。

中唐刘禹锡在《董氏武陵集记》中说：“诗者，其文章之蕴耶？义得而言丧，故微而难能；境生于象外，故精而寡和。”从刘禹锡的本意看，“境生于象外”的“境”是意蕴和义理之境，与王昌龄所说的意境有些类似，即说的都是单纯思想意义的境。所不同的是，这里明确提出了“象外”这种佛教的超越性问题。确实，佛教追求象外的佛性即真如（又称法身、实相等），是超越色相的境界。那么，诗歌的“境生于象外”的“境”是否就是这种无象的超越境界呢？从“境生于象外”这个命题的字面看，或者从佛教的观点看，当然可以作这样的理解。但若从古代诗歌艺术崇尚意象的创作实际看，从古代诗歌根深蒂固的意象论传统看，这种境应该理解为是有象的，只是那象中蕴含着超越性的意义。这即是说，生于象外的义理之境可以将那象包含其中，这正如我们可以将王昌龄所说的意境理解为包含着物境和情境。此外，这“境生于象外”的“境”未尝不可以理解为一种超越性的象，即后来司空图所说的“象外之象”。

后来的意境论就主要是沿着上述后面两种理解发展的。其实，中国古代文化的特性及其意象传统，是不允许将诗歌的基本境界当作一个纯粹的意义境界或形而上境界的。作为古代文化本体的“道”（“天道”）本身固然是先验的、形而上的，但古代文化并不重在这种本体本身，而是重在它在现实中的体现，即所谓“人道”，具体来说就是儒家的纲常伦理的要求、道家的虚静无为和佛家的明心见性的修养。在诗歌艺术上当然也注重对这种人道而不是天道的表现，并且当然是感性形象的表现。印度佛教确实有追求形而上境界的特性，不过如前所述，印度佛教传入中国后主要不是它改造了中国文化，而是中国文化改造了它，它因此也具有了注重客观现实和感性直观的特点，其超越性的佛性也落实在现实的感性事物之中了。如禅宗所说的“青青翠竹，尽是法身；郁郁黄花，无非般若”（《景德传灯录》卷28），就是指现实事物即是法身，即是佛性，这就与中国传统的“山水体道”“山水是道”的说法接近了。总之，追求形而上性并不是中国古代哲学、文化的特点，它倒是西方哲学、文化的一个重要特点。与此相应，中国古代的传统思维是“观物取象”的直观性整体思维，中国古代诗歌创作的基本方法是“感物起兴”的意象表现方法。因此，追求象外的形而上性并不是中国古代诗歌的特点，它倒是西方诗歌的一个重要特点。如此看来，对于意境的思考，就不能局限于“境生于象外”的“境”的本意和作为其外在来源的超越性的佛境，而必须将更深远的本土意象作为其根基。

晚唐司空图在《与极浦书》中提出“象外之象”和“景外之景”的概念。从传统意象论看，那第一个象和景应是诗人感物起兴的直观形象，那第二个象和景则是相关的（包括联想的）形象以及与第一个象和景共同构成的不确定的整体景象。由于古代诗歌对感物起兴的直观形象（第一个象和景）的描绘常常是多视角的，因而也常常是简略的、轮廓性的，所以产生相关的联想形象和不确定的整体景象是必然的，也是必要的。这种由双重性的象和景及其所构成的整体性景象就是“境”。在这种意义上，司空图提出的“象外之象”和“景外之景”将刘禹锡的“境生于象外”的“境”明确化为感性形象的境界了。司空图也直接说到过这种感性形象的境。他说：“长于思与境偕，乃诗家之所尚者。”（《与王驾评诗书》）。他所说的与抽象的“思”所对应的“境”，显然是感性形象的境界。

清初王夫之在宋明情景论的基础上，特别强调情与景的不可分离和相互融合。他在《姜斋诗话》卷二中说：“夫景以情合，情以景生，初不相离，唯意所适。截分两橛，则情不足兴，而景非其景。”又说：“情景名为二，而实不可离。神于诗者，妙合无垠。”他在《唐诗评选》卷四中评岑参的诗说：“景中生情，情中含景，故曰景者情之景，情者景之情也。”王夫之情景论的核心就是情与景“妙合无垠”的观点。情与景“妙合无垠”，即是意与象融合无间，浑然一体。这个观点是对古代诗歌意象的本质特点的概括。为什么说意象融合（即情景交融）是古代诗歌意象的本质特点呢？因为如前所述，诗歌意象起源于“观物取象”和“立象尽意”，而那意、象与“观物取象”和“立象尽意”的人，都是统摄于“道”的：道生万物，包括人，因而人与万物是相通的——两者相通于道。这样，物象所呈现的道就是人心所体悟的道，这种道就是诗歌中的意（道之意）。这在诗歌中就表现为意象融合、情景交融的特点，亦即物我同一的特点。这个特点的背后是“天人合一”的文化根据（天人合一之“天”除了有自然之天的意思外，更有道以及道德之天的意思）。所以，这个特点是其他民族文化的诗歌意象不可能真正具有的。

具有上述意象融合或者说情景交融特点的诗歌意象，就可以说基本上是诗歌意境了。这即是说，意境具有情景交融这种本质特点。[①] 王夫之的论述虽然没有直接说到意境，他的这种情景交融论却是意象论走向意境论的关键一步。自此以后，情景交融就成了用以判定诗歌意境的基本标准。

晚清王国维在《人间词话》中用“境界”（也用“意境”）论词。其境界（意境）概念的含义宽泛。不过，其境界论中包含着若干上述意境论的东西。

第一，指出“文学之事……意与境二者而已。上焉者意与境浑”（《人间词话附录·二二》）。又指出：“至意境两浑，则惟太白、后主、正中数人足以当之。”（同上）“意与境浑”就是意境中的意与象浑然一体，也就是情景交融。依据上述，这种“意与境浑”的词就具有意境。王国维认定这样的词是最优秀的，只有少数词人才能写出。确实，最优秀的古代诗歌的代表就是那些具有意境的诗词。不过，古代某些非意境的诗词，亦即那些意与境并不浑然一体的诗词，也是可以列入最优秀之列的，只不过它们在古代诗歌中没有意境诗词那样具有代表性。

第二，指出“能写真景物、真感情者，谓之有境界。否则谓之无境界”（《人间词话·六》）。“写真景物”，说明作为意境的境界不是无意象的单纯思想情感的境界，而是有意象的境界；并且那意象是现实的、直观的意象（“真景物”），而不是非现实的、想象的或神话的意象。这些都是意境的特点（详见下小节），而不是非意境的诗歌境界的特点。非意境的诗歌境界可以是单纯思想情感的，正如王国维所说“喜怒哀乐，亦人心中之一境界”。

---

① 这说明，古代诗歌的意境与意象是相通的，即意象的本质特点（意象融合、情景交融）也就是意境的本质特点。两者在这个本质特点上的不同在于：古代诗歌的某些意象（特别是异质情感即自我情感的诗歌意象）并不具有这个本质特点，而意境必须具有这个本质特点。此外，意境的特点还包括意象的若干其他特点。两者在这些特点上的不同在于：某些意象并不具有这些特点，而意境一般具有这些特点。这些问题下小节有专门论述。

非意境的境界中的意象也不一定是直观的，而常常是想象的或神话的。（这两种非意境的境界正是外国诗歌的主要境界）王国维还提出“隔”与“不隔”之说。他说：“语语都在目前，便是不隔。”（《人间词话·四十》）依据郭沫若的解释，“‘不隔’是直观自然，不假修饰”①。所以，王国维所说的“不隔”与他所说的“写真景物、真感情”是相通的，说的都是意境的一种特点。

第三，分别“有我之境”和“无我之境”。王国维在《人间词话·三》中说：“有我之境，以我观物，故物皆着我之色彩。无我之境，以物观物，故不知何者为我，何者为物。”（其中“无我之境”论有叔本华纯粹审美直观论的影响。②）其实，整个中国古代诗歌（不止词）都可以分成这样两种境界（当然这种截然的划分只是相对的）。其中，诗歌中无我之境较多，唐诗尤其如此，词中则有我之境较多。王国维就说：“古人为词，写有我之境者为多，然未始不能写无我之境，此在豪杰之士能自树立耳。”（《人间词话·三》）从这句话可知，他是很推崇无我之境的。这句话与他上面所说的意与境浑然一体为最高境界，只有少数词人才能够创造的话，是统一的，即无我之境才是意与境浑然一体的。确实，无我之境才是意境，因为意境的意象融合、情景交融的特点造成无我性。从文化根源看，则是“天人合一”

① 郭沫若：《鲁迅与王国维》，干春松、孟彦弘编：《王国维学术经典集·附录一》（下卷），第506页。

② 王国维深受叔本华的影响，其“无我之境”论中就有后者的纯粹审美直观论的影子。叔本华认为，纯粹的审美直观是超然的、非功利的，是纯粹的即无意志目的的主体“自失于对象之中”，因而能够与对象合一。这与中国古代诗歌、艺术的情景交融、物我同一的审美效果有些类似。不过，叔本华说：“谁要是按上述方式而使自己浸沉于对自然的直观中，把自己都遗忘了到这种地步，以至他已仅仅只是作为纯粹认识着的主体而存在，那么，他也就会由此直接体会到他作为这样的主体，乃是世界及一切客观的实际存在的条件，从而也是这一切一切的支柱，因为这种客观的实际存在已表明它自己是有赖于他的实际存在的了。所以他是把大自然摄入他自身之内了，从而他觉得大自然不过只是他的本质的偶然属性而已。”（《作为意志和表象的世界》，商务印书馆1982年版，第253页）这表明，叔本华是以自我主体为本体的：世界的一切都有赖于这种主体的存在。这种主体在审美时的所谓“自失于对象”，不过是把对象“摄入他自身之内”而以非意志目的的态度去观照它，从而达到与它的合一。可见这只是在审美层面上与对象的合一（这大约就是叔本华所说的自然对象不过是主体的“本质的偶然属性而已”的意思）。而中国古代诗歌、艺术中所表现的与对象的合一，却不仅仅是审美上的，而首先是人生的（即儒家与社会的合一，道家与自然的合一）。统摄这种合一的既不是自我主体，也不是自然对象，而是超越这两者的“道”（本体）。可见，这种合一与叔本华的主体“自失于对象之中”的合一在根本上是不同的。

“物我同一”的观念使然。所以，无我之境是中国古代诗歌独具的文化特征。外国诗歌的境界则一般为有我之境。

从上述意境论的产生与历史发展看，意境论主要是在意象论的基础上产生的。可以说，意境的确认是古今诗论家共同努力的结果。这种确认是对意境独特含义的探讨，这种探讨至今仍在继续着，本书的论述即是其中之一种探讨（包括下小节对意境特点的探讨）。总之，意境应当是被诗论家选择出来表示古代诗歌独特境界的概念。

二、意象与意境的特点

（一）意象的特点

就意与象的关系看，中国古代诗歌意象有两个重要特点。一个是意象融合，上文已有所论述，后面论述意境的特点时还要进一步论述。这里论述另一个特点——重意轻象。

古代诗歌着重用象来表情达意（而不着重直抒胸臆），从而构成意象，所以古代诗歌是重意象的。就这种意象中意与象的关系而言，古代诗歌又是重意轻象的。

《诗经》就着重对思想情感即“意”的表达，对“象”的刻画却不够重视。例如，“关雎”“卷耳”“柏舟”“黄鸟”等许多意象，诗人并不着重描写这些象本身，而是着重借助它们来表达意。《楚辞》的意象绚丽多彩，这是对象的描绘的一定程度的重视。不过，《楚辞》对象的描绘方式并未成为古代诗歌的传统。汉代诗歌意象总的说来偏重于伦理政教方面的意。魏晋南朝的某些诗歌，在文学自觉的思潮中曾经偏重对象的刻画，南朝新兴的山水诗和宫体诗尤其如此。然而，由于忽视了“风雅”“比兴”这类看重意的传统，这些诗歌在后代屡遭诟病。这样，在《楚辞》的意象描绘方式受到冷落和南朝诗风被批判之后，自唐代起，在诗歌意象的塑造上就形成了稳定的重意轻象的传统。其间，也有少数诗歌不同程度地偏重于刻画象。例如，在继承楚骚传统的李贺的某些诗歌中，就刻意追求象的奇异险怪。

在古代诗学中，就意与象的关系看大多是重意的理论，重象的理论很少。

古代诗学的总纲是“言志”，它完全立足于意。后代从它变化出的“缘情”“载道”“性情”诸种理论，显然也都着眼于意。古代诗学还涉及诗的审美情感，提出了“韵味”“兴趣”“神韵”等理论。这些理论曾经被视为形式主义理论，其实它们仍然是关于内容（意）的理论，只是这种内容不是直接关于伦理政教的内容，即通常所说的内容，而是美自身的内容，即审美情感或称美感意味。这种美感情感的底蕴仍然与伦理政教和道德修养有关。

晋代陆机提出“诗缘情而绮靡”，其中的“缘情”是关于意的，“绮靡”则属于文辞声色，所以这种理论中包含有重象的成分。随后南朝齐、梁时代的沈约等提出的“形似”论，算得上是真正重象的理论。南朝的某些诗人确实也有“情必极貌以写物，辞必穷力而追新”（《文心雕龙·明诗》）这样讲究形似的创作。然而，“形似”论很快被“传神”论、“神似”论取代，相关的诗作也一直受到责难。

从诗歌创作论看，古代诗学所强调的是“以意为主”“以情为主，景为宾”① 和“神似”等重意的创作原则，与重意的诗歌本质论和功能论一致。词的创作也强调“以意趣为主”“意新为上，语新次之”。② 现代学者就明确指出，中国古代美学有“崇‘虚’尚‘意’的倾向”③。这种倾向，用现代话语表述就是，“我们民族在审美和艺术领域中，追求情景交融而偏重于情、心物契合而偏重于心、虚实统一而偏重于虚、再现与表现一体而偏重于表现那样一种美和艺术的审美取向”④。这显然是一种重意轻象的取向。

古代诗歌重意轻象特点的文化根源何在？简单说来，古代道德文化决定了古代诗歌必然重在表现道德意识，这就决定了古代诗歌在营造意象时必然重意轻象。这是因为，道德意识就是一种意，它决定了古代诗歌在总体上必然重在传达这种意，而不可能同样重视表现这种意的象；象这种形式以及其他艺术形式，在古代诗歌中就不可能真正获得独立自足的美学地位。

---

① 关于“以意为主”的创作原则，宋代刘攽《中山诗话》、吴可《藏海诗话》、金代王若虚《滹南诗话》、清代王夫之《姜斋诗话》等有论说。关于“以情为主”的创作原则（可以说也是一种“以意为主”的创作原则），明代谢榛《四溟诗话》、清代吴乔《围炉诗话》等有论说。宋代张戒《岁寒堂诗话》卷上曰：“言志乃诗人之本意，咏物特诗人之余事。”说的也是诗以情意为主，以景物为宾。

② 关于作词“以意趣为主”，宋代张炎《词源》、清代李佳《左庵词话》等有论说。“意新为上，语新次之”的说法见于清代李渔《窥词管见》。

③ 韩德林：《境生象外》，生活·读书·新知三联书店1995年版，第61页。

④ 同上书，第58页。

这里需要辨析一个问题：比较西方文化，中国古代文化显然有注重象、崇尚象的特点。而中国古代诗歌在意象营造上却又是重意轻象的。这是怎么一回事呢？原来，中国古代道德文化在根本上是重意的，包括重“道”的本体意义以及由之转化成的现实的道德意义。不过，中国古代道德文化在思维方式上却有重象的特点，即在认识道的本体意义及其现实的道德意义时，不像西方那样借重抽象的逻辑思维方式，而是借重直观物象的直觉思维方式。这种思维方式在诗歌艺术上的反映，就是重具象表现而少抽象论说。不过，思维方式上的崇尚直观物象，艺术上的注重具象表现，并不意味着在由此造成的意象中意与象两者是同等重要的，乃至于象更重要。情况正好相反：只是因为言不尽意，所以才“立象以尽意”，于是才有崇尚直观物象和注重具象表现的特点；然而，一旦尽意的目的达到了，是可以“得意忘象”的。虽然在诗歌艺术中不可能得意忘象，但意象中意与象两者孰重孰轻，在根本上是被文化的道德本体及其现实的道德意义决定着的。这里我们就看到，思维方式上的重象、尚象与诗歌意象中意与象关系上的重意轻象，并不是矛盾的，而是统一的：运用重象、尚象的思维方式，正是为了达到更为重要的尽意的目的。

古代诗歌意象还有若干其他特点，如密集、并置的特点和因袭传统的特点。

意象密集的特点在《诗经》和《楚辞》中就有显露，在汉魏诗歌中逐渐形成。例如“青青河畔草，郁郁园中柳。盈盈楼上女，皎皎当窗牖”（《青青河畔草》）。这一特点在后来的诗词中就更突出了。诗如“月落乌啼霜满天，江枫渔火对愁眠”（张继《枫桥夜泊》）。词如“一川烟草，满城风絮，梅子黄时雨”（贺铸《青玉案》）。散曲如“枯藤老树昏鸦，小桥流水人家”（马致远《天净沙·秋思》）。古代诗歌意象密集这个特点的文化根源，在于前述“立象尽意”和“观物取象”的传统，在于整体思维的观照方式：诗人以物象来表达情意，而不用或少用抽象的理性论说和直接的情感表现，诗歌的意象自然就多一些；诗人仰观俯察、远近往还地从多个视角选取意象来表情达意，这又增加了诗歌意象的密度。此外，古代汉语简略和少关联词语、古代诗歌体式短小和运用对仗等，对形成诗歌意象密集的特点也有作用。

由于诗人常常采用远近高低的方式来观物取象，加之对仗手法的普遍运用，诗歌中密集的意象就常常以并置的方式呈现出来，从而形成意象并置的特点。这个特点在律诗中最突出，在其他诗体中也普遍存在，如以上张继的诗、贺铸的词和马致远的曲都有这个特点。

古代诗歌意象因袭传统的特点也很显著。《诗经》《楚辞》中的不少意象就是后代诗歌的原型意象。之后，松、竹、菊、莲、柳、雁、月、高山、流水、孤帆、落红、碧血、笳角、猿声等意象逐渐定型，成为历代递相沿袭的传统意象。之所以如此，从文化根源看，是由于作为道德文化本体的“道”是既定不变的。所谓“天不变，道亦不变”①。在根本上具有“体道”“载道”功能的诗歌，必然在思想情感上出现崇古倾向，在审美意象上出现趋同性和因袭性。其实，由于道（包括“天道”和“人道”）具有既定和不变的性质，整个古代道德文化就是因袭守旧的。孔子宣称“述而不作，信而好古”（《论语·述而》），孟子强调“守先王之道”（《孟子·滕文公下》）。他们认为上古先王是道德圣贤。儒家后来就形成了从上古尧舜禹商汤至后世文武周公孔孟程朱等的一脉相承的“道统”。老子提出“不敢为天下先”（《老子·六十七章》），并提倡回归“小国寡民”的原始状态。庄子更极端，声称“至德之世，同与禽兽居，族与万物并”（《庄子·马蹄》）。古代诗歌深受儒道思想的影响，其意象因袭的特点就是这两家思想的因袭守旧性在诗歌艺术上的反映。

古代诗歌意象还有些特点是与意境的特点关联着的，下文论述意境的特点时将连带论述它们。

（二）意境的特点

意境有如下特点。这些特点都是由构成它们的意象的有关特点造成的。

第一，意境中的意象是原样兴现的，意境因此也是原样兴现的。

所谓原样兴现，是指诗人直观事物，感物起兴，由此产生的兴象一般是原样的。那兴象以及相关的形象就是构成意境的意象。由这样的意象所构成的意境也是原样兴现的。这样的意境在古代诗歌中比比皆是。诗的意境如杜甫的《登高》：

> 风急天高猿啸哀，渚清沙白鸟飞回。无边落木萧萧下，不尽长江滚

① 这是董仲舒在《举贤良对策》中说的话。他在这里所说的“天”即是“道”或称“天道”，即万物的主宰；所说的“道”是“人道”，即儒家的纲常伦理。

滚来。万里悲秋长作客，百年多病独登台。艰难苦恨繁霜鬓，潦倒新停浊酒杯。

词的意境如范仲淹的《苏幕遮》：

碧云天，黄叶地，秋色连波，波上寒烟翠。山映斜阳天接水，芳草无情，更在斜阳外。 黯乡魂，追旅思，夜夜除非，好梦留人睡。明月楼高休独倚，酒入愁肠，化作相思泪。

曲的意境如马致远的《天净沙·秋思》：

枯藤老树昏鸦，小桥流水人家，古道西风瘦马，夕阳西下，断肠人在天涯。

古代诗人感物起兴，让物象原样兴现，也就是让物象自然呈现意义，所以他们一般不用比喻和象征等改变物象原样的手法。① 有时，诗中也出现局部的比喻或象征，但并不妨碍总体上物象的原样性。如李白的《秋登宣城谢朓北楼》：

江城如画里，山晓望晴空。两水夹明镜，双桥落彩虹。人烟寒橘柚，秋色老梧桐。谁念北楼上，临风怀谢公。

诗中有三个比喻，但都是局部性的。诗篇总体上是感物起兴，由此产生的意象基本上具有直观的原样性，加之这些意象还具有下文论述的特点，所以它们也能构成意境。

反之，总体上是比喻或象征的诗歌，其意象不是直观地原样兴现的。如《诗经·魏风·硕鼠》，整首诗就是一个比喻。那比喻意象"硕鼠"就不是原样的，而是主观的变形。又如晚唐李商隐的某些《无题》爱情诗，有很强的象征性，其意象也不是原样兴现的。这些诗歌自有境界，但不是我们所论说的意境。

古今诗论家都说到过意境的上述特点。王夫之说："身之所历，目之所见，是铁门限。"（《姜斋诗话》卷二）他的"现量"论（"现量"是他借用的佛教概念）对此说得更确切。他这样解释"现量"："现者，有现在义，

① 起兴或者说兴，是既不同于比喻也不同于象征的。它是中国古代天人合一文化观念下的独特的诗歌创作手法。详见第四章第一节第一小节的论述。

有现成义，有显现真实义。现在，不缘过去作影；现成，一触即觉，不假思量计较；显现真实，乃彼之体性本自如此，显现无疑，不参虚妄。”（《相宗络索·三量》）他说的主要就是对事物的直接观照和感受。清人吴乔也说：“诗以身经目见者为景，故情得融之为一。”（《围炉诗话》卷六）上文王国维说的“写真景物”和“不隔”，也有这种意思。现代学者叶维廉也说，“即物即意即真，所以很多的中国诗是不依赖隐喻不借重象征而求物象原样兴现的”①。这说法精当。

非意境诗的意象一般不是直观地原样兴现的。这种意象在屈原、李白、李贺等的诗歌中，在主观个人性较明显的词曲中，是常见的。外国诗歌意象更没有原样兴现的特点，因为外国诗人的创作一般不从客观事物出发，感物兴情，而是从自我出发，用物象来表现主观情思，那物象因主观情思的作用不免变形。

第二，意境中的意象是观照均衡的，意境因此是一个观照均衡的整体。

所谓观照均衡的整体，是指意境由处于不同观照角度的若干意象构成，这些意象在表情达意上大致起着同等的作用，因而并无一个中心意象。以杜甫的那首《登高》看，首联的出句是仰观的意象，对句是俯视的意象；颔联的出句是近看的意象，对句是远望的意象。诗的意境由“风急”“天高”“猿啸哀”“无边落木”和“渚清”“沙白”“鸟飞回”“不尽长江”等诸多观照均衡的意象构成。诗的后两联所表现的老病和漂泊的悲愁感与每个意象都有关，与这些意象构成的意境整体更有关：诗人的这种悲愁感与这个整体是相互契合的，因为在中国古代天人合一性质的文化背景中，由这些自然意象所构成的整体本身就具有一种悲愁的情态（自然是有情有意的，所以能够物我同一）。

由于意境整体由多个观照均衡的意象构成，诗人对每个意象的描绘就只能是简略的、轮廓性的，力求抓住物象的特征来传神写意。这样描写的意象，往往就有“象外之象”“景外之景”的效果；由这样的意象所构成的意境整体，往往就是气韵生动、意味无穷的。

意境所以具有上述特点，从诗人的创作看，是由于他采用了“俯仰往还，远近取与”这种游目周览的观照方式。这与前述“圣人”为了“立象

---

① 叶维廉：《中国诗学》，生活·读书·新知三联书店 1992 年版，第 93 页。

尽意”而“观物取象”的观照方式是一脉相承的，是传统的整体思维的一种观照方式。宗白华就说：“俯仰往还，远近取与，是中国哲人的观照法，也是诗人的观照法。而这观照法表现在我们的诗中画中，构成我们诗画中空间意识的特质。”① 对于诗歌来说，就构成观照均衡的意境整体这样的空间意识的特质。

意境的上述特点，与创作上对仗手法的运用也有关。对仗手法不仅使诗歌意象的描写从个别走向整体，而且必然使这种整体具有均衡性。显然，对仗手法与传统思维的“俯仰往还，远近取与”的观物取象方式也是有关的：它就是这种观物取象方式在诗歌艺术上的一种反映。古代诗歌中律诗的对仗手法最突出，所以意境的这个特点也在律诗上体现得最充分。而“律体在中国诗中做得最多，几要占全体的半数。……他是中国诗底艺术底最高水涨标”②。由此可知，意境的这个特点是有普遍性的。

中国古代诗歌的意境常常是由观照均衡的意象所构成的整体，这一点非常独特。外国诗歌中很难见到这种情况。外国诗歌往往聚焦于个别意象，对它进行深入、细致的描写。那样的诗歌当然也有整体性，不过往往是以一两个突出的意象为中心的整体性，而不是中国古代诗歌意境那样的观照均衡的整体性。读中国古代诗歌和外国诗歌，我们所发现的一个明显差异便是：前者中存在着许多优美的整体性意境，后者中则存在着许多精警的个体性意象。

第三，意境中的意象是浑然融合的，意境因此也是浑然融合的，亦即情景交融的。

意象浑然融合指“意”与“象”浑然融合。那是什么意思呢？从诗歌艺术创造的实际情况看，诗人感物兴情，那物象在诗人心中所引发的情思即意，似乎就为那物象本身所具有，这就是意象的浑然融合，也就是情景交融。这如何可能呢？原来，诗人创作时不是从自己的主观情思出发，而是从客观物象出发，由那客观物象来引发心中相应的主观情思。这种主观情思由于受到客观物象的制约，就显出相应的客观性，就显得似乎也为那客观物象

① 宗白华：《中国诗画中所表现的空间意识》，《美学散步》，上海人民出版社 1981 年版，第 111 页。

② 闻一多：《律诗底研究》，《闻一多全集》（第 10 卷），湖北人民出版社 1993 年版，第 159 页。

所具有。

从文化根源看，“道”与人和万物相通，因而人与万物也相通。这样，诗人所表现的道的意义，就是物象自然呈现的道的意义；反过来说即是，物象自然呈现的道的意义，就是诗人所表现的道的意义。这就是意象融合。其根据就是文化上道与人和万物相通以及人与万物相通的观念，亦即“天人合一”的观念。在此意义上，古代诗歌意境突出地体现着古代道德文化的“天人合一”的观念。古代那些自我性显豁的诗歌（特别是其中的爱情诗歌）的意象之所以不能构成意境，就是因为它们并不表现上述“天人合一”的观念，它们因此也不从属于古代“天人合一”性质的道德文化（前文曾指出，它们属于与道德文化异质的文化，即以个体为本位的科学文化）。

通常所说的“天人合一”观念实际上有两层含义。它的较高一层含义是：天人合一的“天”是“天道”之天，即主宰人和自然的天，所以这种天人合一是指道与人的合一，其实质是道统摄人，人体悟道。这一层含义有明显的形而上性。天人合一的较低一层含义是：那天是自然之天，所以这种天人合一是指自然万物与人的合一。其实质是道统摄人，人体悟道；道也统摄自然，自然也显现道。因此，人所体悟的道的意义，就是自然万物所显现的道的意义；反之亦然。这就是意象融合。天人合一的较高一层含义（形而上的道之意义）一般是通过较低一层含义（与自然万物和现实道德关联的道之意义）而获得的。诗歌意境所表现的天人合一观念一般表现为上述较低一层含义，但它指向较高一层的形而上含义。

与意境诗歌的意象具有浑然融合的特点比较，非意境诗歌的意象没有这样的特点，而是显出意与象之间存在着“张力”。张力的意思与融合的意思相反，指“意”显得并不为“象”本身所具有，而是诗人主观地加在象上的；象则显出它本身的特点和意义（指它所表征的事物的含义与功用）被诗人用某些手法（如比喻、象征等）加以改变，以便表现诗人主观的意。从意象本身看，张力指意象的字面意义与其暗示或联想的意义尽管是统一的，但两者明显不同。① 中国古代诗歌中那些自我性显豁的意象，就不是浑然融合的意象，而是张力性意象。外国诗歌意象更是张力性意象。张力性意

---

① 美国新批评派成员艾伦·塔特在《诗的张力》一文中提出“张力”概念，它是诗歌的一种意义结构，指诗歌的字面意义与其暗示和联想的意义对立而统一。这里姑且借用这个概念来说明问题。

象不一定优美，却可以新颖独特、精警有力，令人过目难忘，并同样具有深远的含义。

第四，意境中的意象是虚实相生的，意境因此也是虚实相生的。

中国古代道德文化的本体“道”具有“无”与“有”、“虚”与“实”的双重特性，其中无、虚更为根本。《老子·四十章》曰：“天下万物生于有，有生于无。”文化本体上的这种观念投射到诗画等艺术中，就形成虚实相生的特点。就诗歌意境中意与象的关系看，意为虚，象为实①，意、虚比象、实更为根本。

中外诗歌意象的创造有相同的一面，若以虚实关系看，可以说都是“以虚生实”，或者说“以意生象”。但两者的方式有别：外国诗歌意象创造的以虚生实一般是化情思为事物形象；中国古代诗歌意象创造的以虚生实一般是寄情思于事物形象。前者往往要改变事物的原样，后者则往往不改变。由于这种不同，中国古代诗歌意象就如上文所指出的那样，是原样兴现的，其意与象是浑然融合的。既然如此，它就不但能够显出上述那样以虚生实、以意生象，即寄情思于事物形象，而且——在天人合一和物我同一的文化观念中——还能够逆向地显出“以实生虚”“以象生意”，即显出事物本身就有情思，能够自然显露出来。这样两方面结合起来，就是虚实相生。

关于虚实相生关系中“以实生虚”或者说“以象生意”这独特的一面，古人曾经说到过。宋代范晞文在《对床夜语》中引用宋人周伯弜的话说：“不以虚为虚，而以实为虚，化景物为情思，从首至尾，自然如行云流水，此其难也。”“以实为虚”即“化景物为情思”，亦即让事物自身显露情思。之所以能够如此，是因为古代诗歌意象的创造往往起于感物起兴、触景生情，能够做到意象融合而不改变物象的原样。这样，无论就以虚生实（寄情思于景物）看，还是就以实生虚（化景物为情思）看，意象都可以是“自然如行云流水”。在这种意义上，以虚生实就是以实生虚，寄情思于景物就是化景物为情思。外国诗歌意象的创造由于一般是明确地化情思为景物或事物，就只能显出以虚生实（以意生象），而不能逆向地显出以实生虚

---

①　明代谢榛在《四溟诗话》中认为写景宜实，抒情宜虚。清代黄宗羲在《景州诗集序》中更明确地说“以景为实，以意为虚”。今人宗白华把虚看得更深远，说它“象征形而上的道”，“即是老子的‘无’”（参见宗白华：《中国诗画中所表现的空间意识》，《美学散步》，第114—115页）。

（以象生意），因为既然是明确地化情思为景物或其他事物，那事物就不可能显出它自身的情思（在西方文化中，人们一般并不认为外物本来就具有像人那样的情思，而是认为它只具有作为某物的自身的属性和意义）。那情思，那意，就只能显出是诗人主观地具有的，不过是借助于对事物的创造（比喻、象征等）而表现出来罢了。这从虚实关系看，就只是以虚生实，而不同时也是以实生虚，因而也就不是虚实相生。

学界在论说中国古代诗画艺术的虚实关系时，常常把诗画中的形象看作实，而把作为这种形象背景的空白看作虚。这是一种仅仅着眼于象的有无的虚实关系。不过，它与上述着眼于意与象关系的虚实关系是可以统一的。统一的关键在于：那种作为背景空白的虚，必须内含某种普遍情思即意，这样，诗画中的虚和实就可以相互依存、相互生发了，即可以虚实相生（意象相生）了。在这种意义上，背景空白只是虚的外在形式，其内在本质却是普遍情思的意（所以上文说“意为虚”）。如果那作为背景空白的虚之中没有这种意，它就只是纯粹的虚空。这样的虚在西方诗画中也存在，但它却不是中国古代诗画中所特有的那种虚实相生的虚（所以，我们其实不适宜说西方诗歌“以虚生实”，而适宜说“以意生象”）。

对于上述古代诗歌意境的原样兴现、观照均衡、意象融合（情景交融）和虚实相生四个特点，还需做三点说明。

其一，尽管意境的上述四个特点都是由构成它的意象的同样四个特点造成的，然而，由于整体大于部分并且大于部分之和这种“完形”作用，这四个特点在意境上比在意象上往往显得更为充分，更为鲜明。

其二，在意境的上述四个特点中，意象融合即情景交融是最重要的特点，它集中体现着意境的本质，体现着作为其文化根源的“天人合一”观念。古代有些咏物诗并不是由若干观照均衡的意象所构成的整体，而是由单个意象为中心所构成的整体（不过诗人对那单个意象的描写也往往是整体性的，即一般对它不作细节描写，更不作层层深入的即带分析性的描写，这是与外国诗歌对单个意象的描写不同的），但由于具有意象融合这一本质特点和其他特点，它们仍然具有意境性。王维的《辛夷坞》、杜甫的《孤雁》等就是这样的诗篇。

其三，学界一般认为意境还具有意味无穷的特点。意境确实是意味无穷的。不过，意味无穷并不是意境独具的特点，因为不止意境是意味无穷的，许多非意境诗的意象（包括中国古代的非意境诗的意象）也是意味无穷的。实际上，一切真正的审美意象都是意味无穷的。康德在其《判断力批判》中就说："我把审美'感性'理念理解为想象力的那样一种表象，它引起很多的思考，却没有任何一个确定的观念、也就是概念能够适合于它，因而没有任何言说能够完全达到它并使它完全得到理解。"① 这即是说，一般的审美意象（康德称为审美理念）的含义就是不能用语言完全表达的，即意味无穷的。

三、意境的审美特性

（一）意境的审美中和性

"中和"二字最早见于《礼记·中庸》。其曰："喜怒哀乐之未发，谓之中；发而皆中节，谓之和。中也者，天下之大本也；和也者，天下之达道也。致中和，天地位焉，万物育焉。"

那"中"——心中未发之喜怒哀乐——究竟是什么？后世思想家有的说是"理"，有的说是"性"，有的说是"良知"。② 他们说的都有一定的道理，因为《中庸》就说"中"是"天下之大本"，而"理""性""良知"在他们那里就是"天下之大本"，即天地万物的根本原理。这样的根本原理也就是最高的道德原理，因为《中庸》所说的"中"与"中和"是对孔子"中庸"观的阐发，而孔子就说"中庸之为德也，其至矣乎！"（《论语·雍也》）

"和"的观念出现很早。《尚书·尧典》曰："诗言志，歌永言，声依永，律和声。八音克谐，无相夺伦，神人以和。"这段话里出现的"和"与"谐"两字，其意思接近，都是说不同的声音造成和谐，可见"和"本来指音乐的特性。后来《国语·郑语》曰"以他平他谓之和"，是说不同事物之

---

① 康德：《判断力批判》，第158页。康德这段话中的"想象力"，不是指一般艺术鉴赏中联想和幻想的能力，而是指对自然物的审美观照中直观的能力。康德说，在这种审美观照中，想象力是"作为先天直观的能力"（同上书，第25页）。这也就是说，审美的直观即是审美想象。

② 唐代孔颖达以"理"释"中"："未发之时，澹然虚静，心无所虑而当于理，故谓之中。"（《礼记正义》卷五十二）宋代朱熹以"性"释"中"："喜怒哀乐，情也。其未发，则性也。无所偏倚，故谓之中。"（《四书集注·中庸章句》）明代王阳明以"良知"释"中"："未发之中，即良知也，无前后内外，而浑然一体者也。"（《习传录》卷中）

间的平衡、协调产生和谐。这种和谐就不仅仅指音乐的和谐，而是扩展到事物之间的和谐了。上述《中庸》说喜怒哀乐“发而皆中节，谓之和”，其中的“和”继承了《尚书》和《国语》两者中的“和”的和谐含义，但强调“中节”，即情感的抒发要合乎礼义。

“中”与“和”结合一起，便成为天地万物的根本和普遍原则，即《中庸》所谓的“致中和，天地位焉，万物育焉”。这样，《中庸》通过与“中”的结合而赋予了本来是音乐性的“和”以政教伦理的性质，以及更为根本的天地之道的性质。由此可知，《中庸》提出的“中和”观念不止是一个审美观念，更是一个根本性的政教伦理观念。在后一种观念的制约下，那作为审美中和观念的中和性不可能是一切诗歌的审美性，而只能是中国古代道德文化的诗歌的审美性。

道家实则也赞成中庸之道①，也崇尚和谐②。所以，中和观念是属于整个古代道德文化的；审美的中和观念是属于整个古代正统诗歌的。

在早期的古代诗歌中，中和观念主要表现为儒家的“以理节情”。所谓“乐而不淫”“哀而不伤”“温柔敦厚”，所谓“发乎情，止乎礼义”，说的都是这个意思。③ 这是偏重在主体身上发生的情与理的中和，这时的诗歌便偏重于主观的和直接的抒情。自魏晋始，道家中兴，中和精神遂由主体自身扩展至主客体之间的关系，即由主体内心情理的中和扩展至物我之间的中和，这个时期便是诗歌意境产生和发展的时期。意境就是这种主客统一、物我同一的中和性在文艺上的体现：它既不偏重于主体心灵的表现，也不偏重于客体形式的再现，而是两者的统一；因此，它既不富于诗人主体的内心真实性，也不富于客体的外在逼真性，却富于融合主体与客体的审美中和性。所以，古代那些强烈地表现主观情感的诗歌，如屈原的《离骚》、蔡文姬的《胡笳十八拍》等，它们并不具有上述审美中和性。它们的审美性偏重在主体的心灵方面。这一点，与它们的境界并不是我们所论说的意境是相统一的。

---

① 冯友兰说，“中庸之道儒家的人赞成，道家的人也一样赞成。‘毋太过’历来是两家的格言”（冯友兰：《中国哲学简史》，北京大学出版社 1985 年版，第 23 页）。

② 如《老子·四十二章》曰：“万物负阴而抱阳，冲气以为和。”又如《庄子·天道》曰：“与人和者，谓之人乐；与天和者，谓之天乐。”

③ “以理节情”中的“理”不是理智理性，而是实用理性即道德理性。所以“以理节情”即“以礼节情”，亦即“发乎情，止乎礼义”。

意境常常具有双重的中和性：基本的是人与物之间的中和性；就物方面而言，又常常是不同事物之间的中和性。

以《天净沙·秋思》为例看。此诗（散曲）表现漂泊天涯的羁旅愁思。诗人不是主观地、直接地表现，而是用“枯藤”“老树”等诸多客观事物来表现。从中和的观点看，这就主要不是主体自身以理节情的中和，而是以物节情的中和，即人与物之间的中和。这如何可能呢？原来，根据中国古代道德文化，万物与人一样也具有情感，因此，当诗人感物起兴，让事物原样兴现时，诗人所兴发感动的情感，也就是事物本身所具有的情感。这即是说，诗人不是任意地表现他的情感，而是表现事物也具有的情感（实际上是适宜该事物自然呈现的情感）；反之，事物也不是任意地呈现情感（事物的不同特征可以呈现不同的情感），而是呈现诗人可能表现的情感。这就是诗人与事物之间在情感上的相互中和。

进一步看，事物方面所呈现的情感也是诸多物象中和的结果，这即是说，这些物象所呈现的是它们共同具有的情感，而摒弃了各自可能独特地呈现的其他情感。例如，“昏鸦”这个物象也可以比喻小人得志，如杜甫诗曰“独鹤归何晚，昏鸦已满林”（《野望》）。但《天净沙·秋思》中的“昏鸦”这个物象与“枯藤”“老树”“小桥”“流水”“人家”“古道”“西风”“瘦马”“夕阳”等物象一起，只共同呈现日暮的愁情。

经过上述人与物之间和物与物之间的两度中和，《天净沙·秋思》的意境所表现的羁旅愁情就不是具体的，而是较为抽象的；不是激烈的，而是较为温和的（尽管用了“断肠人”几个字），符合“温柔敦厚”的诗教。

古代中国的“中和”观念与古代希腊的“和谐”观念有什么异同呢？两者的共同点在于审美本质上的多样统一性。两者的不同点在于：第一，古希腊毕达哥拉斯学派通过对音乐的研究，发现美是和谐，这和谐在于对象的比例、对称和统一。后来亚里士多德关于美在对象的秩序、匀称和适中的理论也包含这个意思。这种和谐是关于对象形式的多样统一的和谐，是西方后来的形式美学的客观基础。其关键是事物诸要素之间的一种数量关系，因此可以说是科学精神在美学上的一种体现。如上所述，古代中国的审美中和性是指人自身之内情与理的和谐性，特别是人与物之间以及物与物之间情感的和谐性。这是一种独特的多样统一的和谐性。它是形成独特的艺术意境的本质要素。第二，古希腊的和谐观念是纯美学的，不与伦理政教关联，而古代中国的中和观念既是美学的，更是伦理政教的。

（二）意境的审美形态

对于美的基本形态，西方流行的观点是分为美和崇高。王国维在康德和叔本华美学思想的影响下，将美分为优美和壮美。他在《〈红楼梦〉评论》中说："而美之为物有二种：一曰优美，一曰壮美。"[①] 在《古雅之在美学上之位置》一文中也有类似的分法。他对优美和壮美的界定，所根据的基本上是康德和叔本华关于美和崇高的说法。他还根据自己的"无我之境"与"有我之境"的分别来规定优美和壮美："无我之境，人唯于静中得之。有我之境，于由动之静时得之。故一优美，一宏壮也。"（《人间词话·四》）其实，中国古代诗学中也有类似的分别。如司空图《二十四诗品》中所谓"冲淡""自然""纤秾""含蓄"诸品，就接近优美；"雄浑""豪放""劲健""悲慨"诸品，则接近壮美。清代姚鼐在《复鲁絜非书》中明确提出"阳刚之美"和"阴柔之美"的概念，与优美和壮美的分别更接近。

就中国古代诗歌的审美性看，其优美的特征是精致，高度和谐，无我性显著；其壮美的特征是宏大，强有力，有我性显著。

优美的本质性特征是高度和谐。古代诗歌中那种情景交融、物我同一的境界，就是一种高度的和谐。那种高度的和谐造成无我性，且往往是在短小精致的诗篇中形成的，篇幅较长的诗篇则不容易产生那种和谐，因为那样的诗篇不大可能始终如一地具有情景交融、物我同一的和谐性。前述古代诗歌的意境就具有这种情景交融、物我同一的和谐性，以及相关的无我性；这种意境诗歌也多为短小精致的诗篇。可见，优美应当是意境的主要审美形态。

前文举出的李白《秋登宣城谢朓北楼》、杜甫《登高》、范仲淹《苏幕遮》、马致远《天净沙·秋思》等意境诗，其审美形态就基本上都是优美。当然，优美和壮美的分别是就审美形态的两端而言的，它们之间其实可以有某种中间状态。[②] 优美和壮美还可以并存于诗中，相互补充。如杜甫《登高》的意境中就明显地包含着壮美的因素，那就是它的阔大境象和其间深沉厚重的情思。

优美形态在山水意境诗中最突出，因为山水意境诗中情景交融的和谐性

---

① 王国维：《〈红楼梦〉评论》，于春松、孟彦弘编：《王国维学术经典》（上卷），第52页。

② 例如，"华美"，它在一定程度上可以属于优美，但是，如果它具有宏大或强有力的特点，则可以属于壮美。

以及相应的无我性最突出。其中，体现道家精神和佛家精神的山水诗比体现儒家精神的山水诗往往更突出，因为前两者不像后者那样，时常流露出社会功利和个人忧患。

具有一定壮美形态的意境诗也不少，包括某些山水意境诗，如前文举出的李白的《望天门山》。甚至在崇尚空寂、淡远的王孟诗歌中也有，如孟浩然的《望洞庭湖赠张丞相》："八月湖水平，涵虚混太清。气蒸云梦泽，波撼岳阳城。欲济无舟楫，端居耻圣明。坐观垂钓者，徒有羡鱼情。"

非意境的意象诗则较多地具有壮美形态。壮美的本质特征是强有力。气势宏大的诗篇往往强有力，所以其审美形态主要是壮美，典型者如屈原的《离骚》、刘邦的《大风歌》、李白的某些古体诗、苏轼和辛弃疾的某些词。有时，短小精悍的诗篇因其很有力度，其审美形态也主要是壮美，而不是优美，如李白的《秋浦歌》："白发三千丈，缘愁似个长。不知明镜里，何处得秋霜！"又如李清照的《夏日绝句》："生当作人杰，死亦为鬼雄。至今思项羽，不肯过江东。"

某些非意境的诗歌短小精致，显出的审美特征不是强有力，而是和谐（但主要不是情景交融、物我同一性质的和谐，即基于天人合一文化观念的和谐，而往往是基于异质文化思想内容上情与理的和谐，以及相关的艺术形式上的和谐等），于是其审美形态就主要不是壮美而是优美。如《诗经》中的《关雎》《桃夭》等。又如南朝乐府《子夜歌》："宿昔不梳头，丝发被两肩。婉伸郎膝上，何处不可怜。"再如文人诗词如李清照的《如梦令》："昨夜雨疏风骤，浓睡不消残酒。试问卷帘人，却道海棠依旧。知否？知否？应是绿肥红瘦。"外国诗歌中也有这种优美形态的作品。

如上所述，意境诗主要具有优美形态，许多非意境的诗歌也具有优美形态，这说明中国古代诗歌主要的审美形态是优美，而不是壮美。这种情况与西方诗歌不同。西方诗歌的一种主要审美形态是崇高①，另一种主要审美形态是美（不止是优美）。从根本上说，中国古代诗歌主要的审美形态之所以只是优美一种，是由中国古代道德文化的"天人合一"的中和性以及相应

① "崇高"和"壮美"都有巨大、有力和无限的意思。两者的区别在于：崇高对象起初给人以恐惧感或威压感，随后这种不和谐的感觉由于主体理性力量（通过想象）的提升而被克服，于是主体又产生愉悦感（所以崇高感包括痛感和快感）。壮美的对象却不给人以恐惧、威压之类的感觉。相对而言，崇高在西方文艺中较多，壮美在中国古代文艺中较多。

的无我性决定的；而西方诗歌的主要审美形态却是崇高和美两种，则是由西方科学文化的“主客二分”的对立性及相应的主体性（崇高偏重于主体心灵性）和客体性（美偏重于客体形式性）决定的。

第二节 西方抒情诗的审美意象

一、意象论

（一）意象论的来源

西方诗歌意象的来源是神话。神话在古希腊进入文明以前就产生了，神话意象就是后来西方诗歌意象的来源（从中东传入的基督教的神话和传说丰富了这个来源）。公元前6世纪，这个来源在古希腊萨福等诗人那里发生了变革：他们的诗歌意象不再主要是关于神的，而主要是关于人的。以后，西方诗歌意象也基本如此。

西方诗歌意象论的来源是亚里士多德的隐喻论。亚里士多德在其《诗学》中说：“隐喻字是属于别的事物的字，借来作隐喻，或借‘属’作‘种’，或借‘种’作‘属’，或借用类同字。”① 亚里士多德的隐喻论本身是关于诗歌修辞的，但必然关联事物的意象。他所举的例子就是生动的意象，如他说“可称黄昏为白日的老年，称老年为生命的黄昏”②。

神话、隐喻的运用都要依靠想象。诗歌中想象的基本功能就是营造意象。所以，想象论也是西方诗歌意象论的来源。

亚里士多德就论说过想象。他在《心灵论》中说：“一切感觉都是真实的，而许多想象是虚假的。”③ 他又在《记忆和回忆》中说：“一切可以想象的东西本质上都是记忆里的东西。”④ 又在《修辞学》中说：“想象是萎褪了的感觉。”⑤ 许多想象确实是虚假的，如诗歌的想象以及它所创造的意

---

① 亚里士多德：《诗学》，第73页。

② 同上书，第74页。

③ 中国社会科学院外国文学研究所、外国文学研究资料丛刊编辑委员会：《外国理论家、作家论形象思维》，中国社会科学出版社1979年版，第8页。

④ 同上。

⑤ 同上。

象往往是虚假的，不过我们知道，这些虚假意象却来源于（包括变相地来源于）现实中或记忆中的真实的知觉表象。亚里士多德主要从心理机制的角度，在与理智比较的方式上（他更看重理智）来论述想象，他没有从艺术创造的角度来论述想象。

根据斐罗斯屈拉德斯的《阿波罗尼阿斯传》记载，公元 1 世纪的希腊人阿波罗尼阿斯曾明确地从艺术创造的角度来肯定想象。当有人问到是什么使希腊艺术家创造出艺术品时，他回答说："是想象。它造作了那些艺术品，它的巧妙和智慧远远超过模拟。摹仿只会仿制它所见到的事物，而想象连它所没有见过的事物也能创造，因为它能从现实里推演出理想。"① 后来维科、狄德罗等明确强调想象在诗歌创作中的作用，认为诗人善于用想象来创造，哲学家则长于推理的思维。近代诗人华兹华斯在其想象论中谈到想象力对意象的作用："在这些意象中，想象力的赋予的能力、抽出的能力和修改的能力，不论直接地或间接地发生作用，三者都是联合在一起的。"②

总之，西方诗歌意象的来源是神话，西方诗歌意象论的来源则是隐喻论和想象论。可知西方诗歌的意象和意象论的来源是不同的。

前文曾指出，中国古代诗歌意象来源于《易经》中的象，即"易象"；其意象论则来自对"易象"的伦理政教性的思考，即来自《易传》中的"观物取象"和"立象尽意"两个观念。所以，可以说中国古代诗歌意象和意象论同源于"易象"。"观物取象"和"立象尽意"是与道德文化的本体——"道"紧密相关的命题。因此，中国古代诗歌的意象和意象论从一开始就被固定在"言志""载道"这种要求体现"道"和伦理政教的轨道上，没有自身的独立自足性。这里，我们却看见西方诗歌意象所渊源的神话与伦理政教并无必然的关系，其意象论与伦理政教也没有必然的关系。因此，西方诗歌的意象和意象论自始就具有独立自足性。这种独立自足性使西方诗歌的意象呈现出自由创造的特点，其意象论呈现出丰富多彩的特点，不像中国古代诗歌的意象和意象论那样，始终被既定的伦理政教观念制约着。

---

① 中国社会科学院外国文学研究所、外国文学研究资料丛刊编辑委员会：《外国理论家、作家论形象思维》，中国社会科学出版社 1979 年版，第 9 页。

② 华兹华斯：《〈抒情歌谣集〉一八一五年版序言》，伍蠡甫主编：《西方文论选》（下卷），第 24 页。

（二）审美意象论与诗歌意象论

诗歌意象是一种审美意象。在论述西方诗歌意象论之前，我们对西方审美意象论略作介绍，以便深入理解西方诗歌的意象和意象论。许多西方哲学家和美学家都论说过审美意象，这里只简略介绍康德的论说，因为他的论说最深刻。

康德在《判断力批判》中这样界定审美意象："我把审美［感性］理念理解为想象力的那样一种表象，它引起很多的思考，却没有任何一个确定的观念、也就是概念能够适合于它，因而没有任何言说能够完全达到它并使它完全得到理解。"① 这句话中的"审美理念"就是审美意象。② 这句话说明，审美意象为想象力所创造，它具有不确定的概念意义，因而言有尽而意无穷。

审美意象为什么令人感到美？康德说因为它具有主观合目的性。什么是"主观合目的性"呢？那就是主体的"想象力与知性的自由游戏"，或者说"想象力与知性的协和一致"（想象力与知性的自由游戏必然造成两者的协和一致）。③ 所谓"想象力与知性的自由游戏"，是指知性以不确定概念的形式消融于情感之中，由此支配想象活动。相应地，那想象力的直观表象④就剥离了它本来具有的确定概念和功利目的，而仅仅呈现其具有情感意味的感性直观形式。想象力和知性的这种不受制于确定概念而相互协调于情感中的活动，就是审美判断。这种审美判断造成如下结果：

第一，它产生的审美意象只是感性形式。康德说，"美真正说来却只应当涉及形式"⑤。又说，"美是一个对象的合目的性形式"⑥。"合目的性形式"中的"合目的性"，指主观的合目的性，亦称"无目的的合目的性"。依据康德的论述，对"无目的的合目的性"应做这样的理解："无目的的"，

---

① 康德：《判断力批判》，第 158 页。

② 朱光潜在《西方美学史》中就译为"审美意象"。

③ 详见康德：《判断力批判》，第 53、56—57、190、197 页。

④ 康德说，想象力是"先天直观的能力"（《判断力批判》，第 25 页）。知性则是"作为概念的能力"（同上）。就想象力而言，这说明康德所说的审美想象不是脱离感性直观的幻想，而是伴随着感性直观的。其奥妙在于：那感性的直观表象恰好合乎了想象力与知性自由游戏的创造（参见上书，第 77 页）。

⑤ 康德：《判断力批判》，第 58 页。

⑥ 同上书，第 72 页。

是指没有对象的客观合目的性的目的，即没有对象的内在完善性和外在有用性这样的目的[①]；“合目的”，是指对象的表象形式合乎主体的主观目的，即想象力与知性自由游戏并协和一致的目的。

第二，美的感性形式并不是空洞的，而是富有情感意味的，其中包含着不确定知性概念的意义。康德说审美“毕竟是与概念相关的，虽然未确定是哪一些概念”[②]，这话与上述他对审美意象的界定是一致的。美的感性形式具有主观合目的性，尽管这主观合目的性是无目的的合目的性，这样，美的感性形式就可以类比性地与属于意志目的的道德理性关联起来[③]，因而“美是德性—善的象征”[④]（象征的本质是一种类比）。

第三，审美判断的这种无概念（实际上是无确定概念）、无目的（实际上是无目的的合目的）的活动，就是想象力与知性的自由活动（游戏），也就是它们之间的协和一致，主体由此产生审美快感。康德说“认识能力的协调一致包含着这种愉快的根据”[⑤]。康德还进一步指出作为审美判断根据的审美情感与作为审美判断结果的审美快感是有所不同的，并指出前者先于后者而存在。[⑥]

上述审美意象是自由美（纯粹美）的意象。依据康德，自然界中的花草和无歌词的音乐等是自由美。诗歌、文艺大多不是自由美，而是依附美。自由美与依附美的不同在于：自由美“不以任何有关对象应当是什么的概念（按：指确定概念）为前提”，依附美则“作为依附于一个概念的（有条件的美）而被赋予那些从属于一个特殊目的的概念之下的客体”。[⑦] 从西方诗歌意象的实际情况看，唯美主义和形式主义的诗歌意象偏向于是自由美的意象，其他多数的诗歌意象则是依附美的意象。

康德还提出诗的创造是天才的创造。所以，“在一切美的艺术中，诗艺

---

① 详见康德：《判断力批判》，第62页。

② 同上书，第82页。

③ 依据康德，知性通过感性时空和知性范畴而构成理论知识，这属于认识论；理性通过意志目的的道德律令而形成道德实践，这属于伦理学；审美判断力通过主观合目的性（其中有不确定的知性概念）而与意志目的的道德理性类比性地关联起来，从而使美成为道德的象征。

④ 康德：《判断力批判》，第200页。

⑤ 同上书，第32页。

⑥ 详见上书，第52—53页。

⑦ 同上书，第65页。

（它把自己的源泉几乎完全归功于天才，并最少要规范或榜样来引导）保持着至高无上的等级"①。

西方明确的诗歌意象论近代才出现。它分为两类，一类为诗歌研究的意象论，另一类为诗歌流派的意象论。诗歌研究的意象论是关于诗歌意象的一般问题的理论，其中最突出的大约是意象分类理论和意象模式理论。

意象的分类主要从两个角度。一个是从生理和心理的角度分为视觉意象、听觉意象、嗅觉意象、味觉意象、触觉意象、运动觉意象（肌肉张弛和运动的意象）以及器官感觉意象（心跳、脉搏和呼吸等的感觉意象）。每一种意象还可以分为若干子意象。意象的这种生理和心理角度的分类给诗歌的意象批评提供了实在的基础，使意象批评变得更广阔、深入。例如，有批评家指出，批评界常常责难雪莱诗歌的意象没有济慈的具体，那实则是出于对意象性质的误解。雪莱的诗歌与济慈的诗歌一样富于具体意象，只不过意象的种类不同罢了：济慈的诗歌以突出触觉意象和器官感觉意象为特色，雪莱的诗歌则以突出运动觉意象为特色。②

另外是从功能的角度将诗歌意象分为直接描述的意象、比喻意象和象征意象等。直接描述的意象以字面意义直接表现诗歌的思想情感；比喻意象和象征意象则主要以言外之意来表现。比喻意象和象征意象的划分及有关论述，在西方诗歌意象论中特别显著。比喻包含喻体和本体两部分。当喻体和本体都是具体事物（即以具体事物比具体事物）时，这种比喻包含两个意象。例如，艾略特在《普鲁弗洛克的情歌》中将"黄昏"比作"麻醉在手术台上的病人"；当喻体为具体事物而本体为抽象观念（即以具体事物比抽象观念）时，这种比喻就只有一个意象，又如艾略特在《窗前晨景》中将"心灵"比作"正向着地下室的铁门沮丧地发芽"的潮湿土地。现代诗歌比喻意象的运用突出喻体和本体之间的差异，由此造成新奇的甚至怪异的比喻意象。比喻不仅仅是诗歌语言的一种修辞方法和诗歌艺术的一种创作手法，它实际上是不同于科学思维和散文思维的一种理解和领悟方式，美国"新批评"派就是这样认为的。③ 诗歌的比喻意象还可以细分为明喻意象、隐喻

① 康德：《判断力批判》，第 172 页。

② 参见 Alex Preminger, ed., *Princeton Encyclopedia of Poetry and Poetics*, 1974, pp. 364-365.

③ Ibid., p.366.

意象、提喻意象、转喻意象、讽喻意象等，其中隐喻意象最重要，它表现的意思较为含蓄、深入。象征被有的诗论家认为是一种扩展开来的隐喻，它一般是以具体事物象征抽象观念，所以一个象征一般只有一个意象。象征意象能够表现复杂、深刻的思想情感。对于比喻意象和象征意象，本书下一章将从诗歌创作手法的角度加以分别。

意象在作品中的反复出现构成意象模式，意象模式因此总是一个意象群。意象群有两种情况：一种情况是同一意象反复出现，并贯穿整个作品；另一种情况是一组不同意象反复出现，并贯穿整个作品。前一种情况在抒情诗中较多，后一种情况在叙事诗和剧诗中较多。为了发现和确定诗人的一部作品或全部作品中的这种意象群即意象模式，研究者常常运用统计和分类等方法。

西方诗论家认为意象模式具有以下作用：第一，有助于分析作品的思想基调和情绪氛围。第二，有助于推断诗人的生活经历和性格特征。第三，有助于确定作者的真伪，确定匿名作品的作者。第四，有助于发现和联系有关的文化原型意象，如受难、赎罪、堕落等文化原型意象。①

诗歌中意象的反复出现也可能纯属偶然，所以对意象模式的研究应当采取谨慎态度，避免牵强附会。

西方诗歌流派的意象论中，最著名的是意象派的意象论。由于意象派曾经借鉴中国古代诗歌而又反过来影响中国现代诗歌，中国学界对它的论述颇多。本书对它的论说只有两点。

第一，意象派的活动所以如此短暂（1912—1917 年），以下这个原因值得考虑。

意象派主张直觉感悟地描绘事物。意象派的代表庞德说："一个意象是在一刹那时间里呈现理智和情感的复合物的东西。"这样的创作在西方诗歌中是很独特的。这样的创作其实不大符合西方人基本的分析思维方式。西方诗歌的创作思维虽然并不主要是分析思维，但是在分析思维的制约、渗透甚或直接参与下，那创作必然主要是沉思性的（详见第四章第二节第一小节的论述），而不是单纯直觉感悟性的。而意象派的创作却倾向于单纯的直觉

① Alex Preminger, ed., *Princeton Encyclopedia of Poetry and Poetics*, 1974, pp.367-368.

感悟，因而所创作出的意象往往没有多少理性内涵。[①] 这样的创作不符合西方人层层深入地追本溯源的思维习惯，也不符合西方诗歌表现深厚哲理和复杂情感的传统。大约主要由于这种深层次的原因，意象派诗人很快放弃了那样的创作。中国古代诗歌的创作一般也是直接呈现意象而不加以分析、评论，然而那却是古代中国人整体性直觉思维方式在诗歌艺术上的反映（这即是说，中国古代诗歌的创作思维与民族的整体性直觉思维是一致的），是中国古代文化特性的反映，所以中国古代诗歌的那种创作特征能够普遍而持久。

意象派的生命虽然短暂，但影响却巨大，这又是为什么呢？总的说来，意象派诗歌的冷静刻画方法和自由体形式是推动主流的英美现代主义诗歌——以艾略特为代表的英美象征主义诗歌——的一个重要力量（另一个重要的推动力量是以波德莱尔等为代表的法国前期象征主义诗歌）。此外，意象派诗歌的某些特征（主要是客观化特征，而不是直觉感悟的特征）是50年代美国后现代主义诗歌兴起的重要资源。[②]

第二，中国古代诗歌对意象派诗歌的影响，在很大程度上是在误解的基础上产生的。这种影响被夸大了。

意象派的产生主要出于对后期浪漫主义的抽象表现和颓靡诗风的不满，它首先和直接借助的是英国玄学派诗歌和法国象征主义诗歌，甚至更早的亚里士多德的模仿理论。[③] 意象派诗歌确实受到中国古代诗歌的很大影响（更受到日本俳句的影响）。不过，这种影响在很大程度上是在中国古代诗歌（还有中国古代文化）被庞德等人误读和误译的基础上发生的，因此总的说来只能是表面性的，而不可能是实质性的。中国古代诗歌和意象派诗歌都注重描写客观物象，由此产生的意象都具有密集和并置的特点，这是两者的共

---

① 这里即见出意象主义诗歌与象征主义诗歌的基本区别：前者的含义往往浅薄，后者的含义往往深广。此外，前者的意象往往是现实的客观物象，后者的意象则常常是想象的形象。

② 前文（第一章第二节第四小节）曾指出，美国后现代主义诗歌延续了庞德和威廉斯等人的某些现代主义诗歌特征，并加以变化，用以反叛占主导地位的艾略特的现代主义诗歌以及追随他的新批评派。

③ 意象派的先驱英国诗人托·恩·休姆在20世纪初最先重申亚里士多德关于诗歌模仿现实的思想。基于这类思想，休姆提出诗歌应表现具体事物、突出视觉形象等观点。这些观点被庞德和其他意象派诗人接受。（参见 AlexPreminger，ed.，*Princeton Encyclopedia of Poetry and Poetics*，p.514.）

同点。但是，中国古代诗歌意象的创造是感物兴情：因为感物，那意象就包含着“道”的意义（通过观物、感物而体道、悟道）；因为兴情，那意象就饱含着情感（那情感中即蕴含着“道”的意义）。所以，中国古代诗歌意象富于情感，并且具有深厚的文化意蕴。意象派诗歌的意象创造则是所谓“在一刹那时间里呈现理智和情感的复合物的东西”：由于有理智的制约，这样的诗歌意象不可能富于情感，它所具有的是理智性的新奇、巧妙。这样的创造有很强的“为意象而意象”的倾向，庞德就说得明确：“一个人与其在一生中写浩瀚的著作，还不如在一生中呈现一个意象。”① 这样创造的诗歌意象没有深厚的文化意蕴。因此，尽管中国古代诗歌的意象与意象派诗歌的意象都多为客观物象，都具有密集和并置的特点，但是当我们读中国古代诗歌与意象派诗歌时，仍然感觉两者之间相距甚远，并无多少亲和性。

中国古代诗歌对意象派诗歌的影响，是不能与包括意象派诗歌在内的西方诗歌对中国现代诗歌的影响同日而语的。这后一种影响是实质性的，多方面的，它不但表现在诗歌的形式②和手法上，而且表现在思想情感上。所以，当我们读中国现代诗歌与包括意象派诗歌在内的西方诗歌时，我们感觉两者之间更接近，更有亲和性。其实，意象派诗歌因为省略关联词语而具有简洁和意象密集等特点，除了受中国古代诗歌的影响外，也有西方语言本身的根据。例如，英语修辞中有一种“省略连词、冠词、有时甚至是代词的方法（asyndeton），它可以让诗人在创作中取得加快语速和简洁语言的效果”③；“它在现代英语诗歌中，例如在意象派追求简洁的作品中，出现的特别多”④。

某些学者出于维护和弘扬中国古代诗歌传统的热情，把中国古代诗歌对意象派诗歌的影响夸大了。早期意象派的代表人物庞德⑤确实很喜爱中国古代诗歌，但后者对他的影响实际上也是表面性的。庞德是一个不断创新的诗

---

① 艾兹拉·庞德：《意象主义者的几“不”》，彼德·琼斯编：《意象派诗选·附录》，第152页。

② 西方诗歌，包括意象派诗歌，对中国现代诗歌的自由体形式产生重大影响。反之，中国古代诗歌的格律形式对意象派诗歌并无影响（中国古代诗歌被意象派误译为自由体形式），因为意象派诗歌是一种新的自由体形式（相对于早先惠特曼的自由体形式而言）。

③ Alex Preminger, ed., *Princeton Encyclopedia of Poetry and Poetics*, p.56.

④ Ibid.

⑤ 意象主义运动开展两年后，庞德就离开了。之后该派的代表人物是艾米·洛威尔。

人，他比其他意象派诗人更早（1914 年）离开意象派。就他的代表作品《诗章》（于 1915 年开始写作）看，虽然某些篇章在意象的具体呈现、并置对照等方法上显出中国古代诗歌的影响，但更多的篇章旁征博引、纵横议论，并以片断化状态呈现出来，与意象主义小诗不同，与中国古代诗歌相去更远。

庞德更夸大了中国古代诗歌的世界性作用。他曾于 1915 年说过，中国古代诗歌“是一个宝库，今后一个世纪将从中寻找动力，正如文艺复兴从希腊人那里找动力”①。一个世纪已经过去了，实际的情况却与庞德的说法相反：西方诗歌主要是自己开辟着现代主义和后现代主义的道路，其间，中国古代诗歌不可能起到像古希腊思想推动西方文艺复兴那样的作用。就相互影响而言，不是中国古代诗歌，而是西方诗歌，对包括中国现代诗歌在内的其他世界现代诗歌产生着持续的影响，成为它们在产生和发展中的一种强大的外在推动力。

除意象主义外，较为有名的诗歌流派的意象论是象征主义的“客观对应物”（又译“客观关联物”）论和美国后现代主义的“深层意象”论。

前期象征主义似乎没有明确的意象论，后期象征主义就有了，那就是艾略特提出的“客观对应物”论。艾略特在《哈姆雷特》一文中说：“用艺术形式表现情感的唯一方法是寻找一个‘客观对应物’；换句话说，是用一系列实物、场景，一连串事件来表现某种特定的情感。”② 他又在《玄学派诗人》一文中说，直接感觉思想，像“感觉一朵玫瑰花的香味那样”③；“把思想转化成为感觉，把看法转变成为心情”④。后一说法即“思想知觉化”论，与上述“客观对应物”论的意思是相通的，都是说将抽象的主观思想情感用感性的客观物象表现出来。

艾略特所说的这种客观对应物意象，是一种象征意象，并且主要是以他和瓦莱里、里尔克为代表的后期象征主义诗歌意象。前后期象征主义诗歌意象有什么不同呢？主要的不同就在艾略特所说的这种“客观对应物”的“客观”二字上：波德莱尔、兰波、魏尔仑、马拉美等的前期象征主义诗歌

---

① 转引自赵毅衡：《诗神远游——中国如何改变了美国现代诗》，上海译文出版社 2003 年版，第 17—18 页。

② 《艾略特诗学文集》，王恩衷编译，国际文化出版公司 1989 年版，第 13 页。

③ 《艾略特文学论文集》，李赋宁译注，百花洲文艺出版社 1994 年版，第 22 页。

④ 同上书，第 26 页。

意象较为主观，后期象征主义诗歌意象则较为客观。此外，前期象征主义诗歌意象较富于情感性，后期象征主义诗歌意象则较富于理智性。

艾略特的“客观对应物”论与中国古代诗学中的“借景抒情”“托物言志”之类的说法有何异同呢？它们的共同之处在于：都主张用客观物象来表现主观情思，而不是将主观情思直接表现出来，其结果之一是都创造出意象。这体现了中西诗歌意象创造的共同本质。它们的不同在于：“客观对应物”这个概念暗含着一个前提，那就是诗人的主观情思预先就存在着。艾略特说的是“寻找一个‘客观对应物’”，那“寻找”二字就表明了这一点。这实际上是说诗人选择事物来象征预先存在着的某种情思（如艾略特用“荒原”来象征他所认为的现代人的精神世界），其间必然是诗人以我为主地选择、支配和改造物象，以便适应那主观情思的表现。其结果是创造出象征意象，那意象必然表现出主观情思与客观物象之间的张力。中国古代诗歌的“借景抒情”“托物言志”则往往是景物在先，即“借景抒情”一般是“触景生情”，“托物言志”一般是“感物起兴”，是建基在传统的“感物”或称“物感”观念上的。在这样的创作中，诗人尊重客观事物，让客观事物引出相应的主观情思：这主观情思由于受到客观事物的约束，必然显得不那么主观，似乎就为那客观事物所具有，由此创造出情景交融、物我同一的独特意象（意境）。

20 世纪 60 年代初，美国的一些新超现实主义诗人提出“深层意象”概念，罗伯特·布莱（1926—?）是其理论和实践的代表。“深层意象”没有确切的定义，其大概意思指人的意识深处所形成的意象。所谓意识深处指的往往是无意识，所以“深层意象”常常就是幻觉和梦境等无意识状态的意象，其含义晦涩难解。例如，布莱这样来描绘意象：“在血管里军舰起航了，/船身四周的水面出现小小的爆炸/海鸥们在盐血的海风里飞翔。”（《从睡梦中醒来》，郑敏译）“深层意象”与上述意象主义意象和象征主义意象的最大不同，在于它是很主观的意象，后两者则具有一定的客观性，意象主义意象尤其如此。“深层意象”与 20 世纪 30 年代法国布勒东为代表的超现实主义意象有些类似。它与后者的不同，主要在于它突出无意识的自我本真体验——强调非理性（包括无意识等）的自我本真性是后现代主义诗歌的一个普遍特点。

二、意象的特点

（一）意象的特点

在意与象的关系上，相对于中国古代诗歌重意轻象的特点，西方诗歌可以说是既重意又重象的。

古希腊人对文学中的象已有充分的自觉，所以有“模仿”论的出现。模仿论主要是关于叙事文学的，但它重视描写象的传统对诗歌也有影响，使诗歌相对地也重视描写象。至近代，人的主体性得到弘扬，诗学中出现了“诗是强烈情感的自然流露”（华兹华斯语）等表现论。就诗歌意象而言，表现论是对意象中的意的充分自觉和重视。不过，这种表现论的重意与中国古代诗学中表现论①的重意有所不同。中国古代诗学的表现论重在“表现的意”，西方诗学的表现论则重在“意的表现”。重在表现的意，就是重在所表现的思想情感内容本身（它们大多是儒道佛三家的思想情感内容）。西方表现论诗学重在意的表现，则除了也有重在所表现的意这一面外，更有重在意的表现的不同方式一面。西方诗学中不同的表现论就主要是从表现的不同方式着眼的，如华兹华斯的“情感表现论”（即情感的自然流露论），雪莱的“想象表现论”（诗是想象的表现），克罗齐的“直觉表现论”（艺术是直觉，而直觉即是表现），弗洛伊德的“无意识表现论”（艺术是无意识的升华或者说变相表现），等等。这里的“情感”“想象”“直觉”和“无意识”，主要不是指所表现的思想情感内容，而是指不同的心理活动方式，也就是不同的表现方式。它们也有共同点，那就是一般都是诗人的个体心理和自我意识（包括自我显意识和自我无意识）。至于那自我意识上负载什么样的社会内容，却不是最重要的：它可以是善的内容，也可以是恶的内容，还可以是非善非恶的纯个人感受。后两种内容在中国古代诗学中是忌讳的。

从西方诗歌的实际情况看，有些诗歌的意与象是大致并重的；有些诗歌偏重意的表现，其中有的甚至没有什么象，而是意的直接的表现，即所谓直抒胸臆，如普希金的《假如生活欺骗了你》（西方诗歌中这样的名篇不少）；而有些诗歌则偏重象的刻画，意却无足轻重，仅仅作为象得以产生和存在的

---

① 中国古代诗学中的“言志”“缘情”“兴趣”“神韵”等理论，在一定程度上也可以说是表现论。

手段和方式。这后一种情况，如唯美主义的法国诗人叙里·普吕多姆在《天鹅》一诗中的刻画："湖水深邃平静如一面明镜，/天鹅双蹼划浪，无声地滑行。/它两侧的绒毛啊，像阳春四月/阳光下将溶未溶的白雪；/巨大乳白的翅膀在微风里颤，/带着它漂游如一艘缓航的船。/它高举美丽的长颈，超出芦苇，/时而浸入湖水，或在水面低回，/又弯成曲线，像浮雕花纹般优雅，/把黑的喙藏在皎洁的颈下。/……"（飞白译）全诗 32 行，都是这样客观、精细的刻画，其目的在于造成精美的形象和画面，而不在于表达什么意义。20 世纪初，不少意象派诗歌有"为意象而意象"的倾向，那也是重象轻意的表现。

西方诗歌在意象营造上既重意又重象的特点，从根本上说是西方文化的主客二分观念的反映。西方文化及其成分的诸多二元对立特征，就是由这种主客二分观念造成的：西方文化既有关于主体的人文精神，又有关于客体的科学精神；西方美学既突出偏重主观情思的表现性、内容性，又突出偏重客观事物的再现性、形式性；西方诗歌既发展偏重模仿客体的叙事诗，又发展偏重表现主体的抒情诗；西方诗歌意象的营造既注重表达主观的意，又注重刻画客观的象；如此等等。

相对于中国古代诗歌意象因袭的特点，西方诗歌具有意象创新的特点。

除宗教诗歌之外，西方人文主义诗歌中没有像中国古代诗歌那样贯穿始终的传统意象。西方诗歌意象有明确的时代性：不同时代的诗歌意象有很大的不同，同一时代的诗人也力求在意象上自主创新，尽管客观上也会形成这一时代的传统意象。

西方古典主义时代的诗歌意象的创新显得不突出。其实，古希腊诗歌意象的创新性本来是巨大的，因为它从原先主要描写神的意象转变成了主要描写人的意象。但与近代以来的西方诗歌意象比较，它的创新性却显得不突出。这有点类似中国现代的初期白话新诗，它在包括意象在内的各个方面对古代诗歌而言都有很大的创新性，但比较后来的现代新诗，它的意象的创新性却不显著。古罗马诗歌意象的创新确实不大。之所以如此，除了它有意因袭古希腊诗歌意象这一原因外，罗马帝国的独裁统治和政治压制也是一个原因。

西方近代诗歌的意象创新就突出了。英国玄学派诗人的某些诗歌意象很新奇。浪漫主义诗歌意象的创新性更大，西方有的学者对此给予了最高的评价："浪漫主义诗歌意象的新颖、有力和富于启示性，我们今天最为珍视。它所达到的高度，之前的诗歌不能比拟，之后的诗歌还未超越。"①

现代主义诗歌意象的创新风气更盛。开现代主义先河的早期象征主义诗歌竭力创新。波德莱尔的创新欲望就很强烈，他在《旅行》一诗的末节中声称跳进死亡的未知之国，其目的就是为了"猎获新奇"：

请你给我们倒出毒酒，给我们鼓舞！
趁我们头脑发热，我们要不顾一切，
跳进深渊的深处，管他天堂和地狱，
跳进未知之国的深部去猎获新奇！（钱春绮译）

另一位法国象征主义诗人于勒·拉福格（1860—1887）说自己要写一些"怪诞的诗歌，它们只有一个目的：不惜一切创新"②。最为新奇的是超现实主义诗歌意象，超现实主义诗人常常无意识地写作，非逻辑地堆积意象，以便使这种意象产生新奇效果。后现代主义诗歌意象也力求创新，上文布莱的新超现实主义诗歌《从睡梦中醒来》描写无意识的梦幻，其中的意象就有出人意表的新奇性。

正如中国古代诗歌意象的因袭特点是中国古代道德文化保守性在诗歌艺术上的反映，西方诗歌意象的创新特点也是西方科学文化求真求新精神的反映。求真与求新是统一的：科学理智不断地发现真理，这既是不断的求真，又是不断的创新；更重要的还在于意志目的和情感表现在那不断发现的真理的基础上的不断创新。总之，西方人有的是好奇、质疑和创新，而不是让自己拜倒在权威面前，束缚在经典之中。

西方的宗教诗歌，特别是基督教诗歌，其意象的创新性却较小，因袭性则较大。上帝、耶稣、圣母、十字架、伊甸园、亚当、夏娃等，都是稳定的传统意象。由于这些意象是宗教本原性的，它们还被视作原型意象。宗教诗歌意象因袭、守旧的根本原因，在于它必须坚守该宗教不变的基本信仰和经典教义。

（二）意象与意境辨析

从根本上说，中国古代天人合一的道德文化及其思维方式造就了古代诗

---

① C. Day Lewis, *The Poetic Image*, p.63.

② 转引自郑克鲁：《法国诗歌史》，第 247 页。

歌独特的意象整体——意境，因此，中国古代诗论中不但有意象概念，而且有独特的意境概念。西方诗论界以意象论诗，没有意境那样的概念。之所以如此，从根本上说，是由于西方主客二分的科学文化及其思维方式不能造成中国古代诗歌那样的意境，因而没有产生那样的诗学概念。

用前述中国古代诗歌意境的四个特点对照西方诗歌意象，后者显示出的基本上是相反的情况：意境是直观地原样兴现的，西方诗歌意象则往往不同程度地被想象变形了；意境中的意象常常远近高低地呈现，构成一个观照均衡的整体，西方诗歌意象则往往有中心与陪衬的分别；意境是意象融合（情景交融）的，西方诗歌意象的意与象之间则存在着张力；意境的创造是意象相生（虚实相生）的，西方诗歌意象的创造则只能以意生象。

由于亲近自然，或者较客观地描写事物，或者学习中国古代诗歌等原因，少数西方诗歌的意象与中国古代诗歌的意境有些接近。不过，即便是那样的诗歌意象，也往往显出与中国古代诗歌意境的明显不同。

浪漫主义诗人华兹华斯的某些山水景物诗曾被认为也有意境，他的《水仙》即是这种诗歌的代表（诗较长，不引）。《水仙》的意象较为客观，但并不像中国古代诗歌意境那样是直观地原样兴现的，而是在不同程度上被诗人用比喻、拟人等手法作了处理，如说水仙“起舞翩翩”，“舞得比浪花更为高兴”。《水仙》对诸意象的观照和描写也不是均衡的，其中“水仙”意象显然是描写的焦点，其他意象如“树”“微风”“浪花”等只是陪衬。《水仙》也不是真正情景交融、物我同一的，因为我们能明显感觉到是诗人主观地赋予水仙等意象以特定的情态和意义。例如，说水仙“昂首起舞，意趣盎然”；《水仙》末节说：“每当我躺在床上，/或一无所思，或沉于默想，/水仙就会在我的想象里闪现，/使我在幽独中感到欣然；/我的心于是充满了欢喜，/和水仙舞蹈在一起。”（江冰华译）这样的主观想象和感受，更是中国古代意境诗歌所没有的。在《水仙》4 节 28 行的原文中，“我”和“我的”这样的词语出现 9 次（译文中也出现 9 次），其境界显然是“有我之境”，而不像中国古代诗歌意境那样是“无我之境”。王维的《辛夷坞》也是写花的，其曰：“木末芙蓉花，山中发红萼。涧户寂无人，纷纷开且落。”其境界（意境）与《水仙》的境界显然不同。

意象派诗歌对事物作不加解说的客观描绘，它们是否具有意境呢？且看意象派先驱休姆的《码头之上》：

静静的码头之上，半夜时分，
月亮在高高的桅杆和绳索间缠住了身。
挂在那里，它望上去不可企及，
其实只是个气球，孩子玩过后忘在那里。（飞白译）

再看意象派代表诗人之一杜立特尔的《山林仙女》：

翻卷起来，大海——
把你的松针翻卷起来！
把你大堆的松针
往我们的礁石上泼过来，
把你的绿色往我们身上摔吧——
用枞叶的旋涡把我们覆盖！（赵毅衡译，下同）

以上两诗，还有如庞德的《地铁车站》、威廉斯的《红色手推车》等，都是意象派的代表作。我们看到，它们没有中国古代意境诗歌那样的真正物我同一性质的意象融合。我们所感受到的，主要是意象的象的逼真或奇妙或精美，至于意象的意，似乎只是营造象的手段，无足轻重。难怪有人批评意象派“为意象而意象”。中国古代诗歌却看重意境中起决定作用的意。①

美国“垮掉一代”派诗人加里·斯奈德受意象派和中国古代诗歌的影响，又潜心研习东方禅学，他的《松树的树冠》一诗与中国古代某些禅宗诗接近，确实有些意境的味道：

蓝色的夜
有霜雾，天空中
明月朗照。
松树的树冠
变成霜一般蓝，淡淡地
没入天空，霜，星光。
靴子的吱嘎声。

---

① 前文论述中国古代诗歌意象的特点时，曾指出它有重意轻象的特点。论述意境的特点时，曾指出意象融合、物我同一这种特点的实质，是物与我在意上的融合和同一；又指出虚实相生的特点中意为虚，象为实，意、虚比象、实更为根本。这些都说明，无论在中国古代诗歌的意象中还是意境中，意都起着决定性作用。

兔的足迹，鹿的足迹，

我们知道什么。

一些中国学者试图将意境概念推向世界，那样做的结果可能有两个。一是根本推不出去。道理很简单，那就是西方诗歌中很少真正类似于中国古代诗歌那样的意境；世界上其他成就较高的民族诗歌，如印度诗歌和中古时期的波斯诗歌、阿拉伯诗歌等，也很少真正类似于中国古代诗歌那样的意境（相应地，三者的诗论也如西方诗论一样，没有产生类似于意境那样的概念）。二是即便成功推向世界，那种泛化的意境概念也会引起混乱，从而遮蔽中国古代诗歌意境的独特性。那时，当我们回头考察中国古代诗歌意境时，可能不得不说出“那是不同于外国诗歌意境的那种意境”之类的可悲话语。明智之举是：意境概念只运用于中国古代那种真正情景交融、物我同一的诗歌，意象和境界概念则用于其他诗歌，包括中国古代的非意境诗歌。

三、意象的审美特性

（一）意象的审美心灵性与审美形式性

比较而言，中国古代诗歌的意与象之间的融合造成独特的审美中和性，其根源在于中国古代道德文化的天人合一观念；西方诗歌的意与象之间的张力造成偏重于主体方面的审美心灵性和偏重于客体方面的审美形式性，其根源在于西方科学文化的主客二分观念。

就西方诗歌中成就较高的古典主义、浪漫主义和现代主义三种诗歌看，相对而言，古典主义诗歌意象的审美心灵性和审美形式性大体平衡，浪漫主义诗歌意象的审美心灵性突出，现代主义诗歌意象的审美形式性突出。

古典主义诗歌意象的审美心灵性和审美形式性大体平衡的特点，与古希腊的“中道”（又译“中庸”）精神有关，是这种精神在诗歌艺术上的反映。中道是古希腊的传统精神，德菲尔神庙中的著名箴言“凡事勿过度”是对这种精神的概括。公元前6世纪毕达哥拉斯所作的教化诗《金言》也说：“在一切事情中，中庸是最好的。”① 中道在亚里士多德那里得到强调，被视为

① 毕达哥拉斯：《金言》，周辅成编：《西方伦理学名著选辑》（上卷），商务印书馆1964年版，第16页。

一种美德。他说："所以，德性是一种适度，因为它以选取中间为目的。"①

"中道"与中国古代的"中庸"有何异同呢？两者的共同性在于都是道德精神，都指平衡、适中和有节制。两者当然也有不同。从道德性质看，中庸要求于人的是道德义务、社会责任，具有特定的政教伦理性质；而中道只是普通的道德行为方式和道德生活智慧，并不与政治教化关联。从最后目的看，中庸与文化的本体关联（《中庸》曰"中"乃"天下之大本"），是至善的道德（《论语·雍也》曰："中庸之为德也，其至矣乎！"），是人生的最高目标；而依据亚里士多德，道德的最高目标是幸福，中道只是达到幸福的手段。从心理根源看，中庸是既定道德意志的产物，这种道德意志是群体性的，是中国古代文化最基本的心理机能；而中道是个人意志的产物，是个人意志选择的结果②，这种道德精神的后面是理智主义的根基。③

"中道"与古希腊美学上的"和谐"有什么不同呢？中道与和谐是各自独立的概念。如前所述，和谐是与哲学和科学（数学）关联的美学概念，它所指的比例、对称等特征成了后世西方形式美学的客观基础；而中道却主要是哲学和道德概念，尽管它在希腊古典主义美学中发挥了作用，对后世的美学和其他人文思想也有影响。

"中道"精神所支撑的希腊古典主义是丰富的，它实际上既有居中的状态，也有两端的状态，因为这样才能真正达到中道所要求的适度状态。亚里士多德就说："所以十分明白，在所有品质中适度的品质受人称赞。但是我们有时要偏向过度一些，有时又要偏向不及一些，因为这样才最容易达到适度。"④ 所以，中道经常表现为对两端状态的一种结合和平衡。罗素就指出，希腊人"有'什么都不过分'的格言；但是事实上，他们什么都是过分

---

① 亚里士多德：《尼各马克伦理学》，廖申白译注，商务印书馆2004年版，第47页。

② 亚里士多德说："所以德性是一种选择的品质，存在于相对于我们的适度之中。这种适度是由逻各斯规定的，就是说，是像一个明智的人会做的那样地确定的。"（《尼各马克伦理学》，第47—48页）前文曾指明，逻各斯具有规律、理性的意思。

③ 苏格拉底说过"道德就是知识"的话。柏拉图将灵魂分为理智、意志和情欲三部分，认为理智产生智慧，意志表现为勇敢等德性，情欲应当被节制：三者中理智是统帅。这说明苏格拉底和柏拉图都持理智主义道德观。亚里士多德说："苏格拉底的探索部分是对的，尽管有的地方是错的。他认为所有德性都是明智的形式是错的。但他说离开明智所有的德性就无法存在却是对的。……德性是一种合乎明智的品质。"（《尼各马克伦理学》，第189页）可见，亚氏的中道观是对理智主义道德观的继承，但又有重要的发展，那就是强调了意志的作用。

④ 亚里士多德：《尼各马克伦理学》，第57页。

的……当他们伟大的时候，正是热情与理智的这种结合使得他们伟大的”①。这也就是尼采所说的古希腊“酒神精神”的感性沉醉和“日神精神”的理性思索的结合和平衡。

在中道精神的引领下，希腊古典主义具有平衡、适中、简明、合式、协调的特点。相对于古典主义的平衡、适中的特点而言，后世的各种人文主义思潮却总是在两端之间摇摆：不是偏向感性一端，就是偏向理性一端，难以取得两者之间的平衡和协调。② 不过，这样的不断摇摆在总体上未尝不是一种更加丰富和深刻的探索。

西方古典主义诗歌意象，无论是古希腊的还是古罗马的，它们在表现主体心灵和展现客体形式上是大体平衡的，不像西方后来的诗歌意象那样，往往表现出对某一方面的明显偏重。就古希腊诗歌意象看，它们有的偏重表现主体心灵，更多的还是表现主体心灵与客体形式的大体平衡，本书前引的古希腊诗歌中的意象就大多如此。西方批评家这样概括古希腊诗歌的特征：“简明、直接，暗示巧妙，具有节制的倾向，避免过分感伤，结构严密，组织平衡，有音乐性。”③ 这些特征就体现着主体心灵与客体形式的大体平衡。古罗马诗歌意象在表现主体心灵和展现客体形式上与古希腊诗歌意象有一定的类似性。总的说来，西方古典主义诗歌意象不像浪漫主义诗歌意象那样，让诗人的心灵之光照耀一切，让自我主体性压倒、主宰客体形式性；也不像现代主义诗歌意象那样，特别着意于形式的翻新。

浪漫主义诗歌意象偏重表现主体心灵。请看英国诗人布莱克（1757—1827）《老虎》的首二节：

老虎！老虎！黑夜的森林中

---

① 伯兰特·罗素：《西方哲学史》（上卷），第46页。

② 参考西方学者的说法：“总的来说，特殊与一般之间的平衡是精神与理性之间的平衡。希腊所取得的全部成就都打上了这种平衡的烙印。……可是，自从古希腊时代以来，这种平衡观点，很少能够继续受到人们的重视和保持。西方世界既没有完全接受精神方式，也没有完全采纳理性方式，而是动摇在它们两者之间，一会儿依附于这一方，一会儿又倒向那一边，从来没有抛弃其中的一方，也没有能力把两者协调起来。”（伊迪丝·汉密尔顿：《希腊方式——通向西方文明的源流》，第290页）该书作者说，“理性担负简化各种各样事物的功能”，“精神则担负个性化的功能”（同上书，第288页）。可知这段话中的“理性”大体指理智，“精神”则大体指感性和个性。

③ Alex Preminger, ed., *Princeton Encyclopedia of Poetry and Poetics*, p.330.

燃烧着的煌煌的火光，
是怎样的神手和天眼
造出了你这样的威武堂堂？
你炯炯的两眼中的火
燃烧在多远的天空和深渊？
你乘着怎样的翅膀搏击？
用怎样的手夺来火焰？（郭沫若译）

这“老虎”意象显然是诗人心灵化的意象，与现实中客观的老虎形象相去甚远。其他如雪莱《西风颂》中的“西风”意象，显然也是诗人心灵化的意象。诗人在诗中就直言不讳地说：“呵，但愿你给予我/狂暴的精神！奋勇者呵，让我们合一！”又如普希金《致大海》中的“大海”意象，它是自由的化身，也是诗人理想的化身，所以也是心灵化意象。

再看雨果的《当一切入睡》：

当一切入睡，我常兴奋地独醒，
仰望繁星密布熠熠燃烧的穹顶，
我静坐着倾听夜声的和谐；
时辰的鼓翼没打断我的凝思，
我激动地注视这永恒的节日——
光辉灿烂的天空把夜赠给世界。
我总相信，在沉睡的世界中，
只有我的心为这千万颗太阳激动，
命运注定，只有我能对它们理解；
我，这个空幻、幽暗、无言的影像，
在夜之盛典中充当神秘之王，
天空专为我一人而张灯结彩！（飞白译，下同）

这首诗中有一个无形的中心意象，其他意象都围绕着它。这无形的中心意象就是诗人的自我，它纯然是心灵性的。

现代主义诗歌中有一股强大的形式主义潮流，其中就包括强调诗歌意象的形式性。意象派就讲究意象的形式美。庞德曾说：“一个意象是在一刹那时间里呈现理智和情感的复合物的东西。”又说：“一个人与其在一生中写浩瀚的著作，还不如在一生中呈现一个意象。”把这两句话联系起来理解便知道，在意象派看来，创造意象的感性形式的美才是目的，那作为意象心灵性的“理智和情感”不过是必要的手段而已。前文举出的休姆《码头之上》和杜立特尔《山林仙女》就是这样的意象诗。这里看杜立特尔的《热》：

哦风，撕开这闷热，
劈开这闷热，
把它剁成碎片。
空气这样黏厚，
果子也落不下来，
果子掉不下，被闷热
紧紧压住，磨钝了
梨子的尖端，
搓圆了葡萄。
劈开这闷热吧——
犁过去，
把它翻开，
抛在两边。（赵毅衡译）

诗篇所着重的是意象形式上的新奇、巧妙、有趣，而不是心灵的价值。

作为现代主义诗歌主流的象征主义，也很看重审美形式的创造。西方前期象征主义诗人波德莱尔和马拉美等都受过唯美主义的影响。后期象征主义的代表艾略特所提出的“思想知觉化”论和“客观对应物”论，其主要用意都不在于表现什么样的思想，而在于如何用所知觉的客观对应物来表现那思想，其中就包含着对这客观对应物意象的营造。艾略特认为，其实诗的艺术形式是重于思想内容的。他曾经把诗的思想内容比作盗贼手中用以对付看家狗的一片肉，说明思想内容只是手段，艺术形式才是目的。他说，“诗的‘意义’的主要用途……可能是满足读者的一种习惯，把他的注意力转开去，使他安静，这时诗就可以对他发生作用，就像故事中的窃贼总是备着一片好肉对付看家狗”①。他在《传统与个人才能》一文中，也强调艺术形式

① 转引自赵毅衡：《新批评——一种独特的形式主义文论》，中国社会科学出版社 1986 年版，第 41 页。

才是诗的价值所在。他说，“诗之所以有价值，并不在感情即成分的‘伟大’与强烈，而在艺术过程的强烈，也可以说是结合时所加压力的强烈”①。此外，他在《玄学诗的种类》一文中的一段话，对内容和形式的主次地位也说得明确：“我是这样理解文学批评家的。理想的批评家既有意图的集中，又有意思的不确定。他不应当主要考虑社会学，或者政治学，或者神学，或者其他什么学说；他应当主要考虑词语及其魔力，考虑诗人是否把恰当的词语用在恰当的地方这个问题。”② 即以艾略特的《荒原》看，其创新价值主要不在于所显示的精神荒原和诗人所主张的保守的天主教救赎之道，而在于艺术表现过程中形式方面的创新，包括拼贴繁复的意象、堆积古今知识、运用新的口语和节奏等。英美现代主义诗歌就主要是以这些艺术形式作为其标识的。超现实主义诗歌意象更是新奇、怪诞，这种意象的价值显然也不在于其中所包含的某种心灵无意识（那无意识究竟是什么常常并不清楚，也没有必要弄清楚），而在于这种意象的感性形式以及相关手法的创新。

上述浪漫主义诗歌意象的审美心灵性突出而现代主义诗歌意象的审美形式性突出的情况，是相对而言的，两者有时也有相反的情况。这种相对性还表现在与其他流派的比较上。例如，比较浪漫主义诗歌意象，现代主义诗歌意象的审美形式性是突出的，但是若与唯美主义诗歌意象和后现代主义诗歌意象比较，现代主义诗歌意象的审美心灵性又是突出的。现代主义诗歌中的前期象征派诗歌对复杂、微妙的内心世界的探索，后期象征派诗歌注重智性的运用，对于诗歌意象来说都是对心灵性的突出。唯美主义诗歌则无疑是最看重意象的审美形式的。后现代主义诗歌就其削平诗歌的理性深度而言，它必然失去相关的心灵性，而不免更多地在感性形式上求新求变。这与后现代主义普遍看重视象艺术、追求感官享受的风气有关。但是，有些后现代主义诗歌却凸显心灵性，只是那心灵性前所未有地特别——那是生命的各种本真

---

① 艾略特：《传统与个人才能》，杨匡汉、刘福春编：《西方现代诗论》，第 78 页。

② 转引自 Maud Ellman, *The Poetics of Impersonality*: *T. S. Eliot and Ezra Pound*, Cambridge: Harvard University Press, 1987, p.54. 上述艾略特的形式主义诗学思想曾经受到牛津大学诗学教授 A. C. 布拉德雷（1851—1935）的影响。后者就有类似的形式主义诗学观，这里录出一则以供参考：“一位诗人说些什么，是无关重要的，只要他说得好。就诗而言，什么是无足重轻的，如何却是一切。素材、题目、内容、实质并不决定什么；任何一个题目，诗都可以处理；形式、处理，乃是一切。”（［英］布拉雷德：《为诗而诗》，杨匡汉、刘福春编：《西方现代诗论》，第 31 页）

体验的、非理性的心灵性。

中国古代诗歌意境的审美中和性造成一个主要的审美形态，那就是优美。西方诗歌意象的审美心灵性和审美形式性则造成两个主要的审美形态，即偏重于审美心灵性的崇高和偏重于审美形式性的美（不止是优美）。

在西方美学史上，罗马时代的朗吉弩斯最早提出崇高概念；近代英国美学家博克明确指出崇高与美的分别；康德则对崇高和美各自的本质做了深入论述。朗吉弩斯说“崇高风格是伟大心灵的回声”①，这句话很精当。崇高的本质，在于对象的巨大力量提升了主体的心灵，从而将由于对象的威压而产生的恐惧感等痛感转化成为快感（所以崇高的美感更复杂）。本书首章第三节第二小节曾对崇高做过论说，这里无须赘论。

西方诗歌意象的审美心灵性就较多地与崇高关联。浪漫主义诗歌意象的审美心灵性最强，所以其崇高的审美形态最显豁。上文所举出的布莱克《老虎》、雨果《当一切入睡》以及所提到的雪莱《西风颂》、普希金《致大海》，都主要具有崇高形态或者部分地具有崇高形态。

与崇高重在主体的心灵不同，美则重在对象的感性形式。在西方，关于感性形式的美的论说有更悠久的历史。公元前 6 世纪的古希腊毕达哥拉斯学派提出美在对象的比例、对称、和谐；柏拉图虽然强调美的理念，但也赞同毕达哥拉斯学派的观点，并区分出对形式美的“真正的快感”；亚里士多德进而指出美在事物的大小、适度及其形式上的匀称和明确；近代的康德则从审美主体出发提出审美的主观合目的性就是形式的合目的性，这即是说，美是符合主体主观目的（无目的的合目的）的感性形式。

西方诗歌意象的审美形式性主要与美关联。西方诗歌意象的美的形态多样，不适宜用优美来指称它。如果要用一个词语来概括这些不同审美形态的共同特征，那或许应是“新奇”。追新求异是西方诗歌的一种特征（实则是整个西方艺术乃至整个西方科学文化的一种特征），所以西方诗歌的崇高意象也大多是新奇的。因此，如果说中国古代诗歌意象和意境的总体性审美特征是优美（优美可以说既是一种审美形态，也是一种审美特征），那么，西方诗歌意象——无论是崇高的意象还是美的意象——的总体性审美特征是新奇。

---

① 转引自朱光潜：《西方美学史》（上卷），第 110 页。

（二）意象的化丑为美与以丑为美

中国古代道德文化是求善的文化，它避免丑恶入诗。中国古代诗史上只有韩愈诗歌中的丑意象较多，清代刘熙载的《艺概·诗概》就说“昌黎诗往往以丑为美”。西方科学文化是求真的文化，它容许人性的丑恶方面真实地表现出来；西方基督教的原罪说和赎罪说实际上也承认人性丑恶的客观存在：这两方面促使西方诗歌形成描写丑和化丑为美的传统。

亚里士多德从人的本能和模仿论出发，指出化丑为美的现象及其根据。他说：“人从孩提的时候起就有模仿的本能（人和禽兽的分别之一，就在于人最善于模仿，他们最初的知识就是从模仿得来的），人对于模仿的作品总是感到快感。经验证明了这样一点：事物本身看上去尽管引起痛感，但惟妙惟肖的图像看上去却能引起我们的快感，例如尸首或最可鄙的动物形象。”① 亚里士多德实际上说到了化丑为美的实质，那就是丑的形象因为被惟妙惟肖地模仿而引起我们的审美快感。不过我们应当注意的是，那丑的形象并不因此就成了美的形象。那引起我们的快感的，是由技巧、色彩和音律等在丑形象上面所创造的美的因素，所增添的美的光彩。所以，化丑为美不是把丑刻画成美，而是把丑刻画得美，或者说美丽地刻画丑。罗马帝国时期的哲学家普卢塔克就指明了这一点。他在其《怎样学习诗歌》一书中，“强调了亚里士多德在《诗学》中提出的一个问题：‘丑’在进入艺术之后，是否保留其丑的本质？现实中丑的东西，经过模仿以后能否变成美的东西？普卢塔克回答说，不能。但是，他补充说道：可是在另一方面，给人以假象的摹拟所包含的艺术因素是令人佩服的，如此摹拟出来的东西可以从作者的艺术妙技中获得某种美的反映”②。布瓦罗也说到艺术的妙技能够化丑为美，他说：“一支精细的画笔引人入胜的妙技/能将最惨的对象变成有趣的东西。”③ 康德以下的话也有这个意思：“美的艺术的优点恰好表现在，它美丽地描写那些在自然界将会是丑的或讨厌的事物。”④

这里引用法国诗人维庸《美丽的制盔女》中的两节诗来说明上述

---

① 亚里士多德：《诗学》，第 11 页。

② 转引自［美］凯·埃·吉尔伯特、［联邦德国］赫·库恩：《美学史》（上卷），夏干丰译，上海译文出版社 1989 年版，第 137 页。

③ ［法］布瓦罗：《诗的艺术》，伍蠡甫主编：《西方文论选》（上卷），第 295 页。

④ 康德：《判断力批判》，第 156 页。

问题：

哪儿去了？双肩雅致纤细，
美丽的手，修长的臂膀，
还有娇小的双乳耸起，
挺拔的腰股丰满、修长，
正适合做爱的竞技场；
而在宽广的腰股之间
有神秘而迷人的力量
隐藏在这座微小的花园？
……
人的美，就这样告终！
背已驼了，双肩已佝偻，
玉臂僵缩，手挛缩成爪形，
双乳呢？干瘪到一无所有，
腰股也与乳房一样干瘦，
迷人的宝藏啊，全然凋残！
玉腿萎缩得那么丑陋，
像腊肠似的污迹斑斑……（飞白译）

在前一节诗中，制盔女的形体本身是很美的；诗人富于想象的描绘和巧妙的比喻（将制盔女的身体比喻为一座微小的花园）更给它增添了美的光彩。在后一节诗中，制盔女年老色衰，其形体变得很丑了。两节之间美丑的强烈对照，读者能够明显地感受到。尽管诗人在后一节诗中也有化丑为美的逼真描写和生动比喻（将制盔女的双腿比喻为污迹斑斑的腊肠），但这种技巧的美并不能改变制盔女形体本身的丑。

亚里士多德将上述因模仿事物而产生的快感分为求知的快感和由技巧、色彩等引起的快感。他在说了上述那些话之后接着说：“其原因也是由于求知不仅对哲学家是最快乐的事，对一般人亦然，只是一般人求知的能力比较薄弱罢了。我们看见那些图像所以感到快感，就因为我们一面在看，一面在求知，断定每一事物是某一事物，比方说，‘这就是那个事物’。假如我们从来没有见过所模仿的对象，那么我们的快感就不是由于模仿的作品，而是由于技巧或着色或类似的原因。”① 亚里士多德所说的前面那种求知的快感并不是审美快感，那是哲学家从事哲学认识和科学家进行科学发现时都能感受到的快感。只有后面那种由技巧或者着色等所引起的快感，才是审美快感。亚里士多德在说到模仿所见过的事物时，只说到因求知而引起快感，没有说到因技巧或者着色等而引起快感，这大约是由于他过于看重理性认知的缘故（亚里士多德思想的基本特点就是看重理性）。其实，无论是模仿见过的事物还是模仿没有见过的事物，都可以产生由技巧和色彩等所引起的审美快感。总之，化丑为美所引起的快感是技巧等所引起的快感，而不是认知所引起的快感。它是人的艺术创造力的显现，而不是人的哲学或科学认知力的显现。文艺心理学家就认为：“美和美感是多元的，其中有一种美就是人的创造力的显现，有一种美感就是对这种创造力的惊异和欣赏。”② 诗歌和艺术中的化丑为美，就属于这种显现艺术家创造力的美。

波德莱尔在诗集《恶之花》中大量描写丑意象，这成为其诗歌的一大特点，并对后来的现代主义诗歌产生了重大影响，使之也具有描写丑意象的特点，现代诗学因此也大谈以丑为美。其实，以丑为美的说法在严格的美学意义上是不成立的，因为丑就是丑，它本身不可能同时又是美。实际上，以丑为美的说法大约指两种情况。一种情况指化丑为美，即把丑意象刻画得美，上文已指出，其实质是刻画丑意象的技巧、色彩和音律等显得是美的（《艺概·诗概》说韩愈诗歌以丑为美主要指这种情况）；另一种情况指用丑意象来反衬或者表现美和其他价值。这两种情况往往是相互关联的。

波德莱尔的《腐尸》一诗是描写丑意象的典型，上述以丑为美的两种情况在它里面都存在。试看该诗中的两节：

苍蝇嗡嗡地聚在腐败的肚子上，
黑压压的一大群蛆虫
从肚子里钻出来，沿着臭皮囊，
像粘稠的脓一样流动。
这些像潮水般汹涌起伏的蛆子
哗啦哗啦地乱撞乱爬，

---

① 亚里士多德：《诗学》，第11—12页。

② 金开诚：《文艺心理学论稿》，北京大学出版社1982年版，第171页。

好像这个被微风吹得鼓胀的身体
还在度着繁殖的生涯。(钱春绮译)

这两节诗中虽然也有生动的比喻和夸张在起着化丑为美的作用，但那样的技巧美并不能改变腐尸以及相关意象本身的丑。那么，这些丑意象的价值在哪里呢？此诗是诗人以对情人讲述的口吻写的。诗人在对腐尸作了令人恶心的如实描写之后，竟然向自己的情人讲出这样恐怖的大实话："可是将来，你也要像这臭货一样，/像这令人恐怖的腐尸"。不过，诗人接下来在诗篇的末尾却展示了不同的价值信念：

那时，我的美人，请你告诉它们，
那些吻你吃你的蛆子，
旧爱虽已分解，可是，我已保存
爱的形姿和爱的神髓！

这是说，美的形体虽然已经腐朽，但是爱的精神不朽，美的理想永存。这样的信念却是诗人委托已经是腐尸的情人向吞噬她的蛆虫宣示的，其寓意不言自明：爱情的永恒的美和善的价值，最终战胜了曾经摧毁情人形体美的丑和恶。腐尸对吞噬它的蛆虫说话，这令人毛骨悚然的场景，却因诗人的奇思妙想而被诗意化了，使我们能够接受了。这是突出的化丑为美。我们对这种美的欣赏的实质，是对诗人的艺术表现力的认同和赞赏，与我们对他的上述关于爱和美的价值信念的认同和赞赏是不同的。

至此可以得出两个结论。第一，诗歌中的化丑为美，不是将丑刻画成美，而是将丑刻画得美，其实质是在丑上面增加技巧美、音律美等。第二，诗歌中只有化丑为美，没有真正的以丑为美。在有丑的诗篇中，丑本身只是体现美和其他价值的手段。

第三节　西亚南亚抒情诗的审美意象

西亚南亚三种诗歌意象也有类似于上述中西诗歌意象的特点。例如，就意与象的关系看，相对而言，希伯来诗歌意象偏重于表现意，阿拉伯—波斯诗歌意象偏重于刻画象，印度诗歌意象则可以说是意象并重的。又如，它们三者也都具有审美心灵性和审美形式性，以及居间的审美中和性。当然三者各有不同的侧重：相对而言，希伯来诗歌意象具有较强的审美心灵性，所以崇高的审美特征较为突出；阿拉伯—波斯诗歌意象具有较强的审美形式性，所以新奇的审美特征较为突出；印度诗歌意象的审美心灵性和审美形式性有时能够达到一定程度的结合，所以中和的审美特征较为突出。当然，三种诗歌意象的这些特点与中西诗歌意象的相应特点是有所不同的；三者各自所体现的宗教精神和宗教神秘性，也与中西诗歌意象有所不同或者不为它们所具有。

一、希伯来抒情诗的审美意象

古代希伯来没有关于诗歌意象的理论。不过，希伯来圣经诗歌意象是很有特点的。其中，《诗篇》等作品的意象的特点与《雅歌》意象的特点不同，所以分别论述。

（一）《诗篇》等作品的意象

希伯来圣经诗歌中除开《雅歌》之外，其他如《诗篇》等都有很强的宗教性，它们的意象因此具有以下两个相互关联的特点。

第一个特点是重意轻象。

《诗篇》等作品多直接的议论和抒情，少形象的描绘，这就是重意轻象。例如，《诗篇》第94篇祈求上帝惩罚敌人和恶人，全篇23节中只有寥寥三四个形象。《诗篇》中类似那样的作品不少。有些作品即便形象较多，其目的也不在于描绘这些形象本身，而在于宣扬上帝之道，所以，就这些形象作为意象而言，也有重意轻象的特点。有时，诗中的某些意象虽然反复出现，但并不是为了凸显那意象中的形象，而是为了强调那意象的寓意。例如：

……凡有血气的尽都如草，
他的美容都像野地的花。
草必枯干，花必凋残，
因为耶和华的气吹在其上；
百姓诚然是草。
草必枯干，花必凋残；
唯有我们神的话，必永远立定！

——《以赛亚书》（40：6—8）

显然，草意象和花意象的反复出现不是为了凸显它们自身的审美性，而是通过对比来强调人生的短暂，强调上帝给予人生存也给予人死亡的威力，强调上帝的永恒性。

第二个特点是固守传统，缺少创新。

罗伯特·阿尔特在其《圣经诗歌的艺术》一书中说："事实是，很多圣经诗歌的意象只是被当作次要的东西，有时对它们的运用也不多。在任何情况下，意象的创新都不是受自觉鼓励的诗学价值。"① 这即是说，圣经诗歌的意象大多是传统的。这种传统意象集中表现在《诗篇》中。例如，《诗篇》第17篇中有这样一节：

求你保护我，如同保护眼中的瞳仁，
将我隐蔽在你翅膀的荫下。（17：8）

"无论是瞳仁作为某种被珍惜的东西，还是翅膀作为隐蔽所，都是圣经中的陈词滥调……瞳仁和翅膀的遮蔽表现了祈祷者渴望特别的关怀，然而这两个意象的传统性却使它们显得没有什么自身的价值。我们关注的是祈祷者从上帝那里得到保护，而很少想到眼中的瞳仁和能遮蔽东西的翅膀。"②

上文提到《诗篇》第94首中只有很少几个意象。那几个意象是："……唯有恶人陷在所挖的坑中"（94：13）；"我正说失了脚，耶和华啊，/那时你的慈爱扶助我"（94：18）；"但耶和华向来作了我的高台"（94：22）。"'坑''失足'和'高台'是圣经诗歌中一再出现的意象。在这篇其他诗句都没有用比喻的诗中，这三个比喻意象显然只起着次要的作用，即不过是强调人的安全要依赖上帝这样的思想观念。"③《圣经》的其他诗歌中也多用传统意象，如上述《以赛亚书》将人生比作生命短暂的花草，就是很传统的意象。

在圣经诗歌中，《约伯记》的某些意象有所创新。例如，"人在世上岂无战争吗？/他的日子不像雇工人的日子吗？/像奴仆切慕黑影，像雇工盼望工价"（7：1—2）。用奴仆盼望夜晚的来临和雇工盼望得到工钱，来隐喻人生的劳苦难耐，既新鲜又生动。又如，"你不是倒出我来好像奶，使我凝结

① Robert Alter, *The Art of Biblical Poetry*, New York: Basic Books, 1985, p.189.

② Ibid., pp.190-191.

③ Ibid., p.191.

如同奶饼吗？/你以皮和肉为衣给我穿上，用骨和筋把我全体联络”（10：10—11）。这是用一连串出人意表的意象来阐述上帝造人。

除以上两个特点之外，《诗篇》等作品中的上帝意象所具有的特点——崇高，特别值得论说。

希伯来圣经诗歌的意象偏重心灵性而忽视形式性，以色列文学史家就说，“希伯来文学对文学形式一直持消极态度甚或漠然置之”①。偏重心灵性的诗歌意象容易具有崇高的审美形态。本书前面曾经从圣经诗歌审美情感的角度论说过崇高，这里从审美意象的角度进一步论说它。

崇高对象是巨大的、有力的。康德将崇高对象分为数学的（巨大的）和力学的（有力的）两种。其实，前一种的实质仍然是强有力的。② 崇高对象可以是有形式（感性形式）的，也可以是无形式的，只要它具有强大的甚或无限的力量。康德就说“崇高也可以在一个无形式的对象上看到”③。

圣经诗歌的崇高对象主要是上帝。上帝是人格神，具有听、说、怒、笑等行为特征，所以是一个人格意象。不过，这个人格意象不清晰，不具体，因为上帝不允许人看见他的面目。④ 所以，上帝意象的崇高主要是无形式的崇高。《诗篇》等作品常常用上帝所创造的巨大、有力的事物如天空、海洋、山峰、河流等来歌颂他，上帝的崇高性就在这些巨大、有力的意象的映衬下无形地显示出来；这些巨大、有力的事物的意象也因此带上一定的崇高性。例如：

来啊，我们要向耶和华歌唱，
向拯救我们的盘石欢呼。
我们要来感谢他，
用诗歌向他欢呼。
因耶和华为大神，

---

① 约瑟夫·克劳斯纳：《近代希伯来文学简史》，第95页。

② 参见朱光潜转述的观点：“法国美学家巴希（Basch）在《康德美学评判》里反对把崇高分为数量的和力量的两种，认为崇高只有力量的伟大一种，数量伟大之所以能产生崇高感，实际上还是因为它表现出力量的伟大。”〔朱光潜：《西方美学史》（下卷），人民文学出版社1964年版，第382页〕此说中肯。

③ 康德：《判断力批判》，第82页。

④ 在《出埃及记》中，耶和华曾对摩西说：“你不能看见我的面，因为人见我的面不能存活。……我的荣耀经过的时候，我必将你放在盘石穴中，用我的手遮掩你，等我过去；然后我要将我的手收回，你就得见我的背，却不得见我的面。”（33：20—23）

为大王，超乎万神之上。
地的深处在他手中，
山的高峰也属他。
海洋属他，是他造的；
旱地也是他手造成的。

——《诗篇》（95：1—5）

崇高的现象是审美对象的巨大、有力，崇高的本质却是审美主体心灵的提升。康德说，“真正的崇高必须只在判断者的内心中，而不是在自然客体中去寻求”①。这即是说，真正的崇高是主体自身心灵的崇高。在这种意义上，崇高是主体自己创造的，是自身崇高心灵的体现。依据康德的观点，某种对象之所以也被看作崇高，不过是因为主体将自身的崇高情感“偷换”到了它身上。康德说：“对自然中的崇高的情感就是对于我们自己的使命的敬重，这种敬重我们通过某种偷换而向一个自然客体表示出来（用对于客体的敬重替换了对我们主体中人性理念的敬重）。”② 简言之，是主体“把崇高性带入自然的表象里去”③。

因此，巨大、有力的对象不一定就是崇高对象。只有当这样的对象提升了主体的心灵，使心灵自身产生崇高感的时候，那对象才被主体看成崇高的对象。这对于威力无限的上帝亦如此，即只有当上帝不仅仅给人以威压和恐惧，而同时也关爱人、扶助人并提升人的精神时，它才成为崇高的意象。反之，如果上帝的威力仅仅表现为恐吓人或惩罚人，仅仅让人感到痛苦和绝望，那么这样的上帝意象就不会有崇高感。例如：

我们当诚心向天上的神举手祷告。
我们犯罪背逆，你并不赦免。
你自被怒气遮蔽，追赶我们，
你施行杀戮，并不顾惜。
你以黑云遮蔽自己，
以致祷告不得透入。

---

① 康德：《判断力批判》，第 95 页。
② 同上书，第 96 页。
③ 同上书，第 84 页。

你使我们在万民中成为污秽和渣滓。

——《耶利米哀歌》(3：41—45)

上帝显示出威力，但在上帝威力的惩罚（上帝借敌人之手的惩罚）面前，以色列人显得如此卑微、无力，感到如此沮丧、绝望：这样的上帝意象就并无崇高感。康德就指出，教徒“带着悔恨惶恐的表情和声音”跪拜神灵，“这种内心情调也远不是就本身而言且必然地与某种宗教及其对象的崇高理念结合在一起的”①。他又说，“一个人，当他现实地恐惧着，因为他感到这恐惧的原因就在自身中，他意识到他以自己卑下的意向违背了某种强力，而这种强力的意志是不可抗拒的同时又是正义的，这时他根本就不处在对神的伟大加以赞赏的心境之中，这要求的是凝神静观的情调和完全自由的判断。只有当他意识到自己真诚的、神所喜欢的意向的时候，那些强力作用才会有助于在他心中唤起这个存在者的崇高性的理念”②。

实际情况是，圣经诗歌中像上引那样的诗句是颇多的（即便在崇高性较为突出的《诗篇》中，那样的诗句也不少）。总的看，圣经诗歌一方面赞颂至高无上、威力无穷的上帝，另一方面让希伯来人在灾难和不幸中忍耐，在上帝面前悔罪，等待宽恕和解救，令人振奋的地方不多。所以可以说，圣经诗歌中虽然有突出的崇高现象（威力无穷的上帝经常出现），但其崇高的精神实质或者说真正的崇高性并不很突出。这是因为在犹太教文化背景下，一般说来，信徒的心灵无法提高到上帝的高度，从而获得与上帝对象和协和一致的那种真正的崇高愉悦感。相反，信徒的心灵常常处在认罪、悔过的痛苦之中。所以，圣经诗歌中的崇高性没有西方某些浪漫主义诗歌的崇高性突出。后者描写高山、大海、深谷、荒野、狂风、巨浪等巨大或强有力的对象，并借以高扬主体精神，提升自我心灵，从而与对象协和一致，甚或超越对象而指向无限（主体的情感也随之由恐惧等痛感转变为快感），因而呈现出更为强烈或者说更为本质的崇高性。

圣经诗歌不但具有崇高现象突出而真正的崇高性并不突出的情况，而且具有悲剧现象突出（如在《耶利米哀歌》和《约伯记》中）而真正的悲剧性并不突出的情况。这里，有必要对崇高性与悲剧性的异同略作辨析。崇高

① 康德：《判断力批判》，第103页。

② 同上。

和悲剧具有不同的现象和共同的本质。那不同的现象是：崇高的现象是对象的巨大和有力，悲剧的现象是经受不幸和灾难。那共同的本质则是抗争。不过，这抗争的形式和结果各不相同。崇高中的抗争，是主体在对象的威压中借对象的巨大和有力提升自己的心灵，使之达到对象的高度甚至超越对象而指向无限，从而将痛感或威压感转化为和谐感、愉悦感。这可以说是成功的抗争。悲剧中的抗争却以悲剧人物在冲突中的失败告终，所以是不成功的抗争。所以，崇高性中不必有悲剧性，因为主体在对对象的抗争中没有失败；而悲剧性中则往往有一定的崇高性，因为悲剧人物虽然失败，但他抗争的力量却震撼人心，由此产生一定的崇高感。

（二）《雅歌》的意象

《雅歌》的意象有如下特点：

第一个特点是多为比喻意象。

《雅歌》基本上是世俗情歌。它有时直接描述男女情人的美貌，例如，“你的两腮因发辫而秀美；你的颈项因珠串而华丽”（1：10）；“我的佳偶，你全然美丽！毫无瑕疵！”（4：7）。《雅歌》主要还是用比喻意象来描绘情人的美。这种比喻意象很多很多，简直就是一座意象的丛林。这与《诗篇》等其他圣经诗歌较少运用意象形成很大的反差。

《雅歌》中有些地方密集地使用比喻意象，如第5章这样从上至下地描写男子的美：

他的头像至精的金子；
他的头发厚密累垂，黑如乌鸦。
他的眼如溪水旁的鸽子眼，
用奶洗净，安得合式。
他的两腮如香花畦，如香草台。
他的嘴唇像百合花，且滴下没药汁。
他的两手好像金管，镶嵌水苍玉。
他的身体如同雕刻的象牙，周围镶嵌蓝宝石。
他的腿好像白玉石柱，安在精金座上。
他的形状如黎巴嫩，且佳美如香柏树。
他的口极其甘甜，他全然可爱。
耶路撒冷的众女子啊，

这是我的良人，这是我的朋友。（5：11—16）

6节诗中包含11个比喻意象，加上若干其他相关的意象，簇拥在一起，令人眼花缭乱。第7章描写女子身体美的比喻意象与之类似。

第二个特点是意象有审美自足性。

前述《诗篇》等作品的意象大多是为宣扬上帝之道服务的，《雅歌》的意象却不如此。《雅歌》虽然也置身于《旧约》之中，但它的意象却远离宗教（全诗只有一句说到上帝），更与伦理、政教无关。这样，《雅歌》的意象就获得了审美的独立自足性。《雅歌》意象创造的目的似乎只有一个，那就是表现男女情人的美和他们的恋情。大约正因为如此，《雅歌》的作者才尽量施展其比喻才能，创造出如此众多的比喻意象，尽管这些意象不一定都美。

第三个特点是意象富于创新性。

在圣经诗歌中，《雅歌》的意象最丰富多彩，也最富于创新性。先看对美女的一个比喻意象：

我的佳偶，我将你比法老车上套的骏马。（1：9）

一般将女性比作某种温柔的东西，这里却将美女比作骏马，并且是给法老拉车的骏马——那骏马想必是既高贵又威猛的。这一意象除了说明诗人独具匠心之外，还说明古代希伯来人颇为独特的审美观，那就是：即便对于女性而言，大约健壮之美也是胜过妩媚之美的。

对俊男的比喻也很精彩：

听啊，是我良人的声音；
看哪，他蹿山越岭而来。
我的良人好像羚羊，或像小鹿。
他站在我的墙壁后，从窗户往里观看，
从窗棂往里窥探。（2：8—9）

把俊男比作矫健、敏捷的羚羊或小鹿，他蹿山越岭而来，停在窗外窥探，这意象既新颖，又生动、可爱。诗人对这个比喻意象大约颇感得意，在诗中重复使用了三次。

《雅歌》两次用同一句话将爱情与美酒相比：“你的爱情比酒更美”（1：

2、4：10)。如果说以美酒比喻爱情虽然贴切但不算新奇的话，那么，将爱情比喻为死亡是再奇特不过了。《雅歌》第 8 章说“爱情如死之坚强”(8：6)。这是将两个似乎不可能相互比喻的东西放在一起，然而两者确实有类似之处，那就是：爱情很坚强，任何东西都不能摧毁它（诗人在这个比喻之后就接着说爱情之火是耶和华的火焰，“大水也不能淹没”），正如死亡坚强地等候在人生的路上，任何人都不能摧毁它（不能避免它）一样。

第四个特点是意象有浓郁的地方色彩。

《雅歌》大量运用意象，这些意象几乎都是本土的风物和产物，所以呈现出浓郁的地方色彩。《雅歌》是一首并不太长的爱情诗，其中出现的动物意象如羚羊、小鹿、骏马、鸽子、狐狸、狮子等有十多种；植物意象如葡萄、没药、风茄、百合花、番红花、苹果树、香柏树、棕榈树、乳香木等近二十种；出现的历史人物有大卫、所罗门、法老等；出现的地名比人名更多，如耶路撒冷、黎巴嫩、锡安、基达、得撒、基列山等近二十个。《雅歌》甚至用地点来比喻人的美：“我的佳偶啊，你美丽如得撒，秀美如耶路撒冷”(6：4)。用地点来比喻人的美丽有点大而无当，但也显露了诗人的良苦用心，那就是：他似乎要把家乡所有美好的东西都变成意象来美化这对情人。

第五个特点是某些意象富于性暗示。

《雅歌》表现一对情人之间大胆、热烈的爱情，它的某些意象暗示性行为。例如：

> 我妹子，我新妇，
> 乃是关锁的园，禁闭的井，封闭的泉源。
> 你园内所种的结了石榴，
> 有佳美的果子，
> 并凤仙花与哪哒树。
> 有哪哒和番红花，菖蒲和桂树，
> 并各样乳香木、没药、沉香，
> 与一切上等的果品。
> 你是园中的泉，活水的井，
> 从黎巴嫩流下来的溪水。

北风啊，兴起！南风啊，吹来！
吹在我的园内，使其中的香气发出来。
愿我的良人进入自己的园里，吃他佳美的果子。（4：12—16）

男子说自己心爱的情人的身体就是美丽的园子，女子则希望风将自己园中的香气吹去，好让情人来到自己的园中享用佳美的果子。这里就有性暗示："情人最后所进入的园子——'进来'或'进入'在圣经希伯来语中常常具有一种专门的性意义——就是他心上人的身体。"[①] 前引法国诗人维庸的《美丽的制盔女》中，也将女性的身体比喻为性爱的小花园，不知是否受了《雅歌》的影响。

《雅歌》以下的意象也有性暗示："我所爱的，你何其美好！/何其可悦！使人欢畅喜乐。/你的身量好像棕树；/你的两乳如同其上的果子，累累下垂。/我说我要上这棕树，抓住枝子。/愿你的两乳好像葡萄累累下垂；/你鼻子的气味香如苹果。"（7：6—8）

二、阿拉伯—波斯抒情诗的审美意象

（一）阿拉伯抒情诗的意象

比较希伯来诗歌重意轻象的特点，阿拉伯诗歌则有重象轻意的特点。这个特点从阿拉伯的某些形式主义诗论（重象轻意是诗歌形式主义的一种表现）可以明显见出。"必须承认，中世纪穆斯林的文艺研究首先注意的是诗歌艺术的形式"[②]。例如，贾希兹（775—868 年）说，"意义被抛弃在路上，将要被决定的是文学的艺术性外观"[③]；库达马·伊本·贾法尔（？—922 年）说，"思想本身格调不高丝毫不能贬低诗歌创作的优点，正像木匠的精湛手艺并不因木头本身的质量不高而逊色一样"[④]；埃米迪（？—987 年）说，"诗之美在其特殊的衣裳和俏丽的容颜上"[⑤]；阿齐兹·吉尔加尼（907—1001 年）说，"共同的含义会因诗人赋予的不同'衣衫'而令人耳

① Robert Alter, *The Art of Biblical Poetry*, p.202.
② M. Ф. 奥夫相尼科夫主编：《中近东美学》，第 115 页。
③ 转引自曹顺庆主编：《东方文论选》，第 428 页。
④ 转引自 M. Ф. 奥夫相尼科夫主编：《中近东美学》，第 112 页。
⑤ 转引自曹顺庆主编：《东方文论选》，第 447 页。

目一新”[①]。这后一位诗论家甚至离经叛道地主张“诗歌应脱离宗教”[②]。

阿拔斯王朝时期，很多诗歌着重描绘诗歌意象的形式（象）。且看伊本·法里德对天堂幻境的描绘：

> 四周是琵琶和芦笛的乐曲，
> 一片富有旋律的气息。
> 破晓的清晨或薄暮的阴凉里，
> 瞪羚在绿色的洼地上觅食、徘徊。
> 在那里，云霓降下甘霖，
> 洒遍了鲜花织锦的大地。
> 在那里，晨风用轻柔的衣裾
> 送来了它甜醇的清香。
> 树荫下，我贴着细颈瓶嘴，
> 吮吸着美味的琼浆。[③]

“伊本·法里德极易冲动，他的内心像一根敏感的琴弦，为任何一个美的场面——不管那是景物还是声音——而颤动。这种颤动异常强烈，甚至到了近乎失魂或痴迷的程度。为此，他喜欢端凝大自然的美景，迷恋幽谷和它的寂静。”[④] 在上引的诗中，法里德显然把大自然的美景移进了天堂，他借此尽情地施展描绘意象的才能。

阿拉伯诗歌所以出现重象轻意的形式主义倾向，从诗歌传统看，前伊斯兰时期的阿拉伯诗歌就喜好和善于描写自然物象；从社会原因看，伍麦叶王朝尤其是阿拔斯王朝的享乐风尚是这种形式主义倾向的催化剂。阿拉伯语言丰富，同义词多，能够生动地描绘自然景物和复杂事物，也是这种形式主义倾向得以产生的条件之一。此外，对此发生作用的，还有来自古希腊美学（主要是亚里士多德《诗学》）的影响，如关于模仿和修辞的思想的影响，以及美在形式的和谐等思想的影响。

---

① ［阿拉伯］阿齐兹·吉尔加尼：《在穆台纳比及其对手之间调停》，曹顺庆主编：《东方文论选》，第511页。

② 同上书，第508页。

③ 转引自汉密尔顿·阿·基布：《阿拉伯文学简史》，第138页。

④ 汉纳·法胡里：《阿拉伯文学史》，第434页。

阿拉伯诗歌意象的另一个特点，是其地方特色和民族特色。具有这种特色的典型意象如沙漠、骆驼、废墟、帐篷、营火、美女、醇酒等。这些意象都是沙漠环境和游牧文化的产物。在阿拉伯被伊斯兰化以后，尤其是阿拉伯文化由游牧文化、乡村文化转变为城市文化以后，废墟、帐篷、营火等意象减少了，其余意象仍然经常运用。

骆驼是前伊斯兰诗歌中最常见的意象之一。在伊斯兰教初期和伍麦叶王朝时期它仍然经常在诗歌中出现，有的诗歌还通篇吟咏它，如艾赫塔勒（640—708 或 710）的《艰难的旅程》。这里看法拉兹达格（641—732 或 733）的《沙漠之舟》：

行进于法拉吉山谷和大漠沙丘，
胜似在底格里斯的河面上泛舟。
骆驼已是我熟悉的坐骑，
远行便跨上常驱的那头。
荷负着乘坐驼轿的女郎，
推进的木浆是男子们的双手。
驼身不息地劈开层浪，
任凭风儿把沙海吹皱。
如若能架起那一张张白帆，
恰便是高大的鸵鸟在健步奔走。（杨孝柏译，下同）

将骆驼比喻为穿行于沙海中的船，这意象简明、朴素而又新颖，富有浓厚的地域色彩。中国现代诗人郭沫若在《骆驼》一诗中也将骆驼比喻为船（“骆驼，你沙漠的船”），不知是巧合还是有意仿效。

美女和醇酒是伊斯兰时期重要的两种题材，因而也是经常出现的两个重要意象。伊斯兰教是反对偶像崇拜的。“随着时间的推移，穆斯林的律法师援引据说是先知的话，禁止画任何神像；后来这个禁令的范围又扩大到人和一切有生命的东西。”① 所以，阿拉伯艺术中没有人物的绘画和雕塑。诗歌中的人物意象却得以被容忍，这大约是由于它的非直观性（诗歌意象只存在于想象之中）的缘故。阿拉伯诗歌所描写的人物意象大多是美女意象。

① M. Ф. 奥夫相尼科夫主编：《中近东美学》，第 105 页。

伍麦叶王朝时期放荡派诗人拉比尔的诗多描写少女的美艳形象，前文曾举例说明。这里看哲利尔的《明亮的眼睛》中对美女的描写：

那一对黑白分明的眼睛，
使我惊魂难归，永远窒息。
那本是真主最纤弱的制品，
却使得理智的男子体瘫神移。
哦，莱阳山，多么绚丽！
身居山下的人儿也美好无比。
芬芳啊，来自那也门女子的气息
从莱阳山下时时向你飘溢……

前两节写美人的眼睛，它美得令诗人感到窒息；后两节写美人香气袭人，也极度夸张。第二节诗还透露了伊斯兰世界的一个普遍观念，即美的本原是真主，人的一切美都归于他。《古兰经》就这样称颂真主："他曾本着真理创造天地，他曾以形象赋予你们，而使你们的形象优美，他是唯一的归宿。"（64：3）其实，前伊斯兰时期的诗歌就有描写（有时是性感地描写）美女的传统，如艾尔萨的《驼队即将启程》，几乎整首诗都是对美人的容貌和体态的描写。

酒意象在阿拉伯诗歌中也比比皆是。且看伍麦叶王朝叶齐德的《欢笑吧，朋友》：

欢笑吧，朋友，莫再忧伤！
用葡萄美酒来享受时光。
……
那玉液清冽甘甜，
呈现出一片奇妙的景象。
在杯中犹如一团烈火，
于期盼者面前闪耀光芒！

叶齐德曾任哈里发，不过他的兴趣和精力却用在饮酒吟诗上。他的诗歌豪放、浪漫，对后世影响颇大。

阿拔斯王朝的诗人努瓦斯写过许多关于酒的诗篇，被称为"咏酒诗人"。这里不妨再次引用他对酒意象的精彩描写：

侍者把灯点燃，
又将金杯斟满；
顷刻之间堂内光闪烁，
犹如双灯放亮吐红焰。
一阵疑惑起心头，
虽然我明明知道还是欲发问：
“是酒发出火样光，
还是火像酒在燃？”①

在诗人的笔下，在灯光杯影的交相辉映之中，美酒的意象是何等鲜明、生动，又是何等奇妙！难怪文学史家将他赞誉为描写酒的“空前的也是绝后的高手”②。

阿拉伯诗歌中出现大量的美女意象和美酒意象，与曾经盛行的享乐、奢靡的社会风尚有关。中国古代诗歌中也经常出现酒意象，阿拉伯诗歌中的酒意象与之有所不同：阿拉伯诗人把饮酒当作人生享受，所以多描写酒本身，那酒意象往往显得美；中国古代诗人满怀忧患，往往借酒浇愁，借酒写人，而并不着意于描写酒意象本身。

（二）波斯抒情诗的意象

波斯诗歌意象中也多美女和美酒。这两种意象不像波斯的伊斯兰教那样是从阿拉伯传来的，而是有自身悠久的本土传统。前文曾指出，波斯的这种传统曾经促进了中世纪阿拉伯社会的享乐之风的形成，后者反过来又对波斯诗歌发生影响。（见第二章第三节第二小节的论述。）

波斯诗歌中美女意象的一个重要不同之处是：那美女既可以是世俗女性，也可以是苏非主义诗人的神爱对象——真主。苏非主义兴起于阿拉伯，其繁荣却在波斯。作为神爱对象的真主也主要出现在波斯诗歌中。如哈菲兹在一首“卡扎尔”诗③中写道：

---

① 转引自汉纳·法胡里：《阿拉伯文学史》，第279页。

② 同上书，第267页。

③ 下文较多地引用哈菲兹的诗篇，因为他的诗歌意象最美。文学史家在论及哈菲兹时就说：“在观察的深入、语言的得体和意象的美妙上，他在波斯诗人中是首屈一指、无与伦比的。”（M. A. Reuben Levy, *Persian Literature: an introduction*, p.76.）。下文引用的都是哈菲兹的“卡扎尔”诗节或诗句。

虽然尚未看到你的容颜，
成千的人已经望眼欲穿；
尽管你刚刚含苞待放，
百只夜莺已在对你啼啭。（邢秉顺译，下同）

成千的人所渴望看见的容颜，就是永远也不能真正看见的真主——人们不过是渴望在心灵上看见他，与他结合在一起而已。夜莺对玫瑰的啼鸣在波斯诗歌中是求爱的隐喻，所以后两句也是隐喻众多信徒对真主的神爱。这节诗如果可以作上述理解，其中的美女意象就具有苏非主义的宗教神秘性。

波斯诗人对美女意象的直接描绘不多，更多的是借用某些美好事物来比喻，最常见的是用玫瑰比喻女性容貌的美艳。在波斯的伊斯兰传统中，玫瑰还有更深一层的含义，即它可以是真主的美和荣耀的表征。① 哈菲兹诗中的某些玫瑰意象大约就有这种含义：玫瑰比喻美人，美人象征真主，于是玫瑰就是真主的美和荣耀的表征。

“玫瑰与夜莺的关系是波斯抒情诗的中心”②。夜莺是求爱者，夜莺对玫瑰的追求隐喻诗人对美女的追求。在哈菲兹的爱情诗中，玫瑰和夜莺常常同时出现，例如：

夜莺在黎明时分，
对晨风放声歌唱：
我对玫瑰炽热的爱情，
招来了多少不祥！
她那绯红的面颊，
撕裂了我的肝肠；
在那玫瑰园里，
她用针把我扎伤。

这是夜莺痛苦的爱情：玫瑰的刺竟扎伤了追求她的夜莺。有的诗还这样描写夜莺求爱的极端痛苦：玫瑰花瓣的鲜红，是夜莺流的血；玫瑰花瓣上的露珠，是夜莺流的泪。

---

① 参见 Annemarie Schimmel, *A Two-colored Brocade: the Imagery of Persian Poetry*, p.169.
② Ibid., p.178.

波斯诗人常常用水仙比喻美人的眼睛，如哈菲兹的一节诗："你的两只水仙，/弄得我心醉神迷，/我炽热着的心呵，/像郁金香鲜血垂滴。"又常常用翠柏或云杉比喻美人的身段，如哈菲兹的一节诗："草原上的翠柏，/个个挺秀端正；/向你娉婷的身段，/个个俯首致敬。"在前伊斯兰时期，波斯就有用珍珠比喻知识、智能和其他美好东西的传统。波斯伊斯兰化以后，这个传统被诗人们继承下来。例如，海亚姆在一首四行诗中说："理智从思维之海中捞取一颗珍珠，/出于恐惧，我无法把这珍珠钻孔。"（张鸿年译）后来，诗人们也用珍珠比喻美人的眼珠或眼睛。

波斯诗人还颇为独特地以太阳比喻美人的容颜。不过比较而言，"更有代表性的波斯意象是月亮，它经常用来比喻'比月亮更美'的少女们的面容，那圆圆的、容光焕发的面容"①。例如，哈菲兹的诗句："你的秀发散发着龙涎香，/你的容颜像皎洁的月亮。"（邢秉顺译）月亮意象的这种含义与西方诗歌不同，却与印度诗歌类似：印度诗歌也常常用月亮比喻美女的容貌。中国古代诗歌中也有用月亮比喻美女的，不过更经常的情况还是用花和玉来比喻美人。月亮在中国古代诗歌中主要不是美貌的意象，而是思乡的意象。

像阿拉伯诗歌一样，波斯诗歌也经常描写美酒意象本身。例如，哈菲兹的一节诗：

当那葡萄酒的金色太阳，
在酒杯的东方泛起红光，
那吉萨②面颊的花园里，
千朵郁金香灿然开放。（邢秉顺译）

总的来说，波斯诗歌的美酒意象比阿拉伯诗歌的美酒意象具有更深厚的内涵。阿拉伯文论家贾希兹说过这样的话："波斯人说话是经过深思熟虑、反复推敲的，而阿拉伯人讲话则是凭直感，脱口而出，好似灵感、天启一般。"③ 阿拉伯诗歌中未尝没有深思熟虑之作，波斯诗歌中也有好似灵感和天启一般的作品，如哈菲兹的某些作品。不过一般而论，波斯诗人思索得更

① Annemarie Schimmel, *A Two-colored Brocade: the Imagery of Persian Poetry*, p.209.

② 吉萨是上酒人一词的波斯语音译。

③ ［阿拉伯］贾希兹：《修辞与阐释》，曹顺庆主编：《东方文论选》，第 471 页。

深远，其作品具有更多的哲理性。波斯诗歌的美酒意象就有这样的内涵，即那美酒意象常常与人的生命、死亡关联。例如，海亚姆的一首四行诗：

美人呵，请以你的红颜为我们排忧解难，
为安慰我们的心拿来美酒一坛。
让我们在一起欢聚畅饮美酒，
趁我们的坟土制成酒坛之前。（张鸿年译）

海亚姆在另一首四行诗中也说："这世道把多少亭亭玉立的少女，/一百次变为酒壶，一百次变为酒盏。"总之，他的不少四行诗都显示这样一种思想逻辑：饮酒人或少女终究要死亡并变成坟土，坟土被制成酒坛或酒盏又供后来的饮酒人使用。

哈菲兹也有类似的作品，如他的一首"卡扎尔"诗的一节：

以鲜红的葡萄美酒，
建造起心儿的宫殿；
因为这衰颓毁灭的世界，
将用我们的尸土做砖。（邢秉顺译，下同）

所不同的是饮酒者死后所变成的尸土被制成了不同的东西。这样的饮酒诗，这样的美酒意象，虽然也表现及时行乐的态度，但表现得更多更深沉的还是人生的苦闷和思想的虚无、悲观。

哈菲兹诗歌中的美酒意象最丰富多彩。其中许多与诗人对宗教的不满，特别是与诗人在爱情上的失意有关，所以常常美女和美酒双写。例如，这样一节：

恋人们的主宰呵，
我的道路已被红玉美酒涂染。
情人呵，为了你美丽的酒窝，
我宁愿把自己的鲜血奉献。

波斯诗歌中常常与爱情特别是死亡相联系的郁金香意象，值得一说。这个意象有时用来比喻美女的面容，如哈菲兹写道："愿你的面颊，/郁金香般常年艳红。"有时则把郁金香比喻为诗人被爱情煎熬而滴下的点点心灵血泪。例如，巴巴塔赫尔·欧里扬（卒于 11 世纪中期）的一首四行诗：

当对你痴爱的烙铁放在我的肝上，
我的心儿宁愿沉浮如痛苦的海洋。
而当我的眼睛流出一滴滴的血泪，
你却说：“我看到的是一朵朵的郁金香。”（张晖译）

上引哈菲兹的诗也说：“我炽热着的心呵，/像郁金香鲜血垂滴。”

与死亡关联的郁金香意象含义丰富。有的诗人把它与伊斯兰教的殉道者关联，说殉道者的鲜血染红了春天草地上的郁金香。而海亚姆在一首四行诗中则说：“玫瑰和郁金香的艳姿，/想必长自帝王的血渍。”这里，红艳的香花与令帝王恐惧的死亡形成强烈对照：原来，玫瑰和郁金香所以红艳，是因为浸染过帝王被杀戮后流出的鲜血。诗句意味深长，动人心魄。

哈菲兹诗中的一个郁金香意象既与死亡相关，也与爱情相关（诗人为爱情而死），因而显得凄美：

当微风带着你卷发的香气，
吹拂哈菲兹凄寒的墓地，
他那尸骨的灰烬之上，
将有千万棵郁金香长起。（邢秉顺译）

最后要说的是蜡烛和飞蛾的意象。玛努切赫里（？—1040 年）有一首《烛》，其中的几句大致表达了波斯诗歌中蜡烛意象的基本含义：

你没有眼睛却暗自啜泣，
你没有口唇却面带笑意。
你真像我，我也真像你，
我们都对别人充满深情，
而又都苦苦折磨自己。（张鸿年译）

哈菲兹也在一首“卡扎尔”诗中以蜡烛自喻，描写对恋人的苦苦追求。每节诗最末一行的后半行都是“像蜡烛一样”。例如：“我挥洒热泪，像蜡烛一样”；“我将焚毁，像蜡烛一样”；“让我把生命奉献，像蜡烛一样”。这些，也表现了波斯诗歌中蜡烛意象的基本含义。

飞蛾意象往往与蜡烛意象结合着，其基本意思是勇于扑火献身。在苏非主义传统中，这被演绎成教徒殉道的故事。在诗歌中，更多的情况则是象征诗人为爱情而献身。波斯诗歌中飞蛾意象的寓意与西方诗歌不同。西方学者说："按照东方人的理解，飞蛾并不像西方人所认为的那样，是用情不专、见异思迁的象征，而是最忠诚的爱情——不惜自我牺牲的爱情——的象征。"①

三、印度抒情诗的审美意象

（一）意象的特点

希伯来诗歌意象有重意轻象的特点，阿拉伯诗歌意象有重象轻意的特点，相对于它们，印度诗歌意象的特点可以说是意象并重。

从理论上看，印度诗学中没有明确的意象论，意象并重的特点是分别包含在"味"论和"庄严"论中的。"味"指诗的审美情感，它主要就表现在意象中，在此意义上，看重味就是看重意象的意。鉴于前文已经对味作了论述（见第一章第三节第二小节），这里不再重复。"庄严"的本义是妆饰。"庄严"论是关于诗歌的技巧和修辞方法的，即关于诗歌的艺术形式的。从意象的观点看，运用技巧和修辞方法就是营造意象，在此意义上，重视关于诗歌艺术形式的庄严，就是重视意象的象。

印度诗论家檀丁在其《诗镜》中说："形成诗美的因素被称作庄严。"②伐摩拉在其《诗庄严经》中说："庄严是美。"③ 这些说法偏重于诗美的形式（没有指出作为这种形式美的内涵即味），这种形式主要就是审美意象的象。确实，我们的感官所能感受到的美只能是对象的外在形式，其内在的审美情感只能在我们的心理中体验到。所以康德说，"美真正说来却只应当涉及形式"④。不过，我们曾指出，这审美形式具有融汇着不确定的概念意义和无目的的合目的性的审美情感。其实，由于"庄严"论是在味论之后发展起来的，各种"庄严"论几乎都不同程度地把味作为庄严的一种成分（只是没有把它作为重点成分），亦即把审美情感作为庄严的一种成分。在此意义上，说"庄严是美"并不是纯粹形式主义的命题。

---

① 转引自 Annemarie Schimmel，*A Two-colored Brocade：the Imagery of Persian Poetry*，pp. 198—199.

② 转引自黄宝生：《印度古典诗学》，第 244 页。

③ 同上。

④ 康德：《判断力批判》，第 58 页。

7世纪婆摩诃的《诗庄严论》给印度诗学的“庄严”论奠定了基础。它将庄严分为39种，其中重点是修辞方法。后来的“庄严”论分出的种类更多（有的上百种），其中修辞方法的分类也越来越细。从诗歌审美意象的观点看，最重要的修辞手法是比喻和夸张（它们常常就是诗歌的创作技巧和手法），因为诗的意象大多由它们造成。例如，婆摩诃在《诗庄严论》中举出的比喻例子：

这头大象像密集的一堆黑暗，
这池秋水像落下的一片天空。①

用密集的一堆黑暗比喻大象，用落下的一片天空比喻池水，意象新奇、夸张，却不悖情理。

印度诗学从1世纪的婆罗多提出关于审美情感的味论发端，7世纪和8世纪发展出关于审美形式的“庄严”论，然后又转向味论以及与之密切相关的韵论，10世纪新护的《舞论注》成为味论的集大成者。此后逐渐出现综合味论和“庄严”论的诗学著作。这类著作中有的就指出了只讲究庄严而缺乏味的作品的弊端，例如：

月亮升起，先泛红晕，后闪金光，
接着宛若离妇憔悴苍白的面颊，
进入夜晚，又像新切开的藕块，
光泽洁白，能够驱散弥漫的黑暗。②

第一个比喻恰当，第二个比喻新颖，但由于“缺乏明显的味，因此缺乏暗示”③。于是此诗被这部诗学著作的作者判为下品。

标志印度古典诗论基本结束的毗首那他的《文镜》（14世纪），就明确宣称不是审美形式的庄严，而是审美情感的味，才是诗歌的生命。它引用别人的话说：“尽管［诗中］以语言技巧为主，但只有味才是其中的生命”④；“诗是以味为灵魂的句子”⑤。

---

① 转引自［印度］婆摩诃：《诗庄严论》，曹顺庆主编：《东方文论选》，第108页。
② 转引自［印度］曼摩咤：《诗光》，曹顺庆主编：《东方文论选》，第345页。
③ 曼摩咤：《诗光》，曹顺庆主编：《东方文论选》，第346页。
④ ［印度］毗首那他：《文镜》，曹顺庆主编：《东方文论选》，第363页。
⑤ 同上书，第365页。

从创作实践看，古代印度诗歌意象的重意不限于注重上述单纯审美情感的意义，而是还包括各种社会功利性意义。后一种情况以上古的吠陀诗歌意象为典型，前一种情况以古典时期和中世纪的爱情诗（包括世俗爱情诗和宗教爱情诗即神爱诗歌）为典型。

对于意象的象的注重，在吠陀诗歌中就开始了。某些吠陀诗歌技巧的高超和意象的美妙，在世界上古诗歌中是罕见的，如前文举出的黎明女神和风神这两个意象。后世的爱情诗，因其颂神或世俗的目的也很注重艺术形象和其他形式。诗人们竭力具有庄严和避免诗病，因为当时的诗人和诗论家普遍认为，“具有庄严和避免诗病”就是追求诗美。古代印度爱情诗对包括意象美在内的形式美的追求，与前述古代阿拉伯和波斯的爱情诗类似。前文曾指出，后两者重象轻意的特点就主要表现在爱情诗和饮酒作乐的诗上（古代印度却少见饮酒诗）。

印度诗歌意象的另一个特点是丰富。在世界宗教文化的诗歌中，印度诗歌意象是最丰富的。这种丰富性特点的根源在于印度宗教本身。印度存在多种宗教，并且这些宗教一般能够相互容忍，共存共荣。这种情况从根本上决定了印度诗歌的思想内容和意象形式的丰富多样性。从印度宗教的特点看，前文曾指出，相对于犹太教的宗教信仰突出和伊斯兰教的宗教情感突出的特点，印度宗教具有宗教想象突出的特点。这种宗教想象创造出众多的神祇和神话传说，相应地也创造出丰富多彩的诗歌意象。印度诗论家将诗歌的味分为许多种类（基本的味有8类，每一类又包含若干种），比喻、夸张和曲折表达等庄严分出的种类更多，这是印度诗歌意象丰富在理论上的一种反映。

作为8类基本味之一的厌恶味，其相应的诗歌意象往往是丑的。例如：

> 这个食尸的魔鬼先是剥皮，掏出肚肠眼珠，
> 然后吞噬背脊臀部容易上口的腐臭肥肉，
> 他把骷髅放在膝上，鼓出牙齿，不紧不慢地，
> 继续啃吃骨头上，甚至关节中残剩的生肉。①

这样的丑恶意象与前述波德莱尔诗歌的丑恶意象有类似性。印度古代诗歌具有这样的丑恶意象，这在世界古代诗歌中是罕见的。它也是印度诗歌意象丰

① 转引自曼摩咤：《诗光》，曹顺庆主编：《东方文论选》，第312页。

富的一种表现。

从作品看，印度上古的吠陀诗歌不但有众多神灵意象，而且有丰富的日常生活意象。印度古典时期和中世纪的诗歌也大致如此。这里看迦梨陀娑《云使》中的两节所描写的自然意象和人物意象：

看到迦昙波花的半露的黄绿花蕊，
和处处沼泽边野芭蕉的初放的苞蕾，
嗅到了枯焦的森林中大地吐出的香味，
麋鹿就会给你指引道路去轻轻洒水。(21)
那儿有一位多娇，正青春年少，皓齿尖尖，
唇似熟频婆，腰肢窈窕，眼如惊鹿，脐窝深陷，
因乳重而微微前俯，以臀丰而行路姗姗，
大概是神明创造女人时将她首先挑选。(82)（金克木译）

两节诗都意象丰繁，令人目不暇接。

由于增加了时代的新内容，印度近现代诗歌的意象更为丰富多彩。这在泰戈尔的诗歌中最明显。即便在他单纯地表现梵我同一的宗教性诗歌《吉檀迦利》中，由于那梵存在于万物和人们的日常生活之中，它的意象也显得跟现代世俗诗歌一样丰富多彩。

印度美学家曾经将印度诗歌中的人物、事件和景物等题材分成国王、僧侣、乡村、水塘、海洋、江河、山峦、森林、战争、狩猎等21大类。许多类别的意象又各自包括若干不同的意象。例如，水塘类意象包括涟漪、波浪、浴水的大象、带黑蜂的莲花、天鹅、鹤等意象，以及岸上美丽的花园和休闲的房舍等意象。又如，森林类意象包括蛇、野猪、大象、狮子、老虎等野兽意象，鹦鹉、乌鸦、鸽子等飞禽意象，还有常年生长的和季节性生长的树木意象。①

印度诗歌意象还有一个重要的特点是神秘，对它有必要专节论述。

（二）梵我同一与意象的神秘性

任何宗教文化都有一定的神秘性。那神秘性来自宗教中的神及其不可知性（不可知是造成一切神秘的原因）。某些宗教思想宣称通过体验和直觉能

---

① 详见 S. N. Ghoshal Sastri，*Elements of Indian Aesthetics*，vol. I，Varanasi，India：Chaukhambha Orientalia，1978，pp.215—216.

够与神沟通、交流，乃至与之合一，那神秘性就更具体、更浓厚了。那样的宗教思想就是宗教神秘主义。其中，宣称能够与神合一乃至本来就与神同一的宗教神秘主义，是宗教泛神论。宗教性诗歌都有一定的神秘性，其中表现宗教泛神论的诗歌的神秘性特别浓厚。

婆罗门教和印度教中存在的梵我同一的泛神论，是典型的宗教泛神论。它宣称人和神性的梵本是同一的，万物与梵也是同一的，人和万物不过是梵的本性的显现。梵我同一泛神论的宗教神秘性很浓厚。相应地，表现这种泛神论思想情感的印度诗歌，其神秘性也很浓厚。诗歌意象是诗歌思想情感的载体，所以，承载这种泛神论思想情感的诗歌意象必然有浓厚的神秘性。以下论说的诗歌神秘性主要就指诗歌意象的神秘性。

形成于公元前 8 世纪—前 7 世纪的婆罗门教经典《奥义书》，从婆罗门教的创造神大梵天抽象出一个形而上的实体——梵，认为梵（大我）既是外在世界的终极原因，也是人（小我）的内在灵魂，因而人和万物与梵在本质上是同一的。人通过修行，去掉无明（无知），就可以获得解脱而达至梵我同一的境界。梵我同一观念对印度后来的几个宗教和诸多教派的哲学都有重大影响。大约产生于前 1 世纪的婆罗门教吠檀多派哲学，是印度古代最重要的哲学，它对印度现代哲学的影响也最大。它的根本经典《梵经》就主要是关于梵、我、世界之间关系的思想。《梵经》认为梵是世界的终极原因，也是作为个体的我的灵魂，因而梵与我在本质上是同一的。该派的继承者由于对这种梵我同一观念的不同理解而分成不同派别，产生了不同看法。其中影响最大的是商羯罗的“不二论”，即认为梵我同一不二；认为我与梵的不同，不过是梵所显现的不同幻相。这可谓梵我的绝对同一。其他派别则主张“有差别的”“有限的”同一，即认为梵与我、世界只是本质同一，而形式和作用却各不相同，后两者（我和世界）也是实际存在着的。就对诗歌的影响而言，中世纪众多的神爱诗歌主要受后一种梵我同一观的影响，泰戈尔的宗教性诗歌则主要受前一种梵我同一观的影响。

在中世纪，歌颂黑天或罗摩（都是大神毗湿奴的化身）的神爱诗歌很多，其中歌颂黑天的最多。这些神爱诗歌就具有梵我同一的泛神论神秘性。因为毗湿奴教派认为，化身黑天或罗摩的毗湿奴是“大我”，是“最高的灵魂”，从这一教派的哲学观点看它就是“梵”，而人是“小我”，是“个别的灵魂”，两者通过爱而融合为一就是梵我同一。胜天的《牧童歌》描写黑天化身为牧童与牧女罗陀恋爱，富于世俗性，很生动。然而，诗篇的“每章末有颂神祝福诗。每组末节点出诗人名字和诗的颂神性质”①；它在民间也一直被用来作为宗教祭祀中颂神的歌曲。所以，诗篇中黑天这个意象就必然具有神秘性。苏尔达斯以黑天为题材写了数千首抒情诗，其中大多是关于黑天的爱情的。如他的一组诗写黑天初识罗陀，一见钟情。黑天和罗陀两个意象都美，他们的爱情也动人，但诗人在末尾点出诗的主旨在于颂神：“苏尔达斯说：我的风流之主黑天，/几句话就使天真的罗陀五体投地。”神圣与世俗混合一起，黑天这个意象显得美丽而神秘。

泰戈尔的宗教性诗歌，特别是他献给神的《吉檀迦利》，具有浓厚的泛神论神秘色彩。“泰戈尔写的是生活中最琐细的事情和自然中最平凡的物体，但是在这些事物的周围总是萦绕着一种奇异的气氛，因为这些事物被一种超感官的神秘联系着，然而又丝毫不失其平凡或琐碎性。”② 泰戈尔不但是诗人，也是哲学家，而且是现代印度主要的哲学家之一。他的哲学承袭商羯罗的吠檀多不二论观点，认为梵是一种绝对的存在，是“世界意识”，是有限与无限的统一；它也就是神。但是，对于泰戈尔来说，这神就在人们身边，就在日常生活之中；这神就是亲人、朋友等。可见，泰戈尔的梵我同一的宗教哲学已有重大的革新，那就是其重心已从神（梵）转向了人和现实生活（所以他说神就在人们之中，就在现实生活之中）。泰戈尔的《吉檀迦利》就是他的这种宗教泛神论哲学观的反映：它写神，但更着重写人；它表现神的超越性，却落实于现实生活。这就显出泰戈尔独特的泛神论思想和相应的宗教神秘性。前文论述印度诗歌的宗教哲理性思想题材时，曾从《吉檀迦利》中举出不少例子，它们都不同程度地表现了这种泛神论神秘性。如第 65 首说“通过我的眼睛，来观看你自己的创造物，站在我的耳门上，来静听你自己的永恒的谐音”；第 81 首说“你潜藏在万物的心里，培育着种子发芽，蓓蕾绽红，花落结实”：这个作为“梵”或者说神的意象——“你”——就很神秘。《吉檀迦利》第 102 首中的一节可以看作对这种泛神论神秘性的描述：

我把你的事迹编成不朽的诗歌。秘密从我心中涌出。他们走过来对

① 金克木：《梵语文学史》，第 368 页。

② ［印度］S. C. 圣笈多：《泰戈尔评传》，湖南人民出版社 1984 年版，第 235 页。

我说："把所有的意思都告诉我们吧。"我不知道怎样回答。(冰心译)

神的意思是秘密，诗人只能在心中直觉它，体验它，却不能用言语表述。

印度诗歌的梵我同一的神秘性与波斯苏非主义诗歌的人神合一的神秘性有什么不同呢？梵我同一是印度婆罗门教和印度教基本的传统观念，波斯苏非主义的人神合一观念却并不如此。苏非主义产生于阿拉伯，它于9世纪才由禁欲主义发展成泛神论，并传入波斯。在这种泛神论中，曾出现"我即真主"以及真主存在于万物中这种人神同一的思想。这种思想也是典型的泛神论，与印度梵我同一观念的泛神论颇为接近。但是，这种泛神论思想与伊斯兰教的正统信条抵牾，所以宣扬这种泛神论思想的苏非主义者曾遭受迫害。大约由于这样的原因，后来的苏非主义者主要宣扬通过修行以及对真主的挚爱来接近真主，与之交流和合一。所以，波斯苏非主义诗歌主要是通过神爱形式来体现人神合一的。这种神爱诗歌主要具有在内心直觉真主的神秘性，却没有典型的泛神论所具有的那种更为根本、更为全面的神秘性，即神性在人和万物中显现的那种神秘性。

波斯苏非主义神爱诗歌与印度中世纪印度教的神爱诗歌有些类似，因而两者的神秘性也有些类似。所不同的是：在印度教的神爱诗歌中，是信徒作为女性向男神（黑天和罗摩）求爱，希望得到他们的恩宠，从而获得梵我同一的解脱；在波斯苏非主义的神爱诗歌中，则是信徒将真主作为美女来追求，力求赢得她的芳心，从而实现人神合一。此外，由于印度宗教具有性爱的本原性，所以它的神爱诗歌本身就有性爱的性质，于是有时出现性感的乃至色情的描写；而波斯苏非主义从禁欲主义发展而来，它的神爱诗歌只是借用爱情形式，所以即便在神圣之爱与世俗之爱混淆难分的诗中，也少有性感的描写。波斯表现人神合一的神爱诗歌与泰戈尔表现梵我同一的诗歌则差别较大：泰戈尔诗歌中虽然也有通过神爱来表现梵我同一的（《吉檀迦利》中就有），但更多的是从人的平凡生活和自然事物中来表现梵我同一。

中国古代的天人合一观念与印度的梵我同一观念有什么不同呢？前者是否也造成诗的神秘性？

天人合一的实质是"天人合德"①，它所讲的主要不是像梵我同一那样的宗教神性，而是道德性，虽然这种道德性的本原"天"或"道"也具有

① 《易经·干·文言》曰："夫大人者，与天地合其德。"

一定的神圣性。宗教神性是宗教神秘性的根源，而道德性本身却没有神秘性，所以天人合一观念没有梵我同一观念那样浓厚的神秘性。天人合一的“天”有三重意思，即道德之天、自然之天和神圣之天。道德之天是基本的，这即是说道德性是天的基本属性；自然之天实际上是道德之天的根据，这即是说天的自然性是天的道德性的根据；神圣之天是殷商宗教文化（道德文化从它转型而来）所残留的神性，也是道德文化有意保存的神性（以便使自身具有神圣性），这即是说神性只是天所附带的属性。这样，天人合一的天就既可以是道（所谓“天道”），也可以是德（所谓“天德”）。天人合一就是人道合于天道，人德合于天德，也就是人的现实道德要符合先验的既定道德原理。天人合一的天也可以是自然界，这样的天人合一就是人与自然的合一。这在诗歌中就是所谓情景交融、物我同一。人与自然合一的实质，是人与自然万物共同具有符合于天道、天德的道德性。

以上是从本体论看天人合一与梵我同一的不同。从认识论看，梵我同一既有认识对象（梵、神）上的神秘性，又有认识方式上即直觉体悟上的神秘性。天人合一在认识对象（天道、天德）上没有多少神秘性，不过在认识方式上却有类似于梵我同一的神秘性。因为古代中国人对天道、天德的认识也不是逻辑的、科学的认识（那样的认识是消除神秘性的），而也是直觉体悟的认识。直觉体悟的认识不用逻辑推理，不能完全用语言表达，由此造成一定的神秘性（西方某些非宗教性诗歌，如象征主义诗歌，也具有由直觉体悟造成的这种神秘性）。这种神秘性在中国古代表现天人合一观念的诗歌中就存在着。如陶渊明诗曰：“采菊东篱下，悠然见南山。山气日夕佳，飞鸟相与还。此中有真意，欲辩已忘言。”（《饮酒》）又如王维诗曰：“松风吹解带，山月照弹琴。君问穷通理，渔歌入浦深。”（《酬张少府》）这些诗歌的神秘性，显然没有印度表现梵我同一观念的诗歌的神秘性那样浓厚。

第四节　中国现代抒情诗的审美意象

一、现代意象论

（一）两种现代意象论及其来源

中国现代有两种诗歌意象理论，一种是关于古代诗歌意象的理论（广义，包括意境理论），可以叫现代的古代诗歌意象论或现代的传统诗歌意象论；另一种是现代诗歌意象论，它是一种新的意象论。

现代的古代诗歌意象论的来源当然主要是古代诗歌意象论，前者是对后者的现代阐发。某些现代的古代诗歌意象论借鉴西方诗歌意象论（如朱光潜《诗论》中的意象论），这种现代的古代诗歌意象论的来源中就还有西方诗歌意象论。

以下论述现代诗歌意象论的来源。现代诗歌意象论的来源也是古代诗歌意象论和西方诗歌意象论，后者是主要的。

胡适在《谈新诗》（1919 年）中说："凡是好诗，都是具体的；越偏向具体的，越有诗意诗味。凡是好诗，都能使我们脑子里发生一种——或许多种——明显逼人的影像。"① 胡适所说的"影像"，就是诗的意象。胡适创立白话新诗时曾受西方意象派诗歌理论的启发。他的影像概念，就是意象派所说的意象概念（image），是对后者的不大准确的翻译。他强调影像的具体可感性的一个原因，就是受了意象派提倡直接描写具体事物的主张的影响；另一个原因，则是受了中国古代诗歌意象的启示。他接下来举出的有"明显逼人影像"的许多例子，就是古代诗歌的意象。但古代诗歌意象论中的意象概念并没有进入胡适的视野，他没有使用"意象"一词就是明证。尽管如此，这已说明胡适的新诗意象（影像）概念的来源不是单纯的西方意象论，其中也有中国古代诗歌意象的因素。

康白情在《新诗底我见》（1920 年）中说："在文学上把情绪的想象的意境，音乐地刻写出来，这种的作品就叫做诗。"② 又说："以热烈的感情浸润宇宙间的事事物物而令其理想化，再把这些心象具体化了而谱之于只有心能领受底音乐，正是新诗底本色呵。"③ 康白情把诗的意境分为情绪的和想象的两种（他在下文就说"有情绪的和想象的两种意境"④ ），其中想象的意境应当是意象，或者是由若干意象组成的境界。康白情所说的心象是诗人内心的意象，将其具体化并赋予音乐性就成了诗的意象。康白情的这种意象（他所谓"意境""心象"）概念主要来自古代的意境概念。他也没有注意

---

① 胡适：《谈新诗》，杨匡汉、刘福春编：《中国现代诗论》（上编），第 14 页。
② 康白情：《新诗底我见》，杨匡汉、刘福春编：《中国现代诗论》（上编），第 33 页。
③ 同上书，第 34 页。
④ 同上书，第 38 页。

到古代意象论中的意象概念，所以没有运用意象这个词语。

宗白华在《新诗略谈》（1920 年）中说："诗的定义可以说是：'用一种美的文字——音律的绘画的文字——表写人底情绪中的意境。'这能表写的，适当的文字就是诗的'形'，那所表写的'意境'，就是诗的'质'。"① 宗白华所说的意境只是诗的思想情绪，即他所谓的诗的质，而不是诗的意象。意象属于他所谓的文字的形。他接下来就明确指出诗的文字具有两种作用，即"音乐的作用"和"绘画的作用"，后者就体现为"文字中可以表写出空间的形相与色彩"②，这即是诗的意象。宗白华所说的意境既然不是诗的意象，它就不属于新诗意象论。宗白华的这种意境概念与早先梁启超所说的意境概念类似。梁启超曾要求诗界革命之诗"要新意境"，要"以旧风格含新意境"。他所说的新意境，就偏指新诗歌所表现的新的思想意义，即西方的新思想和维新派诗人的政治主张，而不是那些新名词所指称的新意象以及由它们所组成的感性境界。

现代诗歌理论的开创者们（包括梁启超）偏爱意境概念（无论这意境概念是用来指称诗的意象还是仅仅指称诗的意义），而忽略意象概念，大约是由于这样的原因："到了明代和清代，'意境'和'境界'作为美学范畴，已经相当普遍地被人们所使用。"③ 尤其在清代，"'意境'已经是一个很通用的词了"④。在纪昀和况周颐等人的诗论、词论中就"大量使用'意境'这个词"⑤。当时对意境概念的使用大约比对意象概念的使用频繁，这不免影响晚清至"五四"的新派诗论家，使他们在论述新体诗（包括属于现代性质的近代诗和五四新诗）时，容易顺手拿起意境概念来使用。

新月派诗论家则明确使用意象概念了。闻一多在《冬夜评论》（1922 年）中就多次使用意象一词。例如，他批评俞平伯诗集《冬夜》的词曲调子太重，其意象也是"中国式的意象"；那种意象"粗率简单"，"不敷新文学的用"。⑥ 他又指出，与那种中国式意象不同，新诗的意象应当是"浓丽

---

① 宗白华：《新诗略谈》，杨匡汉、刘福春编：《中国现代诗论》（上编），第 29 页。

② 同上书，第 30 页。

③ 叶朗：《中国美学史大纲》，第 610 页。

④ 同上书，第 611 页。

⑤ 同上书，第 610—611 页。

⑥ 闻一多：《冬夜评论》，《闻一多全集》（第 2 卷），湖北人民出版社 1993 年版，第 66 页。

繁密而且具体的意象”①。由此可知，闻一多已充分意识到古代诗歌意象与现代新诗意象的不同。闻一多在《说鱼》中又说，“西洋人所谓意象、象征，都是同类的东西”②。可见闻一多是知道英语诗学中有意象概念的。这个概念就是“image”，“意象”是对它的汉译。闻一多在《说鱼》中将西方诗歌的意象、象征与中国古代《易经》中的“象”和《诗经》中的“兴”相关联③，却没有与古代意象论中的“意象”相关联，这说明他似乎也没有注意到古代意象论中的意象概念。如果是那样，闻一多的意象概念的来源就主要是西方诗歌的意象论。新月派其他诗论家也使用意象概念。如陈梦家在《〈新月诗选〉序言》（1931）中说：“抒情诗的好处，就是那样单纯的情感单纯的意象，却给人无穷的回味。”④ 新月派诗论家的意象概念大约都主要来自西方诗学的意象概念。

意象概念的出现，使真正意义上的中国现代诗歌意象论成为可能。20 世纪 30 年代以来的诗论家，特别是现代主义诗论家，就较多地使用意象概念了，并逐渐形成了明确的意象论。

（二）现代诗歌意象论

中国现代诗歌意象论分为诗人的意象论和流派的意象论。就诗人的意象论看，较突出的是艾青和唐湜的意象论。

艾青在他写于 1938 年至 1939 年的《诗论》中说：“意象是从感觉到感觉的一些蜕化。”⑤ 这大约是说单纯的感觉表象经过诗人的情感化和理性化处理以后而蜕变为感觉意象。他接下来的话就有这样的意思：“意象是诗人从感觉向他所采取的材料的拥抱，是诗人使人唤醒感官向题材的迫近。”⑥但他如后的说法却有些难于理解：“意象是纯感官的，意象是具体化了的感觉。”⑦ 意象怎么会是纯感官的呢？它不是有“意”在身吗？不是“拥抱”

① 闻一多：《冬夜评论》，《闻一多全集》（第 2 卷），湖北人民出版社 1993 年版，第 69 页。

② 闻一多：《说鱼》，《闻一多全集》（第 3 卷），第 232 页。

③ 同上书，第 231—232 页。

④ 陈梦家：《〈新月诗选〉序言》，陈梦家编：《新月诗选》，上海书店印行 1981 年影印版，第 21 页。

⑤ 艾青：《诗论》，第 199 页。

⑥ 同上书，第 199—200 页。

⑦ 同上书，第 199 页。

了诗人所采取的材料吗？不是“蜕化”成了另一种感觉吗？感觉本身就是具体的，所以所谓“意象是具体化了的感觉”也令人费解，除非那“具体化”另有所指，例如指将思想情感具体化在感觉之中。

艾青还以诗的形式论说意象：“意象：/翻飞在花丛，在草间，/在泥沙的浅黄的路上，/在静寂而又炎热的阳光中……/它是蝴蝶——/当它终于被捉住，/而拍动翅膀之后，/真实的形体与璀璨的颜色，/伏贴在雪白的纸上。”① 这首诗倒像一首意象诗，一首纯诗。但若要问它在理论上能说明什么（这应是诗人的目的，因为它被置于《诗论》之中），回答只能是：它似乎能说明意象的许多问题，但又似乎什么也不能说明。

在《诗论》中，艾青在这样集中论说意象之前，还曾经从美学的角度论说过意象。他说：“用可感触的意象去消泯朦胧暗晦的隐喻。诗的生命在真实性之成了美的凝结，有重量和硬度的体质；无论是梦是幻想，必须是固体。”② 可知艾青主张意象明朗，反对意象朦胧晦涩。并且不止是明朗，他还主张意象应该硬朗，应该是对真实的和虚幻的东西的凝固。这可以看作对他自己的诗歌意象特点的一种说明。从意象理论的关联看，他的这种意象观可能受过西方意象派的影响，对后来九叶派唐湜的“凝合”意象论可能有过启示作用。

总的说来，艾青对意象的这种经验性和感悟性的论说以及用诗歌来论述的方式，虽然一度很有影响，但实则对现代诗歌意象论的贡献不大。

唐湜的意象论是九叶派诗歌意象论的代表，是整个现代主义诗歌意象论中最重要的一环，所以放在下文关于流派的诗歌意象论中去论述。

在中国现代诗歌流派的意象论中，现代主义诗歌意象论最为自觉和持续不断。现代主义诗歌意象论主要包括现代派和九叶派的意象论。在它们之前，李金发曾从象征主义的立场说到过意象：“诗之需要 image（形象、象征）犹人身之需要血液。”③“image”的意思就是意象（李金发将其译成形象、象征）。李金发所说的诗歌意象（形象）主要是象征意象。以后现代主义的各种意象论所论说的意象也主要是象征意象，因为以后各个时期的现代主义诗歌都主要是象征主义性质的诗歌。

---

① 艾青：《诗论》，第 200 页。
② 同上书，第 181 页。
③ 李金发：《序林英强的〈凄凉之街〉》，《橄榄月刊》1933 年 8 月第 35 期，第 8 页。

现代派代表戴望舒在其《论诗零札》中没有使用意象概念，但实际上说到了它。他说："诗是由真实经过想象而出来的，不单是真实，亦不单是想象。"[①] 又说："诗应当将自己的情绪表现出来，而使人感到一种东西，诗本身就像是一个生物，不是无生物。"[②] 现代派诗人施蛰存则明确提倡写"意象抒情诗"，他在《意象抒情诗》这个题目下就发表过几首诗。

与后来的现代主义意象论所论说的意象比较而言，戴、施二人所说的意象的特点是其抒情性。上引戴望舒的话就说诗的情绪应当用意象（即他所说的经过想象创造出来的"一种东西"）表现出来，这样的意象就是抒情性意象。施蛰存的"意象抒情诗"概念本身就说明那意象是抒情性的。他还说过，"必须要从景物的描写中表现出作者对于其所描写的景物的情绪，或说感应，才是诗"[③]。那表现情绪的景物就是诗的意象，诗的情感性意象。从现代派诗人的创作实情看，"他们所写的多绝望的欢情，失望的恐怖，过去的迷恋"[④]：显然，那样的诗歌意象是富于情感的。

现代派诗歌意象偏重是情感性的，与它们较多地受法国前期象征主义诗歌的影响有关，因为法国前期象征主义诗歌就偏重情感表现（法国后期象征主义诗歌以及当时英国等的象征主义诗歌则偏重智性表现）。这里，我们看看戴望舒《印象》中的情感性意象，以便与下文论说的智性化意象和综合性意象相区别：

是飘落深谷去的
幽微的铃声吧，
是航到烟水去的
小小的渔船吧，
如果是青色的珍珠；
它已堕到古井的暗水里。

林梢闪着的颓唐的残阳，

① 戴望舒：《论诗零札》，《戴望舒诗集·附录》，四川人民出版社 1981 年版，第 164 页。

② 同上。

③ 施蛰存：《关于本刊所载的诗》，《现代》1933 年 9 月第 3 卷第 5 期，第 727 页。

④ 孙作云：《论"现代派"诗》，杨匡汉、刘福春编：《中国现代诗论》（上编），第 227 页。

它轻轻地敛去了
跟着脸上浅浅的微笑。

从一个寂寞的地方起来的，
迢遥的，寂寞的呜咽，
又徐徐回到寂寞的地方，寂寞地。

以上论述的是现代派中主情诗人的意象和意象论。现代派中还有若干主智的诗人，他们的诗歌意象主要不是情感性的，而是智性化的。主智诗人中卞之琳最突出。他创作智性诗歌的直接诱因，是后期象征主义诗人瓦莱里和艾略特等的影响——不仅是他们的哲理性诗歌的影响，还有他们的有关诗论的影响。就后一点而言，瓦莱里所说的诗人要运用抽象思维，要发挥哲学作用的观点，影响了卞之琳；艾略特的“思想知觉化”观点，以及诗歌应逃避情感、逃避个性这种“非个人”观点，给他的影响更大。在其《雕虫纪历·序》中，卞之琳就承认他的诗歌采用了非个人化的方法。写作智性诗歌的还有废名、金克木等。智性诗歌的意象是智性化意象。所谓意象的智性化，是指将意象所蕴含的情感加以普遍化亦即非个人化，并融入较多的智性，或者说提炼出较多的思想、智慧。正如陈敬容在《智慧》一诗中所形象地描绘的那样：“鞭打你的感情，从那儿敲出智慧”；“让智慧高歌，/让热情静静地睡”。

智性诗歌是现代主义诗歌发展历程中的重要环节，它对后来的九叶派等诗歌有重要影响。柯可（金克木）在《论中国新诗的新途径》中称它为“智慧诗”“智的诗”① ——这是智性诗歌最初的名称。相应地，智性诗歌中的智性化意象是现代主义诗歌意象发展历程中的重要一环：它的出现，成就了后来九叶派诗歌的更为成熟的综合性意象（其中包括唐湜的意象论所说的凝合性意象）。然而，当时的诗论界却缺乏对它的论述。

这里看卞之琳《断章》中的智性化意象：

你站在桥上看风景，
看风景人在楼上看你。

---

① 见《新诗》1937年1月第4期，第465、467页。

明月装饰了你的窗子，
你装饰了别人的梦。

诗人似乎在冷眼旁观，旁观人世间无处不在的相对关系。因此，诗中的“你”“看风景人”以及明月、梦等，都主要是智性化意象。又如他的《长途》，首尾两节都是这样四句：“一条白热的长途/伸向旷野的边上，/像一条重的扁担/压上挑夫的肩膀。”将漫漫长途比作挑夫肩上沉重的扁担，由此巧妙地说明艰辛的人生旅程。诗中的“长途”“重的扁担”和“挑夫”都是智性化意象。卞之琳虽然深受瓦莱里和艾略特的影响，他的这种诗歌意象却并不很接近后两者的诗歌意象。后两者的诗歌意象显出的是通过深刻的沉思而获得哲学智慧，卞之琳的诗歌意象显出的则是通过机智的顿悟而获得人生智慧。卞之琳的这种诗歌意象与英国17世纪的玄学派诗歌意象更接近，因为后者所显示的也主要是机智和巧妙。

40年代初冯至《十四行集》的意象和随后九叶派诗歌的某些意象又有所不同了。总体上看，它们既不偏重于情感，也不偏重于理智，而是两者的综合与平衡。因此，它们比情感性意象更深沉，比智性化意象更丰盈。九叶派理论家袁可嘉提出的“现实、象征、玄学的综合”观念①，是对九叶派诗歌以及类似诗歌的理论概括，其中也包括对相应的诗歌意象的理论概括。那种诗歌意象是这样的：它是象征意象，具有玄学的即智性的深厚性，还具有现实的真实性和生动性。它就是综合性意象。这种综合性意象中包括九叶派诗人唐湜所提出的凝合性意象②以及其他不同的意象。

唐湜所提出的凝合性意象是综合性意象的代表。“凝合”的意思有两方面：一方面是结合、聚合，亦即综合；另一方面则是凝定、坚固。在写于1948年的论意象的两篇文章中，唐湜用多种不同的话语说到这两方面。例如，他说，“成熟的意象，一方面有质上的充实，质上的凝定，另一方面又必须有量上的广阔伸展，意义的无限引申”③；这种意象是“一种丰富的坚

① 袁可嘉在《新诗的现代化》一文中提出这一观念。

② 唐湜在其《论意象》一文中多次（不下于7次）使用“凝合”一词来说明意象，所以我们称他所论述的意象为凝合性意象。“凝合”一词的含义为凝定、聚合。下文将看到，这个词语颇能概括唐湜所论述的意象的基本含义。

③ 唐湜：《论意象》，《新意度集》，生活·读书·新知三联书店1989年版，第13页。

定"[①]。又说，"一个沉挚的诗人，他的凝定的姿（按：即凝定的意象）必会有无数思想与生命的触手伸向前前后后"[②]；深沉而凝定的意象"有着一种建筑的力量：高峻的屹立，可又有着深沉的丰富"[③]。

唐湜所论述的凝合性意象的独特含义——凝定、坚固——来自何处？来自对里尔克和冯至的有关诗歌意象的思考。唐湜说，奥地利诗人里尔克"接受了法国印象派的画、罗丹的雕塑与法国象征派诗歌的影响"[④]，达到更高的超越境界，其诗歌意象"有着塑像似的凝定"[⑤]。他又说冯至师法里尔克，走着同样的道路。唐湜论意象的两篇文章，都引用了冯至《十四行集》第一首中的如下一节诗：

我们的生命在这一瞬间，
仿佛在第一次的拥抱里
过去的悲欢忽然在眼前
凝结成屹然不动的形体。

唐湜激赏这样的诗句，认为从它们"就可想见意象凝结的形姿"[⑥]。

冯至《十四行集》的某些意象，以及受里尔克和冯至影响的郑敏等九叶派诗人的某些诗歌意象，确实有上述既有综合性又有凝定性的特点。唐湜研究它们，提倡它们，给它们特定的名称（凝合、凝定、凝结等），这是他对中国现代主义诗歌意象论的贡献。不过，唐湜在文中反复强调这种凝合性意象是诗歌历史发展中的成熟意象，这在一定程度上否定了诗歌成熟意象的多样性。例如，就是在九叶派中，就还有更多地受到艾略特和奥顿影响的杜运燮的不同特点的意象，即具有幽默、反讽和戏剧化等特点的意象。这种意象也有丰富的综合性（所以也是一种综合性意象），却没有来自里尔克诗歌的那种雕塑般的凝定性。

唐湜的意象论还有一个重要思想，就是强调意象的潜意识根源，并由此

---

① 唐湜：《论意象》，《新意度集》，生活·读书·新知三联书店 1989 年版，第 14 页。

② 唐湜：《论意象的凝定》，《新意度集》，第 16 页。

③ 同上书，第 17 页。

④ 同上书，第 15 页。

⑤ 同上书，第 16 页。

⑥ 同上书，第 17 页。

建构起他的意象成长三阶段论。唐湜借用外国学者的说法，认定诗歌意象来自潜意识的深渊。其实，诗歌意象是否来自潜意识，以及是否所有的诗歌意象都来自潜意识，这种问题是无法证实和仍需探讨的。唐湜却对它加以肯定，并由此提出这样的命题："诗可以没有表面的形象性，但不能没有意象。"① 这命题中的意象，大约就是唐湜所说的"从潜意识的深渊里跃起"，"却又是化了装的"② 意象；而诗歌表面的形象却不是这样的意象。不过，即便作这样的理解，这个命题本身在逻辑上仍是矛盾的。因为虽然诗中的形象不一定都是意象（不过一般都是意象，只是各个意象的"意"的多寡和深浅不同罢了），但诗中的意象一定都是形象——岂有没有形象（象）的意象？这样的命题会引起理论上的混乱。

唐湜提出意象发展的三个阶段，那就是：第一阶段是来自潜意识的直觉意象，那是浪漫主义的主观意象；第二阶段是上升到自觉意识的悟性意象，那是古典主义的意象；第三阶段是"更高的完成"，即由前两者的"对抗的凝合"而产生的主观与客观统一的意象，那就是像里尔克诗歌中那样的现代主义诗歌意象。③ 这种观点的不妥在于：诗歌、艺术的发展并不像科学的发展那样是线性地进步的。实际上，各个时期、各种流派的诗歌意象都有自身成熟的范本，它们中有的会成为后世无法逾越的高峰。

最后，我们看郑敏《金黄的稻束》中的意象：

金黄的稻束站在
割过的秋天的田里，
我想起无数个疲倦的母亲，
黄昏路上我看见那皱了的美丽的脸，
收获日的满月在
高耸的树巅上，
暮色里，远山
围着我们的心边，
没有一个雕像能比这更静默。

---

① 唐湜：《论意象》，《新意度集》，第 11 页。

② 同上书，第 10 页。

③ 详见上书，第 13—14 页。

肩荷着那伟大的疲倦，你们
在这伸向远远的一片
秋天的田里低首沉思，
静默。静默。历史也不过是
脚下一条流去的小河，
而你们，站在那儿，
将成为人类的一个思想。

在此诗中，那像雕像一样低首沉思的金黄稻束这个中心意象，就是综合性意象，就是综合性意象中的凝合性意象。它与上引冯至诗中的意象类似，却与前述戴望舒等的情感性意象和卞之琳等的智性化意象不同。

二、意象的特点

（一）意象的特点

比较中国古代诗歌重意轻象的特点，中国现代诗歌可以说是意象并重的。不过，与西方诗歌意象并重的特点比较起来，中国现代诗歌总的说来比西方诗歌更看重意。其原因，主要是由于古代诗歌传统和现代中国特殊国情的作用。

分别而论，中国现代诗歌中的现实主义诗歌偏重意的表现。20 世纪 50 至 70 年代的“红太阳”意象是典型。它所着重的是政治意义，所以诗人对其形象的描绘不外乎是“红彤彤”“永不落”之类的笼统词语。

现代主义诗歌则在注重表现意的同时也注重刻画象，其中有的作品中还存在为意象而意象的倾向。如辛笛《航》中的两行：

风帆吻着暗色的水
有如黑蝶与白蝶

这几个意象富有创意，但与全诗所表现的茫茫人生有如茫茫航程的主旨似乎关系不大。如果是那样，它们的存在就主要是为了显示新颖、独特的意象美。

比较中国古代诗歌意象因袭的特点，中国现代诗歌意象却类似于西方诗歌意象那样，是力求创新的。因此，现代诗歌意象就不可能像古代诗歌意象那样形成一脉相承的传统，而是各个时期、各个流派乃至各个诗人都有自己独特的意象。古代诗歌的许多意象既然是因袭的、传统的，它的审美价值就不可能主要表现在意象上，而是表现在由那些意象所构成的独特整体——意境上。现代诗歌的意象既然讲究独创，诗篇的审美价值就主要在意象上，特别是在诗篇中那一两个中心意象上。我们曾经说过，古代诗歌以意境胜，现代诗歌以意象胜。我们看古代那些富于意境的诗篇，如被判为唐人七律第一的崔颢《黄鹤楼》、杜甫七律第一的《登高》和被誉为逸品的李白《夜泊牛渚怀古》，它们中的意象就大都是因袭的、传统的。《夜泊牛渚怀古》诗曰："牛渚西江夜，青天无片云。登舟望秋月，空忆谢将军。余亦能高咏，斯人不可闻。明朝挂帆席，霜叶落纷纷。"其中的意象"江""夜""舟""帆""青天""片云""秋月""枫叶"等，都是当时和前代诗人普遍使用的意象。王、孟山水诗的意象也莫不如此。显然，这类诗篇美妙动人的奥秘不在意象上，而在由意象构成的意境上。现代诗歌的意象就不同了。现代诗人不可能像古代诗人那样，把功夫用于以传统意象来构建美妙动人的意境，而是把功夫用于创造新颖、独特的意象，让那意象本身精警动人。因此，那些独创性的意象就成了诗篇审美价值的符号，在一定程度上甚至成了诗人审美创造的符号，典型者如郭沫若的"天狗"、闻一多的"死水"、戴望舒的"丁香姑娘"、艾青的"太阳"、郑敏的"金色的稻束"、北岛的"星星般的弹孔"、海子的"麦地"等意象。

中国现代诗歌意象一方面与中国古代诗歌意象关联，另一方面又与西方诗歌意象关联。前一种关联主要体现在外在感性形式上，后一种关联则主要体现在内在精神实质上。具体说来是：中国现代诗歌意象与古代诗歌意象之间存在形同质异（象同意异）的特点，与西方诗歌意象之间则存在形异质同（象异意同）的特点。

中国现代诗歌意象与古代诗歌意象之间是否有形质都大致相同的情况呢？有。不过，这种情况一般出现在现代诗歌意象与古代异质情感（自我情感）的诗歌意象之间的关系上，如与某些晚唐五代诗词意象和宋词元曲意象之间的关系上（本书第一章第一节第三小节曾指出，中国古代文人的异质情感的诗歌主要是某些晚唐五代诗词和宋词元曲）。典型者如戴望舒《雨巷》中的"丁香姑娘"意象。此意象是对古诗词中丁香花意象的化用，两者的精神实质相通。晚唐李商隐诗曰："芭蕉不展丁香结，同向春风各自愁”（《代赠二首》其一）；南唐李璟词曰：“青鸟不传云外信，丁香空结雨中愁”（《摊破浣溪沙》）。其中的丁香花意象都表现诗人在爱情上的哀愁，是自我情感（而不是古代正统诗歌意象所表现的群体性道德情感）。戴望舒的丁香姑娘未必是爱情意象，但它所表现的诗人的哀怨、惆怅和失望之情，是与前者相通的。不过应指出的是，《雨巷》中丁香姑娘所表现的这种情感，可能更多地来自法国前期象征主义诗歌所表现的世纪末情绪的影响，来自在此影响下诗人对现实生存的痛苦感受。在这种意义上，可以说主要是法国前期象征主义思潮及其梦幻手法成就了丁香姑娘这个意象，尽管这个意象的感性形式（象）直接来自古代诗歌中的丁香花意象，并且其精神实质（意）也是与后者相通的。

现代诗歌意象与古代诗歌意象之间，更多的情况还是形同而质异。

如徐志摩的“莲花”（荷花）意象。古代诗歌中的莲花意象主要象征品德的美好和人格的高洁，其内涵是一种公认的道德精神。如陆龟蒙的《白莲》：“素蘤多蒙别艳欺，此花端合在瑶池。无情有恨何人觉，月晓风清欲堕时。”莲花意象又是美丽的表征。如杨万里的《晓出净慈寺送林子方》：“毕竟西湖六月中，风光不与四时同。接天莲叶无穷碧，映日荷花别样红。”对于这种莲花意象，古人鉴赏时大约也往往从其外在的美艳联想其内在的那种“出淤泥而不染”的道德精神。徐志摩的莲花意象却不同了：他用莲花来表现爱情。举四例如次：“最是那一低头的温柔，/像一朵水莲花不胜凉风的娇羞”（《沙扬娜拉》第十八）；“她是睡着了——/星光下一朵斜欹的白莲”（《她是睡着了》）；“她在怯露的谷莲里：/在莲心的露华里”（《她在那里》）；“你我的心，像一朵雪白的并蒂莲，/在爱的青梗上秀挺，欢欣，鲜妍，——/在主的眼前，爱是唯一的荣光”（《最后的那一天》）。莲花还是那样美丽、高洁，但诗人现在用它来比喻自己心仪的美人，比喻自己的爱情。在诗人的眼里，像莲花一样的爱情不只是美丽、高洁的，还是神圣的，唯一神圣的。

台湾诗人余光中也爱写莲花，写得最好的是《等你，在雨中》的莲花。全诗以花比人，明里暗里表现的，都是花的美艳和人的爱情。首两节最美最动情：

等你，在雨中，在造虹的雨中
蝉声沉落，蛙声升起

一池的红莲如红焰，在雨中

你来不来都一样，竟感觉
每朵莲都像你
尤其隔着黄昏，隔着这样的细雨

古代民歌中也有用莲花来表现爱情的，如南朝民歌《西洲曲》中用“莲”与“怜”的谐音和双关意义来表现爱情。前文曾指出，古代爱情诗是表现异质情感——异质于正统道德情感的自我情感——的诗歌，所以与现代诗歌是相通的。古今诗歌中的莲花意象都表现爱情，正好能说明这一点。

又如戴望舒的“秋”意象。古代诗歌的秋意象主要是悲秋意象。如“悲哉秋之为气也！”（宋玉《九辩》）这是诗人借助秋意象来抒发心中的失意和悲凉。又如“万里悲秋常作客，百年多病独登台。”（杜甫《登高》）这是写诗人离家万里、漂泊他乡而又年迈多病，此时登高远望，虽然满目壮阔的秋景，但仍然不免悲从中来。这种悲愁似乎只是诗人的个人情怀，但结合尾联的出句“艰难苦恨繁霜鬓”等看，其中就混合着国恨家仇，沉淀着诗人深重的忧患意识。再如马致远的《天净沙·秋思》，也是写天涯游子在深秋时节的羁旅愁思。以上这类秋意象所表现的悲愁，虽然也是诗人的自我情感，但是总的说来没有超出古代既定的伦理政教规范，在根本上是群体性情感的一种个体性表达。戴望舒的秋意象虽然也主要是“秋的烦忧”“秋的清愁”之类的悲秋意象，但是其精神实质不同了。这种悲秋意象适宜结合戴望舒诗中的梦意象来考察。诗人说：“梦会开出花来的，/梦会开出娇妍的花来的：/去求无价的珍宝吧。”（《寻梦者》）戴望舒就是这样一个要去梦中寻求他所向往的珍宝的“寻梦者”。梦意象在一定程度上可以说是他诗歌的纲领性意象。他的许多诗篇都写到梦，都多少有梦幻的意味。如《雨巷》就是一个白日梦，其中两次说到“她飘过/像梦一般地”之类的话。戴望舒的悲秋意象就主要表现在梦中。他在《秋》中写道，“再过几日秋天就要来了”，诗人“听见它的歌吹”，便“想起做过的好梦”——不过那好梦已经破碎，“因为它带了烦忧来给我”。诗人在《秋天的梦》中说得更明确：“于是我的梦是静静地来了，/但却载着沉重的昔日。//唔，现在，我是有一些寒冷，/一些寒冷，和一些忧郁。"原来，诗人是在诗歌中，在诗歌的梦中，才那么忧郁、烦闷（戴望舒的老师——法国早期象征主义诗人——就往往如此[①]），现实中的诗人未必那样。这说明诗人所描写的"秋的烦忧""秋的清愁"（"秋的清愁"出自诗人的《烦忧》一诗）等意象，是诗人心灵的独特表现，同时也是象征主义诗歌艺术的独特表现，与中国古代诗人共同性（而非独特性）的、现实性（而非梦幻性）的悲秋意象大不相同。

现代派时期的卞之琳也喜用古诗中的某些常见意象。如他《断章》中的桥、楼、明月、窗子等意象。这些意象似乎能够组成像古代诗歌那样的情景交融的意境。其实不然，它们所表现的是诗人的一个智性观念（大约是相对性观念），是这一观念的形象化演绎。这些意象与古代诗歌中的同类意象只是外在形式相同，其中的情绪、意趣却不同了。戴望舒在其《论诗零札》中说："旧的古典的应用是无可反对的，在它给予我们一个新的情绪的时候。"[②] 这新的情绪就是不同于古典情绪的现代情绪。上述戴望舒诗中的秋意象和卞之琳《断章》中的桥、楼、明月等意象，以及他们诗歌中的某些其他意象，就是这种旧形式新情绪的意象，也就是我们所说的与古代诗歌形同质异的意象。

现代派之后，中国现代诗歌意象总的说来离古代诗歌意象越来越远了。第三代诗人走得最远。他们有时也自觉或不自觉地使用古代诗歌中的某些常见意象，不过其内涵却大异其趣。例如，韩东《有关大雁塔》的内涵与古代诸多诗人（包括杜甫）所写的大雁塔的内涵就不可同日而语。

中国现代文化总体上朝着与西方科学文化同质的方向发展，但它具有与后者不同的文化传统、地理环境和风俗习惯等。由于有后面这些不同，中国

---

① 在西方，法国近现代诗歌的忧郁气质最重，绝望情绪最浓。浪漫主义时期的拉马丁、维尼、缪塞等诗人的作品就如此。缪塞在《五月之夜》中这样写道："世上最美丽的歌其实最悲悲戚戚，/而有些不朽的歌只是一声声抽泣。"后来巴拿斯派的冷漠描写是对此的反拨。但19世纪末的象征主义诗人波德莱尔、魏尔仑等厌弃巴拿斯派的冷漠，表现忧郁、痛苦和悲观、绝望的世纪末情绪。波德莱尔说："忧愁可以说是没有名的伴侣，以致我不能设想（我的头脑会是一面受魔法蛊惑的镜子吗?），美的典型中不存在不幸。"（转引自郑克鲁：《法国诗歌史》，第189页）。德国思想家和文学批评家瓦尔特·本雅明说："寓言是波德莱尔的天才，忧郁是这一天才的营养源泉。"（［德］本雅明：《发达资本主义时代的抒情诗人》，王才勇译，江苏人民出版社2005年版，第180页）。上述波德莱尔等法国诗人的这种诗歌创作和诗学思想深深影响了中国的象征主义诗人李金发等和随后的现代派诗人戴望舒等。

② 戴望舒：《论诗零札》，《戴望舒诗集·附录》，第163页。

现代诗歌意象与西方诗歌意象之间就主要呈现形异质同的情况，而较少形质皆同的情况。

形质皆同的情况也有，如徐志摩诗歌中的星意象与西方某些诗歌中的星意象。徐志摩用星星来比喻所爱慕的女子，或者象征永恒的爱情。例如，他在《翡冷翠的一夜》中说，“爱，你永远是我头顶的一颗明星”；在《爱的灵感》中说，“那一天我初次望到你，/你闪亮得如同一颗星”。西方诗人也有用星星来描写爱情的。如华兹华斯在《露西》中写道：“像苔石旁的一朵紫罗兰，/不大容易被人看见！/美丽得如同一颗明星，/独个儿闪耀在天空。”（江冰华译）此外，冯至的蛇意象与苏联诗人阿赫玛托娃的蛇意象也是形质皆同的。在《蛇》一诗中，冯至将自己对姑娘的热烈相思比喻为一条蛇。阿赫玛托娃在《爱情》一诗中也说，爱情“时而化一条小蛇盘成团，/在你的心头施巫术”（飞白译）。

中国现代诗歌意象与西方诗歌意象主要还是形异质同的。就两者的同质性看，是指在宽泛的意义上——在表现自我思想情感的意义上——两者之间性质的相同。当然也有在具体意义上性质相同的情况。如郭沫若《瓶》中的梅花意象与西方诗歌中的玫瑰意象。西方诗歌普遍用玫瑰花比喻爱人，或者象征爱情，如彭斯在《一朵红红的玫瑰》中将爱人比喻为红玫瑰。郭沫若的组诗《瓶》则以梅花为中心来抒写自己的爱情。诗人在开篇的献诗中写道，“我攀折了你这枝梅花/虔诚地在瓶中供养”；在第四十一首和作为结尾的第四十二首中，则写花残瓶碎，爱情幻灭。其间，诗人把心爱的姑娘比喻为梅花（“我把她比成梅花”），借以表达自己的相思和痴情。诗人甚至想象将姑娘寄来的一枝梅花吞下后死去，化作一座梅林，让姑娘来到梅林中弹琴：“在那时，有识趣的春风，/把梅花吹集成一座花冢，/你便和你的提琴/永远弹弄在我的花中。”显然，将这梅花意象与西方诗歌的玫瑰意象比较，它们是形异质同的。但是，若将这梅花意象与中国古代诗歌的梅花意象相比，两者显然是形同质异的。

又如牛汉《华南虎》中的虎意象与里尔克《豹》中的豹意象。这两个意象都是动物园里铁栏杆后面的猛兽，都具有勇猛者被困后的无奈和悲哀的意味，实质上都是诗人主观心境的表现。不过两者的结果和旨趣却不同；牛汉的华南虎借助诗人的幻想，在怒吼声中冲破囚笼，腾空而去，结局圆满，显得乐观；里尔克的豹虽然一度睁开眼睛观看外界，似乎在沉默中也有纵身跃起而冲破囚笼的冲动，然而它终究没有，于是又闭上眼睛，外部世界和自身的欲望、冲动又化为乌有。① 这里表现的是里尔克式的孤独、虚无和悲观绝望。可见，中国现代诗歌意象与西方诗歌意象在诗篇具体意义上性质的相同是相对的，是同中有异的。

（二）意象与意境辨析

中国现代诗论家说到现代诗歌的意境时，常常举徐志摩的《再别康桥》和戴望舒的《雨巷》为例。与其他现代诗歌比较而言，这两首诗确实较为接近古代的意境诗。然而，如果将这两首诗比较西方诗歌和中国古代诗歌，我们会发现它们更接近西方诗歌（《再别康桥》更接近浪漫主义的感伤诗，《雨巷》更接近早期象征主义世纪末情调的诗），而不是更接近中国古代诗歌。如果单独与古代诗歌比较，我们又会发现它们更接近某些晚唐诗词和宋词，而不是更接近盛唐诗人王、孟、李、杜等的那些最富于意境的诗歌。我们曾指出，某些晚唐诗词和宋词元曲是古代主要的异质性诗歌，它们较多地表现自我情感，所具有的是倾向于主客二分性质的境界，而不是天人合一性质的意境。由此可以初步推断，《再别康桥》和《雨巷》的境界与古代诗歌的意境仍然会有较大的不同。

对照前述意境的四个特点，我们看看它们之间的不同具体在哪里。

意境的一个特点是其中的意象是直观地原样兴现的。现代诗歌的意象一般并不如此，而是主观想象的。其直接的原因，是现代诗人一般并不像古代诗人那样运用感物起兴的手法，而是依靠想象，运用不同程度地改变事物的比喻、象征、暗示等手法。《再别康桥》中的不少意象确实是客观的、原样的，这是它具有一定意境性的原因之一。不过其中也混杂若干主观的、变形的意象，例如，说柳树是“夕阳中的新娘”；说清泉是“天上虹”，其中“沉淀着彩虹似的梦”。所以，《再别康桥》的意象与古代意境诗的意象还是不同的。《雨巷》的主要意象丁香姑娘则完全是诗人心造的幻影。诗篇开头说“希望逢着”丁香姑娘，篇中说丁香姑娘“像梦一般地”从身旁飘过，篇末说“希望飘过”丁香姑娘，这些都说明这个意象只存在于诗人的想象中。这种意象与古代意境诗的那种直观地原样兴现的意象

---

① 里尔克《豹》的末节寓意丰富，却不明确，这里说的只是一种可能的理解。《豹》的末节是：“只有时眼帘无声地撩起。——/于是有一幅图像浸入，/通过四肢紧张的静寂——/在心中化为乌有。”（冯至译）

相去甚远。

意境的另一个特点是其中的意象常常组成一个观照均衡的整体。现代诗歌中很难见到这种情况。因为现代诗人并不像古代诗人那样，用俯仰远近的整体思维方式去观照和描写事物，而往往是聚焦于一两个事物来集中描写，这就造成中心意象的突出。当然，围绕这种中心意象也能形成一个整体，即一个意象群，但它不像古代诗歌的意境那样是由观照均衡的意象所组成的整体。

《再别康桥》共有 7 个诗节，每个诗节描写一个或两个意象，这些意象有一些均衡性，所以能够组成有一定均衡性的整体，这是《再别康桥》带有意境性的另一个原因。不过，这诸多意象中其实有两个中心意象，那就是诗篇首尾出现的云彩意象和贯穿全诗的梦意象（诗中有对“彩虹似的梦”和“寻梦”的描写）。这两个意象具有同一性，即都是诗人那失落了的爱情的象征。由此见出，《再别康桥》的诸多意象中不但有中心意象，而且那些意象处在不同的层次上，即有的是客观实在的，有的是主观象征的，还有纯粹虚幻的。所以，《再别康桥》的意象与古代意境诗的意象不同，它们比后者复杂。《雨巷》有两个明确的中心意象，那就是丁香姑娘和始终伴随着她的诗人。这两个意象其实是同一的，因为丁香姑娘不过是诗人的幻影。《雨巷》中的次要意象很少，全诗 7 节 42 行中只有油纸伞、雨巷和篱墙三个，所以，可以说整首诗都是那个中心意象在自我表现。这与古代诗歌中那种由诸多观照均衡的意象所组成的整体性意境是很不同的。

意境的基本特点是意象融合，或者说是情景交融、物我同一。从根本上说，这是古代道德文化的核心观念——天人合一观念——在诗歌艺术上的反映。依据这种观念，天（“道”）统摄下的人和物是相通的，所以物所显露的情意，就是人所表现的情意。人与物的这种交融和同一，使诗人在诗中隐而不显，是谓“无我”。现代诗人已经失却这种天人合一观念的文化基础，他们所持有的是基于个体本位的主客二分观念。诗人在这种观念支配下的创作，是借用外在事物来表现自己的独特情思。为了适应这样的表现，诗人往往用各种手法对外在事物加以变形，由此形成意与象之间的张力，而不可能像古代诗歌意境中的意与象那样是浑然融合的。

《再别康桥》的意象是否浑然融合？是否具有古代诗歌意境那样的情景交融、物我同一的特点？如果把《再别康桥》看成仅仅是诗人惜别康桥的诗篇，它倒有几分那样的特点。但我们认为，《再别康桥》是诗人借离别的时机去追寻爱情旧梦，用惜别的话语去追怀那段恋情（这是它的高妙之处，也是它的现代性之所在）。既然如此，诗人就主要是在借景物表现自我情感。我们看到，全诗7节28行中诗人的“我”就出现了10次。爱情是最自我的情感，因而爱情诗不大可能真正做到情景交融、物我同一，产生像古代诗歌那样的意境。古代儒道两家思想都排斥爱情，作为两家思想核心的天人合一观念就是排除了爱情的。因此，体现天人合一观念的古代意境诗不会是爱情诗。也正因为如此，古代的文人爱情诗很少；爱情不是古代诗歌的重要题材。与之相反，在外国诗歌和中国现代诗歌中，爱情却是重要的乃至主要的题材。这些爱情诗有各自的境界，但不是中国古代诗歌意境那样的境界。至于《雨巷》，我们已指出，它是诗人借丁香姑娘所进行的自我表现（“我”字在诗中也多次出现），因而不可能真正做到情景交融、物我同一。实际上，《雨巷》中也没有多少景物，它主要是一种情境，而不是古代诗歌那样的情景交融、物我同一的意境。

意境还有一个特点是虚实相生。在诗歌中情为虚，景为实。虚实相生就是情生景，景亦生情。因此，这个特点与上述情景交融、物我同一的特点是相统一的。从上述可知，《再别康桥》和《雨巷》主要是化情思为景物，或者借景物表现自我，这就主要是以虚生实（以意生象）；而相反的以实生虚（以象生意）的情况并不明显。《再别康桥》中既有实在的景物，又有梦幻的景物；《雨巷》中的丁香姑娘更迷离恍惚，虚实不定。这两种情况是否就是虚实相生呢？某些评论家认为是。其实，这种虚象与实象的相互模糊或相互交织的情况，外国诗歌中也普遍存在，但却不是中国古代文化意义上的虚实相生，因而也就不是中国古代意境诗中那样的虚实相生。

尽管如上述，《雨巷》特别是《再别康桥》究竟带有一定的意境性。不过，这样的作品在徐志摩和戴望舒二人的诗歌中就不多见，在其他现代大诗人那里更少见到，在第三代诗中已无踪影。

中国古代有无数的山水诗，其情景交融、物我同一的意境最纯粹（社会性题材的诗歌意境一般要复杂一些），因而也最突出。中国现代山水诗有无那样的意境？现代山水诗的数量大为减少，其中也难以见到像古代山水诗那样的意境。孔孚是写山水诗较多且颇有成就的现代诗人，他的山水诗就明确表现自我思想情感，而并不具有情景交融、物我同一的意境。例如，前文所举出的其《飞雪中远眺华不注》（见第一章第四节第二小节），诗中华不注山在飞雪中的孤独和昂扬，显然是诗人的自我情感和个体精神的体现。诗人曾说："1979年'再生'，有时我还控制不住感情，一任眼泪涌流。现在就不了，而是找个树呀，泉呀，山呀什么的代我流。"① 可见，孔孚诗中的山水景物不过是诗人的替身，是诗人思想情感的客观对应物。这样的山水诗当然不可能做到（也不必做到）像古代山水诗那样的情景交融和物我同一，因而也不可能具有古代山水诗那样的意境。

上述说明，中国古代诗歌那样的意境不是中国现代诗歌的特色，实则也不是现代诗人的追求。总的说来，现代诗歌的境界与古代诗歌的意境很不同。如果我们正视这种不同，如果我们尊重古代独特的文化所赋予古代诗歌的那种独特的情景交融、物我同一的状态，我们就应该把意境这个名称留给古代诗歌，而用含义更宽泛的境界概念来指称现代诗歌的状态。

三、意象的审美特性

（一）意象的审美心灵性与审美形式性

诗歌是诗人心灵的表现，并且一般是感性形式的表现，因此，从审美的角度看，诗歌意象具有审美心灵性和审美形式性两个特性。基于主客二分文化观念的西方诗歌，它的这两个特性最显著，诗人对这两者可谓极尽其能事。基于天人合一文化观念的中国古代诗歌，则追求这两者之间的审美中和性，由此造成很独特的意境。当然，西方诗歌也有一定的审美中和性，中国古代诗歌也有一定的审美心灵性和形式性，但都不是各自的特色。中国现代诗歌已置身于主客二分观念的科学文化之中，因此，它不像古代诗歌那样追求意境的审美中和性，而像西方诗歌那样追求意象的审美心灵性和审美形式性。它与西方诗歌的不同在于：它的审美心灵性较多地反映社会现实，而不像西方诗歌那样着重发掘心灵自身；它的审美形式性没有西方诗歌那样自觉，因而缺少那样的原创性。

审美心灵性的一种普遍形态是崇高，审美中和性的普遍形态则是优美。在审美形态上，中国现代诗歌在很大程度上就是以崇高形态与古代诗歌的优

① 孔孚：《答〈未名诗人〉问》，《孔孚论》，山东文艺出版社2001年版，第246页。

美形态相区别的。

近代的维新诗派、革命诗派和南社诗派的许多诗歌，情感激烈，风格悲壮，具有崇高形态。以下诗句可见一斑：

斗室苍茫吾独立，万家酣梦几人醒？（黄遵宪《夜起》）
世界无穷愿无尽，海天寥廓立多时。（梁启超《自励》）
我自横刀向天笑，去留肝胆两昆仑。（谭嗣同《狱中题壁》）
拼将头颅十万血，须把乾坤力挽回。（秋瑾《黄海舟中日人索句并见日俄战争地图》）

以上具有现代性的近代诗歌的这种崇高审美形态，与古代诗歌不同。古代诗歌遵循“温柔敦厚”的宗旨，总的说来多阴柔之气，少阳刚之力，富于优美的意境，贫于崇高的境界。即便那些具有一定崇高性的诗篇，由于受到群体本位的伦理政教的牵制，往往也显得抗争的力度不够，提升的高度有限。① 例如屈原的诗篇，虽然“放言无惮，为前人所不敢言。然中亦多芳菲凄恻之音，而反抗挑战，则终其篇未能见，感动后世，为力非强。”② 又如岳飞的《满江红》，表现诗人的冲天豪气和壮烈情怀，然而篇末“待从头收拾旧山河，朝天阙”一句，却将那崇高的无限性框定在有限的君臣之道中了。上述近代的崇高性诗歌，却基于自我意识的觉醒，其崇高性的指向已基本上挣脱了传统伦理政教的束缚，其中所表现的为争取现代民主政治而英勇斗争的精神，更是古代崇高性诗歌所没有的。

鲁迅最早从理论上说明，现代诗歌应该以强力性的崇高取代古代诗歌的中和性的优美。他在《摩罗诗力说》中呼唤像西方“摩罗”式浪漫主义诗人那样的“精神界之战士”和“善美刚健者”，指出诗歌应当使“美伟强力高尚发扬，而污浊之平和，以之将破。平和之破，人道蒸也”③。从审美形态看，能够使美伟、强力、高尚得以发扬的诗歌，就是具有崇高性的诗歌。它打破陈旧、污浊的平和状态，从而让现代人道得以体现和发扬（所谓“人道蒸也”）。鲁迅所指的陈旧、污浊的平和状态，就是他在下文说到的古

① 前文多次指出，崇高的本质在于主体面对强有力的对象时自身精神力量的抗争和提升。

② 鲁迅：《摩罗诗力说》，《鲁迅全集第一卷·坟》，人民文学出版社 1996 年版，第 69 页。

③ 同上书，第 68 页。

代诗歌的那种“无邪”状态，亦即“温柔敦厚”的中和状态。在此意义上，鲁迅是在提倡用现代诗歌崇高的强力状态去打破和取代古代诗歌的中和状态。这就显示了《摩罗诗力说》的现代诗学史意义：“在20世纪中国新旧文论诗学的转折点上，《摩罗诗力说》连同鲁迅的艺术创作实践，一起有效地推动了古典虚幻式和谐向现代摩罗式崇高的转型”①。

在白话新诗兴起以后的现代诗歌史上，许多诗人的作品也不同程度地具有崇高审美形态。20世纪20年代的代表是郭沫若，其《女神》中的某些诗篇反映了“五四”时期自我觉醒后昂扬的激情和蓬勃的创造精神，具有鲜明的崇高形态。例如：

无限的太平洋提起他全身的力量来要把地球推倒。
啊啊！我眼前来了的滚滚的洪涛哟！
啊啊！不断的毁坏，不断的创造，不断的努力哟！

——《立在地球边上放号》

诗人描写波涛滚滚的太平洋，这无限强大的对象激起诗人的无限力量，于是诗人感觉那滚滚的洪涛要把地球推倒，而诗人在这要推倒地球的力量面前却毫无恐惧（因为他不但内心充满无限的力量，而且实际上很安全，无须恐惧），反而对它唱起欢乐的颂歌，歌颂它的不断毁坏和不断创造。这就是崇高意象的审美秘密。显然，诗人的寓意是借太平洋的滚滚洪涛来歌颂自己、歌颂人类——歌颂他们对旧世界的毁坏和对新世界的创造。诗人在《天狗》中就直接出面，自比吞下日月星辰的天狗，然后如“烈火一样地燃烧”“大海一样地狂叫”“电气一样地飞跑”，其寓意仍然是彻底毁坏旧世界，重新创造新世界。意象的无比巨大和强有力，使该诗也富于崇高性。

又如：

青沉沉的大海，波涛汹涌着，潮向东方。
光芒万丈地，将要出现了哟——新生的太阳！

——《太阳礼赞》

这是典型的崇高境界，其中的太阳是典型的崇高意象。诗人（读者亦如此）

① 王柯平：《〈摩罗诗力说〉与摩罗式崇高诗学》，《鲁迅研究月刊》2005年第4期，第14页。

随波涛的汹涌而激情澎湃，随太阳的升起而心灵敞亮、精神飞扬。诗人似乎自己也在发光了，他在该诗中说，“我两眸中有无限道金丝向着太阳飞放”。诗人进而吁请太阳将他全部的生命和诗歌照成鲜红，照成金色，表现了诗人要用诗歌扫荡黑暗、迎接光明的愿望。这种宏大而强烈的愿望正是诗歌崇高审美境界的寓意。

郭沫若还用如椽巨笔，把贝多芬描绘成一个雄强、崇高的形象，使之与音乐家的伟大心灵和宏伟乐章浑然一体：

> 你蓬蓬的乱发如像奔流的海涛，
> 你高张的白领如像戴雪的山椒。
> 你如狮的额，如虎的眼。
> 你这如像“大宇宙意志”自身的头脑！
>
> ——《电火光中·赞像——Beethoven 的肖像》

三四十年代的代表是艾青。他的《太阳》一诗富有崇高性。该诗的首节写太阳从黑暗和死亡那边“向我滚来”，“震惊沉睡的山脉”，这是何等雄奇、崇高的意象！光明来自黑暗，生命来自死亡，这个太阳应当是新生的太阳。这个新生的太阳“向我滚来”，暗示“我”也将由此而新生。诗的中间两节就写太阳的光明带给万物生机，带给人们活力——人和万物都因太阳的光明而新生了。诗的末节与首节呼应，并点明主题：

> 于是我的心胸
> 被火焰之手撕开
> 陈腐的灵魂
> 搁弃在河畔
> 我乃有对于人类再生之确信

“太阳向我滚来”，它用火焰之手撕开我的心胸，抛弃我陈腐的灵魂。于是，我也如它一样新生了，并确信人类也会如它一样新生。这是一种乐观的崇高境界。

艾青的崇高形态的诗篇，有些并不这样乐观，而是充满忧郁和悲哀。例如《手推车》，只看首节：

> 在黄河流过的地域

在无数的枯干了的河底
手推车
以唯一的轮子
发出使阴暗的天穹痉挛的尖音
穿过寒冷与寂静
从这一个山脚
到那一个山脚
彻响着
北国人民的悲哀

次节的意思与首节接近，格式更是一样，是对首节的重复和加强。手推车是那时北方农民苦难的象征，它发出的声响是悲哀的声响。但这悲哀的声响是广大的，而且是抗争的和强有力的——它“使阴暗的天穹痉挛”，它“穿过寒冷与寂静”，穿过连绵的群山。于是，这样的悲哀中就有了悲壮，有了崇高。

七八十年代的代表是北岛。他诗篇中的崇高是悲剧性崇高。主体在崇高和悲剧中都面对强大的对象，所不同的是：在崇高境界中，主体与对象并不真正对立，于是主体能够借助对象的强力而提升自己，从而产生崇高的审美感。而在悲剧中，主体与对象真正对立，于是引起冲突，引起主体对强大对象的抗争。这抗争的失败造成悲剧，这抗争的力量使悲剧具有了崇高性。所以，崇高中不必有悲剧性（如上引郭沫若诗歌的崇高），而真正的悲剧中则总有一定的崇高性。北岛诗篇的悲剧性崇高表现如下：

告诉你吧，世界，
我——不——相——信！
纵使你脚下有一千名挑战者，
那就把我算做第一千零一名。

——《回答》

宁静的地平线
分开了生者和死者的行列
我只能选择天空
决不跪在地上

以显出刽子手们的高大
好阻挡自由的风
从星星般的弹孔
将流出血红的黎明

——《宣告》

我，站在这里
代替另一个被杀的人
没有别的选择
在我倒下的地方
将会有另一个人站起
我的肩上是风
风上是闪烁的星群
也许有一天
太阳变成了萎缩的花环
垂放在
每一个不屈的战士
森林般生长的墓碑前
乌鸦，这夜的碎片
纷纷扬扬

——《结局或开始》

这一组诗节是从北岛早期的三首诗中摘录出来的。将它们串联起来，就大体成为一个用抒情诗演绎的悲剧。第一个诗节写诗人的“我”怀疑现存世界，并决心向它挑战，于是悲剧——我将倒在这世界的脚下——就不可避免了。第二个诗节写我为自由而献身，正气凛然，并坚信我的鲜血将换来黎明。“天空”“星星般的弹孔”“血红的黎明”：仿佛我站在高高的天上受刑。这样的悲壮和崇高可谓前无古人。第三个诗节写我代替另一个已牺牲的烈士说话，实际上也是我表达希望我死以后出现的情况。那就是：“在我倒下的地方/将会有另一个人站起”；目睹这场悲剧的太阳萎缩成了祭奠烈士的花环；黑夜终于被无数不屈的战士击破（成为像乌鸦一样纷纷扬扬的碎片），黎明的曙光就要露出。

崇高这美学概念来自西方，它与一般美的概念相对。广义的崇高实际上指表现某种强有力的思想情感（并非一定要用巨大的感性形式来表现，因为崇高可以是无形式的[①]）。这种广义的崇高普遍存在于中国现代诗人的作品中。除上述三人诗篇中的较典型的崇高性外，其他如舒婷诗歌的柔中带刚的风格中，也具有崇高的成分；海子诗歌所追求的形而上的“远方”意象，所歌颂的象征其诗歌的“太阳”意象，也具有一定的崇高性。

诗歌意象的审美形式是一种形式美。（意象之外的其他诗歌的形式美是音律和技巧。）在近代中国，那逐渐走向现代化的一路诗歌，即维新诗派、革命诗派和南社诗派的诗歌，它们关注救国、维新和革命的思想内容，而忽视意象的审美形式。处于近现代之交的王国维却独具慧心，明确地提出形式美的理论。他说：“美之性质，一言以蔽之曰：可爱玩而不可利用者是已。”[②] 这即是说，美具有超功利性，它给人以审美的娱乐。他又说：“一切之美，皆形式之美也。”[③] 王国维的形式美论虽然主要是对康德形式美论的介绍，但不可忽视它在中国诗学发展史上的价值。它与古代传统的“文以载道”论是对立的，与当时梁启超的文艺救国论和后来流行的文艺从属革命论、文艺为政治服务论也是对立的。然而，它却是文艺能够真正独立自足的理论：文艺不必只是形式的美，但形式的美是文艺的特性。王国维的形式美论在近现代中国不合时宜，难以被普遍认可。不过，它在某些艺术门类中还是得以断断续续地延续下去。在现代诗歌中就如此，唯美主义、纯诗论以及其他诗歌形式美论可以说是对它的延续，尽管这些形式美论未必自觉到这一点，而是更自觉地直接接受西方近现代相关形式美论的影响。

诗歌唯美主义讲究意象的形式美。20 世纪 20 年代的闻一多受西方唯美主义的影响，在理论和创作上都表现唯美主义。他在 1922 年的一封信中自认是“主张极端唯美论者”[④]；在 1923 年的一封信中宣称自己“主张纯艺术

---

① 康德说，“崇高也可以在无形式的对象上看到”（康德：《判断力批判》，第 82 页）。又说，“真正的崇高不能包含在任何感性的形式中，而只针对理性的理念”（同上，第 83 页）。

② 王国维：《古雅之在美学上之位置》，干春松、孟彦弘编：《王国维学术经典集》（上卷），第 137 页。

③ 同上书，第 138 页。

④ 闻一多：《致梁实秋、吴景超》，《闻一多全集》（第 12 卷），第 80—81 页。信中说：“我的宗旨不仅与国内文坛交换意见，径直要领袖一种之文学潮流或派别。……《创造》颇有希望，但迩来复读《三叶集》，而知郭沫若与吾人之眼光终有分别，谓彼为主张极端唯美论者终不妥也。”

主义者的论点"[①]；在《戏剧的歧途》一文中说，"艺术最高的目的，是要达到'纯形'（pure form）的境地"[②]。就戏剧而言，闻一多并不是主张戏剧不要思想内容，他只是反对戏剧以表现思想、反映社会为目的，而主张戏剧应该以展示自身的形式美为目的。

闻一多《红烛》集中的《剑匣》一诗，是表现其唯美主义观点的：被诗人精雕细描并镶上翡翠、钻石等宝物的剑匣，就是美的标志，就是艺术创造的目的，而剑匣中的宝剑反倒是配角，是剑匣之美借以存在的手段。所以诗人说："人们的匣是为保护剑的锋铓，/我的匣是要藏他睡觉的。"又说："不过果然我要自杀，/定不用这宝剑的锋铓。/我但愿展玩着这剑匣——/展玩着我这自制的剑匣，/我便昏死在他的光彩里！"诗人愿意在对美的沉醉中死去，这颇像西方唯美主义的先驱济慈，后者在《夜莺颂》一诗中就说，他愿意在夜莺的歌声和夜晚的美景中死去。美国女诗人狄金森写过《我为美而死》一诗，也想象自己已经为美而死去。为美而死，说明美是最高的和绝对的价值，这是唯美主义的一种表现。

闻一多《红烛》集中的《秋色》一诗，对秋天的景色进行纯形式的描写，并不表现具体的思想或社会意义，是典型的唯美主义作品。诗人对秋天的树木发出深情的赞美和感叹："啊！斑斓的秋树啊！""我羡煞你们的色彩！"随后诗人狂热地唱道："我穿着你的色彩！""喝着你的色彩！""唱着你的色彩！""听着你的色彩！""嗅着你的色彩！"诗篇这样结尾：

> 哦！我要过这个色彩的生活，
> 和这斑斓的秋树一般！

诗人要生活在美之中，美似乎是诗人的全部。这就是唯美主义。

闻一多唯美主义诗歌创作的一个特点，是美丑对照，化丑为美。这主要表现在他的诗集《死水》中。《死水》集中的《口供》一诗中有强烈的美丑对照：诗中呈现诸多美的意象，如"青松和大海，鸦背驮着夕阳，/黄昏里织满了蝙蝠的翅膀"；还有风中招展的国旗，鹅黄的和古铜色的菊花；等等。然而，诗的结尾却是："可是还有一个我，你怕不怕？——/苍蝇似的思想，垃圾桶里爬。"垃圾桶里的苍蝇是很丑的意象，可是，我们为什么能

---

① 闻一多：《致闻家驷》，《闻一多全集》（第12卷），第161页。
② 闻一多：《戏剧的歧途》，《闻一多全集》（第2卷），第148页。

够接受它，并对这样的诗句心生赞美呢？那奥妙就在于诗人已经化丑为美了。诗人将自己污浊、杂乱的思想比喻为在垃圾桶里乱爬的苍蝇，这比喻实在是太妙了。这就是所谓将丑描写得美，或者说美丽地描写丑。所以，我们所接受和赞美的并不是苍蝇意象和苍蝇似的思想（它们始终是丑的），而是诗人高超的描写技巧——它是依托于丑意象的一个技巧美。闻一多曾说，"'丑'在艺术中固有相当的地位，但艺术的神技应能使'恐怖'穿上'美'的一切底精致，同时又不失其要质"①。在《口供》一诗中，本来有些"恐怖"的丑就被闻一多的"神技"穿上了美的精致。

《死水》一诗中的化丑为美和美丑对照又不同了。这不同简单说来是：《口供》中是以丑（苍蝇）比丑（思想），其中只有比喻技巧的美；《死水》中却是以美比丑，其中既有比喻技巧的美，又有比喻意象（只是其中的喻体意象，不包括喻本意象）的美。《死水》中有七对这样以美比丑的意象，它们是：以翡翠（喻体）比铜锈（喻本）；以桃花比铁锈；以罗绮比油腻；以云霞比霉菌；以绿酒比死水；以珍珠比白沫；以歌声比蛙鸣。这样，《死水》中的美丑对照就不像《口供》那样，用互不相关的美与丑进行对照（例如用"青松和大海"与"苍蝇似的思想"进行对照），而是在化丑为美中来进行美丑对照。

《死水》也表现诗人的愤懑情感和社会批判意向，但《死水》的经典意义不在于此。因为那样的愤懑情感和社会批判意向许多诗人都有，表现它们的方式也多种多样，而像《死水》那样化丑为美并美丑对照地表现它们的，却只有闻一多。在这种意义上，那样的化丑为美和美丑对照才是此诗独创的价值（此外，此诗在格律上也有独创的价值）。因此可以说，《死水》虽然表现了思想情感，虽然存在着诸多丑的意象，但却是具有唯美主义倾向的作品。《死水》集中的不少诗篇都应作这样的理解。《死水》时期的闻一多在诗歌理论上仍然是唯美主义者，他当时的创作不会与自己的理论主张发生根本的矛盾。

前文曾指出，中国20世纪二三十年代的纯诗论与早先传进来的唯美主义是相通的。西方纯诗论就是在唯美主义的基础上产生的。纯诗论可以说是唯美主义在诗歌艺术上的一种独特表现。那独特之处，正如前文所述，是追求诗歌的纯粹情感、纯粹观念和纯粹语言。纯诗论因这种"纯粹"的追求

① 闻一多：《冬夜评论》，《闻一多全集》（第2卷），第86页。

而在超功利性、超现实性上显得比唯美主义更极端。在纯诗论的三种纯粹中，纯粹情感是最基本的，而纯粹情感就是审美情感，它是美的内在本质。所以，相对于唯美主义而言，纯诗论看重美的内在本质，而对美的外在形式（主要是意象形式，而不是语言的音律形式）则不是那么看重，而唯美主义则看重外在感性形式的美。这大约是两者最主要的差别。也正因为如此，我们将纯诗论放在前文关于中国现代诗歌的审美情感的章节中去论述，而将唯美主义放在关于中国现代诗歌意象的审美形式的这一节中来论述。

在中国现代诗歌的各种流派中，现代主义最注重意象的审美形式的创造。李金发的诗歌意象常常表现忧愁、悲愤和绝望的情感。其实，诗人表现那样的思想情感主要是手段，创造独特的象征主义诗歌意象（包括丑意象）才是目的。对于戴望舒诗歌的感伤意象也应作如是观，即表现忧郁、感伤是手段，创造独特的现代派诗歌意象才是目的。想想作为他们影响源的法国早期象征主义诗人就大多表现忧郁、苦闷、绝望等情绪，便知道表现这样的情绪主要是手段、策略，而创造出崭新的象征主义意象形式或语言形式才是目的。作为法国象征主义诗人前辈的浪漫主义感伤诗人缪塞在《五月之夜》一诗中说："世上最美丽的歌其实最悲悲戚戚，/而有些不朽的歌只是一声声抽泣。"这话就点明了问题的要害：要创造美丽、不朽的诗篇，就得让它显得悲悲戚戚，如一声声抽泣。现代派诗人卞之琳等的智性化意象显然也如此，即诗人表现智性是手段，借此创造出独特的智性化意象才是目的。相应地，读者的目的显然也主要不是去获得那些智性——那些智性在人类的智性之海中是微不足道的，而是借以鉴赏那独特的意象。

现代主义诗歌中的九叶派诗歌和后来的朦胧诗则有所不同。九叶派诗歌基于独特的现实背景，它的许多作品把反映现实和表现有关思想意义作为主要目的，而把艺术形式作为手段；不过有些作品则相反。朦胧诗基于独特的政治背景，它的作品大多把表现政治意向和社会使命作为主要目的，而把艺术形式作为手段；不过有些作品显然也相反。

由于中国从古至今的大多数诗歌都着重表现道德意识或政治思想，读者就习惯于着重去发现和评价那样的思想意识。然而，诗歌究竟不是思想著作。在人类的思想文化中，诗歌不可能占据哲学、道德和政治那样基本的和主流的地位。试看，中国古代诗歌总体上是"载道"的，但所载之道岂能超越儒道佛三家之道本身？西方诗歌所表现的哲理可谓深广，但那哲理岂能比西方哲学思想本身更深广？这两种情况都说明，诗歌的独特成就是在作为其美的艺术形式上，而不是在作为其真和善的思想内容上。在这种意义上可以说，真正美的、有恒久价值的诗歌是以思想内容为手段，而以艺术形式为目的的。①

我们看瓦莱里，他主张诗人要有抽象思维，要有哲学，然而他却是纯诗论的主要代表。再看艾略特，他的诗歌里有很多智性和哲理，然而，正是他明确提出思想内容是手段而艺术形式是目的，以及艺术形式重于思想内容的观点(见本章第二节第三小节的论述)。这些诗人看似矛盾，其实不然。他们的根本创作思想就是以艺术形式为目的而以思想内容为手段，他们创作的根本动机就在于艺术形式的创新。不过，要达到创造出很好的（有巨大魅力的）艺术形式这个目的，却需要很好的（高妙的或深广的或强有力的）思想内容这个手段。

人类的诗歌总体上走着从以思想内容为目的而以艺术形式为手段到逐渐相反的道路。属于科学文化的西方诗歌已走在这条道路的前头。正在走向科学文化的其他地方的诗歌也会如此。诗歌因此从科学、哲学、道德和政治中独立出来（整个艺术亦如此），这是人类思想文化的进步，人类思想文化也因此更加丰富多彩。

（二）诗歌审美意象的存在方式

在论述诗歌审美意象的终点，我们提出这样一些问题：诗歌审美意象究竟存在哪里？在诗人的心中还是在诗歌的文本中？还是在读者的心中？它的存在方式与其他艺术的审美意象的存在方式有什么异同？与自然物的审美意象的存在方式又有什么异同？

诗歌审美意象并不存在于诗人的心中。在创作诗歌之前，诗人的心中可以有审美意象（它是诗人对外在事物进行审美的结果），但它还不是诗歌的审美意象，因为诗歌尚未创作。

诗歌审美意象是不是存在于诗歌的文本中呢？也不是。诗歌文本中客观地存在着由语言的字面意义所构成的意象。这种意象是图式化的，我们可以

① 这是就诗歌艺术中艺术形式与思想内容的基本关系而言的。如果从更广阔也更根本的真善美关系的观点看，问题并不这么简单。从这种观点看，作为明确思想内容的真和善就不止是创造艺术形式的手段，它们还同时是艺术形式的基础：艺术形式（特别是其中的意象形式）作为美，其内在意蕴即审美情感中就融合着真和善这种思想内容。这就体现了真和善是美的基础这个基本规律。简言之，从诗歌艺术的观点看，思想内容是创造艺术形式的手段；从真善美关系的观点看，思想内容又是艺术形式中美感的来源，因而是后者的基础。

称它为图式化意象。它并不是审美意象。根据英伽顿的现象学美学，文学作品本身（即文本）存在四个层次，即语音层、语意层、再现客体层和图式化观相层。在语音层和语意层的基础上构成再现客体层，在再现客体层的基础上构成图式化观相层。所谓图式化观相，是指在变化的和具体的客体观相中能够保持自身同一的观相，它只能是图式化的、骨架式的。文本的这个层次结构其实只是一种潜在的存在。英伽顿就指出，“文学作品是一种图式化的构成，其中各种要素都保持着自身潜在的特性”①。“因此，只有当艺术作品在一个具体化中表现出来时，它才成为审美对象”②。这即是说，只有当读者阅读作品，用自己的经验对作品潜在的图式化观相进行“具体化”（包括英伽顿所谓的对诸多“不定点”的“填充”），亦即进行重构时，作品才成为审美对象，才能产生审美意象。③

诗歌的审美意象是不是存在于读者的心中呢？是的。我们看徐志摩的两行诗：“那河畔的金柳，/是夕阳中的新娘。”（《再别康桥》）那纯粹字面意义所构成的河畔、金柳、夕阳、新娘诸意象，是图式化意象。当我们仅仅从字面意义理解这两行诗时，就可以产生这样的意象。然而，当我们审美地读这两行诗时，情况就不同了——我们就在创造审美意象了：我们赋予上述图式化意象某种情感，如思恋的情感或者离别的情感，于是这些意象就变成了与这种情感相适应的意象，变成了类似我们曾经经验过的意象。其间，那些图式化意象本身中的“不定点”以及它们之间的“不定点”就会被我们填充，即这些图式化意象就会被我们用各自所实际经验过的“河畔”“金柳”“夕阳”“新娘”去“具体化”和“重构”。这样产生的意象就是诗歌的审美意象。显然，这样的审美意象只能存在于我们的心中，不可能存在于诗歌文本中。因为我们中很多人并没有去过康桥（剑桥），他们所创造的意象显然不可能是诗人在文本中写到的康桥的意象。即便是去过康桥的读者，由于他们各自的经历、修养、爱好等不同，他们所表现的情感就有所不同，所创造的审美意象也有所不同。不过，这些不同的审美意象都是在诗歌文本中共

① Roman Ingarden. *The Literary Work of Art*, Evanston: Northwest University Press, 1973, p.372.

② Ibid.

③ 详见诺曼·英伽顿：《对文学的艺术作品的认识》，中国文联出版公司 1988 年版，第 49—52 页。

同的图式化意象的基础上创造的（对于诗人在文本中的创造来说，读者的创造是再创造），这种图式化意象的共同性，使这些不同审美意象之间保持着基本的共同性。

诗歌审美意象与其他艺术审美意象的存在方式有什么异同呢？一切艺术的审美意象都是读者或观赏者再创造的产物，都存在于他们的心中，只是各自有不同的特点罢了。与诗歌审美意象的存在方式最不同的是绘画、雕塑等造型艺术审美意象的存在方式。以一幅画竹图的审美意象的存在方式看，依据郑板桥的说法，画家先有眼中之竹，次有心中之竹，最后有手中之竹。眼中之竹是自然之竹的物象，心中之竹是画家对自然之竹的审美意象（还不是画中之竹的审美意象），最后的手中之竹亦即画中之竹是心中之竹的物化形式。这种由颜色、线条、光线和画纸（或画布）等东西物化成的画中之竹本身，并不是审美意象。例如，当人们不经意地走过这幅画时，或者当搬运、安置或修补它时，所见到的就大致是这样的非审美意象的画中之竹。只有当人们对画中之竹进行审美观照时，它才会成为审美意象。这时，一些人会感到它如此这般地美，另一些人会感到它如此那般地美。可见观赏者所创造的审美意象是各不相同的。为什么会如此？因为画中之竹引起了观赏者不同的心灵感受，这种心灵感受被赋予了画中之竹，并在观照中自觉或不自觉地对画中之竹的某些形式特征进行突出、夸大，或者省略、简化，或者联想、补充，等等。在这种意义上，观赏者对画中之竹在内容和形式上都进行了再创造，由此产生出属于自己的画中之竹的审美意象。[①] 这种审美意象当然只能存在于观赏者的心中。

这种绘画审美意象与诗歌审美意象的主要不同在于：前者是基于绘画作品中的形象来进行审美再创造的。由于绘画中的形象一般是感性的、具体的，观赏者们基于它而再创造出的不同审美意象之间的差别相对说来较小。后者（诗歌审美意象）则是基于诗歌文本中的语言符号来进行审美再创造的。其间，读者必须首先通过理解语言符号的意义而将其转化为图示化意象，然后再进行审美再创造。这种审美再创造的主观性和能动性显然更大，

---

① 参考美国当代美学家阿恩海姆的说法：“所有这些试验都证明了，视觉形象永远不是对于感性材料的机械复制，而是对现实的一种创造性把握，它把握到的形象是含有丰富的想象性、创造性、敏锐性的美的形象。”（［美］鲁道夫·阿恩海姆：《艺术与视知觉·引言》，滕守尧、朱疆源译，四川人民出版社 1998 年版，第 5 页）

由此产生的不同审美意象之间的差别显然也更大。

艺术、诗歌的审美意象的存在方式与自然物的审美意象的存在方式又有什么异同呢？自然物（广义，包括自然界的事物和现实中的事物）的审美意象也是观赏者创造的，也存在于观赏者的心中。自然物的物象只是自然物的自然属性和使用价值的形式，而不是审美的形式即审美意象。例如，夕阳的自然物象只是太阳这个天体在特定时候的形式，这种物象对于看见它的人来说是共同性的，然而，当人们对它进行审美观照时情况就不同了。比如，一部分观赏者可能自觉或不自觉地赋予它哀伤的情感，从而把它体验为哀伤的审美意象（诗人当然也可以如此，如李商隐《乐游原》诗曰："夕阳无限好，只是近黄昏"）。这时，观赏者可能突出夕阳由明变暗的特征，并把夕阳与它下面的黑色地平线组合起来，以便强化它逐渐下沉的特征。另一部分观赏者则可能赋予它悲壮的情感，从而把它体验为悲壮的审美意象（诗人当然也可以如此，如杜甫《江汉》诗曰："落日心犹壮，秋风病欲苏"）。这时，观赏者可能突出夕阳硕大、血红的特征，并以它上面的广阔天宇为背景来显示其光芒向上飞扬乃至染红半边天的特征。可见，观赏者对夕阳的审美活动是在夕阳的自然物象的基础上进行了内容和形式两方面的再创造。正是这样的再创造，使夕阳的自然物象超脱了夕阳本身的天体属性和实用价值（如给予大地最后的光热以及分别昼夜等价值）而成为审美意象。观赏者这样创造的自然物的审美意象也必然是各不相同的，它们也只能存在观赏者的心中。由此可见，自然美意象也是人创造的。没有人的创造，世界上就只有自然物，眼前就只有自然物的物象，而没有自然物的审美意象。①

自然物的审美意象与艺术、诗歌的审美意象的不同主要在于：后者是在艺术家、诗人的原初创造的基础上的审美再创造的结果，这种审美再创造的基础不是现实的；而前者却是在现实事物的基础上的审美再创造的结果（现实事物则被看成自然界或人类实践的原初创造的产物）。

---

① 这样的观点，诗人林徽因早就感悟到了。她说，"没有人的感觉、人的情感，即便有自然，也就没有自然的美"（林徽因：《一片阳光》，梁从诫编：《林徽因文集·文学卷》，百花文艺出版社 1999 年版，第 53 页）。

第四章　创作手法比较

第一节　中国古代抒情诗的创作手法

一、感物起兴

感物起兴，简单说来就是诗人被外物感动而创作。其中，感物是创作的前提，起兴是创作的手法。感物起兴可以简称起兴或者兴。

感物说有悠久的传统。《礼记·乐记》曰：“乐者，音之所由生也，其本在人心之感于物也。”刘勰《文心雕龙·明诗》曰：“人禀七情，应物斯感；感物吟志，莫非自然。”锺嵘《诗品序》曰：“气之动物，物之感人，故摇荡性情，形诸舞咏。”后世的某些说法在字句上有所不同，但实质类似。如明代陆时雍曰：“诗不待意，即景自成。意不待寻，兴情即是。”（《诗镜总论》）

起兴或者说兴，是古代诗歌的三种创作手法之一，其余两种是赋和比。“赋”指直言，包括直接的描述、议论和感叹。“比”是比喻。关于“兴”的说法颇多，其中刘勰所说的“兴者，起也”（《文心雕龙·比兴》）、朱熹所说的“兴者，先言他物以引起所咏之词也”（《诗集传》），最接近兴手法的实际情况。朱熹所说的“他物”就是诗人所感之物，代表这所感之物的就是一般处于诗篇开头的“兴象”。现代学者叶嘉莹对兴的理解也大致如上述，但更具体。她说，“就‘兴’之最基本、最原始的意思而言，则私意以为原该只是指一种兴发感动之作用”①。又说，“一般说来，‘兴’的作用大

---

① 叶嘉莹：《谈古典诗歌中兴发感动之特质与吟诵之传统》，《我的诗词道路·附录一》，河北教育出版社 1997 年版，第 168 页。

多是‘物’的触引在先，‘心’的情意之感发在后”①。

在古代诗歌的赋比兴三种手法中，兴是主要的，主要用比手法写成的诗篇（如《诗经·魏风·硕鼠》等）并不多。赋也不是诗歌创作的主要手法，而是散文创作的主要手法。兴手法常常是整体性的。当兴手法是整体性的时候，赋或比往往兼用于其中，作为兴这种整体手法的一部分。兴中兼用赋的情况最多：赋有时用于诗篇的开头，用以描述兴象；有时用于诗篇的中间或末尾，用以议论或感叹。比亦类似，即可以用于诗篇的任何部分，用以描写或抒情。以杜甫的《旅夜书怀》看：

细草微风岸，危樯独夜舟。星垂平野阔，月涌大江流。名岂文章著，官应老病休。飘飘何所似，天地一沙鸥。

诗篇的整体手法是兴，其中包含着赋和比：前四句用赋的手法多视角（远近高低）地起兴，描写细草、危樯等诸多兴象；第五、六句用赋的手法直接议论和感慨；末两句自喻飘零的沙鸥，是用比的手法抒写悲怀。

有些诗篇的手法似乎只是赋，如王维的《辛夷坞》、杜甫的《绝句》（两个黄鹂鸣翠柳）、柳宗元的《江雪》等。其实不然，因为这些诗篇寄意深广，其手法并不是直言的赋。这些诗篇的手法仍然是兴——一种独特形式的兴，即整首诗由赋所描绘的兴象所组成，没有感叹和议论。那些兴象就是诗的意象，它们的整体构成诗的意境。

兴手法有一个逐渐成熟的过程。《诗经》的兴手法是开端，为初级阶段，多为单纯的起兴。其兴象主要作为诗的开头，与诗的情思的关联不甚紧密，如“关雎”“柏舟”“黄鸟”“鸿雁”等兴象即如此。这是民歌兴手法的特点，后代民歌（包括近现代民歌）的兴手法仍然如此。② 兴手法在《楚辞》中开始变化。《楚辞》中的“香草”“美人”等兴象已经不止起开头的作用，而是同时也表现诗的情思，从而成为整个诗篇的有机成分。汉代诗歌的兴手法在《古诗十九首》中最突出，其中有的仍然带有民歌单纯起兴的痕迹，如《青青河畔草》等诗篇；有的已经与诗的情思融合无间，如《庭中有奇树》

---

① 叶嘉莹：《谈古典诗歌中兴发感动之特质与吟诵之传统》，《我的诗词道路·附录一》，河北教育出版社 1997 年版，第 153 页。

② 如明代民歌诗句：“月子弯弯照九州，几人欢乐几人愁？”（《月子弯弯照九州》）又如近代民歌诗句：“花野雀，尾巴长，娶了媳妇不要娘。”（《花野雀》）

等诗篇。总的说来，汉代诗歌的兴象较为单一，还不能构成圆满的意境。在文学自觉的魏晋六朝时代，山水诗的兴起和对仗艺术的运用，对兴手法的发展有很大的促进作用。至唐代，兴手法完全成熟，其标志有二：一是在整体观照中多视角地起兴，由远近高低的诸多兴象（意象）构成一个艺术整体；二是主客体之间情思与兴象浑然融合，从而形成意境。由此可知，成熟的兴手法往往造成意境，或者反过来说，意境需要兴手法来造成。由此可见，中国古代诗歌意境的独特性与其感物起兴手法的独特性是统一的。

中国古代诗歌的感物起兴创作手法，显然是一种由外物而内心的手法。西方诗歌的创作手法可以称为沉思赋形，明确地是一种由内心而外物的手法。所谓赋形，就是将所沉思的情思用形象表现出来，即化情思为形象。赋形的具体手法很多，其中主要是拟人、比喻（尤其是隐喻）和象征。所以，中国古代诗歌在具体手法上与西方诗歌之间的差异，就主要是兴手法与拟人、比喻、象征等手法之间差异，其中与象征手法之间的差异最微妙，下文将予以辨析。

在西方，象征的本义是标志（symbol），即用一个东西去标志另一个东西。这种被标志的另一个东西一般是已经存在的东西。所以，在西方诗歌中，象征就是用感性形象去表现诗人已有的某种情思。用艾略特的话说，就是为思想“寻找客观对应物”。由此可见，西方诗歌的象征——也就是现今中外诗歌的象征——有两个特点：一个是象征体与被象征的本体之间有着前者表现后者的关系，这种关系既可以是约定俗成的，也可以是个人性的或者说私人性的；① 一个是时间上象征体在后，本体在先，象征体表现在先就存在着的本体。

中国古代诗歌的兴大约来源于《易经》中的象征。这种象征是汉语“象征”一词本来意义上的象征，它与上述在很大程度上被误译为“象征”的西方诗歌的象征②有所不同。第一，就《易经》中占卜所反映的巫术和迷信看，它的象征体与被象征的本体之间不是一种标志关系，而被认为是一种

① 在西方诗学中，有“public symbols”与“private symbols”的分别。前者是约定俗成的、公用的，可称“公立象征”；后者是私人性的，可称“私立象征”。

② 流沙河在《兴象》一文中就说：“当初真不该把那个 symbol 译成象征（应该译成标志），同吾国原有的象征纠缠不清。”（《流沙河诗话·十二象》，四川文艺出版社 1995 年版，第 221 页）

命定的必然关系，即象征体（所谓“象”）必然被将要发生的东西及其吉凶结果这种本体验证（所谓“征”）。这即是说，那象就是将要出现的东西及其吉凶结果的征兆。第二，相应地，在时间上它的象征体出现在先，本体出现在后，前者预示将要出现的后者，其先后顺序与西方的象征正好相反。总之，《易经》中的象征是用象来征兆将要出现的东西，西方的象征是用象来标志已经存在的东西。

《易经》中的这种象征是双重的。第一重是卦画所表示的卦象与其后的卦辞、爻辞之间的象征关系。其中，卦象①即是这种象征中的“象”，其后卦爻辞所说的事物及其吉凶结果便是象征中的“征”。这即是说，卦象是卦爻辞所说的事物及其吉凶结果的象征或者说征兆。这在时间的先后顺序上显然是象征体在先，本体在后。第二重象征，是在某些卦爻辞（主要是爻辞）中，前面的事物（其形象可称为爻象）是后面的事物及其吉凶结果的象征，即前面的事物预示后面事物的发生及其吉凶结果。这在时间上显然也是象征体（爻象）在先，本体在后。例如，《大过·九二》的爻辞：“枯杨生稊。老夫得其女妻，无不利。”这是说枯死的杨树发芽了，老头子将娶少女为妻，这并无不吉利。用枯杨发芽来象征老夫娶少妻，并说这是吉利之兆。在时间上象征体（“枯杨生稊”这种爻象）在先，本体（“老夫得其女妻，无不利”这种征）在后。又如，《渐·九五》的爻辞：“鸿渐于陵。妇三岁不孕，终莫之胜，吉。”这是说鸿雁（爻象）走上山陵，预示妻子多年不能怀孕，但终究不会被人取代，所以是吉利之兆。这也是象征体在先，本体在后。②

在《易经》的第一重象征中，象征体（卦象）与本体（卦爻辞）之间的关系很抽象，很牵强，纯然是一种巫术的信念（即迷信）。在《易经》的第二重象征中，象征体（爻辞中的爻象）与本体（爻辞中爻象之后出现的事物及其吉凶结果）之间的关系中虽然仍然有迷信成分，但是比前一重象征中的关系更具体，更有象征性的类似关系。这种象征中的某些爻辞已经押

---

① 包括乾、坤、震、巽、坎、离、艮、兑八个基本的单纯卦象（分别代表天、地、雷、风、水、火、山、泽八类物质形态）以及由八个卦象交相叠加而成的六十四个复合卦象。

② 在卦爻辞中，在表述上也有吉凶在先而证验吉凶的事物在后的情况，即先表述本体，而后表述象征体。如《小畜》的卦辞：“亨。密云不雨，自我西郊。”不过，在时间的顺序上仍然是象征体的出现在先，本体的出现在后。

韵，并形成了有一定规律的句式，可以说已经是萌芽状态的诗歌句式。[①] 这些爻辞中的爻象以及爻辞中的其他事物形象便是萌芽状态的诗歌意象。

《诗经》吸收了《易经》卦爻辞中的某些东西，那就是爻辞作为萌芽状态的诗歌所具有的格律因素，所包含的象征手法，特别是上述第二重象征手法。就这种象征手法而言，包括《诗经》在内的古代诗歌对它作了重大的变革，从而使之成为古代诗歌独特的手法——兴。

这种变革主要有两个。第一个变革是《诗经》做的：它对这种象征手法加以诗歌艺术化，并将这种象征所包含的占卜的迷信内容变成了关于人事和伦理的内容。这种诗歌艺术化的象征手法就叫做兴。且看《诗经》中的三个兴：

> 关关雎鸠，在河之洲。窈窕淑女，君子好逑。……
>
> ——《周南·关雎》
>
> 桃之夭夭，灼灼其华。之子于归，宜其室家。……
>
> ——《周南·桃夭》
>
> 蒹葭苍苍，白露为霜。所谓伊人，在水一方。……
>
> ——《秦风·蒹葭》

诗节前头的兴象（“他物”）与后面的“所咏之词”之间，与《易经》爻辞中的象征有些类似，即在时间的顺序上象征体（兴象，它类似《易经》中的爻象）在先，被象征的本体事物和情思在后，前者似乎是征兆，预示着后者的出现。可见，《诗经》中兴的象征性类似于《易经》中的象征性，而与西方诗歌的象征性是不同的：在时间的顺序上，西方诗歌中被象征的事物和情思存在于先，象征体出现于后，诗人用后者去表现已经存在着的前者。例如，里尔克在《豹》一诗中用“豹”的形象去象征人的孤独、虚无和悲观绝望。所以，认为《诗经》中的兴就是西方诗歌中的象征[②]是不妥当的。

---

① 参见陈本益：《汉语诗歌形式的“细胞”——兼谈〈诗经〉四言句式的起源》，《中国文学研究》2007 年第 1 期。

② 如周作人说，“……所谓‘兴’最有意思，用新名词来讲或可以说是象征。让我说一句陈腐话，象征是诗的最新的写法，但也是最旧，在中国也‘古已有之’”（周作人《序》，刘半农《扬鞭集》，北新书局 1926 年版，第 6 页）。又如闻一多说：“《易》中的象与《诗》中的兴，上文说过，本是一回事，所以后世批评家也称《诗》中的兴为‘兴象’。西洋人所谓意象，象征，都是同类的东西，而用中国术语说来，实在都是隐。”〔闻一多：《说鱼》，《闻一多全集》（第 3 卷），第 232 页〕此外，梁宗岱也认为兴类似于西方的象征。

在上述变革中，爻辞中前面的事物即爻象（象征体）变成了诗歌中所描写的兴象。爻辞中后面被预示的事物及其吉凶结果（本体）变成了诗歌中所表现的伦理政教或其他人事。从诗歌的文化性质看，就是从带有原始性的宗教文化的东西变成了道德文化的东西。

第二个变革由《诗经》之后的古代诗歌逐渐完成：随着古代道德文化的日臻成熟，作为其核心的天人合一观念在古代诗歌中也日益明确，山水等事物作为兴象就不再是诗歌道德思想情感的象征了，因为它们本身就被认为是与人相通的，是具有道德思想情感的。① 因此，它们自然兴现的思想情感，就是诗人被它们感动后所产生的思想情感。这就是所谓感物起兴，所谓情景交融、物我同一（对此本书曾反复论说）。这时的兴象就不单纯起着开头的作用，而是成了诗歌有机成分的意象，成了构成诗歌意境的意象。也正因为兴象本身被认为就具有思想情感，或者说就能够表现思想情感，所以整首诗都可以由兴象组成，感物起兴的诗人可以沉默不语而让诗篇呈现“无我”状态。例如，柳宗元的《江雪》：

千山鸟飞绝，万径人踪灭。孤舟蓑笠翁，独钓寒江雪。

就这首诗的手法看，它不是比喻，不是象征，也不是单纯的赋。它是兴，一种独特的兴，即整首诗由赋手法所描绘的兴象组成，后面却没有兴发感动的感叹和议论；换言之，整首诗都是所谓“先言他物”的“他物”，其后省略了“所咏之词”。何以能够如此？因为那些兴象自然兴现着某种思想情感的意蕴，诗人不必出面说明。所以，此诗的整体手法并不是直言的赋，而是具有深广寓意的兴——可以说是一种极致的兴。与外国诗歌和中国现代诗歌比较，由这种兴手法所创造的古代诗歌显得尤其独特，它最典型地呈现出情景交融、物我同一的艺术意境，体现着天人合一的文化精神。

总之，通过第一个变革，《易经》中的象征手法变成了诗歌中的兴手法。这种兴手法虽然仍旧具有象征性（渊源于《易经》意义上的象征性，而不是西方诗歌的象征性），但摆脱了宗教和巫术的功能及其神秘性。通过

---

① 参考古人的如下说法。《易传·系辞下》曰：“天地之大德曰生。”又曰：“古者包牺氏之王天下也，仰则观象于天，俯则观法于地，观鸟兽之文与地之宜，近取诸身，远取诸物，于是始作八卦，以通神明之德，以类万物之情。”这些说法表明天地有德，万物有情。又，程颢曰：“天地之间，非独人为至灵，自家心便是草木鸟兽之心也。”（《河南程氏遗书》卷第一）这话也说明万物与人一样，有灵有心，因而也应有德有情。

第二个变革，这种兴手法又摆脱了那种象征性，从而成为古代诗歌的一种独特的手法。

兴既不是比喻，也不是象征，那么，从现代诗学的观点看，它是一种什么手法呢？这个问题要从中国古代道德文化的根源上去看。前文曾指出，中国古代道德文化实质上是根据某些自然现象构建起来的（见第二章第一节第三小节的论述）。这样，自然界的事物就被道德化了，也就是被拟人化了（因为实际上只有人才具有道德）。在这种意义上，中国古代道德文化是一种泛道德的文化，泛拟人的文化。基于这种文化的古代诗歌，其兴手法在根本上就是拟人性的。这即是说，当诗人感物起兴地描写外在事物时，他实际上把外物当作了与人一样具有道德精神、道德情感的东西。这样，他被外物所引发出的思想情感，也就被看作外物本身具有的思想情感：这就是感物起兴，由此就创造出那独特的情景交融、物我同一的意境。所以，从创作手法的角度看，正是拟人性的兴手法，使古代诗歌中那种天人合一性质的独特意境的创造成为可能。其他文化背景的诗歌则不能创造出那样的意境。

不过，古代诗歌兴手法的这种拟人是普遍的、隐在的和客观化的，是一种泛拟人。它并不显出是诗人主观地、想象性地将本来不是人的外物比拟为人，而显出是在客观地、现实地描写外物。诗歌中通常的拟人手法却不同，它是诗人在意识到主客二分的情况下将对象比拟为人的，因而那种拟人手法在诗篇中是特定的①、显豁的和主观化的。古代诗歌中有时也有那种通常的拟人手法以及比喻、象征等手法，但那些手法不是古代诗歌主要的手法。古代诗歌主要的手法是这种泛拟人手法，即兴手法。由于兴手法的拟人是普遍的、隐在的和客观化的，它就容易与象征乃至比喻相混同。② 此外，通常的拟人手法，尤其是西方诗歌的拟人手法，常常将某些抽象的东西（如爱情、

---

① 指在诗篇中只是将个别事物或某些事物拟人化，而不是将整个天地万物拟人化，即泛拟人化。

② 比喻、象征和拟人都表示类似性关联，但各自的类似性关联不同：比喻的喻体与本体之间有具体的类似点，所以它一般是用具体的东西比喻具体的东西；象征的象征体与本体之间只有宽泛的类似性，所以它一般是用具体的东西象征抽象的东西；拟人是将人与具体的或抽象的东西关联，并使所关联的东西与人有一定的类似性，即把所关联的东西人格化。由于作为兴的拟人化是普遍的、隐在的和客观化的，其类似性关联就容易与比喻特别是象征的类似性关联混同。古人（如汉代儒生）就有将《诗经》中的兴与比喻混同的情况，今人则有将兴与象征混同的情况。

自由、荣誉等）比拟为人，而古代诗歌的兴这种泛拟人手法的特性决定了它不会这样做。

既然兴不是比喻和象征，既然它虽然实质上是一种拟人，但因其普遍性、隐在性和客观性却与通常的拟人不同，我们就应该保留它那独特的名称——兴。从上述可知，兴手法的这种独特性与中国古代道德文化的独特性和古代诗歌的独特性是相统一的。现在，我们不再创造那种独特的文化了，也不再写作那种独特文化内涵的诗歌了，因此一般也不再运用那种独特的兴手法了。人们有时说中国现代诗歌也运用兴手法，那其实只是表面上的接近而已，这正如说中国现代诗歌乃至外国诗歌也有意境，那其实也只是表面上的接近而已。

二、直观性描写

直观性描写指对直接感知到的事物的描写。它既包括对当下所直观到的事物的描写，也包括事后在回忆中对曾经直观过的事物的描写。古代许多游历、登览、赠别和感怀的诗歌，是即景、即兴的诗歌，它们有的当下就写成，有的事后写成，其中的意象都是直观性的。即便不是即景、即兴的诗歌，其中的意象只要保持着感知时的直观性（指未被主观想象变形），仍可视为直观性描写的结果。直观性描写是古代诗歌基本的描写方式，是由前述感物起兴这种基本创作手法决定的。

古代诗论中早就谈到直观性描写的问题。锺嵘《诗品序》曰：“至乎吟咏情性，亦何贵于用事？‘思君如流水’，既是即目；‘高台多悲风’，亦惟所见；……观古今胜语，多非补假，皆由直寻。”锺嵘反对作诗用典和拼凑前人语句，而提倡“即目”“直寻”，即描写所直观的事物，表现那事物所引发的感动。后代王夫之说要写“身之所历，目之所见”（《姜斋诗话》卷二）；王国维说要“写真景物”（《人间词话·六》），要“不隔”，即“语语都在目前”（《人间词话·四十》）。这些说法也都指直观性描写。本书前面曾指出，古代诗歌意境中的意象是原样兴现的，那样的意象就是直观性描写的意象。

直观性描写与想象性描写相对。想象性描写指对主观想象中的意象的描写。这种意象不具有客观的直观性，而是在不同程度上被主观想象变形。这种想象性描写中的“想象”是狭义的，因为下文将指出，广义的想象还包括审美的直观。这即是说，直观性描写的意象也可以具有审美想象性。狭义的想象性描写是西方诗歌基本的描写方式。

直观性描写分为直观性简略描写和直观性细致描写。中国古代诗歌主要是直观性简略描写。为什么会如此？除开中国古代诗歌的语言简洁、语法灵活以及体式短小等原因外，根本的原因在于它是言志、载道的要求和整体性创作思维的结果。

古代诗歌的基本目的在于言志、载道。既然如此，诗歌表现了某种道德思想情感就应“辞达而已矣”，就既不应去表现诗人复杂微妙的自我意识，也不应去精细描绘外物自身的性状。看杜甫的《孤雁》：

> 孤雁不饮啄，飞鸣声念群。谁怜一片影，相失万重云？望尽似犹见，哀多如更闻。野鸦无意绪，鸣噪自纷纷。

诗人借孤雁念群抒写自己漂泊无依的身世，表达思念亲朋的心情。诗人感物起兴，物我一体，因而既不明确地表现纯粹属于诗人的独特心境，以至于显出与孤雁的不同；也不细致地描写孤雁的独特性状，以至于显出与诗人的不同：而是兼顾双方，寥寥数语，求其神似。这是中国古代诗歌描写的独特之处，也可以说是它的高明之处。

比较而言，西方诗歌描写的特点不是简略，而是细致。西方诗歌主要的描写方式是想象性描写，那种描写主要是细致描写。西方诗歌中也有倾向于直观性描写的，那种直观性描写也常常是细致描写。后一种情况的突出表现，是法国巴那斯派诗歌的描写。我们曾以该派诗人普吕多姆的《天鹅》为例，全诗 32 行，都是对天鹅的客观、精细的描写，目的在于创造一幅精美的画面（部分诗行见本书第三章第二节第二小节），与这里的《孤雁》一诗的描写大相径庭。

中国古代诗歌中也有直观性细致描写的情况，如在南朝谢灵运和颜延之的某些诗中。但那样的描写方式不为后代诗人所认同，没有形成传统。在某些南朝宫体诗和某些唐宋词中，除开对外物的较细致描写外，还有对人物心理的较细致描写（这属于想象性细致描写）。不过，这样的诗歌不是正统，而是在很大程度上属于异质情感（自我情感）的诗歌。

我们曾经论说过中国古代的整体思维（见第二章第四节第三小节）。这种思维的远近高低的观物取象方式，首先在南朝兴起的山水画中明确起来。

“中国画因系鸟瞰的远景，其仰眺俯视与物象之距离相等”①。绘画中这种游目周览、鸟瞰全体的方式，大约对当时的山水诗和后来的唐诗产生过影响，即促进它们也采用俯仰往还、游目周览的观照和描写方式。这种整体观照中的多视角描写必然是简略的，对每个视角中事物的描写往往就一两句话。这种情况在律诗中最突出。本书前面举出的律诗如王维的《过香积寺》，李白的《秋登宣城谢朓北楼》，杜甫的《秋兴八首》（第一首）、《登高》等，都是这种远近高低地观物取象的直观性简略描写。有时，在体制最短小的绝句里也能见出这样的描写方式，如杜甫的《绝句》：

两个黄鹂鸣翠柳（低），一行白鹭上青天（高）。窗含西岭千秋雪（远），门泊东吴万里船（近）。

又如张继的《枫桥夜泊》：

月落乌啼霜满天（高），江枫渔火对愁眠（低）。姑苏城外寒山寺（远），夜半钟声到客船（近）。

本书举出的词如范仲淹《苏幕遮》、曲如马致远《天净沙·秋思》等的描写，也是这样的多视角直观性简略描写。

外国诗歌中很难见到上述那样的直观性简略描写，其原因是外国文化中没有这种多视角地观物取象的整体思维方式。

当然，中国古代诗歌中也有想象性描写，如屈原的诗歌中就多有这种情况。且看《离骚》中的一节：

邅吾道夫昆仑兮，路修远以周流。扬云霓之晻蔼兮，鸣玉鸾之啾啾。朝发轫于天津兮，夕余至乎西极。凤皇翼其承旗兮，高翱翔之翼翼。……陟升皇之赫戏兮，忽临睨夫旧乡。仆夫悲余马怀兮，蜷局顾而不行。

诗人在想象中登山涉水，神游四方，忽然在霞光中望见自己的故乡，于是徘徊不进，悲情满怀。描写中想象的奇幻，文词的华丽，独步古今。此外，李白、李贺诗歌中的想象性描写也很精彩。某些偏重于心理描写的词中也有不

---

① 宗白华：《论中西画法的渊源与基础》，《艺境》，北京大学出版社 1986 年版，第 127 页。

少想象性描写。不过，总的说来，想象性描写不是古代诗歌主要的描写方式。

无论是想象性描写的诗歌意象还是直观性描写的诗歌意象，我们都感到美。那么，这审美的统一性在哪里呢？在审美想象上。这即是说，不单想象性描写的意象是审美想象的产物，直观性描写的意象实则也是审美想象的产物。后者之所以如此，是因为审美的直观就是一种审美想象。

根据康德美学，审美具有主观合目的性这种本质。其意思是说，审美中我们所以感到对象是美的，是因为对象合乎了我们的主观目的。不过，审美的主观目的是无目的的合目的，所以那主观合目的性又叫无目的的合目的性；审美的主观目的又只是形式的，所以那主观合目的性又叫形式的合目的性。① 在艺术创造中，这种审美的主观合目的性是通过想象来实现的。② 当然，艺术中不只有这种单纯审美的想象，求真和求善的目的常常也是靠想象来实现的。这两类想象结合成广义的艺术想象，它所创造的真善美价值构成艺术品的整体魅力。

就诗歌的艺术创造而言，想象性描写的意象具有审美想象性，这容易理解。上述中国古代诗歌中直观性描写的意象为什么也具有审美想象性呢？原来，当诗人直观外在对象并感到它们美时，那对象恰好符合了诗人的某种潜在的想象，用康德的话说就是："对象恰好把这样一种形式交到想象力手中，这形式包含有一种多样的复合，就如同是想象力当其自由地放任自己时，与一般的知性合规律性相协调地设计了这一形式似的。"③ 这说明，审美直观其实是想象力与知性的一种自由的（而不是合逻辑的）创造。当然，上述所谓诗人审美直观中那种恰好的符合只能是大致的符合，所以，诗人在描写那直观意象时虽然不明显改变其原样性，但总会自觉或不自觉地对它进行一定程度的选择、突出，或者简化、省略，乃至某种形式的组合，以便尽

---

① 康德说："在评判上单以某种形式的合目的性、亦即某种无目的的合目的性为基础的美，是完全不依赖于善的表象的，因为后者是以一个客观的合目的性（按：依据康德，主观合目的性是关于对象形式的合目的性；客观合目的性则是关于对象质料的合目的性，即对象的内在完善性和外在有用性）、亦即是以对象与某个确定的目的的关系为前提的。"（《判断力批判》，第62页）

② 审美的主观合目的性体现为"想象力与知性的自由游戏"，或者说"想象力与知性的协和一致"。这样的话在《判断力批判》第一部分中经常出现。

③ 康德：《判断力批判》，第77页。

量符合自己潜在的想象。

既然诗人的审美直观也是一种审美想象，诗歌创作中的直观性描写也就与诗歌创作是艺术想象的创造这一普遍规律统一起来了。就诗歌描写的方式而言，直观性描写就与想象性描写统一起来了。那就是：诗歌创作中的描写都是想象性描写，中国古代诗歌的直观性描写不过是想象性描写的一种特殊方式。这种特殊方式，是由中国古代诗歌及其所从属的道德文化（特别是其中的思维方式）的特殊性决定的。其实，前文所论述的古代诗人的感物起兴手法与西方诗人的沉思赋形手法也是统一的，即诗歌创作实质上都是沉思赋形，中国古代诗人的感物起兴不过是沉思赋形的一种特殊方式。那方式的特殊性在于：尽管中国古代诗人的创作实质上也是将自己的情思（这情思也是诗人当下或事前沉思的产物，只不过由于有既定道统的制约，这种沉思没有西方诗人那么自觉，也缺少那样的自由性）用形象表现出来，或者说赋予自己的情思以某种形象，然而由于古代天人合一的文化观念的作用，他们不像西方诗人那样主观地、自由地表现自己的情思，而是借助客观物象来表现那特定的情思，换言之，即只是表现能够被客观物象引发的情思。这就表现为独特的感物起兴的手法，这种手法创造出了有独特魅力的诗歌。同样的道理，下文论述的中国古代诗歌的客观化抒情方式与西方诗歌的主观化抒情方式其实也是统一的，其统一性表现为：诗歌的抒情实质上都是主观化抒情（因为情感都是主观的），中国古代诗歌的客观化抒情不过是主观化抒情的一种特殊方式，即不过是显得客观而已。

三、客观化抒情

诗歌的抒情分为直接抒情和间接抒情。直接抒情就是直抒胸臆，完全是主观化的。它不是诗歌的主要抒情方式。间接抒情是借助形象来抒情，它既可以是主观化的，也可以是相对客观化的。它是诗歌的主要抒情方式。诗歌的主观化间接抒情（以下简称“主观化抒情”）的所谓“主观化”的实质，是诗人的主观情感将那本来是客观的形象也主观化了。其结果是：不但诗歌的情感是主观的，那表现情感的形象也显得是主观的。这种主观形象，一般就是前述作为沉思赋形创作方法产物的形象，亦即想象性描写的形象。诗歌的客观化间接抒情（以下简称“客观化抒情”）的所谓“客观化”的实质，是诗歌的客观形象将那本来是主观的情感也客观化了。其结果是：不但诗歌的形象显出客观性，那形象所表现的情感也显出一定的客观性，甚至显出似乎本来就为那客观形象所具有，从后者自然呈现出来。这种客观形象，一般就是前述作为感物起兴创作手法产物的形象，亦即直观性描写的形象。

比较而言，西方诗歌偏重于主观化抒情，中国古代诗歌则偏重于客观化抒情。陆机《文赋》曰："悲落叶于劲秋，喜柔条于芳春。"刘勰《文心雕龙·物色》曰："情以物迁，辞以情发。"这类说法就是指诗人感物兴情，并用那直观的客观物象来表现情感，即进行客观化抒情。

从客观化的不同程度看，中国古代诗歌的客观化抒情可以分为三种情况。第一种是客观化程度较小的抒情（它临近主观化抒情）。这种客观化抒情的普遍情况是：诗篇的某一部分（通常是前面部分）是客观形象，另外的部分（通常是后面部分）是诗人的主观感受。如前文举出的杜甫《旅夜书怀》，前面"细草微风岸"等四句是直观性描写的客观形象，后面"名岂文章著"等四句抒发孤独、漂泊的主观感受，前后契合，融为一体。所以，虽然此诗整体上可以说是客观化抒情，但由于后面四句中包含主观的感慨和想象性描写，这种整体性客观化抒情的客观化程度就较小，其中包含一定的主观化抒情成分。

第二种客观化抒情的情况，是整首诗都描写客观的景物或事件，所以抒情的客观性较大。不过，那景物中有人的身影，那事件是人的活动：人的主观情感和意向蕴含在客观的景物或事件之中，不直接表达出来。如李白的《黄鹤楼送孟浩然之广陵》：

故人西辞黄鹤楼，烟花三月下扬州。孤帆远影碧空尽，唯见长江天际流。

诗人目送孤帆远影，心中的无限深情如江水涌流不尽。然而，对此诗人无一字说起，只默默翘首遥望。

第三种客观化抒情的客观性最大，因为整首诗都是客观物象，几乎没有人事，是典型的"无我"之境。如王维的《鸟鸣涧》："人闲桂花落，夜静春山空。月出惊山鸟，时鸣春涧中。"这类诗歌，我们不应着眼于它们表现了什么，而应着眼于它们描绘了什么：它们描绘了怎样的景象，也就表现了怎样的情感。以《鸟鸣涧》为例，如果我们感觉到它描绘了一幅空寂、虚静的景象，它也就表现了一种空寂、虚静的情感（这种情感中有佛道二家的文化底蕴)。《易传·系辞下》中有一段话，说圣人仰观俯察，取象设卦，“以通神明之德，以类万物之情”。这种观物取象方式及其“通神”“类情”的神奇功用与古代诗歌颇有渊源：它使上述那样纯粹呈现物象的诗歌也能够表现人与万物相通的各种情感，即所谓“类万物之情”；并且还不止此，这样的诗歌还能通达最高的道德观念，即所谓的“通神明之德”。这正是中国古代诗歌能够用外物来进行客观化抒情直至表现形而上观念在文化根源上的秘密。

客观化抒情的一个显著效果，是造成含蓄蕴藉的风格。上面论说的杜甫、李白和王维的诗篇就具有这样的风格。客观化抒情是古代诗歌的主要抒情方式，所以含蓄蕴藉也就成了古代诗歌的主要风格。梁启超在说到含蓄蕴藉的表情法时就说，“这种表情法，向来批评家认为是文学正宗，或者可以说是中华民族特性的最真表现”①。《文心雕龙·隐秀》篇就说到含蓄，它称之为“隐”。它甚至还说到含蓄与晦涩的不同：“或有晦塞为深，虽奥非隐。”这是说晦涩是深奥，而不是含蓄。不过，含蓄（隐）与晦涩（晦）究竟有怎样的不同，刘勰语焉不详。古代诗歌中就存在着与含蓄蕴藉不同的朦胧晦涩的风格，如李商隐的《锦瑟》和《无题》诗就是这样的风格。朦胧晦涩更是中外现代主义诗歌普遍的风格，所以有必要对这两种风格加以辨析。

中国古代具有含蓄蕴藉风格的诗歌，其形象一般是现实的、客观的，因而也是明晰的——像事物的原样一般明晰。在古代道德文化的意义上，这种诗歌形象被认为本身就具有某种情思，所以它不必遮掩，不必变形，以便去表现那与自身本不相关的情思。这种诗歌形象中的情思自然兴现（感物起兴地呈现）出来，就形成了含蓄蕴藉的风格。朦胧晦涩的诗歌形象就不同了。从象征主义诗歌形象看，由于诗人意欲表现自己独特、微妙的情思，并且往往用直觉、梦幻、无意识等非理性方式来表现，他所选择的象征形象必定是独特的、个人性的，并且常常不同程度地被变形。这样，那形象的本来面目就朦胧不清了，其含义就晦涩难解了。这种朦胧晦涩的形象中国古代诗歌中也有，如李商隐的《锦瑟》：

---

① 梁启超：《中国韵文里头所表现的情感》，陈引驰编：《梁启超学术论著集》（文学卷），华东师范大学出版社 1998 年版，第 205 页。

锦瑟无端五十弦，一弦一柱思华年。庄生晓梦迷蝴蝶，望帝春心托杜鹃。沧海月明珠有泪，蓝田日暖玉生烟。此情可待成追忆，只是当时已惘然。

诗人曲折地郁结着的痛苦情思（大约是不幸的爱情），形成了“五十弦”“蝴蝶梦”“杜鹃心”和“沧海泪珠”“蓝田烟玉”等象征形象。这些形象不是明晰的直观形象，而是朦胧的想象形象。用王国维的话说，它们就是“隔”，读者面对它们就如“隔雾看花”。就这些形象及其所构成的整个境界的含义而言，就是晦涩，有些像猜谜一样。不过，隔雾看花如果看见了，谜一样的含义如果猜着了，就别是一种审美感受。一般说来，含蓄蕴藉的诗歌与读者之间有较大的亲和力，而朦胧晦涩的诗歌与读者之间则存在较大的张力，需要读者更多的再创造。

中国古代诗歌中也有直接抒情方式，即直抒胸臆的主观化抒情方式。以这种抒情方式独立成篇的如唐代陈子昂的《登幽州台歌》。这种直接抒情方式，在大多数情况下是作为一种次要的抒情方式与间接抒情方式（包括客观化的和主观化的）间杂着用于诗篇中。屈原的《离骚》和《九章》中就较多地间杂着这种直接抒情方式。

中国古代诗歌中也有不少借助形象的主观化抒情。如《诗经》中的许多篇章；又如屈原的《离骚》和《九章》。且看《离骚》中的一个片断：

览相观于四极兮，周流乎天余乃下。望瑶台之偃蹇兮，见有娀之佚女。吾令鸩为媒兮，鸩告余以不好。雄鸠之鸣逝兮，余犹恶其佻巧。心犹豫而狐疑兮，欲自适而不可。……世溷浊而嫉贤兮，好蔽美而称恶。闺中既以邃远兮，哲王又不寤。怀朕情而不发兮，余焉能忍而与此终古！

诗人上天求索理想，以失败告终（天门不开），又下地求索美人（所谓“哲王”，即贤明君主），仍以失败告终，于是抒发强烈的无奈和痛苦之情。这个片断的前面部分借助传说和想象来形象化地抒情，后面部分则直接议论和直抒胸臆，前后两部分的抒情都是主观化的。

屈原之后，主观化抒情显著的如东汉的《古诗十九首》和汉末女诗人蔡琰的《悲愤诗》《胡笳十八拍》，又如唐代李白、李贺和李商隐的某些诗歌。后来的词和曲中主观化抒情的情况更多；历代民歌的抒情也大多是主观化的。我们曾经指出，民歌和词曲中的许多作品富于异质情感（自我情感），因而与现代诗歌相通，而现代诗歌的抒情方式就主要是主观化的。

从中国古代诗歌抒情方式的历史变化看，先秦两汉偏重于主观化抒情。那时诗歌的异质性成分不多，所以那种主观化抒情主要还存在于道德文化的正统诗歌中。魏晋时期开始重视客观化的写景抒情，南朝山水诗中甚至有偏重单纯写景而与抒情割裂的现象。至唐代，客观化抒情方式成熟并成为主流。以后词曲兴起，主观化抒情增多，并有较多的异质性（即表现较多的自我情感）。不过，这并未改变古代诗歌客观化抒情的大局面。这种大局面的改变，有待于中国现代新诗的出现。

第二节　西方抒情诗的创作手法

一、沉思赋形

黑格尔说："真正的抒情诗人并无须从外在事件出发，满怀热情地去叙述它，也无须用其他真实环境和机缘去激发他的情感。他自己就是一个主体的完满自足的世界，所以无论是作诗的推动力还是诗的内容都可从他自己身上去找，不越出他自己的内心世界的情境、情况、事件和情欲的范围。"①这是对抒情诗创作的本质性说明。从这种观点看，诗人的创作手法是由内向外的沉思赋形手法。这样的手法实际上有普遍性。西方诗人由于立足于个体本位，其沉思赋形手法尤为明显。

在沉思赋形手法中，沉思与赋形显然有别：沉思是基本态度或者说前提，赋形是总体手法（它包括多种具体手法）。

沉思因其偏重不同而分成两种情况，即沉思情感和沉思观念，尽管在创作中两者往往结合在一起。

沉思情感具有将生活情感转变为审美性艺术情感的作用。华兹华斯在其《抒情歌谣集·一八〇〇年版序言》中的一段名言，实际上说到了这点：

> 我曾经说过，诗是强烈情感的自然流露。它起源于在平静中回忆起来的情感。

---

① 黑格尔：《美学》（第三卷下册），第197页。

> 诗人沉思这种情感直到一种反应使平静逐渐消逝，就有一种与诗人所沉思的情感相似的情感逐渐发生，确实存在于诗人心中。一篇成功的诗作一般都从这种情形开始，而且在相似的情形下向前展开。①

这段话说到了两种情感。一种是诗人在平静中回忆起来并加以沉思的情感，另一种是在此过程中逐渐产生出来并与前一种沉思的情感相似的情感。此外，这几句话还涉及一种没有说出来的情感，那就是诗人曾经经历过的生活情感，它显然是前两种情感的来源。这样，华兹华斯实际上告诉了我们其创作中情感变化的整个历程：诗人曾经经历过某种情感；现在回忆并沉思这种情感；在沉思过程中产生一种相似的情感，并将它最终表现于诗中。这过程的中间阶段的情感，即在平静中被回忆起来并加以沉思的情感，对诗人来说应是具有一定审美性的情感。② 它来源于诗人所经历过的生活情感，消融于随后产生并表现在诗中的情感，即诗歌情感或称艺术情感。

为什么诗人在平静中回忆起来并加以沉思的情感具有审美性呢？原来，作为这种情感来源的生活情感是具体的、粗糙的，往往充满功利性。这种生活情感经过时间的澄清之后，现在被诗人“回忆”起来，并通过艺术的“沉思”而被抽象、扬弃成为一种没有确定意义的、超功利的普遍情感，从而具有了审美性。这里，诗人心灵的“平静”状态是首要条件。③ 因为心灵只有在平静状态下，才不会有明确的理智认识和具体的意志欲念（意志欲念最能使心灵处于不平静状态），从而才能处于一种较纯粹的情感状态中。这种较纯粹的情感由于没有理智认识的确定意义，没有意志目的的具体功利，它就是一种审美性的普遍情感。

我们如此阐发不是毫无根据的，而是可以从华兹华斯这篇序言中的其他说法和有关学者的论述得到印证。华兹华斯在序言的前面部分就指出诗人进行沉思的重要性。他说，“思想改变着和指导着”情感的流露，情感因而得

---

① 华兹华斯：《抒情歌谣集一八〇〇年版序言》，伍蠡甫主编：《西方文论选》（下卷），第 17 页。

② 审美情感是包含在审美形象（意象）中的。这里，我们只是就华兹华斯说到的对情感的回忆和沉思而言。事实上，对情感的回忆和沉思总会伴随相应的感性形象，下文将指明这一点。

③ 参考康德的如下说法：“激动……是根本不属于美的”（康德：《判断力批判》，第 62 页）；“对美的鉴赏预设和维持着内心的静观”（同上书，第 85 页）。

到“增强和纯化”。[①] “纯化”的原文是“purified”（动词“purify”的过去分词形式），与后来英语诗学中“纯诗”概念（“pure poetry”）中的“纯”的原文“pure”具有共同的词根。而纯诗的基本点就是对日常生活情感加以纯化，使之成为诗的纯粹情感亦即审美情感。在这种意义上，华兹华斯关于回忆和沉思情感的论说与后来的纯诗论有相通之处（对纯诗的论述见第一章第二节第二小节）。华兹华斯在序言中还从诗人方面说到情感的选择原则，他说诗人“依据这种选择原则，抛弃热情中使人厌恶不快的东西”[②]，这其实就是诗人对生活情感的一种“纯化”。华兹华斯研究者 A. W. 赫菲尔南的有关论说在一定程度上能旁证我们以上的阐发。他说：“很清楚，从一开始华兹华斯就要在诗歌中表现沉思的情感。事实上，他相信这种情感是想象力的特征。”[③] 又说：“1800 年以后，华兹华斯形成了一个关于诗歌创作中的情感的明确观念。借助丹尼斯最先所作的区分，华兹华斯分别了‘日常情感’与‘沉思情感’：前者是一种粗糙的、直接的情感，纯粹是对外界刺激的一种情绪性反应；后者则是一种沉思的、深刻的情感，通常是在回忆中产生的。”[④]

这种情感变化历程的后一阶段，是诗人将上述审美情感转化为诗歌情感（艺术情感）的阶段，用华兹华斯的话说就是这样一个阶段：“诗人沉思这种情感直到一种反应使平静逐渐消逝，就有一种与诗人所沉思的情感相似的情感逐渐发生，确实存在于诗人心中。一篇成功的诗作一般都是从这种情形开始的，而且在相似的情形下向前展开。”华兹华斯的前一句话说得笼统，有点难于理解，然而这句话极为重要，它说诗人在平静中沉思被回忆起来的情感时产生了一种“反应”，这种反应使心灵的平静逐渐消逝，并产生了一种与诗人刚才所沉思的情感相似的情感，这就是最终表现于诗歌中的情感。这种诗歌情感由于是在心灵的平静状态消逝之后产生的，它就应该是不平静的乃至强烈的——也就是这段话的开头所说的“诗是强烈情感的自然流露”中的“强烈情

---

① 华兹华斯：《抒情歌谣集一八〇〇年版序言》，伍蠡甫主编：《西方文论选》（下卷），第 6 页。

② 同上书，第 12 页。

③ James A. W. Herffernan, *Wordsworth' s Theory of Poetry: the transforming imagination*, Ithaca and London: Cornell University Press, 1969, p.84.

④ Ibid., p.268.

感”。看来，这种强烈的诗歌情感产生的关键，就是那个在沉思中“使平静逐渐消逝”的“反应”。于是我们不禁要问：这是一种怎样的反应？这样的反应为什么会使心灵的平静逐渐消逝并产生出另一种情感来？这另一种情感就是表现于诗中的强烈的诗歌情感，它与诗人曾经在平静中沉思的情感（这种情感也应是平静的）为什么能够是相似的？这些正是我们要进一步阐发的问题。

我们认为，诗人沉思从平静中回忆起来的情感时，总会或显或隐地伴随若干感性形象（构思中纯粹地回忆和沉思一种情感而不连带任何感性形象，是不大可能的）。这些形象或者就是所回忆的生活情感借以发生的生活形象，或者是由它们所引起的联想形象。这些形象在诗人的沉思过程中会自觉或不自觉地被选择和加工、改造，变得越来越鲜明、具体和稳定，于是不免带上一定的功利目的、社会意义和诗人的自我个性（浪漫主义诗歌形象大多如此），从而使诗人心灵的“平静逐渐消逝”。这时，附丽于这些形象上的被沉思的审美情感——那种平静的、意义不确定的普遍情感——就会与这些形象紧密结合，并因这些形象的具体性和功利性而变成它们所表现的强烈情感。这种情感就是诗歌的艺术情感，这些形象就是诗歌的艺术意象。这种诗歌情感是强烈的、具体的，而此前在平静中沉思的审美情感却是平静的、普遍的，然而两者却是“相似的”。两者所以相似，从根本上说，是因为两者同源于诗人的生活情感；从创作上看，则是因为诗歌情感是从被沉思的审美情感发展出来的，或者反过来说，是因为审美情感通过具体化（具体的艺术形象化和思想意义化）才成为诗歌情感的。因此，这样的诗歌情感中必定蕴含着那普遍的审美情感。这诗歌情感因此也具有了审美性，它就是诗歌的审美情感。这种由诗歌所表现出来的审美情感，当然比诗人早先只是在心灵中所沉思的审美情感更具体、更丰富。

华兹华斯对情感的论说没有结合与之紧密关联的想象（形象），这增加了我们理解和阐发的难度（所以我们在阐发中涉及想象是必要的）。“我们必须知道，这是华兹华斯初次试图阐明诗歌中的情感问题，他尚未注意到情感与想象的关系。”① 在后来漫长的诗歌生涯中，华兹华斯的诗论不但始终重视沉思在创作中的重要性，而且增加了许多关于诗歌想象的论说。

---

① James A. W. Herffernan, *Wordsworth's Theory of Poetry*: *the transforming imagination*, pp.30-31.

其实，诗人沉思情感不只具有使之成为审美情感的作用，它决定着诗歌情感的全部价值（真善美）。华兹华斯对此说得明确：

> 这不是说，我通常作诗，开始就正式有一个清楚的目的在脑子里；可是我相信，这是沉思的习惯加强和调整了我的情感，因而当我描写那些强烈地激起我的情感的东西的时候，作品本身自然就带有着一个目的。……一切好诗都是强烈情感的自然流露。这个说法虽然是正确的，可是凡有价值的诗，不论题材如何不同，都是由于作者具有非常的感受性，而且又深思了很久。因为我们的思想改变着和指导着我们的情感的不断流注，我们的思想事实上是我们以往一切情感的代表；我们思考这些代表的相互关系，我们就发现什么是人们真正重要的东西；如果我们重复和继续这种动作，我们的情感就会和重要的题材联系起来。①

就沉思情感而言，这段话有两点值得注意。第一，指出沉思情感具有确立作品目的和决定其价值的作用。第二，指出沉思情感有两个层次：一是对以往情感的长久沉思，并由此产生思想（思想是“以往一切情感的代表”）；一是创作时对这些思想反复沉思，由此使情感与重要题材联系起来，并发现诗歌的重要价值。华兹华斯研究者 A. W. 赫菲尔南说，华兹华斯曾经“明确表示过他终生都重视沉思的作用”②；“对于华兹华斯来说，沉思是最重要的”③。

华兹华斯的上述观点是其诗歌创作的经验之谈。他诗歌中的有些诗句也体现上述观点，如他的长篇哲理诗《不朽的兆象》以这样的警句结尾：

> 我看最低微的鲜花都有思想，
> 但深藏在眼泪达不到的地方。（王佐良译）

诗句的大意是说，平常事物也隐藏着深刻的思想，但是单凭感动的情感（“眼泪”是其代表）是不能达到那思想的，只有理性的沉思能够触摸到它。这种对自然的沉思并与之契合无间，与诗人的泛神论自然观有关（对华兹

---

① 华兹华斯：《抒情歌谣集·一八〇〇年版序言》，伍蠡甫主编：《西方文论选》（下卷），第6页。

② James A. W. Herffernan, *Wordsworth's Theory of Poetry*: *the transforming imagination*, p.80.

③ Ibid.

华斯的泛神论自然观的论述见第二章第二节第二小节）。

华兹华斯的许多诗歌创作就体现为沉思赋形。他的《水仙》被认为是西方浪漫主义山水诗的代表。该诗的创作似乎不是沉思赋形，而是像中国古代诗歌那样的感物起兴，其实不然。我们看诗的首节（全诗共5节）：

我独自漫游，像一朵白云
在丘壑之间浮沉，
忽然看见一群芳艳——
一群金色的水仙，
在湖畔，在树前，
在微风中起舞翩翩。（江冰华译）

起首两行就暗示读者，诗人是在回忆中，在想象里，用心灵的眼睛看见那一群水仙，而不是即景创作，不是感物起兴。正因为如此，在随后对水仙的具体描绘中才会出现这样的诗句："像天上的繁星/闪耀在银河的上空，/沿着洼地的边沿，/花儿不断地伸展。"这样的景象只符合想象的逻辑：一个在天上，一个在地上；一个在夜晚看见，一个在白天看见。这样的描写不可能是对眼前景物的直观性描写，而只能是对回忆景物的想象性描写。诗人在诗的末节说："每当我躺在床上，/或一无所思，或沉于默想，/水仙就会在我的想象里闪现，/使我在幽独中感到欣然。"这些话与开篇的话相互呼应和印证，说明此诗是诗人在对自己的经验和情感反复地、长期地沉思默想之后，借助回忆和想象而创作的，而不像中国古代的许多山水诗那样是感物起兴、即景创作的产物。

有关资料也能印证以上的分析和推论，那就是华兹华斯在《水仙》中所描写的情景，实则是他和他的妹妹多罗茜·华兹华斯两年前一次共同的游览经历，因为诗中的情景与多罗茜·华兹华斯两年前的日记所记载的情景很相似。所以，西方诗论家指出："可能的情况是，诗中观看水仙的经验并不完全是华兹华斯的，而是部分地来自他的妹妹多罗茜·华兹华斯在其日记中所记载的事情。后者的日记写于1805年4月15日，比华兹华斯写成《水仙》的初稿早了两年。……华兹华斯的这首诗反映了他的妹妹的某些观察。华兹华斯将他们共同的经验写成诗篇，却显出写的只是他个人的经验，而抹去了他妹妹的痕迹。这里，重要的不是华兹华斯是说谎者或者抄袭者，而是像所有优秀诗人那样，他将日常的生活转化成了艺术。”①

在西方，诗人通过沉思观念来创作是很普遍的。有时，诗人似乎只是在观察事物，其实他也是在沉思观念——他是在沉思某种持久地存在于心中的观念的过程中观察事物，因而同时也是在选择和改变事物。对此，柯勒律治有一段精彩的论述：

> 当我思考之时注视自然界的事物，我就像看到远处的月亮把暗淡的微光照进那结满露珠的窗扉，此时，与其说我是在观察什么新事物，毋宁说我像是在寻找、又似乎是要求一种象征语言，以表达那早已永恒地存在于我内心的某一事物。而且，即使我是在观察新事物，我也始终只有一种模糊的感觉，仿佛这新的现象朦胧地唤起那蕴藏于我内在的天性之中而已被忘却了的真理。②

显然，诗人是在自己的思想观念的光照之下观察外物的。这就不像中国古代诗人那样，由外物引出与之相通的情思（这里没有中国古代诗论所说的“睹物兴情”“情以物迁”“随物宛转”的情形，没有“诗不待意，即景自成”的情形），而是寻找某种外物来表达诗人内心早已存在的观念（这里已经有艾略特的“寻找客观对应物”的意味）。这就是沉思赋形的手法，即通过沉思观念而赋予这个观念以某种外在物象的手法。

西方浪漫主义诗歌中就有不少通过沉思观念而创作的名篇。例如，布莱克的《老虎》，有人认为它歌颂法国革命的伟大力量，有人认为它歌颂造物主上帝的伟大创造：无论哪种情况，从创作手法的角度看，都是诗人深思过的思想观念的形象化表现。雪莱《西风颂》的创作也如此。

沉思观念常常体现在哲理诗的创作中，因为对观念的深刻沉思常常会上升为某种哲理。我们曾指出，西方现代主义诗歌由于内容上追求深度理性（形式上却往往具有某种非理性），它的哲理性最深厚。因此，沉思观念在西方现代主义诗歌的创作中最突出。现代主义诗人瓦莱里就明确指出“诗人自有其抽象思维，或者说，其哲学”③。在诗歌创作中，抽象思维的主要

---

① X. J. Kennedy/Dana Gioia, *An Introduction to Poetry*, Addison Wesley Longman, 1998, pp.27-28.

② 柯勒律治：《文学生涯》，伍蠡甫主编：《西方文论选》（下卷），第520—521页。

③ 瓦莱里：《纯诗》，杨匡汉、刘福春编：《西方现代诗论》，第301页。

功用就是从感性现象中沉思出哲理。抽象思维或者说哲学思维也就是智性思维，因为哲学就是“爱智”。瓦莱里就提倡诗歌创作中的智性思维，他曾说过“一首诗应该是一个智力的节日”①。下面这段话颇能体现瓦莱里的创作思想，其中就包含着运用智性思维：

> 写出一首没有情节的绵延的歌，只表现出似睡非睡时内在的不协调；在其中放入尽我所能以及诗歌在轻纱遮盖之下可能允许的智力；用音乐挽救接近的抽象，或者用幻想赎回这抽象，这就是我决意要尝试而最终达到的目标，我并不感到这样做很容易。②

这段话有几个要点。其一，诗歌表现出“似睡非睡”的不协调状态，那应是现代主义诗歌（特别是其中的象征主义诗歌）的朦胧状态，梦幻状态。其二，这种状态的诗歌中应包含尽可能多的智性思维及其抽象观念。依据瓦莱里，这似乎是诗歌——至少是哲理诗歌——创作的根本。其三，不过诗歌究竟不是哲学，所以应当用音乐性和幻想形象来表现智性思维的抽象观念，避免观念的直露，从而显现诗歌自身的审美特征。其四，由于有这样的智性思维活动，一首诗的创作是艰苦的，不可能是直觉感悟式的一蹴而就。瓦莱里的这种创作思想在他的“纯诗”论中也有表露。

瓦莱里所说的诗歌创作中的智力运用或者说智性思维是广义的，它包括对材料的选择、结构的安排、文句的组织等。不过，它最重要的功能还是对思想观念的沉思。例如，瓦莱里的代表作《海滨墓园》就是诗人对生死和不朽等观念的沉思。在瓦莱里死后的墓碑上，镌刻着《海滨墓园》首节的最后两行诗，它们可以说是诗人终生追求的写照。那两行诗是：

> 多好的酬劳啊，经过了一番深思，
> 终得以放眼远眺神明的宁静！（卞之琳译）

艾略特的“思想知觉化”命题，从沉思观念的角度看，就是将先前沉思的思想观念用知觉形象表现出来；他的“寻找客观对应物”命题的意思也类似，即也是指用恰当的客观物象将沉思过的观念表现出来。如他的《荒原》一诗，显然是将已经深思熟虑过的关于社会和宗教的观念用感性的

---

① 转引自郑克鲁：《法国诗歌史》，第 280 页。

② 同上书，第 289 页。

"荒原"形象象征性地表现出来——这就是一种沉思赋形的创作。《荒原》的创作，并不是诗人从某个真实的荒原感悟和体验出某种与那荒原实在地关联着的思想情感，即不像中国古代诗人感物起兴那样的创作。又如艾略特的《四个四重奏》，这部"20世纪英语世界最伟大的长诗"①，"它运用沉思性和概括性的语言"②，是"对时间的一部长篇沉思录"③。

里尔克也是沉思型诗人，他的哲理抒情诗《杜伊诺哀歌》耗费十年时间才写成。这种情况，只有在喜好沉思、善于沉思的西方诗人那里才会出现；在习惯于感物起兴创作的中国古代诗人那里，是不会有这种情况的。里尔克沉思观念的创作还有发展变化：他前期主要沉思内在的观念，后来转变为注重对外在事物的观念性沉思。他说："为了一首诗我们必须观看许多城市，观看人和物……"④ 曾经师从里尔克的冯至也说："里尔克就这样小心翼翼地发现许多物体的灵魂，见到许多物体的姿态；他要把他所把握到的这一些——这一些是自有生以来，从来还不曾被人注意到的——在文学里表现出来。"⑤ 里尔克对外物的观察是从存在主义观念出发的，因而也是对外物的一种观念性沉思。这种沉思的特点，是力图从事物本身沉思出它的存在性，亦即冯至所说的"物体的灵魂"。由这种观念性沉思所创造的诗歌往往显得较为冷静、客观，并注重描绘事物的形态和特征，而不是明显地将那事物作为观念的符号。里尔克的《豹》等咏物诗就是如此。

沉思赋形中的赋形是关于形象创造的：赋形就是给抽象情思以具体形象。在西方诗歌创作中，赋形的具体手法多种多样，其中主要的也是有历史发展意义的是拟人、比喻和象征。

拟人是给事物以人的某种或某些特征，使其人格化，简单地说，就是让事物代替人。拟人手法最古老，它起源于人类原始时代的泛灵观念，即把万物看作像人那样有灵魂、有精神。我们知道，神灵和宗教就起源于泛灵观

---

① David Perkins, *A History of Modern Poetry*: *Modernism and After* p.24.

② Ibid., p.25.

③ 王佐良：《英国诗史》，第440页。

④ ［奥地利］里尔克：《马尔特·劳利兹·布里格随笔》，《给一个青年诗人的十封信·附录二》，冯至译，生活·读书·新知三联书店1994年版，第74页。

⑤ 转引自李广田：《沉思的诗——论冯至的〈十四行集〉》，《李广田文学评论选》，云南人民出版社1983年版，第270页。

念，所以可以说神就是用拟人法创造的。①

在古代希腊和罗马的诗歌中，拟人法的运用很普遍，很成熟。成熟的拟人法不但将具体事物赋予人的特征，而且将理性、智慧、信仰、道义、爱情、和平以及邪恶、伪善等抽象观念或情感也赋予人的特征，加以人格化。这是与中国古代诗歌的拟人法（不是兴这种隐在的泛拟人法）最不同的地方。中国古代诗歌一般是将具体事物拟人化。例如，李白诗曰："相看两不厌，唯有敬亭山"（《独坐敬亭山》）；姜夔词曰："数峰清苦，商略黄昏雨"（《点绛唇》）。

在后来的西方诗歌中，拟人法的主要地位被比喻和象征取代了，不过它仍然经常出现，仍然是一种传统手法。波德莱尔的诗歌中拟人手法就较多，有的很突出。且看他的一首十四行诗《静思》：

乖些，我的痛苦，你要更加安稳。
你曾巴望黄昏；瞧吧，它已来到：
一种灰暗的气氛笼罩住全城，
有人得到宁静，有人添上烦恼。

当那一大群卑贱的芸芸众生，
被欢乐、这无情的刽子手鞭打，
前往奴隶的欢会中搜集悔恨，
我的痛苦，伸出手来；跟我来吧，

离开他们，瞧那些过去的年代，
穿着古装，凭靠着天空的阳台；
从水底映出微笑的留恋之心；

在桥洞下面睡着垂死的太阳，

① 参考西方学者这样的说法："这些早期实体被同时看作自然现象和神祇，从而为人们了解希腊人将无生物和抽象思想拟人化这个共同习性提供了一个基本线索。由于人们喜欢设想出一些具体的人物来代替无形的和超人的生物，因而便产生了众神。"（罗德 · W. 霍尔顿、文森特 · F. 霍普尔：《欧洲文学的背景》，第 36 页）

亲爱的，你听良宵缓步的足音，
像一幅长长的殓布拖向东方。（钱春绮译）

诗篇主要写诗人的痛苦。痛苦本来是抽象的东西，被诗人拟人化以后却显得具体了，活灵活现了。诗中出现的欢乐、过去的年代、太阳、良宵等也被拟人化了，他们围绕诗人的痛苦这个拟人化的中心意象活动。诗篇的情绪在拟人化的亲切之中由无名的痛苦转为宁静的绝望。在对良宵的拟人化描写中还夹着一个恐怖的比喻，那就是“良宵缓步的足音，/像一幅长长的殓布拖向东方”。这个比喻是说黑夜有如死亡，或许还暗示一切都在走向死亡。诗人的这种绝望是如此没有道理，却又是如此有魅力。从此诗可以看到波德莱尔手法的高超、技巧的纯熟。艾略特曾这样赞美波德莱尔：“对他的技巧无论怎样赞扬都不为过分，也正是这一点使他的诗永远成了后世诗人——不仅仅是法语诗人——研究的对象。”①

西方诗歌的比喻中最重要的是隐喻。隐喻的实质是喻体与本体之间有类似点，即一种具体的类似性。亚里士多德就指出，“要想出一个好的隐喻字，须能看出事物的相似之点”②。因此，隐喻的喻体和本体一般都是具体东西。从上文知道，拟人是常常将抽象的东西比拟为人，两者之间未必有类似点，这是隐喻与拟人的一个不同之处。隐喻与拟人的另一个不同在范围上：拟人只是事物与人之间的一种类似关系，是事物的一种人格化；隐喻却不限于此，它还包括事物与事物之间的类似关系。在此意义上，隐喻是对拟人的重大扩展。隐喻也有与拟人重合的时候，即如果将事物比拟为人，并且两者之间又有类似点，那么这就既是拟人又是隐喻。例如，《静思》中的“垂死的太阳”，它被人格化为具有生命的人，所以是拟人；它在黄昏时落在桥洞下，因而被说成是垂死的，这又是隐喻。有时，究竟是隐喻还是拟人，要依据读者的理解而定。例如，歌德的诗句：“幽暗从那边茂林之中/睁着无数黑眼睛张望。”（《相逢与离别》）如果读者把“无数黑眼睛”理解为人的眼睛，那就既是拟人又是隐喻；如果将它们理解为动物的眼睛，那就只是隐喻。

隐喻在西方古代诗歌中就成熟了。本书所举出的古希腊和古罗马的诗篇

① 艾略特：《波德莱尔》，《艾略特诗学文集》，第112页。

② 亚里士多德：《诗学》，第81页。

中就有许多隐喻。隐喻也广泛运用于西方近现代诗歌。古代的亚里士多德高度评价隐喻，认为“善于使用隐喻字表示有天才”①。现代批评家也很看重隐喻。例如，布鲁克斯说：“文学最终是隐喻的，象征的。”② 又说：“我们可以用这样一句话来总结现代诗歌的技巧：重新发现隐喻并且充分利用隐喻。”③ 又如C. D. 刘易斯说：“任凭潮起潮落，语言风格和韵律形式改变，基本的题材甚至面目全非，而隐喻始终是诗歌的生命原则，是对诗人的主要考验，同时也是他的主要荣耀。”④（西方诗论家看重隐喻，中国古代诗论家看重兴，这是鲜明的对照。）隐喻应是西方抒情诗从古至今的主要手法，它只是在象征主义等现代主义诗歌中才不占主要地位。

在复杂而奇妙的诗歌创作中，有时隐喻与明喻的界限难以区分，与象征的界限也模糊不清。例如，弗罗斯特（1874—1963）的一首十四行诗《丝篷》：

她，犹如田野里的一顶丝篷，
正午，一阵和煦的夏日柔风
拂干了露珠，根根游丝变得温和
在牵索中自由自在地轻轻飘动，
它那中央的支撑柱——雪松，
那伸向无垠天空的高高篷顶，
那显示出这灵魂自信的篷顶，
仿佛对每一根游丝都不欠情，
它不受任何约束，只是
轻轻地被无数爱与思维的丝带
与周围世界之万物系在一起，
唯有当一根游丝微微拉紧
在夏日变化莫测的空气之中

---

① 亚里士多德：《诗学》，第81页。

② ［美］克林思·布鲁克斯：《形式主义批评家》，赵毅衡编选：《“新批评”文集》，中国社会科学出版社1988年版，第487页。

③ 克林思·布鲁克斯：《反讽——一种结构原则》，赵毅衡编选：《“新批评”文集》，第334页。

④ C. Day Lewis, *The Poetic Image*, 1984, p.17.

它才意识到最轻微的一丝束缚。(曹明伦译)

开篇说她犹如(is as)一顶丝蓬,这是明喻。然而,下文一气呵成(全诗只是一个句子),描述的都是丝蓬,没有一行诗与这个“她”直接关联,所以又像隐喻,因为隐喻就是用一个事物来说明另一个事物,两者之间的比较是暗地的(明喻的比较却是明确的)。其实,此诗的她(本体)与丝蓬(喻体)之间并没有具体的类似点。诗篇不但多方面地描写丝蓬的形态,更着重描写丝蓬的情态。这种描写所显示的,也主要不是那女性(她)的具体形态,而是她的某些精神、气质。这正如英国诗评家伊丽莎白·朱所说,这首诗“使我们感觉到女人不可挫败的力量和她的自信,感觉到她远达他人的爱和关切,以及她为了自己的快乐而对他人的本能依赖”①。所以,此诗的手法又像是象征,因为象征的关系不是两者(象征体与本体)之间具体的类似点,而是含义深广的类似性。此外,象征一般用具体的东西象征抽象的东西,此诗就大致如此。或许,此诗手法上的运用之妙,正在于明喻、隐喻和象征三者之间的界限不清,或者说正在于对它们得心应手的综合运用。

对于西方诗歌的象征手法,前面论述中国古代诗歌的兴手法时已对比性地论述过,上文也有所论述,这里只作若干补充。

象征与隐喻的差别主要有三点。第一,隐喻有具体的类似点,因而隐喻的意义一般较为具体、明确。象征只有某种类似性,因而象征的意义较为抽象和不确定,较为丰富、深广。第二,相应地,隐喻一般用具体的东西隐喻具体的东西,象征则一般用具体的东西象征抽象的东西。第三,隐喻常常用于诗篇的局部,象征则常常用于整个诗篇,象征主义诗歌的象征尤其如此。

象征手法在古希腊诗歌和古罗马诗歌中运用较少,在中世纪的诗歌中运用也不算多,并且宗教的寓意往往过于明显。象征手法在浪漫主义诗歌中开始多起来,并趋于成熟,产生了若干名篇。上文指出布莱克的《老虎》和雪莱的《西风颂》都是沉思观念的产物,那观念就主要是用象征手法表现出来的。此外,布莱克的《病玫瑰》也是著名的象征诗篇,其中的玫瑰花和蛀虫都有深刻的象征意义。19世纪后期,西方兴起象征主义诗歌的潮流。这种诗歌的象征手法与传统象征手法比较起来有两个特点。第一,传统象征的形象一般是约定俗成的,如象征爱情的玫瑰、象征受难和赎罪的十字架

---

① 伊丽莎白·朱:《当代英美诗歌鉴赏指南》,第59页。

等。即便是独特的象征形象，如上述“病玫瑰”“西风”等，一般也是易于理解的（布莱克的“老虎”是例外，有些难以理解）。象征主义诗歌的象征形象则往往很独特、很个人化，所象征的情绪和意义往往很微妙或者深奥，于是不免显得朦胧晦涩。第二，在一定程度上可以说，象征主义是对世界隐秘本质的一种认识，即所谓世界是那隐秘本质的“象征的森林”（波德莱尔《感应》一诗中的用语）。因此，象征主义诗歌往往追求超验的境界，体现玄妙的哲理。这样的境界和哲理往往是用梦幻、直觉等非理性形式表现出来的，于是象征主义诗风不但朦胧晦涩，而且有些神秘。本书分析过的象征主义诗篇都不同程度地具有上述两个特点。

西方的宗教性诗歌都有不同程度的神秘性。此外，象征主义诗歌也有神秘性。我们曾经论述过，神秘性由非理性造成，神秘性的否定性含义就是不可理解，没有理性。宗教是非理性的产物，所以宗教有神秘性。宗教性诗歌当然也如此，其中泰戈尔那样的宗教泛神论诗歌的神秘性最浓厚。象征主义诗歌的神秘性则主要由直觉和梦幻等非理性手法造成。① 象征主义诗歌如果具有宗教性内容，其神秘性就更突出。叶芝的某些诗歌就如此。例如，前文举出的他的《基督重临》，用奇异的形象来象征宗教信仰的失落，来表现基督教的救赎思想；又如他的《丽达与天鹅》，将古希腊神话加以象征性的表现。两首诗所描写的形象、事件以及其所蕴含的意义，都显得很神秘。

除开拟人、隐喻和象征之外，西方诗歌中还常常运用各种扭曲变形的手法（前三种手法实则也是变形，但一般不是扭曲性的剧烈变形）。我们曾指出，中国古代诗歌，特别是其中的意境诗歌，往往是对事物的原样呈现。因为根据中国古代道德文化，个人与社会、自然是融为一体的，社会事物和自然事物所体现的情思就是诗人的情思，所以诗人无须对外在事物加以变形，只需原样呈现即可。西方诗人则从自我出发，而自我意识中包含着超越现实社会和客观自然的某些纯主观的东西，如个人的生理、心理的独特感受和超验的幻想、玄思等，这些却不能用外在事物的原样形态来表现，而必须借助各种赋形手法包括扭曲变形的手法来表现。

西方现代主义诗歌中的扭曲变形手法较多。例如，艾略特的诗句：“我

---

① 超现实主义诗歌由于也运用直觉、梦幻特别是无意识等非理性手法，所以也具有晦涩和神秘的特点。

感到女仆们潮湿的灵魂/在地下室前的大门口沮丧地发芽”（《窗前晨景》，裘小龙译）。现代主义中超现实主义诗歌特别倚重梦幻和无意识，所以它的扭曲变形最厉害。如法国超现实主义诗人艾吕雅的诗句：“她婷立在我的眼睑上/……她光明四射的梦想/却令光波了无痕迹”（《恋人》，叶汝琏译）。美国的某些后现代主义诗歌的扭曲变形手法也很显著。且看受超现实主义影响的纽约派诗人弗兰克·奥哈拉在《纪念我的感受》中的独特“感受”：“……我不知道什么血液/在我身内我感到像一个非洲王子我是个姑娘/走下楼梯穿着打褶的红衣服高跟鞋我是个经历一次失败的冠军/我是个屁股扭伤的骑师我是轻雾/其中一张脸出现/那是另一个金发人的脸我是吃香蕉的狒狒”。① 这是人格分裂性质的无意识联想，由此产生许多互不关联的意象，这些意象被拼凑在句法混乱且没有标点的语句中，愈益显出它们的扭曲变形性。

二、想象性描写

在世界诗学史上，西方思想家和诗人最看重想象，对它的论述最多。

古代的亚里士多德就论述过想象与感觉、理智的不同；阿波罗尼阿斯则明确指出艺术是想象的创造（见第三章第二节第一小节）。在西方近代高扬主体性的背景下，人们开始强调想象在诗歌创作中的作用，如维柯、狄德罗、伏尔泰等就是如此。伏尔泰关于想象的说法对诗歌创作颇有启示意义：“虽然说记忆得到滋养、经过运用，就能成为一切想象之源泉，这点记忆一旦装载过多，反倒会叫想象窒息。因此……那些整天计算或者俗务缠身的人，其想象一般总是很贫乏的。”② 康德充分肯定想象的作用。他说，“想象力（作为生产性的认识能力）在从现实自然提供给它的材料中仿佛创造出另一个自然这方面是极为强大的”③。他认为审美意象是想象创造的：“我把审美［感性］理念理解为想象力的那样一种表象。”④ 康德所说的审美理念

---

① 转引自［美］丹尼尔·霍夫曼：《诗歌：异端流派》，裘小龙译，丹尼尔·霍夫曼主编：《美国当代文学》（下），中国文联出版公司 1984 年版，第 808 页。

② 中国社会科学院外国文学研究所、外国文学研究资料丛刊编辑委员会：《外国理论家、作家论形象思维》，第 32 页。

③ 康德：《判断力批判》，第 158 页。

④ 同上。

就是审美意象。康德还提出“美的艺术是天才的艺术”的观点，而“那些（以某种比例）结合起来构成天才的内心力量，就是想象力和知性”①。黑格尔也高度评价想象的作用。他说：“如果谈到本领，最杰出的艺术本领就是想象。”②

诗人们根据自己的创作经验，也高度评价想象的功能和意义。例如，柯勒律治认为想象具有“综合神奇的力量”，它能够使诗歌中“各种相反或是不协调的品质取得平衡或调解”③。所以，对诗而言，“想象则是它的灵魂，无所不在，贯穿一切，把一切塑成为一个有风姿、有意义的整体”④。又如雪莱，他干脆把诗歌界定为“想象的表现”⑤。再如波德莱尔，他是这样称颂想象力的：“想象力，这个各种官能的皇后，是何等的神秘！它与一切官能有关；激动它们，驱使它们作战。始终与它们形同貌似，几乎难分彼此，但又始终还是它自己。”⑥ 又说：“想象力既是分析，又是综合；……它分解万物，使用一些除了灵魂最深处再无其他来源的规则，积累素材而加以处理，创造出一个新世界，产生出一种清新的感觉。……想象力是真理的皇后，所谓可能也就是真理领域的一部分。它和无限有直接的关系。”⑦

西方诗歌（实则所有诗歌）的想象性描写方式，可以分为直观式、联想式、假想式、幻想式和神话式五种。

前文已论述，直观式想象性描写是中国古代诗歌的主要描写方式⑧，而不是西方诗歌的主要描写方式。在西方诗歌中，直观式想象性描写在意象派诗歌中较为突出。意象派主张直接描写事物，要求意象明晰、准确，有客观性，这必然与直观式想象性描写有关。前文举出的意象派先驱休姆的《码头之上》，就主要是直观式想象性描写；下小节说到的意象派诗人威廉斯的

① 康德：《判断力批判》，第161页。

② 黑格尔：《美学》（第一卷），第357页。

③ 柯勒律治：《文学传记》，伍蠡甫主编：《西方文论选》（下卷），第34页。

④ 同上。

⑤ 雪莱：《诗辩》，伍蠡甫主编：《西方文论选》（下卷），第51页。

⑥ 波德莱尔：《一八五九年的沙龙》，伍蠡甫主编：《西方文论选》（下卷），第231—232页。

⑦ 同上书，第232页。

⑧ 在前文中，我们称中国古代诗歌主要的描写方式为直观性描写，与西方诗歌的想象性描写相对。不过我们又指出，直观性描写也具有审美想象性，所以直观性描写是广义的想象性描写中的一种特殊方式。这种特殊方式就是这里所说的直观式想象性描写。

《红色手推车》的描写也如此。在西方诗歌中，单纯运用直观式想象性描写的情况很少，通常的情况是将它与其他方式的想象性描写混合运用。最明显的例子是庞德的只有两行诗的《地铁车站》，它的第一行“人群中这些面孔幽灵般显现”可以说是直观式想象性描写，不过其中已经夹了一个幻想性的比喻；它的第二行诗“湿漉漉的黑枝条上朵朵花瓣”则是联想式想象性描写。

联想式想象性描写是西方诗歌主要的想象性描写方式。西方诗歌的拟人、隐喻、象征等主要手法，就是由类似联想造成的。这些手法有时之所以新颖、奇妙，就是因为那类似联想新颖、奇妙。如法国现代诗人皮埃尔·勒韦迪（1889—1960 年）《超脱》的起首三行：

世界是我的囚室
如果我远离了我所爱的
你并不太远啊天边的栏杆（罗洛译）

这个比喻之所以新颖，就是因为诗人的想象很奇妙：诗人远离了他的所爱，世界似乎就成了小小的囚室，那世界边沿的栏杆就在不远处。这样的想象就是联想，即由心灵所感觉到的狭窄天地联想到禁锢人的囚室。

西方诗歌与中国古代诗歌在想象性描写上的主要差别，就是前者主要运用联想式想象性描写，后者则主要运用直观式想象性描写。这与西方诗歌的主要手法是拟人、隐喻和象征，而中国古代诗歌的主要手法是兴这种差别是统一的，因为联想式想象形成拟人、隐喻和象征等手法，直观式想象则形成兴手法。

假想（或者说设想）式想象性描写主要出现在叙事文学中，是其虚构手法中的主体成分。在抒情诗中，假想式想象性描写或者出现在叙事性虚构中，或者出现在戏剧性独白和对白中。

有些抒情诗中有少量的叙事成分，那叙事成分一般就是通过假想式想象性描述来完成的。其中最显著的是那些可以被视为抒情诗的短小谣曲体诗歌，它们的情节简单而抒情性较强。近代英国和德国的这种谣曲体诗歌的成就最高。早期的歌德就写了不少这样的谣曲体诗歌，如前文曾经引述过的他的《相逢与离别》一诗，从题目就能看出它有一定的叙事性。

独白和对白是戏剧的基本要素。抒情诗中的戏剧性独白，指诗中人物对他想象中的听众说话。这种手法在罗马诗人卡图卢斯的爱情诗中就有了。英国诗人罗伯特·勃朗宁（1812—1889 年）的诗歌的一大特点就是戏剧性独白。例如，他的《失去恋人》，全诗都是诗人的独白（假想在对恋人说话），但从中见出简单的场景和情节，也见出诗人内心的顽强希望。以下是其中一节：

最亲爱的，明天我们能否照样相遇？
我能否仍旧握住你的手？
“仅仅是朋友”，好吧，我失去的许多东西，
最一般的朋友倒还能保留：（飞白译）

勃朗宁之后，哈代、庞德等诗人都写过戏剧性独白的名篇。艾略特受他们的影响，也运用戏剧性独白手法，最突出的例子是他的《普鲁弗洛克情歌》，整首诗都是普鲁弗洛克的独白，由此展现人物的复杂心理和相应的场景。西方诗歌的这种戏剧性独白手法影响了中国现代诗人闻一多、杜运燮等。

抒情诗中的对白在西方古典时代就颇为流行，不少田园诗、讽刺诗和哲理诗都采用对白方式。这种方式后来也一直存在，如在歌德的谣曲体诗中。《野蔷薇》是歌德的一首抒情性谣曲体诗，且看其中的一节对白：

少年说：我要摘下你，
开在郊野里的小蔷薇！
蔷薇说：我要刺痛你，
使你永远记着我，
我不愿受你的折磨。（钱春绮译）

幻想式想象性描写中的幻想，指对现实中不可能存在的事物和状况的想象，它包括梦幻。柯勒律治的《忽必烈汗》一诗纯粹是梦幻的产物。据诗人自己说，此诗不但内容是梦幻性的，全部 54 行诗（未完成）也得之于梦中。此诗的梦幻充满异国风情，神奇瑰丽，变幻莫测。评论家说，此诗“所渲染、形容的是灵感，是想象力。情景转换的迅捷，形象对照的突兀，格律上多种音乐替换的频繁，都是为了突出想象力的作用，表现出它的不可捉摸性”①。联系上述柯勒律治对想象的论述，可以说此诗是对其想象理论

① 王佐良：《英国诗史》，第 263 页。

的诗意性体现。

兰波（1854—1891 年）的《醉舟》是以幻想式想象性描写为主导而创作的。《醉舟》是一个奇迹。诗人创作它时还只是一个 17 岁的少年，结果它却成了法国前期象征主义诗歌的一个代表作，一个传世佳作。《醉舟》典型地体现着诗歌天才的神奇和诗歌创作的神秘，而这神奇和神秘都是靠想象来展现的。兰波创作《醉舟》时并没有见过大海，可知他的创作纯粹凭借想象。或许正因为如此，他才创造出奇异无比的大海景观。且看他如下的描写：

我见过夕阳，被神秘的恐怖染黑，
闪耀着长长的紫色的凝辉，
照着海浪向远方滚去的微颤，
像照着古代戏剧里的合唱队！
我梦见绿的夜，在眩目的白雪中，
一个吻缓缓地涨上大海的眼睛，
闻所未闻的液汁的循环，
磷光歌唱家的黄与蓝的觉醒！（飞白译，下同）

对其他东西的描写也异常奇幻。例如：

我自由荡漾，冒着烟，让紫雾导航，
我钻破淡红色的天墙，这墙上
长着太阳的苔藓，穹苍的涕泪，——
这对于真正的诗人是精美的果酱。

兰波被认为是超现实主义的先驱。上小节所述超现实主义所运用的扭曲变形手法，也属于幻想式想象性描写。

神话主要是联想和幻想的产物。诗人运用神话，可以看成是运用一种现存的想象性描写方式，尽管诗人对神话的运用有自身特定的目的，并常常对被运用的神话有所改造。在世界文化史上，印度和希腊的神话最丰富多彩，印度诗歌和西方诗歌对神话式想象性描写方式也运用得最多。在西方诗史上，古希腊诗歌和古罗马诗歌的神话式想象性描写最普遍。中世纪时期，诗歌中主要是基督教的神话以及保存下来的若干欧洲本土神话，希腊神话基本消失。文艺复兴以后，希腊神话和基督教神话同时存在于诗歌中，不过总的趋势是逐渐减少，后现代主义诗歌中最少。

上述几种想象性描写方式常常综合运用于诗歌中，其中联想方式往往是基本的（但不一定是主导的）。例如，兰波的《醉舟》，它的基本手法是象征，即用醉舟在大海上的漂流象征诗人自由追寻的梦想，这是一种联想关系。不过，对醉舟漂流过程的描写却是幻想性的。此外，诗人将醉舟比拟为人，全诗都是醉舟的拟人化独白，所以诗歌中又包含着假想。又如艾略特的《荒原》，它基本的象征手法（用荒原象征人类精神的荒芜）要求联想式的想象性描写，但其中又有神话式想象性描写。

中国古代诗歌中也有上述几种方式的想象，不过其中主要的是直观式想象。西方诗歌中的情况则相反，直观式想象是次要的，主要的是联想、假想和幻想。一般认为想象的方式主要是联想、假想和幻想，而不认为直观也是想象。确实，一般的直观并不是想象，只有审美的直观才是，而审美直观的想象性不但不易觉察，而且也不易理解。所以，在一般认识的意义上，西方诗歌比中国古代诗歌更富于想象性。西方关于想象的论述也很丰富很深入，而中国古代除了《文心雕龙·神思》篇中对想象有较深入的论述外，其他大量的诗话、词话很少涉及。由此可知，从想象的一般意义看，朱自清所说的“不重想象，中国诗的传统原本如此”①，是实心之论。

三、主观化抒情

主观化抒情分为直抒胸臆的直接抒情和借助形象的间接抒情。主观化直接抒情在西方诗歌中很突出，靠这种方式创作的某些诗歌，虽然缺乏形象性，但由于其动人的抒情和高明的议论，也能成为名篇佳作。如前文举出的古希腊萨福的《在我看来那人有如天神》，又如普希金的《我爱过你》：

我爱过你，也许，我的爱情
在心底还没有完全熄灭，变冷；
可是让它不再把你打搅吧，
我不想以任何事使你烦闷。
我爱过你，不抱希望，不吐声息，

① 朱自清：《〈中国新文学大系·诗集〉导言》，杨匡汉、刘福春编：《中国现代诗论》（上编），第241页。

有时羞怯躲避，有时满怀妒忌；
我爱得如此温柔，如此真诚，
愿上帝保佑有另一个人这样爱你。（飞白译，下同）

再如海涅的《你好像一朵花儿》：

你好像一朵花儿，
这样温柔、纯洁、美丽；
我凝视着你，一丝哀愁
悄悄潜入我的心底。

我愿在你的头上
轻轻放上我的手，
祈祷上帝永远保佑你
这样纯洁、美丽、温柔。

此诗的首句虽然是形象的比喻，下文却不再描写那形象，而是直接赞叹姑娘的“温柔、纯洁、美丽”，表达诗人心中无名的哀愁和美好的祝愿。所以，此诗所用的主要是主观化直接抒情。这种方法也可以把诗写得简短、含蓄，此诗即是一例。中国古代诗人陈子昂的《登幽州台歌》也是这样的名篇。

主观化直接抒情有时是诗人的内心独白，这种内心独白与前述戏剧性独白的不同，主要在于后者借助了简单的场景和情节（由此构成一定的戏剧性），前者则没有这些，只是对内心的剖析和展现。浪漫主义诗人喜爱内心独白，以上两首诗特别是普希金的《我爱过你》，就完全是内心独白。某些浪漫主义诗歌的内心独白式抒情显得有些过度，如雪莱的《印度小夜曲》就有这种情况：“……让我死在你的怀中吧，/因为你是这么可爱！//哦，把我从草地上举起！/我完了！我昏迷，倒下！/让你的爱情化为吻/朝我的眼和嘴唇倾洒。/我的脸苍白而冰冷，/我的心跳得多么急切；/哦，快把它压在你的心上，/它终将在那儿碎裂。”（查良铮译）虽然有一定的形象性，但总的倾向是内心独白。这样的内心独白式抒情有“滥情”之嫌。

如前所述，借助形象的抒情可以相对地分为主观化抒情和客观化抒情。西方诗歌的形象化抒情主要是主观化抒情。其中，浪漫主义诗歌的主观化抒情最强烈，前文论及的雪莱《西风颂》、雨果《当一切入睡》等就是显例。

《西风颂》中有这样的诗句："呵，但愿你给予我/狂暴的精神！奋勇者呵，让我们合一！"可知诗人与西风是合二为一的，后者不过是前者主观精神的化身。这种主观化抒情的诗歌往往更容易感染人，或者更强烈地感染人。不过，过多的主观化抒情不但片面，而且可能损害诗美。敏锐的歌德和济慈对此就有所警觉。歌德用提倡普遍性来减少主观性，增加客观性，因为普遍性对于个人性来说就是一种客观性。他说："就诗人来说，也是如此。要是他只能表达他自己那一点主观情绪，他还算不上什么；但是一旦能掌握住世界而且能把它表达出来，他就是一个诗人了。"① 济慈则如前所述，他的"否定能力"论具有否定主观个人性而追求审美普遍性的性质。（见第一章第二节第三小节的论述。）

现代主义诗歌中既有主观化抒情很强烈的流派，如未来主义和超现实主义；又有抒情显得相对客观的流派，如作为现代主义诗歌主流的象征主义。那么，象征主义诗歌的抒情是否可以说是客观化抒情呢？总体上不能那样说。尽管象征主义不直接抒情和说教，而是用有一定客观性的象征形象来表现，但由于象征主义诗歌所表现的是诗人的很主观很个人化的情绪，并且往往运用主观性很强的直觉、梦幻等非理性方式来表现，象征主义诗歌的抒情仍然显出主观性和个人性，即便在提倡"寻找客观对应物"的艾略特的诗歌里也如此。所以，西方学者指出："象征主义表现一种极端的主观主义，它与潜意识中最黑暗的部分关联（它因此被贴上'颓废'的标签）。"② 以波德莱尔和兰波、魏尔仑为代表的前期象征主义尤其如此。

后现代主义诗歌虽然也有客观性的一面，但是，它有意识地反拨艾略特的非个人论诗学和继承超现实主义的主观主义的一面更突出。后现代主义的某些诗歌，如自白派、垮掉一代派、新超现实主义等诗歌，是浪漫主义以来主观性最强的诗歌。它们恢复了浪漫主义表现主观自我的传统。不过，它们的主观性与浪漫主义的主观性不同：它们揭露自我，暴露隐私，迷恋死亡，抒发变态的情感，表现荒诞和疯狂，令人震惊，却不怎么令人感动（详见第一章第二节第四小节的论述）。这样的主观性是非理性的，它有个人真实性，却没有多少社会普遍性。而浪漫主义的主观性则是基于理性的，它寓有

① 爱克曼：《歌德谈话录》，朱光潜译，人民文学出版社 1982 年版，第 96 页。

② Alex Preminger, ed., *Princeton Encyclopedia of Poetry and Poetics*, p.512.

较多的社会意义。

西方各个时期的诗歌中也有不同程度的客观化抒情。例如，唯美主义的巴那斯派不满某些浪漫主义诗歌的主观性，主张情感抒发的冷静和客观。客观化抒情较为显著并产生较大影响的是意象主义诗歌。庞德从意象主义直接处理事物和意象要清晰、精确、具体等原则出发，他在一封信中强调："客观性，再一次客观性。"① 意象主义诗人威廉斯的《红色手推车》就有这样的客观性：

那么多东西
倚仗

一辆红色
手推车

雨水淋得它
晶亮

旁边是一群
白鸡（袁可嘉译）

这首诗可谓意象主义直观性描写和客观化抒情的典型。威廉斯等诗人提倡过"客观主义诗学"，对美国后现代主义中描写乡土风情和平常事物的诗歌产生了很大影响。

总的看来，唯美主义和意象主义客观化抒情的诗歌成就不是很高，生命不是很长。究其原因，大约与处于主客二分文化中的西方人习惯于主观化抒情这一基本点有关。此外，这种客观化抒情的诗歌往往缺乏深厚的内涵，这也与西方人追本溯源、探究深意的习性相违背。

特别要指出的是，象征主义尤其是后期象征主义在描写和抒情上具有一定的客观性。这种客观性在理论上的标志是艾略特的"思想知觉化"论、"寻找客观对应物"论和"非个人"论，在创作上的标志是里尔克、瓦莱

① 艾兹拉·庞德：《关于意象主义的通信》，彼德·琼斯编选：《意象派诗选·附录》，第167页。

里、艾略特等的某些诗歌，特别是里尔克的某些咏物诗。我们曾以这类诗歌为代表论述西方现代主义诗歌的客观化特征（因为象征主义诗歌是现代主义诗歌的主流）。不过，那样的客观化特征是与西方浪漫主义诗歌的主观化特征比较而言的。若与中国古代诗歌的客观化特征相比，西方的这些象征主义诗歌仍然显出主观性，只不过比此前的浪漫主义诗歌的主观性较为隐蔽而已。以前文曾经举出的里尔克的咏物诗《豹》看，它的抒情性不但与中国古代诗歌比较起来显得是主观的，与威廉斯的意象主义诗篇《红色手推车》比较起来也显得主观。当然，象征主义诗歌的这种相对的客观化特征在西方诗歌自身的历史发展中有重要意义，那就是：这个特征以及更为重要的非理性化特征造成了不同于浪漫主义诗歌的现代主义诗歌。不过，这种客观化特征也造成了一个相应的遗憾，那就是如西方批评家所说："现代特别缺乏精美的爱情诗，原因之一就是诗人害怕在诗中过多地吐露个人感情。"①（可见艾略特关于诗歌应该"逃避情感""逃避个性"，是"非个人"的等论说对现代主义诗歌的重大影响）爱情诗最适宜主观化抒情。所以，精美动人的爱情诗多出现在古典时代，特别是从文艺复兴至浪漫主义的时代——那个时代，在诗歌创作上正是主观化抒情日渐突出的时代，在哲学认识论上正是高扬主体性的时代。

在世界诗歌中，西方诗歌的主观化抒情与中国古代诗歌的客观化抒情形成强烈的对照。西方诗歌的主观化抒情之所以突出，是因为西方诗歌的情感主要是自我情感，而自我情感比起其他情感来是最具有自我主观性的。自我主观性是自我主体性的一种表现。在西方的主客二分文化中，自我主体是根本性的主体。因为自我主体不但将外在自然界当作客体，而且将社会群体主体中个人之外的其他人也当作客体。总之，西方诗歌情感的自我主观性决定了其主观化抒情必然是很突出的。中国古代诗歌的情感主要是道德情感，这种道德情感是一种群体情感，它相对于自我情感的主观个人性来说具有客观社会性；更重要的是，根据中国古代道德文化的天人合一理念，这种道德情感与包括外在自然界在内的客观事物是相通的，是可以靠客观事物自然地呈现出来的（客观事物被认为也具有这种道德情感）。这就造成了中国古代诗歌很独特、很突出的客观化抒情。

① 伊丽莎白·朱：《当代英美诗歌鉴赏指南》，第117页。

第三节　西亚南亚抒情诗的创作手法

一、希伯来抒情诗的创作手法

在论述希伯来圣经诗歌的拟人、比喻、象征等创作手法之先，有必要论述这种诗歌的平行结构，因为不但这些手法常常是在平行结构的基础上展开的，而且平行结构本身也起着创作手法的作用。

什么是平行结构？西方研究圣经诗歌的学者 J. L. 库格尔指出，平行结构的模式为“前面部分——停顿——后面部分——更大的停顿”①，用符号表示即为“——/——//”②。在这种结构中，前面部分一般为上一行诗，行尾多为逗号的停顿；后面部分一般为下一行诗，行尾多为句号的停顿。上下两行诗构成一节诗，这是多数情况；此外，一节诗有时只有一行，有时则可以包含三行甚至四行。从意思上看，一节诗就是一个或者两个完整的句子。人们一般就是根据这样的平行结构来分行排列圣经诗歌的。

在诗节的这种平行结构中，上下诗行之间的关系归纳起来有三种，即同义关系、反义关系和综合关系。③ 综合关系包括补充、说明、因果、假设等关系，是其他民族语言的诗歌也普遍具有的。而同义关系和反义关系，尤其是前者，在希伯来诗歌中特别突出，在其他民族语言的诗歌中则并非那样。同义关系和反义关系在形式上往往具有对偶和排比的特点。

上下诗行同义，这在意思上就是一种重复和强调；上下诗行反义所形成的对照，往往也有一定的重复和强调作用。此外，上下诗行的补充、说明等关系有时也能起重复和强调的作用。因此，平行结构本身具有修辞的性质和强调的作用。从创作手法的角度看，平行结构的重复和强调可以视为圣经诗歌创作的特出手法。

---

① James L. Kugel, *The Idea of Biblical Poetry: Parallelism and Its History*, New Haven and London: Yale University Press, 1981, p.51.

② Ibid.

③ 研究圣经诗歌的犹太教拉比们并没有发现平行结构。发现和提出平行结构或称平行体概念（parallelism）的，是 18 世纪英国主教兼学者的罗伯特·洛斯。平行结构这个名称对于诗行之间的同义关系和反义关系来说是准确的，对于诗行之间的综合关系来说则不大准确。

看《诗篇》第 13 篇中平行结构的重复和强调：

耶和华啊，你忘记我要到几时呢？要到永远吗？
你掩面不顾我要到几时呢？
我心里筹算，终日愁苦，要到几时呢？
我的仇敌升高压制我，要到几时呢？
耶和华我的神啊，求你看顾我，应允我，
使我眼目光明，免得我沉睡至死；
免得我的仇敌说："我胜了他"；
免得我的仇敌在我摇动的时候喜乐。
但我依靠你的慈爱，
我的心因你的救恩快乐。
我要向耶和华歌唱，
因他用厚恩待我。(13：1—6)

全篇 6 节，我们依据平行结构分为 12 行。诗的线索很分明，依次写对上帝的抱怨、祈求和感恩。这三种思想情感的表现都借助了平行结构的重复和强调。前四行诗每一行都是诗人的抱怨，"要到几时呢?"是这四行诗中完全重复的怨言（其他抱怨的词语则有所不同），所以是很突出的同义平行的重复和强调。其中第三、四行之间既是同义的重复和强调，也是递进的重复和强调，即从抱怨"终日愁苦"到抱怨"仇敌升高压制我"。第一行"你忘记我要到几时呢？要到永远吗?"也是递进的重复和强调。中间四行诗每一行都是对上帝的祈求，其中有三个"免得"的诗行还显出排比的特点，凸显着同义平行的重复和强调作用。这三行诗之间也有递进平行的关系。最后四行诗之间的因果关系和递进关系较明显，但仍然存在着同义（"救恩""厚恩"）平行关系的重复和强调。又如《诗篇》第 150 篇（诗见第二章第三节第一小节），整个都是同义平行的重复和强调，其中许多诗行是排比式同义平行的重复和强调。

在《诗篇》之外的其他圣经诗歌中，也存在着这种明显的同义平行的重复和强调。例如在《雅歌》中：

我身睡卧，我心却醒。
这是我良人的声音，他敲门说：

“我的妹子，我的佳偶，
我的鸽子，我的完全人，
求你给我开门，
因我的头满了露水，
我的头发被夜露滴湿。”
我回答说：
“我脱了衣裳，怎能再穿上呢？
我洗了脚，怎能再玷污呢？”
我的良人从门孔里伸进手来，
我便因他动了心。（5：2—4）

“我的妹子，我的佳偶，/我的鸽子，我的完全人”，这是排比式同义平行的重复和强调。“因我的头满了露水，/我的头发被夜露滴湿”，这也是同义平行的重复和强调。“我脱了衣裳，怎能再穿上呢？/我洗了脚，怎能再玷污呢？”这是对偶式同义平行的重复和强调。

反义的平行结构在意思上总是对照的，这种反义平行的对照常常使用对偶句式。反义平行的对照可视为一种特殊的重复和强调。如《传道书》第3章中的两节：

哭有时，笑有时；
哀恸有时，跳舞有时；
抛掷石头有时，堆聚石头有时；
怀抱有时，不怀抱有时。（3：4—5）

上述重复和强调，特别是同义平行的重复和强调，在圣经诗歌中很普遍，它构成圣经诗歌创作的基本特征。此外，在作为圣经诗歌主要代表的《诗篇》中，还存在着一种不是相邻诗行之间的重复和强调，而是诗篇首尾的重复和强调。比如第8篇（全篇9节），首节为“耶和华我们的主啊，你的名在全地何其美！/你将你的荣耀彰显于天。”尾节为“耶和华我们的主啊，你的名在全地何其美！”又如第54篇（全篇7节），首节为“神啊，求你以你的名救我，/凭你的大能为我申冤。”尾节为“他从一切的急难中把我救出来；/我的眼睛也看见了我的仇敌遭报。”再如第103篇（全篇22节），首节为“我的心哪，你要称颂耶和华，/凡在我里面的，也要称颂他的圣名！”

尾节为“你们一切被他造的，在他所治理的各处，都要称颂耶和华。/我的心哪，你要称颂耶和华！”《诗篇》大多为赞美诗，这种诗歌很适合这样的首尾重复，以便点明和强调诗的主旨。其他民族语言的抒情诗中也有这种首尾重复和强调的情况，但总的来说没有希伯来圣经诗歌这么突出。

宗教起源于泛灵论，在这种意义上宗教是拟人化的产物，因为只有人才具有灵魂。作为宗教信仰对象的神灵其实就是人的化身，或者说就是人的本质的外化。半文明宗教文化的拟人性最突出，因为这种宗教中神灵的人格化比较具体。所以，这种宗教文化的诗歌的拟人性也最突出，如古代希腊的诗史和古代印度的吠陀诗歌就如此。在文明宗教中，神灵的人格变得抽象了，成了某种绝对精神的象征。所以，文明宗教的拟人性减少，而象征性增多。其诗歌也如此。

希伯来人的犹太教是历史上最早成熟的文明宗教，作为该宗教唯一神的上帝就主要是象征性的，但有时还带着明显的拟人化痕迹（在犹太教上帝的基础上发展出来的基督教上帝就更少拟人性，更多象征性）。希伯来圣经诗歌也如此，即其中的上帝形象主要是象征性的，但带着明显的拟人化痕迹。这种拟人化痕迹的主要表现是：有时，上帝的喜怒等情感以及对希伯来人的赏罚等被描写得很具体，好像上帝身临其境似的。许多先知诗歌通过先知的口吻代上帝说话，并常常使用第一人称，好像上帝在亲口说话，这也是对上帝拟人化的一种表现。

在论述西方诗歌的拟人手法时，我们曾指出拟人手法的一个成熟表现是对抽象东西的拟人化。圣经诗歌中也有这种情况。如《箴言》第 8 章整个是拟人化的。它这样开篇：

智慧岂不呼叫？
聪明岂不发声？
他在道旁高处的顶上，
在十字路口站立。（8：1—2）

从第 4 节至章末第 36 节，则是智慧以人的身份在说话，教导听众。《箴言》大约编订于希腊化时期（公元前 334—前 30 年），它将智慧和聪明这样的抽象东西拟人化，可能受到古希腊诗歌的影响，因为古希腊诗歌就常常将理性、智慧等抽象东西拟人化。

尽管圣经诗歌中的上帝还粘带着拟人化的痕迹，但上帝在总体上已经是一种象征，即犹太教精神或者说希伯来民族精神的象征。在某些诗歌中，上帝是象征形象还是隐喻形象并不清晰。如前文举出的《诗篇》第23篇中，诗人说“耶和华是我的牧者”，即把上帝比为牧人，把自己比为被牧放的羊，这似乎是隐喻。其实，诗中的上帝只是精神的导师，他与牧人之间并没有具体的类似点，而只有宽泛的类似性，所以牧人与上帝的关系也可以看作象征关系，即用牧人这个具体形象来象征上帝这个抽象的精神实体。除了上帝这个宗教象征外，圣经诗歌中还出现了单纯追求诗歌艺术性的象征，如《雅歌》第4章用花园隐喻女性情人的身体，而将男性情人进入花园象征性爱。

圣经诗歌中运用得更多的还是比喻。有的比喻新颖、生动，如《箴言》中的一个比喻：“妇女美貌而无见识，/如同金环戴在猪鼻上。”（11：22）有的比喻错综复杂，并且颇为高明，如《以赛亚书》中的几个比喻：

因为我要将水浇灌口渴的人，
将河浇灌干旱之地；
我要将我的灵浇灌你的后裔，
将我的福浇灌你的子孙。
他们要发生在草中，
像溪水旁的柳树。（44：3—4）

这是上帝对雅各布和以色列说的话。我们首先应该注意这几行诗的平行结构：它们既是同义平行，又是递进平行，前四行诗还具有排比和对偶的性质，所以有很强的重复和强调的作用。几个比喻就相互关联地发生在这样的平行结构中。

如果我们单独看第三行诗和第四行诗，把“我要将我的灵浇灌你的后裔”理解为“我要将我的灵魂之水浇灌你的后裔”，把“将我的福浇灌你的子孙”理解为“将我的神恩之水浇灌你的子孙”，那么，其中的“灵浇灌后裔”和“福浇灌子孙”就是借喻，即本体（水）完全不出现的比喻。① 但

① 根据陈望道的说法，借喻就是没有本体而只有喻体的比喻。他说：“比隐喻更进一层的，便是借喻。借喻之中，正文（即本体）和譬喻（即喻体）的关系更其密切；这就全然不写正文，便把譬喻来做正文的代表了。”（陈望道：《修辞学发凡》，上海教育出版社1976年版，第78页）

是，如果我们联系上两行诗看，这两个比喻就是隐喻，因为上两行诗中就有作为本体的水（河）。第五行诗暗中以根芽比喻“他们”，所以是隐喻；最后一行说他们像柳树，是明喻。根芽因水的浇灌而在草丛中生长，在溪水旁形成柳荫，这在缺水的中东地区真是一种福祉，正印证着诗中所说的“将我的福浇灌你的子孙”这句话的意思。

《雅歌》中的比喻最丰富多彩，并且具有审美的自觉性。例如，第 7 章共 13 节，前 9 节都主要是对女子美貌的比喻性描写，如说她的大腿如美玉，肚脐如圆杯，腰如围着百合花的一堆麦子，两乳如一对小鹿，等等，共计 12 个比喻。从前述平行结构的观点看，因为那些诗行都是描写和称颂女子的美丽的，所以是同义平行结构，并且是排比式的；又因为那些诗行的比喻性描写是从双脚经身躯至头部，所以那平行结构又是递进式的。这种平行结构的诗行具有很强的重复和强调作用。上述 12 个连珠式的博喻建基在这种具有重复和强调作用的平行结构上，能够强烈地表现女性的身体美感。《雅歌》第 5 章对男性美的比喻性描写也大致如此。

希伯来圣经诗歌抒情的特点是直接、主观，并且往往很强烈。这些特点，既与诗歌所表现的宗教性（如《诗篇》对上帝的赞美和祈求）和所反映的国情（如《耶利米哀歌》中的亡国之痛）有关，又与诗歌独特的平行结构有关。平行结构中的同义平行和反义平行都有强调作用，所以诗歌的抒情性往往很强烈。综合性平行结构的诗行中的补充、说明以及因果等逻辑性，往往使思想情感的表现直接并且一览无余。所以希伯来诗歌缺少含蓄性，与富于含蓄蕴藉性的中国古代诗歌的抒情风格相去甚远。顺便指出，圣经诗歌所运用的拟人、象征特别是比喻等手法，与中国古代诗歌的兴手法也很不同。与之相应，圣经诗歌的描写是想象性的，很难见到像中国古代诗歌那样的直观性描写。无直观性描写，自然就缺乏像中国古代诗歌那样的客观化抒情和含蓄蕴藉的风格。

《诗篇》第 8 篇应是较早的作品，其内容来自《创世纪》第 1 章。后者是散文，前者是抒情诗，我们从前者多少能见出希伯来抒情诗是怎样产生的：

> 耶和华我们的主啊，你的名在全地何其美！
> 你将你的荣耀彰显于天。
> 你因敌人的缘故，从婴孩和吃奶的口中建立了能力，

使仇敌和报仇的闭口无言。
我观看你指头所造的天，
并你所陈设的月亮星宿，
便说，人算什么，你竟顾念他？
世人算什么，你竟眷顾他？
你叫他比天使微小一点，
并赐他荣耀尊贵为冠冕。
你派他管理你手所造的，
使万物，就是一切的羊牛、田野的兽、空中的鸟、海里的鱼，
凡经行海道的，都伏在他的脚下，
耶和华我们的主啊，你的名在全地何其美！（8：1—9）

诗中所说的耶和华创造天空和月亮星宿，叫人类管理他所创造的羊牛和飞禽、走兽、鱼类，都是《创世纪》第1章的内容，但在那里用散文写得更具体更细致。那样的散文内容在这里是怎样写成诗歌的呢？除了采用平行结构的诗行外，最重要的是出现了抒情主体，即诗中用抒情主体的“我”向上帝说话，尽管这个“我”并不是个体的自我，而是群体的大我。而在《创世纪》第1章中，却是一个叙事客体在说话，他客观地叙说上帝的创造。这篇诗用抒情主体的“我”向上帝说话，诗的重心就不是上帝的创造本身，而是“我”因上帝的创造而向上帝表示感激和赞美，诗篇由此具有了抒情的性质。

这篇诗中有两处的抒情性特别强。一是诗中的重复设问“人算什么，你竟顾念他？/世人算什么，你竟眷顾他？”意在说明万能的上帝竟然给渺小的人类如此尊荣，人类对上帝自当心存感激。另一处是诗篇首尾重复的感叹和赞美。这种首尾的感叹和赞美构成一个封闭的抒情整体，从而使整个诗篇都带上了强烈的抒情性，尽管其中也有叙事和说理的成分。首尾的重复感叹能构成一种抒情旋律，所以许多民族语言的抒情诗都具有这种抒情形式。此诗首尾的重复感叹和赞美是呼告式的，这种形式使情感的表达显得更直接、更强烈，也更亲切。后来的西方抒情诗中，尤其是西方宗教性抒情诗中，就常有这样的呼告形式，它显然受到希伯来圣经诗歌呼告形式的影响。

二、阿拉伯—波斯抒情诗的创作手法

阿拉伯诗人偏爱描述，从阿拉伯诗论家的某些说法可见一斑。艾布·希拉勒·阿斯凯里（1005—?）说：“你要明白最好的描述包含了被描述对象的大部分特点。你在描述时，被描述的一切仿佛历历在目。”① 艾哈默德·艾西尔（? —1345 年）说：“最好的描述是使被描述的事物在读者看来，感到栩栩如生。诗人们偏爱描述，精于描述。”② 偏爱描述可以说是阿拉伯诗歌的一种传统，这种传统在前伊斯兰的蒙昧时代就确立了。阿拉伯文学史家说：“蒙昧时期的诗人的描绘一般真实而细腻，然而又显得非常死板，不生动，不鲜明，缺乏人物形象和必要的夸张。蒙昧时期的诗人的比喻中还多铺陈和旁述，就是用甲物来比喻乙物，然后乙物被扔到一边，抓住甲物描绘一番…… ”③ 这段话一方面肯定前伊斯兰时代的阿拉伯诗人在描述上有真实、细致的特点，另一方面也指出了这种描述的缺点：描述对象多为沙漠、骆驼、废墟等东西，而不是人；描述的模式呆板④，结构松散，逻辑不严，常常游离主题；描述中缺少必要的夸张，许多比喻不成熟。后来的阿拉伯诗人继承了这种偏爱描述的传统，但作了很大改进：描述的模式变得多样；人成了描述的主要对象；描述的手法增多了，成熟了。所以，后来的阿拉伯诗歌不乏真切、生动的描述。

就描述的具体手法看，比喻是最普遍的手法。在阿拉伯前伊斯兰时代的“悬诗”中，有些比喻就用得出色。如最杰出的悬诗诗人盖斯，“他诗歌的美首先表现在比喻上”⑤。他的一节诗曾被许多批评家引用，其中就有精彩的比喻：

夜，
垂下它黑沉的天幕。

---

① ［阿拉伯］艾布·希拉勒·阿斯凯里：《两种创作——诗歌与散文》，曹顺庆主编：《东方文论选》，第 531 页。

② ［阿拉伯］艾哈默德·艾西尔：《珠宝》，曹顺庆主编：《东方文论选》，第 560 页。

③ 汉纳·法胡里：《阿拉伯文学史》，第 38 页。

④ 其模式一般为“诗序—沙漠游—主题”，沙漠游中往往包含对骆驼和沙漠景致的大量的、细致的描绘。（参见蔡伟良、周顺贤：《阿拉伯文学史》，第 15—16 页）

⑤ 汉纳·法胡里：《阿拉伯文学史》，第 59 页。

像大海汹涌的波涛，
卷带着无穷的忧思。
它伸开那硕大的身躯，
巨人般压抑在大地，
考验着我们的耐心和勇气。①

大海般汹涌的夜幕何以忧思无穷？抵抗黑夜的硕大身躯的重压需要怎样的耐心和勇气？这样意味深长的比喻在阿拉伯诗歌中是不多见的。

阿拉伯诗歌的比喻有如下特点。其一是喜爱用剑作比喻。这与古代阿拉伯人的尚武习性有关。前文曾举例说，祖海尔在其诗中将先知穆罕默德比喻为真主的利剑，受到穆罕默德的赞赏。又如伊本·哈发捷（1085—1138 年）在《夜》中将黎明比喻为剑：

夜是藏剑的鞘，晨若鞘中剑，
天河为鞘带银丝。（杨孝柏译，下同）

再如伊本·塞赫勒（1208—1251）在《春》中将小河比喻为剑："似碧毯上悬挂着一柄利剑，/小河在草原上静静流淌。"

其二是爱情诗中以动物比喻美人。例如，欧默尔·本·艾比·拉比尔《苏莱娅》中的比喻：

五位妙龄少女把她簇拥出门，
她羚羊一般婀娜逡巡。

我们知道，希伯来圣经诗歌喜爱用动物比喻美人，前文所引用的圣经诗歌中就用鸽子、骏马、羚羊、小鹿等动物比喻俊男美女。这里，阿拉伯诗人也用羚羊比喻美女。看来，古代中东地区的某些民族都喜爱人体的矫健的美、动态的美，这可能与其游牧生活有关。

其三是饮酒诗中以火焰比喻美酒。例如，叶齐德在咏酒诗中说："在杯中犹如一团烈火，/于期盼者面前闪耀光芒！"（《欢笑吧，朋友》）努瓦斯将酒写得更神奇："是酒发出火样光，/还是火像酒在燃？"②

阿拉伯诗歌的突出手法是夸张。有的批评家最看重夸张，如曼·本·佐

---

① 转引自汉纳·法胡里：《阿拉伯文学史》，第 58—59 页。

② 转引自上书，第 279 页。

法尔说："我认为夸张是最优秀的修辞手法，这是古代人常用的手法。……使用夸张手法可以达到描述中的顶点极致，这比其他手法更好。"① 阿拉伯诗歌中颂扬诗盛行，其中的夸张手法很突出。本书所引用的颂扬诗中都有不同程度的夸张。爱情诗中也不乏夸张，如哲利尔这样夸张女子的美："那一对黑白分明的眼睛，/使我惊魂难归，永远窒息"；"芬芳啊，来自那也门女子的气息/从莱阳山下时时向你飘溢……"（《明亮的眼睛》）矜夸诗中更难免夸张，典型者如前引穆泰纳比的《这就是我》（诗见第二章第三节第二小节）。

阿拉伯诗歌有夸张过度的弊端。文学史家就指出，大诗人穆泰纳比的颂扬诗"有的夸张过度"②，如这样的诗句："当他举首把太空翘望，/群星黯然，明月失光。"③ 有的文学史家指出阿拉伯诗歌夸张的缺点，即"阿拉伯诗歌的许多意义，是建筑在过分夸张的基础上的"④。需要分辨的是，对于神的颂扬和赞美则无论怎样夸张也不会显得过度，因为根据宗教教义，神创世创人，至善至美。夸张过度的现象，主要出现在那些歌颂国王、贵族和诗人自己的颂扬诗和矜夸诗中。

值得一提的是，阿拉伯诗人欧默尔还自觉地用对话来进行描述。对话在前伊斯兰时代盖斯的诗歌中就出现了，"但欧默尔却是有意识地采用这种方式，把它作为诗歌艺术的基础，在这个基础上展开话题，使其变得流畅、风雅，富于表现力，而其他诗人则很少同时具有这些特点"⑤。我们看欧默尔诗中的一段对话：

我问："这是谁？"她答：
"被你把魂勾去的人。"
我说："此话当真？"
她情思怅怅地说：
"真主最知我的爱，
伤心的泪珠儿也能作证。"

---

① ［阿拉伯］曼·本·佐法尔：《诗的批评》，曹顺庆主编：《东方文论选》，第504页。
② 汉纳·法胡里：《阿拉伯文学史》，第396页。
③ 转引自上书，第396页。
④ ［埃及］邵武基·戴伊夫：《阿拉伯埃及近代文学史》，第55页。
⑤ 汉纳·法胡里：《阿拉伯文学史》，第175页。

我说："好女子啊，你的爱折磨着我。"
她说："主啊，愿你也把我折磨！"①

努瓦斯的诗中也运用对话方式，其目的也在于使描述对象显得真切动人。

阿拉伯诗人偏爱描绘的主要目的，常常在于追求诗歌外在形式的美。如追求形象的生动、逼真的美，即追求所谓"历历在目""栩栩如生"；此外还追求比喻、夸张等技巧的美，以及文词的美。与此相应，阿拉伯诗论家也有不少像"诗之美在其特殊的衣裳和俏丽的容颜上"这样的说法。② 然而，美的东西不只是外在形式，它还需要内在意蕴。许多阿拉伯诗歌却缺少内在意蕴，所以尽管描述很多，却情浅意浮，并常常出现堆砌辞藻、罗列比喻、夸张过度等形式主义弊端。

阿拉伯诗歌的颂扬、爱情、饮酒等主要题材，决定了其抒情方式是主观化的。因为这类题材一般要求表现热烈的主观情感，并且往往要求直露地表现。所以，与希伯来诗歌有些类似，阿拉伯诗歌的抒情也缺少含蓄蕴藉性。

波斯诗歌的创作手法与阿拉伯诗歌的创作手法有些类似，这不单因为两种诗歌有着共同的宗教文化背景和类似的思想题材（颂扬、爱情、饮酒等），还因为两种诗歌的诗人在创作上相互影响，甚至在语言上也有交织的情况。波斯前伊斯兰时期的诗歌用古波斯语即巴列维语写成。波斯被阿拉伯人征服以后，波斯诗人用阿拉伯语写诗达两百年之久。之后，达里波斯语兴起，并融合阿拉伯语的某些因素，成为通用的文学语言。辉煌的中古波斯诗歌以及近现代波斯诗歌都是用达里波斯语写的。

波斯诗歌的最普遍的手法也是比喻。中古波斯诗歌的最高成就是爱情诗，包括苏非主义的宗教爱情诗（神爱诗）和世俗爱情诗。这些爱情诗中有许多常用的比喻，如以月亮或玫瑰比喻美人的面容，以水仙比喻美人的眼睛，以翠柏比喻美人的身段，以夜莺对玫瑰的歌唱比喻诗人对美人的爱慕和追求，等等。哈菲兹爱情诗中的这类比喻意象最美丽、动人。本书前面论述波斯诗歌的审美意象时，曾着重论述过哈菲兹诗歌的这类比喻意象。哈菲兹诗歌的一个特点就是大量运用比喻，如在短短一节"卡扎尔"诗中就用了

---

① 转引自汉纳·法胡里：《阿拉伯文学史》，第176页。

② 关于这类说法以及阿拉伯诗歌产生形式主义的原因，见第三章第三节第二小节的论述。

三个比喻：

当你的两只水仙，
弄得我心醉神迷，
我炽燃着的心呵，
像郁金香鲜血垂滴。（邢秉顺译）

说眼睛是水仙花，说心是燃烧的火，这两个比喻是隐喻；说心像滴血的郁金香，这是明喻。

波斯诗歌的比喻也力求新奇。例如，诗人玛努切赫里（？—1040）将人世比喻为一条扑向人的恶狗，以表示对人世的憎恶：

这世界像条恶狗会向你扑来，
虽然你小心翼翼把它避开。①

波斯诗人常常结合夸张来求得比喻的新奇。《雷莉与马杰农》是内扎米·甘泽维（1141—1209）的著名爱情叙事诗，它的一个特点是抒情性浓烈的段落也多用比喻，其中有的夸张性比喻很新奇。例如：

看那光照寰宇的太阳的烈焰，
那是我焦心叹息把它点燃。②

诗人暗示他的焦心叹息是火，这是隐喻。这火在熊熊燃烧，竟点燃太阳的烈焰，这是夸张。

波斯诗歌的夸张也很突出。例如，哈冈尼（1126—1198）凭吊古波斯帝国都城遗址麦达因的诗句：

你沿着底格里斯河来到麦达因土地，
让第二条底格里斯从你眼中流溢。
底格里斯痛苦哭泣，它焦灼的烈焰，
烧得百条血泪的底格里斯奔腾不息。③

这里有两个夸张：一个是泪如河水的夸张；另一个是说底格里斯河不但痛苦

① 转引自张鸿年：《波斯文学史》，第 73 页。
② 转引自上书，第 135 页。
③ 转引自上书，第 125 页。

地流泪，而且它的心焦灼如烈火，将河水烧得奔腾不息。这第二个夸张新颖、奇特。

波斯诗歌也有夸张过度的弊病。如鲁达基《酒颂》中颂扬国王的诗句："国王形象高大——/头能顶到月亮；……/他那焕发的容光——/比太阳还要明亮。"（张晖译）

试比较哈菲兹的一节诗：

我心中埋藏着一座火山，
那火焰已把苍天点燃；
太阳射出的万道金光，
仅仅是这火势的一闪。（邢秉顺译，下同）

我们觉得哈菲兹这节诗中的夸张却不过分，因为他所夸张的是心灵的东西（心中的怒火或其他什么心灵之火），而心灵的东西可以是无限的，所以极度的夸张也适合于它。而鲁达基所夸张的国王的身躯和容颜则不同了，它们是现实的和有限的东西，对它们作极度的夸张就不免过度。其实，诗人的这种极度夸张未必出于真情实意，可能是为了阿谀奉承。

有些爱情诗中的夸张看似过分，其实不然。例如哈菲兹的一节诗：

你那绯红的面颊，
犹如普照环宇的太阳；
你那红玉般的双唇，
像镀上了一层霞光。

诗中有两个夸张性的比喻。如果这是一首世俗爱情诗，那就真是比喻不当、夸张过度了。如果它是一首宗教神爱诗，这样的比喻和夸张就不但合理，而且必要，因为苏非主义神爱诗歌中的情人——真主——是至善至美和至高至大的，她（他）需要这样的夸张。哈菲兹的这首诗不大像世俗爱情诗，而像宗教神爱诗，因为诗的首节（全诗 12 节 48 行）暗示了这是诗人的神爱："天堂花园的绚丽灿烂，/来自与你相会的花园；/地下阴间的熊熊大火，/来自与你分离的烈焰。"

又如萨迪的两节诗：

那是一轮太阳，在苍天旋转徘徊；

人们就如此想象她走路的风采。
让她脚踏情人的头，请她脚踩朋友的眼；
她的脚如踏在大地，该是何等的遗憾！

这种极度的夸张，如果出现在世俗爱情诗中显然不当，但出现在神爱诗歌中却是可以理解的。萨迪的这首诗很可能是神爱诗，因为诗的末节说“萨迪呵，你还是隐居为好，在寂寞中把恋人思念；/真正的意中人会来到索居者身边”。会来到寂寞的索居者（隐居者）身边的真正的意中人，不大可能是世俗恋人，而很可能是索居者心中的神圣者——真主。

阿拉伯诗歌的拟人手法不突出，而波斯诗歌的拟人手法却突出，所以拟人手法是波斯诗歌创作上的一个特点。波斯上古的诗歌就常用拟人手法。成书于公元前1000年左右的《阿维斯塔》，既是波斯琐罗亚斯德教的经典，也是一部诗文总集，其中的颂神诗中就多用拟人手法。例如，把江河敬奉为神而加以拟人化。以下是对江河女神阿娜希塔的赞颂：

阿娜希塔像往常一样，
丰腴俊美如妙龄女郎，
细腰儿紧束亭亭玉立，
身穿华丽带褶的服装，
雍容大雅纯洁而善良。

——《阿邦·亚什特》（第30章第126节）（元文琪译，下同）

还有将抽象东西拟人化为神而加以赞颂的。如对光明和誓约之神梅赫尔的赞颂：

领有辽阔原野的梅赫尔舒展双臂，
为庇护正教徒从辉煌的天国下凡，
驾驭着金镶玉嵌华丽无比的彩舆。

——《梅赫尔·亚什特》（第31章第124节）

波斯颂神诗中的这种拟人化描写，与古代印度颂神诗和古代希腊、罗马的颂神诗有些类似。

波斯中古诗人继承了上述拟人手法的传统。例如，鲁达基在《酒颂》中将葡萄藤拟人化为酒的母亲，将葡萄拟人化为她的孩儿——酿酒的过程就是葡萄孩儿受苦受难的过程。又如玛努切赫里在《烛》一诗中对烛的拟人化描写："你没有眼睛却暗自啜泣，/你没有口唇却面带笑意。" 拟人手法在哈菲兹的诗中也经常出现，如他短短的两行诗中就有两个拟人形象：

清晨分娩的露珠，
滴在郁金香的脸上。（邢秉顺译，下同）

清晨和郁金香都被拟人化了，在黎明时分显得生动、可爱，情深意切。

波斯诗人在创作中也运用戏剧化的对话方法。如苏非主义代表诗人鲁米的《哈里发与雷莉的对话》一诗，就是通过对话引出对苏非派教义的宣讲。有的诗人将有关事物拟人化后加以对话，如纳赛尔·霍斯鲁（1004—1088）的《南瓜》，整首诗都是南瓜与梧桐树的戏剧性对话，南瓜与梧桐树当然是被拟人化了的。此外，哈菲兹等人的诗中也有不少戏剧化对话的描述。

波斯诗歌的抒情与阿拉伯诗歌的抒情类似，也是主观化的。这在很大程度上也是由其颂扬、爱情和饮酒这类思想题材决定的。这种主观化抒情热切、直露，风格明快。萨迪的两行爱情诗极具代表性：

爱情萌发在我身，犹如烈火在心中燎原；
千万种痛苦的折磨，撕裂着我的心肝。

哈菲兹的诗歌，无论是爱情诗还是饮酒诗，都具有情感热切的特点。其中的饮酒诗和世俗爱情诗往往意义明确、风格明快。但是，他的苏非主义神爱诗歌则具有隐晦的风格（鲁米等其他苏非主义诗人的神爱诗歌一般也如此）。这种苏非主义的神爱诗歌尽管意义隐晦不明，其情感的抒发往往仍然是主观的、热切的。如哈菲兹的一节诗：

尽管你我天涯海角各居一方——
愿他人万莫远离你的身旁；
但我这热恋着你的人呵，
心里炽燃着与你相会的期望。

此诗开篇说"虽然尚未看到你的容颜，/成千的人已经望眼欲穿"，由此可以判定此诗是一首神爱诗。这种在爱情形式中所表现的渴望与真主合一的思想情感，尽管有些隐晦不明，却是很主观、很强烈的。这与中国古代诗歌由直观性描写和客观化抒情所造成的含蓄蕴藉不同。

三、印度抒情诗的创作手法

与希伯来诗歌和阿拉伯—波斯诗歌的创作手法比较，印度诗歌的创作手法是较为全面的，这即是说，印度诗歌的创作手法在本节所讲到的各个方面都较为突出。

印度诗歌理论也注重对手法、技巧的研究。手法、技巧等形式方面的东西在印度诗学中叫"庄严"。关于庄严的论著很多。这些论著对庄严加以细致的分类，举例、解说也不厌其烦。印度诗论注重手法、技巧等审美形式方面的东西，与阿拉伯诗论和波斯诗论类似。不同的是，印度诗论的重心后来转向了审美情感（所谓"味""韵"）方面，阿拉伯和波斯诗论的论述则缺乏这后一方面，古代希伯来诗论则两方面都欠缺。

印度诗歌从吠陀诗歌开始。吠陀诗歌的创作手法给后代诗歌奠定了基础，其中拟人法最突出。吠陀诗歌将大量的自然事物和自然现象当作神来赞颂，正是通过拟人法来实现的。例如，对火的拟人化："阿耆尼（火）啊！每天每天对着你，/照明黑暗者啊！我们思想上/充满敬意接近你。"（《梨俱吠陀》第1卷第1首。金克木译，下同）又如，对夜和黎明的拟人化："夜女神来了，/引出姊妹黎明；/黑暗也将离去。"（第10卷第127首）吠陀诗歌对不被当作神的自然物也加以拟人化，如"青蛙现在说话了，/说出雨季所激发的语言。"（第7卷第103首）最奇异的是将人的话语也加以拟人化，使之变得具体、生动。例如，对咒语的拟人化："有一千只眼的诅咒/驾起了车子向这儿出发。"（《阿达婆吠陀》第6卷第37首）吠陀诗歌中的这类拟人化描写富有诗意，富有艺术性。

拟人法也是后代印度诗歌的一种普遍手法。迦梨陀娑的长篇抒情诗《云使》在整体上就是用拟人法写成的，即把天空中的雨云拟人化，作为传信的使者。它的不少诗节中有精彩的拟人化描写。前文曾举出它的第41节，该诗节将信度河拟人化为女性而作了很性感的描写。这里看第28节：

> 尼文底耶河以随波喧闹的一行鸟为腰带，
> 露出了肚脐的漩涡，妖媚地扭扭摆摆；
> 你在路上遇见时就去饮一饮她的美味吧，
> 因为女人第一句情话就是弄风情的姿态。(28)

这一节诗中有两处拟人化描写，一处是将尼文底耶河拟人化为妩媚多姿的女性，另一处是将雨云（你）拟人化为男性。对自然景物的这种拟人化描写，既生动有趣，也增强了诗的爱情氛围。

泰戈尔的抒情诗中也充满拟人化描写。例如，其《园丁集》第67首中的一节：

长夜躺在你的路边，黎明在朦胧的山后睡眠。
星辰屏息地数着时间，柔弱的月儿在夜中浮泛。
鸟儿，呵，我的鸟儿，听我的话，不要垂翅吧。（冰心译，下同）

长夜、黎明、星辰、月儿、鸟儿，统统被诗人拟人化了。泰戈尔诗歌中对抽象事物的拟人化比古代诗歌更多。例如，他在《吉檀迦利》中对死亡的拟人化描写："死亡，你的仆人来到我的门前。他渡过不可知的海洋临到我家，来传达你的召令。"（86）"呵，你这生命最后的完成，死亡，我的死亡，来对我低语吧！"（91）

吠陀诗歌又大量运用比喻，有的比喻很新颖、奇特，很有诗意。例如，《梨俱吠陀》第10卷第168首先将风比喻为车子，随后又比喻为天神的呼吸和天神的任意游行。又如，《阿达婆吠陀》第6卷第37首中的比喻：

诅咒啊！绕一个弯过去吧，
像大火烧过湖；
打那咒我的人去吧，
像雷电打倒树。（2）（金克木译，下同）

诗人发出诅咒去对付曾经诅咒自己的人。诗人将自己的诅咒拟人化，并将它比喻为大火，要它绕过湖去燃烧那人；又将它比喻为雷电，要它去打倒那人。

吠陀诗歌之后的印度古代诗人也广泛运用比喻手法。例如迦梨陀娑，"他的大量的清新的譬喻历来为文学评论家和一般读者所赞赏"①。以下是他《云使》中的几个比喻：

我在藤蔓中看出你的腰身，在惊鹿的眼中
看出你的秋波，在明月中我见到你的面容，

---

① 金克木：《梵语文学史》，第282页。

孔雀翎中见你的头发，河水涟漪中你秀眉挑动，
唉，好娇嗔的人啊！还是找不出一处和你相同。(104)

这是药叉托云使说给爱妻的话。药叉一连用了藤蔓、惊鹿之眼、明月、孔雀翎和涟漪五个形象来隐喻爱妻的秀美，最后却发现这些形象都不能与她相比，因为她的美貌超越了所有这些比喻形象。

印度古代哲理诗有时用比喻来说明道理。有的用得出人意表，如伐致呵利《三百咏》中的比喻："衰老如牝虎伫立狰狞，/疾病如仇敌袭击此身。"(332) 有的用得饶有情趣，如《嘉言集》中的一个比喻："即使仇敌来到家中，/也应当以客礼接待；/大树并不收回阴凉，/即使砍树的人走来。"(59)

近代泰戈尔诗歌的比喻往往独出心裁而又优雅动人。例如，《吉檀迦利》第7首中的一个比喻："呵，诗圣，我已经拜倒在你的脚前。只让我的生命简单正直像一枝苇笛，让你来吹出音乐。"（冰心译，下同）又如，《园丁集》第31首中的几个比喻：

我的心，这只野鸟，在你的双眼中找到了天空。
它们是清晓的摇篮，它们是星辰的王国。
我的诗歌在它们的深处消失。

这几个隐喻相互交织，变化多端，并层层推进：诗人的心是只野鸟，这心灵的野鸟其实就是诗人的诗歌。它在情人的双眼中找到两片天空，那应是情人心灵的天空。那两片天空是清晨的摇篮，那应是催生诗人的诗歌的摇篮；那两片天空又是星辰的王国，那应是激发诗人灵感的王国。在情人心灵的天空里，诗人的诗歌野鸟有了归宿，不再是野鸟了。诗人说它消失在情人心灵天空的深处，那是暗示诗人希望自己的诗歌深入情人的心灵，因为那诗歌是献给情人的最深的爱。

印度古代诗人也喜用夸张手法。诗论家对夸张手法也给予高度评价，如檀丁说："任何一个突出的修饰，已超过了世间的限度，就把它叫做夸张修饰，这是修饰的佼佼者。"① 我们看迦梨陀娑《云使》中的一节：

那城中有一些女郎在夜间到爱人住处去，

① ［印度］檀丁：《诗镜》，曹顺庆主编：《东方文论选》，第161页。

针尖才能刺破的浓密的黑暗遮住了一切；.
你用试金石上划出金线般的闪电照路吧，
可是不要放出雷雨声，因为她们很胆怯。(37)

诗人将黑暗的浓密度极度夸张：黑暗似乎成了液态或固态的东西，所以，只有针尖才能刺破它，只有闪电才能撕裂它。这个夸张真精彩。有的夸张则很巧妙，例如："月亮夜里照耀，你的脸永远照耀。"① 这是对比性夸张，意味着你的面容比月亮更美，因为你的面容白天夜晚都光彩照人。

印度诗歌中亦有夸张过度的现象。例如："这些战象颞颥流液汁，/汇成河流，卷走象、马、车。"婆摩诃在其《诗庄严论》中就说这是违背人世经验的一种诗病。② 又如"创造主创造的空间过于狭小，/没有预见你的乳房如此膨胀"③。这个夸张也过度了，也应是诗病。

古代阿拉伯—波斯诗歌和印度诗歌都喜用夸张，都有夸张过度的毛病，这与中国古代诗歌、西方诗歌都不同。古代阿拉伯—波斯诗歌和印度诗歌所以出现这种情况，大约与它们的宗教颂神诗有关。对神的赞颂必然是夸张性的。由于神实际上是虚幻的东西，加之被认为是至高至大、至善至美和能力无限的，所以尽管颂神诗往往很夸张，却并不显得过度。但是，当颂神诗的夸张手法影响到其他宗教性诗歌（宗教性诗歌并不都是颂神诗），特别是影响到描写现实事物的世俗诗歌时，就可能出现夸张过度的现象。就印度诗歌看，吠陀诗歌中就有夸张手法，史诗时代的宗教神话性史诗中夸张的手法更显著，这必然影响它们之后的诗歌，包括宗教诗歌和世俗诗歌。

印度诗歌自古就运用戏剧性对话方式。在吠陀时代，"一些对话体的诗带有戏剧性，有强烈的生活气息"④。例如，《梨俱吠陀》第 10 卷第 10 首是阎摩和阎蜜的爱情对话。又如，第 10 卷第 95 首写洪呼王与广延天女的对话，"双方的性格在诗中借对话传达了出来，可见当时诗的创作技巧已经相当成熟了"⑤。再如，第 10 卷第 135 首是儿子、父亲、众人之间的对话，最

---

① 转引自黄宝生：《印度古典诗学》，第 278 页。
② 详见［印度］婆摩诃：《诗庄严论》，曹顺庆主编：《东方文论选》，第 124 页。
③ 转引自黄宝生：《印度古典诗学》，第 289 页。
④ 金克木：《梵语文学史》，第 37 页。
⑤ 同上书，第 38 页。

后是尾声，有完整的结构。之后的印度诗歌也用对话方式，在描写黑天与罗陀爱情的诗歌中就有。近代泰戈尔的诗歌中也不乏这种方式，例如其《园丁集》的第 25 首至第 27 首就完全是对话体。

在西亚南亚三种宗教文化的诗歌中，印度诗歌的想象性描写最突出。前文曾指出，印度宗教文化的一个特点是宗教想象特别发达。这种宗教想象创造了繁多的神祇和丰富的神话。印度诗歌想象性描写突出的特点，是这种宗教想象的创造在诗歌艺术上的反映。

印度诗歌想象性描写突出这个特点，不仅表现在上述拟人、比喻、夸张等间接描写的手法上，也表现在对人、神和事物的直接描写上。如迦梨陀娑《云使》中的一节：

> 如果那儿湿婆去了颈上的蛇饰，
> 以手扶着乌玛在山上步行为乐；
> 你就凝聚身内水流，把自己造成阶梯，
> 在前面引导她登上那珠宝山坡。(60)

湿婆神要手扶妻子乌玛在山上步行，于是去了自己颈上的蛇饰（以免她害怕）。这时，药叉便叫雨云凝聚身内的水流，造成云水的阶梯让她攀登：这是何等奇异的想象！

印度诗歌与希伯来诗歌、阿拉伯—波斯诗歌一样，都主要是主观化抒情。印度诗歌的颂神题材和爱情题材（包括神爱题材），决定了必然是主体对客体（神和情人）抒发情感，而不可能像中国古代诗歌那样，由于认定物我同一而让事物自身显露情感；并且，既然是对神赞颂或向神祈求，既然是向情人表示爱慕或思念，就必然倾向于主观地、明确地表现主体的情感。从实际情况看，印度的吠陀诗歌就是带有强烈愿望的颂神诗，所以其抒情往往主观而强烈，本书所引用的吠陀诗歌就大多如此。之后的有些古典诗歌内涵深厚，手法复杂多样，大诗人的作品尤其如此。所以，像迦梨陀娑的《云使》那样的优秀诗篇，除了有强烈的主观化抒情外，也有若干相对直观性的描写和客观化的抒情，如前文举出的第 21 节、第 87 节等。后一种情况使《云使》也有含蓄婉转、余味悠长的一面。

泰戈尔关于梵我同一的诗歌是否也是主观化抒情呢？也是的。梵实际上是人所设定的东西，是人的主观精神的一种异化形式，加之泰戈尔在这种人神关系中已经将重心移向人，所以其诗歌的抒情仍然显出主观性。泰戈尔诗歌中充满了抒情主体的“我”，便是一个标志。作为“我”的倾诉对象的神性的“你”（梵），也不可能具有中国古代诗歌所描写的外在事物那样的客观性。这样的诗歌所具有的主要是神秘隐晦的风格，与中国古代诗歌的含蓄蕴藉的风格不同。不过，泰戈尔是大家，他的整个抒情诗，尤其是某些世俗抒情诗，也具有相对的直观性描写和客观化抒情的情况，因而也有含蓄婉转的一面，并且也能够像那些想象性描写和主观化抒情的篇章一样动人心魄。

综观西亚南亚三种宗教文化的诗歌的创作手法，从其共同性看，都主要运用沉思赋形的拟人、比喻、夸张等手法，都主要是想象性描写和主观化抒情。所以，它们与西方诗歌的创作手法较为接近，却与中国古代诗歌的感物起兴、直观性描写和客观化抒情的创作方法相去较远，尽管它们在世界文学的框架中被归属于东方诗歌、东方文学。它们不但在创作手法上如此，从前述可知，在情感特性、思想题材和审美意象上也大致如此。我们阅读和研究它们时，总体上也感觉它们更接近西方诗歌，而不是更接近中国古代诗歌。由此可见，在世界三种基本文化的诗歌中，中国古代诗歌是最为独立不群的。

从中国古代诗歌方面看，其根本的原因，就在于古代道德文化的天人合一观念所引申出的创作上的物我同一关系（创作主体因此能够让事物自身呈现，从而消隐在事物之中而显出独特的“无我”性）。这种物我同一关系既不同于西方科学文化的主客二分关系，也不同于宗教文化（包括西方宗教文化）的人神二分关系。① 主客二分关系和人神二分关系两者虽然也性质不同，却有很大的共同性，那就是人神二分实际上是一种特殊的主客二分，即人是主体，神是客体。这种主客二分的最大特殊性在于客体高于主体，即神高于人；而在西方科学文化的主客二分关系中，却是主体的人高于客体的自然。

中国古代诗歌的创作在天人合一、物我同一观念的支配下，必然主要采用感物起兴的手法，以及相应的直观性描写和客观化抒情的手法。而基于主

---

① 宗教文化中的人神关系主要是人神二分关系。印度诗歌和波斯苏非主义诗歌所反映的人神相合关系与中国古代的天人合一、物我同一的关系也不相同，本书曾多次论说这一点。

客二分（广义，包括人神二分这种特殊的主客二分）观念的西方诗歌和西亚南亚的三种诗歌，则必然从主体出发而采用沉思赋形的各种手法，以及相应的想象性描写和主观化抒情的手法。要再次说明的是，这里所说的中国古代诗歌与其他两种基本文化的诗歌在创作方法上的不同，是在人类诗歌创作手法的共同性基础之上的不同。这即是说，人类所有诗歌的创作手法实际上都是沉思赋形、想象性描写和主观化抒情，中国古代诗歌的创作手法不过是其中相对不同的特殊形态：我们正是根据那些相对不同的特殊形态而给予了它们不同的名称。

第四节　中国现代抒情诗的创作手法

一、沉思赋形

梁实秋说："新诗与中国传统的旧诗之不同处，不仅在文字方面，诗的艺术整个的变了。"① 这说法符合事实。在这整个变了的新诗艺术中，自然包括创作手法。那创作手法的变化总的说来是：由感物起兴变成了沉思赋形；由直观性描写变成了想象性描写；由客观化抒情变成了主观化抒情。这即是说，变成了与西方诗歌类似的创作手法。

对于中国古代诗歌和现代诗歌来说，感物与沉思是各自基本的创作态度，兴与拟人、隐喻、象征是各自主要的创作手法。

古代诗歌感物的创作态度变成了现代诗歌沉思的创作态度，在创作理论上也有反映，那就是从客观事物出发的物感论变成了从主观自我出发的表现论。② 现代诗歌表现论所说的表现，就是对心灵所沉思过的东西的表现。梁宗岱还直接说到过诗人的沉思："哲学家、宗教家和诗人——三者底第一步工作是一致的：沉思，或内在的探讨，虽然探讨底对象往往各侧重于真、善或美一方面。"③

① 梁实秋：《新诗的格调及其他》，杨匡汉、刘福春编：《中国现代诗论》（上编），第141页。

② 这里说的中国现代诗歌的表现论是广义的，包括前述"自我表现"论、"纯诗"论、"人生文学"论、"主观战斗精神"论等。

③ 梁宗岱：《谈诗》，《诗与真·诗与真二集》，第91页。

中国现代诗歌创作中的沉思，也可以分为对情感的沉思和对观念的沉思两个方面。当然，在实际创作中这两个方面的界限不是截然划分的。

对情感的沉思在理论上有反映，穆木天等人的“纯诗”论就包含这样的内容。“纯诗”的基本成分是纯粹情感，这种纯粹情感就是诗人通过沉思功利性生活情感而获得的审美情感。直接说到沉思情感的是金克木。他说，“新的主情诗是反‘即兴’的。更确切地说：旧诗中除少数外大半都是‘即兴’‘赋得’的，新诗因为一则要情真，所以不得不扫除‘赋得’一类反客为主的作品，二则又要情深，所以又只好避免即兴偶成的做法”①。又说：“所以诗人必能自味其感情，而且能锻炼其感情，使不虚发，不轻发，不妄发，不发而不可收。这种感情的锻炼加以技巧（表现工具的运用）的锻炼便可结成很好的诗。”② 所谓诗人自味其情感，锻炼其情感，就是诗人沉思其情感，即心灵对情感加以净化，使之超脱生活的具体性而成为有普遍性的审美情感。

我们所论述过的徐志摩《再别康桥》和戴望舒《雨巷》，就主要是沉思情感的产物。冯至的《蛇》也是：诗人将自己寂寞而热烈的相思之情通过沉思而想象为一条蛇。闻一多的《忘掉她》也是沉思情感的产物，这里看其首二节：

> 忘掉她，像一朵忘掉的花，——
> 那朝霞在花瓣上，
> 那花心的一缕香——
> 忘掉她，像一朵忘掉的花！
> 忘掉她，像一朵忘掉的花！
> 像春风里一出梦，
> 像梦里的一声钟，
> 忘掉她，像一朵忘掉的花！

这是诗人怀念其亡女的诗篇，是痛定思痛之作。诗人正是通过艺术的沉思，将个人的哀痛化作感染他人的普遍情感，并用美的形象表现出来。因此，那

---

① 柯可（金克木）：《论中国新诗的新途径》，杨匡汉、刘福春编：《中国现代诗论》（上编），第263页。

② 同上书，第265页。

审美的普遍情感所包含的意蕴就扩展了，它不只是对美丽生命的痛惜，也可以是对其他美好东西的痛惜。闻一多的《也许》一诗也是怀念其亡女的，也是痛定思痛之作。

中国古代诗歌最缺乏对观念的沉思。朱自清就说：“中国缺乏冥想诗。诗人虽然多是人本主义者，却没有去摸索人生根本问题的。”① 中国现代诗歌就不同了，它重视观念的沉思，包括对人生根本问题的哲理性沉思。与西方现代主义诗歌最富于哲理性沉思类似，中国现代主义诗歌，特别是那些受瓦莱里、里尔克和艾略特等沉思型诗人影响的中国现代主义诗歌，也富于哲理性沉思。其中最有代表性的是冯至的《十四行集》。朱自清说《十四行集》里有“耐人沉思的理”②；李广田认为整个《十四行集》都是“沉思的诗”③。本书曾分析《十四行集》所着重沉思的三方面的人生哲理，即生命的蜕变和死亡、人生的孤独和寂寞、万物的相互关联。此外，哲理性沉思突出的还有卞之琳和九叶派的作品。九叶派理论家袁可嘉提出“现实、象征、玄学的综合”，其中“玄学”概念就包含哲理性沉思。

海子也是喜好沉思的诗人，我们曾经论述过其诗歌的存在主义观念。但海子的诗歌也很富于抒情性，常常表现强烈的情感，所以他的某些诗篇表现了沉思情感与沉思观念的结合。例如，他的短诗《村庄》：

> 村庄，在五谷丰盛的村庄，我安顿下来
> 我顺手摸到的东西越少越好！
> 珍惜黄昏的村庄，珍惜雨水的村庄
> 万里无云如同我永恒的悲伤

诗中的村庄显然不是作为诗人实际家园的村庄，否则无法理解这村庄似乎是不可见的，要用手触摸；也无法理解当它五谷丰盛时，诗人却有永恒的悲伤。诗中的村庄只是诗人的存在主义精神家园，是他的生命本真存在的一个象征。前文曾指出，海子诗歌中本真存在的形而下象征意象主要是“麦地”和“村庄”，形而上象征意象则主要是“远方”和“太阳”。村庄既然是生

① 朱自清：《〈中国新文学大系·诗集〉导言》，杨匡汉、刘福春编：《中国现代诗论》（上编），第244页。

② 朱自清：《诗与哲理》，《新诗杂话》，第25页。

③ 李广田写过《沉思的诗——论冯至的〈十四行集〉》的评论文章。

命的精神家园，是生命本真的理想存在，诗人就只能用心灵之手去触摸它；它里面世俗的东西当然就“越少越好”。诗人之所以说要珍惜黄昏的村庄，大约因为黄昏时分尘世的喧闹退去，村庄的本真性最能显露出来；之所以说要珍惜雨水的村庄，大约因为雨水是洁净的①，雨水洗过的村庄最能呈现其本真性。人的生命的本真存在是什么？根据存在主义，它是人的忧伤和痛苦。“麦地”和“村庄”既然象征着生命的本真存在，它们就象征着忧伤和痛苦。所以诗人曾对麦地说：“我则站在你痛苦质问的中心”（《麦地与诗人》）。诗人在这里所描写的村庄，也象征着忧伤和痛苦，所以，诗的最后一句“万里无云如同我永恒的悲伤”并不突兀，而不过是将前面的象征寓意直接说出。所谓“万里无云”，大约指诗人的悲伤浩茫无际，无影无踪。由于这最后一句，前面高度浓缩的哲理观念就能在这大悲伤的情感氛围中展露出来。所以，我们说这首诗是沉思情感与沉思观念的结合。

中国现代主义诗歌的创作延续到朦胧诗和第三代诗歌的某些作品（如上述海子的作品），这些诗歌的创作多少都有沉思观念的特点。后现代主义性质的第三代诗歌（海子的诗歌虽然也属于第三代诗歌，但不是后现代主义性质的），作为对以往诗歌的反叛，在总体上可以说是反对沉思的，尤其反对现代主义诗歌那样的深度理性的沉思。这种诗歌的日常经验性的平面化写作和语言游戏性写作，都不是沉思性的写作。怎样看待这类诗歌写作的价值？

艺术是人类不满足于“第一自然”而创造的“第二自然”，或者说不满足于现实世界而创造的艺术世界。各种艺术所凭借的媒介本身都是自然状态的，但是，艺术必然超越媒介的自然状态，否则就创造不出第二自然的艺术世界。各种艺术又必然主要运用自身媒介的最基本的功能，因为这样才能具有最大的艺术创造性，才能达到最高的艺术境界。诗歌艺术的媒介是语言，它必然是对语言的超自然状态亦即超日常状态的运用，其中，又必然主要运用语言的基本功能，即传情达意的语义功能。前述诗歌创作的沉思情感和沉思观念，就都是对关于事物的语言意义的沉思，其结果必然产生不同于日常语言意义的诗的意义，相应的拟人、隐喻、象征等赋形手法，必然也注重对语言的超日常意义的运用。

① 海子曾在《我请求：雨》一诗中写道：“岁月的尘埃无边/秋天/我请求：/下一场雨/洗清我的骨头”。

第三代诗人却主张用日常语言写作日常经验（他们的理论叫做清除语言的积垢，使之回归原生态），这可以说也是一种创新，因为这样的写作史无前例。不过那创新的价值很有限，其境界不可能很高。这正如将音乐回归自然声音本身，将雕塑回归石头或泥土的本来面目，这样的艺术创作也可能有创新性，不过其价值必然很有限，其境界不可能很高。因此，优秀的诗歌不可能没有对日常经验的超越性沉思（前文指出，中国古代诗歌的感物也是一种独特的沉思），不可能不用拟人、隐喻、象征等手法（前文指出，中国古代诗歌的兴也是一种独特的拟人手法）。以于坚的《啤酒瓶盖》看，诗人意在呈现啤酒瓶盖的日常本真性，但我们觉得该诗中那些颇有诗味的地方，却正是诗人将啤酒瓶盖写得有些非日常化的地方。例如，诗人在诗的前面部分写啤酒瓶盖从酒瓶跳开后“世界就再也不想到它”（日常生活中确实如此），但是诗人却并不如此，他不但仍然想到它，而且是非同寻常地想到它，并进而对它产生非同寻常的感受（这就多少有沉思的意味）：

我忽然也想像它那样“嘭”地一声　跳出去　但我不能
身为一本诗集的作者和一具六十公斤的躯体
我仅仅是弯下腰　把这个白色的小尤物拾起来
它那坚硬的　齿状的边缘　划破了我的手指
使我感受到某种与刀子无关的锋利

诗人在此诗中大约还力图“拒绝隐喻”①，然而，当代的评论家们却认为此诗仍然具有隐喻性和象征性。②

艾青说：“所谓形象化是一切事物从抽象渡到具体的桥梁。”③ 这是说诗歌形象化的功能是化抽象为形象。化抽象为形象就是我们所说的沉思赋形，即把沉思出的抽象情感或观念予以形象化的表现。拟人、隐喻、象征等手法就具有化抽象为形象的功能，它们是沉思赋形的具体手法。中国现代诗歌的创造就主要运用这些手法，这与古代诗歌由于感物起兴而主要运用兴手法是不同的。

我们看唐诗中那些有代表性的名篇：七律如崔颢的《黄鹤楼》，五律如

① 于坚：《拒绝隐喻》，载《拒绝隐喻》，云南人民出版社 2004 年版。
② 详见洪子诚主编：《在北大课堂读诗》，长江文艺出版社 2002 年版，第 332—337 页。
③ 艾青：《诗论》，第 199 页。

杜甫的《旅夜书怀》，七绝如李白的《送孟浩然之广陵》，五绝如王维的《鸟鸣涧》，它们都是诗人感物起兴的产物，运用的都是兴手法，其中只有个别诗篇在局部上运用了比喻。又如张若虚的七古《春江花月夜》（它被闻一多誉为“诗中的诗，顶峰上的顶峰”①），它用的也是借景抒情、托物言志的兴手法。在古代诗歌中，像上述诗人那样创作的作品，历代不绝，不可胜数。中国现代诗歌的创作则很不同了。它的那些有代表性的名篇全是由拟人、隐喻、象征等手法创造的，而没有一首真正像古代诗歌那样运用感物起兴的手法，特别是那种整体取景、多视角起兴的典型兴手法。②

以我们论述过的现代诗歌的名篇看，郭沫若的《天狗》在创作方法上是拟物、夸张和象征等三种手法的综合运用。拟物是比拟的一种（另一种是运用更广泛的拟人），它将人当作动物或其他事物。在《天狗》一诗中，诗人将自己比拟为民间传说中的天狗，用惠特曼式的排比句式（全诗 29 行，每行都是“我”字开头）将泛神论的自我极度夸张：这个“我”竟吞掉日月、星辰、宇宙；然后狂叫、燃烧、飞跑，直至剥食自己的皮肉、心肝；最后自我爆炸。吞掉宇宙，象征破坏旧世界；狂叫、燃烧、飞跑和剥食自己，象征自我蜕变；最后的自我爆炸，则暗示由此将创造出一个新的世界、新的自我，这也是一种象征。诗人纯然从自我出发，想象着去毁坏世界和再造世界，并将这种狂暴的激情宣泄无余。这可真是将古代诗歌感物起兴的手法彻底颠覆了。

徐志摩《再别康桥》的创作手法要依据对它的理解而定。如果将它理解为仅仅是诗人对康桥美景的留恋，它的创作手法就主要是直观性描写，尽管也有想象性描写的地方，尽管运用了若干隐喻。这样的创作手法就真有点与古代诗歌感物起兴的手法接近了。但我们认为，《再别康桥》在整体上用的是象征手法，即用对康桥的惜别来象征诗人对经历过的那段恋情的怀念和惜别。《再别康桥》中的“云彩”和“彩虹似的梦”是两个关键性的象征意象：“云彩”象征诗人在康桥的那段美丽而终究消散了的恋情，诗篇首尾向云彩的告别正体现着诗的主旨，即暗示诗人对那段恋情的惜别和留恋；“彩虹似的梦”也是那段恋情的象征，诗中所描述的“寻梦”，就是诗人借

① 闻一多：《宫体诗的自赎》，《闻一多全集》（第 6 卷），第 27 页。

② 中国现代诗歌中仍然运用兴手法的是民歌体新诗，但它不是现代诗歌的主流，其成就也不大。

离别之机去重温那段失落的爱情之梦。诗中的几个隐喻也熠熠闪光：将河畔的金柳比喻为夕阳中的新娘，由此暗示诗人曾经有过的美丽梦想；将晚照中榆荫下的潭水比喻为彩虹，由此引出诗人去追寻失落在潭底的彩虹似的爱情之梦；将周围的静悄悄比喻为别离的笙箫，由此表现诗人无法言说的感伤情怀。

闻一多的《死水》在整体上用的显然是象征手法，即用死水象征某种丑恶的东西。《死水》同时又运用了拟人、隐喻等手法。诗人在首节对死水说“爽性泼你的剩菜残羹”就是拟人，以下诗节在一定程度上可以看成诗人对死水所说的激愤和反讽的话，所以这种拟人也有一定的整体性。此外还有两处局部的拟人：第三节说“小珠们笑声变成大珠”，这是将漂在死水上的白沫（诗人将它们比喻为珍珠）的破裂声离奇地拟人化为人的笑声；第五节（末节）说“不如让丑恶来开垦，/看它造出个什么世界”，这是将抽象的丑恶拟人化——“丑恶”二字颇费解，拟人化后更意味深长。《死水》中最显豁的手法还是隐喻。第二节的隐喻最集中：

也许铜的要绿成翡翠，
铁罐上锈出几瓣桃花；
再让油腻织一层罗绮，
霉菌给他蒸出些云霞。

诗人将铜锈比作翡翠，将铁锈比作桃花，将油腻比作罗绮，将霉菌比作云霞；其他诗节中还将死水比作绿酒，将白沫比作珍珠，将蛙声比作歌声。这些比喻的共同的特点是将丑恶的东西比作美丽的东西——它们是中国现代诗歌史上著名的化丑为美的比喻意象。

《死水》的艺术性很高。附带指出，这种艺术性除了体现在上述创作手法上之外，众所周知，还体现在格律形式上。闻一多曾说《死水》是他格律上“最满意的试验”①。为什么是最满意的呢？闻一多说，是因为每行都由三个“二字尺”（即二字顿或称双音顿）和一个“三字尺”（即三字顿或称三音顿）构成的，所以每行的字数一样多（每行都是九言）。学界的有关

① 闻一多说，《死水》“每一行都是用三个‘二字尺’和一个‘三字尺’构成的，所以每行的字数也是一样多。结果，我觉得这首诗是我第一次在音节上最满意的试验”。〔闻一多：《诗的格律》，《闻一多全集》（第2卷），第144页〕

论述也大致止步于此。其实，此外还有若干重要的原因。例如，《死水》每行都以音数较少的双音顿结尾，这正像古代七言诗每句（古代诗本不分行，而以句论）都由三个双音顿和一个单音顿构成，而以音数较少的单音顿结尾。又如，《死水》每行都有完整的或相对完整的意思，避免了割裂意义的欧化跨行现象，这也与古代诗歌一样。这说明，《死水》虽然是现代格律诗，却体现了古代诗歌形式的一些基本规律。① 以上几点，其他现代诗人的格律诗没有做到，闻一多除《死水》之外的格律诗也没有完全做到。这也是《死水》一诗的格律为什么那么典型，并且至今也没有被超越的原因。

戴望舒的《雨巷》是象征主义诗歌的代表作。它的手法总体上就是象征，即用丁香姑娘象征诗人的某种美好理想，并象征由于这理想的可望而不可即而带给诗人的哀怨和惆怅。所以，丁香姑娘作为象征具有两层相互关联的意义。不过，丁香姑娘首先是一个比喻意象，即姑娘像丁香花一样美好，又像丁香花一样“结着愁怨”。可见丁香姑娘作为比喻意象就有两层意义，并且正是这两层比喻意义决定着上述那两层象征意义：丁香姑娘所象征的理想是丁香花一样美好的理想；所象征的哀怨和惆怅是丁香花一样结着的愁怨。

《雨巷》中的这两层象征意义呈现两条线索，相互关联地出现在各节诗中。丁香姑娘象征美好理想这条线索是“丁香姑娘——梦”，意指丁香姑娘是美好的理想，但是她“像梦一般”，因而这理想是可望而不可即的：它“像梦一般”地从诗人身旁“飘过”，因而诗人是把捉不住的。所以丁香姑娘远去了，“到了颓圮的篱墙”，消散了“她的颜色”“她的芬芳”，这说明丁香姑娘这美好理想幻灭了。丁香姑娘像征哀怨和惆怅这条线索是“丁香姑娘——我”，意指丁香姑娘象“我”（诗人）一样“哀怨又彷徨”：她也“撑着油纸伞/像我一样/像我一样地/默默彳亍着/冷漠，凄清，又惆怅”。这说明丁香姑娘其实就是诗人的化身，她的哀怨和彷徨就是诗人的哀怨和彷徨。

何其芳的名篇《预言》我们没有论述过，现在考察一下。《预言》的总体手法是诗人的内心独白。倾听这独白的对象是被拟人化的“年轻的神”，

① 中国现代诗歌唯有在格律形式上应该主要借鉴古代诗歌，而不是外国诗歌。其理由在本书末尾的“余论”中将予以说明。

这是在诗的首节就明确了的：

> 这一个心跳的日子终于来临。
> 你夜的叹息似的渐近的足音
> 我听得清不是林叶和夜风私语，
> 麋鹿驰过苔径的细碎的蹄声。
> 告诉我，用你银铃的歌声告诉我
> 你是不是预言中的年轻的神？

诗人发出请求，试图与年轻的神对话："告诉我，用你银铃的歌声告诉我，/你是不是预言中年轻的神？"但年轻的神终于"无语而来，无语而去"，诗人只好独自说话（独白）。

从诗人在下文独白的内容看，其字面的意思是对神的赞美、希冀、担忧和失望，其暗示的意思则是诗人对爱情的渴望、追求和失败。诗人对神的某些态度和行为透露了这个宗旨：年轻的神的来临让诗人"心跳"；诗人梦想合眼睡在神的"如梦的歌声里"，那里有似曾相识的"温馨"；诗人请求与神同行，并深情地说道："我可以不停地唱着忘倦的歌，/再给你，再给你手的温存。/当夜的浓墨遮断了我们，/你可以不转眼地望着我的眼睛。"（确实，即使在漆黑如墨的夜里，爱情的眼睛，心灵的眼睛，是仍然看得见对方的）然而，尽管诗人激动得"颤抖"，神的"骄傲的足音"还是消失了。既然诗篇的主旨是用神的来而复去象征诗人的曾经临近却终究未获得的爱情，象征就是此诗的更本质的手法；那"年轻的神"就是核心的象征意象。

《预言》实际上是饱含激情的，诗人的"心跳""颤抖"和"激动的歌声"就是证明。然而，诗人用优美的文词徐徐写来，整体上让情感含而不露，哀而不伤，形成温和、沉静而又略显朦胧的风格，避免了爱情诗通常的热烈和直露。这是《预言》创作上的另一个特点。

从上述现代大诗人的代表作的创作手法见出，它们主要是沉思赋形的拟人、隐喻和象征，与古代诗歌感物起兴不同，尽管这些大诗人都有较深厚的古代诗歌的修养，其诗作都或多或少受到古代诗歌的影响。后来出现的大诗人的代表作，如艾青的《太阳》、冯至的《十四行集》、穆旦的《诗八首》、北岛的《回答》、舒婷的《致橡树》、海子的《祖国（或以梦为马）》等，其创作手法也主要是沉思赋形的拟人、隐喻和象征，而与古代诗歌的兴手法显出更大的不同。除冯至外，这些大诗人已没有那么深厚的古代诗歌的修养，其诗作与古代诗歌的联系也较少了。

综观本章的论述，古今中外的诗歌主要运用沉思赋形的拟人、隐喻和象征等手法。唯有中国古代诗歌不同，它主要运用感物起兴的手法。从创作手法的理论看，外国诗学中关于拟人、比喻和象征的论说很多，却没有什么感物起兴的理论；中国古代诗学则相反，在创作手法上主要是关于“感物”“兴寄”和“情景”等理论，很少涉及拟人、隐喻和象征。不过我们要再次指出，中国古代诗歌的兴手法与外国诗歌、中国现代诗歌的手法是有共同性的，那就是：兴手法在根本上是一种普遍的、隐在的和客观化的拟人手法，即一种泛拟人手法。中国古代诗人实际上把万物看成具有思想情感（这就是泛拟人）——那是体现“道”的思想情感；并且，万物似乎先天地具有道的思想情感（这与道实际上有着天地万物的自然根性有关），人却要通过修养才能得道（得道即为德），而其得道的方式便是从外物体道、悟道。[①]这在诗歌创作上就表现为感物起兴的手法。可见兴手法在根本上是一种拟人手法。这种拟人手法的独特功用在于，它避免了明确的主客二分和物我不同（外国诗歌和中国现代诗歌的拟人、比喻和象征等手法，却不能避免明确的主客二分和物我不同），从而创造出天人合一、物我同一的独特境界——意境。

二、想象性描写

中国古代诗歌的描写主要是直观性的；西方诗歌的描写主要是想象性的；中国现代诗歌的描写与西方诗歌类似，也主要是想象性的。相应地，中国古代诗论中有不少关于直观性描写的论述；西方诗论中有许多关于想象性描写的论述；中国现代诗论中没有什么关于直观性描写的论述，却有许多关于想象性描写的论述。

郭沫若将想象作为诗歌创作的基本要素之一，他提出这样的公式：“诗=（直觉+情调+想象）+（适当的文字）”[②]。康白情也认识到想象的重

---

① 中国古代诗歌、艺术乃至整个中国古代文化的主要秘密，就在于此。

② 郭沫若：《论诗三札》，杨匡汉、刘福春编：《中国现代诗论》（上编），第55页。

要作用，他说："有浓厚的情绪而没有丰富的想象去安排他，毕竟也不中用。我们要让死气的世界都带了生气，都着了情的彩色，非想象不为功。"① 闻一多批评诗集《冬夜》的作者和新诗初创期的其他许多诗人缺乏幻想，认为诗人应该"跨在幻想底狂恣的翅膀上遨游，然后大着胆引吭高歌，他一定能拈得开扩的艺术"②。闻一多所说的幻想是广义的，大致就是通常说的想象。戴望舒声称："诗是由真实经过想象而出来的，不单是真实，亦不单是想象。"③ 其实，既然"诗是由真实经过想象而出来的"，诗最终就是以想象的形式出现的，不过那想象与真实分不开，即想象之中包含着真实。艾青说："没有想象就没有诗。诗人的最重要的才能就是运用想象。诗人把互不相关的事物，通过想象，像一条线串连起来，形成一个统一体。"④ 艾青给了想象在诗歌创作上的最高地位。

前文曾指出，诗歌的想象方式分为直观、联想、假想、幻想和神话五种。还指出，西方诗歌偏重于除直观式之外的后几种想象性描写，因此显得特别富于想象性；中国古代诗歌则偏重于直观式想象性描写，因此直观性特别强，于是就径直称它直观性描写，以便与一般的想象性描写相区别。

在西方诗歌的上述几种想象方式中，联想方式是主要的，西方诗歌的拟人、隐喻、象征等手法就主要通过联想方式实现。中国现代诗歌也主要通过运用联想性的拟人、隐喻、象征等手法来实现其想象性描写，从而与中国古代诗歌主要通过兴手法来实现的直观性描写相区别。不过，由于中国古代诗歌的直观性描写传统的影响，中国现代诗歌中有许多接近那种直观性描写的情况，但往往有所不同，有的不过是貌似直观性描写而实际上是想象性描写。如郭沫若的《夕暮》：

一群白色的绵羊，
团团睡在天上，
四围苍老的荒山，
好像瘦狮一样。

---

① 康白情：《新诗底我见》，杨匡汉、刘福春编：《中国现代诗论》（上编），第 39 页。
② 闻一多：《冬夜评论》，《闻一多全集》（第 2 卷），第 70 页。
③ 戴望舒：《诗论零札》，《戴望舒诗集》，第 164 页。
④ 艾青：《和诗歌爱好者谈诗》，《诗论》，第 31 页。

昂头望着天
我替羊儿危险，
牧羊的人哟，
你为什么不见？

这首诗的写作可能由诗人直观远方天地的景象而引起，因而似乎是直观性描写，但实际上它的描写是比喻性的，因而主要是联想式想象性描写。它也不像古代诗歌的直观性描写那样，其深层的意蕴大多与“道”关联，显示着天人合一和物我同一的意向，而不过是诗人一时兴致的产物，其主旨在于显示诗人想象的美妙和比喻的高超。

假想式想象性描写主要运用于叙事文学中，但在抒情诗中有时也用到。假想式想象性描写在诗歌中的主要表现是戏剧性独白和对白。由于受到英国诗人勃朗宁等的影响，闻一多诗歌中的戏剧性独白和对白颇为突出，如他的《也许》一诗，且看其首二节：

也许你真是哭得太累，
也许，也许你要睡一睡，
那么叫夜鹰不要咳嗽，
蛙不要号，蝙蝠不要飞，

不许阳光拨你的眼帘，
不许清风刷上你的眉，
无论谁都不能惊醒你，
撑一伞松荫庇护你睡。

这首诗是闻一多悼念其爱女的。诗人假想已夭亡的爱女不过是在睡觉，于是对她说了一番关爱和呵护的话，仿佛爱女能够听见似的，这就是戏剧性独白。既然诗人假想爱女不过是在“睡一睡”，因此诗中便没有悲切、伤心的言词，而是笔调平稳，语气和缓。不过，我们仍然能够隐隐感到诗人强忍着的深哀巨痛。闻一多的《天安门》一诗是拉车的车夫对乘车先生的独白，这种戏剧性独白更明确一些，因为倾听独白的是与独白者一样活着的人。闻一多的《罪过》一诗则是诗人与卖樱桃的老头儿的戏剧性对白。

与西方诗歌和其他外国诗歌相比，中国现代诗歌的直观性描写要多一些，这固然有古代诗歌直观性描写传统方面的原因，但更主要的原因，还是来自苏俄的现实主义创作方法的影响。由于这后一方面的原因，中国现代诗歌的直观性描写就与古代诗歌的直观性描写有两点不同：第一，古代诗歌的直观性描写所表现的情思往往较为隐蔽，并且具有审美的想象性和超越性。而中国现代诗歌，特别是那些具有现实主义精神的诗歌，其中的许多直观性描写急功近利：所描写的形象往往过于贴近实际，所表现的政治立场和社会功利往往过于鲜明，因而缺乏审美的想象性和超越性。第二，中国古代诗歌的直观性描写往往是整体性的、简略的，而中国现代诗歌的直观性描写则常常是细致的。

直观性细致描写也可以成为现代诗歌的一种优点。看艾青《乞丐》的末二节：

在北方
乞丐用固执的眼
凝视着你
看你在吃任何食物
和你用指甲剔牙齿的样子

在北方
乞丐伸着永不缩回的手
乌黑的手
要求施舍一个铜子
向任何人
甚至那掏不出一个铜子的兵士

这两节诗在描写上不但是直观的，而且是细致的、精确的。这样的描写造成一种美，这种美不在乞丐形象上（那形象是丑的），而在对乞丐形象的神情、举止的精细描写上：我们惊叹那样的描写，感到它是美的。我们曾指出，古代诗歌的直观性描写的审美本质在于那描写的形象恰好符合了我们潜在的想象，即我们潜在地希望具有的形象。那是就直观性描写的意象美而言的。那么，怎样理解《乞丐》中这种直观性描写本身的美，亦即一种描写技巧的美呢？其实，它的本质也在于那描写技巧恰好符合了我们潜在的想象，即我们潜在地希望具有那样的描写技巧。这种技巧美是我们创造力的一种显现。这里，让我们再次回顾那位文艺心理学家的话："美和美感是多元的，其中有一种美就是人的创造力的显现，有一种美感就是对这种创造力的惊异和欣赏。"①

三、主观化抒情

中国现代诗歌的抒情很少真正有像古代诗歌那样的客观化抒情。它的抒情方式与西方诗歌类似，即主要是主观化的，并且其发展变化的轨迹也与西方诗歌类似，只不过那轨迹所经历的时间比西方诗歌短得多。

西方诗歌中主观化抒情最强烈的是浪漫主义诗歌。中国现代诗歌中也是浪漫主义诗歌的主观化抒情最强烈。郭沫若的早期作品是代表，其情感的表现如火山喷发，如海涛汹涌。这样的作品不仅包括批判旧社会、表现新理想和爱国情思的诗篇，如《凤凰涅槃》《天狗》《太阳礼赞》《炉中煤》等，也包括爱情诗集《瓶》（作为大家，他当时的诗歌中也有表现柔和、清新的情感的，如《霁月》等）。抒情诗的本质就是表现情感。所以，诗的情感表现无论是强还是弱，是显还是隐，是主观还是客观，只要用恰当的形式和技巧表现出来，都具有艺术性，都能感动人。上述郭沫若表现强烈主观情感的诗篇即如此，西方许多表现强烈主观情感的诗歌也如此，中国古代屈原、李白等表现强烈主观情感的诗歌也如此。郭沫若之外，闻一多的某些带有浪漫主义色彩的诗篇，如《静夜》《心跳》《发现》《一句话》等，所表现的情感炽烈而深沉，也很有震撼力。

我们曾经论述，反拨浪漫主义主观性的西方现代主义诗歌具有相对客观化的特征，那客观化特征中就包含着客观化抒情的特征。中国现代主义诗歌也有这种相对客观化抒情的特征。现代派诗歌分为主情派和主智派。主情派的诗歌，如戴望舒、何其芳等的诗歌，其抒情性就比上述郭沫若等的浪漫主义诗歌要客观、冷静许多。此外，这种诗歌中也没有浪漫主义诗歌那样多的直抒胸臆和直接议论。主智派诗歌的客观性更突出，因为它的理智显豁而情感隐蔽（理智的普遍性显出客观性）。不过，优秀的智性诗歌应该是深刻理智与深厚情感的结合，如像九叶派穆旦的《诗八首》那样的诗篇。我们之所以说现代主义诗歌的这种客观化抒情只是相对的，是因为它实际上仍然像浪漫主义诗歌那样具有自我主观性，只不过由于形式和技巧的不同而显得较

① 金开诚：《文艺心理学论稿》，第171页。

为客观而已。它与中国古代诗歌那样的客观化抒情大不相同。后者因其物我同一性而让事物自然地呈现情感——那情感也就是诗人的情感。那样独特的客观化抒情，只能出现在天人合一性质的中国古代文化的诗歌中。

朦胧诗这种迟到的现代主义诗歌，由于关心社会现实和政治时势，并受浪漫主义的影响，其主观化抒情颇为显著，其中包括不少直抒胸臆的成分。这一点，让直接反叛它的、具有后现代主义性质的第三代诗歌很是不满，并在一定程度上促使后者在总体上比西方后现代主义诗歌显出更大的客观性。

浪漫主义和现实主义是西方先后出现的两种文艺思潮，也是两种创作方法。它们既不同于此前的古典主义，也不同于此后的现代主义和后现代主义。浪漫主义尤其适宜于抒情文学，现实主义尤其适宜于叙事文学，它们各自的成就已证明了这一点。然而，主要由于政治原因（如革命、抗战以及苏俄现实主义的影响等），中国的现实主义诗歌却格外声势浩大。现实主义诗歌的抒情本应是相对客观化的，中国的某些现实主义诗歌也确实如此。但是，凸显的政治目的和鲜明的政治立场使许多现实主义诗歌的抒情显得相当直白、主观（却不一定自我），直至出现标语口号式的说教和呐喊。主要出于政治歌颂的需要，后来在革命现实主义诗歌的基础上又发展出竭尽浮夸能事的革命浪漫主义（或称革命现实主义与革命浪漫主义相结合）的诗歌。这类浪漫主义诗歌的抒情更显出强烈而又统一的主观性。

西方（主要是美国）后现代主义诗歌大致分为描写乡土风物一路（受威廉斯影响一路）的诗歌与表现生命体验一路（如“垮掉一代”派、“自白派”等）的诗歌。前一路的抒情有相对的客观性，后一路的抒情则很主观。中国第三代诗中带有后现代主义性质的诗歌大致也分为类似的两路，即描写外在日常经验（有的还强调运用口语）的一路与表现内在生命体验的一路。同样类似的是，前一路的抒情有相对的客观性，后一路的抒情则很主观。

第三代诗的日常经验一路提出“反抒情”的命题。这种“反抒情”与所谓“反意象”“非诗”等一样，都是无法真正落实的命题，也是说不通的理论。从于坚的说法看，他说：“诗是方法，是纯粹理性的操作。诗不言志，不抒情。”① 然而，诗如果真是“纯粹理性的操作”，它与哲学和科学

① 于坚：《从隐喻后退》，邹建军选编：《二十世纪中国文学史文论精华·新诗卷》，河北教育出版社2000年版，第522页。

就没有区别了，它存在的特殊性就没有了。更重要的是，人性中除了理性之外还有情感，而情感的有独立价值的创造就是诗歌和艺术。如果诗歌和艺术不抒情，那岂不是对人性的一种轻慢和浪费？不是说人生中理性太多、功利太重吗？具有情感本质的诗歌和艺术正可以让人获得一种在世的超越（而不是像宗教那样的彼岸超越），即审美的超越，而审美超越的实质就是情感对理性（包括纯粹理性的理智和实用理性的意志）的超越。我们为什么要拒绝这种超越呢？审美情感是一种自由情感。① 审美情感从哪里获得自由？就是从超越理智概念的限定和意志目的的束缚中获得自由。我们为什么要拒绝这种自由呢？这里，我们其实主要不是在批评"反抒情"这个命题，而是在借以说明诗歌抒情的审美本质及其普遍意义。

第三代诗的这一路还提出"冷抒情"概念。这个概念对这一路诗歌的抒情特点倒有一定的概括性。所谓冷抒情，大约指诗人如旁观者一样对事物作冷静、客观的描述，让情感游离于外，而不是渗透其中。杨黎的《撒哈拉沙漠上的三张纸牌》被认为是冷抒情的代表作之一，其中这样写道："三张纸牌都很新/新得难以理解/它们的间隔并不算远/却永远保持着距离/猛然看见/像是很随便的/被丢在那里/但仔细观察/又像精心安排/…… 撒哈拉沙漠/空洞而又柔软/阳光是那样刺人/那样发亮/三张纸牌在太阳下/静静地反射出/几圈小小的/光环"。诗人说那三张纸牌"新得难以理解"，其实，说那三张纸牌"永远保持着距离"也让人难以理解。显然，诗中的这类情景不过是诗人在想象中的"精心安排"，同时也是诗人智性思考的结果。诗人的主观意图和情绪被这样特意制造的客观景象和冷静姿态掩饰起来了。在这种意义上，第三代诗的这种冷抒情与前述现代主义的相对客观化的抒情有着共同的本质，即都是诗人的自我主观性的某种客观化表现。所不同的是，这种冷抒情诗歌的题材是第三代诗所特有的俗物琐事，其风格是其所特有的反讽、调侃、无奈以及故作姿态等。所以，第三代诗的客观化抒情实质上也是主观化的，它与古代诗歌那种由于对客观事物的直观性描写而引起的客观化抒情大不相同。

第三代诗中生命体验一路诗歌的"生命体验"，则是一种明显的主观化

① 康德说，审美情感"是合目的性的游戏中的这种自由情感"（康德：《判断力批判》，第 149 页）。

的抒情。不过，总的说来，这一路诗歌没有西方类似的后现代主义诗歌的抒情性那么强烈、那么主观。例如，第三代诗的这一路诗歌作品没有像美国诗人金斯伯格《嚎叫》一诗那样，激烈地批判社会，疯狂地“嚎叫”出似乎是被严重压抑着的强烈情感——那情感是如此强烈，以至于常常一行诗中就用上数个甚至十多个感叹号。① 又如，第三代诗的这一路诗歌中受美国当代自白诗影响的女性诗歌，也没有美国自白诗那样“裸露灵魂”的极端自我的主观性。

① 如《嚎叫》中的这样两行诗：“Dreams! adorations! illuminations! religions! the whole boatload of sensitive bullshit! /Breakthroughs! over the river! flips and crucifixions! gone down the flood! Highs! Epiphanies! Despairs! Ten years' animal screams and suicides! Minds! New loves! Mad generation! down on the rocks of Time!”

余　论

回顾本书的论述，在情感特性、思想题材、审美意象和创作手法四个方面，中国现代诗歌与西方诗歌都大同小异，与中国古代诗歌（不包括表现异质性自我情感的古代诗歌）则小同大异。有无相反的情况呢？有，那就是语言上的格律形式。然而，许多人不遗余力地试图在上述四个方面接续中国现代诗歌与中国古代诗歌，却对两者之间在格律形式上存在着的生命关联予以忽视乃至轻蔑。

诗歌的格律（也称声律、韵律）是对语音的一种艺术创造。语言是民族传统中最稳固的东西。古今汉语在语音上有着共同的基本特点，那就是它们都以单个音节而不是以单个音素来构词，这即是说，它们的单个音节一般是有意义的；此外，它们都具有声调，都以元音或者响亮的辅音“n”和“ng”收尾。在语音上，古今汉语正是以这些共同的基本特点来与外国语言相区别的；古今汉语也正是由于这些共同的基本特点而贯通为一个语言整体，具有共同的音顿节奏（节奏是诗歌格律的基本要素，诗歌格律的另一个要素是韵）。既然古代汉语能够构成诗歌的格律，并且是很好的格律，现代汉语也是能够的，因为现代汉语中仍然存在着构成诗歌格律的那些基本的语音特点。①

构成一种成熟的诗歌格律往往需要很长时间（中外诗歌史上都是这种情况），所以我们探索中国现代诗歌的格律不应急功近利，而应放远眼光，长期坚持。南朝锺嵘对沈约等人试验的“永明体”声律有一个著名的批评，即“文多拘忌，伤其真美”（《诗品序》）。历史地看，这个批评就只有小道

---

① 正是出于这样的信念，本书作者曾撰写《汉语诗歌的节奏》一书（台湾文津出版社1994年初版，重庆大学出版社2013年再版），论证古今汉语诗歌在节奏本质、节奏单位、节奏形式以及韵（汉语诗歌的韵具有独特的节奏作用）等方面虽然有发展变化，却是贯通一体的。它们与西方诗歌的有关方面很不相同。

理而无大道理，因为具有最高最大的“真美”的，正是在“永明体”基础上形成并成熟起来的唐代律诗①。

我们不妨放眼世界看看。西方古代诗歌和近代诗歌都有格律，西方现代诗歌中也是格律诗而不是自由诗的成就最大。以西方自近代以来最流行的十四行诗看，十四行诗的格律被认为最谨严而又最适宜抒情（本书所举例的西方诗歌中十四行诗就占很大比例）。西方现代主义诗歌的奠基者波德莱尔说：“格律和修辞从来也不曾妨害独创性脱颖而出。而其反面，如它们有助于独创性的发扬，倒极大限度地更为符合实际。”② 波德莱尔及其后继者马拉美和瓦莱里等都运用十四行体，并使之在法国发展到一个新阶段。梁宗岱说，瓦莱里像他的老师马拉美一样“遵守那最谨严最束缚的古典诗律的”③，这话就是指马拉美和瓦莱里两人对十四行诗律的运用。十四行诗在近代英国最富有成果，从莎士比亚到弥尔顿到浪漫主义诗人华兹华斯、济慈等，个个都有传世精品。英国现代诗人叶芝仍然写有像《丽达与天鹅》这样的十四行诗杰作，更晚的奥顿也是写十四行诗的能手。德国诗人歌德正是在十四行诗《自然与艺术》中表达了这样的信念：“限制中才显出能手，/只有法则能给我们自由”④。奥地利德语诗人里尔克也正是以他的组诗《献给奥尔菲斯的十四行诗》等闻名于世的。西方诗论家说，正是里尔克等人的这类诗歌“将德国的十四行诗推向新的高度”⑤。美国现代诗人不那么喜爱十四行

---

① 闻一多在《律诗底研究》中说：“律体在中国诗中做得最多，几要占全体底半数。他的发展最盛时是在唐朝——中国诗最发达的时代。他是中国诗底艺术底最高水涨标。”〔《闻一多全集》（第10卷），第159页〕又说：“因律诗能代表中国艺术底特质，研究了律诗，中国诗底真精神，便探见着了。”（同上，第166页）

② 波德莱尔：《1859年的沙龙·想象力的统治》，《波德莱尔美学论文选》，第411页。

③ 梁宗岱：《保罗梵罗希先生》，《诗与真·诗与真二集》，外国文学出版社1984年版，第23页。

④ 这个道理，哲学家、美学家康德和黑格尔也说过。康德说，“在一切自由的艺术中却都要求有某种强制性的东西，或如人们所说，要求有某种机械作用，没有它，在艺术中必须是自由的并且唯一地给作品以生命的那个精神就会根本不具形体并完全枯萎，这是不能不提醒人们注意的（例如在诗艺中语言的正确和语汇的丰富，以及韵律学和节奏）”（康德：《判断力批判》，第147页）。黑格尔说，“说诗的音律妨碍自然流露，这是不正确的，一般说来，真正有才能的诗人对于诗的感性媒介（音律）都能运用自如，感性材料对他不但不是阻力或压力，而且还能起激发他和支持他的作用。事实上我们看到过凡是伟大的诗人在自己独创的时间尺度、节奏和韵脚之中都很自由地有把握地回旋自如”。〔黑格尔：《美学》（第三卷下册），第70页〕

⑤ Alex Preminger, ed., *Princeton Encyclopedia of Poetry and Poetics*, p.782.

诗，但他们中也有专心写作包括十四行诗在内的格律诗的，如弗罗斯特就如此（他曾经讥讽“写自由诗就好比打网球而没有球网”① ）。西方这些近现代诗歌大家正是中国现当代诗人和诗论家的崇拜对象，但是，在我们许多人的崇拜中为什么偏偏忽视这些大家对诗歌格律的重视和运用呢？

西方写自由诗的大诗人首推惠特曼（与惠特曼同时代的大诗人迪金森的诗歌却是有格律的，只是那格律较为松散），其次是庞德、威廉斯和艾略特：他们都是美国人（艾略特后来加入英国国籍）。惠特曼与波德莱尔是同时代的人，前者比后者早两年出生。惠特曼的《草叶集》出版于 1855 年，它标志着自由诗的出现。波德莱尔创建了散文诗，但他并没有写自由诗。最早提出自由诗概念（verse libére）的是法国象征主义诗人。兰波特别是魏尔仑的某些象征主义诗歌突破了法国传统的十音诗和十二音诗的格律，显出一定的自由倾向，但那些诗大多不是真正意义上的自由诗，因为它们仍然追求诗的音乐性（魏尔仑在《诗的艺术》一诗中宣称“万般事物中，音乐位居第一”），为此它们仍然押韵，并且仍然讲求诗行的音数，只是不固定于传统的十音和十二音。不过，这种形式的诗歌对后来庞德等人的意象派自由诗形式产生过影响。比兰波和魏尔仑稍晚的象征主义诗人拉福格写作自由诗——他翻译的惠特曼的诗歌是对他写作自由诗的一个启发和促进。法国后来的某些超现实主义诗歌也是自由诗。

“庞德和 W. C. 威廉斯的自由诗挑战流行的传统诗律和诗节。”② 然而，“1920 年代，在韵律学问题上威廉斯开始改变自己的看法。……那时，对自由诗有一种普遍的反动，威廉斯加入到那个潮流中。出于要创造一种新韵律学的考虑，他提出应该有一种‘尺度’（他于 1928 年首次使用这个术语），即‘对仅仅随机变化的自由的某种规范’。这种尺度对于实际运用的美国话语来说必须既是‘新的’，又是‘固有的’。……但是，当今的现实决定什么样的尺度？威廉斯并不知道，不过他愿意探索”③；他主张“用新的韵律创造新的形式”，这种新形式应当处在传统韵律的英国诗形式与完全不讲韵

① 转引自 Elizabeth Shepley Sergeant, *Robert Frost: The Trial by Existence*, New York: Holt, Rinehart and Winston, 1960, pp.410-411.

② David Perkins, *A History of Modern Poetry: Modernism and After*, p.209.

③ Ibid., pp.269-270.

律的自由诗形式之间。[①] 艾略特的情况也复杂，从他的代表诗作看，有的是自由体，如《荒原》；有的则是有韵律的，不过不是现代英语诗歌的韵律，而是类似于古英语诗歌那样的韵律——那正是艾略特在韵律上的创新尝试。如他的《普鲁弗洛克的情歌》等诗篇，西方学者指出它们的诗行中间有个停顿，两边各有两个自然重音。[②] 又如他的《四个四重奏》，王佐良指出它是“诗艺上的又一次飞跃”，其方法之一“是运用韵律，每行一般有四个重拍（这是古英语诗中常用的办法），产生一种乐感”[③]。可见，威廉斯和艾略特并不满足于自由诗形式本身，而是力图借用自由诗形式来突破传统的英国诗歌格律形式，探索美国诗歌的新的格律形式。艾略特就明确说，“自由诗是对僵化的形式的反叛，也是为了新形式的到来或者旧形式的更新所做的准备”[④]；又说，“形式必须被突破，然后再重新建立”[⑤]。

西方自由诗繁荣的时代开始于20世纪50年代，繁荣的地区主要是上述自由诗大家们的祖国——美国。那时，许多自由诗的形式确实是自由的，即不受任何形式规范的约束。那时的自由诗已具有后现代主义的性质。这种后现代主义诗歌虽然繁荣，前文已指出，其成就却不及现代主义诗歌、浪漫主义诗歌和古典主义诗歌。自由诗繁荣的情况后来发生了变化，即许多美国当代诗人又转而写作各种形式的格律诗了。[⑥] 这种变化的情况可以反映在一个

---

① 参见 Alex Preminger, ed., *Princeton Encyclopedia of Poetry and Poetics*, p.95.

② 详见 G. S. Fraser, *Metre, Rhyme and Free Verse*, London: Methuen, 1970, pp.18-20.

③ 王佐良：《英国诗史》，第440—441页。王佐良的说法与上述弗雷舍尔（G. S. Fraser）的说法是一致的。艾略特的其他诗歌和诗剧中也有运用这种“纯重音”诗律的。所谓“纯重音”诗律，指在一行诗里只讲究重音数量而不讲究轻音数量的规律。而传统诗律是两者都讲究的，即讲究所谓抑扬格（轻重音格）和扬抑格（重轻音格）。

④ 艾略特：《诗的音乐性》，《艾略特诗学文集》，第186页。

⑤ 同上。

⑥ 参考以下两种说法。其一：“以往时代的大多数诗歌都是封闭形式的，它们至少呈现一种韵律模式。但从60年代早期开始，大多数美国诗人选择了开放形式。近年来情况又开始变化，封闭形式又出现在当前的许多诗歌中了。”（X. J. Kennedy/Dana Gioia, *An Introduction to Poetry*, p.205.）其二：“历史地看和从精神实质看，过去三十年诗歌的‘开放’形式是作为对新批评的‘封闭’形式的一种反动而开始的。为了对‘开放’形式有一个初步的理解，我们必须回顾新批评方法所倡导和举例说明的某些形式性：正确的语法、逻辑性、合乎规定的格律、押韵、诗节、连贯性、凝练、一词多义和有节制。‘开放’形式则具有与之相反的性质，如直接性、自发性和自由。”（David Perkins, *A History of Modern Poetry: Modernism and After*, p.490.）就我们所论说的格律诗形式和自由诗形式的分别而言，上述封闭形式相当于格律诗形式，开放形式相当于自由诗形式。

诗人身上，例如罗伯特·洛威尔。作为新批评诗学的追随者，罗伯特·洛威尔在 20 世纪 40 年代和 50 年代前期的诗作讲究形式和格律，包括十四行体那样的格律；50 年代中后期和 60 年代前期，作为自白派诗人的代表，他主要写作自由诗；从 60 年代中后期开始，他的许多诗歌又具有格律了。

本书所论的古代希伯来诗歌、古代阿拉伯—波斯诗歌和古代印度诗歌，都是有格律的。这些地区和民族在进入现代以后也出现了格律诗与自由诗并存的局面，总体上也是格律诗的成就较大。

反观现代中国，自由诗却具有独尊的地位；格律诗既不成熟，又萎靡不振，更不幸的是许多人看不起它。上述现当代世界诗坛的情况能否引起我们反思？能否给予我们希望和启示？

丛书后记

中国新诗自1917年“横空出世”以来，关于其艺术形式和精神内容的探讨从来都未停止过，中国现代诗学相应地获得了长足的发展空间。在一个世纪的曲折行进中，新诗逐渐积淀起自身的历史传统，不管它存在的“合法性”曾遭遇过多少质疑，它已然成为我们无法送还的民族文化构成要素。因此，我们今天应该如何评判新诗的百年沉浮，这不仅关涉新诗未来的发展，也与民族文学的复兴休戚相关。

在中国新诗诞生100周年之际，我们特别组织撰写了这套《中国现代诗学丛书》，从各个不同的角度出发，目的就是打捞和整理百年新诗的艺术经验，丰富我们对新诗的认识，引发对未来新诗创作艺术的思考。同时，出版这套《中国现代诗学丛书》，有助于提升百年中国新诗批评和理论建设，发掘新鲜的研究内容并弥补既有研究的局限。本丛书主要由西南大学中国新诗研究所专职研究员撰写，他们都是当代新诗批评界的优秀学者，书稿多为社科基金或省部级基金的成果，有效地保证了丛书的学术质量。

《中国现代诗学丛书》由海内外知名诗评家吕进担任主编，计划出版12本诗学论著，内容涵盖中国现代诗学、中国新诗发展思潮、中外诗学比较、诗歌翻译思想、诗歌传播学、现代诗歌社团研究、新诗文化批评、诗歌与音乐关系研究、当代新诗思想研究、女性诗歌研究以及现代诗学思想研究等。这些研究均属中国现代诗学的范畴，内容丰富而深刻，是本学科研究的力作。

西南大学中国新诗研究所成立于1986年6月，是中国大陆第一家专门从事新诗研究的实体单位。经过几代学人的辛勤耕耘，该研究所已形成自身的诗学发展路向，拥有鲜明的研究特色，在海内外华文诗学界产生了持续而深远的影响，至今仍是中国新诗研究的高地和“上园诗派”的据所。

中国新诗研究所的广泛影响力还体现在培养并塑造了一大批中国新诗研

究的生力军。有人将中国新诗研究所比作中国现代诗学的“黄埔军校”，因为研究所创始人吕进先生的缘故，惯称中国新诗研究所校友为“吕家军”。从新诗研究所毕业后，很多校友不仅成为全国知名高校的学术中坚，更是活跃在中国新诗研究界的专业批评家或理论家，在承传中创造并丰富了中国新诗研究所的学术思想。

2016 年，中国新诗研究所将迎来 30 周岁生日。作为一个单纯而纯粹的诗歌研究单位，其发展印证了“文变染乎世情”之说。20 世纪 80 年代的理想主义情结消退之后，新诗的命运一路走低，新诗研究不再被视为“显学”，研究所遭遇了生存的寒冬。随后，风起云涌的学科建设以及高校合并浪潮，再度无情地将中国新诗研究所推向了存亡的边缘。好在有一群人坚守住了缪斯艺术的纯洁，在艰难和阻碍中缔造了中国新诗研究 30 年的神奇之旅，这其中当然凝聚着中国新诗研究所校友的“不离不弃”。

在策划这套丛书时，我们与散居全国各地的校友取得联系，希望他们出任丛书编委，或对丛书的编辑和出版提供建议，收到的总是热情洋溢的支持话语。读着各方回信，各种感动和感叹自不待言，心中涌动的是这句普通而凝重的话：我们是相亲相爱的一家人。鉴于中国新诗研究所在职教师和校友人数众多，我们最后择取了如下代表，列为丛书编委：

吕　进：中国新诗研究所主要创始人，西南大学二级教授、博士生导师；

陈本益：中国新诗研究所教授、博士生导师；

李　震：中国新诗研究所 1990 届硕士校友，陕西师范大学教授、博士生导师；

蒋登科：中国新诗研究所 1990 届硕士校友，2000 届博士校友，西南大学教授、博士生导师；

王　珂：中国新诗研究所 1990 届硕士校友，东南大学教授、博士生导师；

靳明全：中国新诗研究所 1993 年访问学者，重庆师范大学教授，四川大学博士生导师；

王　毅：中国新诗研究所 1993 届硕士校友，华中科技大学教授、博士生导师；

江弱水（陈强）：中国新诗研究所 1994 届硕士校友，浙江大学教授、博士生导师；

张崇富：中国新诗研究所1995届硕士校友，四川大学教授、博士生导师；

向天渊：中国新诗研究所1996届硕士校友，西南大学教授、博士生导师；

段从学：中国新诗研究所1997届硕士校友，四川师范大学教授、博士生导师；

陆正兰：中国新诗研究所2002届硕士校友、2006届博士校友，四川大学教授、博士生导师；

熊　辉：中国新诗研究所2003届硕士校友，西南大学教授、博士生导师；

梁笑梅：中国新诗研究所2004届博士校友，西南大学教授、博士生导师；

颜同林：中国新诗研究所2004届硕士校友，贵州师范大学教授、博士生导师。

丛书的出版，我们首先应该感谢西南大学相关党政领导的关心，尤其是分管学科建设的崔延强副校长，没有学科经费的支持，就不会有这套丛书的面世。同时，要感谢人民出版社的大力支持及陈晓燕等编辑的努力，他们认真细致的工作保证了丛书的顺利出版。

在未来的岁月里，在动荡的学术环境中，不管中国新诗研究所去向何方，我们都会是"相亲相爱的一家人"，以"中国新诗研究所"的名义，以诗歌的名义，以超然物外之境界的名义。最后，还是以吕进先生《守住梦想》中的诗句，来祝福中国新诗研究所，祝福中国新诗研究所的校友们：

不为一朵乌云放弃蓝天
不为一次沉船放弃海洋
……
守住梦想，守住不谢的花季
守住梦想，守住迷人的远航

熊　辉

2015年9月25日

策划编辑：陈晓燕
责任编辑：陈晓燕　苏向平
装帧设计：九　五

图书在版编目（CIP）数据

诗神的三足鼎：三种基本文化视野下的抒情诗比较/陈本益著．-北京：人民出版社，2016.4
（中国现代诗学丛书/吕进主编）
ISBN 978－7－01－015831－0

Ⅰ.①诗…　Ⅱ.①陈…　Ⅲ.①抒情诗—比较诗学—中国、国外
Ⅳ.①I106.2

中国版本图书馆 CIP 数据核字（2016）第 028828 号

诗神的三足鼎
SHISHEN DE SANZUDING
——三种基本文化视野下的抒情诗比较

陈本益　著

人民出版社 出版发行
（100706　北京市东城区隆福寺街 99 号）

北京京都六环印刷厂印刷　新华书店经销

2016 年 4 月第 1 版　2016 年 4 月北京第 1 次印刷
开本：710 毫米×1000 毫米 1/16　印张：36
字数：593 千字

ISBN 978－7－01－015831－0　定价：75.00 元

邮购地址 100706　北京市东城区隆福寺街 99 号
人民东方图书销售中心　电话（010）65250042　65289539